I0885605

BLACKIE BOOKS

BLACKIE BOOKS

CLÁSICOS LIBERADOS

Los grandes clásicos de la literatura universal, en nuevas versiones fieles y desacomplejadas, ilustradas y comentadas con la mente abierta y el corazón ligero. Bienvenidos al irrenunciable placer de su lectura.

CLÁSICOS LIBERADOS es una idea original de Blackie Books

Diseño de colección y cubierta: Setanta
www.setanta.es

QUIJOTE

Supervisión académica: Agustín Sánchez Aguilar
Edición: Pau Ferrandis Ferrer, Octavi Marquès Claveria y Ramon Solé Solé
Revisión y corrección: Jaume Prat Vallribera

Edición del texto: Gonzalo Pontón Gijón
© 2015, Gonzalo Pontón Gijón. Publicado en la colección Clásicos Hispánicos de la editorial Vicens Vives

Selección, textos puente y resumen argumental: Agustín Sánchez Aguilar

Notas: Agustín Sánchez Aguilar y Comité Blackie Books

Diagramación de la fotonovela: Sergi Puyol

© de la película Дон Кихот *(Don Kijot):* Киностудия Ленфильм (Kinostudiya LenFilm), San Petersburgo, 1957

EL AUTOR
© Daniel López Valle

LA OBRA
© Daniel López Valle

DON QUIJOTE NO ESTÁ VIEJO
© Luis García Montero, 2023

LAS CONFESIONES DE DON QUIJOTE
© Luis García Montero, 2015. Publicado por acuerdo con Tusquets Editores, S.A., Barcelona

EN UN LUGAR (LEJOS) DE LA MANCHA
© 2023, Elsa Fernández-Santos

© de la edición: Blackie Books S.L.U.
Calle Església, 4-10
08024, Barcelona
www.blackiebooks.org
info@blackiebooks.org

Maquetación: David Anglès
Impresión: Liberdúplex
Impreso en España

Primera edición en esta colección: mayo de 2024
ISBN: 978-84-10025-43-1
Depósito legal: B 21701-2023

Todos los derechos están reservados. Queda prohibida la reproducción total o parcial de este libro por cualquier medio o procedimiento, comprendidos la reprografía y el tratamiento informático, la fotocopia o la grabación sin el permiso expreso de los titulares del copyright.

FSC www.fsc.org MIXTO Papel procedente de fuentes responsables FSC® C109440

MIGUEL DE CERVANTES

Quijote

BLACKIE
BOOKS

CLÁSICOS
LIBERADOS

BA49

EL AUTOR

De Miguel de Cervantes, natural de Alcalá de Henares, en Castilla, quien a lo largo de su vida fue estudiante, poeta, sirviente, soldado, cautivo, espía, dramaturgo, comisario de abastos, recaudador de impuestos, presidiario, novelista, novicio franciscano y, seguramente, tartamudo, es mucho más lo que no sabemos que lo que sabemos.

Ignoramos, para empezar, cuál fue el día de su nacimiento y en qué y por dónde se le fue la infancia, pero no que fue bautizado el día 9 de octubre de 1547, de lo cual se ha supuesto que vino al mundo el 29 de septiembre, fiesta de San Miguel. También sabemos que su padre se llamaba Rodrigo de Cervantes y su madre Leonor de Cortinas, y que Miguel, nacido después de Andrea y Luisa y antes que Rodrigo y Magdalena, fue el tercero de los cinco hijos que tuvo el matrimonio, descontados los que murieron. Lo que sigue, en cambio, es un silencio de veinte años.

A pesar de todo, podemos suponer que su familia, quebrada pero no siempre pobre, debió de vivir y moverse baqueteada por las necesidades que imponía el trabajo del padre, cirujano de cuota, es decir, sin título. Estos «zurujanos», como se los llamaba entonces, se ocupaban de poco más que de atender a las personas indispuestas, heridas o contusionadas, y en su oficio había mucha competencia y poco dinero. La incapacidad de Rodrigo de Cervantes, sordo desde la infancia, para sacar adelante a la familia con este empleo marcó a su hijo, que a los cuatro años tuvo que presenciar cómo una cuadrilla de alguaciles entraba en su casa para llevárselo todo, pues el juez había ordenado que los bienes de su padre fuesen embargados para compensar a sus acreedores. No ayudó el hecho de que el abuelo, Juan de Cervantes, licenciado en leyes y personaje bien relacionado, abandonara a la familia y se marchara a su Córdoba natal, donde llevó una vida desahogada y placentera. Rodrigo, en cambio, acabó vagabundeando por la península, buscando aquí y allá con qué sacar adelante a los suyos, lo que incluyó tratos y negocios no del todo meditados que hicieron que terminara en la cárcel por no poder devolver un préstamo. Si Miguel acompañó a su padre en tales vaivenes, esa fue su infancia.

Es en su primera juventud cuando empezamos a tener noticias suyas: gracias a una herencia la familia se instaló en Madrid, la corte, en 1566, y Miguel entró como alumno en el Estudio de la Villa, una institución dirigida por el humanista Juan López de Hoyos, quien habría de llamarle «caro y amado discípulo». Él fue quien inició a Cervantes en el mundo de las letras. López de Hoyos dedicó un libro a la fallecida reina Isabel de Valois, muy querida entre la gente, e incluyó cuatro poemas compuestos por Miguel. Debió de ser también en esta época cuando Cervantes se sumergió en el teatro, una de sus grandes pasiones, puesto que más tarde afirmó: «Desde muchacho fui aficionado a la carátula, y en mi mocedad se me iban los ojos tras la farándula». Sin embargo, algo debió pasar, porque justo en este momento, cuando Miguel tenía algo más de veinte años, cuando su familia vivía de una forma más holgada que en el pasado y él buscaba el modo de ganarse la vida con la literatura, se fue a Italia a servir como camarero del joven cardenal Acquaviva. ¿Por qué? Nadie lo sabe. Pero tardaría una década en volver a España.

Muchos han querido ver una explicación a esta partida en una provisión firmada por Felipe II el 15 de septiembre de 1569 en la que se mandaba prender a un tal Miguel de Cervantes por haber herido en un duelo a Antonio Sigura, intendente de construcciones reales. Si ese Cervantes era nuestro Cervantes, fue juzgado y condenado en ausencia a diez años de destierro y a que le cortasen la mano derecha, pero no parece posible que lo fuese, puesto que un fugado de la justicia habría tenido difícil entrar a formar parte del séquito de un cardenal. En cualquier caso, con Acquaviva recorrió Italia, un país que le fascinó, hasta que, en el verano de 1571, abandona también al cardenal y se enrola en el ejército junto con su hermano Rodrigo. Apenas un par de meses después participaría en uno de los acontecimientos centrales de su vida, la que según él fue «la más alta ocasión que vieron los siglos pasados, los presentes, ni esperan ver los venideros». Es decir, la batalla de Lepanto.

En aquella época el Imperio turco, que se encontraba en un momento de expansión hacia Europa, tenía fama de invencible en los mares, de modo que el papa Pío V organizó una coalición liderada por España y Venecia, la Liga Santa, cuyo objetivo era poner freno tanto a la expansión como a la fama. El choque entre ambas armadas se dio frente a las costas de Grecia y fue una de las mayores batallas navales de la historia. Sabemos por su propio testimonio y el de otros que Cervantes, entonces un soldado sin experiencia, estaba enfermo y aun así pidió que le dejasen combatir. Se le asignó una tarea peligrosa, defender a unos arcabuceros lanzando objetos incendiarios contra el enemigo, y terminó espada en mano, defendiéndose a sí mismo. En su galera murieron más de cuarenta personas, pero él, a pesar de caer herido por disparos en el pecho y en la muñeca del brazo izquierdo, logró salir vivo de aquella sangrienta batalla. Le quedaría, además de un orgulloso recuerdo, una mano inútil para toda la vida. También, por supuesto, un apodo: el manco de Lepanto.

Tras haberse recuperado en un hospital, siguió durante un tiempo en la carrera militar, alternando las campañas con la inactividad. Y después de una feliz temporada en Nápoles, una ciudad que según él era «la mejor de Europa, y aun de todo el mundo», cinco años después de haberse alistado decidió dejar el ejército y volver con su hermano a España. Quizá esperaba, gracias a sus méritos de guerra, encontrar un trabajo en la administración que le permitiera llevar una vida segura y próspera. Probablemente ansiaba, después de una juventud agitada, una madurez reposada y tranquila. Pero si era así, le fallaron los planes, porque en septiembre de 1575, justo cuando el barco que traía de vuelta a los hermanos Cervantes avistaba las costas catalanas, fue capturado por unos corsarios y enviado como cautivo a Argel. Miguel, en el momento en el que perdió su libertad, acababa de cumplir veintiocho años.

Argel era un satélite del Imperio turco cuya economía se basaba en el tráfico de seres humanos. De entre los cristianos capturados, algunos eran vendidos como esclavos y otros renegaban y se convertían al islam, pero Cervantes pertenecía a otro grupo, el de los que eran mantenidos con vida a la espera de que pagaran por ellos un rescate. Y el que pidieron por él fue desorbitado: Cervantes llevaba consigo unas cartas de recomendación de personajes muy importantes, lo que hizo que sus captores pensaran que él también lo era. Tras enterarse de la desgracia de los dos hermanos, su madre y su hermana Andrea removieron medio mundo para conseguir el dinero que se exigía por su liberación, pero solo lograron reunir lo necesario para rescatar a uno de ellos. Miguel decidió que fuese Rodrigo.

Permaneció en Argel cinco años, durante los cuales intentó fugarse cuatro veces. Fracasó en todas, y en todas asumió la culpa para proteger a sus compañeros, pero no sufrió los horribles castigos reservados a los esclavos fugitivos. ¿Por qué? Una vez más, nadie lo sabe. Se ha especulado con que, dada la importante suma que se pedía por su cabeza, sus dueños no quisieron lastimar una mercancía tan valiosa. También con que, de algún modo, Cervantes estaba protegido por actuar como intermediario entre los servicios secretos españoles y las autoridades de Argel. Por supuesto, tampoco han faltado las insinuaciones referidas a que Cervantes era el juguete sexual de uno de sus amos, Hasan Agá, como las de un dominico, también cautivo, que odió y traicionó a Cervantes y que se dedicó a decir de él que había caído en «algunas cosas viciosas y feas». Sea como fuere, tras el último intento de fuga Miguel fue encarcelado durante un tiempo, hasta que por fin, cinco años después de haber llegado a Argel, se enteró de que pensaban enviarlo a Constantinopla, capital del Imperio turco, donde se perdería su rastro y de donde ya no saldría jamás.

Si su vida no terminó ahí y entonces fue gracias al empeño de su familia y al buen hacer de los frailes trinitarios, una orden dedicada a la redención de cautivos cuyos miembros no solo intermediaban por ellos sino que, en ocasiones, se intercambiaban por ellos. Pero le faltó muy poco: Cervantes ya estaba a bordo del barco que le habría de llevar a Constantinopla, «con dos cadenas y unos grillos», cuando le comunicaron que se había negociado su rescate y que era libre. Sucedió un 19 de septiembre del año 1580. No sabemos cómo respondió, pero lo podemos imaginar. Lo que sí sabemos es que dedicó sus últimos días en Argel a recabar testimonios para elaborar un informe sobre sus cinco años de cautiverio. Al fin y al cabo, cuando llegara a España debía encontrar una manera de ganarse la vida y, para ello, necesitaba demostrar que su comportamiento había sido intachable.

No le sirvió de nada. La monarquía no se dejó conmover por su hoja de servicios y Cervantes, a su vuelta, no recibió la recompensa que esperaba. Exceptuando una misión secreta a Orán de la que no se conocen detalles, Miguel, ahora ya con más de treinta años de edad, se vio obligado a sostenerse por sí mismo. Fue entonces cuando, por fin, se puso a escribir. En su ausencia se había desarrollado en Madrid una verdadera industria del espectáculo en torno al teatro y, si es cierto lo que él mismo contó, compuso en esta época unas «veinte comedias o treinta», todas representadas y, por tanto, pagadas. No fueron ningún éxito arrollador, pero según Cervantes el público las recibió, al menos, sin gritos ni silbidos ni «ofrenda de pepinos ni de otra cosa arrojadiza». Simultáneamente, empezó a escribir *La Galatea*, una novela pastoril que publicaría en 1585 y de la que el propio autor dijo que «propone algo, y no concluye nada». También fue en esta época cuando encontró el amor. Más o menos.

La primera mujer de su vida de la que tenemos constancia se llamaba Ana Franca y regentaba junto con su marido una taberna frecuentada por gentes del mundo literario de Madrid. Cervantes la conoció en 1583 y la relación fue breve, pero dejó una hija, Isabel, que quedó a cargo de la madre. El padre, en cambio, se casó con otra: Miguel, al final del embarazo de Ana Franca, acudió al pueblo toledano de Esquivias a visitar a la viuda de un amigo, y allí, en apenas dos meses, conoció, se prometió y se casó con la joven Catalina de Salazar, que no había cumplido aún los veinte años y tenía algunos olivos y viñedos. No sabemos prácticamente nada sobre la intimidad de su relación, pero no tuvieron hijos y es tentador pensar que este matrimonio tuvo poco que ver con el cariño y bastante con la necesidad de Cervantes de asentarse y abandonar la vida errática, aventurera y penosa que había llevado. O quizá no, quizá se querían. De hecho, en su testamento Catalina afirmó que se habían dado «mucho amor y buena compañía». A pesar de todo, pasados un par de años Cervantes dejó Esquivias y también, según él, «la pluma y las comedias». El motivo fue el mismo para ambos casos: al fin encontró un trabajo.

Felipe II había decretado una expedición naval contra Inglaterra, la que con posterioridad se conocería como Armada Invencible, y Cervantes fue contratado como comisario de abastecimientos en el verano de 1587. Su labor, muy bien pagada, consistía en recorrer España requisando trigo y aceite para la flota, lo que con frecuencia implicaba enemistarse con campesinos ricos y con algunos ministros de la Iglesia, sabedores de que la monarquía devolvería lo requisado tarde, mal o nunca. Cervantes fue brevemente encarcelado e incluso excomulgado, pero aun así perseveró en esa vida en lugar de volver a Esquivias. De esta época datan, por cierto, los primeros documentos en los que figura «Saavedra» como su segundo apellido, algo que hoy en día puede llamarnos la atención llamándose su madre Leonor de Cortinas. No sabemos, sin embargo, ni desde cuándo lo usaba ni por qué. Hay quien dice que un pariente lejano de Cervantes se llamaba así y que adoptó el apellido Saavedra porque, siendo de origen gallego, sonaba a cristiano viejo, pero también se cree que la explicación se halla en sus años en Argel, ya que *shaibedraa'*, en un dialecto de la zona, quería decir «brazo defectuoso». Es, en fin, otro de los grandes misterios de la vida de Cervantes. Igual que la razón de su siguiente movimiento: acaso cansado también de las asperezas de su trabajo como comisario de abastos, en 1590 dirige una petición al Consejo de Indias para que le den un empleo en América. Muchas cosas habrían sido muy distintas si se lo hubieran dado, pero también en esto fracasó. La petición le fue devuelta de forma muy rápida y con una fría y escueta respuesta escrita en uno de los márgenes: «Busque por acá en qué se le haga merced». Dicho de otro modo: quédese en España, conténtese con lo que tiene y deje de enredar.

Instalado en Sevilla, ciudad que le fascinaría tanto como Nápoles, Cervantes recibe a continuación el encargo de recaudar impuestos, algo que le haría pasar por otra desgraciada experiencia: el banco donde depositaba lo recaudado quebró y Cervantes fue acusado de haberse quedado con el dinero, lo que le condujo, una vez más, a ser encarcelado. Esta vez le tocó la hacinada, pestilente y lúgubre Cárcel

Real de Sevilla, la más grande de España, donde, según escribió más tarde, «toda incomodidad tiene su asiento y donde todo triste ruido hace su habitación». Lo liberarían meses después, y si bien la experiencia debió ser traumática, una más, al menos sirvió de algo. Al fin y al cabo, de hacer caso a lo que dice Cervantes, allí «se engendró» el *Quijote*.

Tras salir de la prisión no sabemos qué hizo, solo que en el verano de 1600, catorce años después de haberse ido, volvió con su mujer a Esquivias, al menos durante un tiempo, y que debió de dedicarse a escribir esa historia que se le había ocurrido o que había iniciado en la cárcel. Para entonces Ana Franca había muerto y Cervantes, que nunca tuvo una buena relación con ella, le dio su apellido a su hija Isabel y la dejó a cargo de Magdalena, su hermana menor. Cuatro años después toda la familia se trasladaría a Valladolid, corte temporal del nuevo rey, Felipe III, y cabe suponer que allí fue donde Cervantes terminó de componer la novela que acabaría titulando *El ingenioso hidalgo don Quijote de la Mancha*. Estaba cerca de los sesenta años y no era nadie, pero en Valladolid encontró a un librero, Francisco de Robles, hijo del mismo librero que le había publicado *La Galatea* casi dos décadas atrás, que le compró los derechos de la obra. Saldría a la venta en enero del año siguiente. Y la historia de la literatura ya no volvería a ser la misma.

La vida de Cervantes, sin embargo, siguió por los senderos habituales. Porque incluso en este momento, cuando ya viejo y cansado había conocido el éxito, la mala suerte se cebó con él: en una noche de junio de 1605 un noble joven, crápula y de vida muelle apareció en el portal de la casa de los Cervantes con una estocada en un muslo y otra en el vientre. Moriría poco después, y la familia del escritor, pese a que su inocencia era evidente, sería investigada y detenida. Gracias a esta investigación sabemos, no obstante, que Cervantes vivía con su mujer, su hija, sus hermanas y su sobrina encima de una taberna. Y que la vida de las así llamadas «Cervantas» era poco ejemplar a los ojos de sus vecinos. Igual que la del propio Miguel: nadie en Valladolid parecía explicarse qué hacía un anciano dedicado a la literatura viviendo con tantas mujeres. Según declaró su hermana Andrea ante el juez, Cervantes solo era «un hombre que escribe e trata negocios e que por su buena habilidad tiene amigos», sin que sepamos con exactitud ni a qué negocios ni a qué habilidad ni a qué amigos se refería.

La corte volvió en 1608 a Madrid y con ella se fueron Cervantes y las Cervantas. Tras pasar por varias casas, acabaron instalados en el llamado «barrio de las musas», donde vivían, entre otros, Lope de Vega y Quevedo, pero Miguel intentó, una vez más, una huida. Por entonces el conde de Lemos, protector suyo, había sido nombrado virrey de Nápoles, y Cervantes fue en 1610 hasta Barcelona, donde esperaba el conde antes de partir a Italia, a rogarle que le llevara con él a las tierras de su juventud. El conde le dijo que no.

De haberle dicho que sí, quién sabe si Cervantes habría tenido tiempo, o ganas, de escribir una segunda parte del *Quijote*. Porque se esperaba una segunda parte. La esperaban los lectores, ya que él mismo lo había anunciado en la primera, y también Francisco de Robles, que había ganado mucho dinero y le urgía a que compusiera una continuación. Cervantes, sin embargo, algo acomplejado por haber triunfado con un libro humorístico, aprovechó el éxito del *Quijote* para publicar las *Novelas ejemplares* y el extenso poema narrativo *El viaje del*

Parnaso, y también para terminar la obra que él pensaba que le daría la gloria literaria: *Los trabajos de Persiles y Sigismunda*, una indigesta novela hoy olvidada. Dado que todos los retratos que se conservan de él son falsos, si queremos dibujar una imagen de cómo era Cervantes en este momento, pasados los sesenta y cinco años, debemos recurrir a la que él mismo nos dio en el prólogo de las *Novelas ejemplares*: «Este que veis aquí, de rostro aguileño, de cabello castaño, frente lisa y desembarazada, de alegres ojos y de nariz corva, aunque bien proporcionada; las barbas de plata, que no ha veinte años que fueron de oro, los bigotes grandes, la boca pequeña, los dientes ni menudos ni crecidos, porque no tiene sino seis, y esos mal acondicionados y peor puestos...». Le faltó añadir que, obligado por la edad y la presbicia, usaba gafas para leer, algo que sabemos por Lope de Vega: en uno de estos días coincidieron en una reunión de escritores y Lope le pidió a Cervantes sus anteojos, pero estaban tan estropeados que, según Lope, parecían «huevos estrellados mal hechos».

A Cervantes le quedaba poca vida, y lo sabía. Y la poca que le quedaba la pasó con algún apuro espiritual, porque tras la muerte, durante estos años, de sus hermanas y de su nieta, el escritor decidió ingresar en la Orden Tercera de San Francisco. También, por supuesto, tuvo apuros materiales. Uno de los censores de la segunda parte del *Quijote*, de hecho, relató que unos caballeros franceses que estaban de visita en España para negociar la boda de Luis XIII, el futuro Rey Sol, con la infanta Ana de Austria, al saber que estaba ocupándose de una obra del insigne Miguel de Cervantes, le preguntaron muy emocionados por «su edad, su profesión, calidad y cantidad», a lo que el censor se vio obligado a decir «que era viejo, soldado, hidalgo y pobre». Esto sucedió en febrero de 1615. En noviembre vio la luz la continuación del *Quijote*. El 22 de abril del año siguiente, Cervantes, al parecer enfermo de diabetes, rindió su último suspiro.

Se despidió del mundo dos días antes de morir, dictando casi del tirón el prólogo del *Persiles*. Antes le había dicho adiós a su protector, el conde de Lemos, con esta dedicatoria: «Puesto ya el pie en el estribo / con las ansias de la muerte, / gran señor, esta te escribo. Ayer me dieron la extremaunción, y hoy escribo esta. El tiempo es breve, las ansias crecen, las esperanzas menguan, y con todo esto, llevo la vida sobre el deseo que tengo de vivir». Unas líneas más allá, concluiría: «¡Adiós, gracias; adiós, donaires; adiós, regocijados amigos; que yo me voy muriendo, y deseando veros presto contentos en la otra vida!».

Miguel de Cervantes Saavedra, natural de Alcalá de Henares, en Castilla, bautizado el 9 de octubre de 1547, fue enterrado el 23 de abril de 1616. Sus restos fueron dispersados y su testamento se perdió. Quedan su obra y su vida irresumible, llena de secretos y misterios, y un carácter acaso perfilado en unos versos que dejó sobre sí mismo: «Con poco me contento, aunque deseo mucho».

Daniel López Valle

LA OBRA

Cervantes llevaba dos décadas sin publicar nada cuando, a principios del año 1604, entregó el original del *Quijote* al librero y editor Francisco de Robles. Las expectativas que tenía respecto a su propia obra se pueden entrever en el exceso de humildad con el que habla en el prólogo de la novela. No es de extrañar: para entonces tenía casi sesenta años y su trayectoria literaria no había sido precisamente victoriosa.

El libro se compuso en la imprenta de Juan de la Cuesta entre septiembre y diciembre de ese año, pero es muy probable que alguna copia manuscrita circulara ya antes de algún modo. Lo podemos intuir por una carta de Lope de Vega, fechada en agosto de 1604, en la que dice que no hay ningún poeta «tan malo como Cervantes ni tan necio que alabe a don Quijote». Hasta entonces se habían respetado y apreciado, al menos por escrito, así que nadie sabe con seguridad por qué Lope, nacido «en dos extremos, que son amar y aborrecer», dirigió este ataque a Cervantes. Quizá se tomó como una afrenta personal las opiniones que en el *Quijote* se dan sobre el estado del teatro en aquel momento o quizá ese era su sincero veredicto sobre la novela tras leerla en todo o en parte, pero, sea como sea, el libro de Cervantes no pudo aparecer con peores augurios. Por si fuera poco,

Cervantes recibió ese año en su casa una carta con un soneto anónimo en el que se le exigía que respetara a Lope, al tiempo que se le decía que era un cornudo, un «puerco en pie» y que su «don Quijote baladí, de culo en culo por el mundo va». Además, tal y como expuso Lope en la carta, Cervantes no encontró a autores que le escribieran los poemas laudatorios que, según era costumbre, solían aparecer en los preliminares. Es comprensible. Al fin y al cabo, la historia del ingenioso hidalgo no era más que la obra de un viejo que, como poeta y dramaturgo, hacía ya bastantes años que había llegado al límite de sus no muy celebradas capacidades. Quién iba a querer dedicarle nada, y más si el poderoso e influyente Lope de Vega había dicho que el que lo hiciera sería un necio. Apostar contra Cervantes, debieron pensar muchos, era apostar sobre seguro.

Por supuesto, se equivocaban.

El *Quijote* apareció en enero de 1605 y su éxito fue inmediato. No llegó a convertirse, ni mucho menos, en un superventas como el *Guzmán de Alfarache*, *La Celestina* o el *Lazarillo de Tormes*, pero numerosas ediciones y reimpresiones, incluyendo versiones pirateadas, se sucedieron durante los siguientes meses y años. En febrero y marzo ya había en marcha dos ediciones en Portugal y una en Valencia, y el mismo Francisco de Robles sacó otra en abril, corregida y ligeramente aumentada, que, pese a no venderse por completo, abundó en el triunfo de una novela que se había puesto de moda por ser graciosa y grata y que era leída (y en muchos casos oída) por gentes de toda clase y condición.

Fue un éxito de los que traspasan fronteras. Y no solo porque algunos de los viajeros que iban al Nuevo Mundo llevaran la novela en el barco para entretener el trayecto, sino porque parte de la primera edición se vendió en América. Se sabe, por ejemplo, que Juan de Sarriá, librero de Alcalá de Henares, se encargó de enviar varias decenas de ejemplares a su socio en Lima y que estos libros, tras haber cruzado el Atlántico, fueron recogidos en Panamá por el hijo del librero y transportados con mucho trabajo y peligro hasta Perú. Llegaron, que tengamos noticia, al menos setenta y dos ejemplares.

Pero la prueba de hasta qué punto fue el *Quijote* un éxito la apreciamos en que, al poco de la publicación de la novela, el nombre y la semblanza de sus personajes empezaron a ser utilizados en fiestas, cabalgatas, torneos y bailes. De hecho, en junio de 1605 el Caballero de la Triste Figura y su escudero desfilaron por Valladolid con motivo de las celebraciones por el bautismo del futuro rey Felipe IV. Apenas había pasado medio año desde su aparición y ya se habían instalado en el imaginario colectivo tanto del pueblo llano como de las élites. Pero no solo en España: la primera representación gráfica del ingenioso hidalgo se la debemos a un dibujante y grabador alemán que testimonió con imágenes unas fiestas celebradas en su país en las que habían participado don Quijote y Dulcinea. Algo muy parecido sucedió en Perú solo dos años después de que el libro llegara a América. El caballero loco y Sancho Panza fueron utilizados en unos festejos por el nombramiento de un nuevo virrey, pero la mascarada no tuvo lugar en Lima, la capital, sino en una aislada villa minera llamada Pausa: era tanta la fama de Alonso Quijano y de su escudero que incluso en un rincón apartado de América se podía tener la seguridad de que todo el mundo los conocería.

El éxito de la novela no fue, sin embargo, el éxito de Cervantes. La inexistencia de los derechos de autor hizo que no se beneficiara económicamente del triunfo de su obra ya que, de acuerdo con los usos de la época, una vez vendido el original a Francisco de Robles, el dinero generado por el libro acabó en el bolsillo del librero. No obstante, la atención obtenida con el *Quijote* le permitió publicar en 1613 las *Novelas ejemplares*, gracias a lo cual sabemos que al menos ya entonces tenía avanzada la idea de una segunda parte, porque en el prólogo anuncia que «con brevedad» aparecerá una nueva entrega de «las hazañas de don Quijote y donaires de Sancho Panza». Y con brevedad apareció, pero no la firmó su pluma: un año después, en 1614, un tal Alonso Fernández de Avellaneda publicó en Tarragona el *Segundo tomo del ingenioso hidalgo don Quijote de La Mancha*. No era ningún homenaje. En el prólogo se acusaba a Cervantes de tener «más lengua que manos» y se le hacía la siguiente advertencia: «No nos canse».

No era extraño que un escritor tomara prestados los personajes de otro, pero el *Quijote* de Avellaneda era un muy deliberado ataque personal. Tanto que su autor había preferido esconderse bajo un seudónimo. Se ignora su identidad y también se ignora si Cervantes la conoció, pero es una opinión muy extendida la de que pudo tratarse de alguien del entorno de Lope de Vega. En cualquier caso, lo que sí sabemos es en qué momento Cervantes leyó la secuela apócrifa. Fue en el verano del mismo 1614, y para entonces ya tenía muy adelantada su segunda parte. Es, de hecho, en el capítulo 59 cuando don Quijote y Sancho se enteran por una conversación en una venta de que alguien ha publicado una continuación de sus aventuras. No conocemos cuál fue la reacción inmediata de Cervantes al saber de tal afrenta, pero, teniendo en cuenta que don Quijote se pone en pie «lleno de ira y de despecho» tras oír cómo alguien ha mancillado su nombre y el de Dulcinea, ya da a entender que no se lo tomó bien.

La burla del tal Avellaneda le apremió a terminar la segunda parte, que apareció solo un año después, a finales de 1615, también costeada por el librero Francisco de Robles e imprimida en el taller de Juan de la Cuesta. Cervantes tenía entonces sesenta y ocho años. Y era tan consciente y estaba tan orgulloso de lo que había logrado con la primera parte de su novela que en esta segunda le hace decir a Sansón Carrasco: «Los niños la manosean, los mozos la leen, los hombres la entienden y los viejos la celebran; y, finalmente, es tan trillada y tan leída y tan sabida de todo género de gentes, que apenas han visto algún rocín flaco, cuando dicen: "Allí va Rocinante"».

Cervantes murió apenas medio año después de publicar la segunda parte, de modo que no pudo ver la primera edición íntegra de ambos volúmenes, realizada en Barcelona en 1617. Tampoco pudo, por supuesto, conocer la primera edición ilustrada de su obra, impresa en Bruselas en 1662, ni, desde luego, asistir al hecho de que su novela, andando el tiempo y cruzando el siglo, se convirtiera en un clásico querido por todos. Esa consideración fue consagrada por la RAE en 1780: avergonzada ante la evidencia de que las copias que circulaban del *Quijote* eran baratas y de mala calidad y de que nunca nadie en su propio país se había preocupado de hacer una edición digna de la obra de Cervantes, la institución decidió fijar una versión canónica y a la altura del mito que la obra empezaba a ser. Porque, para entonces, la novela de Cervantes había comenzado a convertirse en algo más que un sublime entretenimiento. El testimonio más conocido de este cambio de apreciación lo tenemos en las *Cartas marruecas* de José Cadalso, quien a finales del XVIII escribió que el *Quijote* era «una de las pocas obras originales que hay en el mundo» y que, además de carcajadas, diversión y locuras, en el libro podemos encontrar «un conjunto de materias profundas e importantes».

Lo que sí pudo ver Cervantes, o al menos vislumbrar, fue el éxito internacional de su novela. De hecho, en la dedicatoria de la segunda parte se permitió bromear con que «el grande emperador de la China» le había pedido por carta que le enviara una copia. Tenía motivos para presumir, porque si bien el *Quijote* tardó aún un tiempo en llegar hasta China, se extendió con rapidez por países más cercanos antes incluso de que apareciera la segunda parte. La primera traducción fue al inglés y la realizó Thomas Shelton, un espía irlandés que presumió de haber completado *The History of the Valorous & Witty Knight-Errant Don Quixote of the Mancha* en solo «cuarenta jornadas». Fue publicada en 1612 y se cree que pudo ser leída por Shakespeare, lo que explicaría que el dramaturgo inglés escribiera *The History of Cardenio*, una obra de teatro hoy perdida y de la que se asume que estaba protagonizada por el Cardenio del *Quijote*. Dos años después se publicaría la primera traducción al francés, seguida de una traducción al italiano en 1622 y de otra al alemán en 1648. Estas cuatro versiones en inglés, francés, italiano y alemán, más la original en castellano, hicieron que la novela pudiera ser leída por gente de toda Europa, de modo que las traducciones a otras lenguas del continente tardaron un poco más en aparecer. Aun así, el *Quijote* fue volcado al neerlandés en 1657 y, ya en el XVIII, al ruso y al danés.

Hoy, cuatro siglos después de su aparición en el mundo, el *Quijote* ha sido traducido a más de ciento cuarenta lenguas y se estima que se han vendido más de quinientos millones de ejemplares, lo que convierte a la novela de Cervantes en el libro no religioso y no político más vendido de la historia. Nada mal para alguien que decidió empezar ese mismo libro pidiendo perdón al lector por presentarle una obra salida de un ingenio «estéril y mal cultivado». Nada mal.

DANIEL LÓPEZ VALLE

DON QUIJOTE NO ESTÁ VIEJO

Durante siglos, el mundo estaba escrito de una vez y para siempre. Los libros contenían la verdad, murmuraban en sus palabras los misterios de la existencia, las viejas sabidurías y los secretos anunciados que el futuro iba revelando año tras año. Sólo podían descifrar sus enseñanzas los elegidos del saber. Todas las historias se contaban para repetir un acontecimiento original, inmutable, que daba vueltas por los tiempos como el sol en torno a la Tierra.

Pero un día alguien se atrevió a imaginar y a hacerse dueño de su propia historia. Más que dar testimonio de la verdad aparente, quiso contar lo que le pasaba a un personaje inventado. Porque se podían narrar historias que no se heredarán de una sabiduría sagrada, y porque el planeta era movedizo y daba vueltas, y porque los seres humanos respondían con sus dudas y sus imaginaciones al azar de las propias experiencias. Alguien se decidió a contar una historia que no era la suya y escribió la vida de *Lazarillo de Tormes*. Como la ficción no había existido hasta entonces, el autor compuso una novela sin publicarla como novela, ni siquiera la firmó, parecía un documento más, una carta en la que alguien se confesaba. En la cultura española nacía así la ficción moderna, el arte de componer la realidad desde la voluntad humana, igual que se compone un Estado o el destino de una sociedad. Un acto de libertad y rebeldía.

En este camino abierto encontró Miguel de Cervantes la manera de consolidar la gran experiencia literaria de la novela moderna, una ficción creativa que no tiene nada que ver con el engaño o las supersticiones. Era el modo de contar desde dentro una historia habitada por personajes imaginados que hablaban de nosotros, dispuestos a enseñarnos lo que llevan dentro sus palabras cuando decían amor, muerte, miedo, dignidad o avaricia. Palabras que no se pronuncian ya desde una verdad sobrenatural, sino desde la modesta y transitoria vida humana, nuestra vida. Para cuestionar los valores éticos separados de la experiencia humana, las obediencias del siervo ante leyes superiores a su propia condición, Cervantes inventó en los inicios del siglo XVII a un personaje que vivía empeñado en encarnar los códigos medievales y las novelas de caballería. Vivir en una realidad con los mandamientos de otra. Así empezó a cabalgar nuestro caballero don Quijote por el mundo moderno con un equipaje de palabras y aventuras que lo empujaban a hacer el ridículo, a ir de susto en susto, al confundir los molinos de viento con gigantes y una cuerda de delincuentes con un grupo de cautivos víctimas de la injusticia.

La verdad es que daban ganas de reírse. Pero la risa y la ficción abren grietas para que las imaginaciones rompan los dogmas de lo que parece ordenado para siempre. Y abren también ojos para mirar lo que pasa desapercibido, lo que merece la pena ser descubierto bajo los silencios o los gritos. Si la carcajada cierra los ojos, la ironía enseña a mirar. Cuando un personaje toma vida, puede de pronto descubrir que el mundo nuevo que se ríe del viejo tiene también sus injusticias, sus desafueros, sus formas de ser indigno y cruel. Y la vieja y ridícula nobleza de ser justo, además de poner al descubierto el sinsentido de vivir en un siglo con unos valores propios del pasado, puso también en evidencia las nuevas formas de maldad, los peligros de la prepotencia y la insolidaridad, y la forma en la que se utiliza la palabra futuro para perpetrar las descomunales fechorías de siempre.

De este modo, ayudado por los vientos de la novela y la creatividad humana, empezó don Quijote a cabalgar la llanura manchega, y luego los ojos de los lectores españoles, y después el mundo, de traducción en traducción, de cultura en cultura, de siglo en siglo, denunciando a los que maltratan, los que quieren humillar las libertades, los que mienten a conciencia, los que usan una religión para despreciar a otras y un saber elitista para hundir en la incultura y el sufrimiento a los barrios y los suburbios de cualquier comunidad. Utilizaban la palabra verdad para mentir y la palabra nación para hundir a su tierra.

Don Quijote ha entrado en los campos de concentración, ha sufrido bombardeos, ha soportado el insulto de las consignas, ha cruzado los mares y los siglos, ha celebrado la paz, porque la literatura consiguió que las buenas ficciones, que nunca son mentira, contasen la verdad y que la razón de la dignidad humana, aunque a veces parezca una locura, se atreve a no darse por perdida. Nunca se da por perdida. ¿Verdad, Sancho?

Luis García Montero

NUESTRA EDICIÓN

Hay quien piensa que los clásicos de la literatura son de lectura difícil: argumentos trasnochados, lenguaje abstruso y, en muchos casos, desmesurada longitud. Y, sin embargo, los clásicos siguen estando ahí, y no se puede dejar de leerlos. O de releerlos: decía Italo Calvino que un clásico es un libro que ya hemos leído antes de leerlo, tan grande es la huella que los clásicos han dejado en nuestra civilización, en nuestra cultura.

Para resolver estas dificultades de accesibilidad, cuando se trata de obras largas, como es el caso del *Quijote*, se recurre a veces a reducciones y adaptaciones. Ramón Gómez de la Serna hizo una «Reducción de la inmortal obra sin variar una sola palabra de su texto», según reza el subtítulo; Arturo Pérez-Reverte, con el patrocinio de la Real Academia Española, una adaptación suprimiendo las digresiones que Cervantes intercaló en la narración principal, y eliminando o resumiendo algún que otro capítulo; Andrés Trapiello una «traducción» al castellano moderno. En todas estas versiones la obra brilla con todo su fulgor: es tal la potencia del texto que, según declaró Roberto Bolaño, «una obra como el *Quijote* podría resistir hasta el peor traductor. Es más: podría resistir la mutilación, la pérdida de numerosas páginas y hasta una lluvia de mierda».

En Clásicos Liberados pensamos que nada en el *Quijote* tiene desperdicio, y que la narración es perfectamente inteligible. Si alguna palabra o expresión no se entienden a la primera, son siempre fácilmente deducibles del contexto, y eso es un atractivo añadido de la lectura, como cuando uno escucha a un castellanoparlante de otro país y se sorprende y maravilla de sus giros e inflexiones.

Por otra parte, como dice el bachiller Sansón Carrasco en el capítulo 3 de la *Segunda parte*:

> «[La historia] es tan clara que no hay cosa que dificultar en ella: los niños la manosean, los mozos la leen, los hombres la entienden y los viejos la celebran».

La presente edición ofrece dos posibilidades de acceso. Por un lado, en el volumen impreso se han omitido las historias intercaladas y algún capítulo de menor interés. Los fragmentos suprimidos se han sustituido por un resumen —en cursiva en el texto— que permite seguir el hilo de la narración. De la selección de los capítulos y la redacción de los sumarios se ha encargado el profesor Agustín Sánchez Aguilar, doctor en filología hispánica, especialista en la literatura del Siglo de Oro y gran divulgador de la obra cervantina.

Por otra parte, el *e-book* al que se accede a través del código QR de la última página del presente volumen contiene el texto del *Quijote* en su integridad. El texto ha sido fijado por el catedrático Gonzalo Pontón, de la Universitat Autònoma de Barcelona.

Pero el *Quijote* no es solo el texto. Fue tal el éxito de la obra desde el mismo momento de su publicación que sus personajes han escapado de ella y forman ya parte del imaginario universal. De hecho, «quijote» es un nombre común, incluido ya desde 1817 en el Diccionario de la Real Academia Española («Hombre que, como el héroe cervantino, antepone sus ideales a su conveniencia y obra de forma desinteresada y comprometida en defensa de causas que considera justas»). Don Quijote y Sancho Panza no viven solo en la obra que les vio nacer: en los más de cuatrocientos años transcurridos desde que llegaron al mundo, han frecuentado la música y la pintura, el cine y la publicidad, el teatro y la poesía, la cultura popular y el ballet...

Queríamos que nuestra edición fuera también reflejo de esta inmensa diversidad cultural. Empezando por su vertiente cinematográfica: en 1957, el director soviético de origen ucraniano Grigori Kózintsev rodó la que se considera la mejor versión fílmica del *Quijote*, con Nikolai Cherkasov (el Iván el Terrible de Eisenstein) en el papel protagonista. Fue la primera película soviética que pudo estrenarse en España, en 1967. De ella hemos extraído los episodios más célebres de la obra y los proponemos en formato fotonovela. Este género literario, hoy caído en desuso, gozó de gran popularidad en la España de los sesenta y los setenta. Al parecer, la fotonovela fue inventada por Cesare Zavattini, guionista de referencia del neorrealismo italiano, que publicó el primer ejemplo de este «tebeo con fotografías» en la revista *Bolero Film*, en 1947. La aceptación fue inmediata, y el formato se expandió rápidamente por el sur de Europa y Latinoamérica. Revistas como *Nous Deux*, en Francia, o *Letizia*, en Italia, tenían difusiones de más de un millón de ejemplares semanales. En España éxitos notables fueron las fotonovelas de Corín Tellado o la serie *Simplemente María*. Actores como Gina Lollobrigida, Sophia Loren o Vittorio Gassman trabajaron para el género, y también se adaptaron al formato fotonovela películas de gran éxito, como *Sissi emperatriz*, con Romy Schneider, *Don Quijote de la Mancha*, de Rafael Gil, en la que aparecía una joven Sara Montiel, o, más recientemente, *Grease*, con John Travolta. En 2017, el Museo de las Civilizaciones de Europa y del Mediterráneo (MuCEM) de Marsella dedicó una gran exposición al género de la fotonovela.

El texto del *Quijote* va acompañado, en la presente edición, de numerosas notas al margen. No son explicaciones léxicas, que nos parecen superfluas, puesto que la lengua del *Quijote* es lengua viva, y basta con leer unas pocas páginas para verse arrastrado por su magia, que en parte consiste en no entender palabra tras palabra del mismo modo que las habría entendido un lector del siglo XVII, y en juzgar novedosas y creativas expresiones que quizás fueron de uso común. Son notas que quieren acercar el *Quijote* a nuestro presente, muchas de ellas comentarios que la lectura de la obra ha suscitado a las distintas personalidades que las firman.

Además de los comentarios textuales, el volumen incluye numerosos recursos audiovisuales (fragmentos de películas, músicas, poesías, etc.) que se activan mediante códigos QR.

Cierran la edición el poema «Las confesiones de don Quijote» de Luis García Montero y el texto de Elsa Fernández-Santos, en el que glosa la película de Grigori Kózintsev.

Sobre Cervantes y el *Quijote*

JORGE LUIS BORGES

Entrevistado por Joaquín Soler Serrano en el programa de TVE *A fondo*, 1976 y 1980.

Enlace a la película *Don Quijote* de Grigori Kózintsev en la página 814.

Enlace al *e-book* en la página 815. Código de acceso: eBookLiberado1605W.

RESUMEN DE LA TRAMA

PARTE I

1. LA PRIMERA SALIDA (CAPS. 1 A 7).

Cap. 1. El hidalgo Alonso Quijano vive en un pueblecito de la Mancha, ronda los cincuenta años y sigue soltero. Su pasión son los libros de caballerías: los lee de forma tan obsesiva que acaba por volverse loco. Toma entonces la decisión disparatada de echarse a los caminos y ejercer como caballero andante con el nombre de «don Quijote de la Mancha». • **Cap. 2.** Un amanecer de julio, don Quijote se calza su armadura y abandona su casa en secreto, a lomos de Rocinante, su esquelético caballo. Al anochecer, se recoge en una venta, que, a causa de su locura, confunde con un castillo. Su intención es pedirle al señor de la fortaleza que lo arme caballero, trámite indispensable para ejercer la profesión. • **Cap. 3.** Esa noche, don Quijote se pelea violentamente con unos arrieros, así que el ventero, para sacárselo de encima, lo arma caballero en una apresurada y ridícula ceremonia. • **Cap. 4.** Al alba, don Quijote abandona la venta. Intenta ayudar a un pastorcillo que está siendo azotado por su amo, pero solo consigue que al chaval le redoblen el castigo. Algo más tarde, ataca a unos mercaderes que no le siguen la corriente, pero, al embestir, acaba rodando por el suelo, situación que los mercaderes aprovechan para apalearlo. • **Cap. 5.** Tirado en medio del camino, el hidalgo delira. Por suerte, un vecino suyo lo recoge y lo lleva de vuelta a casa. • **Cap. 6.** El cura y el barbero del pueblo deciden entonces quemar los libros del hidalgo, causantes de su locura. • **Cap. 7.** Pero la medida sirve de poco: don Quijote está empeñado en volver a los caminos. Esta vez, se hará acompañar por un vecino suyo, un labrador llamado Sancho Panza, algo corto de entendederas y muy deseoso de hacerse rico. Don Quijote le promete a Sancho que, a cambio de sus servicios, lo nombrará gobernador de una ínsula.

2. LA SEGUNDA SALIDA: PRIMERAS AVENTURAS DE DON QUIJOTE CON SANCHO (CAPS. 8 A 15).

Cap. 8. Don Quijote y Sancho abandonan su pueblo a escondidas. Al poco, descubren unos molinos de viento, que don Quijote toma por gigantes. Los ataca, pero la aventura sale mal: al embestir al primer molino, el hidalgo rueda por el suelo. Al día siguiente, don Quijote y Sancho se cruzan con un coche en el que viaja una dama, flanqueada por un escudero vizcaíno y unos frailes. Creyendo que la mujer va secuestrada, don Quijote arremete contra los frailes y se enfrenta a espadazos al vizcaíno. Sancho, ansioso de botín, pretende arrebatarles los hábitos a los religiosos y acaba molido por unos mozos que defienden a los frailes. • **Cap. 9.** El vizcaíno le rebana media oreja a don Quijote, y este, enrabiado, responde descargándole un golpe brutal en la cabeza que hace que el vizcaíno sangre a chorros y caiga de su caballo. • **Cap. 10.** Don Quijote presume de su valentía y planea preparar el famoso bálsamo de Fierabrás, brebaje mágico del que se dice que lo cura todo. • **Cap. 11.** Esa noche, unos cabreros acogen a don Quijote y Sancho en sus chozas y les dan de cenar. • **Cap. 12.** Al día siguiente, los pastores acuden al entierro de un tal Grisóstomo, que se ha suicidado por una pena de amor. • **Cap. 13.** Durante el funeral, el mejor amigo del muerto culpa del desastre a la mujer que lo desdeñó. • **Cap. 14.** La joven, una tal Marcela, se presenta en persona para defenderse, y alega que ella no tenía por qué complacer a Grisóstomo porque amar no es obligatorio. Don Quijote apoya a Marcela y decide ponerse a su servicio, pero la muchacha se pierde rápidamente de vista. • **Cap. 15.** Don Quijote y Sancho la buscan bosque adentro, sin éxito. Durante un descanso, Rocinante decide refocilarse con unas jacas a las que ve pacer en un prado. Los arrieros que las cuidan lo alejan a estacazos. Cuando don Quijote y Sancho tratan de defender al pobre Rocinante, reciben la misma medicina: jarabe de palo.

3. EN LA VENTA DE JUAN PALOMEQUE (CAPS. 16 Y 17).

Cap. 16. Don Quijote y Sancho se han recogido en una venta, que, según don Quijote, no es venta sino castillo. En el local trabaja Maritornes, moza fea y maloliente que se acuesta con los clientes por dinero. Durante la noche, Maritornes camina a tientas por la venta en busca de un arriero que ha reclamado sus servicios. Don Quijote la intercepta, convencido de que la chica se ha enamorado de él nada más verlo. El malentendido provoca una pelea colosal que deja medio descalabrados a don Quijote y Sancho. • **Cap. 17.** Don Quijote decide reparar sus heridas con el bálsamo de Fierabrás, que elabora con los ingredientes propios del aliño de una ensalada. A Sancho, el bálsamo le sienta como un tiro, y se desagua simultáneamente en vómitos y cagaleras. Poco después, amanece. Don Quijote dice que es hora de partir. Se marcha sin pagar y, en represalia, unos huéspedes de la venta mantean a Sancho.

4. OVEJAS, FRAILES, BATANES Y GALEOTES (CAPS. 18 A 22).

Cap. 18. De nuevo en camino, don Quijote confunde a unos rebaños de ovejas con dos ejércitos a punto de enfrentarse, y se une a la batalla arremetiendo contra uno de los dos grupos. Los pastores se indignan y lo apedrean: don Quijote cae del caballo y escupe varios dientes. • **Cap. 19.** Esa noche, apalea a unos frailes que llevan a enterrar a un difunto, porque está seguro de que el muerto es un caballero asesinado a traición. • **Cap. 20.** Algo más tarde, busca con Sancho un arroyo en el que beber. Oye entonces un estruendo horroroso, y dice que son gigantes con ganas de pelea. Decide luchar contra ellos, pero acaba por descubrir, abochornado, que el ruido lo hacen unos batanes, grandes mazos de madera accionados por el agua del río. Sancho se burla de don Quijote, que reacciona con cólera y aporrea a su escudero. • **Cap. 21.** Ese mismo día, don Quijote asalta a un barbero para robarle su bacía de latón, que ha confundido con el yelmo de Mambrino, casco mágico que vuelve invencible al que lo usa. En adelante, pues, don Quijote se paseará por la Mancha con una especie de escupidera en la cabeza. • **Cap. 22.** Poco después se cruza con unos delincuentes que viajan encadenados y escoltados por agentes de la justicia: los llevan a la costa para que se embarquen en las galeras del rey, donde pagarán remando por sus fechorías. Don Quijote comete el disparate de liberarlos, porque no concibe que estén presos contra su voluntad, pero los galeotes, lejos de agradecérselo, lo apedrean y le quitan la ropa. Y lo mismo hacen con Sancho.

5. EN SIERRA MORENA (CAPS. 23 A 31).

Cap. 23. Como liberar delincuentes es delito, Sancho convence a su señor de que hay que perderse de vista adentrándose en Sierra Morena. Allí encuentran a un loco cubierto de andrajos que salta de peña en peña. • **Cap. 24.** Don Quijote lo llama y le pide que le cuente su historia. El tipo se llama Cardenio y ha enloquecido porque un mal amigo le robó a su amada Luscinda. • **Cap. 25.** Don Quijote decide quedarse unos días en lo más espeso de Sierra Morena haciendo penitencia por su amada; mientras, Sancho le llevará una carta a Dulcinea. • **Cap. 26.** Sancho llega a la venta donde lo mantearon y encuentra allí al cura y al barbero de su pueblo, que andan buscando a don Quijote. Al ver a Sancho, lo interrogan, y así averiguan que don Quijote está en Sierra Morena. Para sacarlo de allí, idean un plan: el barbero se disfrazará de dama en apuros y le pedirá ayuda a don Quijote, que no dudará en acompañarla. • **Cap. 27.** Ya en Sierra Morena, el cura y el barbero descubren a Cardenio y conversan con él. • **Cap. 28.** Poco después, se encuentran con una hermosa joven llamada Dorotea que viaja en busca del galán que la desvirgó y ahora no quiere casarse con ella: se trata de un tal don Fernando, que resulta ser el mismo sinvergüenza que le quitó a Cardenio a su Luscinda. El cura, el barbero y Cardenio prometen ayudar a Dorotea, quien se ofrece a hacer, delante de don Quijote, el papel de princesa en apuros. • **Cap. 29.** Se presenta, pues, ante el hidalgo, como «la princesa Micomicona», y le pide que la acompañe a la lejana Guinea. • **Cap. 30.** Una vez allí, don Quijote tendrá que derrotar al malvado gigante Pandafilando de la Fosca Vista. • **Cap. 31.** Saliendo de Sierra Morena, don Quijote le pregunta a Sancho cómo le fue en su entrevista con Dulcinea, y Sancho miente: dice que la encontró muy bien.

6. DE VUELTA A LA VENTA (CAPS. 32 A 46).

Cap. 32. El grupo llega a la venta, donde don Quijote descansa en un camaranchón. • **Caps. 33 a 35.** Mientras, el cura entretiene a la concurrencia leyendo en voz alta la trágica historia del curioso impertinente. Está a punto de acabarla cuando don Quijote empieza a dar gritos: resulta que ha destrozado unos cueros de vino creyendo que eran el gigante Pandafilando. • **Cap. 36.** Casualmente, llegan a la venta don Fernando, el hombre que burló a Dorotea, y Luscinda, la mujer que estaba destinada a contraer matrimonio con Cardenio. Dorotea convence a don Fernando de que se case con ella, por lo que Cardenio y Luscinda vuelven a emparejarse. • **Caps. 37 a 41.** En ese momento feliz, llega a la venta un militar que viste al estilo moro porque acaba de huir de Argel, donde permaneció cautivo largos años. El cautivo cuenta su historia, en la que se mezclan los dramas de la guerra con las alegrías del amor. • **Cap. 42.** Justo cuando acaba su relato, se presenta en la venta un juez que resulta ser hermano del cautivo: los dos hombres, que llevaban veinte años sin verse, se funden en un caluroso abrazo. • **Cap. 43.** Al amanecer, descubrimos que la hija del juez está enamorada de un jovencito de familia rica que la sigue a todas partes porque los dos se adoran. • **Cap. 44.** Llega a la venta el barbero al que don Quijote le robó la bacía y exige que se la devuelvan. • **Cap. 45.** Además, un cuadrillero de la Santa Hermandad pretende detener a don Quijote por haber liberado a los galeotes. • **Cap. 46.** Ahora bien, la mediación del cura, siempre ingenioso, impide que don Quijote tenga que devolver la bacía y responder de sus actos ante un juez. Lo urgente es devolverlo a su aldea, y lo harán al estilo caballeresco: fingen que unos demonios acuden a secuestrarlo y lo meten en una jaula montada sobre un carro.

7. EL REGRESO A CASA (CAPS. 47 A 52).

Cap. 47. El carro parte hacia el lugar de don Quijote. • **Cap. 48.** Por el camino, el cura conversa con un canónigo sobre los libros de caballerías. • **Cap. 49.** Don Quijote pide salir de la jaula para hacer sus necesidades, y se suma al debate. • **Caps. 50 y 51.** El grupo almuerza en un prado, donde se presenta un cabrero que cuenta la historia de sus amores imposibles con una tal Leandra. • **Cap. 52.** Don Quijote y el cabrero discuten por una niñería y acaban aporreándose. Poco después, el hidalgo ataca a unos penitentes, pues confunde a la Virgen que llevan en procesión con una dama que ha caído prisionera. En respuesta, los penitentes le propinan a don Quijote una buena somanta de palos. Seis días después, el grupo llega por fin a su destino, donde el ama y la sobrina de don Quijote reciben al hidalgo maldiciendo una y otra vez los libros de caballerías.

PARTE II

8. PREPARANDO LA TERCERA SALIDA (CAPS. 1 A 7).

Cap. 1. Don Quijote lleva un mes en casa. Se ha repuesto físicamente, pero persiste en su locura. • **Cap. 2.** Un día, recibe la visita de Sancho, que trae una noticia pasmosa: ¡se ha publicado un libro que relata las aventuras de don Quijote! • **Cap. 3.** Se les une un vecino del pueblo, el bachiller Sansón Carrasco, quien asegura que la historia de don Quijote está teniendo un éxito colosal. • **Cap. 4.** Don Quijote decide salir por tercera vez en busca de aventuras: se propone ir a Zaragoza para participar en unas justas. • **Cap. 5.** Sancho vuelve a su casa y discute con su mujer, Teresa Panza, sobre las ventajas e inconvenientes de ser gobernador. • **Cap. 6.** Mientras tanto, la sobrina de don Quijote intenta convencer a su tío de que las aventuras que cuentan los libros de caballerías son pura ficción, pero sus palabras caen en saco roto. • **Cap. 7.** Durante tres días, don Quijote y Sancho ultiman los preparativos de su nueva salida, y al fin parten a escondidas.

9. DE LA VISITA AL TOBOSO AL COMBATE EN EL BOSQUE (CAPS. 8 A 15).

Cap. 8. Don Quijote decide pasar por el Toboso para que Dulcinea lo bendiga. De camino hacia allí don Quijote y Sancho conversan sobre la fama. **Cap. 9.** Llegan al Toboso de noche y no encuentran el palacio de Dulcinea. Sancho teme que don Quijote descubra que nunca se entrevistó con Dulcinea, así que lo convence para aplazar la visita hasta que llegue el día. • **Cap. 10.** Ya al alba, Sancho vuelve a mentir: le hace creer a don Quijote que una fea labradora que les sale al paso es Dulcinea. Don Quijote, estupefacto, concluye que su amada ha sido víctima de un encantamiento. • **Cap. 11.** Poco después, don Quijote y Sancho se cruzan con unos comediantes disfrazados que van metiendo bulla: al verlos, Rocinante se asusta y echa a correr, así que don Quijote acaba en el suelo. • **Cap. 12.** Por la noche, don Quijote y Sancho coinciden en un bosque con otro caballero y su escudero. • **Cap. 13.** Los dos escuderos charlan sobre las miserias que sufren los de su profesión. • **Cap. 14.** Don Quijote y el Caballero del Bosque, por su parte, discuten y se retan en combate singular. El desafío se celebra al alba: por pura suerte, vence don Quijote. El ganador se acerca a quitarle la celada a su rival, que está tendido en el suelo, y entonces descubre que el tipo tiene la cara del bachiller Sansón Carrasco. Don Quijote entiende que todo es cosa de un nuevo encantamiento. • **Cap. 15.** La verdad, sin embargo, es que el Caballero del Bosque es Sansón Carrasco, quien pretendía vencer a don Quijote para obligarlo a volver a casa. El plan ha fracasado, pero Sansón no cede: como ha quedado magullado, se propone perseguir a don Quijote para molerlo a palos.

10. CAMINO DEL EBRO (CAPS. 16 A 29).

Cap. 16. Don Quijote y Sancho coinciden en su camino con un cincuentón razonable y simpático que va ataviado con un elegante chaquetón verde. • **Cap. 17.** Aparece un carro en el que van dos leones hambrientos, y don Quijote le exige al carretero que abra las jaulas porque quiere vencer a los leones. Inesperadamente, la aventura acaba bien. • **Cap. 18.** El Caballero del Verde Gabán invita a don Quijote y Sancho a su casa, pues desea averiguar si don Quijote es un loco que parece lúcido o un lúcido que parece loco. • **Caps. 19 y 20.** Tras cuatro días en casa del Caballero del Verde Gabán, don Quijote y Sancho vuelven a las andadas y acaban invitados a la boda de un tal Camacho, labrador rico que va a casarse por todo lo alto en plena campiña. • **Cap. 21.** Durante el casamiento, aparece el ex de la novia, un tal Basilio, y se suicida, o al menos eso es lo que parece, porque, en realidad, no hace más que fingir su suicidio. Inesperadamente, la novia vuelve a sentirse enamorada de Basilio y decide casarse con él. Los familiares de Camacho se indignan y están a punto de echar mano de las armas, pero don Quijote consigue poner paz. • **Cap. 22.** Acabadas las bodas, el hidalgo se dirige a la cueva de Montesinos, que quiere visitar. La cueva es una sima en vertical, así que se interna en ella colgado de una cuerda. • **Cap. 23.** Al salir, don Quijote cuenta que allí abajo ha visto maravillas, y que ha conocido a Montesinos, Durandarte y Belerma, que llevan quinientos años dentro de la cueva, encantados por el mago Merlín. • **Cap. 24.** De nuevo en camino, don Quijote y Sancho se cruzan con un muchachito que va a alistarse al ejército movido por la necesidad: a don Quijote le despierta tanta ternura que lo invita a cenar. • **Cap. 25.** Al anochecer, el grupo entra en una venta, donde un mulero los pone al corriente de que dos pueblos de la zona andan enfrentados por una absurda rencilla originada por un rebuzno. La venta se alegra con la llegada de maese Pedro, artista ambulante que recorre Aragón con un retablo de títeres y un mono adivino. • **Cap. 26.** Maese Pedro hace de titiritero para la concurrencia. En la obra que representa, el cristiano don Gaiferos rescata a su esposa, secuestrada por los moros. Don Quijote vive la obra tan intensamente que acaba por arremeter contra los títeres, espada en mano, y los destroza. • **Cap. 27.** Ignora que, en realidad, maese Pedro es Ginés de Pasamonte, uno de los galeotes a los que liberó semanas atrás: Pasamonte se ha inventado una nueva identidad para esquivar a la justicia. Al reemprender su camino, don Quijote se topa con dos escuadrones de labradores que están a punto de enfrentarse: son los vecinos de los dos pueblos que discutieron por un rebuzno. Don Quijote trata de poner paz, pero Sancho se pone a rebuznar para demostrar que sabe hacer el burro, y los pueblerinos lo apedrean. • **Cap. 28.** Después del incidente, Sancho discute con su amo, y don Quijote le reprende tan severamente que le hace llorar. • **Cap. 29.** Dos días después, la pareja llega a orillas del Ebro. Don Quijote ve un barco abandonado y se sube, pues dice que se trata de un vehículo encantado que lo llevará hasta un lugar en el que un caballero está encarcelado injustamente. La aventura, claro, termina mal: el barco acaba hecho trizas al estamparse contra una aceña y don Quijote y Sancho están a punto de morir ahogados.

11. EN EL CASTILLO DE LOS DUQUES (CAPS. 30 A 41).

Cap. 30. Al día siguiente, don Quijote y Sancho conocen en un prado a unos duques, que ya saben de qué pie cojean los dos manchegos porque han leído la primera parte del *Quijote*. Los duques invitan a don Quijote y Sancho a su castillo con la intención de divertirse a su costa. • **Cap. 31.** Durante un banquete, un sacerdote le recrimina a don Quijote que vaya por ahí haciendo el loco. • **Cap. 32.** Don Quijote se defiende ensalzando con ardor el ejercicio de la caballería andante.

Poco después, el duque le dice a Sancho que va a encargarle el gobierno de una ínsula, noticia que desata el entusiasmo del escudero. • **Cap. 33.** Mientras don Quijote se retira a descansar, Sancho conversa con la duquesa, a quien le confía que ha engañado a don Quijote haciéndole creer que Dulcinea está encantada. • **Cap. 34.** Seis días después, los duques se llevan a don Quijote y Sancho a cazar al monte. Vuelven ya de noche y entonces se topan con un tétrico cortejo de carrozas, en el que va Dulcinea, encantada. • **Cap. 35.** El mago Merlín, que la acompaña, anuncia que solo hay una manera de desencantar a Dulcinea: que Sancho se dé tres mil azotes en el trasero. Sancho se indigna y protesta, pues ignora que todo lo que está viendo es una farsa ideada por los duques. • **Caps. 36 a 39.** Al día siguiente, los duques fingen que una tal condesa Trifaldi ha venido desde muy lejos para pedirle a don Quijote que se traslade al remoto reino de Candaya, donde debe derrotar al malvado gigante Malambruno. • **Cap. 40.** Don Quijote acepta, y entonces le acercan un caballo de madera. Se llama Clavileño, y puede volar: será su medio de transporte hasta Candaya. • **Cap. 41.** Siguiendo las indicaciones de los duques y de sus compinches, don Quijote y Sancho montan en Clavileño con los ojos vendados. El caballo no se mueve, pero todos en el jardín fingen que está volando, y don Quijote y Sancho, que son dos ingenuos, se lo creen. Al final, el caballo estalla porque está preñado de cohetes, y don Quijote y Sancho saltan por los aires. Un cartel anuncia entonces que don Quijote ha vencido a Malambruno con solo intentarlo.

12. DON QUIJOTE Y SANCHO SE SEPARAN (CAPS. 42 A 55).

Caps. 42 y 43. Al día siguiente, el duque le explica a Sancho que enseguida deberá hacerse cargo de su ínsula. Don Quijote aconseja pacientemente a su escudero sobre lo que debe y no debe hacer un gobernador. • **Cap. 44.** Sancho se va, y don Quijote se queda en el castillo de los duques, algo apenado. Una doncella llamada Altisidora le da a entender por medio de una canción que se ha enamorado de él. • **Cap. 45.** Mientras tanto, Sancho toma posesión de la ínsula Barataria y, nada más llegar, resuelve tres pleitos de forma muy atinada. • **Cap. 46.** Altisidora procura llamar la atención de don Quijote, quien le deja claro, echando mano de una canción, que no puede amar a nadie que no sea Dulcinea. Un tropel de gatos rabiosos se cuela entonces en la habitación de don Quijote y le arañan la cara. • **Cap. 47.** En la ínsula, Sancho se muere de hambre, porque un médico le prohíbe casi todos los alimentos. El duque le avisa por carta de que unos enemigos pretenden asaltar la ínsula. • **Cap. 48.** Volvemos al castillo de los duques, donde, una noche, se cuela en la habitación de don Quijote una mujer madura llamada doña Rodríguez que necesita la ayuda del caballero. Dice que su hija ha sido seducida por un labrador que ahora no quiere casarse con ella, así que hay que llevarlo al altar sea como sea. De paso, doña Rodríguez se despacha a gusto con la duquesa, sin saber que la aludida está escuchando a escondidas. La duquesa, en venganza, apaga las luces y pellizca brutalmente a don Quijote y doña Rodríguez. • **Cap. 49.** En la ínsula, Sancho hace una ronda nocturna para averiguar si en Barataria hay gente de mal vivir que convenga desterrar. • **Cap. 50.** Los duques le mandan a

Teresa Panza una carta haciéndole saber que su marido ya ejerce como gobernador, y Teresa se pone eufórica. • **Cap. 51.** En Barataria, Sancho sigue dictando sentencias justas y cabales. • **Cap. 52.** En el castillo, don Quijote le hace saber al duque que va a enfrentarse al labrador que burló a la hija de doña Rodríguez, y el duque fija fecha para el desafío. • **Cap. 53.** Una noche, hacia esos mismos días, se produce un gran alboroto en la ínsula Barataria: supuestamente, los enemigos del duque la están asaltando. Sancho debe liderar la defensa, y acaba pisoteado y maltrecho. Lo pasa tan mal que decide abandonar su cargo de gobernador y parte hacia el castillo de los duques. • **Cap. 54.** Por el camino coincide con Ricote, un antiguo vecino suyo que no puede pisar España por su condición de morisco, pero que ha vuelto de incógnito acompañando a unos peregrinos alemanes. • **Cap. 55.** Al ponerse en marcha de nuevo, Sancho cae con su burro en una fosa, donde pasa la noche. Por suerte, a la mañana siguiente, don Quijote descubre por casualidad lo que ha pasado y pide a la gente del duque que rescate a Sancho.

13. DON QUIJOTE Y SANCHO VUELVEN A ESTAR JUNTOS (CAPS. 56 A 59).

Cap. 56. Llega el día fijado para el desafío entre don Quijote y el labrador que burló a la hija de doña Rodríguez, pero el duelo se cancela en el último momento por una serie de sucesos inesperados. Don Quijote y Sancho anuncian entonces que desean seguir su camino hacia Zaragoza. • **Cap. 57.** Cuando parten, al día siguiente, Altisidora se despide de don Quijote cantándole un romance burlón en que lo maldice. • **Cap. 58.** Durante su viaje, don Quijote y Sancho se cruzan con unos jóvenes ricos a los que les ha dado por disfrazarse de pastores. Para quedar bien con ellos, don Quijote se planta en el camino dispuesto a desafiar al que pase, pero acaba haciendo el ridículo, ya que es arrollado por una manada de toros bravos. • **Cap. 59.** En una venta, don Quijote y Sancho descubren que un tal Avellaneda ha publicado una segunda parte falsa del *Quijote*. Don Quijote hojea el libro y se indigna al percatarse de que está lleno de embustes. Avellaneda cuenta, por ejemplo, que don Quijote ya ha estado en Zaragoza, algo que no es verdad, así que, para sacar a relucir la mentira, el hidalgo decide que no pisará Zaragoza sino que dirigirá sus pasos hacia Barcelona.

14. EN BARCELONA (CAPS. 60 A 67).

Cap. 60. Una noche, en pleno bosque, don Quijote discute con Sancho: le recrimina que no se afane en azotarse para desencantar a Dulcinea. Al alba, los dos manchegos caen en manos de una cuadrilla de bandoleros, la del célebre Roque Guinart, quien trata con inesperada hospitalidad a don Quijote. • **Cap. 61.** Tras convivir con Roque y sus bandidos durante tres días, don Quijote y Sancho llegan a Barcelona, donde ven el mar por vez primera. • **Cap. 62.** Los hospeda, en su casa, un tal Antonio Moreno, buen amigo de Roque Guinart. Durante sus días en Barcelona, don Quijote pasea por la ciudad, es agasajado por unas damiselas que le hacen bailar hasta la extenuación y visita una imprenta. • **Cap. 63.** Lo invitan, asimismo, a subir a una de las galeras que vigilan la costa de Barcelona, excursión que se vuelve peligrosa cuando aparece un bergantín pirata. La galera lo persigue, hay disparos y el lance se salda con dos muertos. • **Cap. 64.** Una mañana, en la playa, don Quijote es retado por el misterioso Caballero de la Blanca Luna, que lo derrota y lo obliga a abandonar la caballería durante un año entero. • **Cap. 65.** En realidad, tras el Caballero de la Blanca Luna se esconde Sansón Carrasco, que ha vencido a don Quijote para obligarlo a volver a su aldea. • **Caps. 66 y 67.** Al salir de Barcelona, el hidalgo apacigua su tristeza tramando un nuevo plan: pretende dedicar su año de excedencia forzosa a hacer de pastor enamorado.

15. OTRA VEZ CON LOS DUQUES (CAPS. 68 A 70).

Cap. 68. Una noche, cuando descansan en un bosque, don Quijote y Sancho son atropellados por una piara de más de seiscientos puercos. Al día siguiente, unos caballeros armados los obligan a caminar hacia un destino desconocido que al final resulta ser el castillo de los duques. • **Cap. 69.** En el patio del palacio hay un túmulo, sobre el que yace el cuerpo de Altisidora, aparentemente muerta. Por lo visto, la joven no pudo soportar el rechazo de don Quijote y ha perecido de pena. Dicen que Altisidora resucitará si Sancho se deja propinar un abundante surtido de mamonas, pellizcos y alfilerazos, sacrificio que solo acepta después de mucho hacerse de rogar. • **Cap. 70.** Una vez resucitada, Altisidora se cuela en la habitación de don Quijote, a quien llama «camello» y «cuesco de dátil» y le deja bien claro que nunca lo ha querido: su amor era pura farsa. Al día siguiente, don Quijote y Sancho abandonan el castillo.

16. LA VUELTA A CASA (CAPS. 71 A 74).

Cap. 71. Don Quijote le hace a Sancho una propuesta: le pagará por los azotes que hacen falta para desencantar a Dulcinea. Sancho acepta, pero engaña a su señor, pues finge darse los azotes sobre el cuerpo cuando en verdad los suelta contra los troncos de los árboles. • **Cap. 72.** Al día siguiente, en un mesón, don Quijote y Sancho conocen a don Álvaro Tarfe, un personaje del *Quijote* de Avellaneda. Don Álvaro comprende que las dos personas a las que tiene delante son los auténticos don Quijote y Sancho, así que se compromete a hacer una declaración oficial en la que asegurará que Avellaneda es un mentiroso. Tras varias jornadas más de viaje, don Quijote y Sancho llegan por fin a su aldea. • **Cap. 73.** Don Quijote se mete en cama enseguida, pues dice que no se encuentra bien. • **Cap. 74.** Un médico lo visita, y anuncia que el hidalgo no vivirá mucho. Don Quijote duerme un largo sueño, del que despierta muy alegre: dice que ha recuperado la lucidez y pide perdón por todos los disparates que ha cometido. Hace entonces testamento, recibe la extremaunción y muere en paz rodeado de los suyos.

EL INGENIOSO HIDALGO DON QUIJOTE DE LA MANCHA

PRÓLOGO

Desocupado lector:

Sin juramento me podrás creer que quisiera que este libro, como hijo del entendimiento, fuera el más hermoso, el más gallardo y más discreto que pudiera imaginarse, pero no he podido yo contravenir la orden de naturaleza, que en ella cada cosa engendra su semejante. Y, así, ¿qué podía engendrar el estéril y mal cultivado ingenio mío sino la historia de un hijo seco, avellanado, antojadizo y lleno de pensamientos varios y nunca imaginados de otro alguno, bien como quien se engendró en una cárcel, donde toda incomodidad tiene su asiento y donde todo triste ruido hace su habitación? El sosiego, el lugar apacible, la amenidad de los campos, la serenidad de los cielos, el murmurar de las fuentes, la quietud del espíritu son grande parte para que las musas más estériles se muestren fecundas y ofrezcan partos al mundo que le colmen de maravilla y de contento.

Acontece tener un padre un hijo feo y sin gracia alguna, y el amor que le tiene le pone una venda en los ojos para que no vea sus faltas; antes las juzga por discreciones y lindezas y las cuenta a sus amigos por agudezas y donaires. Pero yo, que, aunque parezco padre, soy padrastro de don Quijote, no quiero irme con la corriente del uso ni suplicarte, casi con las lágrimas en los ojos, como otros hacen, lector carísimo, que perdones o disimules las faltas que en este mi hijo vieres, que ni eres su pariente ni su amigo, y tienes tu alma en tu cuerpo y tu libre albedrío como el más pintado, y estás en tu casa, donde eres señor de ella, como el rey de sus alcabalas, y sabes lo que comúnmente se dice, que «debajo de mi manto, al rey mato»; todo lo cual te esenta y hace libre de todo respecto y obligación. Y, así, puedes decir de la historia todo aquello que te pareciere, sin temor que te calunien por el mal ni te premien por el bien que dijeres de ella.

Solo quisiera dártela monda y desnuda, sin el ornato de prólogo ni de la inumerabilidad y catálogo de los acostumbrados sonetos, epigramas y elogios que al principio de los libros suelen ponerse. Porque te sé decir que, aunque me costó algún trabajo componerla, ninguno tuve por mayor que hacer esta prefación que vas leyendo. Muchas veces tomé la pluma para escribille y muchas la dejé, por no saber lo que escribiría. Y estando una suspenso, con el papel delante, la pluma en la oreja, el codo en el bufete y la mano en la mejilla, pensando lo que diría, entró a deshora un amigo mío, gracioso y bien entendido, el cual, viéndome tan imaginativo, me preguntó la causa; y, no encubriéndosela yo, le dije que pensaba en el prólogo que había de hacer a la historia de don Quijote, y que me tenía de suerte que ni quería hacerle, ni menos sacar a luz las hazañas de tan noble caballero.

—Porque ¿cómo queréis vos que no me tenga confuso el qué dirá el antiguo legislador que llaman vulgo cuando vea que, al cabo de tantos años como ha que duermo en el silencio del olvido, salgo ahora, con todos mis años a cuestas, con una leyenda seca como un esparto, ajena de invención, menguada de estilo, pobre de concetos y falta de toda erudición y doctrina, sin acotaciones en las márgenes y sin anotaciones en el fin del libro, como veo que están otros libros, aunque sean fabulosos y profanos, tan llenos de sentencias de Aristóteles, de Platón y de toda la caterva de filósofos, que admiran a los leyentes y tienen a sus autores por hombres leídos, eruditos y elocuentes? ¿Pues qué, cuando citan la Divina Escritura? No dirán sino que son unos santos Tomases y otros doctores de la Iglesia, guardando en esto un decoro tan ingenioso, que en un renglón han pintado un enamorado destraído y en otro hacen un sermoncico cristiano, que es un contento y un regalo oílle o leelle. De todo esto ha de carecer mi libro, porque ni tengo qué acotar en el margen ni qué anotar en el fin, ni menos sé qué autores sigo en él, para ponerlos al principio, como hacen todos, por las letras del abecé, comenzando en Aristóteles y acabando en Xenofonte y en Zoílo o Zeuxis, aunque fue maldiciente el uno y pintor el otro. También ha de carecer mi libro de sonetos al principio, a lo menos de sonetos cuyos autores sean duques, marqueses, condes, obispos, damas o poetas celebérrimos; aunque si yo los pidiese a dos o tres oficiales amigos, yo sé que me los darían, y tales, que no les igualasen los de aquellos que tienen más nombre en nuestra España. En fin, señor y amigo mío —proseguí —, yo determino que el señor don Quijote se quede sepultado en sus archivos en la Mancha hasta que el cielo depare quien le adorne de tantas cosas como le faltan, porque yo me hallo incapaz de remediarlas, por mi insuficiencia y pocas letras, y porque naturalmente soy poltrón y perezoso de andarme buscando autores que digan lo que yo me sé decir sin ellos. De aquí nace la suspensión y elevamiento, amigo, en que me hallastes, bastante causa para ponerme en ella la que de mí habéis oído.

Oyendo lo cual mi amigo, dándose una palmada en la frente y disparando en una carga de risa, me dijo:

—Por Dios, hermano, que agora me acabo de desengañar de un engaño en que he estado todo el mucho tiempo que ha que os conozco, en el cual siempre os he tenido por discreto y prudente en todas vuestras aciones, pero agora veo que estáis tan lejos de serlo como lo está el cielo de la tierra. ¿Cómo que es posible que cosas de tan poco momento y tan fáciles de remediar puedan tener fuerzas de suspender y absortar un ingenio tan maduro como el vuestro y tan hecho a romper y atropellar por otras dificultades mayores? A la fe, esto no nace de falta de habilidad sino de sobra de pereza y penuria de discurso. ¿Queréis ver si es verdad lo que digo? Pues estadme atento y veréis como en un abrir y cerrar de ojos confundo todas vuestras dificultades y remedio todas las faltas que decís que os suspenden y acobardan para dejar de sacar a la luz del mundo la historia de vuestro famoso don Quijote, luz y espejo de toda la caballería andante.

—Decid —le repliqué yo, oyendo lo que me decía—, ¿de qué modo pensáis llenar el vacío de mi temor y reducir a claridad el caos de mi confusión?

A lo cual él dijo:

—Lo primero en que reparáis de los sonetos, epigramas o elogios que os faltan para el principio, y que sean de personajes graves y de título, se puede remediar en que vos mesmo toméis algún trabajo en hacerlos, y después los podéis bautizar y poner el nombre que quisiéredes, ahijándolos al Preste Juan de las Indias o al emperador de Trapisonda, de quien yo sé que hay noticia que fueron famosos poetas. Y cuando no lo hayan sido, y hubiere algunos pedantes y bachilleres que por detrás os muerdan y murmuren de esta verdad, no se os dé dos maravedís, porque, ya que os averigüen la mentira, no os han de cortar la mano con que lo escribistes.

»En lo de citar en las márgenes los libros y autores de donde sacáredes las sentencias y dichos que pusiéredes en vuestra historia, no hay más sino hacer de manera que venga a pelo algunas sentencias o latines que vos sepáis de memoria, o a lo menos que os cueste poco trabajo el buscalle; como será poner, tratando de libertad y cautiverio, "Non bene pro toto libertas venditur auro", y luego, en el margen, citar a Horacio o a quien lo dijo. Si tratáredes del poder de la muerte, acudir luego con "Pallida mors aequo pulsat pede pauperum tabernas regumque turres"; si de la amistad y amor que Dios manda que se tenga al enemigo, entraros luego al punto por la Escritura Divina, que lo podéis hacer con tantico de curiosidad, y decir las palabras, por lo menos, del mismo Dios: "Ego autem dico vobis: diligite inimicos vestros". Si tratáredes de malos pensamientos, acudid con el Evangelio: "De corde exeunt cogitationes malas"; si de la instabilidad de los amigos, ahí está Catón, que os dará su dístico "Donec eris felix, multos numerabis amicos. Tempora si fuerint nubila, solus eris". Y con estos latinicos y otros tales os tendrán siquiera por gramático, que el serlo no es de poca honra y provecho el día de hoy.

»En lo que toca el poner anotaciones al fin del libro, seguramente lo podéis hacer de esta manera: si nombráis algún gigante en vuestro libro, hacelde que sea el gigante Golías; y con solo esto, que os costará casi nada, tenéis una grande anotación, pues podéis poner: "El gigante Golías, o Goliat, fue un filisteo a quien el pastor David mató de una gran pedrada en el valle de Terebinto, según se cuenta en el Libro de los Reyes", en el capítulo que vos halláredes que se escribe. Tras esto, para mostraros hombre erudito en letras humanas y cosmógrafo, haced de modo como en vuestra historia se nombre el río Tajo, y vereisos luego con otra famosa anotación, poniendo: "El río Tajo fue así dicho por un rey de las Españas, tiene su nacimiento en tal lugar y muere en el mar Océano, besando los muros de la famosa ciudad de Lisboa, y es opinión que tiene las arenas de oro", etc. Si tratáredes de ladrones, yo os diré la historia de Caco, que la sé de coro; si de mujeres rameras, ahí está el obispo de Mondoñedo, que os prestará a Lamia, Laida y Flora, cuya anotación os dará gran crédito; si de crueles, Ovidio os entregará a Medea; si de encantadores y hechiceras, Homero tiene a Calipso y Virgilio a Circe; si de capitanes valerosos, el mesmo Julio César os prestará a sí mismo en sus Comentarios y Plutarco os dará mil Alejandros. Si tratáredes de amores, con dos onzas que sepáis de la lengua toscana toparéis con León Hebreo, que os hincha las medidas; y si no queréis andaros por tierras estrañas, en vuestra casa tenéis a Fonseca, Del amor de Dios, donde se cifra todo lo que vos y el más ingenioso acertare a desear en tal materia. En resolución, no hay más sino que vos procuréis nombrar estos nombres o tocar estas historias en la vuestra que aquí he dicho, y dejadme a mí el cargo de poner las anotaciones y acotaciones, que yo os voto a tal de llenaros las márgenes y de gastar cuatro pliegos en el fin del libro.

»Vengamos ahora a la citación de los autores que los otros libros tienen, que en el vuestro os faltan. El remedio que esto tiene es muy fácil, porque no habéis de hacer otra cosa que buscar un libro que los acote todos, desde la A hasta la Z, como vos decís, pues ese mismo abecedario pondréis vos en vuestro libro. Que puesto que a la clara se vea la mentira, por la poca necesidad que vos teníades de aprovecharos de ellos, no importa nada, y quizá alguno habrá tan simple que crea que de todos os habéis aprovechado en la simple y sencilla historia vuestra. Y cuando no sirva de otra cosa, por lo menos servirá aquel largo catálogo de autores a dar de improviso autoridad al libro. Y más que no habrá quien se ponga a averiguar si los seguistes o no los seguistes, no yéndole nada en ello.

»Cuanto más que, si bien caigo en la cuenta, este vuestro libro no tiene necesidad de ninguna cosa de aquellas que vos decís que le falta, porque todo él es una invectiva contra los libros de caballerías, de quien nunca se acordó Aristóteles, ni dijo nada San Basilio, ni alcanzó Cicerón, ni caen debajo de la cuenta de sus fabulosos disparates las puntualidades de la verdad, ni las observaciones de la astrología, ni le son de importancia las medidas geométricas, ni la confutación de los argumentos de quien se sirve la retórica, ni tiene para qué predicar a ninguno, mezclando lo humano con lo divino, que es un género de mezcla de quien no se ha de vestir ningún cristiano entendimiento. Solo tiene que aprovecharse de la imitación en lo que fuere escribiendo, que, cuanto ella fuere más perfecta, tanto mejor será lo que se escribiere. Y pues esta vuestra escritura no mira a más que a deshacer la autoridad y cabida que en el mundo y en el vulgo tienen los libros de caballerías, no hay para qué andéis mendigando sentencias de filósofos, consejos de la Divina Escritura, fábulas de poetas, oraciones de retóricos, milagros de santos, sino procurad que a la llana, con palabras significantes, honestas y bien colocadas, salga vuestra oración y período sonoro y festivo, pintando en todo lo que alcanzáredes y fuere posible vuestra intención, dando a entender vuestros conceptos sin intricarlos y escurecerlos. Procurad también que, leyendo vuestra historia, el melancólico se mueva a risa, el risueño la acreciente, el simple no se enfade, el discreto se admire de la invención, el grave no la desprecie ni el prudente deje de alabarla. En efecto, llevad la mira puesta a derribar la máquina mal fundada de estos caballerescos libros, aborrecidos de tantos y alabados de muchos más; que, si esto alcanzásedes, no habríades alcanzado poco.

Con silencio grande estuve escuchando lo que mi amigo me decía, y de tal manera se imprimieron en mí sus razones, que, sin ponerlas en disputa, las aprobé por buenas. Y de ellas mismas quise hacer este prólogo, en el cual verás, lector suave, la discreción de mi amigo, la buena ventura mía en hallar en tiempo tan necesitado tal consejero, y el alivio tuyo en hallar tan sincera y tan sin revueltas la historia del famoso don Quijote de la Mancha, de quien hay opinión por todos los habitadores del distrito del Campo de Montiel que fue el más casto enamorado y el más valiente caballero que de muchos años a esta parte se vio en aquellos contornos. Yo no quiero encarecerte el servicio que te hago en darte a conocer tan noble y tan honrado caballero, pero quiero que me agradezcas el conocimiento que tendrás del famoso Sancho Panza, su escudero, en quien, a mi parecer, te doy cifradas todas las gracias escuderiles que en la caterva de los libros vanos de caballerías están esparcidas. Y, con esto, Dios te dé salud y a mí no olvide. *Vale.*

PRIMERA PARTE DEL INGENIOSO HIDALGO DON QUIJOTE DE LA MANCHA

1

QUE TRATA DE LA CONDICIÓN Y EJERCICIO DEL FAMOSO Y VALIENTE HIDALGO DON QUIJOTE DE LA MANCHA

En un lugar de la Mancha de cuyo nombre no quiero acordarme, no ha mucho tiempo que vivía un hidalgo de los de lanza en astillero, adarga antigua, rocín flaco y galgo corredor. Una olla de algo más vaca que carnero, salpicón las más noches, duelos y quebrantos los sábados, lantejas los viernes, algún palomino de añadidura los domingos, consumían las tres partes de su hacienda. El resto de ella concluían sayo de velarte, calzas de velludo para las fiestas, con sus pantuflos de lo mesmo, y los días de entresemana se honraba con su vellorí de lo más fino. Tenía en su casa una ama que pasaba de los cuarenta y una sobrina que no llegaba a los veinte, y un mozo de campo y plaza que así ensillaba el rocín como tomaba la podadera. Frisaba la edad de nuestro hidalgo con los cincuenta años. Era de complexión recia, seco de carnes, enjuto de rostro, gran madrugador y amigo de la caza. Quieren decir que tenía el sobrenombre de «Quijada», o «Quesada», que en esto hay alguna diferencia en los autores que de este caso escriben, aunque por conjeturas verisímiles se deja entender que se llamaba «Quijana». Pero esto importa poco a nuestro cuento: basta que en la narración de él no se salga un punto de la verdad.

EL *QUIJOTE* EN VERSO

El poeta y repentista Alexis Díaz-Pimienta realizó una versión del *Quijote* en verso (*Don Quijote de la Mancha en verso*, Gente Nueva, La Habana, 2004, reeditada por Editorial Samarcanda, Sevilla, 2019).

JORGE DREXLER
ZENET
ROZALÉN

y otros leen el primer capítulo.

HIDALGOS

Los hidalgos ocupan el escalón más bajo de la nobleza, que, en orden de importancia, encabezan los reyes y príncipes, seguidos por los grandes de España, duques, marqueses, condes, vizcondes, barones y señores. En tiempos de don Quijote, al hidalgo que descendía de una familia particularmente relevante se le llamaba *caballero*. Los hidalgos estaban libres de pagar impuestos, y vivían de rentas, pues trabajar se consideraba deshonroso. En origen, su función social consistía en batallar al servicio del rey, pero en el siglo XVII ya existían los ejércitos profesionales, así que los hidalgos no tenían nada que hacer y vivían añorando glorias pasadas. Se comprende, pues, que la *adarga* o escudo de don Quijote sea ya vieja, y que su lanza languidezca en un soporte, el *astillero*, como objeto inútil. En la actualidad, hay más de 2.800 títulos nobiliarios en España. Los hidalgos del país se agrupan en la Real Asociación de Hidalgos de España (RAHE), que tiene su propia revista, *Hidalguía*, y su página web: https://www.hidalgosdeespana.es.

Es, pues, de saber que este sobredicho hidalgo, los ratos que estaba ocioso —que eran los más del año—, se daba a leer libros de caballerías, con tanta afición y gusto, que olvidó casi de todo punto el ejercicio de la caza, y aun la administración de su hacienda; y llegó a tanto su curiosidad y desatino en esto, que vendió muchas hanegas de tierra de sembradura para comprar libros de caballerías en que leer, y, así, llevó a su casa todos cuantos pudo haber de ellos; y, de todos, ningunos le parecían tan bien como los que compuso el famoso Feliciano de Silva, porque la claridad de su prosa y aquellas entricadas razones suyas le parecían de perlas, y más cuando llegaba a leer aquellos requiebros y cartas de desafíos, donde en muchas partes hallaba escrito: «La razón de la sinrazón que a mi razón se hace, de tal manera mi razón enflaquece, que con razón me quejo de la vuestra fermosura». Y también cuando leía: «Los altos cielos que de vuestra divinidad divinamente con las estrellas os fortifican y os hacen merecedora del merecimiento que merece la vuestra grandeza...».

Con estas razones perdía el pobre caballero el juicio, y desvelábase por entenderlas y desentrañarles el sentido, que no se lo sacara ni las entendiera el mesmo Aristóteles, si resucitara para solo ello. No estaba muy bien con las heridas que don Belianís daba y recebía, porque se imaginaba que, por grandes maestros que le hubiesen curado, no dejaría de tener el rostro y todo el cuerpo lleno de cicatrices y señales. Pero, con todo, alababa en su autor aquel acabar su libro con la promesa de aquella inacabable aventura, y muchas veces le vino deseo de tomar la pluma y dalle fin al pie de la letra como allí se promete; y sin duda alguna lo hiciera, y aun saliera con ello, si otros mayores y continuos pensamientos no se lo estorbaran. Tuvo muchas veces competencia con el cura de su lugar —que era hombre docto, graduado en

Cigüenza— sobre cuál había sido mejor caballero: Palmerín de Ingalaterra o Amadís de Gaula; mas maese Nicolás, barbero del mesmo pueblo, decía que ninguno llegaba al Caballero del Febo, y que si alguno se le podía comparar era don Galaor, hermano de Amadís de Gaula, porque tenía muy acomodada condición para todo, que no era caballero melindroso, ni tan llorón como su hermano, y que en lo de la valentía no le iba en zaga.

En resolución, él se enfrascó tanto en su letura, que se le pasaban las noches leyendo de claro en claro, y los días de turbio en turbio; y así, del poco dormir y del mucho leer, se le secó el celebro de manera que vino a perder el juicio. Llenósele la fantasía de todo aquello que leía en los libros, así de encantamentos como de pendencias, batallas, desafíos, heridas, requiebros, amores, tormentas y disparates imposibles; y asentósele de tal modo en la imaginación que era verdad toda aquella máquina de aquellas soñadas invenciones que leía, que para él no había otra historia más cierta en el mundo. Decía él que el Cid Ruy Díaz había sido muy buen caballero, pero que no tenía que ver con el Caballero de la Ardiente Espada, que de solo un revés había partido por medio dos fieros y descomunales gigantes. Mejor estaba con Bernardo del Carpio, porque en Roncesvalles había muerto a Roldán, el encantado, valiéndose de la industria de Hércules, cuando ahogó a Anteo, el hijo de la Tierra, entre los brazos. Decía mucho bien del gigante Morgante, porque, con ser de aquella generación gigantea, que todos son soberbios y descomedidos, él solo era afable y bien criado. Pero, sobre todos, estaba bien con Reinaldos de Montalbán, y más cuando le veía salir de su castillo y robar cuantos topaba, y cuando en allende robó aquel ídolo de Mahoma que era todo de oro, según dice su historia. Diera él, por dar una mano

DOS BIBLIOTECAS

«Don Quijote intenta encontrar en el mundo los hechos, aventuras y damas que su biblioteca le ha prometido y, por tanto, quiere y cree que el Universo sea como su biblioteca. De la biblioteca de don Quijote se sale para aventurarse en la vida. Borges, menos idealista, ha decidido que su biblioteca era como el Universo y por ello se comprende por qué nunca ha sentido la necesidad de salir de ella. De la biblioteca de Borges no se sale: en ella, la búsqueda de la palabra verdadera es infinita».

UMBERTO ECO

Entre La Mancha y Babel, 1997.

de coces al traidor de Galalón, al ama que tenía, y aun a su sobrina de añadidura.

En efeto, rematado ya su juicio, vino a dar en el más estraño pensamiento que jamás dio loco en el mundo, y fue que le pareció convenible y necesario, así para el aumento de su honra como para el servicio de su república, hacerse caballero andante y irse por todo el mundo con sus armas y caballo a buscar las aventuras y a ejercitarse en todo aquello que él había leído que los caballeros andantes se ejercitaban, deshaciendo todo género de agravio y poniéndose en ocasiones y peligros donde, acabándolos, cobrase eterno nombre y fama. Imaginábase el pobre ya coronado por el valor de su brazo, por lo menos del imperio de Trapisonda; y así, con estos tan agradables pensamientos, llevado del estraño gusto que en ellos sentía, se dio priesa a poner en efeto lo que deseaba. Y lo primero que hizo fue limpiar unas armas que habían sido de sus bisabuelos, que, tomadas de orín y llenas de moho, luengos siglos había que estaban puestas y olvidadas en un rincón. Limpiolas y aderezolas lo mejor que pudo; pero vio que tenían una gran falta, y era que no tenían celada de encaje, sino morrión simple; mas a esto suplió su industria, porque de cartones hizo un modo de media celada que, encajada con el morrión, hacían una apariencia de celada entera. Es verdad que, para probar si era fuerte y podía estar al riesgo de una cuchillada, sacó su espada y le dio dos golpes, y con el primero y en un punto deshizo lo que había hecho en una semana; y no dejó de parecerle mal la facilidad con que la había hecho pedazos, y, por asegurarse de este peligro, la tornó a hacer de nuevo, poniéndole unas barras de hierro por de dentro, de tal manera que él quedó satisfecho de su fortaleza y, sin querer hacer nueva experiencia de ella, la diputó y tuvo por celada finísima de encaje.

Fue luego a ver su rocín, y aunque tenía más cuartos que un real y más tachas que el caballo de Gonela, que «tantum pellis et ossa fuit», le pareció que ni el Bucéfalo de Alejandro ni Babieca el del Cid con él se igualaban. Cuatro días se le pasaron en imaginar qué nombre le pondría; porque —según se decía él a sí mesmo— no era razón que caballo de caballero tan famoso, y tan bueno él por sí, estuviese sin nombre conocido; y ansí procuraba acomodársele, de manera que declarase quién había sido antes que fuese de caballero andante y lo que era entonces; pues estaba muy puesto en razón que, mudando su señor estado, mudase él también el nombre, y le cobrase famoso y de estruendo, como convenía a la nueva orden y al nuevo ejercicio que ya profesaba; y así, después de muchos nombres que formó, borró y quitó, añadió, deshizo y tornó a hacer en su memoria e imaginación, al fin le vino a llamar Rocinante, nombre, a su parecer, alto, sonoro y significativo de lo que había sido cuando fue rocín, antes de lo que ahora era, que era antes y primero de todos los rocines del mundo.

Puesto nombre, y tan a su gusto, a su caballo, quiso ponérsele a sí mismo, y en este pensamiento duró otros ocho días, y al cabo se vino a llamar don Quijote; de donde, como queda dicho, tomaron ocasión los autores de esta tan verdadera historia que sin duda se debía de llamar Quijada, y no Quesada, como otros quisieron decir. Pero, acordándose que el valeroso Amadís no solo se había contentado con llamarse Amadís a secas, sino que añadió el nombre de su reino y patria, por hacerla famosa, y se llamó Amadís de Gaula, así quiso, como buen caballero, añadir al suyo el nombre de la suya y llamarse don Quijote de la Mancha, con que a su parecer declaraba muy al vivo su linaje y patria, y la honraba con tomar el sobrenombre de ella.

CABALLOS CÉLEBRES

Un rocín es un caballo de poca alzada y mal aspecto. Rocinante tiene los cascos llenos de grietas o cuartos, y está en los huesos. No obstante, don Quijote lo cree mejor que Bucéfalo, el caballo de Alejandro Magno, que debía su nombre al gran tamaño de su cabeza; y que Babieca, el caballo del Cid, que era tan ágil y robusto que jamás se cansaba, y que, según se dice, vivió más de cuarenta años. Otras monturas han tenido papeles destacados en la historia: el emperador romano Calígula nombró cónsul a su caballo Incitatus. Marengo, el caballo de Napoleón, participó en batallas tan significativas como Austerlitz y Waterloo. Vivió treinta y ocho años, y su esqueleto se conserva en el Museo Nacional del Ejército de Sandhurst (Inglaterra). La mula que transportó al Che Guevara por la sierra boliviana se exhibe disecada en el Museo de la Revolución de La Habana.

Limpias, pues, sus armas, hecho del morrión celada, puesto nombre a su rocín y confirmádose a sí mismo, se dio a entender que no le faltaba otra cosa sino buscar una dama de quien enamorarse, porque el caballero andante sin amores era árbol sin hojas y sin fruto y cuerpo sin alma. Decíase él:

—Si yo, por malos de mis pecados, o por mi buena suerte, me encuentro por ahí con algún gigante, como de ordinario les acontece a los caballeros andantes, y le derribo de un encuentro, o le parto por mitad del cuerpo, o, finalmente, le venzo y le rindo, ¿no será bien tener a quien enviarle presentado, y que entre y se hinque de rodillas ante mi dulce señora, y diga con voz humilde y rendida: «Yo, señora, soy el gigante Caraculiambro, señor de la ínsula Malindrania, a quien venció en singular batalla el jamás como se debe alabado caballero don Quijote de la Mancha, el cual me mandó que me presentase ante la vuestra merced, para que la vuestra grandeza disponga de mí a su talante»?

¡Oh, cómo se holgó nuestro buen caballero cuando hubo hecho este discurso, y más cuando halló a quien dar nombre de su dama! Y fue, a lo que se cree, que en un lugar cerca del suyo había una moza labradora de muy buen parecer, de quien él un tiempo anduvo enamorado, aunque, según se entiende, ella jamás lo supo ni le dio cata de ello. Llamábase Aldonza Lorenzo, y a esta le pareció ser bien darle título de señora de sus pensamientos; y, buscándole nombre que no desdijese mucho del suyo y que tirase y se encaminase al de princesa y gran señora, vino a llamarla Dulcinea del Toboso porque era natural del Toboso: nombre, a su parecer, músico y peregrino y significativo, como todos los demás que a él y a sus cosas había puesto.

2

QUE TRATA DE LA PRIMERA SALIDA QUE DE SU TIERRA HIZO EL INGENIOSO DON QUIJOTE

A lomos de Rocinante, don Quijote parte en busca de aventuras. Corre el mes de julio, y un sol ardiente le achicharra los sesos. De repente, algo inquieta al loco de la Mancha: acaba de recordar que uno no puede convertirse en caballero así como así, sino que necesita que alguien de la profesión lo invista en una ceremonia solemne. Don Quijote decide, pues, que, en cuanto se cruce con un caballero, le pedirá que le imponga las armas. El día pasa lentamente: la Mancha no ofrece aventuras. Al anochecer, asoma en el horizonte una venta, modesto alojamiento semejante a los moteles de hoy en día, y don Quijote se llega hasta allí en busca de refugio.

TEXTO PUENTE

El texto en cursiva resume la parte suprimida en la edición impresa. El texto íntegro está disponible en la versión *e-book* incluida en el presente volumen.

Estaban acaso a la puerta dos mujeres mozas de estas que llaman del partido, las cuales iban a Sevilla con unos arrieros que en la venta aquella noche acertaron a hacer jornada. Y como a nuestro aventurero todo cuanto pensaba, veía o imaginaba le parecía ser hecho y pasar al modo de lo que había leído, luego que vio la venta se le representó que era un castillo, con sus cuatro torres y chapiteles de luciente plata, sin faltarle su puente levadiza y honda cava, con todos aquellos adherentes que semejantes castillos se pintan. Fuese llegando a la venta que a él le parecía castillo, y a poco trecho de ella detuvo las riendas a Rocinante, esperando que algún enano se pusiese entre las almenas a dar señal con alguna trompeta de que llegaba caballero al castillo. Pero como vio que se tardaban y que Rocinante se daba priesa por llegar a la caballeriza, se llegó a la puerta de la venta y

MOZAS DEL PARTIDO

Las mozas del partido eran las que ejercían la prostitución fuera de un burdel. Durante el reinado de los Reyes Católicos se había decretado que las prostitutas debían ejercer en mancebías, localizadas fuera de la ciudad. Felipe IV decretó en 1623, pocos años después de la acción del *Quijote*, su cierre por razones de salud pública; en 1847, a partir del *Reglamento para la represión de los excesos de la prostitución en Madrid*, algunas provincias empadronan y vigilan sanitariamente a las prostitutas; en 1935, durante la Segunda República, se prohíbe la prostitución; en 1941, durante la dictadura franquista, la prohibición fue abolida, con lo que la prostitución quedó en un limbo legal, ni prohibida ni regulada; desde 2022 está en discusión parlamentaria una reforma para ilegalizar la prostitución de nuevo.

vio a las dos destraídas mozas que allí estaban, que a él le parecieron dos hermosas doncellas o dos graciosas damas que delante de la puerta del castillo se estaban solazando. En esto sucedió acaso que un porquero que andaba recogiendo de unos rastrojos una manada de puercos —que sin perdón así se llaman— tocó un cuerno, a cuya señal ellos se recogen, y al instante se le representó a don Quijote lo que deseaba, que era que algún enano hacía señal de su venida. Y, así, con estraño contento llegó a la venta y a las damas, las cuales, como vieron venir un hombre de aquella suerte armado, y con lanza y adarga, llenas de miedo se iban a entrar en la venta. Pero don Quijote, coligiendo por su huida su miedo, alzándose la visera de papelón y descubriendo su seco y polvoroso rostro, con gentil talante y voz reposada les dijo:

—Non fuyan las vuestras mercedes ni teman desaguisado alguno, ca a la orden de caballería que profeso non toca ni atañe facerle a ninguno, cuanto más a tan altas doncellas como vuestras presencias demuestran.

Mirábanle las mozas y andaban con los ojos buscándole el rostro, que la mala visera le encubría. Mas como se oyeron llamar doncellas, cosa tan fuera de su profesión, no pudieron tener la risa, y fue de manera que don Quijote vino a correrse y a decirles:

—Bien parece la mesura en las fermosas y es mucha sandez además la risa que de leve causa procede. Pero non vos lo digo porque os acuitedes ni mostredes mal talante, que el mío non es de ál que de serviros.

El lenguaje, no entendido de las señoras, y el mal talle de nuestro caballero acrecentaba en ellas la risa y en él el enojo, y pasara muy adelante si a aquel punto no saliera el ventero, hombre que, por ser muy gordo, era muy pacífico; el cual, viendo aquella figura contrahecha, armada de armas tan desiguales como eran la brida, lanza, adarga y coselete, no estuvo en nada en acompañar a las doncellas en las muestras de su contento. Mas, en efeto, temiendo la máquina de tantos pertrechos, determinó de hablarle comedidamente; y, así, le dijo:

—Si vuestra merced, señor caballero, busca posada, amén del lecho, porque en esta venta no hay ninguno, todo lo demás se hallará en ella en mucha abundancia.

Viendo don Quijote la humildad del alcaide de la fortaleza, que tal le pareció a él el ventero y la venta, respondió:

—Para mí, señor castellano, cualquiera cosa basta, porque «mis arreos son las armas, mi descanso el pelear», etc.

Pensó el huésped que el haberle llamado castellano había sido por haberle parecido de los sanos de Castilla, aunque él era andaluz y de los de la playa de Sanlúcar, no menos ladrón que Caco ni menos maleante que estudiantado paje; y, así, le respondió:

—Según eso, las camas de vuestra merced serán duras peñas, y su dormir, siempre velar. Y siendo así, bien se puede apear con seguridad de hallar en esta choza ocasión y ocasiones para no dormir en todo un año, cuanto más en una noche.

Y diciendo esto, fue a tener el estribo a don Quijote, el cual se apeó con mucha dificultad y trabajo, como aquel que en todo aquel día no se había desayunado. Dijo luego al huésped que le tuviese mucho cuidado de su caballo, porque era la mejor pieza que comía pan en el mundo. Mirole el ventero y no le pareció tan bueno como don Quijote decía, ni aun la mitad; y, acomodándole en la caballeriza, volvió a ver lo que su huésped mandaba, al cual estaban desarmando las doncellas, que ya se habían reconciliado con él;

las cuales, aunque le habían quitado el peto y el espaldar, jamás supieron ni pudieron desencajarle la gola ni quitalle la contrahecha celada, que traía atada con unas cintas verdes, y era menester cortarlas, por no poderse quitar los ñudos, mas él no lo quiso consentir en ninguna manera; y, así, se quedó toda aquella noche con la celada puesta, que era la más graciosa y estraña figura que se pudiera pensar. Y al desarmarle, como él se imaginaba que aquellas traídas y llevadas que le desarmaban eran algunas principales señoras y damas de aquel castillo, les dijo con mucho donaire:

ROMANCE DE LANZAROTE

Don Quijote remeda el romance de Lanzarote, muy famoso en la época. Aquí en la versión de Montserrat Figueras y la Capella Reial de Catalunya, dirigida por Jordi Savall.

—«Nunca fuera caballero
de damas tan bien servido
como fuera don Quijote
cuando de su aldea vino:
doncellas curaban de él;
princesas, del su rocino»,

o Rocinante, que este es el nombre, señoras mías, de mi caballo, y don Quijote de la Mancha el mío; que, puesto que no quisiera descubrirme fasta que las fazañas fechas en vuestro servicio y pro me descubrieran, la fuerza de acomodar al propósito presente este romance viejo de Lanzarote ha sido causa que sepáis mi nombre antes de toda sazón. Pero tiempo vendrá en que las vuestras señorías me manden y yo obedezca, y el valor de mi brazo descubra el deseo que tengo de serviros.

Las mozas, que no estaban hechas a oír semejantes retóricas, no respondían palabra. Solo le preguntaron si quería comer alguna cosa.

—Cualquiera yantaría yo —respondió don Quijote—, porque, a lo que entiendo, me haría mucho al caso.

A dicha, acertó a ser viernes aquel día, y no había en toda la venta sino unas raciones de un pescado que en Castilla llaman abadejo, y en Andalucía bacallao, y en otras partes curadillo, y en otras truchuela. Preguntáronle si por ventura comería su merced truchuela, que no había otro pescado que dalle a comer.

—Como haya muchas truchuelas —respondió don Quijote—, podrán servir de una trucha, porque eso se me da que me den ocho reales en sencillos que en una pieza de a ocho; cuanto más, que podría ser que fuesen estas truchuelas como la ternera, que es mejor que la vaca, y el cabrito que el cabrón. Pero sea lo que fuere, venga luego, que el trabajo y peso de las armas no se puede llevar sin el gobierno de las tripas.

Pusiéronle la mesa a la puerta de la venta, por el fresco, y trújole el huésped una porción del mal remojado y peor cocido bacallao, y un pan tan negro y mugriento como sus armas. Pero era materia de grande risa verle comer, porque, como tenía puesta la celada y alzada la visera, no podía poner nada en la boca con sus manos si otro no se lo daba y ponía; y, ansí, una de aquellas señoras servía de este menester. Mas al darle de beber no fue posible, ni lo fuera si el ventero no horadara una caña, y, puesto el un cabo en la boca, por el otro le iba echando el vino. Y todo esto lo recebía en paciencia, a trueco de no romper las cintas de la celada.

Estando en esto, llegó acaso a la venta un castrador de puercos, y así como llegó, sonó su silbato de cañas cuatro o cinco veces, con lo cual acabó de confirmar don Quijote que estaba en algún famoso castillo, y que le servían con música, y que el abadejo eran truchas, el pan candeal, y las rameras damas, y el ventero castellano del castillo; y, con

LOS VIERNES, PESCADO

La Iglesia católica prohíbe a sus fieles comer carne los viernes. La prohibición se instauró en los primeros tiempos del cristianismo, probablemente en el siglo II, y está recogida en el actual *Código de Derecho Canónico* (promulgado en 1983, última revisión 2021): «Canon 1251: Todos los viernes, a no ser que coincidan con una solemnidad, debe guardarse la abstinencia de carne [...]». La prohibición se establece para los viernes porque, según la tradición, es el día de la semana en que murió Jesucristo, fundador de la religión; y afecta a la carne porque para los cristianos la carne representa el cuerpo de Jesucristo crucificado.

esto, daba por bien empleada su determinación y salida. Mas lo que más le fatigaba era el no verse armado caballero, por parecerle que no se podría poner legítimamente en aventura alguna sin recebir la orden de caballería.

3

DONDE SE CUENTA LA GRACIOSA MANERA QUE TUVO DON QUIJOTE EN ARMARSE CABALLERO

Y, así, fatigado de este pensamiento, abrevió su venteril y limitada cena; la cual acabada, llamó al ventero y, encerrándose con él en la caballeriza, se hincó de rodillas ante él, diciéndole:

—No me levantaré jamás de donde estoy, valeroso caballero, fasta que la vuestra cortesía me otorgue un don que pedirle quiero, el cual redundará en alabanza vuestra y en pro del género humano.

El ventero, que vio a su huésped a sus pies y oyó semejantes razones, estaba confuso mirándole, sin saber qué hacerse ni decirle, y porfiaba con él que se levantase; y jamás quiso, hasta que le hubo de decir que él le otorgaba el don que le pedía.

—No esperaba yo menos de la gran magnificencia vuestra, señor mío —respondió don Quijote—, y, así, os digo que el don que os he pedido y de vuestra liberalidad me ha sido otorgado es que mañana en aquel día me habéis de armar caballero. Y esta noche en la capilla de este vuestro castillo velaré las armas, y mañana, como tengo dicho, se cumplirá lo que tanto deseo, para poder como se debe ir por todas las cuatro partes del mundo buscando las aventuras, en pro de los menesterosos, como está a cargo de la caballería y de los caballeros andantes como yo soy, cuyo deseo a semejantes fazañas es inclinado.

El ventero, que, como está dicho, era un poco socarrón y ya tenía algunos barruntos de la falta de juicio de su huésped, acabó de creerlo cuando acabó de oírle semejantes razones; y, por tener que reír aquella noche, determinó de seguirle el humor. Y, así, le dijo que andaba muy acertado en lo que deseaba y pedía, y que tal prosupuesto era propio y natural de los caballeros tan principales como él parecía y como su gallarda presencia mostraba; y que él ansimesmo, en los años de su mocedad, se había dado a aquel honroso ejercicio, andando por diversas partes del mundo buscando sus aventuras, sin que hubiese dejado los Percheles de Málaga, Islas de Riarán, Compás de Sevilla, Azoguejo de Segovia, la Olivera de Valencia, Rondilla de Granada, Playa de Sanlúcar, Potro de Córdoba y las Ventillas de Toledo, y otras diversas partes donde había ejercitado la ligereza de sus pies, sutileza de sus manos, haciendo muchos tuertos, recuestando muchas viudas, deshaciendo algunas doncellas y engañando a algunos pupilos, y, finalmente, dándose a conocer por cuantas audiencias y tribunales hay casi en toda España; y que, a lo último, se había venido a recoger a aquel su castillo, donde vivía con su hacienda y con las ajenas, recogiendo en él a todos los caballeros andantes, de cualquiera calidad y condición que fuesen, solo por la mucha afición que les tenía y porque partiesen con él de sus haberes, en pago de su buen deseo. Díjole también que en aquel su castillo no había capilla alguna donde poder velar las armas, porque estaba derribada para hacerla de nuevo, pero que en caso de necesidad él sabía que se podían velar dondequiera, y que aquella noche las podría velar en un patio del castillo, que a la mañana, siendo Dios servido, se harían las debidas ceremonias, de manera que él quedase armado caballero, y tan caballero, que no pudiese ser más en el mundo.

Preguntole si traía dineros. Respondió don Quijote que no traía blanca, porque él nunca había leído en las historias de los caballeros andantes que ninguno los hubiese traído. A esto dijo el ventero que se engañaba, que, puesto caso que en las historias no se escribía, por haberles parecido a los autores de ellas que no era menester escrebir una cosa tan clara y tan necesaria de traerse como eran dineros y camisas limpias, no por eso se había de creer que no los trujeron; y, así, tuviese por cierto y averiguado que todos los caballeros andantes, de que tantos libros están llenos y atestados, llevaban bien herradas las bolsas, por lo que pudiese sucederles, y que asimismo llevaban camisas y una arqueta pequeña llena de ungüentos para curar las heridas que recebían, porque no todas veces en los campos y desiertos donde se combatían y salían heridos había quien los curase, si ya no era que tenían algún sabio encantador por amigo que luego los socorría, trayendo por el aire en alguna nube alguna doncella o enano con alguna redoma de agua de tal virtud que, en gustando alguna gota de ella, luego al punto quedaban sanos de sus llagas y heridas, como si mal alguno hubiesen tenido. Mas que, en tanto que esto no hubiese, tuvieron los pasados caballeros por cosa acertada que sus escuderos fuesen proveídos de dineros y de otras cosas necesarias, como eran hilas y ungüentos para curarse. Y cuando sucedía que los tales caballeros no tenían escuderos —que eran pocas y raras veces—, ellos mesmos lo llevaban todo en unas alforjas muy sutiles, que casi no se parecían, a las ancas del caballo, como que era otra cosa de más importancia; porque, no siendo por ocasión semejante, esto de llevar alforjas no fue muy admitido entre los caballeros andantes. Y por esto le daba por consejo, pues aun se lo podía mandar como a su ahijado, que tan presto lo había de ser, que no caminase de allí adelante sin dineros y sin las prevenciones referidas, y que vería cuán bien se hallaba con ellas cuando menos se pensase.

Prometiole don Quijote de hacer lo que se le aconsejaba con toda puntualidad; y, así, se dio luego orden como velase las armas en un corral grande que a un lado de la venta estaba. Y recogiéndolas don Quijote todas, las puso sobre una pila que junto a un pozo estaba, y, embrazando su adarga, asió de su lanza, y con gentil continente se comenzó a pasear delante de la pila. Y cuando comenzó el paseo comenzaba a cerrar la noche.

Contó el ventero a todos cuantos estaban en la venta la locura de su huésped, la vela de las armas y la armazón de caballería que esperaba. Admiráronse de tan estraño género de locura y fuéronselo a mirar desde lejos, y vieron que con sosegado ademán unas veces se paseaba; otras, arrimado a su lanza, ponía los ojos en las armas, sin quitarlos por un buen espacio de ellas. Acabó de cerrar la noche, pero con tanta claridad de la luna, que podía competir con el que se la prestaba, de manera que cuanto el novel caballero hacía era bien visto de todos. Antojósele en esto a uno de los arrieros que estaban en la venta ir a dar agua a su recua, y fue menester quitar las armas de don Quijote, que estaban sobre la pila; el cual, viéndole llegar, en voz alta le dijo:

—¡Oh tú, quienquiera que seas, atrevido caballero que llegas a tocar las armas del más valeroso andante que jamás se ciñó espada! ¡Mira lo que haces y no las toques, si no quieres dejar la vida en pago de tu atrevimiento!

No se curó el arriero de estas razones —y fuera mejor que se curara, porque fuera curarse en salud—; antes, trabando de las correas, las arrojó gran trecho de sí. Lo cual visto por don Quijote, alzó los ojos al cielo y, puesto el pensamiento —a lo que pareció— en su señora Dulcinea, dijo:

—Acorredme, señora mía, en esta primera afrenta que a este vuestro avasallado pecho se le ofrece; no me desfallezca en este primero trance vuestro favor y amparo.

Y diciendo estas y otras semejantes razones, soltando la adarga, alzó la lanza a dos manos y dio con ella tan gran golpe al arriero en la cabeza, que le derribó en el suelo tan maltrecho, que, si segundara con otro, no tuviera necesidad de maestro que le curara. Hecho esto, recogió sus armas y tornó a pasearse con el mismo reposo que primero.

Desde allí a poco, sin saberse lo que había pasado —porque aún estaba aturdido el arriero—, llegó otro con la mesma intención de dar agua a sus mulos, y llegando a quitar las armas para desembarazar la pila, sin hablar don Quijote palabra y sin pedir favor a nadie, soltó otra vez la adarga y alzó otra vez la lanza y, sin hacerla pedazos, hizo más de tres la cabeza del segundo arriero, porque se la abrió por cuatro. Al ruido acudió toda la gente de la venta, y entre ellos el ventero. Viendo esto don Quijote, embrazó su adarga y, puesta mano a su espada, dijo:

—¡Oh señora de la fermosura, esfuerzo y vigor del debilitado corazón mío! Ahora es tiempo que vuelvas los ojos de tu grandeza a este tu cautivo caballero, que tamaña aventura está atendiendo.

Con esto cobró, a su parecer, tanto ánimo, que si le acometieran todos los arrieros del mundo, no volviera el pie atrás. Los compañeros de los heridos, que tales los vieron, comenzaron desde lejos a llover piedras sobre don Quijote, el cual lo mejor que podía se reparaba con su adarga y no se osaba apartar de la pila, por no desamparar las armas. El ventero daba voces que le dejasen, porque ya les había dicho como era loco y que por loco se libraría, aunque los matase a todos. También don Quijote las daba, mayores, llamándolos de alevosos y traidores, y que el señor del castillo era un follón y mal nacido caballero, pues de tal manera consentía que se tratasen los andantes caballeros, y que si él hubiera recebido la orden de caballería, que él le diera a entender su alevosía:

—¡Pero de vosotros, soez y baja canalla, no hago caso alguno: tirad, llegad, venid y ofendedme en cuanto pudiéredes, que vosotros veréis el pago que lleváis de vuestra sandez y demasía!

Decía esto con tanto brío y denuedo, que infundió un terrible temor en los que le acometían, y así por esto como por las persuasiones del ventero, le dejaron de tirar, y él dejó retirar a los heridos y tornó a la vela de sus armas con la misma quietud y sosiego que primero.

No le parecieron bien al ventero las burlas de su huésped, y determinó abreviar y darle la negra orden de caballería luego, antes que otra desgracia sucediese. Y, así, llegándose a él, se desculpó de la insolencia que aquella gente baja con él había usado, sin que él supiese cosa alguna, pero que bien castigados quedaban de su atrevimiento. Díjole, como ya le había dicho, que en aquel castillo no había capilla, y para lo que restaba de hacer tampoco era necesaria, que todo el toque de quedar armado caballero consistía en la pescozada y en el espaldarazo, según él tenía noticia del ceremonial de la orden, y que aquello en mitad de un campo se podía hacer, y que ya había cumplido con lo que tocaba al velar de las armas, que con solas dos horas de vela se cumplía, cuanto más que él había estado más de cuatro. Todo se lo creyó don Quijote, y dijo que él estaba allí pronto para obedecerle, y que concluyese con la mayor brevedad que pudiese, porque, si fuese otra vez acometido y se viese armado caballero, no pensaba dejar persona viva en el castillo, eceto aquellas que él le mandase, a quien por su respeto dejaría.

EL ÚNICO CABALLERO

«Me iban a nombrar Caballero del Imperio Británico, pero no tengo intención de aceptar una de esas cosas. Seriamente, no sé para qué sirven. Yo no me he pasado la vida trabajando para eso. No me corresponde hacer un juicio sobre Mick Jagger [que sí aceptó el nombramiento]. Para mí, solo alguien como don Quijote merece ser nombrado caballero».

DAVID BOWIE

Declaraciones a *The Sun*, 2003.

Advertido y medroso de esto el castellano, trujo luego un libro donde asentaba la paja y cebada que daba a los arrieros, y con un cabo de vela que le traía un muchacho, y con las dos ya dichas doncellas, se vino adonde don Quijote estaba, al cual mandó hincar de rodillas; y leyendo en su manual, como que decía alguna devota oración, en mitad de la leyenda alzó la mano y diole sobre el cuello un buen golpe, y tras él, con su mesma espada, un gentil espaldarazo, siempre murmurando entre dientes, como que rezaba. Hecho esto, mandó a una de aquellas damas que le ciñese la espada, la cual lo hizo con mucha desenvoltura y discreción, porque no fue menester poca para no reventar de risa a cada punto de las ceremonias; pero las proezas que ya habían visto del novel caballero les tenía la risa a raya. Al ceñirle la espada dijo la buena señora:

—Dios haga a vuestra merced muy venturoso caballero y le dé ventura en lides.

Don Quijote le preguntó cómo se llamaba, porque él supiese de allí adelante a quién quedaba obligado por la merced recebida, porque pensaba darle alguna parte de la honra que alcanzase por el valor de su brazo. Ella respondió con mucha humildad que se llamaba la Tolosa y que era hija de un remendón, natural de Toledo, que vivía a las tendillas de Sancho Bienaya, y que dondequiera que ella estuviese le serviría y le tendría por señor. Don Quijote le replicó que por su amor le hiciese merced que de allí adelante se pusiese *don* y se llamase doña Tolosa. Ella se lo prometió, y la otra le calzó la espuela, con la cual le pasó casi el mismo coloquio que con la de la espada: preguntole su nombre, y dijo que se llamaba la Molinera y que era hija de un honrado molinero de Antequera; a la cual también rogó don Quijote que se pusiese *don* y se llamase doña Molinera, ofreciéndole nuevos servicios y mercedes.

Hechas, pues, de galope y aprisa las hasta allí nunca vistas ceremonias, no vio la hora don Quijote de verse a caballo y salir buscando las aventuras. Y ensillando luego a Rocinante, subió en él, y abrazando a su huésped, le dijo cosas tan estrañas, agradeciéndole la merced de haberle armado caballero, que no es posible acertar a referirlas. El ventero, por verle ya fuera de la venta, con no menos retóricas, aunque con más breves palabras, respondió a las suyas y, sin pedirle la costa de la posada, le dejó ir a la buen hora.

4

DE LO QUE LE SUCEDIÓ A NUESTRO CABALLERO CUANDO SALIÓ DE LA VENTA

Al salir de la venta, don Quijote atraviesa una arboleda en la que se oyen gritos. Al acercarse, ve a un muchacho de unos quince años que está atado a una encina, recibiendo los correazos de un adulto rabioso. El joven se llama Andrés y sirve de pastor para el adulto, el rico Juan Haldudo. Por lo visto, Andrés ha perdido unas ovejas, y por eso lo castigan. Don Quijote, empeñado en

GUÍA DE VIAJE

Viajar en el siglo XVII era toda una aventura: veredas descuidadas, cañadas de trashumancia y largos trayectos sin encontrar posada. Los caminos podían ser de rueda, aptos para los carruajes, o de herradura, transitables con montura. En 1576 Alonso de Meneses publicó en Alcalá de Henares *Repertorio de todos los caminos de España (hasta agora nunca visto)*, una guía para viajeros que ampliaba una anterior edición de 1546 escrita por Pedro Juan Villuga. En ella aparecen distintos itinerarios entre ciudades y pueblos que permite deducir la existencia de unos diecisiete mil kilómetros de caminos (en la actualidad la red de carreteras mide diez veces más) en los cuales se da cuenta de 198 ventas y 14 puentes. La última edición de esta guía se llevó a cabo en 1671, casi cien años de vigencia.

favorecer al débil, apunta a Haldudo con su lanza y le exige que desate a Andrés y que le pague los dineros que, según el chico, le debe. Haldudo jura que hará las dos cosas, y don Quijote se marcha feliz de la misión cumplida. Pero se va engañado. Porque, apenas desaparece, Haldudo toma de nuevo la correa y vuelve a los azotes con más furor que nunca.

Y habiendo andado como dos millas, descubrió don Quijote un grande tropel de gente, que —como después se supo— eran unos mercaderes toledanos que iban a comprar seda a Murcia. Eran seis, y venían con sus quitasoles, con otros cuatro criados a caballo y tres mozos de mulas a pie. Apenas los divisó don Quijote, cuando se imaginó ser cosa de nueva aventura, y, por imitar en todo cuanto a él le parecía posible los pasos que había leído en sus libros, le pareció venir allí de molde uno que pensaba hacer. Y, así, con gentil continente y denuedo, se afirmó bien en los estribos, apretó la lanza, llegó la adarga al pecho y, puesto en la mitad del camino, estuvo esperando que aquellos caballeros andantes llegasen, que ya él por tales los tenía y juzgaba; y cuando llegaron a trecho que se pudieron ver y oír, levantó don Quijote la voz y con ademán arrogante dijo:

—¡Todo el mundo se tenga si todo el mundo no confiesa que no hay en el mundo todo doncella más hermosa que la emperatriz de la Mancha, la sin par Dulcinea del Toboso!

Paráronse los mercaderes al son de estas razones y a ver la estraña figura del que las decía, y por la figura y por las razones luego echaron de ver la locura de su dueño. Mas quisieron ver despacio en qué paraba aquella confesión que se les pedía, y uno de ellos, que era un poco burlón y muy mucho discreto, le dijo:

—Señor caballero, nosotros no conocemos quién sea esa buena señora que decís; mostrádnosla, que si ella fuere de tanta hermosura como significáis, de buena gana y sin apremio alguno confesaremos la verdad que por parte vuestra nos es pedida.

—Si os la mostrara —replicó don Quijote—, ¿qué hiciérades vosotros en confesar una verdad tan notoria? La importancia está en que sin verla lo habéis de creer, confesar, afirmar, jurar y defender; donde no, conmigo sois en batalla, gente descomunal y soberbia. Que ahora vengáis uno a uno, como pide la orden de caballería, ora todos juntos, como es costumbre y mala usanza de los de vuestra ralea, aquí os aguardo y espero, confiado en la razón que de mi parte tengo.

—Señor caballero —replicó el mercader—, suplico a vuestra merced, en nombre de todos estos príncipes que aquí estamos, que porque no encarguemos nuestras conciencias confesando una cosa por nosotros jamás vista ni oída, y más siendo tan en perjuicio de las emperatrices y reinas del Alcarria y Estremadura, que vuestra merced sea servido de mostrarnos algún retrato de esa señora, aunque sea tamaño como un grano de trigo, que por el hilo se sacará el ovillo, y quedaremos con esto satisfechos y seguros, y vuestra merced quedará contento y pagado. Y aun creo que estamos ya tan de su parte, que, aunque su retrato nos muestre que es tuerta de un ojo y que del otro le mana bermellón y piedra azufre, con todo eso, por complacer a vuestra merced diremos en su favor todo lo que quisiere.

—¡No le mana, canalla infame —respondió don Quijote, encendido en cólera—; no le mana, digo, eso que decís, sino ámbar y algalia entre algodones, y no es tuerta ni corcovada, sino más derecha que un huso de

Don Quijote de la Mancha
Rafael Gil, 1947.

Episodio de los mercaderes toledanos.

Guadarrama! Pero vosotros pagaréis la grande blasfemia que habéis dicho contra tamaña beldad como es la de mi señora.

Y en diciendo esto, arremetió con la lanza baja contra el que lo había dicho, con tanta furia y enojo, que, si la buena suerte no hiciera que en la mitad del camino tropezara y cayera Rocinante, lo pasara mal el atrevido mercader. Cayó Rocinante, y fue rodando su amo una buena pieza por el campo; y, queriéndose levantar, jamás pudo: tal embarazo le causaban la lanza, adarga, espuelas y celada, con el peso de las antiguas armas. Y entre tanto que pugnaba por levantarse y no podía, estaba diciendo:

—¡Non fuyáis, gente cobarde, gente cautiva! Atended que no por culpa mía sino de mi caballo estoy aquí tendido.

Un mozo de mulas de los que allí venían, que no debía de ser muy bien intencionado, oyendo decir al pobre caído tantas arrogancias, no lo pudo sufrir sin darle la respuesta en las costillas. Y llegándose a él, tomó la lanza, y después de haberla hecho pedazos, con uno de ellos comenzó a dar a nuestro don Quijote tantos palos, que, a despecho y pesar de sus armas, le molió como cibera. Dábanle voces sus amos que no le diese tanto y que le dejase, pero estaba ya el mozo picado y no quiso dejar el juego hasta envidar todo el resto de su cólera. Y acudiendo por los demás trozos de la lanza, los acabó de deshacer sobre el miserable caído, que, con toda aquella tempestad de palos que sobre él llovía, no cerraba la boca, amenazando al cielo y a la tierra y a los malandrines, que tal le parecían.

Cansose el mozo y los mercaderes siguieron su camino, llevando que contar en todo él del pobre apaleado; el cual, después que se vio solo, tornó a probar si podía levantarse, pero si no lo pudo hacer cuando sano y bueno, ¿cómo lo haría molido y casi deshecho? Y aun se tenía por dichoso, pareciéndole que aquella era propia desgracia de caballeros andantes, y toda la atribuía a la falta de su caballo. Y no era posible levantarse, según tenía brumado todo el cuerpo.

5

DONDE SE PROSIGUE LA NARRACIÓN DE LA DESGRACIA DE NUESTRO CABALLERO

Tras la paliza que le endilga el mozo de mulas, don Quijote queda tirado en medio del camino. Por suerte, un labrador de su lugar se lo encuentra y le hace la caridad de llevarlo de vuelta a casa, atravesado sobre el lomo de su borrico. Por el camino, don Quijote suspira, se queja, delira, dice disparates. Anochece cuando alcanzan por fin el pueblo. En casa de don Quijote, el ama y la sobrina andan muy alborotadas y no dejan de dar gritos. ¿Dónde andará don Quijote? ¡Lleva días sin aparecer! Seguro que se ha ido por ahí en busca de aventuras, atontolinado con la idea de ser caballero andante... De pronto, el hidalgo aparece por la puerta, molido a golpes. Viene pidiendo que alguien llame a la maga Urganda, la protectora de Amadís, para que lo sane de sus heridas. El cura y el barbero, que están en la casa, lo llevan a la cama, donde le hacen mil preguntas que don Quijote se niega a contestar, porque lo único que le apetece es comer y dormir. El cura toma entonces la decisión de quemar los libros del hidalgo para que no sigan secándole el cerebro.

6

DEL DONOSO Y GRANDE ESCRUTINIO QUE EL CURA Y EL BARBERO HICIERON EN LA LIBRERÍA DE NUESTRO INGENIOSO HIDALGO

LIBROS QUEMADOS

La costumbre de quemar los libros con cuyo contenido no se está de acuerdo viene de antiguo. Uno de los primeros en practicarla fue Qin Shi Huang, primer emperador de China, que entre los años 213 a 206 a. C. mandó quemar todos los libros del reino. La Inquisición española hizo arder gran cantidad de libros árabes y judíos. Tristemente célebre es la gran quema de libros realizada por los nazis el 10 de mayo de 1933. En su novela *Fahrenheit 451*, que toma su título de la temperatura a la que arden los libros, Ray Bradbury imagina una sociedad en la que está prohibido leer y los libros son condenados a la hoguera.

Al día siguiente, mientras don Quijote duerme, el cura y el barbero entran en su biblioteca. Pretenden revisar los libros uno por uno salvar del fuego solo los que merezcan la pena. Casi todas las novelas caballerescas, que son más de cien, se destinan al corral, donde habrán de arder, si bien hay una que merece encendidos elogios: la Historia del famoso caballero Tirante el Blanco. *En cierto momento, el cura se fija en* La Galatea, *novela pastoril de un tal Miguel de Cervantes, y dice que conoce al autor desde hace años y que sabe más de penas que de versos. Ahora bien, por mucha amistad que le tenga, debe admitir que* La Galatea *es un libro bastante flojo...*

7

DE LA SEGUNDA SALIDA DE NUESTRO BUEN CABALLERO DON QUIJOTE DE LA MANCHA

El escrutinio de los libros queda interrumpido cuando don Quijote empieza a dar gritos desde su cuarto: víctima de un nuevo delirio, está soltando espadazos contra una panda de fieros enemigos que solo existen en su imaginación. Esa noche, el ama quema sin miramientos todos los libros, incluidos los que el cura elogió, así que pagan justos por pecadores. El cura y el barbero deciden tapiar la puerta de la biblioteca, con la esperanza de que don Quijote sane así de su locura. Tras dos días en cama, el hidalgo se levanta y se va directo en busca de sus libros, pero no encuentra la puerta de la biblioteca... «Los libros se los llevó un encantador que vino montado en una nube», le explica la sobrina, y añade que el encantador se escapó por el tejado y que dejó la casa envuelta en humo. «Seguro que fue el mago Frestón —dice don Quijote—, que me tiene ojeriza». Pasan quince días. El hidalgo no da muestras de querer más aventuras, pero, en su mente, anda planeando una segunda salida. Y esta vez no irá solo.

En este tiempo solicitó don Quijote a un labrador vecino suyo, hombre de bien —si es que este título se puede dar al que es pobre— pero de muy poca sal en la mollera. En resolución, tanto le dijo, tanto le persuadió y prometió, que el pobre villano se determinó de salirse con él y servirle de escudero. Decíale entre otras cosas don Quijote que se dispusiese a ir con él de buena gana, porque tal vez le podía suceder aventura que ganase, en quítame allá esas pajas, alguna ínsula, y le dejase a él por gobernador de ella. Con estas promesas y otras tales, Sancho Panza, que así se llamaba el labrador, dejó su mujer y hijos y asentó por escudero de su vecino.

Dio luego don Quijote orden en buscar dineros, y, vendiendo una cosa y empeñando otra y malbaratándolas todas, llegó una razonable cantidad. Acomodose asimesmo de una rodela que pidió prestada a un su amigo y, pertrechando su rota celada lo mejor que pudo, avisó a su escudero Sancho del día y la hora que pensaba ponerse en camino, para que él se acomodase de lo que viese que más le era menester. Sobre todo, le encargó que llevase alforjas. Él dijo que sí llevaría y que ansimesmo pensaba llevar un asno que tenía

POBRE DE BIEN

En España hay unos trece millones de personas en riesgo de pobreza y exclusión social (2021). Según un estudio publicado por la revista *Scientific Reports*, los españoles pobres viven entre tres y cuatro años menos que las personas con más recursos económicos. Además, tienen peor formación: según un informe de la OCDE, los estudiantes que proceden de un entorno socioeconómico desfavorecido tienen una probabilidad tres veces mayor de tener bajo rendimiento académico. Por otra parte, los pobres participan menos en la vida política: en las elecciones, los índices más altos de abstención se dan en los barrios de renta más baja, lo que produce una sobrerrepresentación en las instituciones de los intereses de los más ricos. Durante muchos años, además, ni siquiera podían ejercer el derecho a voto, que quedaba limitado a los ciudadanos que poseyeran un determinado nivel de renta, el llamado sufragio censitario: en 1837, por ejemplo, solo podían votar los que hubieran pagado un mínimo de 200 reales de vellón en contribuciones directas, lo que equivalía al 2 % de la población.

muy bueno, porque él no estaba duecho a andar mucho a pie. En lo del asno reparó un poco don Quijote, imaginando si se le acordaba si algún caballero andante había traído escudero caballero asnalmente, pero nunca le vino alguno a la memoria; mas, con todo esto, determinó que le llevase, con presupuesto de acomodarle de más honrada caballería en habiendo ocasión para ello, quitándole el caballo al primer descortés caballero que topase. Proveyose de camisas y de las demás cosas que él pudo, conforme al consejo que el ventero le había dado; todo lo cual hecho y cumplido, sin despedirse Panza de sus hijos y mujer ni don Quijote de su ama y sobrina, una noche se salieron del lugar sin que persona los viese, en la cual caminaron tanto, que al amanecer se tuvieron por seguros de que no los hallarían aunque los buscasen.

Adivina, adivinanza

GLORIA FUERTES

Iba Sancho Panza sobre su jumento como un patriarca, con sus alforjas y su bota, y con mucho deseo de verse ya gobernador de la ínsula que su amo le había prometido. Acertó don Quijote a tomar la misma derrota y camino que el que él había tomado en su primer viaje, que fue por el campo de Montiel, por el cual caminaba con menos pesadumbre que la vez pasada, porque, por ser la hora de la mañana y herirles a soslayo, los rayos del sol no les fatigaban. Dijo en esto Sancho Panza a su amo:

—Mire vuestra merced, señor caballero andante, que no se le olvide lo que de la ínsula me tiene prometido, que yo la sabré gobernar, por grande que sea.

A lo cual le respondió don Quijote:

—Has de saber, amigo Sancho Panza, que fue costumbre muy usada de los caballeros andantes antiguos hacer gobernadores a sus escuderos de las ínsulas o reinos que ganaban, y yo tengo determinado de que por mí no falte tan agradecida usanza; antes pienso aventajarme en ella, porque ellos algunas veces, y quizá las más, esperaban a que sus escuderos fuesen viejos, y, ya después de hartos de servir y de llevar malos días y peores noches, les daban algún título de conde, o por lo mucho de marqués, de algún valle o provincia de poco más a menos. Pero si tú vives y yo vivo, bien podría ser que antes de seis días ganase yo tal reino, que tuviese otros a él adherentes que viniesen de molde para coronarte por rey de uno de ellos. Y no lo tengas a mucho, que cosas y casos acontecen a los tales caballeros por modos tan nunca vistos ni pensados, que con facilidad te podría dar aun más de lo que te prometo.

—De esa manera —respondió Sancho Panza—, si yo fuese rey por algún milagro de los que vuestra merced dice, por lo menos Juana Gutiérrez, mi oíslo, vendría a ser reina, y mis hijos infantes.

—Pues ¿quién lo duda? —respondió don Quijote.

—Yo lo dudo —replicó Sancho Panza—, porque tengo para mí que, aunque lloviese Dios reinos sobre la tierra, ninguno asentaría bien sobre la cabeza de Mari Gutiérrez: sepa, señor, que no vale dos maravedís para reina. Condesa le caerá mejor, y aun Dios y ayuda.

—Encomiéndalo tú a Dios, Sancho —respondió don Quijote—, que Él dará lo que más le convenga, pero no apoques tu ánimo tanto, que te vengas a contentar con menos que con ser adelantado.

—No haré, señor mío —respondió Sancho—, y más teniendo tan principal amo en vuestra merced, que me sabrá dar todo aquello que me esté bien y yo pueda llevar.

PAREJAS CÉLEBRES

Sin Sancho, don Quijote no sería don Quijote. Esta pareja dispar ha tenido una numerosa descendencia literaria. Son los predecesores, por ejemplo, de, entre otros:

- Robinson Crusoe y Viernes
- Jacques el fatalista y su amo
- Tom Sawyer y Huckleberry Finn
- Sherlock Holmes y el doctor Watson
- Stan Laurel y Oliver Hardy
- Tintín y el capitán Haddock
- Epi y Blas
- C-3PO y R2D2
- Frodo y Sam
- Shrek y el asno
- Brienne de Tarth y Podrick Payne

8

DEL BUEN SUCESO QUE EL VALEROSO DON QUIJOTE TUVO EN LA ESPANTABLE Y JAMÁS IMAGINADA AVENTURA DE LOS MOLINOS DE VIENTO, CON OTROS SUCESOS DIGNOS DE FELICE RECORDACIÓN

NUEVA TECNOLOGÍA

Los molinos de viento más antiguos de los que se tiene referencia son los de Seistan, en Persia, mencionados en 915 d.C. Se trataba de molinos montados sobre un poste móvil, lo que permitía orientarlos según la dirección del viento. La primera ilustración de un molino adosado a una torre data de principios del siglo XV: en la época del *Quijote*, por tanto, eran relativamente nuevos. Con la llegada de la electricidad, los molinos de viento cayeron en desuso: hoy se usan para producir electricidad. En 2021 había en España 1.265 parques eólicos (de los cuales, 148 en Castilla-La Mancha), con un total de 21.419 aerogeneradores.

En esto, descubrieron treinta o cuarenta molinos de viento que hay en aquel campo, y así como don Quijote los vio, dijo a su escudero:

—La ventura va guiando nuestras cosas mejor de lo que acertáramos a desear, porque ves allí, amigo Sancho Panza, donde se descubren treinta o pocos más desaforados gigantes, con quien pienso hacer batalla y quitarles a todos las vidas, con cuyos despojos comenzaremos a enriquecer, que esta es buena guerra, y es gran servicio de Dios quitar tan mala simiente de sobre la faz de la tierra.

—¿Qué gigantes? —dijo Sancho Panza.

—Aquellos que allí ves —respondió su amo—, de los brazos largos, que los suelen tener algunos de casi dos leguas.

—Mire vuestra merced —respondió Sancho— que aquellos que allí se parecen no son gigantes, sino molinos de viento, y lo que en ellos parecen brazos son las aspas, que, volteadas del viento, hacen andar la piedra del molino.

—Bien parece —respondió don Quijote— que no estás cursado en esto de las aventuras: ellos son gigantes. Y si tienes miedo, quítate de ahí y ponte en oración en el espacio que yo voy a entrar con ellos en fiera y desigual batalla.

Y diciendo esto, dio de espuelas a su caballo Rocinante, sin atender a las voces que su escudero Sancho le daba, advirtiéndole que sin duda alguna eran molinos de viento y no gigantes aquellos que iba a acometer. Pero él iba tan puesto en que eran gigantes, que ni oía las voces de su escudero Sancho ni echaba de ver, aunque estaba ya bien cerca, lo que eran; antes iba diciendo en voces altas:

—¡Non fuyades, cobardes y viles criaturas, que un solo caballero es el que os acomete!

Levantose en esto un poco de viento y las grandes aspas comenzaron a moverse, lo cual visto por don Quijote, dijo:

—¡Pues aunque mováis más brazos que los del gigante Briareo, me lo habéis de pagar!

Y en diciendo esto, y encomendándose de todo corazón a su señora Dulcinea, pidiéndole que en tal trance le socorriese, bien cubierto de su rodela, con la lanza en el ristre, arremetió a todo el galope de Rocinante y embistió con el primero molino que estaba delante. Y dándole una lanzada en el aspa, la volvió el viento con tanta furia, que hizo la lanza pedazos, llevándose tras sí al caballo y al caballero, que fue rodando muy maltrecho por el campo. Acudió Sancho Panza a socorrerle a todo el correr de su asno, y cuando llegó halló que no se podía menear: tal fue el golpe que dio con él Rocinante.

—¡Válame Dios! —dijo Sancho—. ¿No le dije yo a vuestra merced que mirase bien lo que hacía, que no eran sino molinos de viento, y no lo podía ignorar sino quien llevase otros tales en la cabeza?

—Calla, amigo Sancho —respondió don Quijote—, que las cosas de la guerra más que otras están sujetas a continua mudanza; cuanto más que yo pienso, y es así verdad, que aquel sabio Frestón que me robó el aposento y los libros ha vuelto estos gigantes en molinos, por quitarme la gloria de su vencimiento: tal es la enemistad que me tiene. Mas al cabo al cabo han de poder poco sus malas artes contra la bondad de mi espada.

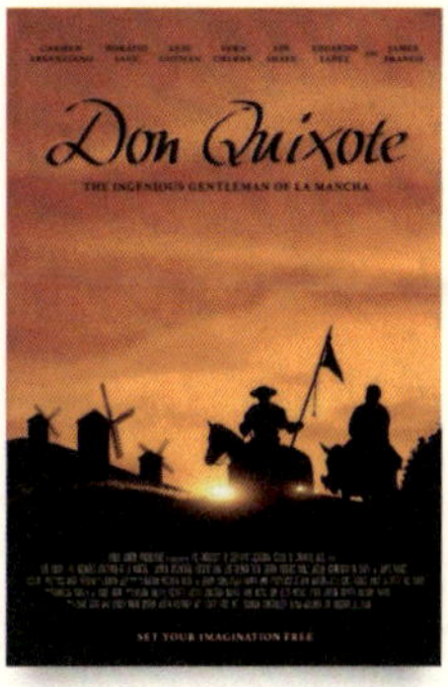

Don Quixote: The Ingenious Gentleman of La Mancha, **David Beier**, 2015.

Aventura de los molinos.

Suite Don Quijote. El ataque a los molinos de viento. **Georg Philipp Telemann**. Orquesta de Cámara de Toulouse, dirigida por Gilles Colliard.

De aquí no sales

ROSALÍA

—Dios lo haga como puede —respondió Sancho Panza.

Y ayudándole a levantar, tornó a subir sobre Rocinante, que medio despaldado estaba. Y hablando en la pasada aventura, siguieron el camino del Puerto Lápice, porque allí decía don Quijote que no era posible dejar de hallarse muchas y diversas aventuras, por ser lugar muy pasajero; sino que iba muy pesaroso, por haberle faltado la lanza; y diciéndoselo a su escudero, le dijo:

—Yo me acuerdo haber leído que un caballero español llamado Diego Pérez de Vargas, habiéndosele en una batalla roto la espada, desgajó de una encina un pesado ramo o tronco, y con él hizo tales cosas aquel día y machacó tantos moros, que le quedó por sobrenombre «Machuca», y así él como sus decendientes se llamaron desde aquel día en adelante «Vargas y Machuca». Hete dicho esto porque de la primera encina o roble que se me depare pienso desgajar otro tronco tal y tan bueno como aquel que me imagino, y pienso hacer con él tales hazañas, que tú te tengas por bien afortunado de haber merecido venir a vellas y a ser testigo de cosas que apenas podrán ser creídas.

—A la mano de Dios —dijo Sancho—. Yo lo creo todo así como vuestra merced lo dice, pero enderécese un poco, que parece que va de medio lado, y debe de ser del molimiento de la caída.

—Así es la verdad —respondió don Quijote—, y si no me quejo del dolor es porque no es dado a los caballeros andantes quejarse de herida alguna, aunque se le salgan las tripas por ella.

—Si eso es así, no tengo yo que replicar —respondió Sancho—, pero sabe Dios si yo me holgara que vuestra merced se quejara cuando alguna cosa le doliera. De mí sé decir que me he de quejar del más pequeño dolor que tenga, si ya no se entiende también con los escuderos de los caballeros andantes eso del no quejarse.

No se dejó de reír don Quijote de la simplicidad de su escudero y, así, le declaró que podía muy bien quejarse como y cuando quisiese, sin gana o con ella, que hasta entonces no había leído cosa en contrario en la orden de caballería.

Díjole Sancho que mirase que era hora de comer; respondiole su amo que por entonces no le hacía menester, que comiese él cuando se le antojase. Con esta licencia se acomodó Sancho lo mejor que pudo sobre su jumento, y, sacando de las alforjas lo que en ellas había puesto, iba caminando y comiendo detrás de su amo muy de su espacio, y de cuando en cuando empinaba la bota con tanto gusto, que le pudiera envidiar el más regalado bodegonero de Málaga. Y en tanto que él iba de aquella manera, menudeando tragos, no se le acordaba de ninguna promesa que su amo le hubiese hecho ni tenía por ningún trabajo, sino por mucho descanso, andar buscando las aventuras, por peligrosas que fuesen.

En resolución, aquella noche la pasaron entre unos árboles, y del uno de ellos desgajó don Quijote un ramo seco que casi le podía servir de lanza, y puso en él el hierro que quitó de la que se le había quebrado. Toda aquella noche no durmió don Quijote pensando en su señora Dulcinea, por acomodarse a lo que había leído en sus libros, cuando los caballeros pasaban sin dormir muchas noches en las florestas y despoblados, entretenidos con las memorias de sus señoras. No la pasó ansí Sancho Panza, que, como tenía el estómago lleno, y no de agua de chicoria, de un sueño se la llevó toda, y no fueran parte para despertarle, si su amo no lo llamara, los rayos del sol, que le daban en el rostro, ni el canto de las aves, que muchas y muy regocijadamente la venida del nuevo día saludaban. Al levantarse, dio un tiento a la bota y hallola algo más flaca que la noche antes, y afligiósele el corazón, por parecerle que no llevaban camino de remediar tan presto su falta. No quiso desayunarse don Quijote, porque, como está dicho, dio en sustentarse de sabrosas memorias. Tornaron a su comenzado camino del Puerto Lápice, y a obra de las tres del día le descubrieron.

—Aquí —dijo en viéndole don Quijote— podemos, hermano Sancho Panza, meter las manos hasta los codos en esto que llaman aventuras. Mas advierte que, aunque me veas en los mayores peligros del mundo, no has de poner mano a tu espada para defenderme, si ya no vieres que los que me ofenden es canalla y gente baja, que en tal caso bien puedes ayudarme. Pero si fueren caballeros, en ninguna manera te es lícito ni concedido por las leyes de caballería que me ayudes, hasta que seas armado caballero.

—Por cierto, señor —respondió Sancho—, que vuestra merced sea muy bien obedecido en esto, y más, que yo de mío me soy pacífico y enemigo de meterme en ruidos ni pendencias. Bien es verdad que en lo que tocare a defender mi persona no tendré mucha cuenta con esas leyes, pues las divinas y humanas permiten que cada uno se defienda de quien quisiere agraviarle.

—No digo yo menos —respondió don Quijote—, pero en esto de ayudarme contra caballeros has de tener a raya tus naturales ímpetus.

—Digo que así lo haré —respondió Sancho— y que guardaré ese preceto tan bien como el día del domingo.

Camino de Puerto Lápice, don Quijote ve venir un coche, en el que viaja una señora con rumbo a Sevilla. Dos hombres montados en mulas acompañan el carro. Son frailes, pero don Quijote, siempre fantasioso, los toma por un par de diablos que llevan raptada a la dama del coche. Sin esperar explicaciones, el hidalgo arremete contra los frailes: uno acaba en tierra y el otro huye por el campo más rápido que el viento. Sancho, ansioso de un botín que compense su trabajo, corre hacia el fraile que ha quedado en el suelo para quitarle los hábitos, pero dos mozos que van en la comitiva se le echan encima y le patean las costillas por ladrón. Don Quijote se acerca entonces a la señora del coche, convencido de que la ha liberado de las garras del Mal, y le pide que vaya al Toboso y le cuente a la adorable Dulcinea la hazaña que acaba de presenciar. Como don Quijote empieza a ponerse pesado, el escudero vizcaíno que custodia el coche le exige que deje de dar la murga y se largue de una vez. Don Quijote reacciona con furia: toma la espada y ataca al vizcaíno, que se defiende soltándole un espadazo feroz. Pero sucede que, justo en ese momento de máxima tensión, el narrador interrumpe su relato. Según cuenta, está tomando lo que nos explica de un viejo documento que está incompleto, y que se corta precisamente en mitad del episodio del vizcaíno.

LA AVENTURA DE LOS MOLINOS

Don Quijote y Sancho salen de su lugar de madrugada, sin despedirse de nadie y sin que nadie los vea. Se encaminan hacia el Campo de Montiel donde los sorprende el alba conversando sobre la prosperidad que ha de traerles el glorioso ejercicio de la caballería andante.

El camino les conduce hasta unos molinos de viento.
La ventura nos va guiando, porque ves allí donde se descubren treinta o pocos más desaforados gigantes...
... con quien pienso hacer batalla y quitarles a todos las vidas.
¿Qué gigantes?
Aquellos que allí ves, de los brazos largos, que los suelen tener algunos de casi dos leguas.

Mire vuestra merced que aquellos que allí se parecen no son gigantes sino molinos de viento...,
... y lo que en ellos parecen brazos son las aspas.
Si tienes miedo, quítate de ahí y ponte en oración que yo voy a entrar con ellos en fiera y desigual batalla.
¡Non fuyades, cobardes y viles criaturas, que un solo caballero es el que os acomete!
¡Pues aunque mováis más brazos que los del gigante Briareo, me lo habéis de pagar!

Con su lanza ensarta una de las aspas.

Queda prendido y empieza a dar vueltas.

¡Señora Dulcinea, socorredme
en este duro trance!

Sale despedido y se precipita al suelo.

¡Válame Dios!
¿No le dije que no eran sino molinos de viento?

Calla, amigo Sancho, que las cosas de la guerra están sujetas a continua mudanza.

Cuanto más que yo pienso que aquel sabio Frestón ha vuelto estos gigantes en molinos por quitarme la gloria de su vencimiento. Mas han de poder poco sus malas artes contra la bondad de mi espada.

Yo lo creo todo así como vuestra merced lo dice, pero enderécese un poco, que parece que va de medio lado, y debe de ser del molimiento de la caída.
Así es la verdad, y si no me quejo del dolor es porque no es dado a los caballeros andantes...
... quejarse de herida alguna, aunque se le salgan las tripas por ella.
Don Quijote, aunque maltrecho, no duda en continuar su andadura.

SEGUNDA PARTE DEL INGENIOSO HIDALGO DON QUIJOTE DE LA MANCHA

9

DONDE SE CONCLUYE Y DA FIN A LA ESTUPENDA BATALLA QUE EL GALLARDO VIZCAÍNO Y EL VALIENTE MANCHEGO TUVIERON

El narrador, apenado, se pregunta cómo podrá conocer el resto de la historia de don Quijote. Por suerte, no tarda en encontrar lo que desea. Un día, en un mercadillo de Toledo, descubre unos papeles viejos escritos en árabe que relatan al completo la vida de don Quijote. El narrador los compra, por supuesto, y le encarga a un morisco que se los traduzca. El morisco se pasa un mes y medio trasladando el texto al castellano, a cambio de lo cual recibe unos sacos de pasas y trigo. A partir de ese momento, pues, todo lo que leemos en el Quijote *procede del manuscrito hallado en Toledo, que es obra de un tal Cide Hamete Benengeli, historiador minucioso al que solo se le puede poner una pega: que es árabe, lo que despierta los recelos del narrador porque está convencido de que los árabes son mentirosos. Benengeli cuenta que, tras recibir un golpe con la espada que le rebana media oreja, don Quijote le soltó al vizcaíno un espadazo en mitad del cráneo. El golpe fue tan brutal que el escudero empezó a escupir sangre por la boca, la nariz y los oídos y quedó tan turbado que no podía responder palabra.*

10

DE LO QUE MÁS LE AVINO A DON QUIJOTE CON EL VIZCAÍNO Y DEL PELIGRO EN QUE SE VIO CON UNA CATERVA DE YANGÜESES

Ya en este tiempo se había levantado Sancho Panza, algo maltratado de los mozos de los frailes, y había estado atento a la batalla de su señor don Quijote, y rogaba a Dios en su corazón fuese servido de darle vitoria y que en ella ganase alguna ínsula de donde le hiciese gobernador, como se lo había prometido. Viendo, pues, ya acabada la pendencia, y que su amo volvía a subir sobre Rocinante, llegó a tenerle el estribo y, antes que subiese, se hincó de rodillas delante de él, y asiéndole de la mano, se la besó y le dijo:

—Sea vuestra merced servido, señor don Quijote mío, de darme el gobierno de la ínsula que en esta rigurosa pendencia se ha ganado, que, por grande que sea, yo me siento con fuerzas de saberla gobernar tal y tan bien como otro que haya gobernado ínsulas en el mundo.

A lo cual respondió don Quijote:

—Advertid, hermano Sancho, que esta aventura y las a esta semejantes no son aventuras de ínsulas, sino de encrucijadas, en las cuales no se gana otra cosa que sacar rota la cabeza o una oreja menos. Tened paciencia, que aventuras se ofrecerán donde no solamente os pueda hacer gobernador, sino más adelante.

Agradecióselo mucho Sancho y, besándole otra vez la mano y la falda de la loriga, le ayudó a subir sobre Rocinante, y él subió sobre su asno y comenzó a seguir a su señor, que a paso tirado, sin despedirse ni hablar más con las del coche, se entró por un bosque que allí junto estaba. Seguíale Sancho a todo el trote de su jumento, pero caminaba tanto Rocinante, que, viéndose quedar atrás, le fue forzoso dar voces a su amo que se aguardase. Hízolo así don Quijote, teniendo las riendas a Rocinante hasta que llegase su cansado escudero, el cual, en llegando, le dijo:

—Paréceme, señor, que sería acertado irnos a retraer a alguna iglesia, que, según quedó maltrecho aquel con quien os combatistes, no será mucho que den noticia del caso a la Santa Hermandad y nos prendan. Y a fe que si lo hacen, que primero que salgamos de la cárcel que nos ha de sudar el hopo.

—Calla —dijo don Quijote—. Y ¿dónde has visto tú o leído jamás que caballero andante haya sido puesto ante la justicia, por más homicidios que hubiese cometido?

—Yo no sé nada de omecillos —respondió Sancho— ni en mi vida le caté a ninguno; solo sé que la Santa Hermandad tiene que ver con los que pelean en el campo, y en esotro no me entremeto.

—Pues no tengas pena, amigo —respondió don Quijote—, que yo te sacaré de las manos de los caldeos, cuanto más de las de la Hermandad. Pero dime, por tu vida: ¿has visto más valeroso caballero que yo en todo lo descubierto de la tierra? ¿Has leído en historias otro que tenga ni haya tenido más brío en acometer, más aliento en el perseverar, más destreza en el herir ni más maña en el derribar?

—La verdad sea —respondió Sancho— que yo no he leído ninguna historia jamás, porque ni sé leer ni escrebir. Mas lo que osaré apostar es que más atrevido amo que vuestra merced yo no le he servido en todos los días de mi vida, y quiera Dios que estos atrevimientos no se paguen donde tengo dicho. Lo que le ruego a vuestra merced es que se cure, que le va mucha sangre de esa oreja, que aquí traigo hilas y un poco de ungüento blanco en las alforjas.

—Todo eso fuera bien escusado —respondió don Quijote— si a mí se me acordara de hacer una redoma del bálsamo de Fierabrás, que con sola una gota se ahorraran tiempo y medicinas.

—¿Qué redoma y qué bálsamo es ese? —dijo Sancho Panza.

—Es un bálsamo —respondió don Quijote— de quien tengo la receta en la memoria, con el cual no hay que tener temor a la muerte ni hay pensar morir de ferida alguna. Y ansí, cuando yo le haga y te le dé, no tienes más que hacer sino que, cuando vieres que en alguna batalla me han partido por medio del cuerpo, como muchas veces suele acontecer, bonitamente la parte del cuerpo que hubiere caído en el suelo, y con mucha sotileza, antes que la sangre se yele, la pondrás sobre la otra mitad que quedare en la silla, advirtiendo de encajallo igualmente y al justo. Luego me darás a beber solos dos tragos del bálsamo que he dicho y verasme quedar más sano que una manzana.

—Si eso hay —dijo Panza—, yo renuncio desde aquí el gobierno de la prometida ínsula y no quiero otra cosa en pago de mis muchos y buenos servicios sino que vuestra merced me dé la receta de ese estremado licor, que para mí tengo que valdrá la onza adondequiera más de a dos reales, y no he menester yo más para pasar esta vida honrada y descansadamente. Pero es de saber agora si tiene mucha costa el hacelle.

—Con menos de tres reales se pueden hacer tres azumbres —respondió don Quijote.

—¡Pecador de mí! —replicó Sancho—. Pues ¿a qué aguarda vuestra merced a hacelle y a enseñármele?

NI SÉ LEER NI ESCREBIR

No se tienen cifras concretas del índice de analfabetismo a principios del siglo XVII, pero es posible estimar que un 90 % de la población no sabía leer ni escribir. La educación infantil se limitaba al ámbito del hogar y a las escuelas de primeras letras, en manos de una Iglesia recelosa del progreso (Richard L. Kagan, *Universidad y sociedad en la España moderna*, 1981). En 1870, la estimación era de un 75 % de analfabetos (L. Luzuriaga, *El analfabetismo en España*, 1919), mientras que el censo de 1900, el primero en recoger estos datos, indicaba un 45,58 % de analfabetos hombres y un 65,89 % de mujeres. En 1931 había un millón de niños sin escolarizar. La Segunda República llevó a cabo una importante campaña de construcción de escuelas públicas que sería truncada por la guerra y la dictadura. En la década de los ochenta, por fin, la alfabetización llegó al 95 %. En la actualidad (2023) 571.380 españoles, el 1,2 % del total, no saben leer ni escribir, según el informe *Población de más de 16 años por nivel de formación*, publicado por el Instituto Nacional de Estadística (INE).

—Calla, amigo —respondió don Quijote—, que mayores secretos pienso enseñarte y mayores mercedes hacerte. Y por agora curémonos, que la oreja me duele más de lo que yo quisiera.

Sancho le cura a don Quijote la oreja con un ungüento y unas vendas. El hidalgo se percata entonces de que su celada está hecha trizas, y se pone furioso. ¡Un caballero no puede andar por el mundo sin casco...! Está decidido: en cuanto se cruce con un hombre armado, le saltará encima y le quitará la celada por la fuerza. Con todo, lo más urgente ahora es buscar dónde refugiarse, pues la noche se acerca. No hay ventas a la vista, así que don Quijote y Sancho se acercan a las chozas de unos cabreros.

11

DE LO QUE LE SUCEDIÓ A DON QUIJOTE CON UNOS CABREROS

Los cabreros, generosos y hospitalarios, convidan a don Quijote y Sancho a comer carne y beber vino. De postre, les ofrecen unas bellotas dulces. Don Quijote toma unas cuantas en su mano y, mientras las mira con ojos de soñador, suelta un largo discurso en que elogia la edad de oro, aquella época remota en que no existían la maldad, la guerra ni el dolor y todo era de todos. Por desgracia, dice don Quijote, aquella edad pasó, así que hoy en día es necesario que existan caballeros andantes que protejan a los buenos y castiguen al malvado. «Gente como yo», viene a decir. Acabado el discurso, del que los cabreros no entienden ni media palabra, uno de los pastores canta al son de su rabel una canción de amor que no es gran cosa, y otro le cura a don Quijote su maltrecha oreja con unas hojas de romero que él mismo mastica hasta convertir en emplasto.

12

DE LO QUE CONTÓ UN CABRERO A LOS QUE ESTABAN CON DON QUIJOTE

Un mozo se acerca a las chozas. Viene de la aldea, con provisiones para los cabreros, y trae además una noticia triste: que ha muerto Grisóstomo, un joven que, desde hacía algún tiempo, andaba por aquellos campos vestido de pastor. En verdad, Grisóstomo no era cabrero, sino hidalgo. Tenía dinero y había estudiado en Salamanca, pero se había hecho pastor por una cuestión de amores. Resulta que adoraba a Marcela, una jovencita bellísima que vivía a solas en el bosque. Marcela había llegado desde la ciudad huyendo de sus pretendientes, que eran innumerables. Como no le apetecía casarse, se retiró al campo: pensó que así se libraría del acoso de los hombres. Pero el remedio no funcionó, porque los pretendientes se hicieron pastores para seguir rondándola. El más insistente era Grisóstomo, al que Marcela rechazó varias veces. Al final, Grisóstomo se cansó de tanto oír que no y, desesperado, acaba de quitarse la vida. Todo el mundo culpa de su muerte a Marcela, que les parece una niña sin alma, un monstruo cruel. El entierro de Grisóstomo será mañana, al pie de una peña, allí donde está la fuente del alcornoque. Los cabreros dicen que no faltarán.

13

DONDE SE DA FIN AL CUENTO DE LA PASTORA MARCELA, CON OTROS SUCESOS

Llega el día. Los cabreros parten hacia el entierro de Grisóstomo, y don Quijote los acompaña. Su presencia causa estupor en todo el que lo ve: ¿de dónde habrá salido ese hombre tan flaco y amarillo que lleva una armadura de los tiempos de las Cruzadas? Don Quijote explica que va armado porque es caballero, como lo fueron, entre otros muchos, Lanzarote del Lago y Amadís de Gaula. O sea que deja claro que está loco. Charla que te charla, el grupo llega al lugar del entierro, donde toma la palabra un tal Ambrosio, el amigo del alma del desdichado Grisóstomo. Lo primero que dice Ambrosio es que Marcela es la maldad en persona.

14

DONDE SE PONEN LOS VERSOS DESESPERADOS DEL DIFUNTO PASTOR, CON OTROS NO ESPERADOS SUCESOS

Grisóstomo mandó que, en su entierro, se quemaran los papeles que solía escribir para desahogarse de su mal de amores, pero un pastor llamado Vivaldo decide leer en voz alta uno de sus escritos. Es una canción desesperada, llena de imágenes tristes, que deja el corazón en carne viva. Vivaldo está a punto de leer un segundo papel cuando de pronto...

Y queriendo leer otro papel de los que había reservado del fuego, lo estorbó una maravillosa visión —que tal parecía ella— que improvisamente se les ofreció a los ojos, y fue que por cima de la peña donde se cavaba la sepultura pareció la pastora Marcela, tan hermosa, que pasaba a su fama su hermosura. Los que hasta entonces no la habían visto la miraban con admiración y silencio, y los que ya estaban acostumbrados a verla no quedaron menos suspensos que los que nunca la habían visto. Mas apenas la hubo visto Ambrosio cuando, con muestras de ánimo indignado, le dijo:

—¿Vienes a ver, por ventura, oh fiero basilisco de estas montañas, si con tu presencia vierten sangre las heridas de este miserable a quien tu crueldad quitó la vida? ¿O vienes a ufanarte en las crueles hazañas de tu condición? ¿O a ver desde esa altura, como otro despiadado Nero, el incendio de su abrasada Roma? ¿O a pisar arrogante este desdichado cadáver, como la ingrata hija al de su padre Tarquino? Dinos presto a lo que vienes o qué es aquello de que más gustas, que, por saber yo que los pensamientos de Grisóstomo jamás dejaron de obedecerte en vida, haré que, aun él muerto, te obedezcan los de todos aquellos que se llamaron sus amigos.

—No vengo, oh Ambrosio, a ninguna cosa de las que has dicho —respondió Marcela—, sino a volver por mí misma y a dar a entender cuán fuera de razón van todos aquellos que de sus penas y de la muerte de Grisóstomo me culpan. Y, así, ruego a todos los que aquí estáis me estéis atentos, que no será menester mucho tiempo ni gastar muchas palabras para persuadir una verdad a los discretos. Hízome el cielo, según vosotros decís, hermosa, y de tal manera, que, sin ser poderosos a otra cosa, a que me améis os mueve mi hermosura, y por el amor que me mostráis decís y aun queréis que esté yo obligada a amaros. Yo conozco, con el natural entendimiento que Dios me ha dado, que todo lo hermoso es amable, mas no alcanzo que, por razón de ser amado, esté obligado lo que es amado por hermoso a amar a quien le ama; y más, que podría acontecer que el amador de lo hermoso fuese feo, y siendo lo feo digno de ser aborrecido, cae muy mal el decir «Quiérote por hermosa: hasme de amar aunque sea feo». Pero, puesto caso que corran igualmente las hermosuras, no por eso han de correr iguales los deseos, que no todas hermosuras enamoran, que algunas alegran la vista y no rinden la voluntad. Que si todas las bellezas enamorasen y rindiesen, sería un andar las voluntades confusas y descaminadas, sin saber en cuál habían de parar; porque, siendo infinitos los sujetos hermosos, infinitos habían de ser los deseos. Y según yo he oído decir, el verdadero amor no se divide y ha de ser voluntario y no forzoso. Siendo esto así, como yo creo que lo es, ¿por qué queréis que rinda mi voluntad por fuerza, obligada no más de que decís que me queréis bien? Si no, decidme: si como el cielo me hizo hermosa me hiciera fea, ¿fuera justo que me quejara de vosotros porque no me amábades? Cuanto más, que habéis de considerar que yo no escogí la hermosura que tengo, que tal cual es el cielo me la dio de gracia, sin yo pedilla ni escogella. Y así como la víbora no merece ser culpada por la ponzoña que tiene, puesto que con ella mata, por habérsela dado naturaleza, tampoco yo merezco ser reprehendida por ser hermosa, que la hermosura en la mujer honesta es como el fuego apartado o como la espada aguda, que ni él quema ni ella corta a quien a ellos no se acerca. La honra y las virtudes son adornos del alma, sin las cuales el cuerpo, aunque lo sea, no debe de parecer hermoso. Pues si la honestidad es una de las virtudes que al cuerpo y alma más adornan y hermosean,

¿por qué la ha de perder la que es amada por hermosa? ¿Por corresponder a la intención de aquel que, por solo su gusto, con todas sus fuerzas e industrias procura que la pierda?

»Yo nací libre, y para poder vivir libre escogí la soledad de los campos. Los árboles de estas montañas son mi compañía; las claras aguas de estos arroyos, mis espejos; con los árboles y con las aguas comunico mis pensamientos y hermosura. Fuego soy apartado y espada puesta lejos: a los que he enamorado con la vista he desengañado con las palabras. Y si los deseos se sustentan con esperanzas, no habiendo yo dado alguna a Grisóstomo, ni a otro alguno el fin de ninguno de ellos, bien se puede decir que antes le mató su porfía que mi crueldad. Y si se me hace cargo que eran honestos sus pensamientos y que por esto estaba obligada a corresponder a ellos, digo que cuando en ese mismo lugar donde ahora se cava su sepultura me descubrió la bondad de su intención, le dije yo que la mía era vivir en perpetua soledad y de que sola la tierra gozase el fruto de mi recogimiento y los despojos de mi hermosura. Y si él, con todo este desengaño, quiso porfiar contra la esperanza y navegar contra el viento, ¿qué mucho que se anegase en la mitad del golfo de su desatino? Si yo le entretuviera, fuera falsa; si le contentara, hiciera contra mi mejor intención y prosupuesto. Porfió desengañado, desesperó sin ser aborrecido: mirad ahora si será razón que de su pena se me dé a mí la culpa. Quéjese el engañado, desespérese aquel a quien le faltaron las prometidas esperanzas, confíese el que yo llamare, ufánese el que yo admitiere, pero no me llame cruel ni homicida aquel a quien yo no prometo, engaño, llamo ni admito. El cielo aún hasta ahora no ha querido que yo ame por destino, y el pensar que tengo de amar por elección es escusado.

EL NO DE LAS NIÑAS

«Cervantes, varias veces cautivo, sentía un insobornable amor por la libertad, y transmitió esa pasión a sus personajes, también femeninos [...]. Nacida en las páginas del *Quijote*, Marcela es una criatura literaria que no se resigna: razona y protesta. Con el valiente discurso de una mujer decidida a ser libre, su autor rompió tabúes y atacó el viejo edificio de las culpas. Los personajes bastardos de Cervantes nos enseñan a tomar partido por los locos cargados de razón, por el no de las niñas, por pobres diablos con momentos divinos».

IRENE VALLEJO

«Breve historia del no», *El País*, 2020.

EL DISCURSO DE LA LIBERTAD

«Marcela es uno de los primeros personajes femeninos de la literatura universal que desacraliza el mito de la belleza femenina; en lugar de ser un atributo, se convierte en una pesadilla, porque es perseguida por los hombres, deseada, cuando no desea, y zaherida, por su independencia. Los hombres la quieren poseer y dominar porque es hermosa (y rica); debe rebelarse contra esa condición, no entregando su belleza y renunciando a su condición social, transformándose en una pobre pastora. La histeria de Marcela (así hubiera sido calificada por la psicología tradicional, machista: una frígida histérica) es una forma deliberada de feminismo, de contestar a una sociedad patriarcal, donde las mujeres valen solo por su físico».

CRISTINA PERI ROSSI

«El discurso femenino de Marcela», *El Mundo*, 2016.

»Este general desengaño sirva a cada uno de los que me solicitan de su particular provecho, y entiéndase de aquí adelante que si alguno por mí muriere, no muere de celoso ni desdichado, porque quien a nadie quiere a ninguno debe dar celos, que los desengaños no se han de tomar en cuenta de desdenes. El que me llama fiera y basilisco déjeme como cosa perjudicial y mala; el que me llama ingrata, no me sirva; el que desconocida, no me conozca; quien cruel, no me siga; que esta fiera, este basilisco, esta ingrata, esta cruel y esta desconocida ni los buscará, servirá, conocerá ni seguirá en ninguna manera. Que si a Grisóstomo mató su impaciencia y arrojado deseo, ¿por qué se ha de culpar mi honesto proceder y recato? Si yo conservo mi limpieza con la compañía de los árboles, ¿por qué ha de querer que la pierda el que quiere que la tenga con los hombres? Yo, como sabéis, tengo riquezas propias y no codicio las ajenas, tengo libre condición y no gusto de sujetarme, ni quiero ni aborrezco a nadie, no engaño a este ni solicito aquel, ni burlo con uno ni me entretengo con el otro. La conversación honesta de las zagalas de estas aldeas y el cuidado de mis cabras me entretiene. Tienen mis deseos por término estas montañas, y si de aquí salen es a contemplar la hermosura del cielo, pasos con que camina el alma a su morada primera.

Y en diciendo esto, sin querer oír respuesta alguna, volvió las espaldas y se entró por lo más cerrado de un monte que allí cerca estaba, dejando admirados tanto de su discreción como de su hermosura a todos los que allí estaban. Y algunos dieron muestras —de aquellos que de la poderosa flecha de los rayos de sus bellos ojos estaban heridos— de quererla seguir, sin aprovecharse del manifiesto desengaño que habían oído. Lo cual visto por don Quijote, pareciéndole que allí venía bien usar de su caballería socorriendo a las doncellas menesterosas, puesta la mano en el puño de su espada, en altas e inteligibles voces dijo:

—Ninguna persona, de cualquier estado y condición que sea, se atreva a seguir a la hermosa Marcela, so pena de caer en la furiosa indignación mía. Ella ha mostrado con claras y suficientes razones la poca o ninguna culpa que ha tenido en la muerte de Grisóstomo y cuán ajena vive de condescender con los deseos de ninguno de sus amantes; a cuya causa es justo que, en lugar de ser seguida y perseguida, sea honrada y estimada de todos los buenos del mundo, pues muestra que en él ella es sola la que con tan honesta intención vive.

O ya que fuese por las amenazas de don Quijote, o porque Ambrosio les dijo que concluyesen con lo que a su buen amigo debían, ninguno de los pastores se movió ni apartó de allí hasta que, acabada la sepultura y abrasados los papeles de Grisóstomo, pusieron su cuerpo en ella, no sin muchas lágrimas de los circunstantes. Cerraron la sepultura con una gruesa peña, en tanto que se acababa una losa que, según Ambrosio dijo, pensaba mandar hacer, con un epitafio que había de decir de esta manera:

> Yace aquí de un amador
> el mísero cuerpo helado,
> que fue pastor de ganado,
> perdido por desamor.
> Murió a manos del rigor
> de una esquiva hermosa ingrata
> con quien su imperio dilata
> la tiranía de amor.

CAMPO *NON SANCTO*

Grisóstomo se ha suicidado por amor. En su testamento, pide ser enterrado en el campo: sabe que la Iglesia deniega la sepultura eclesiástica a los que se quitan la vida. El legista Alfonso de Acevedo (1518-1598) relata que la costumbre en España es tirar el cadáver a un río. El abad Panormitano (1386-1445), arzobispo de Palermo, señala que la obligación cristiana es arrojar el cuerpo a un estercolero; y que, si se descubre que un suicida recibió por error sepultura eclesiástica, deberá exhumarse el cadáver y dejarlo tan lejos que no pueda oír los cantos de los clérigos. La prohibición estuvo vigente hasta 1983, con la promulgación del nuevo *Código de Derecho Canónico*.

Luego esparcieron por cima de la sepultura muchas flores y ramos, y dando todos el pésame a su amigo Ambrosio, se despidieron de él. Lo mesmo hicieron Vivaldo y su compañero, y don Quijote se despidió de sus huéspedes y de los caminantes, los cuales le rogaron se viniese con ellos a Sevilla, por ser lugar tan acomodado a hallar aventuras, que en cada calle y tras cada esquina se ofrecen más que en otro alguno. Don Quijote les agradeció el aviso y el ánimo que mostraban de hacerle merced, y dijo que por entonces no quería ni debía ir a Sevilla, hasta que hubiese despejado todas aquellas sierras de ladrones malandrines, de quien era fama que todas estaban llenas. Viendo su buena determinación, no quisieron los caminantes importunarle más, sino, tornándose a despedir de nuevo, le dejaron y prosiguieron su camino, en el cual no les faltó de qué tratar, así de la historia de Marcela y Grisóstomo como de las locuras de don Quijote, el cual determinó de ir a buscar a la pastora Marcela y ofrecerle todo lo que él podía en su servicio. Mas no le avino como él pensaba, según se cuenta en el discurso de esta verdadera historia, dando aquí fin la segunda parte.

TERCERA PARTE DEL INGENIOSO HIDALGO DON QUIJOTE DE LA MANCHA

15

DONDE SE CUENTA LA DESGRACIADA AVENTURA QUE SE TOPÓ DON QUIJOTE EN TOPAR CON UNOS DESALMADOS YANGÜESES

Cuenta el sabio Cide Hamete Benengeli que así como don Quijote se despidió de sus huéspedes y de todos los que se hallaron al entierro del pastor Grisóstomo, él y su escudero se entraron por el mesmo bosque donde vieron que se había entrado la pastora Marcela, y, habiendo andado más de dos horas por él, buscándola por todas partes sin poder hallarla, vinieron a parar a un prado lleno de fresca yerba, junto del cual corría un arroyo apacible y fresco, tanto, que convidó y forzó a pasar allí las horas de la siesta, que rigurosamente comenzaba ya a entrar. Apeáronse don Quijote y Sancho, y dejando al jumento y a Rocinante a sus anchuras pacer de la mucha yerba que allí había, dieron saco a las alforjas, y sin cerimonia alguna, en buena paz y compañía, amo y mozo comieron lo que en ellas hallaron.

No se había curado Sancho de echar sueltas a Rocinante, seguro de que le conocía por tan manso y tan poco rijoso, que todas las yeguas de la dehesa de Córdoba no le hicieran tomar mal siniestro. Ordenó, pues, la suerte, y el diablo —que no todas veces duerme—, que andaban por aquel valle paciendo una manada de hacas galicianas de unos arrieros yangüeses, de los cuales es costumbre sestear con su recua en lugares y sitios de yerba y agua; y aquel donde acertó a hallarse don Quijote era muy a propósito de los yangüeses.

Sucedió, pues, que a Rocinante le vino en deseo de refocilarse con las señoras facas, y saliendo, así como las olió, de su natural paso y costumbre, sin pedir licencia a su dueño, tomó un trotico algo picadillo y se fue a comunicar su necesidad con ellas. Mas ellas, que, a lo que pareció, debían de tener más gana de pacer que de ál, recibiéronle con las herraduras y con los dientes, de tal manera, que a poco espacio se le rompieron las cinchas y quedó sin silla, en pelota. Pero lo que él debió más de sentir fue que, viendo los arrieros la fuerza que a sus yeguas se les hacía, acudieron con estacas, y tantos palos le dieron, que le derribaron malparado en el suelo.

Ya en esto don Quijote y Sancho, que la paliza de Rocinante habían visto, llegaban ijadeando, y dijo don Quijote a Sancho:

—A lo que yo veo, amigo Sancho, estos no son caballeros, sino gente soez y de baja ralea; dígolo porque bien me puedes ayudar a tomar la debida venganza del agravio que delante de nuestros ojos se le ha hecho a Rocinante.

—¿Qué diablos de venganza hemos de tomar —respondió Sancho— si estos son más de veinte y nosotros no más de dos, y aun quizá nosotros sino uno y medio?

—Yo valgo por ciento —replicó don Quijote.

Y sin hacer más discursos echó mano a su espada y arremetió a los yangüeses, y lo mesmo hizo Sancho Panza, incitado y movido del ejemplo de su amo. Y a las primeras dio don Quijote una cuchillada a uno, que le abrió un sayo de cuero de que venía vestido, con gran parte de la espalda. Los yangüeses, que se vieron maltratar de aquellos dos hombres solos, siendo ellos tantos, acudieron a sus estacas, y cogiendo a los dos en medio, comenzaron a menudear sobre ellos con grande ahínco y vehemencia. Verdad es que al segundo toque dieron con Sancho en el suelo, y lo mesmo le avino a don Quijote, sin que le valiese su destreza y buen ánimo, y quiso su ventura que viniese a caer a los pies de Rocinante, que aún no se había levantado, donde se echa de ver la furia con que machacan estacas puestas en manos rústicas y enojadas.

Viendo, pues, los yangüeses el mal recado que habían hecho, con la mayor presteza que pudieron cargaron su recua y siguieron su camino, dejando a los dos aventureros de mala traza y de peor talante.

El primero que se resintió fue Sancho Panza. Y hallándose junto a su señor, con voz enferma y lastimada dijo:

—¿Señor don Quijote? ¡Ah, señor don Quijote!

—¿Qué quieres, Sancho hermano? —respondió don Quijote, con el mesmo tono afeminado y doliente que Sancho.

—Querría, si fuese posible —respondió Sancho Panza—, que vuestra merced me diese dos tragos de aquella bebida del feo Blas, si es que la tiene vuestra merced ahí a mano. Quizá será de provecho para los quebrantamientos de huesos, como lo es para las feridas.

—Pues a tenerla yo aquí, desgraciado yo, ¿qué nos faltaba? —respondió don Quijote—. Mas yo te juro, Sancho Panza, a fe de caballero andante, que antes que pasen dos días, si la fortuna no ordena otra cosa, la tengo de tener en mi poder, o mal me han de andar las manos.

—Pues ¿en cuántos le parece a vuestra merced que podremos mover los pies? —replicó Sancho Panza.

—De mí sé decir —dijo el molido caballero don Quijote— que no sabré poner término a esos días. Mas yo me tengo la culpa de todo, que no había de poner mano a la espada contra hombres que no fuesen armados caballeros como yo. Y así creo que en pena de haber pasado las leyes de la caballería ha permitido el Dios de las batallas que se me diese este castigo. Por lo cual, Sancho Panza, conviene que estés advertido en esto que ahora te diré, porque importa mucho a la salud de entrambos: y es que cuando veas que semejante canalla nos hace algún agravio, no aguardes a que yo ponga mano al espada para ellos, porque no lo haré en ninguna manera, sino pon tú mano a tu espada y castígalos muy a tu sabor, que si en su ayuda y defensa acudieren caballeros, yo te sabré defender, y ofendellos con todo mi poder, que ya habrás visto por mil señales y experiencias hasta adónde se estiende el valor de este mi fuerte brazo.

Tal quedó de arrogante el pobre señor con el vencimiento del valiente vizcaíno. Mas no le pareció tan bien a Sancho Panza el aviso de su amo que dejase de responder, diciendo:

—Señor, yo soy hombre pacífico, manso, sosegado, y sé disimular cualquiera injuria, porque tengo mujer y hijos que sustentar y criar. Así que séale a vuestra merced también aviso, pues no puede ser mandato, que en ninguna manera pondré mano a la espada, ni contra villano ni contra caballero, y que desde aquí para delante de Dios perdono cuantos agravios me han hecho y han de hacer, ora me los haya hecho o haga o haya de hacer persona alta o baja, rico o pobre, hidalgo o pechero, sin eceptar estado ni condición alguna.

Lo cual oído por su amo, le respondió:

—Quisiera tener aliento para poder hablar un poco descansado, y que el dolor que tengo en esta costilla se aplacara tanto cuanto, para darte a entender, Panza, en el error en que estás. Ven acá, pecador: si el viento de la fortuna, hasta ahora tan contrario, en nuestro favor se vuelve, llevándonos las velas del deseo para que seguramente y sin contraste alguno tomemos puerto en alguna de las ínsulas que te tengo prometida, ¿qué sería de ti si, ganándola yo, te hiciese señor de ella? Pues lo vendrás a imposibilitar, por no ser caballero ni quererlo ser, ni tener valor ni intención de vengar tus injurias y defender tu señorío. Porque has de saber que en los reinos y provincias nuevamente conquistados nunca están tan quietos los ánimos de sus naturales ni tan de parte del nuevo señor, que no se tengan temor de que han de hacer alguna novedad para alterar de nuevo las cosas y volver, como dicen, a probar ventura. Y, así, es menester que el nuevo posesor tenga entendimiento para saberse gobernar y valor para ofender y defenderse en cualquiera acontecimiento.

—En este que ahora nos ha acontecido —respondió Sancho— quisiera yo tener ese entendimiento y ese valor que vuestra merced dice. Mas yo le juro, a fe de pobre hombre, que más estoy para bizmas que para pláticas. Mire vuestra merced si se puede levantar y ayudaremos a Rocinante, aunque no lo merece, porque él fue la causa principal de todo este molimiento. Jamás tal creí de Rocinante, que le tenía por persona casta y tan pacífica como yo; en fin, bien dicen que es menester mucho tiempo para venir a conocer las personas y que no hay cosa segura en esta vida. ¿Quién dijera que tras de aquellas tan grandes cuchilladas como vuestra merced dio a aquel desdichado caballero andante había de venir por la posta y en seguimiento suyo esta tan grande tempestad de palos que ha descargado sobre nuestras espaldas?

—Aun las tuyas, Sancho —replicó don Quijote—, deben de estar hechas a semejantes nublados, pero las mías, criadas entre sinabafas y holandas, claro está que sentirán más el dolor de esta desgracia. Y si no fuese porque imagino, ¿qué digo imagino?, sé muy cierto que todas estas incomodidades son muy anejas al ejercicio de las armas, aquí me dejaría morir de puro enojo.

A esto replicó el escudero:

—Señor, ya que estas desgracias son de la cosecha de la caballería, dígame vuestra merced si suceden muy a menudo o si tienen sus tiempos limitados en quc acaecen. Porque me parece a mí que a dos cosechas quedaremos inútiles para la tercera, si Dios por su infinita misericordia no nos socorre.

Y despidiendo treinta ayes y sesenta sospiros, y ciento y veinte pésetes y reniegos de quien allí le había traído, se levantó, quedándose agobiado en la mitad del camino, como arco turquesco, sin poder acabar de enderezarse. Y con todo este trabajo aparejó su asno, que también había andado algo destraído con la demasiada libertad de aquel día. Levantó luego a Rocinante, el cual, si tuviera lengua con que quejarse, a buen seguro que Sancho ni su amo no le fueran en zaga. En resolución, Sancho acomodó a don Quijote sobre el asno y puso de reata a Rocinante, y, llevando al asno de cabestro, se encaminó poco más a menos hacia donde le pareció que podía estar el camino real.

Y la suerte, que sus cosas de bien en mejor iba guiando, aún no hubo andado una pequeña legua, cuando le deparó el camino, en el cual descubrió una venta, que a pesar suyo y gusto de don Quijote había de ser castillo: porfiaba Sancho que era venta y su amo que no, sino castillo. Y tanto duró la porfía, que tuvieron lugar, sin acabarla, de llegar a ella, en la cual Sancho se entró, sin más averiguación, con toda su recua.

16

DE LO QUE LE SUCEDIÓ AL INGENIOSO HIDALGO EN LA VENTA QUE ÉL SE IMAGINABA SER CASTILLO

El ventero, que vio a don Quijote atravesado en el asno, preguntó a Sancho qué mal traía. Sancho le respondió que no era nada, sino que había dado una caída de una peña abajo y que venía algo brumadas las costillas. Tenía el ventero por mujer a una no de la condición que suelen tener las de semejante trato, porque naturalmente era caritativa y se dolía de las calamidades de sus prójimos. Y, así, acudió luego a curar a don Quijote y hizo que una hija suya doncella, muchacha y de muy buen parecer, la ayudase a curar a su huésped.

Servía en la venta asimesmo una moza asturiana, ancha de cara, llana de cogote, de nariz roma, del un ojo tuerta y del otro no muy sana. Verdad es que la gallardía del cuerpo suplía las demás faltas: no tenía siete palmos de los pies a la cabeza, y las espaldas, que algún tanto le cargaban, la hacían mirar al suelo más de lo que ella quisiera. Esta gentil moza, pues, ayudó a la doncella, y las dos hicieron una muy mala cama a don Quijote en un camaranchón que en otros tiempos daba manifiestos indicios que había servido de pajar muchos años. En la cual también alojaba un arriero, que tenía su cama hecha un poco más allá de la de nuestro don Quijote; y aunque era de las enjalmas y mantas de sus machos, hacía mucha ventaja a la de don Quijote, que solo contenía cuatro mal lisas tablas sobre dos no muy iguales bancos y un colchón que en lo sutil parecía colcha, lleno de bodoques que, a no mostrar que eran de lana por algunas

COGOTE LLANO

El cuello corto, o cogote llano, se consideraba típico de los nativos de Asturias. Según José María de Cossío, ocurría que los asturianos acostaban a sus bebés boca arriba, con el cogote bien pegado al colchón y, para que no se cayesen mientras dormían, los ataban a la cuna. Como la cuna era dura y el cráneo blando, a los niños de Asturias se les allanaba el cogote.

roturas, al tiento en la dureza semejaban de guijarro, y dos sábanas hechas de cuero de adarga, y una frazada cuyos hilos, si se quisieran contar, no se perdiera uno solo de la cuenta.

En esta maldita cama se acostó don Quijote, y luego la ventera y su hija le emplastaron de arriba abajo, alumbrándoles Maritornes, que así se llamaba la asturiana. Y como al bizmalle viese la ventera tan acardenalado a partes a don Quijote, dijo que aquello más parecían golpes que caída.

—No fueron golpes —dijo Sancho—, sino que la peña tenía muchos picos y tropezones, y que cada uno había hecho su cardenal.

Y también le dijo:

—Haga vuestra merced, señora, de manera que queden algunas estopas, que no faltará quien las haya menester, que también me duelen a mí un poco los lomos.

—Desa manera —respondió la ventera—, también debistes vos de caer.

—No caí —dijo Sancho Panza—, sino que, del sobresalto que tomé de ver caer a mi amo, de tal manera me duele a mí el cuerpo, que me parece que me han dado mil palos.

—Bien podrá ser eso —dijo la doncella—, que a mí me ha acontecido muchas veces soñar que caía de una torre abajo y que nunca acababa de llegar al suelo, y cuando despertaba del sueño, hallarme tan molida y quebrantada como si verdaderamente hubiera caído.

—Ahí está el toque, señora —respondió Sancho Panza—, que yo, sin soñar nada, sino estando más despierto que ahora estoy, me hallo con pocos menos cardenales que mi señor don Quijote.

—¿Cómo se llama este caballero? —preguntó la asturiana Maritornes.

—Don Quijote de la Mancha —respondió Sancho Panza—, y es caballero aventurero, y de los mejores y más fuertes que de luengos tiempos acá se han visto en el mundo.

—¿Qué es «caballero aventurero»? —replicó la moza.

—¿Tan nueva sois en el mundo que no lo sabéis vos? —respondió Sancho Panza—. Pues sabed, hermana mía, que caballero aventurero es una cosa que en dos palabras se ve apaleado y emperador: hoy está la más desdichada criatura del mundo y la más menesterosa, y mañana tendría dos o tres coronas de reinos que dar a su escudero.

—Pues ¿cómo vos, siéndolo de este tan buen señor —dijo la ventera—, no tenéis, a lo que parece, siquiera algún condado?

—Aún es temprano —respondió Sancho—, porque no ha sino un mes que andamos buscando las aventuras, y hasta ahora no hemos topado con ninguna que lo sea, y tal vez hay que se busca una cosa y se halla otra. Verdad es que si mi señor don Quijote sana de esta herida... o caída, y yo no quedo contrecho de ella, no trocaría mis esperanzas con el mejor título de España.

Todas estas pláticas estaba escuchando muy atento don Quijote, y sentándose en el lecho como pudo, tomando de la mano a la ventera, le dijo:

—Creedme, fermosa señora, que os podéis llamar venturosa por haber alojado en este vuestro castillo a mi persona, que es tal, que si yo no la alabo es por lo que suele decirse que la alabanza propria envilece; pero mi escudero os dirá quién soy. Solo os digo que tendré eternamente escrito en mi memoria el servicio que me habedes fecho, para agradecéroslo mientras la vida me durare. Y pluguiera a los altos cielos que el amor no me tuviera tan rendido y tan sujeto a sus leyes, y los ojos de aquella hermosa ingrata que digo entre mis dientes, que los de esta fermosa doncella fueran señores de mi libertad.

Confusas estaban la ventera y su hija y la buena de Maritornes oyendo las razones del andante caballero, que así las entendían como si hablara en griego, aunque bien alcanzaron que todas se encaminaban a ofrecimiento y requiebros. Y como no usadas a semejante lenguaje, mirábanle y admirábanse, y parecíales otro hombre de los que se usaban. Y agradeciéndole con venteriles razones sus ofrecimientos, le dejaron, y la asturiana Maritornes curó a Sancho, que no menos lo había menester que su amo.

Había el arriero concertado con ella que aquella noche se refocilarían juntos, y ella le había dado su palabra de que, en estando sosegados los huéspedes y durmiendo sus amos, le iría a buscar y satisfacerle el gusto en cuanto le mandase. Y cuéntase de esta buena moza que jamás dio semejantes palabras que no las cumpliese, aunque las diese en un monte y sin testigo alguno, porque presumía muy de hidalga; y no tenía por afrenta estar en aquel ejercicio de servir en la venta, porque decía ella que desgracias y malos sucesos la habían traído a aquel estado.

El duro, estrecho, apocado y fementido lecho de don Quijote estaba primero en mitad de aquel estrellado establo, y luego junto a él hizo el suyo Sancho, que solo contenía una estera de enea y una manta, que antes mostraba ser de anjeo tundido que de lana. Sucedía a estos dos lechos el del arriero, fabricado, como se ha dicho, de las enjalmas y de todo el adorno de los dos mejores mulos que traía, aunque eran doce, lucios, gordos y famosos, porque era uno de los ricos arrieros de Arévalo, según lo dice el autor de esta historia, que de este arriero hace particular mención porque le conocía muy bien, y aun quieren decir que era algo pariente suyo;

fuera de que Cide Mahamate Benengeli fue historiador muy curioso y muy puntual en todas las cosas, y échase bien de ver, pues las que quedan referidas, con ser tan mínimas y tan rateras, no las quiso pasar en silencio. De donde podrán tomar ejemplo los historiadores graves, que nos cuentan las acciones tan corta y sucintamente, que apenas nos llegan a los labios, dejándose en el tintero, ya por descuido, por malicia o ignorancia, lo más sustancial de la obra. ¡Bien haya mil veces el autor de *Tablante de Ricamonte* y aquel del otro libro donde se cuenta los hechos del Conde Tomillas, y con qué puntualidad lo describen todo!

Digo, pues, que después de haber visitado el arriero a su recua y dádole el segundo pienso, se tendió en sus enjalmas y se dio a esperar a su puntualísima Maritornes. Ya estaba Sancho bizmado y acostado, y aunque procuraba dormir, no lo consentía el dolor de sus costillas; y don Quijote, con el dolor de las suyas, tenía los ojos abiertos como liebre. Toda la venta estaba en silencio, y en toda ella no había otra luz que la que daba una lámpara que colgada en medio del portal ardía.

OJOS ABIERTOS COMO LIEBRE

Las liebres duermen con los ojos abiertos porque tienen los párpados muy pequeños y no los pueden cerrar del todo. También hay personas que duermen con los ojos abiertos, bien por problemas mecánicos del párpado o por problemas del nervio facial. El fenómeno se conoce como lagoftalmia, que viene del griego λαγώς, que significa liebre.

Esta maravillosa quietud, y los pensamientos que siempre nuestro caballero traía de los sucesos que a cada paso se cuentan en los libros autores de su desgracia, le trujo a la imaginación una de las estrañas locuras que buenamente imaginarse pueden, y fue que él se imaginó haber llegado a un famoso castillo —que, como se ha dicho, castillos eran a su parecer todas las ventas donde alojaba— y que la hija del ventero lo era del señor del castillo, la cual, vencida de su gentileza, se había enamorado de él y prometido que aquella noche, a furto de sus padres, vendría a yacer con él una buena pieza. Y teniendo toda esta quimera que él se había fabricado por firme y valedera, se comenzó a acuitar y a pensar en el peligroso trance en que su honestidad se había de ver, y propuso en su corazón de no cometer alevosía a su señora Dulcinea del Toboso, aunque la mesma reina Ginebra con su dueña Quintañona se le pusiesen delante.

Pensando, pues, en estos disparates, se llegó el tiempo y la hora —que para él fue menguada— de la venida de la asturiana, la cual, en camisa y descalza, cogidos los cabellos en una albanega de fustán, con tácitos y atentados pasos entró en el aposento donde los tres alojaban, en busca del arriero. Pero apenas llegó a la puerta cuando don Quijote la sintió, y sentándose en la cama, a pesar de sus bizmas y con dolor de sus costillas, tendió los brazos para recebir a su fermosa doncella. La asturiana, que toda recogida y callando iba con las manos delante buscando a su querido, topó con los brazos de don Quijote, el cual la asió fuertemente de una muñeca y, tirándola hacia sí, sin que ella osase hablar palabra, la hizo sentar sobre la cama. Tentole luego la camisa, y aunque ella era de arpillera, a él le pareció ser de finísimo y delgado cendal. Traía en las muñecas unas cuentas de vidro, pero a él le dieron vislumbres de preciosas perlas orientales. Los cabellos, que en alguna manera tiraban a crines, él los marcó por hebras de lucidísimo oro de Arabia, cuyo resplandor al del mesmo sol escurecía. Y el aliento, que sin duda alguna olía a ensalada fiambre y trasnochada, a él le pareció que arrojaba de su boca un olor suave y aromático. Y, finalmente, él la pintó en su imaginación de la misma traza y modo que lo que había leído en sus libros de la otra princesa que vino a ver el mal ferido caballero vencida de sus amores, con todos los adornos que aquí van puestos. Y era tanta la ceguedad del pobre hidalgo, que el tacto ni el aliento ni otras cosas que traía en sí la buena doncella no le desengañaban, las cuales pudieran hacer vomitar a otro que no fuera arriero; antes le parecía que tenía entre sus brazos a la diosa de la hermosura.

Y teniéndola bien asida, con voz amorosa y baja le comenzó a decir:

—Quisiera hallarme en términos, fermosa y alta señora, de poder pagar tamaña merced como la que con la vista de vuestra gran fermosura me habedes fecho. Pero ha querido la fortuna, que no se cansa de perseguir a los buenos, ponerme en este lecho, donde yago tan molido y quebrantado, que aunque de mi voluntad quisiera satisfacer a la vuestra, fuera imposible; y más, que se añade a esta imposibilidad otra mayor, que es la prometida fe que tengo dada a la sin par Dulcinea del Toboso, única señora de mis más escondidos pensamientos. Que si esto no hubiera de por medio, no fuera yo tan sandio caballero que dejara pasar en blanco la venturosa ocasión en que vuestra gran bondad me ha puesto.

Maritornes estaba congojadísima y trasudando de verse tan asida de don Quijote, y, sin entender ni estar atenta a las razones que le decía, procuraba sin hablar palabra desasirse. El bueno del arriero, a quien tenían despierto sus malos deseos, desde el punto que entró su coima por la puerta la sintió, estuvo atentamente escuchando todo lo que don Quijote decía; y, celoso de que la asturiana le hubiese faltado la palabra por otro, se fue llegando más al lecho de don Quijote, y estúvose quedo hasta ver en qué paraban aquellas razones que él no podía entender. Pero como vio que la moza forcejaba por desasirse y don Quijote trabajaba por tenella, pareciéndole mal la burla, enarboló el brazo en alto y descargó tan terrible puñada sobre las estrechas quijadas del enamorado caballero, que le bañó toda la boca en sangre. Y no contento con esto, se le subió encima de las costillas y con los pies, más que de trote, se las paseó todas de cabo a cabo.

El lecho, que era un poco endeble y de no firmes fundamentos, no pudiendo sufrir la añadidura del arriero, dio consigo en el suelo, a cuyo gran ruido despertó el ventero y luego imaginó que debían de ser pendencias de Maritornes, porque, habiéndola llamado a voces, no respondía. Con esta sospecha se levantó y, encendiendo un candil, se fue hacia donde había sentido la pelaza. La moza, viendo que su amo venía y que era de condición terrible, toda medrosica y alborotada se acogió a la cama de Sancho Panza, que aún dormía, y allí se acorrucó y se hizo un ovillo.

El ventero entró diciendo:

—¿Adónde estás, puta? A buen seguro que son tus cosas estas. En esto despertó Sancho, y sintiendo aquel bulto casi encima de sí, pensó que tenía la pesadilla y comenzó a dar puñadas a una y otra parte, y entre otras, alcanzó con no sé cuántas a Maritornes; la cual, sentida del dolor, echando a rodar la honestidad, dio el retorno a Sancho con tantas, que, a su despecho, le quitó el sueño; el cual, viéndose tratar de aquella manera, y sin saber de quién, alzándose como pudo, se abrazó con Maritornes y comenzaron entre los dos la más reñida y graciosa escaramuza del mundo.

Viendo, pues, el arriero, a la lumbre del candil del ventero, cuál andaba su dama, dejando a don Quijote acudió a dalle el socorro necesario. Lo mismo hizo el ventero, pero con intención diferente, porque fue a castigar a la moza, creyendo sin duda que ella sola era la ocasión de toda aquella armonía. Y así como suele decirse «el gato al rato, el rato a la cuerda, la cuerda al palo», daba el arriero a Sancho, Sancho a la moza, la moza a él, el ventero a la moza, y todos menudeaban con tanta priesa, que no se daban punto de reposo. Y fue lo bueno que al ventero se le apagó el candil, y como quedaron ascuras, dábanse tan sin compasión todos a bulto, que a doquiera que ponían la mano no dejaban cosa sana.

Alojaba acaso aquella noche en la venta un cuadrillero de los que llaman de la Santa Hermandad Vieja de Toledo, el cual, oyendo ansimesmo el estraño estruendo de la pelea, asió de su media vara y de la caja de lata de sus títulos y entró ascuras en el aposento, diciendo:

—¡Ténganse a la justicia! ¡Ténganse a la Santa Hermandad!

Y el primero con quien topó fue con el apuñeado de don Quijote, que estaba en su derribado lecho, tendido boca arriba sin sentido alguno. Y echándole a tiento mano a las barbas, no cesaba de decir:

—¡Favor a la justicia!

Pero viendo que el que tenía asido no se bullía ni meneaba, se dio a entender que estaba muerto y que los que allí dentro estaban eran sus matadores, y con esta sospecha reforzó la voz, diciendo:

—¡Ciérrese la puerta de la venta! ¡Miren no se vaya nadie, que han muerto aquí a un hombre!

Esta voz sobresaltó a todos, y cada cual dejó la pendencia en el grado que le tomó la voz. Retirose el ventero a su aposento, el arriero a sus enjalmas, la moza a su rancho; solos los desventurados don Quijote y Sancho no se pudieron mover de donde estaban. Soltó en esto el cuadrillero la barba de don Quijote y salió a buscar luz para buscar y prender los delincuentes, mas no la halló, porque el ventero, de industria, había muerto la lámpara cuando se retiró a su estancia, y fuele forzoso acudir a la chimenea, donde con mucho trabajo y tiempo encendió el cuadrillero otro candil.

SLAPSTICK

El suceso de la venta muestra toda una serie de equívocos, caídas, persecuciones y peripecias encadenadas a toda velocidad a la vez que muestra la violencia física de las peleas como algo meramente humorístico. Cervantes es, en cierto modo, precursor del *slapstick*, técnica narrativa que fue profusamente utilizada en las películas cómicas del cine mudo por Charles Chaplin, Buster Keaton, Harold Lloyd y Mack Sennett, entre otros, y más tarde en numerosas series televisivas y comedias de enredo.

LO QUE OCURRIÓ EN LA VENTA

Los yangüeses han dejado fuertemente maltrechos a don Quijote y Sancho, que avanzan sin rumbo por los caminos. Ayes y suspiros salpican la conversación, en la que los dos hacen inventario de sus magulladuras.

Señor, ya que estas desgracias son de la cosecha de la caballería, dígame vuestra merced si suceden muy a menudo.
Sábete que la vida de los caballeros andantes está sujeta a que aparezcan mil peligros y desventuras.
Pero dejemos eso ahora y busquemos donde recogernos, no sea que nos saltee la noche en este despoblado.
Pues ¿no decía vuestra merced que los andantes suelen pasar la noche en páramos y desiertos?
Y es tan verdad esto, que ha habido caballero que se ha estado sobre una peña, al sol y a la sombra y a las inclemencias del cielo, dos años, sin que lo supiesesu señora.

Algo llama la atención de don Quijote.
Mira, Sancho, un castillo.
Mire bien vuestra merced, que es una venta.
Discuten mientras caminan hasta llegar a la venta.
El público de la venta se admira de su presencia.

El ventero sale al encuentro de los recién llegados.
Sea bienvenido vuestra merced.
Parecéis enfermo. ¿Qué mal os consume?
No es nada, sino que ha dado una caída de una peña abajo y trae algo brumadas las costillas.
Maritornes, una sirvienta, ayuda a llevar a don Quijote a su habitación.

Diría que estos cardenales más parecen golpes que caída.
No fueron golpes, sino que la peña tenía muchos picos, y que cada uno ha hecho su cardenal.
Guarde alguna venda para mí, que también yo traigo los lomos doloridos.
De esa manera, también debistes vos de caer.
No, pero tomé tal sobresalto al ver caer a mi amo que también a mí me duele el cuerpo.
Bien podrá ser eso, que a mí me ha acontecido muchas veces soñar que caía de una torre abajo, y cuando despertaba, hallarme tan molida como si verdaderamente hubiera caído.

Don Quijote procura dormir, pero los pensamientos no le dejan.

Sancho procura olvidarse del dolor de sus costillas.

La llegada de la noche da paso al jolgorio en la venta.

Maritornes se cita con un arriero que duerme en la misma habitación que don Quijote.
Maritornes busca la cama del arriero.
Pero se equivoca...

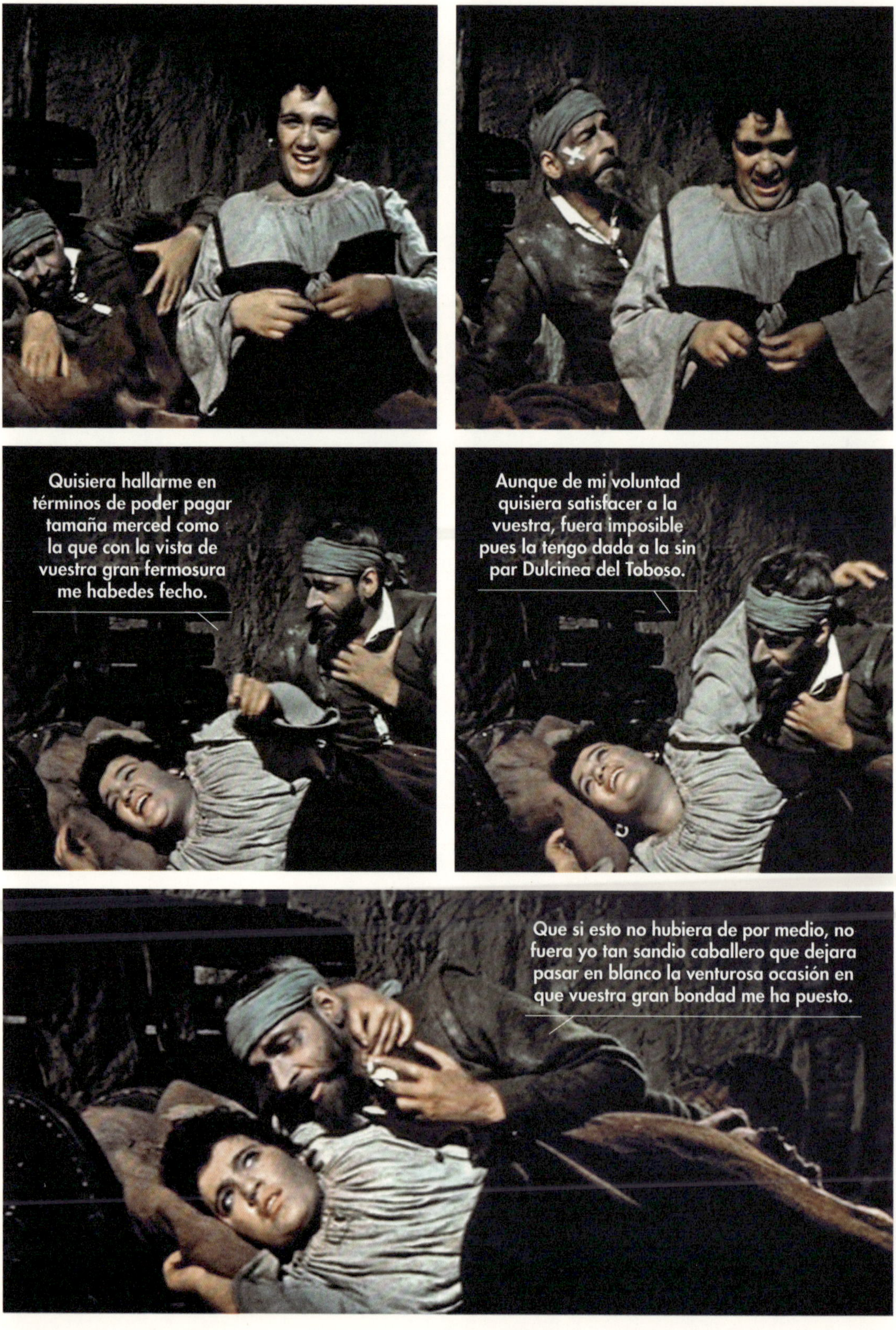
Quisiera hallarme en términos de poder pagar tamaña merced como la que con la vista de vuestra gran fermosura me habedes fecho.
Aunque de mi voluntad quisiera satisfacer a la vuestra, fuera imposible pues la tengo dada a la sin par Dulcinea del Toboso.
Que si esto no hubiera de por medio, no fuera yo tan sandio caballero que dejara pasar en blanco la venturosa ocasión en que vuestra gran bondad me ha puesto.

Maritornes oye que se acerca el arriero.
Atraídos por el alboroto, los huéspedes corren a la habitación con ganas de bulla.

Sancho se despierta sobresaltado.

Don Quijote y el arriero se enzarzan en una pelea.

Los huéspedes disfrutan del rifirrafe.

Maritornes interviene. Manda acbar la pelea
y que todo el mundo salga de la habitación.

Don Quijote, convencido de que Maritornes es la princesa del castillo, le dice a Sancho:
Has de saber que esta noche me ha sucedido una de las más estrañas aventuras que yo sabré encarecer; se me acercó la hija del señor de este castillo, que es la más apuesta y fermosa doncella que en gran parte de la tierra se puede hallar...

Al tiempo que yo estaba con ella, vino una mano de algún descomunal gigante y asentome una puñada en las quijadas, tal que las tengo todas bañadas en sangre.

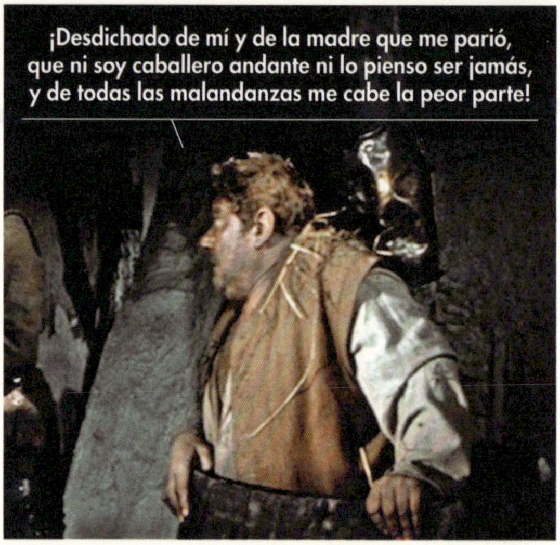
¡Desdichado de mí y de la madre que me parió, que ni soy caballero andante ni lo pienso ser jamás, y de todas las malandanzas me cabe la peor parte!

No tengas pena, amigo, que yo haré agora el bálsamo precioso con que sanaremos en un abrir y cerrar de ojos.

17

DONDE SE PROSIGUEN LOS INNUMERABLES TRABAJOS QUE EL BRAVO DON QUIJOTE Y SU BUEN ESCUDERO SANCHO PANZA PASARON EN LA VENTA QUE POR SU MAL PENSÓ QUE ERA CASTILLO

Había ya vuelto en este tiempo de su parasismo don Quijote, y con el mesmo tono de voz con que el día antes había llamado a su escudero, cuando estaba tendido en el val de las estacas, le comenzó a llamar, diciendo:

—Sancho amigo, ¿duermes? ¿Duermes, amigo Sancho?

—¡Qué tengo de dormir, pesia a mí —respondió Sancho, lleno de pesadumbre y de despecho—, que no parece sino que todos los diablos han andado conmigo esta noche!

—Puédeslo creer ansí sin duda —respondió don Quijote—, porque o yo sé poco o este castillo es encantado. Porque has de saber... Mas esto que ahora quiero decirte hasme de jurar que lo tendrás secreto hasta después de mi muerte.

—Sí juro —respondió Sancho.

—Dígolo —replicó don Quijote— porque soy enemigo de que se quite la honra a nadie.

—Digo que sí juro —tornó a decir Sancho— que lo callaré hasta después de los días de vuestra merced, y plega a Dios que lo pueda descubrir mañana.

—¿Tan malas obras te hago, Sancho —respondió don Quijote—, que me querrías ver muerto con tanta brevedad?

—No es por eso —respondió Sancho—, sino porque soy enemigo de guardar mucho las cosas, y no querría que se me pudriesen de guardadas.

—Sea por lo que fuere —dijo don Quijote—, que más fío de tu amor y de tu cortesía. Y, así, has de saber que esta noche me ha sucedido una de las más estrañas aventuras que yo sabré encarecer; y, por contártela en breve, sabrás que poco ha que a mí vino la hija del señor de este castillo, que es la más apuesta y fermosa doncella que en gran parte de la tierra se puede hallar. ¿Qué te podría decir del adorno de su persona? ¿Qué de su gallardo entendimiento? ¿Qué de otras cosas ocultas, que, por guardar la fe que debo a mi señora Dulcinea del Toboso, dejaré pasar intactas y en silencio? Solo te quiero decir que, envidioso el cielo de tanto bien como la ventura me había puesto en las manos, o quizá, y esto es lo más cierto, que, como tengo dicho, es encantado este castillo, al tiempo que yo estaba con ella en dulcísimos y amorosísimos coloquios, sin que yo la viese ni supiese por dónde venía, vino una mano pegada a algún brazo de algún descomunal gigante y asentome una puñada en las quijadas tal, que las tengo todas bañadas en sangre; y después me molió de tal suerte, que estoy peor que ayer cuando los arrieros, que por demasías de Rocinante nos hicieron el agravio que sabes. Por donde conjeturo que el tesoro de la fermosura de esta doncella le debe de guardar algún encantado moro, y no debe de ser para mí.

—Ni para mí tampoco —respondió Sancho—, porque más de cuatrocientos moros me han aporreado a mí de manera que el molimiento de las estacas fue tortas y pan pintado. Pero dígame, señor, cómo llama a esta buena y rara aventura, habiendo quedado de ella cual quedamos. Aun vuestra merced menos mal, pues tuvo en sus manos aquella incomparable fermosura que ha dicho, pero yo ¿qué tuve sino los mayores porrazos que pienso recebir en toda mi vida? ¡Desdichado de mí y de la madre que me parió, que ni soy caballero andante ni lo pienso ser jamás, y de todas las malandanzas me cabe la mayor parte!

—Luego ¿también estás tú aporreado? —respondió don Quijote.

—¿No le he dicho que sí, pesia a mi linaje? —dijo Sancho.

—No tengas pena, amigo —dijo don Quijote—, que yo haré agora el bálsamo precioso con que sanaremos en un abrir y cerrar de ojos.

Acabó en esto de encender el candil el cuadrillero y entró a ver el que pensaba que era muerto. Y así como le vio entrar Sancho, viéndole venir en camisa y con su paño de cabeza y candil en la mano, y con una muy mala cara, preguntó a su amo:

—Señor, ¿si será este, a dicha, el moro encantado, que nos vuelve a castigar, si se dejó algo en el tintero?

—No puede ser el moro —respondió don Quijote—, porque los encantados no se dejan ver de nadie.

—Si no se dejan ver, déjanse sentir —dijo Sancho—; si no, díganlo mis espaldas.

—También lo podrían decir las mías —respondió don Quijote—, pero no es bastante indicio ese para creer que este que se ve sea el encantado moro.

Llegó el cuadrillero y, como los halló hablando en tan sosegada conversación, quedó suspenso. Bien es verdad que aún don Quijote se estaba boca arriba sin poderse menear, de puro molido y emplastado. Llegose a él el cuadrillero y díjole:

—Pues ¿cómo va, buen hombre?

—Hablara yo más bien criado —respondió don Quijote— si fuera que vos. ¿Úsase en esta tierra hablar de esa suerte a los caballeros andantes, majadero?

El cuadrillero, que se vio tratar tan mal de un hombre de tan mal parecer, no lo pudo sufrir, y alzando el candil con todo su aceite, dio a don Quijote con él en la cabeza, de suerte que le dejó muy bien descalabrado. Y como todo quedó ascuras, saliose luego, y Sancho Panza dijo:

—Sin duda, señor, que este es el moro encantado, y debe de guardar el tesoro para otros, y para nosotros solo guarda las puñadas y los candilazos.

—Así es —respondió don Quijote—, y no hay que hacer caso de estas cosas de encantamentos ni hay para qué tomar cólera ni enojo con ellas, que, como son invisibles y fantásticas, no hallaremos de quien vengarnos, aunque más lo procuremos. Levántate, Sancho, si puedes, y llama al alcaide de esta fortaleza y procura que se me dé un poco de aceite, vino, sal y romero para hacer el salutífero bálsamo, que en verdad que creo que lo he bien menester ahora, porque se me va mucha sangre de la herida que esta fantasma me ha dado.

Levantose Sancho con harto dolor de sus huesos y fue ascuras donde estaba el ventero. Y encontrándose con el cuadrillero, que estaba escuchando en qué paraba su enemigo, le dijo:

—Señor, quien quiera que seáis, hacednos merced y beneficio de darnos un poco de romero, aceite, sal y vino, que es menester para curar uno de los mejores caballeros andantes que hay en la tierra, el cual yace en aquella cama malferido por las manos del encantado moro que está en esta venta.

Cuando el cuadrillero tal oyó, túvole por hombre falto de seso. Y porque ya comenzaba a amanecer, abrió la puerta de la venta y, llamando al ventero, le dijo lo que aquel buen hombre quería. El ventero le proveyó de cuanto quiso y Sancho se lo llevó a don Quijote, que estaba con las manos en la cabeza, quejándose del dolor del candilazo, que no le había hecho más mal que levantarle dos chichones algo crecidos, y lo que él pensaba que era sangre no era sino sudor que sudaba con la congoja de la pasada tormenta.

En resolución, él tomó sus simples, de los cuales hizo un compuesto, mezclándolos todos y cociéndolos un buen espacio, hasta que le pareció que estaban en su punto. Pidió luego alguna redoma para echallo, y como no la hubo en la venta, se resolvió de ponello en una alcuza o aceitera de hoja de lata, de quien el ventero le hizo grata donación, y luego dijo sobre la alcuza más de ochenta paternostres y otras tantas avemarías, salves y credos, y a cada palabra acompañaba una cruz, a modo de bendición; a todo lo cual se hallaron presentes Sancho, el ventero y cuadrillero, que ya el arriero sosegadamente andaba entendiendo en el beneficio de sus machos.

Hecho esto, quiso él mesmo hacer luego la esperiencia de la virtud de aquel precioso bálsamo que él se imaginaba. Y, así, se bebió, de lo que no pudo caber en la alcuza y quedaba en la olla donde se había cocido, casi media azumbre, y apenas lo acabó de beber cuando comenzó a vomitar de manera que no le quedó cosa en el estómago; y con las ansias y agitación del vómito le dio un sudor copiosísimo, por lo cual mandó que le arropasen y le dejasen solo. Hiciéronlo ansí y quedose dormido más de tres horas, al cabo de las cuales despertó y se sintió aliviadísimo del cuerpo y en tal manera mejor de su quebrantamiento, que se tuvo por sano y verdaderamente creyó que había acertado con el bálsamo de Fierabrás y que con aquel remedio podía acometer desde allí adelante sin temor alguno cualesquiera riñas, batallas y pendencias, por peligrosas que fuesen.

Sancho Panza, que también tuvo a milagro la mejoría de su amo, le rogó que le diese a él lo que quedaba en la olla, que no era poca cantidad. Concedióselo don Quijote,

PATERNOSTRES Y AVEMARÍAS

El padrenuestro y el avemaría son las dos oraciones más importantes para los católicos. El texto del padrenuestro es: «Padre nuestro que estás en los Cielos, santificado sea tu nombre, venga a nosotros tu Reino, hágase tu voluntad así en la Tierra como en el Cielo. El pan nuestro de cada día dánosle hoy, y perdónanos nuestras deudas, así como nosotros perdonamos a nuestros deudores, y no nos dejes caer en la tentación, mas líbranos del mal. Amén». Y el del avemaría: «Dios te salve María, llena eres de gracia, el Señor es contigo. Bendita tú eres entre todas las mujeres y bendito es el fruto de tu vientre Jesús. Santa María, madre de Dios, ruega por nosotros pecadores, ahora y en la hora de nuestra muerte. Amén».

y él, tomándola a dos manos, con buena fe y mejor talante se la echó a pechos y envasó bien poco menos que su amo. Es, pues, el caso que el estómago del pobre Sancho no debía de ser tan delicado como el de su amo, y, así, primero que vomitase le dieron tantas ansias y bascas, con tantos trasudores y desmayos, que él pensó bien y verdaderamente que era llegada su última hora. Y viéndose tan afligido y congojado, maldecía el bálsamo y al ladrón que se lo había dado. Viéndole así don Quijote, le dijo:

—Yo creo, Sancho, que todo este mal te viene de no ser armado caballero, porque tengo para mí que este licor no debe de aprovechar a los que no lo son.

—Si eso sabía vuestra merced —replicó Sancho—, mal haya yo y toda mi parentela, ¿para qué consintió que lo gustase?

En esto hizo su operación el brebaje, y comenzó el pobre escudero a desaguarse por entrambas canales con tanta priesa, que la estera de enea sobre quien se había vuelto a echar ni la manta de anjeo con que se cubría fueron más de provecho; sudaba y trasudaba con tales parasismos y accidentes, que no solamente él sino todos pensaron que se le acababa la vida. Durole esta borrasca y mala andanza casi dos horas, al cabo de las cuales no quedó como su amo, sino tan molido y quebrantado que no se podía tener.

Pero don Quijote, que, como se ha dicho, se sintió aliviado y sano, quiso partirse luego a buscar aventuras, pareciéndole que todo el tiempo que allí se tardaba era quitársele al mundo y a los en él menesterosos de su favor y amparo, y más con la seguridad y confianza que llevaba en su bálsamo. Y, así, forzado de este deseo, él mismo ensilló a Rocinante y enalbardó al jumento de su escudero, a quien también ayudó a vestir y a subir en el asno. Púsose luego a caballo, y llegándose a un rincón de la venta, asió de un lanzón que allí estaba, para que le sirviese de lanza.

Estábanle mirando todos cuantos había en la venta, que pasaban de más de veinte personas. Mirábale también la hija del ventero, y él también no quitaba los ojos de ella, y de cuando en cuando arrojaba un sospiro que parecía que le arrancaba de lo profundo de sus entrañas, y todos pensaban que debía de ser del dolor que sentía en las costillas; a lo menos pensábanlo aquellos que la noche antes le habían visto bizmar.

Ya que estuvieron los dos a caballo, puesto a la puerta de la venta llamó al ventero, y con voz muy reposada y grave le dijo:

—Muchas y muy grandes son las mercedes, señor alcaide, que en este vuestro castillo he recebido, y quedo obligadísimo a agradecéroslas todos los días de mi vida. Si os las puedo pagar en haceros vengado de algún soberbio que os haya fecho algún agravio, sabed que mi oficio no es otro sino valer a los que poco pueden y vengar a los que reciben tuertos y castigar alevosías. Recorred vuestra memoria, y si halláis alguna cosa de este jaez que encomendarme, no hay sino decilla, que yo os prometo por la orden de caballero que recebí de faceros satisfecho y pagado a toda vuestra voluntad.

El ventero le respondió con el mesmo sosiego:

—Señor caballero, yo no tengo necesidad de que vuestra merced me vengue ningún agravio, porque yo sé tomar la venganza que me parece cuando se me hacen. Solo he menester que vuestra merced me pague el gasto que esta noche ha hecho en la venta, así de la paja y cebada de sus dos bestias como de la cena y camas.

—Luego ¿venta es esta? —replicó don Quijote.

—Y muy honrada —respondió el ventero.

—Engañado he vivido hasta aquí —respondió don Quijote—, que en verdad que pensé que era castillo, y no malo. Pero pues es ansí que no es castillo, sino venta, lo que se podrá hacer por agora es que perdonéis por la paga, que yo no puedo contravenir a la orden de los caballeros andantes, de los cuales sé cierto, sin que hasta ahora haya leído cosa en contrario, que jamás pagaron posada ni otra cosa en venta donde estuviesen, porque se les debe de fuero y de derecho cualquier buen acogimiento que se les hiciere, en pago del insufrible trabajo que padecen buscando las aventuras de noche y de día, en invierno y en verano, a pie y a caballo, con sed y con hambre, con calor y con frío, sujetos a todas las inclemencias del cielo y a todos los incómodos de la tierra.

—Poco tengo yo que ver en eso —respondió el ventero—. Págueseme lo que se me debe y dejémonos de cuentos ni de caballerías, que yo no tengo cuenta con otra cosa que con cobrar mi hacienda.

—¡Vos sois un sandio y mal hostalero! —respondió don Quijote.

Y poniendo piernas a Rocinante y terciando su lanzón, se salió de la venta sin que nadie le detuviese; y él, sin mirar si le seguía su escudero, se alongó un buen trecho.

El ventero, que le vio ir y que no le pagaba, acudió a cobrar de Sancho Panza, el cual dijo que pues su señor no había querido pagar, que tampoco él pagaría, porque, siendo él escudero de caballero andante como era, la mesma regla y razón corría por él como por su amo en no pagar cosa alguna en los mesones y ventas. Amohinose mucho de esto el ventero y amenazole que, si no le pagaba, que lo cobraría de modo que le pesase. A lo cual Sancho respondió que, por la ley de caballería que su amo había recebido, no pagaría un solo cornado aunque le costase la vida, porque no había de perder por él la buena y antigua usanza de los caballeros andantes, ni se habían de quejar de él los escuderos de los tales que estaban por venir al mundo, reprochándole el quebrantamiento de tan justo fuero.

Quiso la mala suerte del desdichado Sancho que entre la gente que estaba en la venta se hallasen cuatro perailes de Segovia, tres agujeros del Potro de Córdoba y dos vecinos de la Heria de Sevilla, gente alegre, bien intencionada, maleante y juguetona, los cuales, casi como instigados y movidos de un mesmo espíritu, se llegaron a Sancho y, apeándole del asno, uno de ellos entró por la manta de la cama del huésped, y echándole en ella, alzaron los ojos y vieron que el techo era algo más bajo de lo que habían menester para su obra, y determinaron salirse al corral, que tenía por límite el cielo. Y allí, puesto Sancho en mitad de la manta, comenzaron a levantarle en alto y a holgarse con él como con perro por Carnestolendas.

MALTRATO ANIMAL

La costumbre de maltratar animales en las fiestas populares se remonta a la antigüedad. La de mantear perros por Carnaval ya aparece citada en el *Guzmán de Alfarache* (1599-1604), de Mateo Alemán. Lamentablemente, la costumbre no ha desaparecido. Según datos del Partido Animalista (PACMA), cada año se organizan en España unas dieciséis mil fiestas en las que se maltratan animales, cerca de sesenta mil en total: toros embolados con fuegos, acuchillados o arrojados al agua, palomas, ratas, cerdos, gansos, ocas, cabras, caballos, asnos...

Las voces que el mísero manteado daba fueron tantas, que llegaron a los oídos de su amo, el cual, determinándose a escuchar atentamente, creyó que alguna nueva aventura le venía, hasta que claramente conoció que el que gritaba era su escudero. Y volviendo las riendas, con un penado galope llegó a la venta, y hallándola cerrada, la rodeó por ver si hallaba por dónde entrar. Pero no hubo llegado a las paredes del corral, que no eran muy altas, cuando vio el mal juego que se le hacía a su escudero: viole bajar y subir por el aire con tanta gracia y presteza, que, si la cólera le dejara, tengo para mí que se riera. Probó a subir desde el caballo a las bardas, pero estaba tan molido y quebrantado, que aun apearse no pudo; y, así, desde encima del caballo comenzó a decir tantos denuestos y baldones a los que a Sancho manteaban, que no es posible acertar a escribillos. Mas no por esto cesaban ellos de su risa y de su obra, ni el volador Sancho dejaba sus quejas, mezcladas ya con amenazas, ya con ruegos; mas todo aprovechaba poco, ni aprovechó, hasta que de puro cansados le dejaron. Trujéronle allí su asno, y subiéndole encima, le arroparon con su gabán. Y la compasiva de Maritornes, viéndole tan fatigado, le pareció ser bien socorrelle con un jarro de agua; y, así, se le trujo del pozo, por ser más frío. Tomole Sancho, y llevándole a la boca, se paró a las voces que su amo le daba, diciendo:

—¡Hijo Sancho, no bebas agua; hijo, no la bebas, que te matará! ¿Ves? Aquí tengo el santísimo bálsamo —y enseñábale la alcuza del brebaje—, que con dos gotas que de él bebas sanarás sin duda.

A estas voces volvió Sancho los ojos como de través y dijo, con otras mayores:

—¿Por dicha hásele olvidado a vuestra merced como yo no soy caballero? ¿O quiere que acabe de vomitar las entrañas que me quedaron de anoche? ¡Guárdese su licor con todos los diablos y déjeme a mí!

Y el acabar de decir esto y el comenzar a beber todo fue uno. Mas como al primer trago vio que era agua, no quiso pasar adelante y rogó a Maritornes que se le trujese de vino, y así lo hizo ella de muy buena voluntad, y lo pagó de su mesmo dinero; porque, en efecto, se dice de ella que, aunque estaba en aquel trato, tenía unas sombras y lejos de cristiana.

Así como bebió Sancho, dio de los carcaños a su asno, y abriéndole la puerta de la venta de par en par, se salió de ella, muy contento de no haber pagado nada y de haber salido con su intención, aunque había sido a costa de sus acostumbrados fiadores, que eran sus espaldas. Verdad es que el ventero se quedó con sus alforjas en pago de lo que se le debía, mas Sancho no las echó menos, según salió

MARITORNES NO PECA

«No peca Maritornes ni por ociosidad y codicia, ni por lujuria; es decir, apenas peca. Ni trata de vivir sin trabajar ni trata de seducir a los hombres. Hay un fondo de pureza en su grosera impureza».

MIGUEL DE UNAMUNO

Vida de Don Quijote y Sancho, 1905.

turbado. Quiso el ventero atrancar bien la puerta así como le vio fuera, mas no lo consintieron los manteadores, que era gente que, aunque don Quijote fuera verdaderamente de los caballeros andantes de la Tabla Redonda, no le estimaran en dos ardites.

18

DONDE SE CUENTAN LAS RAZONES QUE PASÓ SANCHO PANZA CON SU SEÑOR DON QUIJOTE, CON OTRAS AVENTURAS DIGNAS DE SER CONTADAS

Llegó Sancho a su amo marchito y desmayado; tanto, que no podía arrear a su jumento. Cuando así le vio don Quijote, le dijo:

—Ahora acabo de creer, Sancho bueno, que aquel castillo o venta es encantado sin duda, porque aquellos que tan atrozmente tomaron pasatiempo contigo ¿qué podían ser sino fantasmas y gente del otro mundo? Y confirmo esto por haber visto que cuando estaba por las bardas del corral, mirando los actos de tu triste tragedia, no me fue posible subir por ellas, ni menos pude apearme de Rocinante, porque me debían de tener encantado; que te juro por la fe de quien soy que si pudiera subir o apearme, que yo te hiciera vengado, de manera que aquellos follones y malandrines se acordaran de la burla para siempre, aunque en ello supiera contravenir a las leyes de la caballería, que, como ya muchas veces te he dicho, no consienten que caballero ponga mano contra quien no lo sea, si no fuere en defensa de su propria vida y persona, en caso de urgente y gran necesidad.

—También me vengara yo si pudiera, fuera o no fuera armado caballero, pero no pude. Aunque tengo para mí que aquellos que se holgaron conmigo no eran fantasmas ni hombres encantados, como vuestra merced dice, sino hombres de carne y de hueso como nosotros. Y todos, según los oí nombrar cuando me volteaban, tenían sus nombres: que el uno se llamaba Pedro Martínez y el otro Tenorio Hernández, y el ventero oí que se llamaba Juan Palomeque el Zurdo. Así que, señor, el no poder saltar las bardas del corral ni apearse del caballo en ál estuvo que en encantamentos. Y lo que yo saco en limpio de todo esto es que estas aventuras que andamos buscando, al cabo al cabo nos han de traer a tantas desventuras, que no sepamos cuál es nuestro pie derecho; y lo que sería mejor y más acertado, según mi poco entendimiento, fuera el volvernos a nuestro lugar ahora que es tiempo de la siega y de entender en la hacienda, dejándonos de andar de ceca en meca y de zoca en colodra, como dicen.

—Qué poco sabes, Sancho —respondió don Quijote—, de achaque de caballería. Calla y ten paciencia, que día vendrá donde veas por vista de ojos cuán honrosa cosa es andar en este ejercicio. Si no, dime: ¿qué mayor contento puede haber en el mundo o qué gusto puede igualarse al de vencer una batalla y al de triunfar de su enemigo? Ninguno, sin duda alguna.

—Así debe de ser —respondió Sancho—, puesto que yo no lo sé. Solo sé que, después que somos caballeros andantes, o vuestra merced lo es (que yo no hay para qué me cuente en tan honroso número), jamás hemos vencido batalla alguna, si no fue la del vizcaíno, y aun de aquella salió vuestra merced con media oreja y media celada menos; que después

EL ZURDO

La zurdera ha estado, desde muy antiguo, estigmatizada y ha sido blanco de toda clase de suspicacias. De hecho, la voz «siniestro» (que proviene del latín *sinister*, «izquierdo»), significa hoy también «malvado» o «desgraciado». El propio don Quijote argumentará en algún momento que uno solo puede ser zurdo por incultura o por maldad (*Segunda parte*, cap. 43). Las personas zurdas, aproximadamente un 10 % de la población, están obligadas a desenvolverse en un mundo concebido por y para diestros. En las sociedades más modernas, donde se van eliminando los viejos prejuicios —especialmente en el ámbito educativo—, el número de zurdos presenta un ligero crecimiento, tal como señala Chris McManus en su libro *Mano derecha, mano izquierda*, un estudio exhaustivo sobre la lateralidad.

acá todo ha sido palos y más palos, puñadas y más puñadas, llevando yo de ventaja el manteamiento, y haberme sucedido por personas encantadas, de quien no puedo vengarme para saber hasta dónde llega el gusto del vencimiento del enemigo, como vuestra merced dice.

—Esa es la pena que yo tengo y la que tú debes tener, Sancho —respondió don Quijote—. Pero de aquí adelante yo procuraré haber a las manos alguna espada hecha por tal maestría, que al que la trujere consigo no le puedan hacer ningún género de encantamentos. Y aun podría ser que me deparase la ventura aquella de Amadís cuando se llamaba el Caballero de la Ardiente Espada, que fue una de las mejores espadas que tuvo caballero en el mundo, porque, fuera que tenía la virtud dicha, cortaba como una navaja y no había armadura, por fuerte y encantada que fuese, que se le parase delante.

—Yo soy tan venturoso —dijo Sancho—, que, cuando eso fuese y vuestra merced viniese a hallar espada semejante, solo vendría a servir y aprovechar a los armados caballeros, como el bálsamo; y a los escuderos, que se los papen duelos.

—No temas eso, Sancho —dijo don Quijote—, que mejor lo hará el cielo contigo.

En estos coloquios iban don Quijote y su escudero, cuando vio don Quijote que por el camino que iban venía hacia ellos una grande y espesa polvareda. Y en viéndola, se volvió a Sancho y le dijo:

—Este es el día, oh Sancho, en el cual se ha de ver el bien que me tiene guardado mi suerte; este es el día, digo, en que se ha de mostrar, tanto como en otro alguno, el valor de mi brazo, y en el que tengo de hacer obras que queden escritas en el libro de la fama por todos los venideros siglos. ¿Ves aquella polvareda que allí se levanta, Sancho? Pues toda es cuajada de un copiosísimo ejército que de diversas e innumerables gentes por allí viene marchando.

—A esa cuenta, dos deben de ser —dijo Sancho—, porque de esta parte contraria se levanta asimesmo otra semejante polvareda.

Volvió a mirarlo don Quijote y vio que así era la verdad. Y alegrándose sobremanera, pensó sin duda alguna que eran dos ejércitos que venían a embestirse y a encontrarse en mitad de aquella espaciosa llanura, porque tenía a todas horas y momentos llena la fantasía de aquellas batallas, encantamentos, sucesos, desatinos, amores, desafíos que en los libros de caballerías se cuentan, y todo cuanto hablaba, pensaba o hacía era encaminado a cosas semejantes. Y la polvareda que había visto la levantaban dos grandes manadas de ovejas y carneros que por aquel mesmo camino de dos diferentes partes venían, las cuales, con el polvo, no se echaron de ver hasta que llegaron cerca. Y con tanto ahínco afirmaba don Quijote que eran ejércitos, que Sancho lo vino a creer y a decirle:

—Señor, pues ¿qué hemos de hacer nosotros?

—¿Qué? —dijo don Quijote—. Favorecer y ayudar a los menesterosos y desvalidos. Y has de saber, Sancho, que este que viene por nuestra frente le conduce y guía el grande emperador Alifanfarón, señor de la grande isla Trapobana; este otro que a mis espaldas marcha es el de su enemigo, el rey de los garamantas, Pentapolín del Arremangado Brazo, porque siempre entra en las batallas con el brazo derecho desnudo.

—Pues ¿por qué se quieren tan mal estos dos señores? —preguntó Sancho.

—Quiérense mal —respondió don Quijote— porque este Alifanfarón es un foribundo pagano y está enamorado de la hija de Pentapolín, que es una muy fermosa y además agraciada señora, y es cristiana, y su padre no se la quiere entregar al rey pagano si no deja primero la ley de su falso profeta Mahoma y se vuelve a la suya.

—¡Para mis barbas —dijo Sancho— si no hace muy bien Pentapolín, y que le tengo de ayudar en cuanto pudiere!

—En eso harás lo que debes, Sancho —dijo don Quijote—, porque para entrar en batallas semejantes no se requiere ser armado caballero.

—Bien se me alcanza eso —respondió Sancho—, pero ¿dónde pondremos a este asno que estemos ciertos de hallarle después de pasada la refriega? Porque el entrar en ella en semejante caballería no creo que está en uso hasta agora.

—Así es verdad —dijo don Quijote—. Lo que puedes hacer de él es dejarle a sus aventuras, ora se pierda o no, porque serán tantos los caballos que tendremos después que salgamos vencedores, que aun corre peligro Rocinante no le trueque por otro. Pero estame atento y mira, que te quiero dar cuenta de los caballeros más principales que en estos dos ejércitos vienen; y para que mejor los veas y notes, retirémonos a aquel altillo que allí se hace, de donde se deben de descubrir los dos ejércitos.

¡Válame Dios y cuántas provincias dijo, cuántas naciones nombró, dándole a cada una con maravillosa presteza los atributos que le pertenecían, todo absorto y empapado en lo que había leído en sus libros mentirosos! Estaba Sancho Panza colgado de sus palabras, sin hablar ninguna, y de cuando en cuando volvía la cabeza a ver si veía los caballeros y gigantes que su amo nombraba; y como no descubría a ninguno, le dijo:

—Señor, encomiendo al diablo hombre, ni gigante, ni caballero de cuantos vuestra merced dice parece por todo esto; a lo menos, yo no los veo. Quizá todo debe ser encantamento, como las fantasmas de anoche.

—¿Cómo dices eso? —respondió don Quijote—. ¿No oyes el relinchar de los caballos, el tocar de los clarines, el ruido de los atambores?

—No oigo otra cosa —respondió Sancho— sino muchos balidos de ovejas y carneros.

Y así era la verdad, porque ya llegaban cerca los dos rebaños.

—El miedo que tienes —dijo don Quijote— te hace, Sancho, que ni veas ni oyas a derechas, porque uno de los efectos del miedo es turbar los sentidos y hacer que las cosas no parezcan lo que son. Y si es que tanto temes, retírate a una parte y déjame solo, que solo basto a dar la victoria a la parte a quien yo diere mi ayuda.

Y diciendo esto, puso las espuelas a Rocinante y, puesta la lanza en el ristre, bajó de la costezuela como un rayo.

Diole voces Sancho, diciéndole:

—¡Vuélvase vuestra merced, señor don Quijote, que voto a Dios que son carneros y ovejas las que va a embestir! ¡Vuélvase, desdichado del padre que me engendró! ¿Qué locura es esta? ¡Mire que no hay gigante ni caballero alguno, ni gatos, ni armas, ni escudos partidos ni enteros, ni veros azules ni endiablados! ¿Qué es lo que hace? ¡Pecador soy yo a Dios!

Ni por esas volvió don Quijote, antes en altas voces iba diciendo:

—¡Ea, caballeros, los que seguís y militáis debajo de las banderas del valeroso emperador Pentapolín del Arremangado Brazo, seguidme todos! ¡Veréis cuán fácilmente le doy venganza de su enemigo Alifanfarón de la Trapobana!

Esto diciendo, se entró por medio del escuadrón de las ovejas y comenzó de alancealla con tanto coraje y denuedo

Don Quichotte,
G. W. Pabst, 1933.

Aventura de los rebaños.

como si de veras alanceara a sus mortales enemigos. Los pastores y ganaderos que con la manada venían dábanle voces que no hiciese aquello; pero, viendo que no aprovechaban, desciñéronse las hondas y comenzaron a saludalle los oídos con piedras como el puño. Don Quijote no se curaba de las piedras; antes, discurriendo a todas partes, decía:

—¿Adónde estás, soberbio Alifanfarón? ¡Vente a mí, que un caballero solo soy, que desea, de solo a solo, probar tus fuerzas y quitarte la vida, en pena de la que das al valeroso Pentapolín Garamanta!

Llegó en esto una peladilla de arroyo, y dándole en un lado, le sepultó dos costillas en el cuerpo. Viéndose tan maltrecho, creyó sin duda que estaba muerto o malferido, y acordándose de su licor, sacó su alcuza y púsosela a la boca y comenzó a echar licor en el estómago; mas antes que acabase de envasar lo que a él le parecía que era bastante, llegó otra almendra y diole en la mano y en el alcuza tan de lleno, que se la hizo pedazos, llevándole de camino tres o cuatro dientes y muelas de la boca y machucándole malamente dos dedos de la mano. Tal fue el golpe primero y tal el segundo, que le fue forzoso al pobre caballero dar consigo del caballo abajo. Llegáronse a él los pastores y creyeron que le habían muerto; y, así, con mucha priesa recogieron su ganado y cargaron de las reses muertas, que pasaban de siete, y sin averiguar otra cosa se fueron.

Estábase todo este tiempo Sancho sobre la cuesta mirando las locuras que su amo hacía, y arrancábase las barbas, maldiciendo la hora y el punto en que la fortuna se le había dado a conocer. Viéndole, pues, caído en el suelo, y que ya los pastores se habían ido, bajó de la cuesta y llegose a él; y hallole de muy mal arte, aunque no había perdido el sentido, y díjole:

—¿No le decía yo, señor don Quijote, que se volviese, que los que iba a acometer no eran ejércitos, sino manadas de carneros?

—Como eso puede desparecer y contrahacer aquel ladrón del sabio mi enemigo. Sábete, Sancho, que es muy fácil cosa a los tales hacernos parecer lo que quieren, y este maligno que me persigue, envidioso de la gloria que vio que yo había de alcanzar de esta batalla, ha vuelto los escuadrones de enemigos en manadas de ovejas. Si no, haz una cosa, Sancho, por mi vida, porque te desengañes y veas ser verdad lo que te digo: sube en tu asno y síguelos bonitamente, y verás como, en alejándose de aquí algún poco, se vuelven en su ser primero, y dejando de ser carneros, son hombres hechos y derechos como yo te los pinté primero. Pero no vayas agora, que he menester tu favor y ayuda: llégate a mí y mira cuántas muelas y dientes me faltan, que me parece que no me ha quedado ninguno en la boca.

Llegose Sancho tan cerca, que casi le metía los ojos en la boca. Y fue a tiempo que ya había obrado el bálsamo en el estómago de don Quijote; y al tiempo que Sancho llegó a mirarle la boca, arrojó de sí, más recio que una escopeta, cuanto dentro tenía y dio con todo ello en las barbas del compasivo escudero.

—¡Santa María! —dijo Sancho—. ¿Y qué es esto que me ha sucedido? Sin duda este pecador está herido de muerte, pues vomita sangre por la boca.

Pero, reparando un poco más en ello, echó de ver en la color, sabor y olor que no era sangre, sino el bálsamo de la alcuza que él le había visto beber. Y fue tanto el asco que tomó, que, revolviéndosele el estómago, vomitó las tripas sobre su mismo señor, y quedaron entrambos como de perlas. Acudió Sancho a su asno para sacar de las alforjas con

BOCA SIN DIENTES

«El pobre Alonso Quijano quiso erigirse en un personaje legendario de caballero andante. De cara a la historia de la literatura, Cervantes consiguió todo lo contrario: situó un personaje legendario a ras de suelo: en el mundo de la prosa [...]. A Homero no se le ocurre preguntarse si Aquiles o Áyax, después de sus muchos combates cuerpo a cuerpo, aún conservan sus dientes. Para don Quijote y para Sancho, por el contrario, los dientes son una constante preocupación, dientes que duelen, dientes que faltan».

MILAN KUNDERA

El telón. Ensayo en siete partes, 2005.

qué limpiarse y con qué curar a su amo, y como no las halló, estuvo a punto de perder el juicio. Maldíjose de nuevo y propuso en su corazón de dejar a su amo y volverse a su tierra, aunque perdiese el salario de lo servido y las esperanzas del gobierno de la prometida ínsula.

Levantose en esto don Quijote, y puesta la mano izquierda en la boca, porque no se le acabasen de salir los dientes, asió con la otra las riendas de Rocinante, que nunca se había movido de junto a su amo —tal era de leal y bien acondicionado—, y fuese adonde su escudero estaba, de pechos sobre su asno, con la mano en la mejilla, en guisa de hombre pensativo además. Y viéndole don Quijote de aquella manera, con muestras de tanta tristeza, le dijo:

—Sábete, Sancho, que no es un hombre más que otro si no hace más que otro. Todas estas borrascas que nos suceden son señales de que presto ha de serenar el tiempo y han de sucedernos bien las cosas, porque no es posible que el mal ni el bien sean durables; y de aquí se sigue que, habiendo durado mucho el mal, el bien está ya cerca. Así que no debes congojarte por las desgracias que a mí me suceden, pues a ti no te cabe parte de ellas.

—¿Cómo no? —respondió Sancho—. Por ventura el que ayer mantearon ¿era otro que el hijo de mi padre? Y las alforjas que hoy me faltan con todas mis alhajas ¿son de otro que del mismo?

—¿Que te faltan las alforjas, Sancho? —dijo don Quijote.

—Sí que me faltan —respondió Sancho.

—Dese modo, no tenemos qué comer hoy —replicó don Quijote.

—Eso fuera —respondió Sancho— cuando faltaran por estos prados las yerbas que vuestra merced dice que conoce, con que suelen suplir semejantes faltas los tan malaventurados andantes caballeros como vuestra merced es.

—Con todo eso —respondió don Quijote—, tomara yo ahora más aína un cuartal de pan o una hogaza y dos cabezas de sardinas arenques que cuantas yerbas describe Dioscórides, aunque fuera el ilustrado por el doctor Laguna. Mas, con todo esto, sube en tu jumento, Sancho el bueno, y vente tras mí, que Dios, que es proveedor de todas las cosas, no nos ha de faltar, y más andando tan en su servicio como andamos, pues no falta a los mosquitos del aire ni a los gusanillos de la tierra ni a los renacuajos del agua, y es tan piadoso que hace salir su sol sobre los buenos y los malos y llueve sobre los injustos y justos.

—Más bueno era vuestra merced —dijo Sancho— para predicador que para caballero andante.

—De todo sabían y han de saber los caballeros andantes, Sancho —dijo don Quijote—, porque caballero andante hubo en los pasados siglos que así se paraba a hacer un sermón o plática en mitad de un camino real como si fuera graduado por la Universidad de París. De donde se infiere que nunca la lanza embotó la pluma, ni la pluma la lanza.

—Ahora bien, sea así como vuestra merced dice —respondió Sancho—. Vamos ahora de aquí y procuremos dónde alojar esta noche, y quiera Dios que sea en parte donde no haya mantas ni manteadores, ni fantasmas ni moros encantados; que si los hay, daré al diablo el hato y el garabato.

—Pídeselo tú a Dios, hijo —dijo don Quijote—, y guía tú por donde quisieres, que esta vez quiero dejar a tu eleción el alojarnos. Pero dame acá la mano y atiéntame con el dedo, y mira bien cuántos dientes y muelas me faltan de este lado derecho, de la quijada alta, que allí siento el dolor.

Metió Sancho los dedos, y estándole tentando, le dijo:

—¿Cuántas muelas solía vuestra merced tener en esta parte?

—Cuatro —respondió don Quijote—, fuera de la cordal, todas enteras y muy sanas.

—Mire vuestra merced bien lo que dice, señor —respondió Sancho.

—Digo cuatro, si no eran cinco —respondió don Quijote—, porque en toda mi vida me han sacado diente ni muela de la boca, ni se me ha caído ni comido de neguijón ni de reuma alguna.

—Pues en esta parte de abajo —dijo Sancho— no tiene vuestra merced más de dos muelas y media; y en la de arriba, ni media ni ninguna, que toda está rasa como la palma de la mano.

—¡Sin ventura yo —dijo don Quijote, oyendo las tristes nuevas que su escudero le daba—, que más quisiera que me hubieran derribado un brazo, como no fuera el de la espada! Porque te hago saber, Sancho, que la boca sin muelas es como molino sin piedra, y en mucho más se ha de estimar un diente que un diamante. Mas a todo esto estamos sujetos los que profesamos la estrecha orden de la caballería. Sube, amigo, y guía, que yo te seguiré al paso que quisieres.

Hízolo así Sancho y encaminose hacia donde le pareció que podía hallar acogimiento, sin salir del camino real, que por allí iba muy seguido. Yéndose, pues, poco a poco, porque el dolor de las quijadas de don Quijote no le dejaba sosegar ni atender a darse priesa, quiso Sancho entretenelle y divertille diciéndole alguna cosa. Y entre otras que le dijo fue lo que se dirá en el siguiente capítulo.

19

DE LAS DISCRETAS RAZONES QUE SANCHO PASABA CON SU AMO Y DE LA AVENTURA QUE LE SUCEDIÓ CON UN CUERPO MUERTO, CON OTROS ACONTECIMIENTOS FAMOSOS

Al caer la noche, don Quijote y Sancho ven venir por el camino una gran multitud de luces: parecen estrellas que se mueven. Sancho tiembla y don Quijote se inquieta. Los que se acercan son un grupo de enlutados que blanden antorchas: viajan hacia Segovia acompañando a un cadáver. Don Quijote imagina que el difunto es un caballero asesinado a traición, así que arremete contra los enlutados, que se dan a la fuga. A la luz de una de las antorchas, Sancho mira y remira a su amo, y le ve tan mala facha que le pone el apodo de «el Caballero de la Triste Figura». La aventura depara a don Quijote y Sancho algo de comer, pues una de las mulas de los enlutados iba cargada de comida. Amo y criado almuerzan, meriendan y cenan de una sola sentada: solo les falta un poco de agua o de vino con que pasar los alimentos... Sancho sospecha que debe haber un arroyo cerca, y así se lo dice a su señor.

20

DE LA JAMÁS VISTA NI OÍDA AVENTURA QUE CON MÁS POCO PELIGRO FUE ACABADA DE FAMOSO CABALLERO EN EL MUNDO COMO LA QUE ACABÓ EL VALEROSO DON QUIJOTE DE LA MANCHA

—No es posible, señor mío, sino que estas yerbas dan testimonio de que por aquí cerca debe de estar alguna fuente o arroyo que estas yerbas humedece; y, así, será bien que vamos un poco más adelante, que ya toparemos donde podamos mitigar esta terrible sed que nos fatiga, que sin duda causa mayor pena que la hambre.

Pareciole bien el consejo a don Quijote, y tomando de la rienda a Rocinante, y Sancho del cabestro a su asno, después de haber puesto sobre él los relieves que de la cena quedaron, comenzaron a caminar por el prado arriba a tiento, porque la escuridad de la noche no les dejaba ver cosa alguna; mas no hubieron andado docientos pasos, cuando llegó a sus oídos un grande ruido de agua, como que de algunos grandes y levantados riscos se despeñaba. Alegroles el ruido en gran manera, y parándose a escuchar hacia qué parte sonaba, oyeron a deshora otro estruendo que les aguó el contento del agua, especialmente a Sancho, que naturalmente era medroso y de poco ánimo; digo que oyeron que daban unos golpes a compás, con un cierto crujir de hierros y cadenas, que, acompañados del furioso estruendo del agua, que pusieran pavor a cualquier otro corazón que no fuera el de don Quijote.

Era la noche, como se ha dicho, escura, y ellos acertaron a entrar entre unos árboles altos, cuyas hojas, movidas del blando viento, hacían un temeroso y manso ruido, de manera que la soledad, el sitio, la escuridad, el ruido del agua, con el susurro de las hojas, todo causaba horror y espanto, y más cuando vieron que ni los golpes cesaban ni el viento dormía ni la mañana llegaba, añadiéndose a todo esto el ignorar el lugar donde se hallaban. Pero don Quijote, acompañado de su intrépido corazón, saltó sobre Rocinante, y embrazando su rodela, terció su lanzón y dijo:

—Sancho amigo, has de saber que yo nací por querer del cielo en esta nuestra edad de hierro para resucitar en ella la de oro, o la dorada, como suele llamarse; yo soy aquel para quien están guardados los peligros, las grandes hazañas, los valerosos hechos; yo soy, digo otra vez, quien ha de resucitar los de la Tabla Redonda, los Doce de Francia y los Nueve de la Fama, y el que ha de poner en olvido los Platires, los Tablantes, Olivantes y Tirantes, los Febos y Belianises, con toda la caterva de los famosos caballeros andantes del pasado tiempo, haciendo en este en que me hallo tales grandezas, estrañezas y fechos de armas, que escurezcan las más claras que ellos ficieron. Bien notas, escudero fiel y legal, las tinieblas de esta noche, su estraño silencio, el sordo y confuso estruendo de estos árboles, el temeroso ruido de aquella agua en cuya busca venimos, que parece que se despeña y derrumba desde los altos montes de la Luna, y aquel incesable golpear que nos hiere y lastima los oídos, las cuales cosas todas juntas y cada una por sí son bastantes a infundir miedo, temor y espanto en el pecho del mesmo Marte, cuanto más en aquel que no está acostumbrado a semejantes acontecimientos y aventuras. Pues todo esto que yo te pinto son incentivos y despertadores de mi ánimo, que ya hace que el corazón me reviente en el pecho con el deseo que tiene de acometer esta aventura, por más dificultosa que se muestra. Así que aprieta un poco las cinchas a Rocinante, y quédate a Dios, y espérame aquí hasta tres días no más, en los cuales, si no volviere, puedes tú volverte a nuestra aldea; y desde allí, por hacerme merced y buena obra, irás al Toboso, donde dirás a la incomparable señora mía Dulcinea que su cautivo caballero murió por acometer cosas que le hiciesen digno de poder llamarse suyo.

Cuando Sancho oyó las palabras de su amo, comenzó a llorar con la mayor ternura del mundo y a decille:

—Señor, yo no sé por qué quiere vuestra merced acometer esta tan temerosa aventura. Ahora es de noche, aquí no nos ve nadie, bien podemos torcer el camino y desviarnos del peligro, aunque no bebamos en tres días. Y pues no hay quien nos vea, menos habrá quien nos note de cobardes, cuanto más que yo he oído predicar al cura de nuestro lugar, que vuestra merced bien conoce, que quien busca el peligro perece en él. Así que no es bien tentar a Dios acometiendo tan desaforado hecho donde no se puede escapar sino por milagro, y basta los que ha hecho el cielo con vuestra merced en librarle de ser manteado como yo lo fui y en sacarle vencedor, libre y salvo de entre tantos enemigos como acompañaban al difunto. Y cuando todo esto no mueva ni ablande ese duro corazón, muévale el pensar y creer que apenas se habrá vuestra merced apartado de aquí cuando yo, de miedo, dé mi ánima a quien quisiere llevarla. Yo salí de mi tierra y dejé hijos y mujer por venir a servir a vuestra merced, creyendo valer más y no menos. Pero como la cudicia rompe el saco, a mí me ha rasgado mis esperanzas, pues cuando más vivas las tenía de alcanzar aquella negra y malhadada ínsula que tantas veces vuestra merced me ha prometido, veo que en pago y trueco de ella me quiere ahora dejar en un lugar tan apartado del trato humano. ¡Por un solo Dios, señor mío, que non se me faga tal desaguisado! Y ya que del todo no quiera vuestra merced desistir de acometer este fecho, dilátelo a lo menos hasta la mañana; que, a lo que a mí me muestra la ciencia que aprendí cuando era pastor, no debe de haber desde aquí al alba tres horas, porque la boca de la bocina está encima de la cabeza y hace la media noche en la línea del brazo izquierdo.

—¿Cómo puedes tú, Sancho —dijo don Quijote—, ver dónde hace esa línea, ni dónde está esa boca o ese colodrillo que dices, si hace la noche tan escura, que no parece en todo el cielo estrella alguna?

—Así es —dijo Sancho—, pero tiene el miedo muchos ojos y ve las cosas debajo de tierra, cuanto más encima en el cielo, puesto que por buen discurso bien se puede entender que hay poco de aquí al día.

—Falte lo que faltare —respondió don Quijote—, que no se ha de decir por mí ahora ni en ningún tiempo que lágrimas y ruegos me apartaron de hacer lo que debía a estilo de caballero; y, así, te ruego, Sancho, que calles, que Dios, que me ha puesto en corazón de acometer ahora esta tan no vista y tan temerosa aventura, tendrá cuidado de mirar por mi salud y de consolar tu tristeza. Lo que has de hacer es apretar bien las cinchas a Rocinante y quedarte aquí, que yo daré la vuelta presto, o vivo o muerto.

Viendo, pues, Sancho la última resolución de su amo y cuán poco valían con él sus lágrimas, consejos y ruegos, determinó de aprovecharse de su industria y hacerle esperar hasta el día, si pudiese. Y, así, cuando apretaba las cinchas al caballo, bonitamente y sin ser sentido ató con el cabestro de su asno ambos pies a Rocinante, de manera que cuando don Quijote se quiso partir no pudo, porque el caballo no se podía mover sino a saltos. Viendo Sancho Panza el buen suceso de su embuste, dijo:

—Ea, señor, que el cielo, conmovido de mis lágrimas y plegarias, ha ordenado que no se pueda mover Rocinante; y si vos queréis porfiar y espolear y dalle, será enojar a la fortuna y dar coces, como dicen, contra el aguijón.

Desesperábase con esto don Quijote, y por más que ponía las piernas al caballo, menos le podía mover. Y, sin caer en la cuenta de la ligadura, tuvo por bien de sosegarse y esperar o a que amaneciese o a que Rocinante se menease, creyendo sin duda que aquello venía de otra parte que de la industria de Sancho. Y, así, le dijo:

—Pues así es, Sancho, que Rocinante no puede moverse, yo soy contento de esperar a que ría el alba, aunque yo llore lo que ella tardare en venir.

—No hay que llorar —respondió Sancho—, que yo entretendré a vuestra merced contando cuentos desde aquí al día, si ya no es que se quiere apear y echarse a dormir un poco sobre la verde yerba, a uso de caballeros andantes, para hallarse más descansado cuando llegue el día y punto de acometer esta tan desemejable aventura que le espera.

—¿A qué llamas apear o a qué dormir? —dijo don Quijote—. ¿Soy yo por ventura de aquellos caballeros que toman reposo en los peligros? ¡Duerme tú, que naciste para dormir, o haz lo que quisieres, que yo haré lo que viere que más viene con mi pretensión!

—No se enoje vuestra merced, señor mío —respondió Sancho—, que no lo dije por tanto.

Y llegándose a él, puso la una mano en el arzón delantero y la otra en el otro, de modo que quedó abrazado con el muslo izquierdo de su amo, sin osarse apartar de él un dedo: tal era el miedo que tenía a los golpes que todavía alternativamente sonaban. Díjole don Quijote que contase algún cuento para entretenerle, como se lo había prometido, a lo que Sancho dijo que sí hiciera, si le dejara el temor de lo que oía.

—Pero, con todo eso, yo me esforzaré a decir una historia que, si la acierto a contar y no me van a la mano, es la mejor de las historias. Y esteme vuestra merced atento, que ya comienzo: érase que se era, el bien que viniere para todos sea, y el mal, para quien lo fuere a buscar... Y advierta vuestra merced, señor mío, que el principio que los antiguos dieron a sus consejas no fue así como quiera, que fue una sentencia de Catón Zonzorino romano que dice: «y el mal, para quien le fuere a buscar», que viene aquí como anillo al dedo para que vuestra merced se esté quedo y no vaya a buscar el mal a ninguna parte, sino que nos volvamos por otro camino, pues nadie nos fuerza a que sigamos este donde tantos miedos nos sobresaltan.

—Sigue tu cuento, Sancho —dijo don Quijote—, y del camino que hemos de seguir déjame a mí el cuidado.

—Digo, pues —prosiguió Sancho—, que en un lugar de Estremadura había un pastor cabrerizo, quiero decir que guardaba cabras; el cual pastor o cabrerizo, como digo, de mi cuento, se llamaba Lope Ruiz; y este Lope Ruiz andaba enamorado de una pastora que se llamaba Torralba; la cual pastora llamada Torralba era hija de un ganadero rico; y este ganadero rico...

—Si de esa manera cuentas tu cuento, Sancho —dijo don Quijote—, repitiendo dos veces lo que vas diciendo, no acabarás en dos días. Dilo seguidamente y cuéntalo como hombre de entendimiento; y si no, no digas nada.

—De la misma manera que yo lo cuento —respondió Sancho— se cuentan en mi tierra todas las consejas, y yo no sé contarlo de otra, ni es bien que vuestra merced me pida que haga usos nuevos.

SANCHO CITA A CATÓN

Los cuentos populares solían empezar con una retahíla como ese «Érase que se era, el bien que viniere...». Sancho asegura que tal fórmula procede de una sentencia moral del escritor romano Catón el Censor, o Catón el Viejo (234-149 a. C.), al que él llama Catón Zonzorino («Catón el Tontín»). A Catón se le atribuían unas enseñanzas morales destinadas a los niños que, en el siglo XVII, circulaban en forma de cuadernillo o pliego suelto.

—Di como quisieres —respondió don Quijote—, que, pues la suerte quiere que no pueda dejar de escucharte, prosigue.

—Así que, señor mío de mi ánima —prosiguió Sancho—, que, como ya tengo dicho, este pastor andaba enamorado de Torralba la pastora, que era una moza rolliza, zahareña, y tiraba algo a hombruna, porque tenía unos pocos de bigotes, que parece que ahora la veo.

—Luego ¿conocístela tú? —dijo don Quijote.

—No la conocí yo —respondió Sancho—, pero quien me contó este cuento me dijo que era tan cierto y verdadero, que podía bien, cuando lo contase a otro, afirmar y jurar que lo había visto todo. Así que, yendo días y viniendo días, el diablo, que no duerme y que todo lo añasca, hizo de manera que el amor que el pastor tenía a la pastora se volviese en omecillo y mala voluntad. Y la causa fue, según malas lenguas, una cierta cantidad de celillos que ella le dio, tales, que pasaban de la raya y llegaban a lo vedado. Y fue tanto lo que el pastor la aborreció de allí adelante, que, por no verla, se quiso ausentar de aquella tierra e irse donde sus ojos no la viesen jamás. La Torralba, que se vio desdeñada del Lope, luego le quiso bien, más que nunca le había querido.

—Esa es natural condición de mujeres —dijo don Quijote—: desdeñar a quien las quiere y amar a quien las aborrece. Pasa adelante, Sancho.

—Sucedió —dijo Sancho— que el pastor puso por obra su determinación, y antecogiendo sus cabras, se encaminó por los campos de Estremadura, para pasarse a los reinos de Portugal. La Torralba, que lo supo, se fue tras él, y seguíale a pie y descalza desde lejos, con un bordón en la mano y con unas alforjas al cuello, donde llevaba, según es fama, un pedazo de espejo y otro de un peine y no sé qué botecillo de mudas para la cara. Mas llevase lo que llevase, que yo no me quiero meter ahora en averiguallo, solo diré que dicen que el pastor llegó con su ganado a pasar el río Guadiana; y en aquella sazón iba crecido y casi fuera de madre, y por la parte que llegó no había barca ni barco, ni quien le pasase a él ni a su ganado de la otra parte, de lo que se congojó mucho, porque veía que la Torralba venía ya muy cerca y le había de dar mucha pesadumbre con sus ruegos y lágrimas. Mas tanto anduvo mirando, que vio un pescador que tenía junto a sí un barco, tan pequeño, que solamente podían caber en él una persona y una cabra; y, con todo esto, le habló y concertó con él que le pasase a él y a trecientas cabras que llevaba. Entró el pescador en el barco y pasó una cabra, volvió y pasó otra, tornó a volver y tornó a pasar otra; tenga vuestra merced cuenta en las cabras que el pescador va pasando, porque, si se pierde una de la memoria, se acabará el cuento, y no será posible contar más palabra de él; sigo, pues, y digo que el desembarcadero de la otra parte estaba lleno de cieno y resbaloso, y tardaba el pescador mucho tiempo en ir y volver. Con todo esto, volvió por otra cabra, y otra, y otra...

—Haz cuenta que las pasó todas —dijo don Quijote—, no andes yendo y viniendo de esa manera, que no acabarás de pasarlas en un año.

—¿Cuántas han pasado hasta agora? —dijo Sancho.

—¿Yo qué diablo sé? —respondió don Quijote.

—He ahí lo que yo dije: que tuviese buena cuenta. Pues por Dios que se ha acabado el cuento, que no hay pasar adelante.

—¿Cómo puede ser eso? —respondió don Quijote—. ¿Tan de esencia de la historia es saber las cabras que han pasado por estenso, que si se yerra una del número no puedes seguir adelante con la historia?

—No, señor, en ninguna manera —respondió Sancho—, porque así como yo pregunté a vuestra merced que me dijese cuántas cabras habían pasado, y me respondió que no sabía, en aquel mesmo instante se me fue a mí de la memoria cuanto me quedaba por decir, y a fe que era de mucha virtud y contento.

—¿De modo —dijo don Quijote— que ya la historia es acabada?

—Tan acabada es como mi madre —dijo Sancho.

—Dígote de verdad —respondió don Quijote— que tú has contado una de las más nuevas consejas, cuento o historia que nadie pudo pensar en el mundo, y que tal modo de contarla ni dejarla jamás se podrá ver ni habrá visto en toda la vida, aunque no esperaba yo otra cosa de tu buen discurso. Mas no me maravillo, pues quizá estos golpes que no cesan te deben de tener turbado el entendimiento.

—Todo puede ser —respondió Sancho—, mas yo sé que en lo de mi cuento no hay más que decir, que allí se acaba do comienza el yerro de la cuenta del pasaje de las cabras.

—Acabe norabuena donde quisiere —dijo don Quijote— y veamos si se puede mover Rocinante.

Tornole a poner las piernas y él tornó a dar saltos y a estarse quedo, tanto estaba de bien atado.

En esto, parece ser o que el frío de la mañana, que ya venía, o que Sancho hubiese cenado algunas cosas lenitivas, o que fuese cosa natural —que es lo que más se debe creer—, a él le vino en voluntad y deseo de hacer lo que otro no pudiera hacer por él. Mas era tanto el miedo que había entrado en su corazón, que no osaba apartarse un negro de uña de su amo; pues pensar de no hacer lo que tenía gana tampoco era posible. Y, así, lo que hizo, por bien de paz, fue soltar la mano derecha, que tenía asida al arzón trasero, con la cual, bonitamente y sin rumor alguno, se soltó la lazada corrediza con que los calzones se sostenían sin ayuda de otra alguna; y, en quitándosela, dieron luego abajo y se le quedaron como grillos. Tras esto, alzó la camisa lo mejor que pudo y echó al aire entrambas posaderas, que no eran muy pequeñas. Hecho esto, que él pensó que era lo más que tenía que hacer para salir de aquel terrible aprieto y angustia, le sobrevino otra mayor, que fue que le pareció que no podía mudarse sin hacer estrépito y ruido, y comenzó a apretar los dientes y a encoger los hombros, recogiendo en sí el aliento todo cuanto podía. Pero, con todas estas diligencias, fue tan desdichado que al cabo al cabo vino a hacer un poco de ruido, bien diferente de aquel que a él le ponía tanto miedo. Oyolo don Quijote y dijo:

—¿Qué rumor es ese, Sancho?

—No sé, señor —respondió él—. Alguna cosa nueva debe de ser, que las aventuras y desventuras nunca comienzan por poco.

Tornó otra vez a probar ventura, y sucediole tan bien, que sin más ruido ni alboroto que el pasado se halló libre de la carga que tanta pesadumbre le había dado. Mas como don Quijote tenía el sentido del olfato tan vivo como el de los oídos y Sancho estaba tan junto y cosido con él, que casi por línea recta subían los vapores hacia arriba, no se pudo escusar de que algunos no llegasen a sus narices; y apenas hubieron llegado cuando él fue al socorro, apretándolas entre los dos dedos, y con tono algo gangoso dijo:

—Paréceme, Sancho, que tienes mucho miedo.

—Sí tengo —respondió Sancho—. Mas ¿en qué lo echa de ver vuestra merced ahora más que nunca?

—En que ahora más que nunca hueles, y no a ámbar —respondió don Quijote.

ESCATOLOGÍA DEL SIGLO XVII

En época de Cervantes, el pipí y la caca, el vómito y el moco eran ingredientes habituales en los libros cómicos. Lo escatológico aparece en dos brillantes novelas picarescas: el *Lazarillo de Tormes* y el *Guzmán de Alfarache*. Cervantes sigue la moda, pero cuida de no ensuciar el lenguaje: se nota en la alusión a las cosas lenitivas, que son las que ablandan el vientre, y en el exquisito eufemismo «hacer lo que otro no pudiera hacer por él». Sancho no caga, sino que vacía su casa (se muda), o suelta su carga. Además, se desahoga «por bien de paz», expresión que se usaba en los arbitrajes comerciales cuando alguien cedía para evitar un conflicto. En época de Cervantes no todos tenían la lengua tan limpia: pensemos que Quevedo tituló una obra suya *Gracias y desgracias del ojo del culo*, y que dejó escrito que a Góngora «nunca, que yo sepa, se le cayó la mierda de la boca».

—Bien podrá ser —dijo Sancho—, mas yo no tengo la culpa, sino vuestra merced, que me trae a deshoras y por estos no acostumbrados pasos.

—Retírate tres o cuatro allá, amigo —dijo don Quijote, todo esto sin quitarse los dedos de las narices—, y desde aquí adelante ten más cuenta con tu persona y con lo que debes a la mía, que la mucha conversación que tengo contigo ha engendrado este menosprecio.

—Apostaré —replicó Sancho— que piensa vuestra merced que yo he hecho de mi persona alguna cosa que no deba.

—Peor es meneallo, amigo Sancho —respondió don Quijote.

En estos coloquios y otros semejantes pasaron la noche amo y mozo. Mas viendo Sancho que a más andar se venía la mañana, con mucho tiento desligó a Rocinante y se ató los calzones. Como Rocinante se vio libre, aunque él de suyo no era nada brioso, parece que se resintió y comenzó a dar manotadas, porque corvetas, con perdón suyo, no las sabía hacer. Viendo, pues, don Quijote que ya Rocinante se movía, lo tuvo a buena señal y creyó que lo era de que acometiese aquella temerosa aventura.

Acabó en esto de descubrirse el alba y de parecer distintamente las cosas, y vio don Quijote que estaba entre unos árboles altos, que ellos eran castaños, que hacen la sombra muy escura. Sintió también que el golpear no cesaba, pero no vio quién lo podía causar. Y, así, sin más detenerse, hizo sentir las espuelas a Rocinante, y tornando a despedirse de Sancho, le mandó que allí le aguardase tres días a lo más largo, como ya otra vez se lo había dicho, y que si al cabo de ellos no hubiese vuelto, tuviese por cierto que Dios había sido servido de que en aquella peligrosa aventura se le acabasen sus días. Tornole a referir el recado y embajada que había de llevar de su parte a su señora Dulcinea, y que en lo que tocaba a la paga de sus servicios no tuviese pena, porque él había dejado hecho su testamento antes que saliera de su lugar, donde se hallaría gratificado de todo lo tocante a su salario, rata por cantidad del tiempo que hubiese servido; pero que si Dios le sacaba de aquel peligro sano y salvo y sin cautela, se podía tener por muy más que cierta la prometida ínsula.

De nuevo tornó a llorar Sancho oyendo de nuevo las lastimeras razones de su buen señor, y determinó de no dejarle hasta el último tránsito y fin de aquel negocio (destas lágrimas y determinación tan honrada de Sancho Panza saca el autor de esta historia que debía de ser bien nacido y por lo menos cristiano viejo); cuyo sentimiento enterneció algo a su amo, pero no tanto que mostrase flaqueza alguna, antes, disimulando lo mejor que pudo, comenzó a caminar hacia la parte por donde le pareció que el ruido del agua y del golpear venía. Seguíale Sancho a pie, llevando, como tenía de costumbre, del cabestro a su jumento, perpetuo compañero de sus prósperas y adversas fortunas.

Y habiendo andado una buena pieza por entre aquellos castaños y árboles sombríos, dieron en un pradecillo que al pie de unas altas peñas se hacía, de las cuales se precipitaba un grandísimo golpe de agua. Al pie de las peñas estaban unas casas mal hechas, que más parecían ruinas de edificios que casas, de entre las cuales advirtieron que salía el ruido y estruendo de aquel golpear que aún no cesaba. Alborotose Rocinante con el estruendo del agua y de los golpes, y sosegándole don Quijote, se fue llegando poco a poco a las casas, encomendándose de todo corazón a su señora, suplicándole que en aquella temerosa jornada y empresa le favoreciese; y de camino se encomendaba también a Dios, que no le olvidase. No se le quitaba Sancho del lado, el cual alargaba cuanto podía el cuello y la vista por entre las piernas de Rocinante, por ver si vería ya lo que tan suspenso y medroso le tenía.

Otros cien pasos serían los que anduvieron, cuando al doblar de una punta pareció descubierta y patente la misma causa, sin que pudiese ser otra, de aquel horrísono y para ellos espantable ruido que tan suspensos y medrosos toda la noche los había tenido. Y eran —si no lo has, oh lector, por pesadumbre y enojo— seis mazos de batán, que con sus alternativos golpes aquel estruendo formaban.

Cuando don Quijote vio lo que era, enmudeció y pasmose de arriba abajo. Mirole Sancho y vio que tenía la cabeza inclinada sobre el pecho, con muestras de estar corrido; miró también don Quijote a Sancho y viole que tenía los carrillos hinchados y la boca llena de risa, con evidentes señales de querer reventar con ella. Y no pudo su melanconía tanto con él, que a la vista de Sancho pudiese dejar de reírse; y como vio Sancho que su amo había comenzado, soltó la presa de manera que tuvo necesidad de apretarse las ijadas con los puños, por no reventar riendo. Cuatro veces sosegó y otras tantas volvió a su risa con el mismo ímpetu que primero, de lo cual ya se daba al diablo don Quijote, y más cuando le oyó decir, como por modo de fisga:

—«Has de saber, oh Sancho amigo, que yo nací por querer del cielo en esta nuestra edad de hierro para resucitar en ella la dorada, o de oro. Yo soy aquel para quien están guardados los peligros, las hazañas grandes, los valerosos fechos...».

Y por aquí fue repitiendo todas o las más razones que don Quijote dijo la vez primera que oyeron los temerosos golpes. Viendo, pues, don Quijote que Sancho hacía burla de él, se corrió y enojó en tanta manera, que alzó el lanzón y le asentó dos palos tales, que si como los recibió en las espaldas los recibiera en la cabeza, quedara libre de pagarle el salario, si no fuera a sus herederos. Viendo Sancho que sacaba tan malas veras de sus burlas, con temor de que su amo no pasase adelante en ellas, con mucha humildad le dijo:

—Sosiéguese vuestra merced, que por Dios que me burlo.

—Pues porque os burláis, no me burlo yo —respondió don Quijote—. Venid acá, señor alegre: ¿paréceos a vos que si como estos fueron mazos de batán fueran otra peligrosa aventura, no había yo mostrado el ánimo que convenía para emprendella y acaballa? ¿Estoy yo obligado a dicha, siendo como soy caballero, a conocer y destinguir los sones y saber cuáles son de batán o no? Y más que podría ser, como es verdad, que no los he visto en mi vida, como vos los habréis visto como villano ruin que sois, criado y nacido entre ellos; si no, haced vos que estos seis mazos se vuelvan en seis jayanes y echádmelos a las barbas uno a uno o todos juntos, y cuando yo no diere con todos patas arriba, haced de mí la burla que quisiéredes.

—No haya más, señor mío —replicó Sancho—, que yo confieso que he andado algo risueño en demasía. Pero dígame vuestra merced, ahora que estamos en paz, así Dios le saque de todas las aventuras que le sucedieren tan sano y salvo como le ha sacado de esta, ¿no ha sido cosa de reír, y lo es de contar, el gran miedo que hemos tenido? A lo menos el que yo tuve, que de vuestra merced ya yo sé que no le conoce, ni sabe qué es temor ni espanto.

—No niego yo —respondió don Quijote— que lo que nos ha sucedido no sea cosa digna de risa, pero no es digna de contarse, que no son todas las personas tan discretas que sepan poner en su punto las cosas.

—A lo menos —respondió Sancho— supo vuestra merced poner en su punto el lanzón, apuntándome a la cabeza, y dándome en las espaldas gracias a Dios y a la diligencia que puse en ladearme. Pero vaya, que todo saldrá en la colada, que yo he oído decir: «Ese te quiere bien que te hace llorar»; y más, que suelen los principales señores, tras una mala palabra que dicen a un criado, darle luego unas calzas, aunque no sé lo que le suelen dar tras haberle dado de palos, si ya no es que los caballeros andantes dan tras palos ínsulas o reinos en tierra firme.

—Tal podría correr el dado —dijo don Quijote— que todo lo que dices viniese a ser verdad. Y perdona lo pasado, pues eres discreto y sabes que los primeros movimientos no son en mano del hombre; y está advertido de aquí adelante en una cosa, para que te abstengas y reportes en el hablar demasiado conmigo: que en cuantos libros de caballerías he leído, que son infinitos, jamás he hallado que ningún escudero hablase tanto con su señor como tú con el tuyo. Y en verdad que lo tengo a gran falta, tuya y mía: tuya, en que me estimas en poco; mía, en que no me dejo estimar en más. Sí, que Gandalín, escudero de Amadís de Gaula, conde fue de la Ínsula Firme, y se lee de él que siempre hablaba a su señor con la gorra en la mano, inclinada la cabeza y doblado el cuerpo *more turquesco*. Pues qué diremos de Gasabal, escudero de don Galaor, que fue tan callado, que, para declararnos la excelencia de su maravilloso silencio, sola una vez se nombra su nombre en toda aquella tan grande como verdadera historia. De todo lo que he dicho has de inferir, Sancho, que es menester hacer diferencia de amo a mozo, de señor a criado y de caballero a escudero. Así que desde hoy en adelante nos hemos de tratar con más respeto, sin darnos cordelejo, porque de cualquiera manera que yo me enoje con vos, ha de ser mal para el cántaro. Las mercedes y beneficios que yo os he prometido llegarán a su tiempo; y si no llegaren, el salario a lo menos no se ha de perder, como ya os he dicho.

—Está bien cuanto vuestra merced dice —dijo Sancho—, pero querría yo saber, por si acaso no llegase el tiempo de las mercedes y fuese necesario acudir al de los salarios, cuánto ganaba un escudero de un caballero andante en aquellos tiempos, y si se concertaban por meses, o por días, como peones de albañir.

—No creo yo —respondió don Quijote— que jamás los tales escuderos estuvieron a salario, sino a merced. Y si yo ahora te le he señalado a ti en el testamento cerrado que dejé en mi casa, fue por lo que podía suceder, que aún no sé cómo prueba en estos tan calamitosos tiempos nuestros la caballería, y no querría que por pocas cosas penase mi ánima en el otro mundo. Porque quiero que sepas, Sancho, que en él no hay estado más peligroso que el de los aventureros.

—Así es verdad —dijo Sancho—, pues solo el ruido de los mazos de un batán pudo alborotar y desasosegar el corazón de un tan valeroso andante aventurero como es vuestra merced. Mas bien puede estar seguro que de aquí adelante no despliegue mis labios para hacer donaire de las cosas de vuestra merced, si no fuere para honrarle como a mi amo y señor natural.

—Desa manera —replicó don Quijote— vivirás sobre la haz de la tierra, porque, después de a los padres, a los amos se ha de respetar como si lo fuesen.

21

QUE TRATA DE LA ALTA AVENTURA Y RICA GANANCIA DEL YELMO DE MAMBRINO, CON OTRAS COSAS SUCEDIDAS A NUESTRO INVENCIBLE CABALLERO

CAMBIO CLIMÁTICO

Esta es la única vez que llueve en todo el *Quijote*. Es verano, probablemente julio. Cervantes vivió en la época conocida como la Pequeña Edad de Hielo que transcurrió desde inicios del siglo XIV hasta mediados del XIX. Los climatólogos Javier Martin y Jorge Olcina en su libro *Climas y tiempos de España* (2001), destacan que entre 1570 y 1610 hubo un período de sucesos catastróficos provocados por potentes lluvias, grandes nevadas y tormentas maritímas alternando con intervalos de duras sequías como la que motivará la salida en procesión de la Virgen a lomos de unos aldeanos, en el capítulo 52 de la primera parte, para pedirle que llueva.

Don Quixote (You never get wet in Spanish rain)

COLDPLAY

En esto comenzó a llover un poco, y quisiera Sancho que se entraran en el molino de los batanes; mas habíales cobrado tal aborrecimiento don Quijote por la pesada burla, que en ninguna manera quiso entrar dentro. Y, así, torciendo el camino a la derecha mano, dieron en otro como el que habían llevado el día de antes. De allí a poco descubrió don Quijote un hombre a caballo, que traía en la cabeza una cosa que relumbraba como si fuera de oro; y aun él apenas le hubo visto, cuando se volvió a Sancho y le dijo:

—Paréceme, Sancho, que no hay refrán que no sea verdadero, porque todos son sentencias sacadas de la mesma experiencia, madre de las ciencias todas, especialmente aquel que dice: «Donde una puerta se cierra, otra se abre». Dígolo porque si anoche nos cerró la ventura la puerta de la que buscábamos, engañándonos con los batanes, ahora nos abre de par en par otra para otra mejor y más cierta aventura, que si yo no acertare a entrar por ella, mía será la culpa, sin que la pueda dar a la poca noticia de batanes ni a la escuridad de la noche. Digo esto porque, si no me engaño, hacia nosotros viene uno que trae en su cabeza puesto el yelmo de Mambrino, sobre que yo hice el juramento que sabes.

—Mire vuestra merced bien lo que dice y mejor lo que hace —dijo Sancho—, que no querría que fuesen otros batanes que nos acabasen de abatanar y aporrear el sentido.

—¡Válate el diablo por hombre! —replicó don Quijote—. ¿Qué va de yelmo a batanes?

—No sé nada —respondió Sancho—, mas a fe que, si yo pudiera hablar tanto como solía, que quizá diera tales razones, que vuestra merced viera que se engañaba en lo que dice.

—¿Cómo me puedo engañar en lo que digo, traidor escrupuloso? —dijo don Quijote—. Dime: ¿no ves aquel caballero que hacia nosotros viene sobre un caballo rucio rodado, que trae puesto en la cabeza un yelmo de oro?

—Lo que yo veo y columbro —respondió Sancho— no es sino un hombre sobre un asno pardo como el mío, que trae sobre la cabeza una cosa que relumbra.

—Pues ese es el yelmo de Mambrino —dijo don Quijote—. Apártate a una parte y déjame con él a solas: verás cuán sin hablar palabra, por ahorrar del tiempo, concluyo esta aventura y queda por mío el yelmo que tanto he deseado.

—Yo me tengo en cuidado el apartarme —replicó Sancho—, mas quiera Dios, torno a decir, que orégano sea y no batanes.

—Ya os he dicho, hermano, que no me mentéis ni por pienso más eso de los batanes —dijo don Quijote—, ¡que voto... y no digo más, que os batanee el alma!

Calló Sancho con temor que su amo no cumpliese el voto que le había echado, redondo como una bola.

Es, pues, el caso que el yelmo y el caballo y caballero que don Quijote veía era esto: que en aquel contorno había dos lugares, el uno tan pequeño, que ni tenía botica ni barbero, y el otro, que estaba junto, sí. Y, así, el barbero del mayor servía al menor, en el cual tuvo necesidad un enfermo de sangrarse y otro de hacerse la barba, para lo cual venía el barbero, y traía una bacía de azófar. Y quiso la suerte que al

EL SENTIDO DE LA VIDA

«Don Quijote, el caballero errante que cree pertenecer al viejo orden, es *par excellence* el héroe de la modernidad. Sale al mundo no tanto para conquistarlo como para buscar y verificar su sentido. Pero tal sentido no existe, y su búsqueda obstinada acarrea al caballero catástrofes, palizas e indecorosas humillaciones que, sin embargo, no afectan su profunda ansia. La obra maestra de Cervantes demuestra la unidad indisoluble de utopía y desencanto. La utopía da sentido a la vida porque insiste, contra todas las pruebas que demuestran lo contrario, en que la vida tiene un significado. Don Quijote persiste en creer, contra toda evidencia, que la bacía del barbero es el yelmo de Mambrino; Sancho Panza ve que el yelmo no es más que bacía. Sin embargo, Sancho comprende que el mundo no es verdadero ni completo sin esa búsqueda de la belleza radiante y del yelmo encantado, y por el hecho de necesitarlos se refleja su propia luz sobre las bacías herrumbrosas y la realidad adquiere el esplendor del significado».

CLAUDIO MAGRIS

Utopía y desencanto, 1999.

tiempo que venía comenzó a llover, y porque no se le manchase el sombrero, que debía de ser nuevo, se puso la bacía sobre la cabeza; y, como estaba limpia, desde media legua relumbraba. Venía sobre un asno pardo, como Sancho dijo. Y esta fue la ocasión que a don Quijote le pareció caballo rucio rodado, y caballero, y yelmo de oro, que todas las cosas que veía con mucha facilidad las acomodaba a sus desvariadas caballerías y malandantes pensamientos.

Y cuando él vio que el pobre caballero llegaba cerca, sin ponerse con él en razones, a todo correr de Rocinante le enristró con el lanzón bajo, llevando intención de pasarle de parte a parte. Mas cuando a él llegaba, sin detener la furia de su carrera, le dijo:

—¡Defiéndete, cautiva criatura, o entriégame de tu voluntad lo que con tanta razón se me debe!

El barbero, que tan sin pensarlo ni temerlo vio venir aquella fantasma sobre sí, no tuvo otro remedio para poder guardarse del golpe de la lanza si no fue el dejarse caer del asno abajo; y no hubo tocado al suelo, cuando se levantó, más ligero que un gamo, y comenzó a correr por aquel llano, que no le alcanzara el viento. Dejose la bacía en el suelo, con la cual se contentó don Quijote, y dijo que el pagano había andado discreto y que había imitado al castor, el cual, viéndose acosado de los cazadores, se taraza y harpa con los dientes aquello por lo que él, por distinto natural, sabe que es perseguido. Mandó a Sancho que alzase el yelmo, el cual, tomándola en las manos, dijo:

—¡Por Dios que la bacía es buena, y que vale un real de a ocho como un maravedí!

Y dándosela a su amo, se la puso luego en la cabeza, rodeándola a una parte y a otra, buscándole el encaje; y como no se le hallaba, dijo:

ESTRATEGIA DEL CASTOR

El ano del castor guarda un tesoro que sabe a vainilla. Las glándulas situadas al final de su recto segregan un aceite oloroso, el castóreo, usado desde antiguo para elaborar medicinas y perfumes. Se creía que los castores sabían por instinto («distinto») que quien los cazaba lo hacía para extirparles las glándulas del castóreo, así que, cuando el cazador atrapaba a un castor, el animal se cortaba y desgarraba («se traza y harpa») las glándulas por sí mismo para que el cazador se las quedase y dejase de acosarlo. En la actualidad, el castóreo se usa como condimento alimentario.

—Sin duda que el pagano a cuya medida se forjó primero esta famosa celada debía de tener grandísima cabeza. Y lo peor de ello es que le falta la mitad.

Cuando Sancho oyó llamar a la bacía «celada», no pudo tener la risa, mas vínosele a las mientes la cólera de su amo y calló en la mitad de ella.

—¿De qué te ríes, Sancho? —dijo don Quijote.

—Ríome —respondió él— de considerar la gran cabeza que tenía el pagano dueño de este almete, que no semeja sino una bacía de barbero pintiparada.

—¿Sabes qué imagino, Sancho? Que esta famosa pieza de este encantado yelmo por algún estraño acidente debió de venir a manos de quien no supo conocer ni estimar su valor, y, sin saber lo que hacía, viéndola de oro purísimo, debió de fundir la otra mitad para aprovecharse del precio, y de la otra mitad hizo esta que parece bacía de barbero, como tú dices. Pero sea lo que fuere, que para mí que la conozco no hace al caso su trasmutación, que yo la aderezaré en el primer lugar donde haya herrero, y de suerte que no le haga ventaja, ni aun le llegue, la que hizo y forjó el dios de las herrerías para el dios de las batallas. Y en este entretanto la traeré como pudiere, que más vale algo que no nada, cuanto más que bien será bastante para defenderme de alguna pedrada.

—Eso será —dijo Sancho— si no se tira con honda, como se tiraron en la pelea de los dos ejércitos, cuando le santiguaron a vuestra merced las muelas y le rompieron el alcuza donde venía aquel benditísimo brebaje que me hizo vomitar las asaduras.

—No me da mucha pena el haberle perdido, que ya sabes tú, Sancho —dijo don Quijote—, que yo tengo la receta en la memoria.

BARBEROS DE ATENCIÓN PRIMARIA

Una bacía es un recipiente parecido a un plato sopero, normalmente de latón, que tiene un hueco redondeado en el borde. En ese hueco, los barberos encajaban el cuello de sus clientes. Luego, llenaban la bacía de agua y metían las barbas para que se remojasen y fueran más fáciles de afeitar. En tiempos de don Quijote, los barberos, además de arreglar la barba, hacían pequeñas curas y sacaban muelas. Se les prohibía, eso sí, operar las almorranas y las hernias. Cuando practicaban una sangría, la bacía les servía para recoger la sangre del enfermo.

—También la tengo yo —respondió Sancho—. Pero si yo le hiciere ni le probare más en mi vida, aquí sea mi hora; cuanto más que no pienso ponerme en ocasión de haberle menester, porque pienso guardarme con todos mis cinco sentidos de ser ferido ni de ferir a nadie. De lo del ser otra vez manteado no digo nada, que semejantes desgracias mal se pueden prevenir, y, si vienen, no hay que hacer otra cosa sino encoger los hombros, detener el aliento, cerrar los ojos y dejarse ir por donde la suerte y la manta nos llevare.

—Mal cristiano eres, Sancho —dijo oyendo esto don Quijote—, porque nunca olvidas la injuria que una vez te han hecho. Pues sábete que es de pechos nobles y generosos no hacer caso de niñerías. ¿Qué pie sacaste cojo, qué costilla quebrada, qué cabeza rota para que no se te olvide aquella burla? Que, bien apurada la cosa, burla fue y pasatiempo; que a no entenderlo yo ansí, ya yo hubiera vuelto allá y hubiera hecho en tu venganza más daño que el que hicieron los griegos por la robada Helena, la cual, si fuera en este tiempo, o mi Dulcinea fuera en aquel, pudiera estar segura que no tuviera tanta fama de hermosa como tiene.

Y aquí dio un sospiro y le puso en las nubes. Y dijo Sancho:

—Por burlas pase, pues la venganza no puede pasar en veras, pero yo sé de qué calidad fueron las veras y las burlas, y sé también que no se me caerán de la memoria, como nunca se quitarán de las espaldas. Pero, dejando esto aparte, dígame vuestra merced qué haremos de este caballo rucio rodado, que parece asno pardo, que dejó aquí desamparado aquel Martino que vuestra merced derribó, que, según él puso los pies en polvorosa y cogió las de Villadiego, no lleva pergenio de volver por él jamás. Y para mis barbas si no es bueno el rucio...

—Nunca yo acostumbro —dijo don Quijote— despojar a los que venzo, ni es uso de caballería quitarles los caballos y dejarlos a pie, si ya no fuese que el vencedor hubiese perdido en la pendencia el suyo, que en tal caso lícito es tomar el del vencido, como ganado en guerra lícita. Así que, Sancho, deja ese caballo, o asno, o lo que tú quisieres que sea, que, como su dueño nos vea alongados de aquí, volverá por él.

—Dios sabe si quisiera llevarle —replicó Sancho—, o por lo menos trocalle con este mío, que no me parece tan bueno. Verdaderamente que son estrechas las leyes de caballería, pues no se estienden a dejar trocar un asno por otro. Y querría saber si podría trocar los aparejos siquiera.

—En eso no estoy muy cierto —respondió don Quijote—, y en caso de duda, hasta estar mejor informado, digo que los trueques, si es que tienes de ellos necesidad estrema.

—Tan estrema es —respondió Sancho—, que si fueran para mi misma persona no los hubiera menester más.

Y luego, habilitado con aquella licencia, hizo *mutacio caparum* y puso su jumento a las mil lindezas, dejándole mejorado en tercio y quinto.

Hecho esto, almorzaron de las sobras del real que del acémila despojaron, bebieron del agua del arroyo de los batanes, sin volver la cara a mirallos: tal era el aborrecimiento que les tenían por el miedo en que les habían puesto. Cortada, pues, la cólera, y aun la malenconía, subieron a caballo, y sin tomar determinado camino, por ser muy de caballeros andantes el no tomar ninguno cierto, se pusieron a caminar por donde la voluntad de Rocinante quiso, que se llevaba tras sí la de su amo y aun la del asno, que siempre le seguía por dondequiera que guiaba, en buen amor y compañía. Con todo esto volvieron al camino real y siguieron por él a la ventura, sin otro disignio alguno.

Yendo, pues, así caminando, dijo Sancho a su amo:

—Señor, ¿quiere vuestra merced darme licencia que departa un poco con él? Que después que me puso aquel áspero mandamiento del silencio se me han podrido más de cuatro cosas en el estómago, y una sola que ahora tengo en el pico de la lengua no querría que se mal lograse.

—Dila —dijo don Quijote— y sé breve en tus razonamientos, que ninguno hay gustoso si es largo.

—Digo, pues, señor —respondió Sancho—, que de algunos días a esta parte he considerado cuán poco se gana y granjea de andar buscando estas aventuras que vuestra merced busca por estos desiertos y encrucijadas de caminos, donde, ya que se venzan y acaben las más peligrosas, no hay quien las vea ni sepa, y, así, se han de quedar en perpetuo silencio y en perjuicio de la intención de vuestra merced y de lo que ellas merecen. Y, así, me parece que sería mejor, salvo el mejor parecer de vuestra merced, que nos fuésemos a servir a algún emperador o a otro príncipe grande que tenga alguna guerra, en cuyo servicio vuestra merced muestre el valor de su persona, sus grandes fuerzas y mayor entendimiento; que, visto esto del señor a quien sirviéremos, por fuerza nos ha de remunerar a cada cual según sus méritos. Y allí no faltará quien ponga en escrito las hazañas de vuestra merced, para perpetua memoria; de las mías no digo nada, pues no han de salir de los límites escuderiles, aunque sé decir que si se usa en la caballería escribir hazañas de escuderos, que no pienso que se han de quedar las mías entre renglones.

—No dices mal, Sancho —respondió don Quijote—, mas antes que se llegue a ese término es menester andar por el mundo, como en aprobación, buscando las aventuras, para que, acabando algunas, se cobre nombre y fama tal, que cuando se fuere a la corte de algún gran monarca ya sea el caballero conocido por sus obras, y que apenas le hayan visto entrar los muchachos por la puerta de la ciudad, cuando todos le sigan y rodeen dando voces, diciendo: «¡Este es el caballero del Sol!», o de la Sierpe, o de otra insignia alguna, debajo de la cual hubiere acabado grandes hazañas. «¡Este es —dirán— el que venció en singular batalla al gigantazo Brocabruno de la Gran Fuerza, el que desencantó al Gran Mameluco de Persia del largo encantamento en que había estado casi novecientos años!»; así que de mano en mano irán pregonando sus hechos, y luego, al alboroto de los muchachos y de la demás gente, se parará a las fenestras de su real palacio el rey de aquel reino, y así como vea al caballero, conociéndole por las armas o por la empresa del escudo, forzosamente ha de decir: «¡Ea, sus, salgan mis caballeros, cuantos en mi corte están, a recebir a la flor de la caballería, que allí viene!», a cuyo mandamiento saldrán todos, y él llegará hasta la mitad de la escalera y le abrazará estrechísimamente, y le dará paz, besándole en el rostro, y luego le llevará por la mano al aposento de la señora reina, adonde el caballero la hallará con la infanta su hija, que ha de ser una de las más fermosas y acabadas doncellas que en gran parte de lo descubierto de la tierra a duras penas se pueda hallar. Sucederá tras esto, luego en continente, que ella ponga los ojos en el caballero, y él en los de ella, y cada uno parezca al otro cosa más divina que humana; y sin saber cómo ni cómo no, han de quedar presos y enlazados en la intricable red amorosa, y con gran cuita en sus corazones, por no saber cómo se han de fablar para descubrir sus ansias y sentimientos.

Don Quijote se explaya al narrar la fabulosa historia de su caballero, que incluye un enano feo, un par de gigantes, el rescate de una dueña y una guerra atroz. El caballero se casa con una princesa y hereda un reino, y don Quijote está seguro de que a él le pasará lo mismo, así que podrá nombrar a Sancho conde o duque.

—Sea ansí —respondió Sancho Panza—. Digo que le sabría bien acomodar, porque por vida mía que un tiempo fui munidor de una cofradía, y que me asentaba tan bien la ropa de munidor, que decían todos que tenía presencia para poder ser prioste de la mesma cofradía. Pues ¿qué será cuando me ponga un ropón ducal a cuestas o me vista de oro y de perlas, a uso de conde estranjero? Para mí tengo que me han de venir a ver de cien leguas.

—Bien parecerás —dijo don Quijote—, pero será menester que te rapes las barbas a menudo, que, según las tienes de espesas, aborrascadas y mal puestas, si no te las rapas a navaja cada dos días por lo menos, a tiro de escopeta se echará de ver lo que eres.

—¿Qué hay más —dijo Sancho— sino tomar un barbero y tenelle asalariado en casa? Y aun si fuere menester le haré que ande tras mí, como caballerizo de grande.

—Pues ¿cómo sabes tú —preguntó don Quijote— que los grandes llevan detrás de sí a sus caballerizos?

—Yo se lo diré —respondió Sancho—: los años pasados estuve un mes en la corte, y allí vi que, paseándose un señor muy pequeño, que decían que era muy grande, un hombre le seguía a caballo a todas las vueltas que daba, que no parecía sino que era su rabo. Pregunté que cómo aquel hombre no se juntaba con el otro, sino que siempre andaba tras de él; respondiéronme que era su caballerizo y que era uso de grandes llevar tras sí a los tales. Desde entonces lo sé tan bien, que nunca se me ha olvidado.

—Digo que tienes razón —dijo don Quijote— y que así puedes tú llevar a tu barbero, que los usos no vinieron todos juntos ni se inventaron a una, y puedes ser tú el primero conde que lleve tras sí su barbero; y aun es de más confianza el hacer la barba que ensillar un caballo.

—Quédese eso del barbero a mi cargo —dijo Sancho— y al de vuestra merced se quede el procurar venir a ser rey y el hacerme conde.

—Así será —respondió don Quijote.

Y alzando los ojos, vio lo que se dirá en el siguiente capítulo.

22

DE LA LIBERTAD QUE DIO DON QUIJOTE A MUCHOS DESDICHADOS QUE MAL DE SU GRADO LOS LLEVABAN DONDE NO QUISIERAN IR

Cuenta Cide Hamete Benengeli, autor arábigo y manchego, en esta gravísima, altisonante, mínima, dulce e imaginada historia, que después que entre el famoso don Quijote de la Mancha y Sancho Panza, su escudero, pasaron aquellas razones que en el fin del capítulo veinte y uno quedan referidas, que don Quijote alzó los ojos y vio que por el camino que llevaba venían hasta doce hombres a pie, ensartados como cuentas en una gran cadena de hierro por los cuellos, y todos con esposas a las manos. Venían ansimismo con ellos dos hombres de a caballo y dos de a pie: los de a caballo, con escopetas de rueda, y los de a pie,

CÓMO LEEMOS EL *QUIJOTE*

«Cervantes no es apenas consciente del significado serio de la obra y tampoco ve a don Quijote como nosotros lo vemos. En realidad, esa es mi dificultad: ¿hasta qué punto la tristeza y la sátira son nuestras y no intencionadas? o ¿acaso están dentro de esos grandes personajes y cambian según la generación que los contempla? [En la obra] se explicita tan poco y se contiene tanto que parece que el autor no deseara desarrollar ese aspecto del tema; la escena de los galeotes en procesión es un ejemplo de lo que quiero decir. ¿Sentiría Cervantes toda la belleza y tristeza de esa escena como la siento yo? [...] Con Cervantes, todo está ahí, diluido, si se quiere, pero profundo, luminoso, como personas vivas que proyectan sombras sólidas, coloreadas como en la vida».

VIRGINIA WOOLF

Diario, 1920-1924.

con dardos y espadas. Y que así como Sancho Panza los vido, dijo:

—Esta es cadena de galeotes, gente forzada del rey que va a las galeras.

—¿Cómo «gente forzada»? —preguntó don Quijote—. ¿Es posible que el rey haga fuerza a ninguna gente?

—No digo eso —respondió Sancho—, sino que es gente que por sus delitos va condenada a servir al rey en las galeras de por fuerza.

—En resolución —replicó don Quijote—, como quiera que ello sea, esta gente, aunque los llevan, van de por fuerza y no de su voluntad.

—Así es —dijo Sancho.

—Pues, de esa manera —dijo su amo—, aquí encaja la ejecución de mi oficio: desfacer fuerzas y socorrer y acudir a los miserables.

—Advierta vuestra merced —dijo Sancho— que la justicia, que es el mesmo rey, no hace fuerza ni agravio a semejante gente, sino que los castiga en pena de sus delitos.

Llegó en esto la cadena de los galeotes, y don Quijote, con muy corteses razones, pidió a los que iban en su guarda fuesen servidos de informalle y decille la causa o causas por que llevaban aquella gente de aquella manera. Una de las guardas de a caballo respondió que eran galeotes, gente de Su Majestad que iba a galeras, y que no había más que decir ni él tenía más que saber.

—Con todo eso —replicó don Quijote—, querría saber de cada uno de ellos en particular la causa de su desgracia.

Añadió a estas otras tales y tan comedidas razones para moverlos a que le dijesen lo que deseaba, que la otra guarda de a caballo le dijo:

—Aunque llevamos aquí el registro y la fe de las sentencias de cada uno de estos malaventurados, no es tiempo este de detenerles a sacarlas ni a leellas: vuestra merced llegue y se lo pregunte a ellos mesmos, que ellos lo dirán si quisieren; que sí querrán, porque es gente que recibe gusto de hacer y decir bellaquerías.

Con esta licencia, que don Quijote se tomara aunque no se la dieran, se llegó a la cadena, y al primero le preguntó que por qué pecados iba de tan mala guisa. Él le respondió que por enamorado iba de aquella manera.

—¿Por eso no más? —replicó don Quijote—. Pues si por enamorados echan a galeras, días ha que pudiera yo estar bogando en ellas.

—No son los amores como los que vuestra merced piensa —dijo el galeote—, que los míos fueron que quise tanto a una canasta de colar atestada de ropa blanca, que la abracé conmigo, tan fuertemente, que a no quitármela la justicia por fuerza, aún hasta agora no la hubiera dejado de mi voluntad. Fue en fragante, no hubo lugar de tormento, concluyose la causa, acomodáronme las espaldas con ciento, y por añadidura tres precisos de gurapas, y acabose la obra.

—¿Qué son gurapas? —preguntó don Quijote.

—Gurapas son galeras —respondió el galeote, el cual era un mozo de hasta edad de veinte y cuatro años, y dijo que era natural de Piedrahíta.

Lo mesmo preguntó don Quijote al segundo, el cual no respondió palabra, según iba de triste y malencónico. Mas respondió por él el primero, y dijo:

—Este, señor, va por canario; digo, por músico y cantor.

—Pues ¿cómo? —replicó don Quijote—, ¿por músicos y cantores van también a galeras?

—Sí, señor —respondió el galeote—, que no hay peor cosa que cantar en el ansia.

—Antes he yo oído decir —dijo don Quijote— que quien canta sus males espanta.

—Acá es al revés —dijo el galeote—, que quien canta una vez llora toda la vida.

—No lo entiendo —dijo don Quijote.

Mas una de las guardas le dijo:

—Señor caballero, cantar en el ansia se dice entre esta gente non santa confesar en el tormento. A este pecador le dieron tormento y confesó su delito, que era ser cuatrero, que es ser ladrón de bestias, y por haber confesado le condenaron por seis años a galeras, amén de docientos azotes que ya lleva en las espaldas. Y va siempre pensativo y triste porque los demás ladrones que allá quedan y aquí van le maltratan y aniquilan y escarnecen y tienen en poco, porque confesó y no tuvo ánimo de decir nones; porque dicen ellos que tantas letras tiene un no como un sí, y que harta ventura tiene un delincuente que está en su lengua su vida o su muerte, y no en la de los testigos y probanzas. Y para mí tengo que no van muy fuera de camino.

—Y yo lo entiendo así —respondió don Quijote, el cual, pasando al tercero, preguntó lo que a los otros, el cual de presto y con mucho desenfado respondió y dijo:

—Yo voy por cinco años a las señoras gurapas por faltarme diez ducados.

—Yo daré veinte de muy buena gana —dijo don Quijote— por libraros de esa pesadumbre.

—Eso me parece —respondió el galeote— como quien tiene dineros en mitad del golfo y se está muriendo de hambre, sin tener adonde comprar lo que ha menester. Dígolo porque si a su tiempo tuviera yo esos veinte ducados que vuestra merced ahora me ofrece, hubiera untado con ellos la péndola del escribano y avivado el ingenio del procurador de manera que hoy me viera en mitad de la plaza de Zocodover de Toledo y no en este camino, atraillado como galgo. Pero Dios es grande: paciencia, y basta.

Pasó don Quijote al cuarto, que era un hombre de venerable rostro, con una barba blanca que le pasaba del pecho, el cual, oyéndose preguntar la causa por que allí venía, comenzó a llorar y no respondió palabra. Mas el quinto condenado le sirvió de lengua y dijo:

—Este hombre honrado va por cuatro años a galeras, habiendo paseado las acostumbradas, vestido, en pompa y a caballo.

—Eso es —dijo Sancho Panza—, a lo que a mí me parece, haber salido a la vergüenza.

—Así es —replicó el galeote—. Y la culpa por que le dieron esta pena es por haber sido corredor de oreja, y aun de todo el cuerpo; en efecto, quiero decir que este caballero va por alcahuete, y por tener asimesmo sus puntas y collar de hechicero.

—A no haberle añadido esas puntas y collar —dijo don Quijote—, por solamente el alcahuete limpio no merecía él ir a bogar en las galeras, sino a mandallas y a ser general de ellas, porque no es así comoquiera el oficio de alcahuete, que es oficio de discretos y necesarísimo en la república bien ordenada, y que no le debía ejercer sino gente muy bien nacida, y aun había de haber veedor y examinador de los tales, como le hay de los demás oficios, con número deputado y conocido, como corredores de lonja, y de esta manera se escusarían muchos males que se causan por andar este oficio y ejercicio entre gente idiota y de poco entendimiento, como son mujercillas de poco más a menos, pajecillos y truhanes de pocos años y de poca experiencia, que a la más necesaria ocasión, y cuando es menester dar una traza que importe, se les yelan las migas entre la boca y la mano y no saben cuál es su mano derecha. Quisiera pasar adelante y dar las razones por que convenía hacer elección de los que en la república habían de tener tan necesario oficio, pero no es el lugar acomodado para ello; algún día lo diré a quien lo pueda proveer y remediar. Solo digo ahora que la pena que me ha causado ver estas blancas canas y este rostro venerable en tanta fatiga por alcahuete, me la ha quitado el adjunto de ser hechicero. Aunque bien sé que no hay hechizos en el mundo que puedan mover y forzar la voluntad, como algunos simples piensan, que es libre nuestro albedrío y no hay yerba ni encanto que le fuerce. Lo que suelen hacer algunas mujercillas simples y algunos embusteros bellacos es algunas misturas y venenos con que vuelven locos a los hombres, dando a entender que tienen fuerza para hacer querer bien, siendo, como digo, cosa imposible forzar la voluntad.

—Así es —dijo el buen viejo—. Y en verdad, señor, que en lo de hechicero, que no tuve culpa; en lo de alcahuete, no lo pude negar, pero nunca pensé que hacía mal en ello, que toda mi intención era que todo el mundo se holgase y viviese en paz y quietud, sin pendencias ni penas. Pero no me aprovechó nada este buen deseo para dejar de ir adonde no espero volver, según me cargan los años y un mal de orina que llevo, que no me deja reposar un rato.

Y aquí tornó a su llanto como de primero, y túvole Sancho tanta compasión, que sacó un real de a cuatro del seno y se le dio de limosna. Pasó adelante don Quijote y preguntó a otro su delito, el cual respondió con no menos, sino con mucha más gallardía que el pasado:

—Yo voy aquí porque me burlé demasiadamente con dos primas hermanas mías y con otras dos hermanas que no lo eran mías. Finalmente, tanto me burlé con todas, que resultó de la burla crecer la parentela tan intricadamente, que no hay diablo que la declare. Probóseme todo, faltó favor, no tuve dineros, víame a pique de perder los tragaderos, sentenciáronme a galeras por seis años, consentí; castigo es de mi culpa; mozo soy: dure la vida, que con ella todo se alcanza. Si vuestra merced, señor caballero, lleva alguna cosa con que socorrer a estos pobretes, Dios se lo pagará en el cielo y nosotros tendremos en la tierra cuidado de rogar a Dios en nuestras oraciones por la vida y salud de vuestra merced, que sea tan larga y tan buena como su buena presencia merece.

Este iba en hábito de estudiante, y dijo una de las guardas que era muy grande hablador y muy gentil latino. Tras todos estos venía un hombre de muy buen parecer, de edad de treinta años, sino que al mirar metía el un ojo en el otro un poco. Venía diferentemente atado de los demás, porque traía una cadena al pie, tan grande, que se la liaba por todo el cuerpo, y dos argollas a la garganta, la una en la cadena y la otra de las que llaman *guardaamigo* o *pie de amigo*, de la cual decendían dos hierros que llegaban a la cintura, en los cuales se asían dos esposas, donde llevaba las manos, cerradas con un grueso candado, de manera que ni con las manos podía llegar a la boca ni podía bajar la cabeza a llegar a las manos. Preguntó don Quijote que cómo iba aquel hombre con tantas prisiones más que los otros. Respondiole la guarda porque tenía aquel solo más delitos que todos los otros juntos, y que era tan atrevido y tan grande bellaco, que, aunque le llevaban de aquella manera, no iban seguros de él, sino que temían que se les había de huir.

—¿Qué delitos puede tener —dijo don Quijote— si no han merecido más pena que echalle a las galeras?

—Va por diez años —replicó la guarda—, que es como muerte cevil. No se quiera saber más sino que este buen hombre es el famoso Ginés de Pasamonte, que por otro nombre llaman Ginesillo de Parapilla.

—Señor comisario —dijo entonces el galeote—, váyase poco a poco y no andemos ahora a deslindar nombres y sobrenombres. Ginés me llamo, y no Ginesillo, y Pasamonte es mi alcurnia, y no Parapilla, como voacé dice. Y cada uno se dé una vuelta a la redonda, y no hará poco.

—Hable con menos tono —replicó el comisario—, señor ladrón de más de la marca, si no quiere que le haga callar, mal que le pese.

—Bien parece —respondió el galeote— que va el hombre como Dios es servido, pero algún día sabrá alguno si me llamo Ginesillo de Parapilla o no.

—Pues ¿no te llaman ansí, embustero? —dijo la guarda.

—Sí llaman —respondió Ginés—, mas yo haré que no me lo llamen, o me las pelaría donde yo digo entre mis dientes. Señor caballero, si tiene algo que darnos, dénoslo ya y vaya con Dios, que ya enfada con tanto querer saber vidas ajenas. Y si la mía quiere saber, sepa que yo soy Ginés de Pasamonte, cuya vida está escrita por estos pulgares.

—Dice verdad —dijo el comisario—, que él mesmo ha escrito su historia que no hay más que ver, y deja empeñado el libro en la cárcel en docientos reales.

—Y le pienso quitar —dijo Ginés—, si quedara en docientos ducados.

—¿Tan bueno es? —dijo don Quijote.

—Es tan bueno —respondió Ginés—, que mal año para Lazarillo de Tormes y para todos cuantos de aquel género se han escrito o escribieren. Lo que le sé decir a voacé es que trata verdades, y que son verdades tan lindas y tan donosas, que no pueden haber mentiras que se le igualen.

—¿Y cómo se intitula el libro? —preguntó don Quijote.

—*La vida de Ginés de Pasamonte* —respondió el mismo.

—¿Y está acabado? —preguntó don Quijote.

—¿Cómo puede estar acabado —respondió él— si aún no está acabada mi vida? Lo que está escrito es desde mi nacimiento hasta el punto que esta última vez me han echado en galeras.

—Luego ¿otra vez habéis estado en ellas? —dijo don Quijote.

—Para servir a Dios y al rey, otra vez he estado cuatro años, y ya sé a qué sabe el bizcocho y el corbacho —respondió Ginés—. Y no me pesa mucho de ir a ellas, porque allí tendré lugar de acabar mi libro, que me quedan muchas cosas que decir, y en las galeras de España hay más sosiego de aquel que sería menester, aunque no es menester mucho más para lo que yo tengo de escribir, porque me lo sé de coro.

—Hábil pareces —dijo don Quijote.

—Y desdichado —respondió Ginés—, porque siempre las desdichas persiguen al buen ingenio.

—Persiguen a los bellacos —dijo el comisario.

—Ya le he dicho, señor comisario —respondió Pasamonte—, que se vaya poco a poco, que aquellos señores no le dieron esa vara para que maltratase a los pobretes que aquí vamos, sino para que nos guiase y llevase adonde Su Majestad manda. ¡Si no, por vida de...! Basta, que podría ser que saliesen algún día en la colada las manchas que se hicieron en la venta, y todo el mundo calle y viva bien y hable mejor, y caminemos, que ya es mucho regodeo este.

Alzó la vara en alto el comisario para dar a Pasamonte, en respuesta de sus amenazas, mas don Quijote se puso en medio y le rogó que no le maltratase, pues no era mucho que quien llevaba tan atadas las manos tuviese algún tanto suelta la lengua. Y volviéndose a todos los de la cadena, dijo:

—De todo cuanto me habéis dicho, hermanos carísimos, he sacado en limpio que, aunque os han castigado por vuestras culpas, las penas que vais a padecer no os dan mucho gusto, y que vais a ellas muy de mala gana y muy contra vuestra voluntad, y que podría ser que el poco ánimo que aquel tuvo en el tormento, la falta de dineros de este, el poco favor del otro y, finalmente, el torcido juicio del juez, hubiese sido causa de vuestra perdición y de no haber salido con la justicia que de vuestra parte teníades. Todo lo cual se me representa a mí ahora en la memoria de manera que me está diciendo, persuadiendo y aun forzando que muestre con vosotros el efeto para que el cielo me arrojó al mundo y me hizo profesar en él la orden de caballería que profeso, y el voto que en ella hice de favorecer a los menesterosos y opresos de los mayores. Pero, porque sé que una de las partes de la prudencia es que lo que se puede hacer por bien no se haga por mal, quiero rogar a estos señores guardianes y comisario sean servidos de desataros y dejaros ir en paz, que no faltarán otros que sirvan al rey en mejores ocasiones, porque me parece duro caso hacer esclavos a los que Dios y naturaleza hizo libres; cuanto más, señores guardas —añadió don Quijote—, que estos pobres no han cometido nada contra vosotros. Allá se lo haya cada uno con su pecado: Dios hay en el cielo que no se descuida de castigar al malo ni de premiar al bueno, y no es bien que los hombres honrados sean verdugos de los otros hombres, no yéndoles nada en ello. Pido esto con esta mansedumbre y sosiego porque tenga, si

VIVA LA LIBERTAD

«Una de las escenas del *Quijote* que más me impresionan es la de los galeotes, ese momento tremendo en que don Quijote dice: "No está bien que unos hombres se hagan verdugos de otros hombres, no yéndoles nada en ello". Releí el capítulo 22 cuando se publicaron las fotos de las torturas de Iraq, y me saltó ante los ojos como si nunca hubiera visto esas palabras».

ANTONIO MUÑOZ MOLINA

lo cumplís, algo que agradeceros. Y cuando de grado no lo hagáis, esta lanza y esta espada, con el valor de mi brazo, harán que lo hagáis por fuerza.

—¡Donosa majadería! —respondió el comisario—. ¡Bueno está el donaire con que ha salido a cabo de rato! ¡Los forzados del rey quiere que le dejemos, como si tuviéramos autoridad para soltarlos o él la tuviera para mandárnoslo! Váyase vuestra merced, señor, norabuena su camino adelante, y enderécese ese bacín que trae en la cabeza, y no ande buscando tres pies al gato.

—¡Vois sois el gato, y el rato, y el bellaco! —respondió don Quijote.

Y diciendo y haciendo, arremetió con él tan presto, que, sin que tuviese lugar de ponerse en defensa, dio con él en el suelo malherido de una lanzada. Y avínole bien, que este era el de la escopeta. Las demás guardas quedaron atónitas y suspensas del no esperado acontecimiento, pero, volviendo sobre sí, pusieron mano a sus espadas los de a caballo, y los de a pie a sus dardos, y arremetieron a don Quijote, que con mucho sosiego los aguardaba. Y sin duda lo pasara mal si los galeotes, viendo la ocasión que se les ofrecía de alcanzar libertad, no la procuraran, procurando romper la cadena donde venían ensartados. Fue la revuelta de manera que las guardas, ya por acudir a los galeotes que se desataban, ya por acometer a don Quijote que los acometía, no hicieron cosa que fuese de provecho.

Ayudó Sancho por su parte a la soltura de Ginés de Pasamonte, que fue el primero que saltó en la campaña libre y desembarazado, y arremetiendo al comisario caído, le quitó la espada y la escopeta, con la cual, apuntando al uno y señalando al otro, sin disparalla jamás, no quedó guarda en todo el campo, porque se fueron huyendo, así de la esco-

El hombre que mató a don Quijote,
Terry Gilliam, 2018.

Embestida caballeresca.

peta de Pasamonte como de las muchas pedradas que los ya sueltos galeotes les tiraban.

Entristeciose mucho Sancho de este suceso, porque se le representó que los que iban huyendo habían de dar noticia del caso a la Santa Hermandad, la cual a campana herida saldría a buscar los delincuentes. Y así se lo dijo a su amo, y le rogó que luego de allí se partiesen y se emboscasen en la sierra, que estaba cerca.

—Bien está eso —dijo don Quijote—, pero yo sé lo que ahora conviene que se haga.

Y llamando a todos los galeotes, que andaban alborotados y habían despojado al comisario hasta dejarle en cueros, se le pusieron todos a la redonda para ver lo que les mandaba. Y, así, les dijo:

—De gente bien nacida es agradecer los beneficios que reciben, y uno de los pecados que más a Dios ofende es la ingratitud. Dígolo porque ya habéis visto, señores, con manifiesta experiencia, el que de mí habéis recebido, en pago del cual querría y es mi voluntad que, cargados de esa cadena que quité de vuestros cuellos, luego os pongáis en camino y vais a la ciudad del Toboso, y allí os presentéis ante la señora Dulcinea del Toboso y le digáis que su caballero, el de la Triste Figura, se le envía a encomendar, y le contéis punto por punto todos los que ha tenido esta famosa aventura hasta poneros en la deseada libertad. Y hecho esto, os podréis ir donde quisiéredes, a la buena ventura.

Respondió por todos Ginés de Pasamonte y dijo:

—Lo que vuestra merced nos manda, señor y libertador nuestro, es imposible de toda imposibilidad cumplirlo, porque no podemos ir juntos por los caminos, sino solos y divididos, y cada uno por su parte, procurando meterse en las entrañas de la tierra, por no ser hallado de la Santa

Hermandad, que sin duda alguna ha de salir en nuestra busca. Lo que vuestra merced puede hacer y es justo que haga es mudar ese servicio y montazgo de la señora Dulcinea del Toboso en alguna cantidad de avemarías y credos, que nosotros diremos por la intención de vuestra merced, y esta es cosa que se podrá cumplir de noche y de día, huyendo o reposando, en paz o en guerra. Pero pensar que hemos de volver ahora a las ollas de Egipto, digo, a tomar nuestra cadena y a ponernos en camino del Toboso, es pensar que es ahora de noche, que aún no son las diez del día, y es pedir a nosotros eso como pedir peras al olmo.

—¡Pues voto a tal —dijo don Quijote, ya puesto en cólera—, don hijo de la puta, don Ginesillo de Paropillo, o como os llamáis, que habéis de ir vos solo, rabo entre piernas, con toda la cadena a cuestas!

Pasamonte, que no era nada bien sufrido, estando ya enterado que don Quijote no era muy cuerdo, pues tal disparate había acometido como el de querer darles libertad, viéndose tratar de aquella manera, hizo del ojo a los compañeros, y apartándose aparte, comenzaron a llover tantas piedras sobre don Quijote, que no se daba manos a cubrirse con la rodela, y el pobre de Rocinante no hacía más caso de la espuela que si fuera hecho de bronce. Sancho se puso tras su asno, y con él se defendía de la nube y pedrisco que sobre entrambos llovía. No se pudo escudar tan bien don Quijote, que no le acertasen no sé cuántos guijarros en el cuerpo, con tanta fuerza, que dieron con él en el suelo. Y apenas hubo caído cuando fue sobre él el estudiante y le quitó la bacía de la cabeza, y diole con ella tres o cuatro golpes en las espaldas y otros tantos en la tierra, con que la hizo pedazos. Quitáronle una ropilla que traía sobre las armas, y las medias calzas le querían quitar, si las grebas no lo estorbaran. A Sancho le quitaron el gabán, y dejándole en pelota, repartiendo entre sí los demás despojos de la batalla, se fueron cada uno por su parte, con más cuidado de escaparse de la Hermandad que temían que de cargarse de la cadena e ir a presentarse ante la señora Dulcinea del Toboso.

Solos quedaron jumento y Rocinante, Sancho y don Quijote. El jumento, cabizbajo y pensativo, sacudiendo de cuando en cuando las orejas, pensando que aún no había cesado la borrasca de las piedras que le perseguían los oídos; Rocinante, tendido junto a su amo, que también vino al suelo de otra pedrada; Sancho, en pelota y temeroso de la Santa Hermandad; don Quijote, mohinísimo de verse tan malparado por los mismos a quien tanto bien había hecho.

LIBERTAD A LOS GALEOTES

Don Quijote y Sancho vuelven al camino real. Almuerzan las sobras que llevan a cuestas, conversan sobre las aventuras que han de venir y sueñan con el día en que don Quijote será rey y premiará a Sancho Panza nombrándolo conde.

Don Quijote ve a lo lejos una hilera de hombres que se acerca.

Esta es cadena de galeotes, gente forzada del rey que va a las galeras.
¿Cómo «gente forzada»? ¿Es posible que el rey haga fuerza a ninguna gente?
Es gente que por sus delitos va condenada a servir en las galeras de por fuerza.

En resolución, esta gente, aunque los llevan, van de por fuerza y no de su voluntad.

Pues, de esa manera, aquí encaja la ejecución de mi oficio: socorrer y acudir a los miserables.

Don Quijote pide permiso al comisario para poder hablar con los presos.

El comisario de la escolta manda un descanso.

¿Por qué pecados vais de tan mala guisa?

Por amor. Sepa vuestra merced que me enamoré de una canasta llena de ropa blanca. Tanto amor le tenía que la abracé bien fuerte...
... tan fuerte que a no quitármela la justicia por fuerza, aún hasta agora no la hubiera dejado de mi voluntad.
Yo voy por cinco años a las galeras por faltarme diez ducados.
Yo daré veinte de muy buena gana por libraros de esa pesadumbre.
Si a su tiempo tuviera yo esos veinte ducados que vuestra merced ahora me ofrece, hubiera untado con ellos...
... al secretario que escribió mi sentencia, y ahora sería libre.

Yo me burlé con dos primas hermanas mías y con otras dos hermanas que no lo eran mías. Tanto me burlé con todas, que resultó crecer la parentela tan intricadamente, que no hay diablo que la esclarezca.

Probóseme todo, faltó favor, no tuve dineros para untar a los jueces, sentenciáronme por seis años.

Los duros testimonios conmueven a don Quijote.

De todo cuanto me habéis dicho he sacado en limpio que, aunque os han castigado por vuestras culpas, y que vais a galeras muy contra vuestra voluntad, y que podría ser que la falta de dineros de este, el poco favor del otro y, finalmente, el torcido juicio del juez, hubiese sido causa de vuestra perdición...

... y de no haber salido con la justicia que de vuestra parte teníades. Todo lo cual me obliga a mí a cumplir con el voto que hice de favorecer a los menesterosos y oprimidos.
Quiero rogar a estos guardianes y comisario sean servidos de desataros y dejaros ir en paz, porque me parece duro caso hacer esclavos a los que Dios y la naturaleza hizo libres.
No es bien que los hombres honrados sean verdugos de los otros hombres, no yéndoles nada en ello.
Y cuando de grado no lo hagáis, esta lanza y esta espada harán que lo hagáis por fuerza.
¡Los forzados del rey quiere que le dejemos, como si tuviéramos autoridad para soltarlos! Váyase vuestra merced, y no ande buscando tres pies al gato.
¡Vois sois el gato, y el rato, y el bellaco!

Los galeotes, atónitos, esperan sacar partido de la situación.

Mientras don Quijote se encomienda a Dulcinea, los presos reducen al guarda abatido.

Una vez sin cadenas, los reos ahuyentan al resto de guardas.

Es mi voluntad que os pongáis en camino a la ciudad del Toboso
y os presentéis ante la señora Dulcinea y le contéis punto por punto todo lo que ha acaecido.

Los galeotes estallan en carcajadas.
Lo que vuestra merced nos manda es imposible de toda imposibilidad cumplirlo, porque no podemos ir juntos por los caminos, sino solos y divididos, procurando no ser hallados de la Santa Hermandad, que sin duda alguna ha de salir en nuestra busca.
¡Pues voto a tal, hijos de la puta, que habéis de ir, rabo entre piernas, con toda la cadena a cuestas!

Después de someter a don Quijote a una lluvia de piedras y palos, los galeotes abandonan el lugar a todo correr.
Siempre, Sancho, he oído decir que el hacer bien a villanos es echar agua en la mar. Pero ya está hecho: paciencia, y escarmentar para desde aquí adelante.
Señor, que el retirar no es huir, ni el esperar es cordura, cuando el peligro sobrepuja a la esperanza, y de sabios es guardarse hoy para mañana y no aventurarse todo en un día.

23

DE LO QUE LE ACONTECIÓ AL FAMOSO DON QUIJOTE EN SIERRA MORENA, QUE FUE UNA DE LAS MÁS RARAS AVENTURAS QUE EN ESTA VERDADERA HISTORIA SE CUENTA

Viéndose tan mal parado don Quijote, dijo a su escudero:

—Siempre, Sancho, lo he oído decir, que el hacer bien a villanos es echar agua en la mar. Si yo hubiera creído lo que me dijiste, yo hubiera escusado esta pesadumbre. Pero ya está hecho: paciencia, y escarmentar para desde aquí adelante.

—Así escarmentará vuestra merced —respondió Sancho— como yo soy turco. Pero, pues dice que si me hubiera creído se hubiera escusado este daño, créame ahora y escusará otro mayor: porque le hago saber que con la Santa Hermandad no hay usar de caballerías, que no se le da a ella por cuantos caballeros andantes hay dos maravedís. Y sepa que ya me parece que sus saetas me zumban por los oídos.

—Naturalmente eres cobarde, Sancho —dijo don Quijote—. Pero, porque no digas que soy contumaz y que jamás hago lo que me aconsejas, por esta vez quiero tomar tu consejo y apartarme de la furia que tanto temes. Mas ha de ser con una condición: que jamás en vida ni en muerte has de decir a nadie que yo me retiré y aparté de este peligro de miedo, sino por complacer a tus ruegos; que si otra cosa dijeres mentirás en ello, y desde ahora para entonces y desde entonces para ahora te desmiento y digo que mientes y mentirás todas las veces que lo pensares o lo dijeres. Y no me repliques más, que en solo pensar que me aparto y retiro de algún peligro, especialmente de este que parece que lleva algún es no es de sombra de miedo, estoy ya para quedarme y para aguardar aquí, solo, no solamente a la Santa Hermandad que dices y temes, sino a los hermanos de las doce tribus de Israel, y a los siete Macabeos, y a Cástor y a Pólux, y aun a todos los hermanos y hermandades que hay en el mundo.

—Señor —respondió Sancho—, que el retirar no es huir, ni el esperar es cordura, cuando el peligro sobrepuja a la esperanza, y de sabios es guardarse hoy para mañana y no aventurarse todo en un día; y sepa que, aunque zafio y villano, todavía se me alcanza algo de esto que llaman buen gobierno. Así que no se arrepienta de haber tomado mi consejo, sino suba en Rocinante si puede, o si no yo le ayudaré, y sígame, que el caletre me dice que hemos menester ahora más los pies que las manos.

Subió don Quijote sin replicarle más palabra, y guiando Sancho sobre su asno, se entraron por una parte de Sierra Morena que allí junto estaba, llevando Sancho intención de atravesarla toda e ir a salir al Viso o a Almodóvar del Campo y esconderse algunos días por aquellas asperezas, por no ser hallados si la Hermandad los buscase. Animole a esto haber visto que de la refriega de los galeotes se había escapado libre la despensa que sobre su asno venía, cosa que la juzgó a milagro, según fue lo que llevaron y buscaron los galeotes.

Aquella noche llegaron a la mitad de las entrañas de Sierra Morena, adonde le pareció a Sancho pasar aquella noche, y aun otros algunos días, a lo menos todos aquellos que durase el matalotaje que llevaba; y, así, hicieron noche entre dos peñas y entre muchos alcornoques. Pero la suerte fatal, que, según opinión de los que no tienen lumbre de

The legend of Don Quixote 3D, **Ah Gan**, 2010.

Tráiler.

la verdadera fe, todo lo guía, guisa y compone a su modo, ordenó que Ginés de Pasamonte, el famoso embustero y ladrón que de la cadena, por virtud y locura de don Quijote, se había escapado, llevado del miedo de la Santa Hermandad, de quien con justa razón temía, acordó de esconderse en aquellas montañas, y llevole su suerte y su miedo a la misma parte donde había llevado a don Quijote y a Sancho Panza, a hora y tiempo que los pudo conocer, y a punto que los dejó dormir. Y como siempre los malos son desagradecidos, y la necesidad sea ocasión de acudir a lo que se debe, y el remedio presente venza a lo por venir, Ginés, que no era ni agradecido ni bien intincionado, acordó de hurtar el asno a Sancho Panza, no curándose de Rocinante por ser prenda tan mala para empeñada como para vendida. Dormía Sancho Panza, hurtole su jumento, y antes que amaneciese se halló bien lejos de poder ser hallado.

Salió el aurora alegrando la tierra y entristeciendo a Sancho Panza, porque halló menos su rucio; el cual, viéndose sin él, comenzó a hacer el más triste y doloroso llanto del mundo, y fue de manera, que don Quijote despertó a las voces y oyó que en ellas decía:

—¡Oh hijo de mis entrañas, nacido en mi mesma casa, brinco de mis hijos, regalo de mi mujer, envidia de mis vecinos, alivio de mis cargas y, finalmente, sustentador de la mitad de mi persona, porque con veinte y seis maravedís que ganaba cada día mediaba yo mi despensa!

Don Quijote que vio el llanto y supo la causa, consoló a Sancho con las mejores razones que pudo y le rogó que tuviese paciencia, prometiéndole de darle una cédula de cambio para que le diesen tres en su casa de cinco que había dejado en ella. Consolose Sancho con esto y limpió sus lágrimas, templó sus sollozos y agradeció a don Quijote la merced que le hacía; el cual, como entró por aquellas montañas, se le alegró el corazón, pareciéndole aquellos lugares acomodados para las aventuras que buscaba: reducíansele a la memoria los maravillosos acaecimientos que en semejantes soledades y asperezas habían sucedido a caballeros andantes. Iba pensando en estas cosas, tan embebecido y trasportado en ellas, que de ninguna otra se acordaba; ni Sancho llevaba otro cuidado, después que le pareció que caminaba por parte segura, sino de satisfacer su estómago con los relieves que del despojo clerical habían quedado; y, así, iba tras su amo, sentado a la mujeriega sobre su jumento, sacando de un costal y embaulando en su panza, y no se le diera por hallar otra aventura, entretanto que iba de aquella manera, un ardite.

Adentrándose en Sierra Morena, don Quijote y Sancho encuentran una maleta medio podrida. Sin duda perteneció a un hombre rico, pues contiene cuatro estupendas camisas de holanda y un montoncillo de escudos de oro. Al ver el dinero, Sancho se entusiasma: ¡por fin una aventura que depara beneficios! «Quédate los escudos», le dice don Quijote, y Sancho se pone tan contento que da por buenos todos los palos recibidos desde que empezó en el oficio de la escudería. En la maleta aparece asimismo un diario personal, que don Quijote lee: cuenta las penas de un hombre a quien su amada lo abandonó para casarse con otro más rico. De pronto, un joven aparece en lo alto de una peña, vestido con harapos. Salta de risco en risco, como un salvaje. Seguro que es el dueño de la maleta... Don Quijote trata de hablarle, pero el joven huye. Un cabrero que anda por allí cuenta que el salvaje llegó a la sierra hace seis meses para vivir apartado de todo el mundo. Conviene tener cuidado con él, porque de vez en cuando le dan ataques de locura y empieza a dar patadas y puñetazos.

Justo cuando el cabrero y don Quijote están en esa conversación, se presenta el salvaje, que saluda con cortesía. Don Quijote se apea de Rocinante, se acerca al desconocido y le da un abrazo. El salvaje se queda extrañadísimo: ¿cómo es que un hombre al que no ha visto jamás en su vida le regala un cariñoso abrazo de amigo?

24

DONDE SE PROSIGUE LA AVENTURA DE LA SIERRA MORENA

Don Quijote le pide al salvaje que explique quién es y por qué vive apartado de todo. El salvaje acepta con dos condiciones: que le den algo de comer y que nadie lo interrumpa mientras cuenta su historia. Sucede que su vida ha sido tan dolorosa que prefiere explicarla de un tirón: si alguien lo interrumpe, su relato quedará a medias. Aprobadas las dos condiciones, el salvaje cuenta que se llama Cardenio y que es andaluz, de familia noble y adinerada. Siendo adolescente, se enamoró de una tal Luscinda, doncella linajuda y de padres ricos. Como la joven le correspondía, Cardenio planeó pedirla en matrimonio, pero, justo cuando iba a hacerlo, un tal don Fernando, hijo de un duque, se fijó en Luscinda y decidió cortejarla... De pasada, Cardenio dice que Luscinda adoraba el Amadís de Gaula *y, al oír eso, don Quijote no puede reprimir un comentario: afirma que el* Amadís *es un libro portentoso. Cardenio replica, y acaba discutiendo con don Quijote sobre la honestidad de un personaje del* Amadís, *la reina Madamasima. Don Quijote dice que Madamasima era mujer muy decente y Cardenio argumenta lo contrario. La discusión se aviva, y Cardenio se pone tan furioso que le pega una pedrada a don Quijote en el pecho, que lo tumba de espaldas. Sancho sale en defensa de su señor, pero en vano: Cardenio le muele las costillas y luego escapa, corriendo, hacia lo más hondo de la montaña. Su historia, pues, ha quedado a medias, y todo por culpa de don Quijote, que no supo cerrar el pico a tiempo.*

25

QUE TRATA DE LAS ESTRAÑAS COSAS QUE EN SIERRA MORENA SUCEDIERON AL VALIENTE CABALLERO DE LA MANCHA, Y DE LA IMITACIÓN QUE HIZO A LA PENITENCIA DE BELTENEBROS

Don Quijote se muere de curiosidad: ¿cómo terminará la historia de Cardenio? Deseoso de averiguarlo, se adentra en lo más áspero de Sierra Morena con la esperanza de encontrar al salvaje. Sancho calla, porque don Quijote le advirtió que el buen escudero no le da palique a su señor. Pero Sancho es de natural parlanchín y esa exigencia se le hace muy cuesta arriba, así que anuncia su intención de volverse a casa, donde podrá hablar largo y tendido siempre que le apetezca. Don Quijote le da entonces permiso para que suelte la lengua, pero solo mientras estén en Sierra Morena, y Sancho aprovecha para reprocharle a su señor que se pusiera a discutir con el loco Cardenio sobre la decencia de la maldita reina Madamasima.

—A fe, Sancho —respondió don Quijote—, que si tú supieras como yo lo sé cuán honrada y cuán principal señora era la reina Madasima, yo sé que dijeras que tuve mucha paciencia, pues no quebré la boca por donde tales blasfemias salieron, porque es muy gran blasfemia decir ni pensar que una reina esté amancebada con un cirujano. La verdad del cuento es que aquel maestro Elisabat que el loco dijo fue un hombre muy prudente y de muy sanos consejos, y sirvió de ayo y de médico a la reina, pero pensar que ella era su amiga es disparate digno de muy gran castigo. Y porque veas que Cardenio no supo lo que dijo, has de advertir que cuando lo dijo ya estaba sin juicio.

—Eso digo yo —dijo Sancho—, que no había para qué hacer cuenta de las palabras de un loco. Porque si la buena suerte no ayudara a vuestra merced y encaminara el guijarro a la cabeza como le encaminó al pecho, buenos quedáramos por haber vuelto por aquella mi señora que Dios cohonda. Pues ¡montas que no se librara Cardenio por loco!

—Contra cuerdos y contra locos está obligado cualquier caballero andante a volver por la honra de las mujeres, cualesquiera que sean; cuanto más por las reinas de tan alta guisa y pro como fue la reina Madasima, a quien yo tengo particular afición por sus buenas partes. Porque, fuera de haber sido fermosa, además fue muy prudente y muy sufrida en sus calamidades, que las tuvo muchas, y los consejos y compañía del maestro Elisabat le fue y le fueron de mucho provecho y alivio para poder llevar sus trabajos con prudencia y paciencia. Y de aquí tomó ocasión el vulgo ignorante y mal intencionado de decir y pensar que ella era su manceba; y mienten, digo otra vez, y mentirán, otras docientas, todos los que tal pensaren y dijeren.

—Ni yo lo digo ni lo pienso —respondió Sancho—: allá se lo hayan, con su pan se lo coman; si fueron amancebados o no, a Dios habrán dado la cuenta. De mis viñas vengo, no sé nada; no soy amigo de saber vidas ajenas, que el que compra y miente, en su bolsa lo siente; cuanto más, que desnudo nací, desnudo me hallo: ni pierdo ni gano. Mas que lo fuesen, ¿qué me va a mí?; y muchos piensan que hay tocinos y no hay estacas; mas ¿quién puede poner puertas al campo?; cuanto más, que de Dios dijeron.

—¡Válame Dios —dijo don Quijote—, y qué de necedades vas, Sancho, ensartando! ¿Qué va de lo que tratamos a los refranes que enhilas? Por tu vida, Sancho, que calles, y de aquí adelante entremétete en espolear a tu asno, y deja de hacello en lo que no te importa. Y entiende con todos tus cinco sentidos que todo cuanto yo he hecho, hago e hiciere va muy puesto en razón y muy conforme a las reglas de caballería, que las sé mejor que cuantos caballeros las profesaron en el mundo.

—Señor —respondió Sancho—, y ¿es buena regla de caballería que andemos perdidos por estas montañas, sin senda ni camino, buscando a un loco, el cual, después de hallado, quizá le vendrá en voluntad de acabar lo que dejó comenzado, no de su cuento, sino de la cabeza de vuestra merced y de mis costillas, acabándonoslas de romper de todo punto?

—Calla, te digo otra vez, Sancho —dijo don Quijote—, porque te hago saber que no solo me trae por estas partes el deseo de hallar al loco, cuanto el que tengo de hacer en ellas una hazaña con que he de ganar perpetuo nombre y fama en todo lo descubierto de la tierra. Y será tal, que he de echar con ella el sello a todo aquello que puede hacer perfecto y famoso a un andante caballero.

—¿Y es de muy gran peligro esa hazaña? —preguntó Sancho Panza.

—No —respondió el de la Triste Figura—, puesto que de tal manera podía correr el dado, que echásemos azar en lugar de encuentro; pero todo ha de estar en tu diligencia.

—¿En mi diligencia? —dijo Sancho.

—Sí —dijo don Quijote—, porque si vuelves presto de adonde pienso enviarte, presto se acabará mi pena y presto comenzará mi gloria. Y porque no es bien que te tenga más suspenso, esperando en lo que han de parar mis razones, quiero, Sancho, que sepas que el famoso Amadís de Gaula fue uno de los más perfectos caballeros andantes...; no he dicho bien «fue uno»: fue el solo, el primero, el único, el señor de todos cuantos hubo en su tiempo en el mundo. ¡Mal año y mal mes para don Belianís y para todos aquellos que dijeren que se le igualó en algo, porque se engañan, juro cierto! Digo asimismo que cuando algún pintor quiere salir famoso en su arte procura imitar los originales de los más únicos pintores que sabe, y esta mesma regla corre por todos los más oficios o ejercicios de cuenta que sirven para adorno de las repúblicas; y así lo ha de hacer y hace el que quiere alcanzar nombre de prudente y sufrido, imitando a Ulises, en cuya persona y trabajos nos pinta Homero un retrato vivo de prudencia y de sufrimiento, como también nos mostró Virgilio en persona de Eneas el valor de un hijo piadoso y la sagacidad de un valiente y entendido capitán, no pintándolo ni describiéndolo como ellos fueron, sino como habían de ser, para quedar ejemplo a los venideros hombres de sus virtudes. De esta mesma suerte, Amadís fue el norte, el lucero, el sol de los valientes y enamorados caballeros, a quien debemos de imitar todos aquellos que debajo de la bandera de amor y de la caballería militamos. Siendo, pues, esto ansí, como lo es, hallo yo, Sancho amigo, que el caballero andante que más le imitare estará más cerca de alcanzar la perfeción de la caballería. Y una de las cosas en que más este caballero mostró su prudencia, valor, valentía, sufrimiento, firmeza y amor fue cuando se retiró, desdeñado de la señora Oriana, a hacer penitencia en la Peña Pobre, mudado su nombre en el de Beltenebros, nombre por cierto significativo y proprio para la vida que él de su voluntad había escogido. Ansí que me es a mí más fácil imitarle en esto que no en hender gigantes, descabezar serpientes, matar endriagos, desbaratar ejércitos, fracasar armadas y deshacer encantamentos; y pues estos lugares son tan acomodados para semejantes efectos, no hay para qué se deje pasar la ocasión, que ahora con tanta comodidad me ofrece sus guedejas.

—En efecto —dijo Sancho—, ¿qué es lo que vuestra merced quiere hacer en este tan remoto lugar?

—¿Ya no te he dicho —respondió don Quijote— que quiero imitar a Amadís, haciendo aquí del desesperado, del sandio y del furioso, por imitar juntamente al valiente don Roldán cuando halló en una fuente las señales de que Angélica la Bella había cometido vileza con Medoro, de cuya pesadumbre se volvió loco, y arrancó los árboles, enturbió las aguas de las claras fuentes, mató pastores, destruyó ganados, abrasó chozas, derribó casas, arrastró yeguas y hizo otras cien mil insolencias dignas de eterno nombre y escritura? Y puesto que yo no pienso imitar a Roldán, o Orlando, o Rotolando (que todos estos tres nombres tenía) parte por parte, en todas las locuras que hizo, dijo y pensó, haré el bosquejo como mejor pudiere en las que me pareciere ser más esenciales; y podrá ser que viniese a contentarme con sola la imitación de Amadís, que sin hacer locuras de daño, sino de lloros y sentimientos, alcanzó tanta fama como el que más.

—Paréceme a mí —dijo Sancho— que los caballeros que lo tal ficieron fueron provocados y tuvieron causa para hacer esas necedades y penitencias. Pero vuestra merced ¿qué

TEORÍA DEL CONOCIMIENTO 1

El papel que juegan los sentidos en el conocimiento es un tema troncal de la filosofía. Para Sancho, lo que se ve es lo que es: los sentidos son la única fuente de conocimiento. Frente al racionalismo de don Quijote, Sancho se manifiesta seguidor del empirismo (del griego ἐμπειρία, experiencia). Aristóteles fue el primer gran filósofo que defendió la experiencia como origen del saber. Pocos años después de la publicación del *Quijote*, en 1620, Francis Bacon (1561-1626) publicó el *Novum organum*, donde sentó las bases del método científico, basado en la observación. Otros filósofos británicos, como John Locke (1632-1704), George Berkeley (1685-1753) y David Hume (1711-1776) defendieron el empirismo frente al racionalismo imperante en la filosofía continental, con pensadores como René Descartes (1596-1650) y Gottfried Wilhelm Leibniz (1646-1716).

causa tiene para volverse loco? ¿Qué dama le ha desdeñado, o qué señales ha hallado que le den a entender que la señora Dulcinea del Toboso ha hecho alguna niñería con moro o cristiano?

—Ahí está el punto —respondió don Quijote—, y esa es la fineza de mi negocio, que volverse loco un caballero andante con causa, ni grado ni gracias; el toque está en desatinar sin ocasión y dar a entender a mi dama que si en seco hago esto, ¿qué hiciera en mojado? Cuanto más, que harta ocasión tengo en la larga ausencia que he hecho de la siempre señora mía Dulcinea del Toboso, que, como ya oíste decir a aquel pastor de marras, Ambrosio, quien está ausente todos los males tiene y teme. Así que, Sancho amigo, no gastes tiempo en aconsejarme que deje tan rara, tan felice y tan no vista imitación: loco soy, loco he de ser hasta tanto que tú vuelvas con la respuesta de una carta que contigo pienso enviar a mi señora Dulcinea, y si fuere tal cual a mi fe se le debe, acabarse ha mi sandez y mi penitencia; y si fuere al contrario, seré loco de veras, y, siéndolo, no sentiré nada; ansí que de cualquiera manera que responda, saldré del conflito y trabajo en que me dejares, gozando el bien que me trujeres, por cuerdo, o no sintiendo el mal que me aportares, por loco. Pero dime, Sancho: ¿traes bien guardado el yelmo de Mambrino, que ya vi que le alzaste del suelo cuando aquel desagradecido le quiso hacer pedazos pero no pudo, donde se puede echar de ver la fineza de su temple?

A lo cual respondió Sancho:

—¡Vive Dios, señor Caballero de la Triste Figura, que no puedo sufrir ni llevar en paciencia algunas cosas que vuestra merced dice, y que por ellas vengo a imaginar que todo cuanto me dice de caballerías y de alcanzar reinos e imperios, de dar ínsulas y de hacer otras mercedes y grandezas, como es uso de caballeros andantes, que todo debe de ser cosa de viento y mentira, y todo pastraña, o patraña, o como lo llamáremos! Porque quien oyere decir a vuestra merced que una bacía de barbero es el yelmo de Mambrino, y que no salga de este error en más de cuatro días, ¿qué ha de pensar sino que quien tal dice y afirma debe de tener güero el juicio? La bacía yo la llevo en el costal, toda abollada, y llévola para aderezarla en mi casa y hacerme la barba en ella, si Dios me diere tanta gracia que algún día me vea con mi mujer y hijos.

—Mira, Sancho: por el mismo que denantes juraste te juro —dijo don Quijote— que tienes el más corto entendimiento que tiene ni tuvo escudero en el mundo. ¿Que es posible que en cuanto ha que andas conmigo no has echado de ver que todas las cosas de los caballeros andantes parecen quimeras, necedades y desatinos, y que son todas hechas al revés? Y no porque sea ello ansí, sino porque andan entre nosotros siempre una caterva de encantadores que todas nuestras cosas mudan y truecan, y las vuelven según su gusto y según tienen la gana de favorecernos o destruirnos. Y, así, eso que a ti te parece bacía de barbero me parece a mí el yelmo de Mambrino, y a otro le parecerá otra cosa. Y fue rara providencia del sabio que es de mi parte hacer que parezca bacía a todos lo que real y verdaderamente es yelmo de Mambrino, a causa que, siendo él de tanta estima, todo el mundo me perseguirá por quitármele, pero como ven que no es más de un bacín de barbero, no se curan de procuralle, como se mostró bien en el que quiso rompelle y le dejó en el suelo sin llevarle, que a fe que si le conociera, que nunca él le dejara. Guárdale, amigo, que por ahora no le he menester, que antes me tengo de quitar

TEORÍA DEL CONOCIMIENTO 2

Para los filósofos racionalistas, solo la razón permite alcanzar el verdadero conocimiento, porque los sentidos nos engañan. Don Quijote denuncia la intervención de una caterva de encantadores que deforman la realidad; pocos años después, en 1641, René Descartes, en la primera de sus *Meditaciones metafísicas,* supone que «un genio maligno de extremado poder e inteligencia pone todo su empeño en hacernos errar, y que el cielo, el aire, la tierra, los colores y todo lo externo no son más que engaños de sueños». Platón ya dijo (*República*, 514a – 520a) que vivimos encerrados en una caverna desde la que solo percibimos sombras de la realidad. El tema de una realidad ficticia aparece en películas como *El show de Truman* (1998) o *Matrix* (1999).

todas estas armas y quedar desnudo como cuando nací, si es que me da en voluntad de seguir en mi penitencia más a Roldán que a Amadís.

Llegaron en estas pláticas al pie de una alta montaña, que casi como peñón tajado estaba sola entre otras muchas que la rodeaban. Corría por su falda un manso arroyuelo y hacíase por toda su redondez un prado tan verde y vicioso, que daba contento a los ojos que le miraban; había por allí muchos árboles silvestres y algunas plantas y flores que hacían el lugar apacible. Este sitio escogió el Caballero de la Triste Figura para hacer su penitencia, y, así, en viéndole, comenzó a decir en voz alta, como si estuviera sin juicio:

—¡Este es el lugar, oh cielos, que diputo y escojo para llorar la desventura en que vosotros mesmos me habéis puesto! ¡Este es el sitio donde el humor de mis ojos acrecentará las aguas de este pequeño arroyo, y mis continos y profundos sospiros moverán a la contina las hojas de estos montaraces árboles, en testimonio y señal de la pena que mi asendereado corazón padece! ¡Oh vosotros, quienquiera que seáis, rústicos dioses que en este inhabitable lugar tenéis vuestra morada, oíd las quejas de este desdichado amante, a quien una luenga ausencia y unos imaginados celos han traído a lamentarse entre estas asperezas y a quejarse de la dura condición de aquella ingrata y bella, término y fin de toda humana hermosura! ¡Oh vosotras, napeas y dríadas, que tenéis por costumbre de habitar en las espesuras de los montes: así los ligeros y lascivos sátiros de quien sois, aunque en vano, amadas no perturben jamás vuestro dulce sosiego, que me ayudéis a lamentar mi desventura, o a lo menos no os canséis de oílla! ¡Oh Dulcinea del Toboso, día de mi noche, gloria de mi pena, norte de mis caminos, estrella de mi ventura: así el cielo te la dé buena en cuanto acertares a pedirle, que consideres el lugar y el estado a que tu ausencia me ha conducido, y que con buen término correspondas al que a mi fe se le debe! ¡Oh solitarios árboles, que desde hoy en adelante habéis de hacer compañía a mi soledad, dad indicio con el blando movimiento de vuestras ramas que no os desagrade mi presencia! ¡Oh tú, escudero mío, agradable compañero en mis prósperos y adversos sucesos, toma bien en la memoria lo que aquí me verás hacer, para que lo cuentes y recites a la causa total de todo ello!

Y, diciendo esto, se apeó de Rocinante, y en un momento le quitó el freno y la silla, y dándole una palmada en las ancas, le dijo:

—¡Libertad te da el que sin ella queda, oh caballo tan estremado por tus obras cuan desdichado por tu suerte! Vete por do quisieres, que en la frente llevas escrito que no te igualó en ligereza el Hipogrifo de Astolfo ni el nombrado Frontino, que tan caro le costó a Bradamante.

Viendo esto Sancho, dijo:

—Bien haya quien nos quitó ahora del trabajo de desenalbardar al rucio, que a fe que no faltaran palmadicas que dalle ni cosas que decille en su alabanza. Pero si él aquí estuviera, no consintiera yo que nadie le desalbardara, pues no había para qué, que a él no le tocaban las generales de enamorado ni de desesperado, pues no lo estaba su amo, que era yo cuando Dios quería. Y en verdad, señor Caballero de la Triste Figura, que si es que mi partida y su locura de vuestra merced va de veras, que será bien tornar a ensillar a Rocinante para que supla la falta del rucio, porque será ahorrar tiempo a mi ida y vuelta, que si la hago a pie, no sé cuándo llegaré ni cuándo volveré, porque, en resolución, soy mal caminante.

—Digo, Sancho —respondió don Quijote—, que sea como tú quisieres, que no me parece mal tu designio. Y digo que de aquí a tres días te partirás, porque quiero que en este tiempo veas lo que por ella hago y digo, para que se lo digas.

—Pues ¿qué más tengo de ver —dijo Sancho— que lo que he visto?

—¡Bien estás en el cuento! —respondió don Quijote—. Ahora me falta rasgar las vestiduras, esparcir las armas y darme de calabazadas por estas peñas, con otras cosas de este jaez, que te han de admirar.

—Por amor de Dios —dijo Sancho— que mire vuestra merced cómo se da esas calabazadas, que a tal peña podrá llegar, y en tal punto, que con la primera se acabase la máquina de esta penitencia. Y sería yo de parecer que, ya que a vuestra merced le parece que son aquí necesarias calabazadas y que no se puede hacer esta obra sin ellas, se contentase, pues todo esto es fingido y cosa contrahecha y de burla, se contentase, digo, con dárselas en el agua o en alguna cosa blanda, como algodón. Y déjeme a mí el cargo, que yo diré a mi señora que vuestra merced se las daba en una punta de peña, más dura que la de un diamante.

—Yo agradezco tu buena intención, amigo Sancho —respondió don Quijote—, mas quiérote hacer sabidor de que todas estas cosas que hago no son de burlas, sino muy de veras, porque de otra manera sería contravenir a las órdenes de caballería, que nos mandan que no digamos mentira alguna, pena de relasos; y el hacer una cosa por otra lo mesmo es que mentir. Ansí que mis calabazadas han de ser verdaderas, firmes y valederas, sin que lleven nada del sofístico ni del fantástico. Y será necesario que me dejes algunas hilas para curarme, pues que la ventura quiso que nos faltase el bálsamo que perdimos.

—Más fue perder el asno —respondió Sancho—, pues se perdieron en él las hilas y todo. Y ruégole a vuestra merced que no se acuerde más de aquel maldito brebaje, que en solo oírle mentar se me revuelve el alma, no que el estómago; y más le ruego que haga cuenta que son ya pasados los tres días que me ha dado de término para ver las locuras que hace, que ya las doy por vistas y por pasadas en cosa juzgada, y diré maravillas a mi señora; y escriba la carta y despácheme luego, porque tengo gran deseo de volver a sacar a vuestra merced de este purgatorio donde le dejo.

—¿Purgatorio le llamas, Sancho? —dijo don Quijote—. Mejor hicieras de llamarle infierno, y aun peor, si hay otra cosa que lo sea.

—«Quien ha infierno —respondió Sancho— nula es retencio», según he oído decir.

—No entiendo qué quiere decir *retencio* —dijo don Quijote.

—*Retencio* es —respondió Sancho— que quien está en el infierno nunca sale de él ni puede, lo cual será al revés en vuestra merced, o a mí me andarán mal los pies, si es que llevo espuelas para avivar a Rocinante. Y póngame yo una por una en el Toboso y delante de mi señora Dulcinea, que yo le diré tales cosas de las necedades y locuras, que todo es uno, que vuestra merced ha hecho y queda haciendo, que la venga a poner más blanda que un guante, aunque la halle más dura que un alcornoque; con cuya respuesta dulce y melificada volveré por los aires como brujo y sacaré a vuestra merced de este purgatorio, que parece infierno y no lo es, pues hay esperanza de salir de él, la cual, como tengo dicho, no la tienen de salir los que están en el infierno, ni creo que vuestra merced dirá otra cosa.

LATINAJOS

La misa es la ceremonia principal de los católicos, que tienen la obligación de asistir a ella todos los domingos y algunos días festivos señalados. Desde el siglo III y hasta 1965 se celebró en latín, que la mayoría de los asistentes no entendía. La frase que Sancho intenta reproducir corresponde al oficio de difuntos, o misa que se celebraba en un funeral. Dice así: «*Peccantem me quotidie, et non poenitentem, timor mortis conturbat me. Quia in inferno nulla est redemptio*». («Como peco todos los días, y no me arrepiento, el temor de la muerte me perturba. Porque en el infierno no hay salvación»). El texto debió ser muy conocido, porque grandes compositores de la época lo pusieron en música: entre otros, Giovanni Pierluigi da Palestrina (1525-1594), William Byrd (1543-1623), Tomás Luis de Victoria (1548-1611), Cristóbal de Morales (1500-1553) o Carlo Gesualdo (1566-1613).

—Así es la verdad —dijo el de la Triste Figura—. Pero ¿qué haremos para escribir la carta?

—Y la libranza pollinesca también —añadió Sancho.

—Todo irá inserto —dijo don Quijote—. Y sería bueno, ya que no hay papel, que la escribiésemos, como hacían los antiguos, en hojas de árboles o en unas tablitas de cera, aunque tan dificultoso será hallarse eso ahora como el papel. Mas ya me ha venido a la memoria dónde será bien, y aun más que bien, escribilla, que es en el librillo de memoria que fue de Cardenio, y tú tendrás cuidado de hacerla trasladar en papel, de buena letra, en el primer lugar que hallares donde haya maestro de escuela de muchachos; o, si no, cualquiera sacristán te la trasladará. Y no se la des a trasladar a ningún escribano, que hacen letra procesada, que no la entenderá Satanás.

—Pues ¿qué se ha de hacer de la firma? —dijo Sancho.

—Nunca las cartas de Amadís se firman —respondió don Quijote.

—Está bien —respondió Sancho—, pero la libranza forzosamente se ha de firmar, y esa, si se traslada, dirán que la firma es falsa, y quedareme sin pollinos.

—La libranza irá en el mesmo librillo firmada, que en viéndola mi sobrina, no pondrá dificultad en cumplilla. Y en lo que toca a la carta de amores, pondrás por firma: «Vuestro hasta la muerte, el Caballero de la Triste Figura». Y hará poco al caso que vaya de mano ajena, porque, a lo que yo me sé acordar, Dulcinea no sabe escribir ni leer y en toda su vida ha visto letra mía ni carta mía, porque mis amores y los suyos han sido siempre platónicos, sin estenderse a más que a un honesto mirar; y aun esto tan de cuando en cuando, que osaré jurar con verdad que en doce años que ha que la quiero más que a la lumbre de estos ojos que han de comer la tierra, no la he visto cuatro veces, y aun podrá ser que de estas cuatro veces no hubiese ella echado de ver la una que la miraba. Tal es el recato y encerramiento con que sus padres, Lorenzo Corchuelo y su madre Aldonza Nogales, la han criado.

—¡Ta, ta! —dijo Sancho—. ¿Que la hija de Lorenzo Corchuelo es la señora Dulcinea del Toboso, llamada por otro nombre Aldonza Lorenzo?

—Esa es —dijo don Quijote—, y es la que merece ser señora de todo el universo.

—Bien la conozco —dijo Sancho—, y sé decir que tira tan bien una barra como el más forzudo zagal de todo el pueblo. ¡Vive el Dador que es moza de chapa, hecha y derecha y de pelo en pecho, y que puede sacar la barba del lodo a cualquier caballero andante o por andar que la tuviere por señora! ¡Oh hideputa, qué rejo que tiene, y qué voz! Sé decir que se puso un día encima del campanario del aldea a llamar unos zagales suyos que andaban en un barbecho de su padre, y aunque estaban de allí más de media legua, así la oyeron como si estuvieran al pie de la torre. Y lo mejor que tiene es que no es nada melindrosa, porque tiene mucho de cortesana: con todos se burla y de todo hace mueca y donaire. Ahora digo, señor Caballero de la Triste Figura, que no solamente puede y debe vuestra merced hacer locuras por ella, sino que con justo título puede desesperarse y ahorcarse, que nadie habrá que lo sepa que no diga que hizo demasiado de bien, puesto que le lleve el diablo. Y querría ya verme en camino solo por vella, que ha muchos días que no la veo y debe de estar ya trocada, porque gasta mucho la faz de las mujeres andar siempre al campo, al sol y al aire. Y confieso a vuestra merced una verdad, señor don Quijote: que hasta aquí he estado en

LETRA PROCESADA

También llamada procesal puesto que era la que se usaba en los procesos de la corte y tribunales de justicia. Los escribanos aplicaban una cursiva exagerada que alargaba en exceso las palabras y, de este modo, el texto ocupaba más renglones a cobrar. Para ganar velocidad ni se levantaba la pluma del papel y la continuidad entre palabras dificultaba enormemente la comprensión de lo escrito. En 1503 Isabel I de Castilla dispuso que los escribanos no se excediesen en sus escritos y copias de treinta cinco renglones por plana y de quince palabras por renglón, pero la mayoría de los escribanos no obedeció y siguieron con su escritura indescifrable.

una grande ignorancia, que pensaba bien y fielmente que la señora Dulcinea debía de ser alguna princesa de quien vuestra merced estaba enamorado, o alguna persona tal, que mereciese los ricos presentes que vuestra merced le ha enviado, así el del vizcaíno como el de los galeotes y otros muchos que deben ser, según deben de ser muchas las vitorias que vuestra merced ha ganado y ganó en el tiempo que yo aún no era su escudero. Pero, bien considerado, ¿qué se le ha de dar a la señora Aldonza Lorenzo, digo, a la señora Dulcinea del Toboso, de que se le vayan a hincar de rodillas delante de ella los vencidos que vuestra merced le envía y ha de enviar? Porque podría ser que al tiempo que ellos llegasen estuviese ella rastrillando lino o trillando en las eras, y ellos se corriesen de verla, y ella se riese y enfadase del presente.

—Ya te tengo dicho antes de agora muchas veces, Sancho —dijo don Quijote—, que eres muy grande hablador y que, aunque de ingenio boto, muchas veces despuntas de agudo. Mas para que veas cuán necio eres tú y cuán discreto soy yo, quiero que me oyas un breve cuento. Has de saber que una viuda hermosa, moza, libre y rica, y sobre todo desenfadada, se enamoró de un mozo motilón, rollizo y de buen tomo. Alcanzolo a saber su mayor, y un día dijo a la buena viuda, por vía de fraternal reprehensión: «Maravillado estoy, señora, y no sin mucha causa, de que una mujer tan principal, tan hermosa y tan rica como vuestra merced se haya enamorado de un hombre tan soez, tan bajo y tan idiota como fulano, habiendo en esta casa tantos maestros, tantos presentados y tantos teólogos en quien vuestra merced pudiera escoger como entre peras, y decir: "Este quiero, aqueste no quiero"». Mas ella le respondió con mucho donaire y desenvoltura: «Vuestra merced, señor mío, está muy engañado y piensa muy a lo antiguo si piensa que yo he escogido mal en fulano, por idiota que le parece; pues para lo que yo le quiero, tanta filosofía sabe y más que Aristóteles». Así que, Sancho, por lo que yo quiero a Dulcinea del Toboso, tanto vale como la más alta princesa de la tierra. Sí, que no todos los poetas que alaban damas debajo de un nombre que ellos a su albedrío les ponen es verdad que las tienen: ¿piensas tú que las Amarilis, las Filis, las Silvias, las Dianas, las Galateas, las Alcidas y otras tales de que los libros, los romances, las tiendas de los barberos, los teatros de las comedias están llenos fueron verdaderamente damas de carne y hueso, y de aquellos que las celebran y celebraron? No, por cierto, sino que las más se las fingen por dar sujeto a sus versos y porque los tengan por enamorados y por hombres que tienen valor para serlo. Y, así, bástame a mí pensar y creer que la buena de Aldonza Lorenzo es hermosa y honesta, y en lo del linaje importa poco, que no han de ir a hacer la información de él para darle algún hábito, y yo me hago cuenta que es la más alta princesa del mundo. Porque has de saber, Sancho, si no lo sabes, que dos cosas solas incitan a amar más que otras, que son la mucha hermosura y la buena fama, y estas dos cosas se hallan consumadamente en Dulcinea, porque en ser hermosa ninguna le iguala y en la buena fama pocas le llegan. Y para concluir con todo, yo imagino que todo lo que digo es así, sin que sobre ni falte nada, y píntola en mi imaginación como la deseo, así en la belleza como en la principalidad, y ni la llega Elena, ni la alcanza Lucrecia, ni otra alguna de las famosas mujeres de las edades pretéritas, griega, bárbara o latina. Y diga cada uno lo que quisiere, que si por esto fuere reprehendido de los ignorantes, no seré castigado de los rigurosos.

CERVANTES ENAMORADO

«Encontró así [Cervantes] la identidad de la persona amada. Y aquella mujer, Aldonza, tenía más realidad que ninguna de las que había visto y entrevisto; era arisca, irreductible, exenta; nunca se ausentaba; diríase que estaba privada de algo tan común a todos los seres y cosas como la ausencia. [...] Aquella mujer, Aldonza, nada tenía de sombra ni de alas; su risa, nada de rumor; todo era preciso, estaba, estaba siempre; más que existir, estaba, y no había modo de acostumbrarse a esa presencia».

MARÍA ZAMBRANO

Discurso de aceptación del Premio Cervantes, 1988.

—Digo que en todo tiene vuestra merced razón —respondió Sancho— y que yo soy un asno; mas no sé yo para qué nombro asno en mi boca, pues no se ha de mentar la soga en casa del ahorcado. Pero venga la carta, y a Dios, que me mudo.

Sacó el libro de memoria don Quijote, y apartándose a una parte, con mucho sosiego comenzó a escribir la carta. Y en acabándola, llamó a Sancho y le dijo que se la quería leer porque la tomase de memoria, si acaso se le perdiese por el camino, porque de su desdicha todo se podía temer; a lo cual respondió Sancho:

—Escríbala vuestra merced dos o tres veces ahí en el libro y démele, que yo le llevaré bien guardado, porque pensar que yo la he de tomar en la memoria es disparate, que la tengo tan mala, que muchas veces se me olvida cómo me llamo. Pero, con todo eso, dígamela vuestra merced, que me holgaré mucho de oílla, que debe de ir como de molde.

—Escucha, que así dice —dijo don Quijote.

LA CARTA MÁS BELLA

Según Pedro Salinas, la carta de don Quijote es la más bella de toda la literatura española. Lectura de Josep María Pou.

CARTA DE DON QUIJOTE
A DULCINEA DEL TOBOSO

Soberana y alta señora:

El ferido de punta de ausencia y el llagado de las telas del corazón, dulcísima Dulcinea del Toboso, te envía la salud que él no tiene. Si tu fermosura me desprecia, si tu valor no es en mi pro, si tus desdenes son en mi afincamiento, maguer que yo sea asaz de sufrido, mal podré sostenerme en esta cuita, que, además de ser fuerte, es muy duradera. Mi buen escudero Sancho te dará entera relación, oh bella ingrata, amada enemiga mía, del modo que por tu causa quedo. Si gustares de

> acorrerme, tuyo soy; y si no, haz lo que te viniere en gusto, que con acabar mi vida habré satisfecho a tu crueldad y a mi deseo.
>
> Tuyo hasta la muerte,
>
> El Caballero de la Triste Figura

—¡Por vida de mi padre —dijo Sancho en oyendo la carta— que es la más alta cosa que jamás he oído! ¡Pesia a mí, y cómo que le dice vuestra merced ahí todo cuanto quiere, y qué bien que encaja en la firma «el Caballero de la Triste Figura»! Digo de verdad que es vuestra merced el mesmo diablo y que no hay cosa que no sepa.

—Todo es menester —respondió don Quijote— para el oficio que trayo.

—Ea, pues —dijo Sancho—: ponga vuestra merced en esotra vuelta la cédula de los tres pollinos y fírmela con mucha claridad, porque la conozcan en viéndola.

—Que me place —dijo don Quijote.

Y habiéndola escrito, se la leyó, que decía ansí:

> Mandará vuestra merced por esta primera de pollinos, señora sobrina, dar a Sancho Panza, mi escudero, tres de los cinco que dejé en casa y están a cargo de vuestra merced, los cuales tres pollinos se los mando librar y pagar por otros tantos aquí recebidos de contado, que con esta y con su carta de pago serán bien dados. Fecha en las entrañas de Sierra Morena, a veinte y dos de agosto de este presente año.

—Buena está —dijo Sancho—. Fírmela vuestra merced.

—No es de menester firmarla —dijo don Quijote—, sino solamente poner mi rúbrica, que es lo mesmo que firma, y para tres asnos, y aun para trecientos, fuera bastante.

LEGALIDAD FICTICIA

El hecho de que don Quijote decida firmar la *cédula pollinesca* con su rúbrica le inspiró a Gonzalo Torrente Ballester una atractiva hipótesis: que el hidalgo no está loco, sino que se limita a hacerse pasar por caballero para divertirse, como en un juego de rol. Al tener que firmar la cédula se ve en un brete, pues sabe que si la firma como «don Quijote» o como «el Caballero de la Triste Figura» el documento no tendrá validez legal, pero se niega a firmarla como «Alonso Quijano» porque eso significaría abandonar el rol de caballero, así que opta por firmar con rúbrica: el garabato vale por igual para el hidalgo que sabe que es y para el caballero que juega a ser.

—Yo me confío de vuestra merced —respondió Sancho—. Déjeme, iré a ensillar a Rocinante, y aparéjese vuestra merced a echarme su bendición, que luego pienso partirme, sin ver las sandeces que vuestra merced ha de hacer, que yo diré que le vi hacer tantas, que no quiera más.

—Por lo menos, quiero, Sancho, y porque es menester ansí, quiero, digo, que me veas en cueros y hacer una o dos docenas de locuras, que las haré en menos de media hora, porque, habiéndolas tú visto por tus ojos, puedas jurar a tu salvo en las demás que quisieres añadir. Y asegúrote que no dirás tú tantas cuantas yo pienso hacer.

—Por amor de Dios, señor mío, que no vea yo en cueros a vuestra merced, que me dará mucha lástima y no podré dejar de llorar, y tengo tal la cabeza, del llanto que anoche hice por el rucio, que no estoy para meterme en nuevos lloros. Y si es que vuestra merced gusta de que yo vea algunas locuras, hágalas vestido, breves y las que le vinieren más a cuento; cuanto más, que para mí no era menester nada de eso, y, como ya tengo dicho, fuera ahorrar el camino de mi vuelta, que ha de ser con las nuevas que vuestra merced desea y merece. Y si no, aparéjese la señora Dulcinea, que, si no responde como es razón, voto hago solene a quien puedo que le tengo de sacar la buena respuesta del estómago a coces y a bofetones. Porque ¿dónde se ha de sufrir que un caballero andante tan famoso como vuestra merced se vuelva loco, sin qué ni para qué, por una...? ¡No me lo haga decir la señora, porque por Dios que despotrique y lo eche todo a doce, aunque nunca se venda! ¡Bonico soy yo para eso! ¡Mal me conoce, pues a fe que si me conociese, que me ayunase!

—A fe, Sancho —dijo don Quijote—, que, a lo que parece, que no estás tú más cuerdo que yo.

—No estoy tan loco —respondió Sancho—, mas estoy más colérico. Pero, dejando esto aparte, ¿qué es lo que ha de comer vuestra merced en tanto que yo vuelvo? ¿Ha de salir al camino como Cardenio, a quitárselo a los pastores?

—No te dé pena ese cuidado —respondió don Quijote—, porque, aunque tuviera, no comiera otra cosa que las yerbas y frutos que este prado y estos árboles me dieren, que la fineza de mi negocio está en no comer y en hacer otras asperezas equivalentes.

—A Dios, pues. Pero ¿sabe vuestra merced qué temo? Que no tengo de acertar a volver a este lugar donde agora le dejo, según está de escondido.

—Toma bien las señas, que yo procuraré no apartarme de estos contornos —dijo don Quijote—, y aun tendré cuidado de subirme por estos más altos riscos, por ver si te descubro cuando vuelvas; cuanto más, que lo más acertado será, para que no me yerres y te pierdas, que cortes algunas retamas de las muchas que por aquí hay y las vayas poniendo de trecho a trecho hasta salir a lo raso, las cuales te servirán de mojones y señales para que me halles cuando vuelvas, a imitación del hilo del laberinto de Perseo.

—Así lo haré —respondió Sancho Panza.

Y cortando algunos, pidió la bendición a su señor y, no sin muchas lágrimas de entrambos, se despidió de él. Y subiendo sobre Rocinante, a quien don Quijote encomendó mucho, y que mirase por él como por su propria persona, se puso en camino del llano, esparciendo de trecho a trecho los ramos de la retama, como su amo se lo había aconsejado. Y así se fue, aunque todavía le importunaba don Quijote que le viese siquiera hacer dos locuras; mas no hubo andado cien pasos cuando volvió y dijo:

—Digo, señor, que vuestra merced ha dicho muy bien: que para que pueda jurar sin cargo de conciencia que le he visto hacer locuras, será bien que vea siquiera una, aunque bien grande la he visto en la quedada de vuestra merced.

—¿No te lo decía yo? —dijo don Quijote—. Espérate, Sancho, que en un credo las haré.

Y desnudándose con toda priesa los calzones, quedó en carnes y en pañales, y luego, sin más ni más, dio dos zapatetas en el aire y dos tumbas la cabeza abajo y los pies en alto, descubriendo cosas que, por no verlas otra vez, volvió Sancho la rienda a Rocinante y se dio por contento y satisfecho de que podía jurar que su amo quedaba loco. Y así le dejaremos ir su camino hasta la vuelta, que fue breve.

26

DONDE SE PROSIGUEN LAS FINEZAS QUE DE ENAMORADO HIZO EL NUESTRO DON QUIJOTE EN SIERRA MORENA

Y volviendo a contar lo que hizo el de la Triste Figura después que se vio solo, dice la historia que así como don Quijote acabó de dar las tumbas o vueltas de medio abajo desnudo y de medio arriba vestido, y que vio que Sancho se había ido sin querer aguardar a ver más sandeces, se subió sobre una punta de una alta peña y allí tornó a pensar lo que otras muchas veces había pensado sin haberse jamás resuelto en ello, y era que cuál sería mejor y le estaría más a cuento: imitar a Roldán en las locuras desaforadas que hizo o Amadís en las malencónicas; y hablando entre sí mesmo, decía:

—Si Roldán fue tan buen caballero y tan valiente como todos dicen, ¿qué maravilla? Pues al fin era encantado, y no le podía matar nadie si no era metiéndole un alfiler de a blanca por la punta del pie, y él traía siempre los zapatos con siete suelas de hierro, aunque no le valieron tretas contra Bernardo del Carpio, que se las entendió y le ahogó entre los brazos en Roncesvalles. Pero, dejando en él lo de la valentía a una parte, vengamos a lo de perder el juicio, que es cierto que le perdió, por las señales que halló en la fontana y por las nuevas que le dio el pastor de que Angélica había dormido más de dos siestas con Medoro, un morillo de cabellos enrizados y paje de Agramante; y si él entendió que esto era verdad y que su dama le había cometido desaguisado, no hizo mucho en volverse loco. Pero yo ¿cómo puedo imitalle en las locuras, si no le imito en la ocasión de ellas? Porque mi Dulcinea del Toboso osaré yo jurar que no ha visto en todos los días de su vida moro alguno, ansí como él es, en su mismo traje, y que se está hoy como la madre que la parió; y haríale agravio manifiesto si, imaginando otra cosa de ella, me volviese loco de aquel género de locura de Roldán el furioso. Por otra parte, veo que Amadís de Gaula, sin perder el juicio y sin hacer locuras, alcanzó tanta fama de enamorado como el que más, porque lo que hizo, según su historia, no fue más de que, por verse desdeñado de su señora Oriana, que le había mandado que no pareciese ante su presencia hasta que fuese su voluntad, de que se retiró a la Peña Pobre en compañía de un ermitaño, y allí se hartó de llorar y de encomendarse a Dios hasta que el cielo le acorrió en medio de su mayor cuita y necesidad. Y si esto es verdad, como lo es, ¿para qué quiero yo tomar trabajo agora de desnudarme del todo ni dar pesadumbre a estos árboles que no me han hecho mal alguno?, ni tengo para qué enturbiar el agua clara de estos arroyos, los cuales me han de dar de beber cuando tenga gana. Viva la memoria de Amadís y sea imitado de don Quijote de la Mancha en todo lo que pudiere, del cual se dirá lo que del otro se dijo: que si no acabó grandes cosas, murió por acometellas. Y si yo no soy desechado ni desdeñado de Dulcinea del Toboso, bástame, como ya he dicho, estar ausente de ella. ¡Ea pues, manos a la obra! Venid a mi memoria, cosas de Amadís, y enseñadme por dónde tengo de comenzar a imitaros. Mas ya sé que lo más que él hizo fue rezar y encomendarse a Dios. Pero ¿qué haré de rosario, que no le tengo?

En esto le vino al pensamiento cómo le haría, y fue que rasgó una gran tira de las faldas de la camisa, que andaban colgando, y diole once ñudos, el uno más gordo que los demás, y esto le sirvió de rosario el tiempo que allí estuvo, donde rezó un millón de avemarías. Y lo que le fatigaba mucho era no hallar por allí otro ermitaño que le confesase y con quien consolarse; y, así, se entretenía paseándose por el pradecillo, escribiendo y grabando por las cortezas de los árboles y por la menuda arena muchos versos, todos acomodados a su tristeza y algunos en alabanza de Dulcinea. Mas los que se pudieron hallar enteros y que se pudiesen leer después que a él allí le hallaron no fueron más que estos que aquí se siguen:

Árboles, yerbas y plantas
que en aqueste sitio estáis,
tan altos, verdes y tantas:
si de mi mal no os holgáis,
escuchad mis quejas santas.

Mi dolor no os alborote,
aunque más terrible sea,
pues por pagaros escote
aquí lloró don Quijote
ausencias de Dulcinea
del Toboso.

Es aquí el lugar adonde
el amador más leal
de su señora se esconde,
y ha venido a tanto mal
sin saber cómo o por dónde.
Tráele amor al estricote,
que es de muy mala ralea;
y, así, hasta henchir un pipote,
aquí lloró don Quijote
ausencias de Dulcinea
del Toboso.

Buscando las aventuras
por entre las duras peñas,
maldiciendo entrañas duras,
que entre riscos y entre breñas
halla el triste desventuras,
hiriole amor con su azote,
no con su blanda correa,
y en tocándole el cogote,
aquí lloró don Quijote
ausencias de Dulcinea
del Toboso.

No causó poca risa en los que hallaron los versos referidos el añadidura «del Toboso» al nombre de Dulcinea, porque imaginaron que debió de imaginar don Quijote que si en nombrando a Dulcinea no decía también «del Toboso», no se podría entender la copla; y así fue la verdad, como él después confesó. Otros muchos escribió, pero, como se ha dicho, no se pudieron sacar en limpio ni enteros más de estas tres coplas. En esto, y en suspirar y en llamar a los faunos y silvanos de aquellos bosques, a las ninfas de los ríos, a la dolorosa y húmida Eco que le respondiese, consolasen y escuchasen, se entretenía, y en buscar algunas yerbas con que sustentarse en tanto que Sancho volvía; que si, como tardó tres días, tardara tres semanas, el Caballero de la Triste Figura quedara tan desfigurado que no le conociera la madre que lo parió.

Y será bien dejalle envuelto entre sus suspiros y versos, por contar lo que le avino a Sancho Panza en su mandadería. Y fue que en saliendo al camino real se puso en busca del del Toboso, y otro día llegó a la venta donde le había sucedido la desgracia de la manta. Y no la hubo bien visto cuando le pareció que otra vez andaba en los aires, y no quiso entrar dentro, aunque llegó a hora que lo pudiera y debiera hacer, por ser la del comer y llevar en deseo de gustar algo caliente, que había grandes días que todo era fiambre. Esta necesidad le forzó a que llegase junto a la venta, todavía dudoso si entraría o no. Y estando en esto, salieron de la venta dos personas que luego le conocieron, y dijo el uno al otro:

—Dígame, señor licenciado: aquel del caballo ¿no es Sancho Panza, el que dijo el ama de nuestro aventurero que había salido con su señor por escudero?

—Sí es —dijo el licenciado—, y aquel es el caballo de nuestro don Quijote.

Y conociéronle tan bien como aquellos que eran el cura y el barbero de su mismo lugar y los que hicieron el escrutinio y acto general de los libros; los cuales, así como acabaron de conocer a Sancho Panza y a Rocinante, deseosos de saber de don Quijote, se fueron a él, y el cura le llamó por su nombre, diciéndole:

—Amigo Sancho Panza, ¿adónde queda vuestro amo?

Conociolos luego Sancho Panza, y determinó de encubrir el lugar y la suerte donde y como su amo quedaba; y, así, les respondió que su amo quedaba ocupado en cierta parte y en cierta cosa que le era de mucha importancia, la cual él no podía descubrir, por los ojos que en la cara tenía.

—No, no —dijo el barbero—, Sancho Panza, si vos no nos decís dónde queda, imaginaremos, como ya imaginamos, que vos le habéis muerto y robado, pues venís encima de su caballo. En verdad que nos habéis de dar el dueño del rocín, o sobre eso, morena.

—No hay para qué conmigo amenazas, que yo no soy hombre que robo ni mato a nadie: a cada uno mate su ventura, o Dios, que le hizo. Mi amo queda haciendo penitencia en la mitad de esta montaña muy a su sabor.

Y luego, de corrida y sin parar, les contó de la suerte que quedaba, las aventuras que le habían sucedido y como llevaba la carta a la señora Dulcinea del Toboso, que era la hija de Lorenzo Corchuelo, de quien estaba enamorado hasta los hígados.

Quedaron admirados los dos de lo que Sancho Panza les contaba, y aunque ya sabían la locura de don Quijote y el género de ella, siempre que la oían se admiraban de nuevo. Pidiéronle a Sancho Panza que les enseñase la carta que llevaba a la señora Dulcinea del Toboso. Él dijo que iba escrita en un libro de memoria y que era orden de su señor que la hiciese trasladar en papel en el primer lugar que llegase, a lo cual le dijo el cura que se la mostrase, que él la trasladaría de muy buena letra. Metió la mano en el seno Sancho Panza, buscando el librillo, pero no le halló, ni le podía hallar si le buscara hasta agora, porque se había quedado don Quijote con él y no se le había dado, ni a él se le acordó de pedírsele.

Cuando Sancho vio que no hallaba el libro, fuésele parando mortal el rostro, y tornándose a tentar todo el cuerpo muy apriesa, tornó a echar de ver que no le hallaba, y sin más ni más se echó entrambos puños a las barbas y se arrancó la mitad de ellas, y luego apriesa y sin cesar se dio media docena de puñadas en el rostro y en las narices, que se las bañó todas en sangre. Visto lo cual por el cura y el barbero, le dijeron que qué le había sucedido que tan mal se paraba.

—¿Qué me ha de suceder —respondió Sancho— sino el haber perdido de una mano a otra, en un estante, tres pollinos, que cada uno era como un castillo?

—¿Cómo es eso? —replicó el barbero.

—He perdido el libro de memoria —respondió Sancho— donde venía carta para Dulcinea y una cédula firmada de su señor por la cual mandaba que su sobrina me diese tres pollinos de cuatro o cinco que estaban en casa.

Y con esto les contó la pérdida del rucio. Consolole el cura y díjole que, en hallando a su señor, él le haría revalidar la manda y que tornase a hacer la libranza en papel, como era uso y costumbre, porque las que se hacían en libros de memoria jamás se acetaban ni cumplían. Con esto se consoló Sancho, y dijo que como aquello fuese ansí, que no le daba mucha pena la pérdida de la carta de Dulcinea, porque él la sabía casi de memoria, de la cual se podría trasladar donde y cuando quisiesen.

—Decilda, Sancho, pues —dijo el barbero—, que después la trasladaremos.

Parose Sancho Panza a rascar la cabeza para traer a la memoria la carta, y ya se ponía sobre un pie y ya sobre otro; unas veces miraba al suelo, otras al cielo. Y al cabo de haberse roído la mitad de la yema de un dedo, teniendo suspensos a los que esperaban que ya la dijese, dijo, al cabo de grandísimo rato:

—¡Por Dios, señor licenciado, que los diablos lleven la cosa que de la carta se me acuerda, aunque en el principio decía: «Alta y sobajada señora»!

—No diría —dijo el barbero— «sobajada», sino «sobrehumana» o «soberana señora».

—Así es —dijo Sancho—. Luego, si mal no me acuerdo, proseguía, si mal no me acuerdo: «el llego y falto de sueño, y el ferido, besa a vuestra merced las manos, ingrata y muy desconocida hermosa», y no sé qué decía de salud y de enfermedad que le enviaba; y por aquí iba escurriendo hasta que acababa en «Vuestro hasta la muerte, el Caballero de la Triste Figura».

No poco gustaron los dos de ver la buena memoria de Sancho Panza, y alabáronsela mucho y le pidieron que dijese la carta otras dos veces, para que ellos ansimesmo la tomasen de memoria para trasladalla a su tiempo. Tornola a decir Sancho otras tres veces, y otras tantas volvió a decir otros tres mil disparates. Tras esto, contó asimesmo las cosas de su amo, pero no habló palabra acerca del manteamiento que le había sucedido en aquella venta en la cual rehusaba entrar. Dijo también como su señor, en trayendo que le trujese buen despacho de la señora Dulcinea del Toboso, se había de poner en camino a procurar cómo ser emperador, o por lo menos monarca, que así lo tenían concertado entre los dos;

y era cosa muy fácil venir a serlo, según era el valor de su persona y la fuerza de su brazo; y que en siéndolo, le había de casar a él (porque ya sería viudo, que no podía ser menos) y le había de dar por mujer a una doncella de la emperatriz, heredera de un rico y grande estado de tierra firme, sin ínsulos ni ínsulas, que ya no las quería.

Decía esto Sancho con tanto reposo, limpiándose de cuando en cuando las narices, y con tan poco juicio, que los dos se admiraron de nuevo, considerando cuán vehemente había sido la locura de don Quijote, pues había llevado tras sí el juicio de aquel pobre hombre. No quisieron cansarse en sacarle del error en que estaba, pareciéndoles que, pues no le dañaba nada la conciencia, mejor era dejarle en él, y a ellos les sería de más gusto oír sus necedades. Y, así, le dijeron que rogase a Dios por la salud de su señor, que cosa contingente y muy agible era venir con el discurso del tiempo a ser emperador, como él decía, o por lo menos arzobispo o otra dignidad equivalente; a lo cual respondió Sancho:

—Señores, si la fortuna rodease las cosas de manera que a mi amo le viniese en voluntad de no ser emperador, sino de ser arzobispo, querría yo saber agora qué suelen dar los arzobispos andantes a sus escuderos.

—Suélenles dar —respondió el cura— algún beneficio simple o curado o alguna sacristanía, que les vale mucho de renta rentada, amén del pie de altar, que se suele estimar en otro tanto.

—Para eso será menester —replicó Sancho— que el escudero no sea casado y que sepa ayudar a misa por lo menos. Y si esto es así, ¡desdichado de yo, que soy casado y no sé la primera letra del abecé! ¿Qué será de mí si a mi amo le da antojo de ser arzobispo y no emperador, como es uso y costumbre de los caballeros andantes?

—No tengáis pena, Sancho amigo —dijo el barbero—, que aquí rogaremos a vuestro amo, y se lo aconsejaremos y aun se lo pondremos en caso de conciencia, que sea emperador y no arzobispo, porque le será más fácil, a causa de que él es más valiente que estudiante.

—Así me ha parecido a mí —respondió Sancho—, aunque sé decir que para todo tiene habilidad. Lo que yo pienso hacer de mi parte es rogarle a Nuestro Señor que le eche a aquellas partes donde él más se sirva y adonde a mí más mercedes me haga.

—Vos lo decís como discreto —dijo el cura— y lo haréis como buen cristiano. Mas lo que ahora se ha de hacer es dar orden cómo sacar a vuestro amo de aquella inútil penitencia que decís que queda haciendo. Y para pensar el modo que hemos de tener, y para comer, que ya es hora, será bien nos entremos en esta venta.

Sancho dijo que entrasen ellos, que él esperaría allí fuera, y que después les diría la causa por que no entraba ni le convenía entrar en ella, mas que les rogaba que le sacasen allí algo de comer que fuese cosa caliente, y ansimismo cebada para Rocinante. Ellos se entraron y le dejaron, y de allí a poco el barbero le sacó de comer. Después, habiendo bien pensado entre los dos el modo que tendrían para conseguir lo que deseaban, vino el cura en un pensamiento muy acomodado al gusto de don Quijote y para lo que ellos querían, y fue que dijo al barbero que lo que había pensado era que él se vestiría en hábito de doncella andante, y que él procurase ponerse lo mejor que pudiese como escudero, y que así irían adonde don Quijote estaba, fingiendo ser ella una doncella afligida y menesterosa, y le pediría un don, el cual él no podría dejársele de otorgar, como valeroso caballero andante; y que el don que le pensaba pedir era que se viniese con ella donde ella le llevase, a desfacelle un agravio que un mal caballero le tenía fecho; y que le suplicaba ansimesmo que no la mandase quitar su antifaz ni la demandase cosa de su facienda fasta que la hubiese fecho derecho de aquel mal caballero; y que creyese sin duda que don Quijote vendría en todo cuanto le pidiese por este término, y que de esta manera le sacarían de allí y le llevarían a su lugar, donde procurarían ver si tenía algún remedio su estraña locura.

27

DE CÓMO SALIERON CON SU INTENCIÓN EL CURA Y EL BARBERO, CON OTRAS COSAS DIGNAS DE QUE SE CUENTEN EN ESTA GRANDE HISTORIA

No le pareció mal al barbero la invención del cura, sino tan bien, que luego la pusieron por obra. Pidiéronle a la ventera una saya y unas tocas, dejándole en prendas una sotana nueva del cura. El barbero hizo una gran barba de una cola rucia o roja de buey donde el ventero tenía colgado el peine. Preguntoles la ventera que para qué le pedían aquellas cosas. El cura le contó en breves razones la locura de don Quijote y cómo convenía aquel disfraz para sacarle de la montaña donde a la sazón estaba. Cayeron luego el ventero y la ventera en que el loco era su huésped, el del bálsamo, y el amo del manteado escudero, y contaron al cura todo lo que con él les había pasado, sin callar lo que tanto callaba Sancho.

En resolución, la ventera vistió al cura de modo que no había más que ver: púsole una saya de paño, llena de fajas de terciopelo negro de un palmo en ancho, todas acuchilladas, y unos corpiños de terciopelo verde guarnecidos con unos ribetes de raso blanco, que se debieron de hacer, ellos y la saya, en tiempo del rey Bamba. No consintió el cura que le tocasen, sino púsose en la cabeza un birretillo de lienzo colchado que llevaba para dormir de noche, y ciñose por la frente una liga de tafetán negro, y con otra liga hizo un antifaz con que se cubrió muy bien las barbas y el rostro; encasquetose su sombrero, que era tan grande, que le podía servir de quitasol, y, cubriéndose su herreruelo, subió en su mula a mujeriegas, y el barbero en la suya, con su barba que le llegaba a la cintura, entre roja y blanca, como aquella que, como se ha dicho, era hecha de la cola de un buey barroso. Despidiéronse de todos, y de la buena de Maritornes, que prometió de rezar un rosario, aunque pecadora, porque Dios les diese buen suceso en tan arduo y tan cristiano negocio como era el que habían emprendido.

Mas apenas hubo salido de la venta cuando le vino al cura un pensamiento: que hacía mal en haberse puesto de aquella manera, por ser cosa indecente que un sacerdote se pusiese así, aunque le fuese mucho en ello. Y, diciéndoselo al barbero, le rogó que trocasen trajes, pues era más justo que él fuese la doncella menesterosa, y que él haría el escudero, y que así se profanaba menos su dignidad; y que si no lo quería hacer, determinaba de no pasar adelante, aunque a don Quijote se le llevase el diablo.

En esto llegó Sancho, y de ver a los dos en aquel traje no pudo tener la risa. En efeto, el barbero vino en todo aquello que el cura quiso, y, trocando la invención, el cura le fue informando el modo que había de tener y las palabras que había de decir a don Quijote para moverle y forzarle a que con él se viniese y dejase la querencia del lugar que había

REYES GODOS

El rey Bamba, o Wamba, es uno de los reyes visigodos que reinaron en España entre el 418, año en que pactaron una federación con el Imperio romano, y el 711, fecha de la llegada de los árabes a la península. Hasta bien entrado el siglo XX, todos los alumnos españoles, como ejercicio memorístico, tenían que aprenderse la lista completa de los nombres de estos reyes: Ataúlfo - Sigercio - Walia - Teodoredo - Turismundo - Teodorico II - Eurico - Alarico II - Gesaleico - Amalarico - Teudis - Teudisclo - Ágila I - Atanagildo - Liuva I - Leovigildo - Recaredo I - Liuva II - Witerico - Gundemaro - Sisebuto - Recaredo II - Suintila - Sisenando - Chintila - Tulga - Chindasvinto - Recesvinto - Wamba - Ervigio - Égica - Witiza -Rodrigo.

escogido para su vana penitencia. El barbero respondió que sin que se le diese lición él lo pondría bien en su punto. No quiso vestirse por entonces, hasta que estuviesen junto de donde don Quijote estaba; y, así, dobló sus vestidos, y el cura acomodó su barba, y siguieron su camino, guiándolos Sancho Panza, el cual les fue contando lo que les aconteció con el loco que hallaron en la sierra, encubriendo, empero, el hallazgo de la maleta y de cuanto en ella venía; que, maguer que tonto, era un poco codicioso el mancebo.

Otro día llegaron al lugar donde Sancho había dejado puestas las señales de las ramas para acertar el lugar donde había dejado a su señor, y, en reconociéndole, les dijo como aquella era la entrada, y que bien se podían vestir, si era que aquello hacía al caso para la libertad de su señor. Porque ellos le habían dicho antes que el ir de aquella suerte y vestirse de aquel modo era toda la importancia para sacar a su amo de aquella mala vida que había escogido, y que le encargaban mucho que no dijese a su amo quién ellos eran, ni que los conocía; y que si le preguntase, como se lo había de preguntar, si dio la carta a Dulcinea, dijese que sí, y que, por no saber leer, le había respondido de palabra, diciéndole que le mandaba, so pena de la su desgracia, que luego al momento se viniese a ver con ella, que era cosa que le importaba mucho; porque con esto y con lo que ellos pensaban decirle tenían por cosa cierta reducirle a mejor vida y hacer con él que luego se pusiese en camino para ir a ser emperador o monarca, que en lo de ser arzobispo no había de qué temer.

Todo lo escuchó Sancho y lo tomó muy bien en la memoria, y les agradeció mucho la intención que tenían de aconsejar a su señor fuese emperador y no arzobispo, porque él tenía para sí que para hacer mercedes a sus escuderos más podían los emperadores que los arzobispos andantes. También les dijo que sería bien que él fuese delante a buscarle y darle la respuesta de su señora, que ya sería ella bastante a sacarle de aquel lugar, sin que ellos se pusiesen en tanto trabajo. Parecioles bien lo que Sancho Panza decía, y, así, determinaron de aguardarle hasta que volviese con las nuevas del hallazgo de su amo.

Sancho acude en busca de don Quijote para avisarle de que se vaya vistiendo porque vienen a buscarlo. Mientras tanto, el cura y el barbero esperan cerca de un arroyo y de pronto oyen a una voz que canta. Es dulce y triste, dolorida, tristísima: la voz de un hombre que pena por amor. La canción acaba y el hombre rompe a llorar. El cura y el barbero se acercan y descubren que el que llora es el salvaje Cardenio, cuya historia ya conocen porque se la ha contado Sancho. El cura convence a Cardenio de que deje la vida salvaje y Cardenio acepta, y además le revela el final de su historia. Cuenta que su amada Luscinda empezó a ser pretendida por don Fernando y que el padre de Luscinda decidió entregársela en matrimonio porque don Fernando era muy buen partido: no todos los días puede entroncar uno con el hijo de un duque. Luscinda seguía queriendo a Cardenio, pero aceptó las bodas por no contrariar la voluntad de su padre. Después de eso, Cardenio, arrasado por la pena, se retiró a las montañas.

CUARTA PARTE DEL INGENIOSO HIDALGO DON QUIJOTE DE LA MANCHA

28

QUE TRATA DE LA NUEVA Y AGRADABLE AVENTURA QUE AL CURA Y BARBERO SUCEDIÓ EN LA MESMA SIERRA

Justo cuando Cardenio acaba de contar su historia y el cura se dispone a consolarlo, comienzan a sonar unos tristes lamentos en el bosque. «¡Qué desdichada soy!», se oye. El cura, el barbero y Cardenio caminan hacia la voz, y al poco descubren a un jovencito vestido de labrador que está lavándose los pies en un arroyo, unos pies blancos, finos, lindísimos. El mocito, sin saber que lo están espiando, se quita la gorra que lleva en la cabeza y deja al descubierto una melena larguísima, más rubia que el sol, lo que revela que, en verdad, no es un mozo sino una joven disfrazada de hombre. La chica descubre que la están mirando y echa a correr, pero tropieza. El cura la alcanza y le pide que no tema, y ella acaba por explicar su historia. Cuenta que se llama Dorotea, que es hija de unos labradores ricos y que siempre llevó una vida decente: no salía de casa más que para ir a misa. Pero resultó que un tal don Fernando, que era hijo de un duque, se encaprichó de ella y, sobornando criados, se coló en su habitación. Don Fernando rogó, lloró, suplicó y, de esa manera, convenció a Dorotea para que le entregase su virginidad. «Luego nos casaremos», fue su promesa. Pero don Fernando faltó a su palabra y decidió casarse con una tal Luscinda, quien en verdad adoraba a un tal Cardenio. El matrimonio no llegó a celebrarse, porque, durante la ceremonia, Luscinda se desmayó de pura pena y entonces le descubrieron entre las ropas un papel que contaba toda la verdad: que ella amaba a un tal Cardenio, que solo se casaba con don Fernando porque así lo querían sus padres y que tenía la intención de matarse de una puñalada en cuanto acabase la boda. Don Fernando, indignado, quiso matar a Luscinda, pero los familiares de la novia se lo impidieron. Luego, escapó y no se supo más de él. Dorotea se echó entonces a los caminos en busca de don Fernando: viaja vestida de hombre es para pasar desapercibida, pues sus padres la están buscando y han prometido una recompensa a quien dé con ella.

29

QUE TRATA DE LA DISCRECIÓN DE LA HERMOSA DOROTEA, CON OTRAS COSAS DE MUCHO GUSTO Y PASATIEMPO

Cardenio le revela a Dorotea que él es Cardenio, el hombre al que amaba Luscinda, y que acabó en Sierra Morena, desesperado, con la intención de quitarse la vida. Por lo visto, el cielo ha querido que Dorotea y Cardenio coincidieran en la sierra y que se conociesen. Tal vez, quién sabe, esta casualidad sea el primer paso para que los dos recuperen sus amores perdidos. El cura y el barbero se ofrecen a ayudarles en todo lo que haga falta, para lo cual les piden a Dorotea y Cardenio que los acompañen.

En esto oyeron voces y conocieron que el que las daba era Sancho Panza, que, por no haberlos hallado en el lugar donde los dejó, los llamaba a voces. Saliéronle al encuentro y, preguntándole por don Quijote, les dijo cómo le había hallado desnudo en camisa, flaco, amarillo y muerto de hambre, y suspirando por su señora Dulcinea; y que, puesto que le había dicho que ella le mandaba que saliese de aquel lugar y se fuese al del Toboso, donde le quedaba esperando, había respondido que estaba determinado de no parecer ante su fermosura fasta que hobiese fecho fazañas que le ficiesen digno de su gracia; y que si aquello pasaba adelante, corría peligro de no venir a ser emperador, como estaba obligado, ni aun arzobispo, que era lo menos que podía ser; por eso, que mirasen lo que se había de hacer para sacarle de allí. El licenciado le respondió que no tuviese pena, que ellos le sacarían de allí mal que le pesase. Contó luego a Cardenio y a Dorotea lo que tenían pensado para remedio de don Quijote, a lo menos para llevarle a su casa, a lo cual dijo Dorotea que ella haría la doncella menesterosa mejor que el barbero, y más que tenía allí vestidos con que hacerlo al natural, y que la dejasen el cargo de saber representar todo aquello que fuese menester para llevar adelante su intento, porque ella había leído muchos libros de caballerías y sabía bien el estilo que tenían las doncellas cuitadas cuando pedían sus dones a los andantes caballeros.

—Pues no es menester más —dijo el cura— sino que luego se ponga por obra; que, sin duda, la buena suerte se muestra en favor nuestro, pues tan sin pensarlo, a vosotros, señores, se os ha comenzado a abrir puerta para vuestro remedio, y a nosotros se nos ha facilitado la que habíamos menester.

Sacó luego Dorotea de su almohada una saya entera de cierta telilla rica y una mantellina de otra vistosa tela verde, y de una cajita, un collar y otras joyas, con que en un instante se adornó de manera que una rica y gran señora parecía. Todo aquello, y más, dijo que había sacado de su casa para lo que se ofreciese, y que hasta entonces no se le había ofrecido ocasión de habello menester. A todos contentó en estremo su mucha gracia, donaire y hermosura, y confirmaron a don Fernando por de poco conocimiento, pues tanta belleza desechaba. Pero el que más se admiró fue Sancho Panza, por parecerle, como era así verdad, que en todos los días de su vida había visto tan hermosa criatura. Y, así, preguntó al cura con grande ahínco le dijese quién era aquella tan fermosa señora y qué era lo que buscaba por aquellos andurriales.

—Esta hermosa señora —respondió el cura—, Sancho hermano, es, como quien no dice nada, es la heredera por línea recta de varón del gran reino de Micomicón, la cual viene en busca de vuestro amo a pedirle un don, el cual es que le desfaga un tuerto o agravio que un mal gigante le tiene fecho. Y a la fama que de buen caballero vuestro amo tiene por todo lo descubierto, de Guinea ha venido a buscarle esta princesa.

—¡Dichosa buscada y dichoso hallazgo! —dijo a esta sazón Sancho Panza—. Y más si mi amo es tan venturoso que desfaga ese agravio y enderece ese tuerto, matando a ese hideputa de ese gigante que vuestra merced dice; que sí matará si él le encuentra, si ya no fuese fantasma, que contra las fantasmas no tiene mi señor poder alguno. Pero una cosa quiero suplicar a vuestra merced entre otras, señor licenciado, y es que, porque a mi amo no le tome gana de ser arzobispo, que es lo que yo temo, que vuestra merced le aconseje que se case luego con esta princesa, y así quedará imposibilitado de recebir órdenes arzobispales, y vendrá con facilidad a su imperio y yo al fin de mis deseos; que yo he mirado bien en ello y hallo por mi cuenta que no me está bien que mi amo sea arzobispo, porque yo soy inútil para la Iglesia, pues soy casado, y andarme ahora a traer dispensaciones para poder tener renta por la Iglesia, teniendo como tengo mujer y hijos, sería nunca acabar. Así que, señor, todo el toque está en que mi amo se case luego con esta señora, que hasta ahora no sé su gracia, y, así, no la llamo por su nombre.

—Llámase —respondió el cura— la princesa Micomicona, porque, llamándose su reino Micomicón, claro está que ella se ha de llamar así.

—No hay duda en eso —respondió Sancho—, que yo he visto a muchos tomar el apellido y alcurnia del lugar donde nacieron, llamándose Pedro de Alcalá, Juan de Úbeda y Diego de Valladolid, y esto mesmo se debe de usar allá en Guinea, tomar las reinas los nombres de sus reinos.

—Así debe de ser —dijo el cura—. Y en lo del casarse vuestro amo, yo haré en ello todos mis poderíos.

Con lo que quedó tan contento Sancho cuanto el cura admirado de su simplicidad y de ver cuán encajados tenía en la fantasía los mesmos disparates que su amo, pues sin alguna duda se daba a entender que había de venir a ser emperador.

Ya en esto se había puesto Dorotea sobre la mula del cura, y el barbero se había acomodado al rostro la barba de la cola de buey, y dijeron a Sancho que los guiase adonde don Quijote estaba, al cual advirtieron que no dijese que conocía al licenciado ni al barbero, porque en no conocerlos consistía todo el toque de venir a ser emperador su amo, puesto que ni el cura ni Cardenio quisieron ir con ellos, porque no se le acordase a don Quijote la pendencia que con Cardenio había tenido, y el cura, porque no era menester por entonces su presencia; y, así, los dejaron ir delante y ellos los fueron siguiendo a pie, poco a poco. No dejó de avisar el cura lo que había de hacer Dorotea, a lo que ella dijo que descuidasen, que todo se haría sin faltar punto, como lo pedían y pintaban los libros de caballerías.

Tres cuartos de legua habrían andado cuando descubrieron a don Quijote entre unas intricadas peñas, ya vestido, aunque no armado. Y así como Dorotea le vio y fue informada de Sancho que aquel era don Quijote, dio del azote a su palafrén, siguiéndole el bien barbado barbero, y en llegando junto a él, el escudero se arrojó de la mula y fue a tomar en los brazos a Dorotea, la cual, apeándose con grande desenvoltura, se fue a hincar de rodillas ante las de don Quijote. Y aunque él pugnaba por levantarla, ella, sin levantarse, le fabló en esta guisa:

—¡De aquí no me levantaré, oh valeroso y esforzado caballero, fasta que la vuestra bondad y cortesía me otorgue un don, el cual redundará en honra y prez de vuestra persona y en pro de la más desconsolada y agraviada doncella que el sol ha visto! Y si es que el valor de vuestro fuerte brazo corresponde a la voz de vuestra inmortal fama, obligado estáis a favorecer a la sin ventura que de tan lueñes tierras viene, al olor de vuestro famoso nombre, buscándoos para remedio de sus desdichas.

—No os responderé palabra, fermosa señora —respondió don Quijote—, ni oiré más cosa de vuestra facienda, fasta que os levantéis de tierra.

—No me levantaré, señor —respondió la afligida doncella—, si primero por la vuestra cortesía no me es otorgado el don que pido.

—Yo vos le otorgo y concedo —respondió don Quijote—, como no se haya de cumplir en daño o mengua de mi rey, de mi patria y de aquella que de mi corazón y libertad tiene la llave.

—No será en daño ni en mengua de los que decís, mi buen señor —replicó la dolorosa doncella.

Y estando en esto se llegó Sancho Panza al oído de su señor y muy pasito le dijo:

—Bien puede vuestra merced, señor, concederle el don que pide, que no es cosa de nada: solo es matar a un gigantazo. Y esta que lo pide es la alta princesa Micomicona, reina del gran reino Micomicón de Etiopia.

—Sea quien fuere —respondió don Quijote—, que yo haré lo que soy obligado y lo que me dicta mi conciencia conforme a lo que profesado tengo.

Y volviéndose a la doncella, dijo:

—La vuestra gran fermosura se levante, que yo le otorgo el don que pedirme quisiere.

—Pues el que pido es —dijo la doncella— que la vuestra magnánima persona se venga luego conmigo donde yo le llevare y me prometa que no se ha de entremeter en otra aventura ni demanda alguna hasta darme venganza de un traidor que, contra todo derecho divino y humano, me tiene usurpado mi reino.

—Digo que así lo otorgo —respondió don Quijote—. Y, así, podéis, señora, desde hoy más, desechar la malenconía que os fatiga y hacer que cobre nuevos bríos y fuerzas vuestra desmayada esperanza, que con el ayuda de Dios y la de mi brazo vos os veréis presto restituida en vuestro reino y sentada en la silla de vuestro antiguo y grande estado, a pesar y a despecho de los follones que contradecirlo quisieren. Y manos a labor, que en la tardanza dicen que suele estar el peligro.

La menesterosa doncella pugnó con mucha porfía por besarle las manos, mas don Quijote, que en todo era comedido y cortés caballero, jamás lo consintió, antes la hizo levantar y la abrazó con mucha cortesía y comedimiento, y mandó a Sancho que requiriese las cinchas a Rocinante y le armase luego al punto. Sancho descolgó las armas, que, como trofeo, de un árbol estaban pendientes, y, requiriendo las cinchas, en un punto armó a su señor, el cual, viéndose armado, dijo:

—Vamos de aquí, en el nombre de Dios, a favorecer esta gran señora.

Estábase el barbero aún de rodillas, teniendo gran cuenta de disimular la risa y de que no se le cayese la barba, con cuya caída quizá quedaran todos sin conseguir su buena intención. Y viendo que ya el don estaba concedido, y con la diligencia que don Quijote se alistaba para ir a cumplirle, se levantó y tomó de la otra mano a su señora, y entre los dos la subieron en la mula. Luego subió don Quijote sobre Rocinante y el barbero se acomodó en su cabalgadura, quedándose Sancho a pie, donde de nuevo se le renovó la pérdida del rucio, con la falta que entonces le hacía; mas todo lo llevaba con gusto, por parecerle que ya su señor estaba puesto en camino y muy a pique de ser emperador, porque sin duda alguna pensaba que se había de casar con aquella princesa y ser por lo menos rey de Micomicón. Solo le daba pesadumbre el pensar que aquel reino era en tierra de negros y que la gente que por sus vasallos le diesen habían de ser todos negros, a lo cual hizo luego en su imaginación un buen remedio, y díjose a sí mismo:

—¿Qué se me da a mí que mis vasallos sean negros? ¿Habrá más que cargar con ellos y traerlos a España, donde los podré vender y adonde me los pagarán de contado, de cuyo dinero podré comprar algún título o algún oficio con que vivir descansado todos los días de mi vida? ¡No sino dormíos, y no tengáis ingenio ni habilidad para disponer de

ESPAÑA NEGRA

La esclavitud africana tuvo una presencia importante en España a partir del siglo XV. España y Portugal abastecieron de esclavos al resto de Europa y posteriormente se enriquecieron con el tráfico destinado a América. Según un censo de 1565, en Sevilla había 6.327 esclavos, equivalentes al 7 % de la población de la época, a los que habría que sumar los negros libres y los mulatos, lo que explica que a la ciudad se la conociera como «tablero de ajedrez». Desde 1554 la Hermandad los Negritos, que hasta el siglo XIX solo admitió negros, participa en las procesiones de Semana Santa. Muchos esclavos llevaban tatuada una «S» en una mejilla y un clavo en la otra, jeroglífico de la palabra «esclavo». Sobre la historia, muy poco conocida, de la esclavitud en España se han realizado los documentales *Gurumbé. Canciones de tu memoria negra* (2016), de Miguel Ángel Rosales, y *Cachita. La esclavitud borrada* (2020), de Álvaro Begines.

Cachita. La esclavitud borrada,
Álvaro Begines Guzmán, 2020.

Tráiler.

Gurumbé. Canciones de tu memoria negra,
Miguel Ángel Rosales, 2016.

Tráiler.

las cosas y para vender treinta o diez mil vasallos en dácame esas pajas! ¡Par Dios que los he de volar, chico con grande, o como pudiere, y que, por negros que sean, los he de volver blancos o amarillos! ¡Llegaos, que me mamo el dedo!

Con esto andaba tan solícito y tan contento, que se le olvidaba la pesadumbre de caminar a pie.

Todo esto miraban de entre unas breñas Cardenio y el cura, y no sabían qué hacerse para juntarse con ellos. Pero el cura, que era gran tracista, imaginó luego lo que harían para conseguir lo que deseaban. Y fue que con unas tijeras que traía en un estuche quitó con mucha presteza la barba a Cardenio, y vistiole un capotillo pardo que él traía y diole un herreruelo negro, y él se quedó en calzas y en jubón; y quedó tan otro de lo que antes parecía Cardenio, que él mesmo no se conociera aunque a un espejo se mirara. Hecho esto, puesto ya que los otros habían pasado adelante en tanto que ellos se disfrazaron, con facilidad salieron al camino real antes que ellos, porque las malezas y malos pasos de aquellos lugares no concedían que anduviesen tanto los de a caballo como los de a pie. En efeto, ellos se pusieron en el llano a la salida de la sierra, y así como salió de ella don Quijote y sus camaradas, el cura se le puso a mirar muy de espacio, dando señales de que le iba reconociendo; y al cabo de haberle una buena pieza estado mirando, se fue a él abiertos los brazos y diciendo a voces:

—¡Para bien sea hallado el espejo de la caballería, el mi buen compatriote don Quijote de la Mancha, la flor y la nata de la gentileza, el amparo y remedio de los menesterosos, la quintaesencia de los caballeros andantes!

Y, diciendo esto, tenía abrazado por la rodilla de la pierna izquierda a don Quijote, el cual, espantado de lo que veía y oía decir y hacer a aquel hombre, se le puso a mirar con atención y al fin le conoció, y quedó como espantado de verle y hizo grande fuerza por apearse, mas el cura no lo consintió, por lo cual don Quijote decía:

—Déjeme vuestra merced, señor licenciado, que no es razón que yo esté a caballo y una tan reverenda persona como vuestra merced esté a pie.

—Eso no consentiré yo en ningún modo —dijo el cura—: estese la vuestra grandeza a caballo, pues estando a caballo acaba las mayores fazañas y aventuras que en nuestra edad se han visto; que a mí, aunque indigno sacerdote, bastarame subir en las ancas de una de estas mulas de estos señores que con vuestra merced caminan, si no lo han por enojo; y aun haré cuenta que voy caballero sobre el caballo Pegaso o sobre la cebra o alfana en que cabalgaba aquel famoso moro Muzaraque, que aún hasta ahora yace encantado en la gran cuesta Zulema, que dista poco de la gran Compluto.

—Aun no caía yo en tanto, mi señor licenciado —respondió don Quijote—. Y yo sé que mi señora la princesa será servida, por mi amor, de mandar a su escudero dé a vuestra merced la silla de su mula, que él podrá acomodarse en las ancas, si es que ella las sufre.

—Sí sufre, a lo que yo creo —respondió la princesa—, y también sé que no será menester mandárselo al señor mi escudero, que él es tan cortés y tan cortesano, que no consentirá que una persona eclesiástica vaya a pie, pudiendo ir a caballo.

—Así es —respondió el barbero.

Y apeándose en un punto, convidó al cura con la silla, y él la tomó sin hacerse mucho de rogar. Y fue el mal que al subir a las ancas el barbero, la mula, que en efeto era de alquiler —que para decir que era mala esto basta—, alzó un poco los cuartos traseros y dio dos coces en el aire que, a darlas en el pecho de maese Nicolás o en la cabeza, él diera al diablo la venida por don Quijote. Con todo eso, le sobresaltaron de manera que cayó en el suelo, con tan poco cuidado de las barbas, que se le cayeron en el suelo. Y como se vio sin ellas, no tuvo otro remedio sino acudir a cubrirse el rostro con ambas manos y a quejarse que le habían derribado las muelas. Don Quijote, como vio todo aquel mazo de barbas, sin quijadas y sin sangre, lejos del rostro del escudero caído, dijo:

—¡Vive Dios que es gran milagro este: las barbas le ha derribado y arrancado del rostro, como si las quitaran a posta!

El cura, que vio el peligro que corría su invención de ser descubierta, acudió luego a las barbas y fuese con ellas adonde yacía maese Nicolás dando aún voces todavía, y de un golpe, llegándole la cabeza a su pecho, se las puso, murmurando sobre él unas palabras, que dijo que era cierto ensalmo apropiado para pegar barbas, como lo verían. Y cuando se las tuvo puestas, se apartó, y quedó el escudero tan bien barbado y tan sano como de antes, de que se admiró don Quijote sobremanera, y rogó al cura que cuando tuviese lugar le enseñase aquel ensalmo, que él entendía que su virtud a más que pegar barbas se debía de estender, pues estaba claro que de donde las barbas se quitasen había de quedar la carne llagada y maltrecha, y que, pues todo lo sanaba, a más que barbas aprovechaba.

—Así es —dijo el cura, y prometió de enseñársele en la primera ocasión.

Concertáronse que por entonces subiese el cura y a trechos se fuesen los tres mudando, hasta que llegasen a la venta, que estaría hasta dos leguas de allí. Puestos los tres a caballo —es a saber, don Quijote, la princesa y el cura— y los tres a pie —Cardenio, el barbero y Sancho Panza—, don Quijote dijo a la doncella:

—Vuestra grandeza, señora mía, guíe por donde más gusto le diere.

Y, antes que ella respondiese, dijo el licenciado:

—¿Hacia qué reino quiere guiar la vuestra señoría? ¿Es por ventura hacia el de Micomicón? Que sí debe de ser, o yo sé poco de reinos.

Ella, que estaba bien en todo, entendió que había de responder que sí, y, así, dijo:

—Sí, señor: hacia ese reino es mi camino.

—Si así es —dijo el cura—, por la mitad de mi pueblo hemos de pasar, y de allí tomará vuestra merced la derrota de Cartagena, donde se podrá embarcar con la buena ventura. Y si hay viento próspero, mar tranquilo y sin borrasca, en poco menos de nueve años se podrá estar a vista de la gran laguna Meona, digo Meótides, que está a poco más de cien jornadas más acá del reino de vuestra grandeza.

—Vuestra merced está engañado, señor mío —dijo ella—, porque no ha dos años que yo partí de él, y en verdad que nunca tuve buen tiempo, y con todo eso he llegado a ver lo que tanto deseaba, que es al señor don Quijote de la Mancha, cuyas nuevas llegaron a mis oídos así como puse los pies en España, y ellas me movieron a buscarle para encomendarme en su cortesía y fiar mi justicia del valor de su invencible brazo.

—No más; cesen mis alabanzas —dijo a esta sazón don Quijote—, porque soy enemigo de todo género de adulación, y aunque esta no lo sea, todavía ofenden mis castas orejas semejantes pláticas. Lo que yo sé decir, señora mía, que, ora tenga valor o no, el que tuviere o no tuviere se ha de emplear en vuestro servicio, hasta perder la vida. Y, así, dejando esto para su tiempo, ruego al señor licenciado me diga qué es la causa que le ha traído por estas partes tan solo, y tan sin criados, y tan a la ligera, que me pone espanto.

—A eso yo responderé con brevedad —respondió el cura—. Porque sabrá vuestra merced, señor don Quijote, que yo y maese Nicolás, nuestro amigo y nuestro barbero, íbamos a Sevilla a cobrar cierto dinero que un pariente mío que ha muchos años que pasó a Indias me había enviado, y no tan pocos que no pasan de sesenta mil pesos ensayados, que es otro que tal. Y pasando ayer por estos lugares nos salieron al encuentro cuatro salteadores y nos quitaron hasta las barbas, y de modo nos las quitaron, que le convino al barbero ponérselas postizas, y aun a este mancebo que aquí va —señalando a Cardenio— le pusieron como de nuevo. Y es lo bueno que es pública fama por todos estos contornos que los que nos saltearon son de unos galeotes que dicen que libertó casi en este mesmo sitio un hombre tan valiente, que a pesar del comisario y de las guardas los soltó a todos. Y sin duda alguna él debía de estar fuera de juicio, o debe de ser tan grande bellaco como ellos, o algún hombre sin alma y sin conciencia, pues quiso soltar al lobo entre las ovejas, a la raposa entre las gallinas, a la mosca entre la miel; quiso defraudar la justicia, ir contra su rey y señor natural, pues fue contra sus justos mandamientos; quiso, digo, quitar a las galeras sus pies, poner en alboroto a la Santa Hermandad, que había muchos años que reposaba; quiso, finalmente, hacer un hecho por donde se pierda su alma y no se gane su cuerpo.

Habíales contado Sancho al cura y al barbero la aventura de los galeotes, que acabó su amo con tanta gloria suya, y por esto cargaba la mano el cura refiriéndola, por ver lo que hacía o decía don Quijote, al cual se le mudaba la color a cada palabra y no osaba decir que él había sido el libertador de aquella buena gente.

—Estos, pues —dijo el cura—, fueron los que nos robaron. Que Dios por su misericordia se lo perdone al que no los dejó llevar al debido suplicio.

30

QUE TRATA DEL GRACIOSO ARTIFICIO Y ORDEN QUE SE TUVO EN SACAR A NUESTRO ENAMORADO CABALLERO DE LA ASPERÍSIMA PENITENCIA EN QUE SE HABÍA PUESTO

No hubo bien acabado el cura cuando Sancho dijo:

—Pues mía fe, señor licenciado, el que hizo esa fazaña fue mi amo, y no porque yo no le dije antes y le avisé que mirase lo que hacía y que era pecado darles libertad, porque todos iban allí por grandísimos bellacos.

—¡Majadero! —dijo a esta sazón don Quijote—. A los caballeros andantes no les toca ni atañe averiguar si los afligidos, encadenados y opresos que encuentran por los caminos van de aquella manera o están en aquella angustia por sus culpas o por sus gracias; solo le toca ayudarles como a menesterosos, poniendo los ojos en sus penas y no en sus bellaquerías. Yo topé un rosario y sarta de gente mohína y desdichada, y hice con ellos lo que mi religión me pide, y lo demás allá se avenga. ¡Y a quien mal le ha parecido, salvo la santa dignidad del señor licenciado y su honrada persona, digo que sabe poco de achaque de caballería y que miente como un hideputa y mal nacido! ¡Y esto le haré conocer con mi espada, donde más largamente se contiene!

Y esto dijo afirmándose en los estribos y calándose el morrión, porque la bacía de barbero, que a su cuenta era el yelmo de Mambrino, llevaba colgada del arzón delantero, hasta adobarla del mal tratamiento que la hicieron los galeotes.

Dorotea, que era discreta y de gran donaire, como quien ya sabía el menguado humor de don Quijote y que todos hacían burla de él sino Sancho Panza, no quiso ser para menos, y viéndole tan enojado, le dijo:

—Señor caballero, miémbresele a la vuestra merced el don que me tiene prometido, y que conforme a él no puede entremeterse en otra aventura, por urgente que sea. Sosiegue vuestra merced el pecho, que si el señor licenciado supiera que por ese invicto brazo habían sido librados los galeotes, él se diera tres puntos en la boca, y aun se mordiera tres veces la lengua, antes que haber dicho palabra que en despecho de vuestra merced redundara.

—Eso juro yo bien —dijo el cura—. Y aun me hubiera quitado un bigote.

—Yo callaré, señora mía —dijo don Quijote—, y reprimiré la justa cólera que ya en mi pecho se había levantado, y iré quieto y pacífico hasta tanto que os cumpla el don prometido. Pero en pago de este buen deseo os suplico me digáis, si no se os hace de mal, cuál es la vuestra cuita y cuántas, quiénes y cuáles son las personas de quien os tengo de dar debida, satisfecha y entera venganza.

—Eso haré yo de gana —respondió Dorotea—, si es que no os enfada oír lástimas y desgracias.

—No enfadará, señora mía —respondió don Quijote; a lo que respondió Dorotea:

—Pues así es, esténme vuestras mercedes atentos.

No hubo ella dicho esto cuando Cardenio y el barbero se le pusieron al lado, deseosos de ver cómo fingía su historia la discreta Dorotea, y lo mismo hizo Sancho, que tan engañado iba con ella como su amo. Y ella, después de haberse puesto bien en la silla y prevenídose con toser y hacer otros ademanes con mucho donaire, comenzó a decir de esta manera:

—Primeramente quiero que vuestras mercedes sepan, señores míos, que a mí me llaman...

Y detúvose aquí un poco porque se le olvidó el nombre que el cura le había puesto; pero él acudió al remedio, porque entendió en lo que reparaba, y dijo:

—No es maravilla, señora mía, que la vuestra grandeza se turbe y empache contando sus desventuras, que ellas suelen ser tales, que muchas veces quitan la memoria a los que maltratan, de tal manera que aun de sus mesmos nombres no se les acuerda, como han hecho con vuestra gran señoría, que se ha olvidado que se llama la princesa Micomicona, legítima heredera del gran reino Micomicón. Y con este apuntamiento puede la vuestra grandeza reducir ahora fácilmente a su lastimada memoria todo aquello que contar quisiere.

—Así es la verdad —respondió la doncella—, y desde aquí adelante creo que no será menester apuntarme nada, que yo saldré a buen puerto con mi verdadera historia; la cual es que el rey mi padre, que se llamaba Tinacrio el Sabidor, fue muy docto en esto que llaman el arte mágica y alcanzó por su ciencia que mi madre, que se llamaba la reina Jaramilla, había de morir primero que él, y que de allí a poco tiempo él también había de pasar de esta vida, y yo había de quedar huérfana de padre y madre. Pero decía él que no le fatigaba tanto esto cuanto le ponía en confusión saber por cosa muy cierta que un descomunal gigante, señor de una grande ínsula que casi alinda con nuestro reino, llamado

DE NOMBRES Y APELLIDOS

Hasta el momento, ha sido don Quijote quien ha ido poniendo nombre a los héroes y villanos que pueblan su fantasía: Caraculiambro, Brandabarbarán de Boliche, Pentapolín del Arremangado Brazo, Alfeñiquén del Algarbe, Micocolembo de Quirocia, Espartafilardo del Bosque, Alifanfarón de la Trapobana, Brocabruno de la Gran Fuerza... Ahora se suman a la tarea el cura y Dorotea, con aportaciones como Micomicona, Tinacrio el Sabidor y Pandafilando de la Fosca Vista.

Pandafilando de la Fosca Vista, porque es cosa averiguada que, aunque tiene los ojos en su lugar y derechos, siempre mira al revés, como si fuese bizco, y esto lo hace él de maligno y por poner miedo y espanto a los que mira; digo que supo que este gigante, en sabiendo mi orfandad, había de pasar con gran poderío sobre mi reino y me lo había de quitar todo, sin dejarme una pequeña aldea donde me recogiese, pero que podía escusar toda esta ruina y desgracia si yo me quisiese casar con él. Mas, a lo que él entendía, jamás pensaba que me vendría a mí en voluntad de hacer tan desigual casamiento, y dijo en esto la pura verdad, porque jamás me ha pasado por el pensamiento casarme con aquel gigante, pero ni con otro alguno, por grande y desaforado que fuese. Dijo también mi padre que después que él fuese muerto y viese yo que Pandafilando comenzaba a pasar sobre mi reino, que no aguardase a ponerme en defensa, porque sería destruirme, sino que libremente le dejase desembarazado el reino, si quería escusar la muerte y total destruición de mis buenos y leales vasallos, porque no había de ser posible defenderme de la endiablada fuerza del gigante; sino que luego, con algunos de los míos, me pusiese en camino de las Españas, donde hallaría el remedio de mis males hallando a un caballero andante cuya fama en este tiempo se estendería por todo este reino, el cual se había de llamar, si mal no me acuerdo, don Azote o don Gigote.

—Don Quijote diría, señora —dijo a esta sazón Sancho Panza—, o por otro nombre el Caballero de la Triste Figura.

—Así es la verdad —dijo Dorotea—. Dijo más: que había de ser alto de cuerpo, seco de rostro y que en el lado derecho, debajo del hombro izquierdo o por allí junto, había de tener un lunar pardo con ciertos cabellos a manera de cerdas.

En oyendo esto don Quijote, dijo a su escudero:

—Ten aquí, Sancho, hijo; ayúdame a desnudar, que quiero ver si soy el caballero que aquel sabio rey dejó profetizado.

—Pues ¿para qué quiere vuestra merced desnudarse? —dijo Dorotea.

—Para ver si tengo ese lunar que vuestro padre dijo —respondió don Quijote.

—No hay para qué desnudarse —dijo Sancho—, que yo sé que tiene vuestra merced un lunar de esas señas en la mitad del espinazo, que es señal de ser hombre fuerte.

—Eso basta —dijo Dorotea—, porque con los amigos no se ha de mirar en pocas cosas, y que esté en el hombro o que esté en el espinazo importa poco; basta que haya lunar, y esté donde estuviere, pues todo es una mesma carne. Y sin duda acertó mi buen padre en todo, y yo he acertado en encomendarme al señor don Quijote, que él es por quien mi padre dijo, pues las señales del rostro vienen con las de la buena fama que este caballero tiene no solo en España, pero en toda la Mancha; pues apenas me hube desembarcado en Osuna cuando oí decir tantas hazañas suyas, que luego me dio el alma que era el mesmo que venía a buscar.

—Pues ¿cómo se desembarcó vuestra merced en Osuna, señora mía —preguntó don Quijote—, si no es puerto de mar?

Mas antes que Dorotea respondiese, tomó el cura la mano y dijo:

—Debe de querer decir la señora princesa que después que desembarcó en Málaga la primera parte donde oyó nuevas de vuestra merced fue en Osuna.

—Eso quise decir —dijo Dorotea.

—Y esto lleva camino —dijo el cura—, y prosiga vuestra majestad adelante.

—No hay qué proseguir —respondió Dorotea—, sino que finalmente mi suerte ha sido tan buena en hallar al señor don Quijote, que ya me cuento y tengo por reina y señora de todo mi reino, pues él por su cortesía y magnificencia me ha prometido el don de irse conmigo dondequiera que yo le llevare, que no será a otra parte que a ponerle delante de Pandafilando de la Fosca Vista para que le mate y me restituya lo que tan contra razón me tiene usurpado; que todo esto ha de suceder a pedir de boca, pues así lo dejó profetizado Tinacrio el Sabidor, mi buen padre, el cual también dejó dicho, y escrito en letras caldeas o griegas, que yo no las sé leer, que si este caballero de la profecía, después de haber degollado al gigante, quisiese casarse conmigo, que yo me otorgase luego sin réplica alguna por su legítima esposa y le diese la posesión de mi reino junto con la de mi persona.

—¿Qué te parece, Sancho amigo? —dijo a este punto don Quijote—. ¿No oyes lo que pasa? ¿No te lo dije yo? ¡Mira si tenemos ya reino que mandar y reina con quien casar!

—¡Eso juro yo —dijo Sancho— para el puto que no se casare en abriendo el gaznatico al señor Pandahilado! Pues ¡monta que es mala la reina, así se me vuelvan las pulgas de la cama!

Y diciendo esto, dio dos zapatetas en el aire, con muestras de grandísimo contento, y luego fue a tomar las riendas de la mula de Dorotea, y, haciéndola detener, se hincó de rodillas ante ella, suplicándole le diese las manos para besárselas, en señal que la recibía por su reina y señora. ¿Quién no había de reír de los circustantes, viendo la locura del amo y la simplicidad del criado? En efecto Dorotea se las dio, y le prometió de hacerle gran señor en su reino cuando el cielo le hiciese tanto bien, que se lo dejase cobrar y gozar.

Agradecióselo Sancho con tales palabras, que renovó la risa en todos.

—Esta, señores —prosiguió Dorotea—, es mi historia. Solo resta por deciros que de cuanta gente de acompañamiento saqué de mi reino no me ha quedado sino solo este bien barbado escudero, porque todos se anegaron en una gran borrasca que tuvimos a vista del puerto, y él y yo salimos en dos tablas a tierra, como por milagro; y, así, es todo milagro y misterio el discurso de mi vida, como lo habréis notado. Y si en alguna cosa he andado demasiada, o no tan acertada como debiera, echad la culpa a lo que el señor licenciado dijo al principio de mi cuento: que los trabajos continuos y extraordinarios quitan la memoria al que los padece.

—Esa no me quitarán a mí, oh alta y valerosa señora —dijo don Quijote—, cuantos yo pasare en serviros, por grandes y no vistos que sean. Y, así, de nuevo confirmo el don que os he prometido, y juro de ir con vos al cabo del mundo, hasta verme con el fiero enemigo vuestro, a quien pienso, con el ayuda de Dios y de mi brazo, tajar la cabeza soberbia con los filos de esta... no quiero decir buena espada, merced a Ginés de Pasamonte, que me llevó la mía.

Esto dijo entre dientes, y prosiguió diciendo:

—Y después de habérsela tajado y puéstoos en pacífica posesión de vuestro estado, quedará a vuestra voluntad hacer de vuestra persona lo que más en talante os viniere. Porque, mientras que yo tuviere ocupada la memoria y cautiva la voluntad, rendido el entendimiento a aquella... y no digo más, no es posible que yo arrostre, ni por pienso, el casarme, aunque fuese con el ave fénix.

Pareciole tan mal a Sancho lo que últimamente su amo dijo acerca de no querer casarse, que con grande enojo, alzando la voz, dijo:

—¡Voto a mí y juro a mí que no tiene vuestra merced, señor don Quijote, cabal juicio! Pues ¿cómo es posible que pone vuestra merced en duda el casarse con tan alta princesa como aquesta? ¿Piensa que le ha de ofrecer la fortuna tras cada cantillo semejante ventura como la que ahora se le ofrece? ¿Es por dicha más hermosa mi señora Dulcinea? No por cierto, ni aun con la mitad, y aun estoy por decir que no llega a su zapato de la que está delante. Así, noramala alcanzaré yo el condado que espero, si vuestra merced se anda a pedir cotufas en el golfo. ¡Cásese, cásese luego, encomiéndole yo a Satanás, y tome ese reino que se le viene a las manos de vobis vobis! Y en siendo rey, hágame marqués o adelantado, y luego siquiera se lo lleve el diablo todo.

Don Quijote, que tales blasfemias oyó decir contra su señora Dulcinea, no lo pudo sufrir, y alzando el lanzón, sin hablalle palabra a Sancho y sin decirle esta boca es mía, le dio tales dos palos, que dio con él en tierra. Y si no fuera porque Dorotea le dio voces que no le diera más, sin duda le quitara allí la vida.

—¿Pensáis —le dijo a cabo de rato—, villano ruin, que ha de haber lugar siempre para ponerme la mano en la horcajadura, y que todo ha de ser errar vos y perdonaros yo? ¡Pues no lo penséis, bellaco descomulgado, que sin duda lo estás, pues has puesto lengua en la sin par Dulcinea! ¿Y no sabéis vos, gañán, faquín, belitre, que si no fuese por el valor que ella infunde en mi brazo, que no le tendría yo para matar una pulga? Decid, socarrón de lengua viperina: ¿y quién pensáis que ha ganado este reino y cortado la cabeza a ese gigante y héchoos a vos marqués, que todo esto doy ya por hecho y por cosa pasada en cosa juzgada, si no es el valor de Dulcinea, tomando a mi brazo por instrumento de sus hazañas? Ella pelea en mí y vence en mí, y yo vivo y respiro en ella, y tengo vida y ser. ¡Oh hideputa bellaco, y cómo sois desagradecido, que os veis levantado del polvo de la tierra a ser señor de título y correspondéis a tan buena obra con decir mal de quien os la hizo!

No estaba tan maltrecho Sancho que no oyese todo cuanto su amo le decía, y levantándose con un poco de presteza, se fue a poner detrás del palafrén de Dorotea, y desde allí dijo a su amo:

—Dígame, señor: si vuestra merced tiene determinado de no casarse con esta gran princesa, claro está que no será el reino suyo; y no siéndolo, ¿qué mercedes me puede hacer? Esto es de lo que yo me quejo. Cásese vuestra merced una por una con esta reina, ahora que la tenemos aquí como llovida del cielo, y después puede volverse con mi señora Dulcinea, que reyes debe de haber habido en el mundo que hayan sido amancebados. En lo de la hermosura no me entremeto, que en verdad, si va a decirla, que entrambas me parecen bien, puesto que yo nunca he visto a la señora Dulcinea.

—¿Cómo que no la has visto, traidor blasfemo? —dijo don Quijote—. Pues ¿no acabas de traerme ahora un recado de su parte?

—Digo que no la he visto tan despacio —dijo Sancho—, que pueda haber notado particularmente su hermosura y sus buenas partes punto por punto, pero así a bulto me parece bien.

—Ahora te disculpo —dijo don Quijote—, y perdóname el enojo que te he dado, que los primeros movimientos no son en manos de los hombres.

—Ya yo lo veo —respondió Sancho—; y, así, en mí la gana de hablar siempre es primero movimiento, y no puedo dejar de decir, por una vez siquiera, lo que me viene a la lengua.

—Con todo eso —dijo don Quijote—, mira, Sancho, lo que hablas, porque tantas veces va el cantarillo a la fuente..., y no te digo más.

—Ahora bien —respondió Sancho—, Dios está en el cielo que ve las trampas y será juez de quién hace más mal: yo en no hablar bien o vuestra merced en no obrallo.

—No haya más —dijo Dorotea—. Corred, Sancho, y besad la mano a vuestro señor y pedilde perdón, y de aquí adelante andad más atentado en vuestras alabanzas y vituperios, y no digáis mal de aquesa señora Tobosa, a quien yo no conozco si no es para servilla. Y tened confianza en Dios, que no os ha de faltar un estado donde viváis como un príncipe.

Fue Sancho cabizbajo y pidió la mano a su señor, y él se la dio con reposado continente. Y después que se la hubo besado, le echó la bendición y dijo a Sancho que se adelantasen un poco, que tenía que preguntalle y que departir con él cosas de mucha importancia.

Hízolo así Sancho y apartáronse los dos algo adelante, y díjole don Quijote:

—Después que veniste no he tenido lugar ni espacio para preguntarte muchas cosas de particularidad acerca de la embajada que llevaste y de la respuesta que trujiste. Y ahora, pues la fortuna nos ha concedido tiempo y lugar, no me niegues tú la ventura que puedes darme con tan buenas nuevas.

—Pregunte vuestra merced lo que quisiere —respondió Sancho—, que a todo daré tan buena salida como tuve la entrada. Pero suplico a vuestra merced, señor mío, que no sea de aquí adelante tan vengativo.

—¿Por qué lo dices, Sancho? —dijo don Quijote.

—Dígolo —respondió— porque estos palos de agora más fueron por la pendencia que entre los dos trabó el diablo la otra noche que por lo que dije contra mi señora Dulcinea, a quien amo y reverencio como a una reliquia, aunque en ella no lo haya, solo por ser cosa de vuestra merced.

—No tornes a esas pláticas, Sancho, por tu vida —dijo don Quijote—, que me dan pesadumbre. Ya te perdoné entonces, y bien sabes tú que suele decirse: «A pecado nuevo, penitencia nueva».

Mientras esto pasaba vieron venir por el camino donde ellos iban a un hombre caballero sobre un jumento, y cuando llegó cerca les pareció que era gitano. Pero Sancho Panza, que doquiera que vía asnos se le iban los ojos y el alma, apenas hubo visto al hombre cuando conoció que era Ginés de Pasamonte, y por el hilo del gitano sacó el ovillo de su asno, como era la verdad, pues era el rucio sobre que Pasamonte venía; el cual, por no ser conocido y por vender el asno, se había puesto en traje de gitano, cuya lengua, y otras muchas, sabía hablar como si fueran naturales suyas. Viole Sancho y conociole, y apenas le hubo visto y conocido cuando a grandes voces le dijo:

—¡Ah, ladrón Ginesillo! ¡Deja mi prenda, suelta mi vida, no te empaches con mi descanso! ¡Deja mi asno, deja mi regalo! ¡Huye, puto! ¡Auséntate, ladrón, y desampara lo que no es tuyo!

No fueran menester tantas palabras ni baldones, porque a la primera saltó Ginés, y tomando un trote que parecía carrera, en un punto se ausentó y alejó de todos. Sancho llegó a su rucio, y abrazándole le dijo:

—¿Cómo has estado, bien mío, rucio de mis ojos, compañero mío?

Y con esto le besaba y acariciaba como si fuera persona. El asno callaba y se dejaba besar y acariciar de Sancho, sin responderle palabra alguna. Llegaron todos y diéronle el parabién del hallazgo del rucio, especialmente don Quijote, el cual le dijo que no por eso anulaba la póliza de los tres pollinos. Sancho se lo agradeció.

En tanto que los dos iban en estas pláticas, dijo el cura a Dorotea que había andado muy discreta así en el cuento como en la brevedad de él y en la similitud que tuvo con los de los libros de caballerías. Ella dijo que muchos ratos se había entretenido en leellos, pero que no sabía ella dónde eran las provincias ni puertos de mar y que, así, había dicho a tiento que se había desembarcado en Osuna.

—Yo lo entendí así —dijo el cura— y por eso acudí luego a decir lo que dije, con que se acomodó todo. Pero ¿no es cosa estraña ver con cuánta facilidad cree este desventurado hidalgo todas estas invenciones y mentiras, solo porque llevan el estilo y modo de las necedades de sus libros?

—Sí es —dijo Cardenio—, y tan rara y nunca vista, que yo no sé si queriendo inventarla y fabricarla mentirosamente hubiera tan agudo ingenio que pudiera dar en ella.

—Pues otra cosa hay en ello —dijo el cura—: que, fuera de las simplicidades que este buen hidalgo dice tocantes a su locura, si le tratan de otras cosas discurre con bonísimas razones y muestra tener un entendimiento claro y apacible en todo, de manera que como no le toquen en sus caballerías, no habrá nadie que le juzgue sino por de muy buen entendimiento.

En tanto que ellos iban en esta conversación, prosiguió don Quijote con la suya y dijo a Sancho:

—Echemos, Panza amigo, pelillos a la mar en esto de nuestras pendencias, y dime ahora, sin tener cuenta con enojo ni rencor alguno: ¿dónde, cómo y cuándo hallaste a Dulcinea?, ¿qué hacía?, ¿qué le dijiste?, ¿qué te respondió?, ¿qué rostro hizo cuando leía mi carta?, ¿quién te la trasladó? Y todo aquello que vieres que en este caso es digno de saberse, de preguntarse y satisfacerse, sin que añadas o mientas por darme gusto, ni menos te acortes por no quitármele.

—Señor —respondió Sancho—, si va a decir la verdad, la carta no me la trasladó nadie, porque yo no llevé carta alguna.

—Así es como tú dices —dijo don Quijote—, porque el librillo de memoria donde yo la escribí le hallé en mi poder a cabo de dos días de tu partida, lo cual me causó grandísima pena, por no saber lo que habías tú de hacer cuando te vieses sin carta; y creí siempre que te volvieras desde el lugar donde la echaras menos.

—Así fuera —respondió Sancho— si no la hubiera yo tomado en la memoria cuando vuestra merced me la leyó, de manera que se la dije a un sacristán, que me la trasladó del entendimiento tan punto por punto, que dijo que en todos los días de su vida, aunque había leído muchas cartas de descomunión, no había visto ni leído tan linda carta como aquella.

—¿Y tiénesla todavía en la memoria, Sancho? —dijo don Quijote.

—No, señor —respondió Sancho—, porque después que la di, como vi que no había de ser de más provecho, di en olvidalla. Y si algo se me acuerda es aquello del «sobajada», digo del «soberana señora», y lo último: «Vuestro hasta la muerte, el Caballero de la Triste Figura»; y en medio de estas dos cosas le puse más de trecientas «almas» y «vidas» y «ojos míos».

31

DE LOS SABROSOS RAZONAMIENTOS QUE PASARON ENTRE DON QUIJOTE Y SANCHO PANZA, SU ESCUDERO, CON OTROS SUCESOS

—Todo eso no me descontenta. Prosigue adelante —dijo don Quijote—: llegaste, ¿y qué hacía aquella reina de la hermosura? A buen seguro que la hallaste ensartando perlas o bordando alguna empresa con oro de cañutillo para este su cautivo caballero.

—No la hallé —respondió Sancho— sino ahechando dos hanegas de trigo en un corral de su casa.

—Pues haz cuenta —dijo don Quijote— que los granos de aquel trigo eran granos de perlas, tocados de sus manos. Y si miraste, amigo, el trigo ¿era candeal o trechel?

—No era sino rubión —respondió Sancho.

—Pues yo te aseguro —dijo don Quijote— que, ahechado por sus manos, hizo pan candeal sin duda alguna. Pero pasa adelante: cuando le diste mi carta, ¿besola? ¿Púsosela sobre la cabeza? ¿Hizo alguna ceremonia digna de tal carta, o qué hizo?

—Cuando yo se la iba a dar —respondió Sancho— ella estaba en la fuga del meneo de una buena parte de trigo que tenía en la criba, y díjome: «Poned, amigo, esa carta sobre aquel costal, que no la puedo leer hasta que acabe de acribar todo lo que aquí está».

—¡Discreta señora! —dijo don Quijote—. Eso debió de ser por leerla despacio y recrearse con ella. Adelante, Sancho: y en tanto que estaba en su menester, ¿qué coloquios pasó contigo? ¿Qué te preguntó de mí? Y tú ¿qué le respondiste? Acaba, cuéntamelo todo, no se te quede en el tintero una mínima.

—Ella no me preguntó nada —dijo Sancho—, mas yo le dije de la manera que vuestra merced por su servicio quedaba haciendo penitencia, desnudo de la cintura arriba, metido entre estas sierras como si fuera salvaje, durmiendo en el suelo, sin comer pan a manteles ni sin peinarse la barba, llorando y maldiciendo su fortuna.

—En decir que maldecía mi fortuna dijiste mal —dijo don Quijote—, porque antes la bendigo y bendeciré todos los días de mi vida por haberme hecho digno de merecer amar tan alta señora como Dulcinea del Toboso.

—Tan alta es —respondió Sancho—, que a buena fe que me lleva a mí más de un coto.

—Pues ¿cómo, Sancho? —dijo don Quijote—. ¿Haste medido tú con ella?

—Medime en esta manera —respondió Sancho—: que, llegándole a ayudar a poner un costal de trigo sobre un jumento, llegamos tan juntos, que eché de ver que me llevaba más de un gran palmo.

—Pues en verdad —replicó don Quijote—, ¿qué no acompaña esa grandeza y la adorna con mil millones y gracias del alma? Pero no me negarás, Sancho, una cosa: cuando llegaste junto a ella, ¿no sentiste un olor sabeo, una fragancia aromática y un no sé qué de bueno, que yo no acierto a dalle nombre? Digo un tuho, o tufo, como si estuvieras en la tienda de algún curioso guantero.

—Lo que sé decir —dijo Sancho— es que sentí un olorcillo algo hombruno, y debía de ser que ella, con el mucho ejercicio, estaba sudada y algo correosa.

—No sería eso —dijo don Quijote—, sino que tú debías de estar romadizado o te debiste de oler a ti mismo, porque yo sé bien a lo que huele aquella rosa entre espinas, aquel lirio del campo, aquel ámbar desleído.

—Todo puede ser —respondió Sancho—, que muchas veces sale de mí aquel olor que entonces me pareció que salía de su merced de la señora Dulcinea. Pero no hay de qué maravillarse, que un diablo parece a otro.

—Y bien —prosiguió don Quijote—: he aquí que acabó de limpiar su trigo y de enviallo al molino. ¿Qué hizo cuando leyó la carta?

—La carta —dijo Sancho— no la leyó, porque dijo que no sabía leer ni escribir, antes la rasgó y la hizo menudas piezas, diciendo que no la quería dar a leer a nadie porque no se supiesen en el lugar sus secretos, y que bastaba lo que yo le había dicho de palabra acerca del amor que vuestra merced le tenía y de la penitencia extraordinaria que por su causa quedaba haciendo. Y, finalmente, me dijo que dijese a vuestra merced que le besaba las manos y que allí quedaba con más deseo de verle que de escribirle, y que, así, le suplicaba y mandaba que, vista la presente, saliese de aquellos matorrales y se dejase de hacer disparates y se pusiese luego luego en camino del Toboso, si otra cosa de más importancia no le sucediese, porque tenía gran deseo de ver a vuestra merced. Riose mucho cuando le dije como se llamaba vuestra merced «el Caballero de la Triste Figura». Preguntele si había ido allá el vizcaíno de marras; díjome que sí y que era un hombre muy de bien. También le pregunté por los galeotes, mas díjome que no había visto hasta entonces alguno.

—Toda va bien hasta agora —dijo don Quijote—. Pero dime: ¿qué joya fue la que te dio al despedirte, por las nuevas que de mí le llevaste? Porque es usada y antigua costumbre entre los caballeros y damas andantes dar a los escuderos, doncellas o enanos que les llevan nuevas (de sus damas a ellos, a ellas de sus andantes) alguna rica joya en albricias, en agradecimiento de su recado.

—Bien puede eso ser así y yo la tengo por buena usanza, pero eso debió de ser en los tiempos pasados, que ahora solo se debe de acostumbrar a dar un pedazo de pan y queso, que esto fue lo que me dio mi señora Dulcinea por las bardas de un corral cuando de ella me despedí; y aun, por más señas, era el queso ovejuno.

—Es liberal en estremo —dijo don Quijote—, y si no te dio joya de oro, sin duda debió de ser porque no la tendría allí a la mano para dártela. Pero buenas son mangas después de Pascua: yo la veré y se satisfará todo. ¿Sabes de qué estoy maravillado, Sancho? De que me parece que fuiste y veniste por los aires, pues poco más de tres días has tardado en ir y venir desde aquí al Toboso, habiendo de aquí allá más de treinta leguas. Por lo cual me doy a entender que aquel sabio nigromante que tiene cuenta con mis cosas y es mi amigo, porque por fuerza le hay y le ha de haber, so pena que yo no sería buen caballero andante, digo que este tal te debió de ayudar a caminar sin que tú lo sintieses, que hay sabio de estos que coge a un caballero andante durmiendo en su cama, y, sin saber cómo o en qué manera, amanece otro día más de mil leguas de donde anocheció. Y si no fuese por esto, no se podrían socorrer en sus peligros los caballeros andantes unos a otros, como se socorren a cada paso, que acaece estar uno peleando en las sierras de Armenia con algún endriago o con algún fiero vestiglo, o con otro caballero, donde lleva lo peor de la batalla y está ya a punto de muerte, y cuando no os me cato asoma por acullá, encima de una nube o sobre un carro de fuego, otro caballero amigo suyo, que poco antes se hallaba en Ingalaterra, que le favorece y libra de la muerte, y a la noche se halla en su posada, cenando muy a su sabor; y suele haber de la una a la otra parte dos o tres mil leguas, y todo esto se hace por industria y sabiduría de estos sabios encantadores que tienen cuidado de estos valerosos caballeros. Así que, amigo Sancho, no se me hace dificultoso creer que en tan breve tiempo hayas ido y venido desde este lugar al del Toboso, pues, como tengo dicho, algún sabio amigo te debió de llevar en volandillas sin que tú lo sintieses.

—Así sería —dijo Sancho—, porque a buena fe que andaba Rocinante como si fuera asno de gitano con azogue en los oídos.

—¡Y cómo si llevaba azogue! —dijo don Quijote—. Y aun una legión de demonios, que es gente que camina y hace caminar sin cansarse todo aquello que se les antoja. Pero, dejando esto aparte, ¿qué te parece a ti que debo yo de hacer ahora cerca de lo que mi señora me manda que la vaya a ver? Que, aunque yo veo que estoy obligado a cumplir su mandamiento, véome también imposibilitado del don que he prometido a la princesa que con nosotros viene, y fuérzame la ley de caballería a cumplir mi palabra antes que mi gusto. Por una parte, me acosa y fatiga el deseo de ver a mi señora; por otra, me incita y llama la prometida fe y la gloria que he de alcanzar en esta empresa. Pero lo que pienso hacer será caminar apriesa y llegar presto donde está este gigante, y en llegando le cortaré la cabeza y pondré a la princesa pacíficamente en su estado; y al punto daré la vuelta a ver a la luz que mis sentidos alumbra, a la cual daré tales disculpas, que ella venga a tener por buena mi tardanza, pues verá que todo redunda en aumento de su gloria y fama, pues cuanta yo he alcanzado, alcanzo y alcanzare por las armas en esta vida, toda me viene del favor que ella me da y de ser yo suyo.

—¡Ay —dijo Sancho—, y cómo está vuestra merced lastimado de esos cascos! Pues dígame, señor: ¿piensa vuestra merced caminar este camino en balde y dejar pasar y perder un tan rico y tan principal casamiento como este, donde le dan en dote un reino, que a buena verdad que he oído decir que tiene más de veinte mil leguas de contorno y que es abundantísimo de todas las cosas que son necesarias para el sustento de la vida humana, y que es mayor que Portugal y que Castilla juntos? ¡Calle, por amor de Dios, y tenga vergüenza de lo que ha dicho, y tome mi consejo, y perdóneme, y cásese luego en el primer lugar que haya cura! Y si no, ahí está nuestro licenciado, que lo hará de perlas. Y advierta que ya tengo edad para dar consejos, y que este que le doy le viene de molde, y que más vale pájaro en mano que buitre volando, porque quien bien tiene y mal escoge, por bien que se enoja no se venga.

—Mira, Sancho —respondió don Quijote—: si el consejo que me das de que me case es porque sea luego rey en matando al gigante y tenga cómodo para hacerte mercedes y darte lo prometido, hágote saber que sin casarme podré cumplir tu deseo muy fácilmente, porque yo sacaré de adahala, antes de entrar en la batalla, que, saliendo vencedor de ella, ya que no me case, me han de dar una parte del reino para que la pueda dar a quien yo quisiere. Y en dándomela, ¿a quién quieres tú que la dé sino a ti?

—Eso está claro —respondió Sancho—. Pero mire vuestra merced que la escoja hacia la marina, porque, si no me contentare la vivienda, pueda embarcar mis negros vasallos y hacer de ellos lo que ya he dicho. Y vuestra merced no se cure de ir por agora a ver a mi señora Dulcinea, sino váyase a matar al gigante y concluyamos este negocio, que por Dios que se me asienta que ha de ser de mucha honra y de mucho provecho.

—Dígote, Sancho —dijo don Quijote—, que estás en lo cierto y que habré de tomar tu consejo en cuanto el ir antes con la princesa que a ver a Dulcinea. Y avísote que no digas nada a nadie, ni a los que con nosotros vienen, de lo que aquí hemos departido y tratado, que pues Dulcinea es tan recatada que no quiere que se sepan sus pensamientos, no será bien que yo ni otro por mí los descubra.

—Pues si eso es así —dijo Sancho—, ¿cómo hace vuestra merced que todos los que vence por su brazo se vayan a presentar ante mi señora Dulcinea, siendo esto firma de su nombre que la quiere bien y que es su enamorado? Y siendo forzoso que los que fueren se han de ir a hincar de finojos ante su presencia y decir que van de parte de vuestra merced a dalle la obediencia, ¿cómo se pueden encubrir los pensamientos de entrambos?

—¡Oh, qué necio y qué simple que eres! —dijo don Quijote—. ¿Tú no ves, Sancho, que eso todo redunda en su mayor ensalzamiento? Porque has de saber que en este nuestro estilo de caballería es gran honra tener una dama muchos caballeros andantes que la sirvan, sin que se estiendan más sus pensamientos que a servilla por solo ser ella quien es, sin esperar otro premio de sus muchos y buenos deseos sino que ella se contente de acetarlos por sus caballeros.

—Con esa manera de amor —dijo Sancho— he oído yo predicar que se ha de amar a Nuestro Señor: por sí solo, sin que nos mueva esperanza de gloria o temor de pena, aunque yo le querría amar y servir por lo que pudiese.

—¡Válate el diablo por villano —dijo don Quijote—, y qué de discreciones dices a las veces! No parece sino que has estudiado.

—Pues a fe mía que no sé leer —respondió Sancho.

En esto les dio voces maese Nicolás que esperasen un poco, que querían detenerse a beber en una fontecilla que allí estaba. Detúvose don Quijote, con no poco gusto de Sancho, que ya estaba cansado de mentir tanto y temía no le cogiese su amo a palabras; porque, puesto que él sabía que Dulcinea era una labradora del Toboso, no la había visto en toda su vida.

Habíase en este tiempo vestido Cardenio los vestidos que Dorotea traía cuando la hallaron, que, aunque no eran muy buenos, hacían mucha ventaja a los que dejaba. Apeáronse junto a la fuente, y con lo que el cura se acomodó en la venta satisficieron, aunque poco, la mucha hambre que todos traían.

Estando en esto, acertó a pasar por allí un muchacho que iba de camino, el cual, poniéndose a mirar con mucha atención a los que en la fuente estaban, de allí a poco arremetió a don Quijote, y abrazándole por las piernas, comenzó a llorar muy de propósito, diciendo:

—¡Ay, señor mío!, ¿no me conoce vuestra merced? Pues míreme bien, que yo soy aquel mozo Andrés que quitó vuestra merced de la encina donde estaba atado.

Reconociole don Quijote, y asiéndole por la mano, se volvió a los que allí estaban y dijo:

—Porque vean vuestras mercedes cuán de importancia es haber caballeros andantes en el mundo que desfagan los tuertos y agravios que en él se hacen por los insolentes y malos hombres que en él viven, sepan vuestras mercedes que los días pasados, pasando yo por un bosque, oí unos gritos y unas voces muy lastimosas, como de persona afligida y menesterosa. Acudí luego, llevado de mi obligación, hacia la parte donde me pareció que las lamentables voces sonaban, y hallé atado a una encina a este muchacho que ahora está delante, de lo que me huelgo en el alma, porque será testigo que no me dejará mentir en nada. Digo que estaba atado a la encina, desnudo del medio cuerpo arriba, y estábale abriendo a azotes con las riendas de una yegua un villano que después supe que era amo suyo; y así como yo le vi le pregunté la causa de tan atroz vapulamiento. Respondió el zafio que le azotaba porque era su criado, y que ciertos descuidos que tenía nacían más de ladrón que de simple. A lo cual este niño dijo: «Señor, no me azota sino porque le pido mi salario». El amo replicó no sé qué arengas y disculpas, las cuales, aunque de mí fueron oídas, no fueron admitidas. En resolución, yo le hice desatar y tomé juramento al villano de que le llevaría consigo y le pagaría un real sobre otro, y aun sahumados. ¿No es verdad todo esto, hijo Andrés? ¿No notaste con cuánto imperio se lo mandé y con cuánta humildad prometió de hacer todo cuanto yo le impuse y notifiqué y quise? Responde, no te turbes ni dudes en nada; di lo que pasó a estos señores, porque se vea y considere ser del provecho que digo haber caballeros andantes por los caminos.

—Todo lo que vuestra merced ha dicho es mucha verdad —respondió el muchacho—, pero el fin del negocio sucedió muy al revés de lo que vuestra merced se imagina.

—¿Cómo al revés? —replicó don Quijote—. Luego ¿no te pagó el villano?

—No solo no me pagó —respondió el muchacho—, pero así como vuestra merced traspuso del bosque y quedamos solos, me volvió a atar a la mesma encina y me dio de nuevo tantos azotes, que quedé hecho un San Bartolomé desollado; y a cada azote que me daba me decía un donaire y chufeta acerca de hacer burla de vuestra merced, que, a no sentir yo tanto dolor, me riera de lo que decía. En efecto, él me paró tal, que hasta ahora he estado curándome en un hospital del mal que el mal villano entonces me hizo; de todo lo cual tiene vuestra merced la culpa, porque si se fuera su camino adelante y no viniera donde no le llamaban ni se entremetiera en negocios ajenos, mi amo se contentara con darme una o dos docenas de azotes, y luego me soltara y pagara cuanto me debía. Mas, como vuestra merced le deshonró tan sin propósito y le dijo tantas villanías, encendiósele la cólera, y como no la pudo vengar en vuestra merced, cuando se vio solo descargó sobre mí el nublado, de modo que me parece que no seré más hombre en toda mi vida.

—El daño estuvo —dijo don Quijote— en irme yo de allí, que no me había de ir hasta dejarte pagado, porque bien debía yo de saber por luengas experiencias que no hay villano que guarde palabra que tiene si él ve que no le está bien guardalla. Pero ya te acuerdas, Andrés, que yo juré que si no te pagaba, que había de ir a buscarle y que le había de hallar, aunque se escondiese en el vientre de la ballena.

—Así es la verdad —dijo Andrés—, pero no aprovechó nada.

—Ahora verás si aprovecha —dijo don Quijote.

Y diciendo esto, se levantó muy apriesa y mandó a Sancho que enfrenase a Rocinante, que estaba paciendo en tanto que ellos comían. Preguntole Dorotea qué era lo que hacer quería; él le respondió que quería ir a buscar al villano y castigalle de tan mal término, y hacer pagado a Andrés hasta el último maravedí, a despecho y pesar de cuantos villanos hubiese en el mundo, a lo que ella respondió que advirtiese que no podía, conforme al don prometido, entremeterse en ninguna empresa hasta acabar la suya, y que pues esto sabía él mejor que otro alguno, que sosegase el pecho hasta la vuelta de su reino.

—Así es verdad —respondió don Quijote—, y es forzoso que Andrés tenga paciencia hasta la vuelta, como vos, señora, decís, que yo le torno a jurar y a prometer de nuevo de no parar hasta hacerle vengado y pagado.

—No me creo de esos juramentos —dijo Andrés—. Más quisiera tener agora con qué llegar a Sevilla que todas las venganzas del mundo. Deme, si tiene ahí, algo que coma y lleve, y quédese con Dios su merced y todos los caballeros andantes, que tan bien andantes sean ellos para consigo como lo han sido para conmigo.

Sacó de su repuesto Sancho un pedazo de pan y otro de queso, y dándoselo al mozo, le dijo:

—Tomá, hermano Andrés, que a todos nos alcanza parte de vuestra desgracia.

—Pues ¿qué parte os alcanza a vos? —preguntó Andrés.

—Esta parte de queso y pan que os doy —respondió Sancho—, que Dios sabe si me ha de hacer falta o no. Porque os hago saber, amigo, que los escuderos de los caballeros andantes estamos sujetos a mucha hambre y a mala ventura, y aun a otras cosas que se sienten mejor que se dicen.

Andrés asió de su pan y queso, y viendo que nadie le daba otra cosa, abajó su cabeza y tomó el camino en las manos, como suele decirse. Bien es verdad que, al partirse, dijo a don Quijote:

—Por amor de Dios, señor caballero andante, que si otra vez me encontrare, aunque vea que me hacen pedazos, no me socorra ni ayude, sino déjeme con mi desgracia, que no será tanta, que no sea mayor la que me vendrá de su ayuda de vuestra merced, a quien Dios maldiga, y a todos cuantos caballeros andantes han nacido en el mundo.

Íbase a levantar don Quijote para castigalle, mas él se puso a correr de modo que ninguno se atrevió a seguille. Quedó corridísimo don Quijote del cuento de Andrés, y fue menester que los demás tuviesen mucha cuenta con no reírse, por no acaballe de correr del todo.

32

QUE TRATA DE LO QUE SUCEDIÓ EN LA VENTA A TODA LA CUADRILLA DE DON QUIJOTE

Acabose la buena comida, ensillaron luego y, sin que les sucediese cosa digna de contar, llegaron otro día a la venta espanto y asombro de Sancho Panza, y aunque él quisiera no entrar en ella, no lo pudo huir. La ventera, el ventero, su hija y Maritornes, que vieron venir a don Quijote y a Sancho, les salieron a recebir con muestras de mucha alegría, y él las recibió con grave continente y aplauso, y díjoles que le aderezasen otro mejor lecho que la vez pasada; a lo cual le respondió la huéspeda que como la pagase mejor que la otra vez, que ella se la daría de príncipes. Don Quijote dijo que sí haría, y, así, le aderezaron uno razonable en el mismo camaranchón de marras, y él se acostó luego, porque venía muy quebrantado y falto de juicio.

No se hubo bien encerrado cuando la huéspeda arremetió al barbero, y asiéndole de la barba, dijo:

—¡Para mi santiguada que no se ha aún de aprovechar más de mi rabo para su barba y que me ha de volver mi cola, que anda lo de mi marido por esos suelos, que es vergüenza; digo el peine, que solía yo colgar de mi buena cola!

No se la quería dar el barbero, aunque ella más tiraba, hasta que el licenciado le dijo que se la diese, que ya no era menester más usar de aquella industria, sino que se descubriese y mostrase en su misma forma y dijese a don Quijote que, cuando le despojaron los ladrones galeotes, se habían venido a aquella venta huyendo; y que si preguntase por el escudero de la princesa, le dirían que ella le había enviado adelante a dar aviso a los de su reino cómo ella iba y llevaba consigo el libertador de todos. Con esto dio de buena gana la cola a la ventera el barbero, y asimismo le volvieron todos los adherentes que había prestado para la libertad de don Quijote. Espantáronse todos los de la venta de la hermosura de Dorotea, y aun del buen talle del zagal Cardenio. Hizo el cura que les aderezasen de comer de lo que en la venta hubiese, y el huésped, con esperanza de mejor paga, con diligencia les aderezó una razonable comida. Y a todo esto dormía don Quijote, y fueron de parecer de no despertalle, porque más provecho le haría por entonces el dormir que el comer.

Trataron sobrecomida, estando delante el ventero, su mujer, su hija, Maritornes y todos los pasajeros, de la estraña locura de don Quijote y del modo que le habían hallado. La huéspeda les contó lo que con él y con el arriero les había acontecido; y mirando si acaso estaba allí Sancho, como no le viese, contó todo lo de su manteamiento, de que no poco gusto recibieron. Y como el cura dijese que los libros de caballerías que don Quijote había leído le habían vuelto el juicio, dijo el ventero:

—No sé yo cómo puede ser eso, que en verdad que, a lo que yo entiendo, no hay mejor letrado en el mundo, y que tengo ahí dos o tres de ellos, con otros papeles, que verdaderamente me han dado la vida no solo a mí, sino a otros muchos. Porque cuando es tiempo de la siega, se recogen aquí las siestas muchos segadores, y siempre hay algunos que saben leer, el cual coge uno de estos libros en las manos, y rodeámonos de él más de treinta y estámosle escuchando con tanto gusto, que nos quita mil canas. A lo menos, de mí sé decir que cuando oyo decir aquellos furibundos y terribles golpes que los caballeros pegan, que me toma gana de hacer otro tanto, y que querría estar oyéndolos noches y días.

—Y yo ni más ni menos —dijo la ventera—, porque nunca tengo buen rato en mi casa sino aquel que vos estáis escuchando leer, que estáis tan embobado, que no os acordáis de reñir por entonces.

—Así es la verdad —dijo Maritornes—. Y a buena fe que yo también gusto mucho de oír aquellas cosas, que son muy lindas, y más cuando cuentan que se está la otra señora debajo de unos naranjos abrazada con su caballero, y que les está una dueña haciéndoles la guarda, muerta de envidia y con mucho sobresalto. Digo que todo esto es cosa de mieles.

—Y a vos ¿qué os parece, señora doncella? —dijo el cura, hablando con la hija del ventero.

—No sé, señor, en mi ánima —respondió ella—. También yo lo escucho, y en verdad que, aunque no lo entiendo, que recibo gusto en oíllo. Pero no gusto yo de los golpes de que mi padre gusta, sino de las lamentaciones que los caballeros hacen cuando están ausentes de sus señoras, que en verdad que algunas veces me hacen llorar, de compasión que les tengo.

—Luego ¿bien las remediárades vos, señora doncella —dijo Dorotea—, si por vos lloraran?

—No sé lo que me hiciera —respondió la moza—. Solo sé que hay algunas señoras de aquellas tan crueles, que las llaman sus caballeros tigres y leones y otras mil inmundicias. Y, ¡Jesús!, yo no sé qué gente es aquella tan desalmada y tan sin conciencia, que por no mirar a un hombre honrado le dejan que se muera o que se vuelva loco. Yo no sé para qué es tanto melindre: si lo hacen de honradas, cásense con ellos, que ellos no desean otra cosa.

—Calla, niña —dijo la ventera—, que parece que sabes mucho de estas cosas, y no está bien a las doncellas saber ni hablar tanto.

—Como me lo pregunta este señor —respondió ella—, no pude dejar de respondelle.

—Ahora bien —dijo el cura—, traedme, señor huésped, aquesos libros, que los quiero ver.

—Que me place —respondió él.

Y entrando en su aposento, sacó de él una maletilla vieja, cerrada con una cadenilla, y abriéndola, halló en ella tres libros grandes y unos papeles de muy buena letra, escritos de mano. El primer libro que abrió vio que era *Don Cirongilio de Tracia*, y el otro, de *Felixmarte de Hircania*, y el otro, la *Historia del Gran Capitán Gonzalo Hernández de Córdoba, con la vida de Diego García de Paredes.*

Así como el cura leyó los dos títulos primeros, volvió el rostro al barbero y dijo:

—Falta nos hacen aquí ahora el ama de mi amigo y su sobrina.

—No hacen —respondió el barbero—, que también sé yo llevallos al corral o a la chimenea, que en verdad que hay muy buen fuego en ella.

—Luego ¿quiere vuestra merced quemar más libros? —dijo el ventero.

—No más —dijo el cura— que estos dos, el de don Cirongilio y el de Felixmarte.

—Pues ¿por ventura —dijo el ventero— mis libros son herejes o flemáticos, que los quiere quemar?

—*Cismáticos* queréis decir, amigo —dijo el barbero—, que no *flemáticos*.

—Así es —replicó el ventero—. Mas si alguno quiere quemar, sea ese del Gran Capitán y de ese Diego García, que antes dejaré quemar un hijo que dejar quemar ninguno desotros.

—Hermano mío —dijo el cura—, estos dos libros son mentirosos y están llenos de disparates y devaneos, y este del Gran Capitán es historia verdadera y tiene los hechos de Gonzalo Hernández de Córdoba, el cual por sus muchas y grandes hazañas mereció ser llamado de todo el mundo «Gran Capitán», renombre famoso y claro y de él solo merecido. Y este Diego García de Paredes fue un principal caballero, natural de la ciudad de Trujillo, en Estremadura, valentísimo soldado, y de tantas fuerzas naturales, que detenía con un dedo una rueda de molino en la mitad de su furia, y puesto con un montante en la entrada de una puente, detuvo a todo un innumerable ejército que no pasase por ella; y hizo otras tales cosas, que si, como él las cuenta y las escribe él asimismo, con la modestia de caballero y de coronista propio, las escribiera otro libre y desapasionado, pusieran en su olvido las de los Hétores, Aquiles y Roldanes.

—¡Tomaos con mi padre! —dijo el dicho ventero—. ¡Mirad de qué se espanta, de detener una rueda de molino! Por Dios, ahora había vuestra merced de leer lo que hizo Felixmarte de Hircania, que de un revés solo partió cinco gigantes por la cintura, como si fueran hechos de habas, como los frailecicos que hacen los niños. Y otra vez arremetió con un grandísimo y poderosísimo ejército, donde llevó más de un millón y seiscientos mil soldados, todos armados desde el pie hasta la cabeza, y los desbarató a todos, como si fueran manadas de ovejas. Pues ¿qué me dirán del bueno de don Cirongilio de Tracia, que fue tan valiente y animoso como se verá en el libro, donde cuenta que, navegando por

LA RISA DE CERVANTES

«Cervantes, como él mismo dijo dos o tres veces, quería que el mundo olvidara los romances de caballería que él acostumbraba a leer. Y, sin embargo, si hoy se recuerdan nombres tales como Palmerín de Inglaterra, Tirant lo Blanc, Amadís de Gaula y otros es porque Cervantes se burló de ellos. Y de algún modo esos nombres ahora son inmortales. Entonces uno no debe quejarse si la gente se ríe de nosotros, porque, por lo que sabemos, esa gente puede inmortalizarnos con su risa. Por supuesto, no creo que tengamos la suerte de que se ría de nosotros alguien como Cervantes. Pero seamos optimistas y pensemos que puede ocurrir».

JORGE LUIS BORGES

Mi entrañable señor Cervantes, 1968.

un río, le salió de la mitad del agua una serpiente de fuego, y él, así como la vio, se arrojó sobre ella y se puso a horcajadas encima de sus escamosas espaldas, y la apretó con ambas manos la garganta con tanta fuerza, que, viendo la serpiente que la iba ahogando, no tuvo otro remedio sino dejarse ir a lo hondo del río, llevándose tras sí al caballero, que nunca la quiso soltar? Y cuando llegaron allá bajo, se halló en unos palacios y en unos jardines tan lindos, que era maravilla, y luego la sierpe se volvió en un viejo anciano que le dijo tantas de cosas, que no hay más que oír. ¡Calle, señor, que si oyese esto, se volvería loco de placer! ¡Dos higas para el Gran Capitán y para ese Diego García que dice!

Oyendo esto Dorotea, dijo callando a Cardenio:

—Poco le falta a nuestro huésped para hacer la segunda parte de don Quijote.

—Así me parece a mí —respondió Cardenio—, porque, según da indicio, él tiene por cierto que todo lo que estos libros cuentan pasó ni más ni menos que lo escriben, y no le harán creer otra cosa frailes descalzos.

—Mirad, hermano —tornó a decir el cura—, que no hubo en el mundo Felixmarte de Hircania ni don Cirongilio de Tracia, ni otros caballeros semejantes que los libros de caballerías cuentan, porque todo es compostura y ficción de ingenios ociosos, que los compusieron para el efeto que vos decís de entretener el tiempo, como lo entretienen leyéndolos vuestros segadores. Porque realmente os juro que nunca tales caballeros fueron en el mundo ni tales hazañas ni disparates acontecieron en él.

—¡A otro perro con ese hueso! —respondió el ventero—. ¡Como si yo no supiese cuántas son cinco y adónde me aprieta el zapato! No piense vuestra merced darme papilla, porque por Dios que no soy nada blanco. ¡Bueno es que quiera darme vuestra merced a entender que todo aquello que estos buenos libros dicen sea disparates y mentiras, estando impreso con licencia de los señores del Consejo Real, como si ellos fueran gente que habían de dejar imprimir tanta mentira junta, y tantas batallas, y tantos encantamentos, que quitan el juicio.

—Ya os he dicho, amigo —replicó el cura—, que esto se hace para entretener nuestros ociosos pensamientos. Y así como se consiente en las repúblicas bien concertadas que haya juegos de ajedrez, de pelota y de trucos, para entretener a algunos que ni tienen, ni deben, ni pueden trabajar, así se consiente imprimir y que haya tales libros, creyendo, como es verdad, que no ha de haber alguno tan ignorante, que tenga por historia verdadera ninguna de estos libros. Y si me fuera lícito agora y el auditorio lo requiriera, yo dijera cosas acerca de lo que han de tener los libros de caballerías para ser buenos que quizá fueran de provecho y aun de gusto para algunos, pero yo espero que vendrá tiempo en que lo pueda comunicar con quien pueda remediallo; y en este entretanto creed, señor ventero, lo que os he dicho, y tomad vuestros libros y allá os avenid con sus verdades o mentiras, y buen provecho os hagan, y quiera Dios que no cojeéis del pie que cojea vuestro huésped don Quijote.

—Eso no —respondió el ventero—, que no seré yo tan loco que me haga caballero andante, que bien veo que ahora no se usa lo que se usaba en aquel tiempo, cuando se dice que andaban por el mundo estos famosos caballeros.

A la mitad de esta plática se halló Sancho presente, y quedó muy confuso y pensativo de lo que había oído decir que ahora no se usaban caballeros andantes y que todos los libros de caballerías eran necedades y mentiras, y propuso en su corazón de esperar en lo que paraba aquel viaje de su amo, y que si no salía con la felicidad que él pensaba, determinaba de dejalle y volverse con su mujer y sus hijos a su acostumbrado trabajo.

Llevábase la maleta y los libros el ventero, mas el cura le dijo:

—Esperad, que quiero ver qué papeles son esos que de tan buena letra están escritos.

Sacolos el huésped, y dándoselos a leer, vio hasta obra de ocho pliegos escritos de mano, y al principio tenían un título grande que decía: novela de *El curioso impertinente*. Leyó el cura para sí tres o cuatro renglones y dijo:

—Cierto que no me parece mal el título de esta novela y que me viene voluntad de leella toda.

A lo que respondió el ventero:

—Pues bien puede leella su reverencia, porque le hago saber que algunos huéspedes que aquí la han leído les ha contentado mucho y me la han pedido con muchas veras; mas yo no se la he querido dar, pensando volvérsela a quien aquí dejó esta maleta olvidada con estos libros y esos papeles, que bien puede ser que vuelva su dueño por aquí algún tiempo. Y aunque sé que me han de hacer falta los libros, a fe que se los he de volver, que, aunque ventero, todavía soy cristiano.

—Vos tenéis mucha razón, amigo —dijo el cura—. Mas, con todo eso, si la novela me contenta, me la habéis de dejar trasladar.

—De muy buena gana —respondió el ventero.

Mientras los dos esto decían, había tomado Cardenio la novela y comenzado a leer en ella. Y, pareciéndole lo mismo que al cura, le rogó que la leyese de modo que todos la oyesen.

—Sí leyera —dijo el cura—, si no fuera mejor gastar este tiempo en dormir que en leer.

—Harto reposo será para mí —dijo Dorotea— entretener el tiempo oyendo algún cuento, pues aún no tengo el espíritu tan sosegado, que me conceda dormir cuando fuera razón.

—Pues, de esa manera —dijo el cura—, quiero leerla, por curiosidad siquiera. Quizá tendrá alguna de gusto.

Acudió maese Nicolás a rogarle lo mesmo, y Sancho también. Lo cual visto del cura, y entendiendo que a todos daría gusto y él le recibiría, dijo:

—Pues así es, estenme todos atentos, que la novela comienza de esta manera:

33

DONDE SE CUENTA LA NOVELA DE *EL CURIOSO IMPERTINENTE*

La acción de El curioso impertinente *sucede en Florencia. Anselmo y Lotario, jóvenes de una misma edad, han sido grandes amigos desde su niñez: comparten alegrías y penas, secretos y aficiones. En cierto momento, Anselmo se casa, y se siente feliz con su esposa, Camila. Sabe que Camila le es fiel, pero le entra una inquietud: se pregunta si Camila le es fiel porque quiere o porque no se le ha ofrecido la ocasión de echarse un amante... Para salir de dudas, Anselmo decide hacer un experimento: pondrá a prueba a Camila. Le tenderá a Camila una trampa, ofreciéndole la ocasión de ser infiel, y así obtendrá la respuesta que busca. Anselmo le pide a Lotario, su amigo del alma, que sea su cómplice en el tejemaneje: «Quiero que cortejes a Camila», le dice. Lotario se escandaliza. Piensa que el plan de su amigo es una locura, y se resiste a participar en tal despropósito. Pero Anselmo insiste e insiste: «Si no lo haces tú, me buscaré a otro para que lo haga», le dice. Al fin, Lotario cede y empieza a verse a solas con Camila, a ofrecerle regalos, a tentarla. Y sucede lo que nunca tendría que haber sucedido: que se enamora de veras de Camila, que se obsesiona con ella, que la desea en su cama. Por supuesto, Lotario intenta reprimirse para no traicionar a su amigo, pero lo que siente es tan fuerte que al final no logra ponerle freno...*

34

DONDE SE PROSIGUE LA NOVELA DE *EL CURIOSO IMPERTINENTE*

Lotario le confiesa a Camila que le gusta, que piensa en ella a todas horas, que la desea con toda su alma. Camila se resiste: nunca se le ha pasado por la cabeza ser infiel, y menos con el mejor amigo de su marido. Pero Lotario insiste: llora, se arrodilla, suplica, hace promesas... Al ver tantas lágrimas, el corazón de Camila empieza a ablandarse y, poco tiempo después, Lotario y Camila hacen el amor por vez primera. Comienzan así una relación clandestina a espaldas de Anselmo que está claro que no acabará bien.

35

DONDE SE DA FIN A LA NOVELA DE *EL CURIOSO IMPERTINENTE*

Poco más quedaba por leer de la novela, cuando del camaranchón donde reposaba don Quijote salió Sancho Panza todo alborotado, diciendo a voces:

—¡Acudid, señores, presto y socorred a mi señor, que anda envuelto en la más reñida y trabada batalla que mis ojos han visto! ¡Vive Dios que ha dado una cuchillada al gigante enemigo de la señora princesa Micomicona, que le ha tajado la cabeza cercen a cercen, como si fuera un nabo!

—¿Qué decís, hermano? —dijo el cura, dejando de leer lo que de la novela quedaba—. ¿Estáis en vos, Sancho? ¿Cómo diablos puede ser eso que decís, estando el gigante dos mil leguas de aquí?

En esto oyeron un gran ruido en el aposento y que don Quijote decía a voces:

—¡Tente, ladrón, malandrín, follón, que aquí te tengo y no te ha de valer tu cimitarra!

Y parecía que daba grandes cuchilladas por las paredes. Y dijo Sancho:

—¡No tienen que pararse a escuchar, sino entren a despartir la pelea o a ayudar a mi amo! Aunque ya no será menester, porque sin duda alguna el gigante está ya muerto y dando cuenta a Dios de su pasada y mala vida, que yo vi correr la sangre por el suelo, y la cabeza cortada y caída a un lado, que es tamaña como un gran cuero de vino.

—¡Que me maten —dijo a esta sazón el ventero— si don Quijote o don diablo no ha dado alguna cuchillada en alguno de los cueros de vino tinto que a su cabecera estaban llenos, y el vino derramado debe de ser lo que le parece sangre a este buen hombre!

Y con esto entró en el aposento, y todos tras él, y hallaron a don Quijote en el más estraño traje del mundo: estaba en camisa, la cual no era tan cumplida que por delante le acabase de cubrir los muslos, y por detrás tenía seis dedos menos; las piernas eran muy largas y flacas, llenas de vello y no nada limpias; tenía en la cabeza un bonetillo colorado, grasiento, que era del ventero; en el brazo izquierdo tenía revuelta la manta de la cama —con quien tenía ojeriza Sancho, y él se sabía bien el porqué— y en la derecha, desenvainada la espada, con la cual daba cuchilladas a todas partes, diciendo palabras como si verdaderamente estuviera peleando con algún gigante. Y es lo bueno que no tenía los ojos abiertos, porque estaba durmiendo y soñando que estaba en batalla con el gigante, que fue tan intensa la imaginación de la aventura que iba a fenecer, que le hizo soñar que ya había llegado al reino de Micomicón y que ya estaba en la pelea con su enemigo; y había dado tantas cuchilladas en los cueros, creyendo que las daba en el gigante, que todo el aposento estaba lleno de vino. Lo cual visto por el ventero, tomó tanto enojo, que arremetió con don Quijote y a puño cerrado le comenzó a dar tantos golpes, que si Cardenio y el cura no se le quitaran, él acabara la guerra del gigante. Y, con todo aquello, no despertaba el pobre caballero, hasta que el barbero trujo un gran caldero de agua fría del pozo y se le echó por todo el cuerpo de golpe, con lo cual despertó don Quijote, mas no con tanto acuerdo que echase de ver de la manera que estaba. Dorotea, que vio cuán corta y sotilmente estaba vestido, no quiso entrar a ver la batalla de su ayudador y de su contrario.

El Quijote, **Manuel Gutiérrez Aragón**, 1991.

La batalla con los cueros de vino.

Andaba Sancho buscando la cabeza del gigante por todo el suelo, y como no la hallaba, dijo:

—Ya yo sé que todo lo de esta casa es encantamento, que la otra vez, en este mesmo lugar donde ahora me hallo, me dieron muchos mojicones y porrazos sin saber quién me los daba, y nunca pude ver a nadie. Y ahora no parece por aquí esta cabeza, que vi cortar por mis mismísimos ojos, y la sangre corría del cuerpo como de una fuente.

—¿Qué sangre ni qué fuente dices, enemigo de Dios y de sus santos? —dijo el ventero—. ¿No ves, ladrón, que la sangre y la fuente no es otra cosa que estos cueros que aquí están horadados y el vino tinto que nada en este aposento, que nadando vea yo el alma en los infiernos de quien los horadó?

—No sé nada —respondió Sancho—. Solo sé que vendré a ser tan desdichado, que, por no hallar esta cabeza, se me ha de deshacer mi condado como la sal en el agua.

Y estaba peor Sancho despierto que su amo durmiendo: tal le tenían las promesas que su amo le había hecho. El ventero se desesperaba de ver la flema del escudero y el maleficio del señor, y juraba que no había de ser como la vez pasada, que se le fueron sin pagar, y que ahora no le habían de valer los previlegios de su caballería para dejar de pagar lo uno y lo otro, aun hasta lo que pudiesen costar las botanas que se habían de echar a los rotos cueros.

Tenía el cura de las manos a don Quijote, el cual, creyendo que ya había acabado la aventura y que se hallaba delante de la princesa Micomicona, se hincó de rodillas delante del cura, diciendo:

—Bien puede la vuestra grandeza, alta y fermosa señora, vivir de hoy más segura que le pueda hacer mal esta mal nacida criatura. Y yo también de hoy más soy quito de la palabra que os di, pues, con el ayuda del alto Dios y con el favor de aquella por quien yo vivo y respiro, tan bien la he cumplido.

—¿No lo dije yo? —dijo oyendo esto Sancho—. Sí, que no estaba yo borracho: ¡mirad si tiene puesto ya en sal mi amo al gigante! ¡Ciertos son los toros: mi condado está de molde!

¿Quién no había de reír con los disparates de los dos, amo y mozo? Todos reían, sino el ventero, que se daba a Satanás. Pero, en fin, tanto hicieron el barbero, Cardenio y el cura, que con no poco trabajo dieron con don Quijote en la cama, el cual se quedó dormido, con muestras de grandísimo cansancio. Dejáronle dormir y saliéronse al portal de la venta a consolar a Sancho Panza de no haber hallado la cabeza del gigante, aunque más tuvieron que hacer en aplacar al ventero, que estaba desesperado por la repentina muerte de sus cueros. Y la ventera decía en voz y en grito:

—¡En mal punto y en hora menguada entró en mi casa este caballero andante, que nunca mis ojos le hubieran visto, que tan caro me cuesta! ¡La vez pasada se fue con el costo de una noche, de cena, cama, paja y cebada, para él y para su escudero y un rocín y un jumento, diciendo que era caballero aventurero, que mala ventura le dé Dios a él y a cuantos aventureros hay en el mundo, y que por esto no estaba obligado a pagar nada, que así estaba escrito en los aranceles de la caballería andantesca! ¡Y ahora por su respeto vino estotro señor y me llevó mi cola, y hámela vuelto con más de dos cuartillos de daño, toda pelada, que no puede servir para lo que la quiere mi marido! ¡Y por fin y remate de todo, romperme mis cueros y derramarme mi vino, que derramada le vea yo su sangre! ¡Pues no se piense que, por los huesos de mi padre y por el siglo de mi madre, sino me lo han de pagar un cuarto sobre otro, o no me llamaría yo como me llamo ni sería hija de quien soy!

Estas y otras razones tales decía la ventera con grande enojo, y ayudábala su buena criada Maritornes. La hija callaba y de cuando en cuando se sonreía. El cura lo sosegó todo, prometiendo de satisfacerles su pérdida lo mejor que pudiese, así de los cueros como del vino, y principalmente del menoscabo de la cola, de quien tanta cuenta hacían. Dorotea consoló a Sancho Panza diciéndole que cada y cuando que pareciese haber sido verdad que su amo hubiese descabezado al gigante, le prometía, en viéndose pacífica en su reino, de darle el mejor condado que en él hubiese. Consolose con esto Sancho y aseguró a la princesa que tuviese por cierto que él había visto la cabeza del gigante, y que por más señas tenía una barba que le llegaba a la cintura, y que si no parecía era porque todo cuanto en aquella casa pasaba era por vía de encantamento, como él lo había probado otra vez que había posado en ella. Dorotea dijo que así lo creía y que no tuviese pena, que todo se haría bien y sucedería a pedir de boca.

Una vez la calma ha vuelto a la venta, el cura sigue leyendo en voz alta la historia de El curioso impertinente. *Al final, Lotario y Camila se dan a la fuga. Anselmo descubre así que su mujer le ha sido infiel, y se duele tanto que muere de tristeza. Lo último que hace en su vida es escribir una nota en que se reconoce culpable del desastre: «Un necio e impertinente deseo me quitó la vida», dice su último escrito. A fin de cuentas, «Camila no estaba obligada a hacer milagros». Pocas semanas después, Lotario fallece luchando en una batalla. Camila, por su parte, ingresa en un convento y, al verse sin marido y sin amante, muere de pena.*

—Bien —dijo el cura— me parece esta novela, pero no me puedo persuadir que esto sea verdad. Y si es fingido, fingió mal el autor, porque no se puede imaginar que haya marido tan necio, que quiera hacer tan costosa experiencia como Anselmo. Si este caso se pusiera entre un galán y una dama, pudiérase llevar, pero entre marido y mujer, algo tiene del imposible. Y en lo que toca al modo de contarle, no me descontenta.

36

QUE TRATA DE LA BRAVA Y DESCOMUNAL BATALLA QUE DON QUIJOTE TUVO CON UNOS CUEROS DE VINO TINTO, CON OTROS RAROS SUCESOS QUE EN LA VENTA LE SUCEDIERON

Esa noche llegan a la venta un hombre y una mujer que traen las caras tapadas para que no los reconozcan. La mujer llora sin parar. El hombre le dice que deje de quejarse y enseguida la llama embustera, a lo que ella replica que jamás ha dicho una sola mentira. Al oír la voz de la mujer, Cardenio se queda pálido como un muerto. No hay duda: la que acaba de hablar, la dama que esconde su cara tras un pañuelo, es Luscinda, su amor de siempre, y el hombre del antifaz es don Fernando, el aristócrata que desvirgó a Dorotea y después la abandonó. Cardenio, Dorotea, Luscinda y don Fernando acaban de quedar cara a cara. La tensión es tan grande que Luscinda se desmaya. La venta se sume en un hondo silencio. Al poco, Luscinda recobra el sentido, se acerca a don Fernando y le ruega que le deje ir con Cardenio, a quien considera su verdadero esposo. Por su parte, Dorotea se arrodilla y dice: «Eres mi marido, don Fernando, pues así lo firmaste ante el cielo». Don Fernando está confuso. No sabe qué decir. De pronto, parece comprender todo el mal que ha hecho y algo cambia en su voz, en su rostro, en su persona. «Venciste, hermosa Dorotea», dice. Esa noche, pues, Luscinda vuelve a estar con Cardenio y Dorotea con don Fernando: cuatro personas desgraciadas se han convertido en dos parejas felices. Todo ha acabado tan bien que los huéspedes lloran de alegría: hasta Sancho Panza acaba empapado en llanto, aunque, en su caso, las lágrimas no son de felicidad sino de pena, como se aclara en el siguiente capítulo.

37

DONDE SE PROSIGUE LA HISTORIA DE LA FAMOSA INFANTA MICOMICONA, CON OTRAS GRACIOSAS AVENTURAS

Todo esto escuchaba Sancho no con poco dolor de su ánima, viendo que se le desparecían e iban en humo las esperanzas de su ditado, y que la linda princesa Micomicona se le había vuelto en Dorotea, y el gigante en don Fernando, y su amo se estaba durmiendo a sueño suelto, bien descuidado de todo lo sucedido. No se podía asegurar Dorotea si era soñado el bien que poseía; Cardenio estaba en el mismo pensamiento, y el de Luscinda corría por la misma cuenta; don Fernando daba gracias al cielo por la merced recebida y haberle sacado de aquel intricado laberinto, donde se hallaba tan a pique de perder el crédito y el alma; y, finalmente, cuantos en la venta estaban estaban contentos y gozosos del buen suceso que habían tenido tan trabados y desesperados negocios. Todo lo ponía en su punto el cura, como discreto, y a cada uno daba el parabién del bien alcanzado. Pero quien más jubilaba y se contentaba era la ventera, por la promesa que Cardenio y el cura le habían hecho de pagalle todos los daños e intereses que por cuenta de don Quijote le hubiesen venido. Solo Sancho, como ya se ha dicho, era el afligido, el desventurado y el triste. Y, así, con malencónico semblante, entró a su amo, el cual acababa de despertar, a quien dijo:

—Bien puede vuestra merced, señor Triste Figura, dormir todo lo que quisiere, sin cuidado de matar a ningún gigante ni de volver a la princesa su reino, que ya todo está hecho y concluido.

—Eso creo yo bien —respondió don Quijote—, porque he tenido con el gigante la más descomunal y desaforada batalla que pienso tener en todos los días de mi vida, y de un revés, ¡zas!, le derribé la cabeza en el suelo, y fue tanta la sangre que le salió, que los arroyos corrían por la tierra como si fueran de agua.

—Como si fueran de vino tinto pudiera vuestra merced decir mejor —respondió Sancho—. Porque quiero que sepa vuestra merced, si es que no lo sabe, que el gigante muerto es un cuero horadado, y la sangre, seis arrobas de vino tinto que encerraba en su vientre, y la cabeza cortada es la puta que me parió, y llévelo todo Satanás.

—¿Y qué es lo que dices, loco? —replicó don Quijote—. ¿Estás en tu seso?

—Levántese vuestra merced —dijo Sancho— y verá el buen recado que ha hecho y lo que tenemos que pagar, y verá a la reina convertida en una dama particular llamada Dorotea, con otros sucesos que, si cae en ellos, le han de admirar.

—No me maravillaría de nada de eso —replicó don Quijote—, porque, si bien te acuerdas, la otra vez que aquí estuvimos te dije yo que todo cuanto aquí sucedía eran cosas de encantamento, y no sería mucho que ahora fuese lo mesmo.

—Todo lo creyera yo —respondió Sancho— si también mi manteamiento fuera cosa de ese jaez, mas no lo fue, sino real y verdaderamente. Y vi yo que el ventero que aquí está hoy día tenía del un cabo de la manta y me empujaba hacia el cielo con mucho donaire y brío, y con tanta risa como fuerza; y donde interviene conocerse las personas, tengo para mí, aunque simple y pecador, que no hay encantamento alguno, sino mucho molimiento y mucha mala ventura.

—Ahora bien, Dios lo remediará —dijo don Quijote—. Dame de vestir y déjame salir allá fuera, que quiero ver los sucesos y transformaciones que dices.

Diole de vestir Sancho, y en el entretanto que se vestía contó el cura a don Fernando y a los demás las locuras de don Quijote, y del artificio que habían usado para sacarle de la Peña Pobre, donde él se imaginaba estar por desdenes de su señora. Contoles asimismo casi todas las aventuras que Sancho había contado, de que no poco se admiraron y rieron, por parecerles lo que a todos parecía: ser el más estraño género de locura que podía caber en pensamiento disparatado. Dijo más el cura: que pues ya el buen suceso de la señora Dorotea impidía pasar con su disignio adelante, que era menester inventar y hallar otro para poderle llevar a su tierra. Ofreciose Cardenio de proseguir lo comenzado, y que Luscinda haría y representaría la persona de Dorotea.

—No —dijo don Fernando—. No ha de ser así, que yo quiero que Dorotea prosiga su invención, que como no sea muy lejos de aquí el lugar de este buen caballero, yo holgaré de que se procure su remedio.

—No está más de dos jornadas de aquí.

—Pues aunque estuviera más, gustara yo de caminallas a trueco de hacer tan buena obra.

Salió en esto don Quijote, armado de todos sus pertrechos, con el yelmo, aunque abollado, de Mambrino en la cabeza, embrazado de su rodela y arrimado a su tronco o lanzón. Suspendió a don Fernando y a los demás la estraña presencia de don Quijote, viendo su rostro de media legua de andadura, seco y amarillo, la desigualdad de sus armas y su mesurado continente, y estuvieron callando hasta ver lo que él decía; el cual, con mucha gravedad y reposo, puestos los ojos en la hermosa Dorotea, dijo:

—Estoy informado, hermosa señora, de este mi escudero que la vuestra grandeza se ha aniquilado y vuestro ser se ha deshecho, porque de reina y gran señora que solíades ser os habéis vuelto en una particular doncella. Si esto ha sido por orden del rey nigromante de vuestro padre, temeroso que yo no os diese la necesaria y debida ayuda, digo que no supo ni sabe de la misa la media y que fue poco versado en las historias caballerescas; porque si él las hubiera leído y pasado tan atentamente y con tanto espacio como yo las pasé y leí, hallara a cada paso cómo otros caballeros de menor fama que la mía habían acabado cosas más dificultosas, no siéndolo mucho matar a un gigantillo, por arrogante que sea; porque no ha muchas horas que yo me vi con él... y quiero callar porque no me digan que miento, pero el tiempo, descubridor de todas las cosas, lo dirá cuando menos lo pensemos.

—Vístesos vos con cueros, que no con un gigante —dijo a esta sazón el ventero, al cual mandó don Fernando que callase y no interrumpiese la plática de don Quijote en ninguna manera.

Y don Quijote prosiguió diciendo:

—Digo, en fin, alta y desheredada señora, que si por la causa que he dicho vuestro padre ha hecho este metamorfóseos en vuestra persona, que no le deis crédito alguno, porque no hay ningún peligro en la tierra por quien no se abra camino mi espada, con la cual, poniendo la cabeza de vuestro enemigo en tierra, os pondré a vos la corona de la vuestra en la cabeza en breves días.

No dijo más don Quijote y esperó a que la princesa le respondiese, la cual, como ya sabía la determinación de don Fernando de que se prosiguiese adelante en el engaño hasta llevar a su tierra a don Quijote, con mucho donaire y gravedad le respondió:

—Quienquiera que os dijo, valeroso Caballero de la Triste Figura, que yo me había mudado y trocado de mi ser, no os dijo lo cierto, porque la misma que ayer fui me soy hoy. Verdad es que alguna mudanza han hecho en mí ciertos acaecimientos de buena ventura, que me la han dado la mejor que yo pudiera desearme, pero no por eso he dejado de ser la que antes y de tener los mesmos pensamientos de valerme del valor de vuestro valeroso e invencible brazo que siempre he tenido. Así que, señor mío, vuestra bondad vuelva la honra al padre que me engendró y téngale por hombre advertido y prudente, pues con su ciencia halló camino tan fácil y tan verdadero para remediar mi desgracia, que yo creo que si por vos, señor, no fuera, jamás acertara a tener la ventura que tengo; y en esto digo tanta verdad como son buenos testigos de ella los más de estos señores que están presentes. Lo que resta es que mañana nos pongamos en camino, porque ya hoy se podrá hacer poca jornada, y en lo demás del buen suceso que espero, lo dejaré a Dios y al valor de vuestro pecho.

Esto dijo la discreta Dorotea, y en oyéndolo don Quijote, se volvió a Sancho y con muestras de mucho enojo le dijo:

Don Quixote,
Orson Welles, 1992.

Extraña montura.

—Ahora te digo, Sanchuelo, que eres el mayor bellacuelo que hay en España. Dime, ladrón vagamundo: ¿no me acabaste de decir ahora que esta princesa se había vuelto en una doncella que se llamaba Dorotea, y que la cabeza que entiendo que corté a un gigante era la puta que te parió, con otros disparates que me pusieron en la mayor confusión que jamás he estado en todos los días de mi vida? ¡Voto... —y miró al cielo y apretó los dientes— que estoy por hacer un estrago en ti que ponga sal en la mollera a todos cuantos mentirosos escuderos hubiere de caballeros andantes de aquí adelante en el mundo!

—Vuestra merced se sosiegue, señor mío —respondió Sancho—, que bien podría ser que yo me hubiese engañado en lo que toca a la mutación de la señora princesa Micomicona. Pero en lo que toca a la cabeza del gigante, o a lo menos a la horadación de los cueros y a lo de ser vino tinto la sangre, no me engaño, vive Dios, porque los cueros allí están heridos, a la cabecera del lecho de vuestra merced, y el vino tinto tiene hecho un lago el aposento. Y si no, al freír de los huevos lo verá; quiero decir que lo verá cuando aquí su merced del señor ventero le pida el menoscabo de todo. De lo demás, de que la señora reina se esté como se estaba, me regocijo en el alma, porque me va mi parte, como a cada hijo de vecino.

—Ahora yo te digo, Sancho —dijo don Quijote—, que eres un mentecato, y perdóname, y basta.

—Basta —dijo don Fernando—, y no se hable más en esto. Y pues la señora princesa dice que se camine mañana, porque ya hoy es tarde, hágase así, y esta noche la podremos pasar en buena conversación hasta el venidero día, donde todos acompañaremos al señor don Quijote, porque queremos ser testigos de las valerosas e inauditas hazañas que ha de hacer en el discurso de esta grande empresa que a su cargo lleva.

—Yo soy el que tengo de serviros y acompañaros —respondió don Quijote—, y agradezco mucho la merced que se me hace y la buena opinión que de mí se tiene, la cual procuraré que salga verdadera, o me costará la vida, y aun más si más costarme puede.

Ese mismo día llega a la venta un viajero de unos cuarenta años, de talle agraciado, cuerpo robusto y barbas frondosas. Es cristiano, pero viste casaca azul, a lo moro, lo que indica que acaba de llegar de Argel, donde ha permanecido cautivo durante años. La mujer que lo acompaña va cubierta con un velo y viste una túnica muy larga que la tapa de pies a cabeza, lo que da a entender que es musulmana. Apenas habla español, pero enseguida aclara que es muy devota de la Virgen María, así que ha venido tras el cautivo, al que ama con todo su corazón, con la esperanza de que la bauticen. Por la noche, todos los huéspedes de la venta se reúnen a cenar en torno a la mesa. De pronto, don Quijote se pone en pie y suelta un largo discurso en el que compara las armas y las letras. ¿Cuál de las dos profesiones es más útil para los reinos y las repúblicas?, se pregunta, y ese es el tema de su perorata.

38

QUE TRATA DEL CURIOSO DISCURSO QUE HIZO DON QUIJOTE DE LAS ARMAS Y LAS LETRAS

En su discurso, don Quijote argumenta que su profesión, las armas, defiende las naciones, protege los caminos y garantiza la paz, así que el guerrero sirve mejor a la sociedad que el abogado y el legislador. El sermón de don Quijote no viene a cuento, pero impresiona a los huéspedes, pues demuestra que el hidalgo es capaz de razonar con la mayor sensatez siempre no se hable de libros de caballerías. Terminado el discurso, don Fernando le pide al cautivo que les explique su historia, pues entrevé que ha de ser apasionante. El cautivo accede y, con voz reposada y firme, empieza a contar su vida.

39

DONDE EL CAUTIVO CUENTA SU VIDA Y SUCESOS

El cautivo explica que se llama Ruy Pérez de Viedma. Es de origen noble y nació en un lugar de las montañas de León, pero abandonó su casa hace veinte años para ejercer como militar. Sirvió al rey como capitán en diversas guerras libradas por toda Europa, hasta que al fin cayó prisionero en la batalla de Lepanto. Un renegado calabrés, el Uchalí, rey de Argel, lo tomó por esclavo y se lo llevó a Constantinopla con esposas en las manos y cadenas en los pies.

40

DONDE SE PROSIGUE LA HISTORIA DEL CAUTIVO

Tras servir de remero en varias batallas, el cautivo acabó en Argel, encerrado en lo que los turcos llaman un baño, es decir, un patio grande que se usa como prisión. Allí no tenía nada que hacer salvo dejar pasar el tiempo: se trataba de que alguien pagase el dinero que los turcos pedían a cambio de su libertad. Pero el rescate no llegaba. Mientras tanto, Ruy Pérez vio empalar, ahorcar y desorejar a muchos prisioneros, bien porque no eran obedientes o bien porque intentaban fugarse. El único que se libró de aquella ferocidad fue un soldado español que se llamaba no sé qué de Saavedra, y que nunca fue castigado pese a merecerlo. El caso es que una de las paredes del baño pertenecía a una casa, que tenía una ventana chiquita en lo alto. Un día, por el ventanuco asomó la mano de una muchacha, que le lanzó al cautivo dos cosas: unas monedas de oro y una carta. En la carta, la joven explicaba que se llamaba Zoraida, que vivía con su padre y que profesaba el islam, pero que desde pequeña ansiaba hacerse cristiana, pues su niñera le había contagiado el amor infinito que le tenía a la Virgen. Tras aquella primera carta vinieron otras, en las que Zoraida le propuso al cautivo un trato: «Yo te daré el dinero que necesitas para comprar su libertad si tú, a cambio, me llevas a tu tierra. Una vez allí, me casaré contigo». El cautivo aceptó la propuesta y, de ese modo, consiguió recuperar su libertad.

41

DONDE TODAVÍA PROSIGUE EL CAUTIVO SU SUCESO

Ya libre, el cautivo vio por vez primera a Zoraida, y quedó fascinado: era gallarda y bella como una diosa. Poco después, un viernes por la noche, el cautivo se coló en casa de Zoraida para llevarse a la chica sin que su padre se enterase. Y, aunque las cosas no salieron según lo previsto, Ruy y Zoraida lograron llegar hasta la playa, montar en una barca y zarpar rumbo a Mallorca. Durante la travesía, fueron asaltados por unos corsarios franceses que los desvalijaron, pero nunca perdieron la esperanza de llegar a buen puerto, y al final alcanzaron la costa de Málaga. Allí compraron el asno sobre el que Zoraida ha llegado a la venta. Ahora, veintidós años después de haber salido de casa, el cautivo se encamina hacia León, ansioso por averiguar si su padre sigue vivo.

42

QUE TRATA DE LO QUE MÁS SUCEDIÓ EN LA VENTA Y DE OTRAS MUCHAS COSAS DIGNAS DE SABERSE

Don Fernando y Luscinda, Cardenio y Dorotea han quedado conmovidos por el relato del cautivo, y le ofrecen toda la ayuda que necesite. Mientras sonaba la historia, se ha hecho de noche.

Llega entonces un coche a la venta, custodiado por hombres a caballo. Del vehículo sale un hombre; se nota, por sus ropas, que es magistrado. Va camino de México, pues lo acaban de nombrar juez en aquel lejano país, y se lleva a su hija, una joven bellísima de dieciséis años que se llama Clara. Al ver al magistrado, el cautivo siente un vuelco en el corazón. Pregunta por el nombre del magistrado y le dicen que se llama Juan Pérez de Viedma y que nació en León. ¡El cautivo comprende que ese hombre es su hermano! El magistrado, claro, no lo ha reconocido, y el cautivo duda si debe o no revelarle quién es. «¿No se avergonzará de mí si me ve así de mal?», se pregunta. Pero al fin, ayudado por el cura, le hace saber al magistrado quién es: «Soy tu hermano», le dice. Con los ojos llenos de lágrimas, los dos hombres se abrazan.

El reencuentro remata un día rico en azares, vaivenes, euforias y lágrimas. Ya es noche entrada, y ha llegado la hora de irse a dormir. Solo queda despierto don Quijote, que decide permanecer a lomos de Rocinante, lanza en mano, para hacer la guardia del castillo, pues sigue sin enterarse de que está en una venta. Cuando ya va a llegar el alba, alguien comienza a cantar con la mayor dulzura. Es una voz de muchacho, tan hermosa que maravilla a todo el que la escucha. Dorotea se despierta y se pregunta dónde estará el que canta. Parece que en las caballerizas... Por lo visto, es un mozo de mulas, y salta a la vista que está enamorado.

43

DONDE SE CUENTA LA AGRADABLE HISTORIA DEL MOZO DE MULAS, CON OTROS ESTRAÑOS ACAECIMIENTOS EN LA VENTA SUCEDIDOS

Doña Clara, la hija del magistrado, duerme al lado de Dorotea. Al oír la voz del muchacho que canta, se echa a temblar como si tuviera fiebre. Dorotea le pregunta qué le pasa. Doña Clara, incapaz de hablar, le responde dándole un abrazo. Al fin, entre sollozos, confiesa que el que canta no es un mozo de mulas, sino un chico noble de familia adinerada. Se llama don Luis y ha sido vecino de doña Clara en la corte hasta hace dos días. Los dos andan enamorados, así que don Luis sigue a doña Clara allá por donde va, si bien lo hace disfrazado con las ropas de un humilde peón porque no quiere arriesgarse a que nadie lo descubra. Doña Clara desea casarse con don Luis, pero los dos son muy jóvenes... Y, además, don Luis es hijo de un caballero muy principal, y los caballeros principales no casan a sus hijos con cualquiera.

Sosegáronse con esto, y en toda la venta se guardaba un grande silencio. Solamente no dormían la hija de la ventera y Maritornes su criada, las cuales, como ya sabían el humor de que pecaba don Quijote, y que estaba fuera de la venta, armado y a caballo, haciendo la guarda, determinaron las dos de hacelle alguna burla, o a lo menos de pasar un poco el tiempo oyéndole sus disparates.

Es, pues, el caso que en toda la venta no había ventana que saliese al campo, sino un agujero de un pajar por donde echaban la paja por defuera. A este agujero se pusieron las dos semidoncellas y vieron que don Quijote estaba a caballo, recostado sobre su lanzón, dando de cuando en cuando tan dolientes y profundos suspiros, que parecía que con cada uno se le arrancaba el alma. Y asimesmo oyeron que decía con voz blanda, regalada y amorosa:

—¡Oh mi señora Dulcinea del Toboso, estremo de toda hermosura, fin y remate de la discreción, archivo del mejor donaire, depósito de la honestidad y, ultimadamente, idea de todo lo provechoso, honesto y deleitable que hay en el mundo! ¿Y qué fará agora la tu merced? ¿Si tendrás por ventura las mientes en tu cautivo caballero, que a tantos peligros, por solo servirte, de su voluntad ha querido ponerse? ¡Dame tú nuevas de ella, oh luminaria de las tres caras! Quizá con envidia de la suya la estás ahora mirando, que, o paseándose por alguna galería de sus suntuosos palacios, o ya puesta de pechos sobre algún balcón, está considerando cómo, salva su honestidad y grandeza, ha de amansar la tormenta que por ella este mi cuitado corazón padece, qué gloria ha de dar a mis penas, qué sosiego a mi cuidado y, finalmente, qué vida a mi muerte y qué premio a mis servicios. Y tú, sol, que ya debes de estar apriesa ensillando tus caballos, por madrugar y salir a ver a mi señora, así como la veas suplícote que de mi parte la saludes. Pero guárdate que al verla y saludarla no le des paz en el rostro, que tendré más celos de ti que tú los tuviste de aquella ligera ingrata que tanto te hizo sudar y correr por los llanos de Tesalia, o por las riberas de Peneo, que no me acuerdo bien por dónde corriste entonces, celoso y enamorado.

A este punto llegaba entonces don Quijote en su tan lastimero razonamiento, cuando la hija de la ventera le comenzó a cecear y a decirle:

—Señor mío, lléguese acá la vuestra merced, si es servido.

A cuyas señas y voz volvió don Quijote la cabeza, y vio a la luz de la luna, que entonces estaba en toda su claridad, cómo le llamaban del agujero que a él le pareció ventana, y aun con rejas doradas, como conviene que las tengan tan ricos castillos como él se imaginaba que era aquella venta; y luego en el instante se le representó en su loca imaginación que otra vez, como la pasada, la doncella fermosa, hija de la señora de aquel castillo, vencida de su amor, tornaba a solicitarle. Y con este pensamiento, por no mostrarse descortés y desagradecido, volvió las riendas a Rocinante y se llegó al agujero. Y así como vio a las dos mozas, dijo:

—Lástima os tengo, fermosa señora, de que hayades puesto vuestras amorosas mientes en parte donde no es posible corresponderos conforme merece vuestro gran valor y gentileza, de lo que no debéis dar culpa a este miserable andante caballero, a quien tiene amor imposibilitado de poder entregar su voluntad a otra que aquella que en el punto que sus ojos la vieron la hizo señora absoluta de su alma. Perdonadme, buena señora, y recogeos en vuestro aposento, y no queráis, con significarme más vuestros deseos, que yo me muestre más desagradecido. Y si del amor que me tenéis halláis en mí otra cosa con que satisfaceros que el mismo amor no sea, pedídmela, que yo os juro por aquella ausente enemiga dulce mía de dárosla encontinente, si bien me pidiésedes una guedeja de los cabellos de Medusa, que eran todos culebras, o ya los mesmos rayos del sol encerrados en una redoma.

—No ha menester nada de eso mi señora, señor caballero —dijo a este punto Maritornes.

—¿Pues qué ha menester, discreta dueña, vuestra señora? —respondió don Quijote.

—Sola una de vuestras hermosas manos —dijo Maritornes—, por poder deshogar con ella el gran deseo que a este agujero la ha traído, tan a peligro de su honor, que si su señor padre la hubiera sentido, la menor tajada de ella fuera la oreja.

—¡Ya quisiera yo ver eso! —respondió don Quijote—. Pero él se guardará bien de eso si ya no quiere hacer el más desastrado fin que padre hizo en el mundo, por haber puesto las manos en los delicados miembros de su enamorada hija.

Pareciole a Maritornes que sin duda don Quijote daría la mano que le habían pedido. Y proponiendo en su pensamiento lo que había de hacer, se bajó del agujero y se fue a la caballeriza, donde tomó el cabestro del jumento de Sancho Panza, y con mucha presteza se volvió a su agujero, a tiempo que don Quijote se había puesto de pies sobre la silla de Rocinante por alcanzar a la ventana enrejada donde se imaginaba estar la ferida doncella. Y al darle la mano, dijo:

—Tomad, señora, esa mano, o, por mejor decir, ese verdugo de los malhechores del mundo; tomad esa mano, digo, a quien no ha tocado otra de mujer alguna, ni aun la de aquella que tiene entera posesión de todo mi cuerpo. No os la doy para que la beséis, sino para que miréis la contestura de sus nervios, la trabazón de sus músculos, la anchura y espaciosidad de sus venas, de donde sacaréis qué tal debe de ser la fuerza del brazo que tal mano tiene.

—Ahora lo veremos —dijo Maritornes.

Y haciendo una lazada corrediza al cabestro, se la echó a la muñeca, y bajándose del agujero, ató lo que quedaba al cerrojo de la puerta del pajar, muy fuertemente. Don Quijote, que sintió la aspereza del cordel en su muñeca, dijo:

—Más parece que vuestra merced me ralla que no que me regala la mano. No la tratéis tan mal, pues ella no tiene la culpa del mal que mi voluntad os hace, ni es bien que en tan poca parte venguéis el todo de vuestro enojo. Mirad que quien quiere bien no se venga tan mal.

Rocinante

MANOLO ESCOBAR

Pero todas estas razones de don Quijote ya no las escuchaba nadie, porque así como Maritornes le ató, ella y la otra se fueron, muertas de risa, y le dejaron asido de manera que fue imposible soltarse.

Estaba, pues, como se ha dicho, de pies sobre Rocinante, metido todo el brazo por el agujero, y atado de la muñeca y al cerrojo de la puerta, con grandísimo temor y cuidado que si Rocinante se desviaba a un cabo o a otro, había de quedar colgado del brazo; y, así, no osaba hacer movimiento alguno, puesto que de la paciencia y quietud de Rocinante bien se podía esperar que estaría sin moverse un siglo entero.

En resolución, viéndose don Quijote atado y que ya las damas se habían ido, se dio a imaginar que todo aquello se hacía por vía de encantamento, como la vez pasada, cuando en aquel mesmo castillo le molió aquel moro encantado del arriero. Y maldecía entre sí su poca discreción y discurso, pues, habiendo salido tan mal la vez primera de aquel castillo, se había aventurado a entrar en él la segunda, siendo advertimiento de caballeros andantes que cuando han probado una aventura y no salido bien con ella, es señal que no está para ellos guardada, sino para otros, y, así, no tienen necesidad de probarla segunda vez. Con todo esto, tiraba de su brazo por ver si podía soltarse, mas él estaba tan bien asido, que todas sus pruebas fueron en vano. Bien es verdad que tiraba con tiento, porque Rocinante no se moviese; y aunque él quisiera sentarse y ponerse en la silla, no podía sino estar en pie o arrancarse la mano. Allí fue el desear de la espada de Amadís, contra quien no tenía fuerza encantamento alguno; allí fue el maldecir de su fortuna; allí fue el exagerar la falta que haría en el mundo su presencia el tiempo que allí estuviese encantado, que sin duda alguna se había creído que lo estaba; allí el acordarse de nuevo de su querida Dulcinea del Toboso; allí fue el llamar a su buen escudero Sancho Panza, que, sepultado en sueño y tendido sobre el albarda de su jumento, no se acordaba en aquel instante de la madre que lo había parido; allí llamó a los sabios Lirgandeo y Alquife que le ayudasen; allí invocó a su buena amiga Urganda que le socorriese; y, finalmente, allí le tomó la mañana tan desesperado y confuso, que bramaba como un toro, porque no esperaba él que con el día se remediaría su cuita, porque la tenía por eterna, teniéndose por encantado. Y hacíale creer esto ver que Rocinante poco ni mucho se movía, y creía que de aquella suerte, sin comer ni beber ni dormir, habían de estar él y su caballo hasta que aquel mal influjo de las estrellas se pasase o hasta que otro más sabio encantador le desencantase.

Pero engañose mucho en su creencia, porque apenas comenzó a amanecer cuando llegaron a la venta cuatro hombres de a caballo, muy bien puestos y aderezados, con sus escopetas sobre los arzones. Llamaron a la puerta de la venta, que aún estaba cerrada, con grandes golpes; lo cual, visto por don Quijote desde donde aún no dejaba de hacer la centinela, con voz arrogante y alta dijo:

—¡Caballeros o escuderos o quienquiera que seáis! No tenéis para qué llamar a las puertas de este castillo, que asaz de claro está que a tales horas o los que están dentro duermen o no tienen por costumbre de abrirse las fortalezas hasta que el sol esté tendido por todo el suelo. Desviaos afuera y esperad que aclare el día, y entonces veremos si será justo o no que os abran.

—¿Qué diablos de fortaleza o castillo es este —dijo uno— para obligarnos a guardar esas ceremonias? Si sois el ventero, mandad que nos abran, que somos caminantes que no queremos más de dar cebada a nuestras cabalgaduras y pasar adelante, porque vamos de priesa.

—¿Paréceos, caballeros, que tengo yo talle de ventero? —respondió don Quijote.

—No sé de qué tenéis talle —respondió el otro—, pero sé que decís disparates en llamar castillo a esta venta.

—Castillo es —replicó don Quijote—, y aun de los mejores de toda esta provincia, y gente tiene dentro que ha tenido cetro en la mano y corona en la cabeza.

—Mejor fuera al revés —dijo el caminante—: el cetro en la cabeza y la corona en la mano. Y será, si a mano viene, que debe de estar dentro alguna compañía de representantes, de los cuales es tener a menudo esas coronas y cetros que decís, porque en una venta tan pequeña y adonde se guarda tanto silencio como esta, no creo yo que se alojan personas dignas de corona y cetro.

—Sabéis poco del mundo —replicó don Quijote—, pues ignoráis los casos que suelen acontecer en la caballería andante.

Cansábanse los compañeros que con el preguntante venían del coloquio que con don Quijote pasaba; y, así, tornaron a llamar con grande furia, y fue de modo que el ventero despertó, y aun todos cuantos en la venta estaban; y, así, se levantó a preguntar quién llamaba.

Sucedió en este tiempo que una de las cabalgaduras en que venían los cuatro que llamaban se llegó a oler a Rocinante, que, melancólico y triste, con las orejas caídas, sostenía sin moverse a su estirado señor. Y como en fin era de carne, aunque parecía de leño, no pudo dejar de resentirse y tornar a oler a quien le llegaba a hacer caricias. Y, así, no se hubo movido tanto cuanto, cuando se desviaron los juntos pies de don Quijote, y, resbalando de la silla, dieran con él en el suelo, a no quedar colgado del brazo, cosa que le causó tanto dolor, que creyó o que la muñeca le cortaban o que el brazo se le arrancaba. Porque él quedó tan cerca del suelo, que con los estremos de las puntas de los pies besaba la tierra, que era en su perjuicio, porque, como sentía lo poco que le faltaba para poner las plantas en la tierra, fatigábase y estirábase cuanto podía por alcanzar al suelo, bien así como los que están en el tormento de la garrucha, puestos a «toca, no toca», que ellos mesmos son causa de acrecentar su dolor con el ahínco que ponen en estirarse, engañados de la esperanza que se les representa que con poco más que se estiren llegarán al suelo.

44

DONDE SE PROSIGUEN LOS INAUDITOS SUCESOS DE LA VENTA

En efeto, fueron tantas las voces que don Quijote dio, que, abriendo de presto las puertas de la venta, salió el ventero despavorido a ver quién tales gritos daba, y los que estaban fuera hicieron lo mesmo. Maritornes, que ya había despertado a las mismas voces, imaginando lo que podía ser, se fue al pajar y desató, sin que nadie lo viese, el cabestro que a don Quijote sostenía, y él dio luego en el suelo, a vista del ventero y de los caminantes, que, llegándose a él, le preguntaron qué tenía, que tales voces daba. Él, sin responder palabra, se quitó el cordel de la muñeca, y levantándose en pie, subió sobre Rocinante, embrazó su adarga, enristró su lanzón, y tomando buena parte del campo, volvió a medio galope, diciendo:

—¡Cualquiera que dijere que yo he sido con justo título encantado, como mi señora la princesa Micomicona me dé licencia para ello, yo le desmiento, le rieto y desafío a singular batalla!

Admirados se quedaron los nuevos caminantes de las palabras de don Quijote, pero el ventero les quitó de aquella admiración, diciéndoles que era don Quijote y que no había que hacer caso de él, porque estaba fuera de juicio.

Los cuatro recién llegados son criados del padre de don Luis. Vienen buscando al muchacho porque su padre anda muy inquieto: eso de no saber dónde se encuentra su hijo lo está matando de angustia. Así que, sea por las buenas o sea por las malas, los criados piensan llevarse a don Luis de vuelta a su casa. Como el muchacho se resiste, se arma un rifirrafe que alborota la venta. El magistrado acude a poner paz. Pregunta a qué viene tanta discusión y entonces descubre que el muchacho al que están atosigando es su vecino, don Luis. ¿Qué está haciendo en la venta? ¿Por qué anda disfrazado de mozo de mulas? El magistrado se lleva al muchacho aparte y le pregunta qué está sucediendo...

Y en tanto que le hacía esta y otras preguntas, oyeron grandes voces a la puerta de la venta. Y era la causa de ellas que dos huéspedes que aquella noche habían alojado en ella, viendo a toda la gente ocupada en saber lo que los cuatro buscaban, habían intentado a irse sin pagar lo que debían, mas el ventero, que atendía más a su negocio que a los ajenos, les asió al salir de la puerta y pidió su paga, y les afeó su mala intención con tales palabras, que les movió a que le respondiesen con los puños; y, así, le comenzaron a dar tal mano, que el pobre ventero tuvo necesidad de dar voces y pedir socorro. La ventera y su hija no vieron a otro más desocupado para poder socorrerle que a don Quijote, a quien la hija de la ventera dijo:

—¡Socorra vuestra merced, señor caballero, por la virtud que Dios le dio, a mi pobre padre, que dos malos hombres le están moliendo como a cibera!

A lo cual respondió don Quijote muy de espacio y con mucha flema:

—Fermosa doncella, no ha lugar por ahora vuestra petición, porque estoy impedido de entremeterme en otra aventura en tanto que no diere cima a una en que mi palabra me ha puesto. Mas lo que yo podré hacer por serviros es lo que ahora diré: corred y decid a vuestro padre que se entretenga en esa batalla lo mejor que pudiere y que no se deje vencer en ningún modo, en tanto que yo pido licencia a la princesa Micomicona para poder socorrerle en su cuita; que si ella me la da, tened por cierto que yo le sacaré de ella.

—¡Pecadora de mí! —dijo a esto Maritornes, que estaba delante—. Primero que vuestra merced alcance esa licencia que dice, estará ya mi señor en el otro mundo.

—Dadme vos, señora, que yo alcance la licencia que digo —respondió don Quijote—, que como yo la tenga, poco hará al caso que él esté en el otro mundo, que de allí le sacaré, a pesar del mismo mundo que lo contradiga; o por lo menos os daré tal venganza de los que allá le hubieren enviado, que quedéis más que medianamente satisfechas.

Y sin decir más se fue a poner de hinojos ante Dorotea, pidiéndole con palabras caballerescas y andantescas que la su grandeza fuese servida de darle licencia de acorrer y socorrer al castellano de aquel castillo, que estaba puesto en una grave mengua. La princesa se la dio de buen talante, y él luego, embrazando su adarga y poniendo mano a su espada, acudió a la puerta de la venta, adonde aún todavía traían los dos huéspedes a mal traer al ventero. Pero así como llegó, embazó y se estuvo quedo, aunque Maritornes y la ventera le decían que en qué se detenía, que socorriese a su señor y marido.

—Deténgome —dijo don Quijote— porque no me es lícito poner mano a la espada contra gente escuderil, pero llamadme aquí a mi escudero Sancho, que a él toca y atañe esta defensa y venganza.

Esto pasaba en la puerta de la venta, y en ella andaban las puñadas y mojicones muy en su punto, todo en daño del ventero y en rabia de Maritornes, la ventera y su hija, que se desesperaban de ver la cobardía de don Quijote y de lo mal que lo pasaba su marido, señor y padre.

Llorando a lágrima viva, el joven don Luis le confiesa al magistrado que está enamorado de su hija, doña Clara, y que la sigue porque no se hace a la idea de que la muchacha se va a México y ya no volverá. Su sueño es casarse con doña Clara. «Recibidme como yerno», suplica. El magistrado queda desconcertado. No sabe qué decir, y se limita a responder que pensará a fondo sobre el asunto. Don Luis, esperanzado, besa las manos del juez.

Ya a esta sazón estaban en paz los huéspedes con el ventero, pues por persuasión y buenas razones de don Quijote, más que por amenazas, le habían pagado todo lo que él quiso, y los criados de don Luis aguardaban el fin de la plática del oidor y la resolución de su amo, cuando el demonio, que no duerme, ordenó que en aquel mesmo punto entró en la venta el barbero a quien don Quijote quitó el yelmo de Mambrino y Sancho Panza los aparejos del asno que trocó con los del suyo; el cual barbero, llevando su jumento a la caballeriza, vio a Sancho Panza que estaba aderezando no sé qué de la albarda, y así como la vio la conoció, y se atrevió a arremeter a Sancho, diciendo:

—¡Ah, don ladrón, que aquí os tengo! ¡Venga mi bacía y mi albarda, con todos mis aparejos que me robastes!

Sancho, que se vio acometer tan de improviso y oyó los vituperios que le decían, con la una mano asió de la albarda y con la otra dio un mojicón al barbero, que le bañó los dientes en sangre. Pero no por esto dejó el barbero la presa que tenía hecha en el albarda, antes alzó la voz de tal manera, que todos los de la venta acudieron al ruido y pendencia. Y decía:

—¡Aquí del rey y de la justicia, que sobre cobrar mi hacienda me quiere matar este ladrón salteador de caminos!

—¡Mentís —respondió Sancho—, que yo no soy salteador de caminos, que en buena guerra ganó mi señor don Quijote estos despojos!

Ya estaba don Quijote delante, con mucho contento de ver cuán bien se defendía y ofendía su escudero, y túvole desde allí adelante por hombre de pro, y propuso en su corazón de armalle caballero en la primera ocasión que se le ofreciese, por parecerle que sería en él bien empleada la orden de la caballería. Entre otras cosas que el barbero decía en el discurso de la pendencia, vino a decir:

—Señores, así esta albarda es mía como la muerte que debo a Dios, y así la conozco como si la hubiera parido; y ahí está mi asno en el establo, que no me dejará mentir; si no, pruébensela, y si no le viniere pintiparada, yo quedaré por infame. Y hay más: que el mismo día que ella se me quitó, me quitaron también una bacía de azófar nueva, que no se había estrenado, que era señora de un escudo.

Aquí no se pudo contener don Quijote sin responder, y poniéndose entre los dos y apartándoles, depositando la albarda en el suelo, que la tuviese de manifiesto hasta que la verdad se aclarase, dijo:

—Porque vean vuestras mercedes clara y manifiestamente el error en que está este buen escudero, pues llama bacía a lo que fue, es y será yelmo de Mambrino, el cual se le quité yo en buena guerra, y me hice señor de él con ligítima y lícita posesión. En lo del albarda no me entremeto, que lo que en ello sabré decir es que mi escudero Sancho me pidió licencia para quitar los jaeces del caballo de este vencido cobarde, y con ellos adornar el suyo. Yo se la di y él los tomó, y de haberse convertido de jaez en albarda no sabré dar otra razón si no es la ordinaria: que como esas transformaciones se ven en los sucesos de la caballería. Para confirmación de lo cual, corre, Sancho hijo, y saca aquí el yelmo que este buen hombre dice ser bacía.

—¡Pardiez, señor —dijo Sancho—, si no tenemos otra prueba de nuestra intención que la que vuestra merced dice, tan bacía es el yelmo de Malino como el jaez de este buen hombre albarda!

—Haz lo que te mando —replicó don Quijote—, que no todas las cosas de este castillo han de ser guiadas por encantamento.

Sancho fue a do estaba la bacía y la trujo, y así como don Quijote la vio, la tomó en las manos y dijo:

—Miren vuestras mercedes con qué cara podía decir este escudero que esta es bacía y no el yelmo que yo he dicho. Y juro por la orden de caballería que profeso que este yelmo fue el mismo que yo le quité, sin haber añadido en él ni quitado cosa alguna.

—En eso no hay duda —dijo a esta sazón Sancho—, porque desde que mi señor le ganó hasta agora no ha hecho con él más de una batalla, cuando libró a los sin ventura encadenados. Y si no fuera por este baciyelmo, no lo pasara entonces muy bien, porque hubo asaz de pedradas en aquel trance.

45

DONDE SE ACABA DE AVERIGUAR LA DUDA DEL YELMO DE MAMBRINO Y DE LA ALBARDA, Y OTRAS AVENTURAS SUCEDIDAS, CON TODA VERDAD

—¿Qué les parece a vuestras mercedes, señores —dijo el barbero—, de lo que afirman estos gentiles hombres, pues aún porfían que esta no es bacía, sino yelmo?

—Y quien lo contrario dijere —dijo don Quijote—, le haré yo conocer que miente, si fuere caballero; y si escudero, que remiente mil veces.

Nuestro barbero, que a todo estaba presente, como tenía tan bien conocido el humor de don Quijote, quiso esforzar su desatino y llevar adelante la burla, para que todos riesen. Y dijo, hablando con el otro barbero:

—Señor barbero, o quien sois, sabed que yo también soy de vuestro oficio, y tengo más ha de veinte años carta de examen, y conozco muy bien de todos los instrumentos de la barbería, sin que le falte uno. Y ni más ni menos fui un tiempo en mi mocedad soldado, y sé también qué es yelmo, y qué es morrión, y celada de encaje, y otras cosas tocantes a la milicia, digo, a los géneros de armas de los soldados. También digo que este, aunque es yelmo, no es yelmo entero.

—No por cierto —dijo don Quijote—, porque le falta la mitad, que es la babera.

—Así es —dijo el cura, que ya había entendido la intención de su amigo el barbero.

Y lo mismo confirmó Cardenio, don Fernando y sus camaradas; y aun el oidor, si no estuviera tan pensativo con el negocio de don Luis, ayudara por su parte a la burla, pero las veras de lo que pensaba le tenían tan suspenso, que poco o nada atendía a aquellos donaires.

—¡Válame Dios! —dijo a esta sazón el barbero burlado—. ¿Que es posible que tanta gente honrada diga que esta no es bacía, sino yelmo? Cosa parece esta que puede poner en admiración a toda una universidad, por discreta que sea. Basta: si es que esta bacía es yelmo, también debe de ser esta albarda jaez de caballo, como este señor ha dicho.

—A mí albarda me parece —dijo don Quijote—, pero ya he dicho que en eso no me entremeto.

—De que sea albarda o jaez —dijo el cura— no está en más de decirlo el señor don Quijote, que en estas cosas de la caballería todos estos señores y yo le damos la ventaja.

—Por Dios, señores míos —dijo don Quijote—, que son tantas y tan estrañas las cosas que en este castillo, en dos veces que en él he alojado, me han sucedido, que no me atreva a decir afirmativamente ninguna cosa de lo que acerca de lo que en él se contiene se preguntare, porque imagino que cuanto en él se trata va por vía de encantamento. La primera vez me fatigó mucho un moro encantado que en él hay, y a Sancho no le fue muy bien con otros sus secuaces; y anoche estuve colgado de este brazo casi dos horas, sin saber cómo ni cómo no vine a caer en aquella desgracia. Así que ponerme yo agora en cosa de tanta confusión a dar mi parecer será caer en juicio temerario. En lo que toca a lo que dicen que esta es bacía y no yelmo, ya yo tengo respondido, pero en lo de declarar si esa es albarda o jaez, no me atrevo a dar sentencia difinitiva; solo lo dejo al buen parecer de vuestras mercedes. Quizá por no ser armados caballeros como yo lo soy no tendrán que ver con vuestras mercedes los encantamentos de este lugar, y tendrán los entendimientos libres y podrán juzgar de las cosas de este

VIRTUD QUIJOTESCA

Miguel de Unamuno tituló a su libro de reflexiones sobre el *Quijote*, publicado en 1905, *Vida de Don Quijote y Sancho*. En él, capítulo a capítulo, comenta el genio del hidalgo y hace una explosiva defensa de su personalidad en su empeño de ver un yelmo donde hay una bacía. Para él, esta es la actitud que se precisa para sacar a España de la decadencia. Como ejemplo de virtud quijotesca recoge la anécdota de un salmantino, llamado el Mosco, que había llegado a ser millonario a pesar de su origen indigente. La maledicencia de la gente atribuía su éxito a supuestas artes criminales. Este hombre, ya rico, trajo del Cantábrico huevas de besugo y las echó en una charca de una de sus fincas en Castilla. Naturalmente, el experimento no prosperó, pero Unamuno destacó el carácter arriesgado del Mosco con esta frase: «Solo el que ensaya lo absurdo es capaz de conquistar lo imposible».

castillo como ellas son real y verdaderamente, y no como a mí me parecían.

—No hay duda —respondió a esto don Fernando— sino que el señor don Quijote ha dicho muy bien hoy, que a nosotros toca la difinición de este caso. Y porque vaya con más fundamento, yo tomaré en secreto los votos de estos señores, y de lo que resultare daré entera y clara noticia.

Para aquellos que la tenían del humor de don Quijote era todo esto materia de grandísima risa, pero para los que le ignoraban les parecía el mayor disparate del mundo, especialmente a los cuatro criados de don Luis, y a don Luis ni más ni menos, y a otros tres pasajeros que acaso habían llegado a la venta, que tenían parecer de ser cuadrilleros, como en efeto lo eran. Pero el que más se desesperaba era el barbero, cuya bacía allí delante de sus ojos se le había vuelto en yelmo de Mambrino, y cuya albarda pensaba sin duda alguna que se le había de volver en jaez rico de caballo. Y los unos y los otros se reían de ver cómo andaba don Fernando tomando los votos de unos en otros, hablándolos al oído para que en secreto declarasen si era albarda o jaez aquella joya sobre quien tanto se había peleado. Y después que hubo tomado los votos de aquellos que a don Quijote conocían, dijo en alta voz:

—El caso es, buen hombre, que ya yo estoy cansado de tomar tantos pareceres, porque veo que a ninguno pregunto lo que deseo saber que no me diga que es disparate el decir que esta sea albarda de jumento, sino jaez de caballo, y aun de caballo castizo. Y, así, habréis de tener paciencia, porque, a vuestro pesar y al de vuestro asno, este es jaez y no albarda, y vos habéis alegado y probado muy mal de vuestra parte.

—No la tenga yo en el cielo —dijo el sobrebarbero— si todos vuestras mercedes no se engañan, y que así parezca mi ánima ante Dios como ella me parece a mí albarda y no jaez. Pero allá van leyes, etc., y no digo más, y en verdad que no estoy borracho, que no me he desayunado, si de pecar no.

No menos causaban risa las necedades que decía el barbero que los disparates de don Quijote, el cual a esta sazón dijo:

—Aquí no hay más que hacer sino que cada uno tome lo que es suyo, y a quien Dios se la dio, San Pedro se la bendiga.

Uno de los cuatro dijo:

—Si ya no es que esto sea burla pensada, no me puedo persuadir que hombres de tan buen entendimiento como son o parecen todos los que aquí están se atrevan a decir y afirmar que esta no es bacía ni aquella albarda. Mas como veo que lo afirman y lo dicen, me doy a entender que no carece de misterio el porfiar una cosa tan contraria de lo que nos muestra la misma verdad y la misma experiencia, porque voto a tal —y arrojole redondo— que no me den a mí a entender cuantos hoy viven en el mundo al revés de que esta no sea bacía de barbero y esta albarda de asno.

—Bien podría ser de borrica —dijo el cura.

—Tanto monta —dijo el criado—, que el caso no consiste en eso, sino en si es o no es albarda, como vuestras mercedes dicen.

Oyendo esto uno de los cuadrilleros que habían entrado, que había oído la pendencia y quistión, lleno de cólera y de enfado dijo:

—¡Tan albarda es como mi padre, y el que otra cosa ha dicho o dijere debe de estar hecho uva!

—¡Mentís como bellaco villano! —respondió don Quijote.

Y alzando el lanzón, que nunca le dejaba de las manos, le iba a descargar tal golpe sobre la cabeza, que, a no desviarse el cuadrillero, se le dejara allí tendido. El lanzón se hizo pedazos en el suelo, y los demás cuadrilleros, que vieron tratar mal a su compañero, alzaron la voz pidiendo favor a la Santa Hermandad.

El ventero, que era de la cuadrilla, entró al punto por su varilla y por su espada y se puso al lado de sus compañeros; los criados de don Luis rodearon a don Luis, porque con el alboroto no se les fuese; el barbero, viendo la casa revuelta, tornó a asir de su albarda, y lo mismo hizo Sancho; don Quijote puso mano a su espada y arremetió a los cuadrilleros; don Luis daba voces a sus criados que le dejasen a él y acorriesen a don Quijote, y a Cardenio y a don Fernando, que todos favorecían a don Quijote; el cura daba voces; la ventera gritaba, su hija se afligía, Maritornes lloraba; Dorotea estaba confusa, Luscinda suspensa y doña Clara desmayada; el barbero aporreaba a Sancho; Sancho molía al barbero; don Luis, a quien un criado suyo se atrevió a asirle del brazo porque no se fuese, le dio una puñada que le bañó los dientes en sangre; el oidor le defendía; don Fernando tenía debajo de sus pies a un cuadrillero, midiéndole el cuerpo con ellos muy a su sabor; el ventero tornó a reforzar la voz, pidiendo favor a la Santa Hermandad; de modo que toda la venta era llantos, voces, gritos, confusiones, temores, sobresaltos, desgracias, cuchilladas, mojicones, palos, coces y efusión de sangre. Y en la mitad de este caos, máquina y laberinto de cosas, se le representó en la memoria de don Quijote que se veía metido de hoz y de coz en la discordia del campo de Agramante. Y, así, dijo con voz que atronaba la venta:

—¡Ténganse todos! ¡Todos envainen! ¡Todos se sosieguen! ¡Óiganme todos, si todos quieren quedar con vida!

A cuya gran voz todos se pararon, y él prosiguió diciendo:

—¿No os dije yo, señores, que este castillo era encantado y que alguna legión de demonios debe de habitar en él? En confirmación de lo cual, quiero que veáis por vuestros ojos cómo se ha pasado aquí y trasladado entre nosotros la discordia del campo de Agramante. Mirad cómo allí se pelea por la espada, aquí por el caballo, acullá por el águila, acá por el yelmo, y todos peleamos y todos no nos entendemos. Venga, pues, vuestra merced, señor oidor, y vuestra merced, señor cura, y el uno sirva de rey Agramante y el otro de rey Sobrino, y póngannos en paz, porque por Dios Todopoderoso que es gran bellaquería que tanta gente principal como aquí estamos se mate por causas tan livianas.

Los cuadrilleros, que no entendían el frasis de don Quijote y se veían malparados de don Fernando, Cardenio y sus camaradas, no querían sosegarse; el barbero sí, porque en la pendencia tenía deshechas las barbas y el albarda; Sancho, a la más mínima voz de su amo, obedeció como buen criado; los cuatro criados de don Luis también se estuvieron quedos, viendo cuán poco les iba en no estarlo. Solo el ventero porfiaba que se habían de castigar las insolencias de aquel loco, que a cada paso le alborotaba la venta. Finalmente, el rumor se apaciguó por entonces, la albarda se quedó por jaez hasta el día del juicio, y la bacía por yelmo y la venta por castillo en la imaginación de don Quijote.

El magistrado, indeciso, le confía a don Fernando, a Cardenio y al cura lo que le ha pasado con don Luis, y don Fernando idea una solución: se llevará a don Luis a Andalucía para que medre a la sombra del hermano de don Fernando, que es ni más ni menos que marqués. Seguro que los criados se sienten complacidos con una oferta así... Es verdad que la escuchan y que la aceptan, pero a regañadientes. En todo caso, la paz vuelve a la venta.

Es, pues, el caso que los cuadrilleros se sosegaron, por haber entreoído la calidad de los que con ellos se habían combatido, y se retiraron de la pendencia, por parecerles que de cualquiera manera que sucediese habían de llevar lo peor de la batalla. Pero uno de ellos, que fue el que fue molido y pateado por don Fernando, le vino a la memoria que, entre algunos mandamientos que traía para prender a algunos delincuentes, traía uno contra don Quijote, a quien la Santa Hermandad había mandado prender por la libertad que dio a los galeotes, y como Sancho con mucha razón había temido. Imaginando, pues, esto, quiso certificarse si las señas que de don Quijote traía venían bien, y sacando del seno un pergamino, topó con el que buscaba; y poniéndosele a leer de espacio, porque no era buen lector, a cada palabra que leía ponía los ojos en don Quijote y iba cotejando las señas del mandamiento con el rostro de don Quijote, y halló que sin duda alguna era el que el mandamiento rezaba. Y apenas se hubo certificado cuando, recogiendo su pergamino, con la mano izquierda tomó el mandamiento y con la derecha asió a don Quijote del cuello fuertemente, que no le dejaba alentar, y a grandes voces decía:

—¡Favor a la Santa Hermandad! ¡Y para que se vea que lo pido de veras, léase este mandamiento, donde se contiene que se prenda a este salteador de caminos!

Tomó el mandamiento el cura y vio cómo era verdad cuanto el cuadrillero decía y cómo convenían las señas con don Quijote, el cual, viéndose tratar mal de aquel villano malandrín, puesta la cólera en su punto y crujiéndole los huesos de su cuerpo, como mejor pudo él asió al cuadrillero con entrambas manos de la garganta, que, a no ser socorrido de sus compañeros, allí dejara la vida antes que don Quijote la presa. El ventero, que por fuerza había de favorecer a los de su oficio, acudió luego a dalle favor. La ventera, que vio de nuevo a su marido en pendencias, de nuevo alzó la voz, cuyo tenor le llevaron luego Maritornes y su hija, pidiendo favor al cielo y a los que allí estaban. Sancho dijo, viendo lo que pasaba:

—¡Vive el Señor que es verdad cuanto mi amo dice de los encantos de este castillo, pues no es posible vivir una hora con quietud en él!

Don Fernando despartió al cuadrillero y a don Quijote, y con gusto de entrambos les desenclavijó las manos, que el uno en el collar del sayo del uno y el otro en la garganta del otro bien asidas tenían. Pero no por esto cesaban los cuadrilleros de pedir su preso y que les ayudasen a dársele atado y entregado a toda su voluntad, porque así convenía al servicio del rey y de la Santa Hermandad, de cuya parte de nuevo les pedían socorro y favor para hacer aquella prisión de aquel robador y salteador de sendas y de carreras. Reíase de oír decir estas razones don Quijote, y con mucho sosiego dijo:

—¡Venid acá, gente soez y mal nacida! ¿Saltear de caminos llamáis al dar libertad a los encadenados, soltar los presos, acorrer a los miserables, alzar los caídos, remediar los menesterosos? ¡Ah, gente infame, digna por vuestro bajo y vil entendimiento que el cielo no os comunique el valor que se encierra en la caballería andante, ni os dé a entender el pecado e ignorancia en que estáis en no reverenciar la sombra, cuanto más la asistencia, de cualquier caballero andante! ¡Venid acá, ladrones en cuadrilla, que no cuadrilleros, salteadores de caminos con licencia de la Santa Hermandad!

Decidme: ¿quién fue el ignorante que firmó mandamiento de prisión contra un tal caballero como yo soy? ¿Quién el que ignoró que son esentos de todo judicial fuero los caballeros andantes y que su ley es su espada, sus fueros sus bríos, sus premáticas su voluntad? ¿Quién fue el mentecato, vuelvo a decir, que no sabe que no hay secutoria de hidalgo con tantas preeminencias ni esenciones como la que adquiere un caballero andante el día que se arma caballero y se entrega al duro ejercicio de la caballería? ¿Qué caballero andante pagó pecho, alcabala, chapín de la reina, moneda forera, portazgo ni barca? ¿Qué sastre le llevó hechura de vestido que le hiciese? ¿Qué castellano le acogió en su castillo que le hiciese pagar el escote? ¿Qué rey no le asentó a su mesa? ¿Qué doncella no se le aficionó y se le entregó rendida a todo su talante y voluntad? Y finalmente, ¿qué caballero andante ha habido, hay ni habrá en el mundo que no tenga bríos para dar él solo cuatrocientos palos a cuatrocientos cuadrilleros que se le pongan delante?

PRIVILEGIOS DE HIDALGO

En la época existían impuestos como la moneda forera, que se abonaba al rey cada siete años en señal de vasallaje, el barcaje, que se pagaba por atravesar el río en una barca pública, o el portazgo, peaje que se exigía al pasar por un cierto lugar transportando mercancías. Muchos hidalgos estaban libres de abonar esos impuestos, siempre que la exención constara en su carta ejecutoria, el documento que acreditaba la hidalguía del hidalgo.

46

DE LA NOTABLE AVENTURA DE LOS CUADRILLEROS Y LA GRAN FEROCIDAD DE NUESTRO BUEN CABALLERO DON QUIJOTE

En tanto que don Quijote esto decía, estaba persuadiendo el cura a los cuadrilleros cómo don Quijote era falto de juicio, como lo veían por sus obras y por sus palabras, y que no tenían para qué llevar aquel negocio adelante, pues aunque le prendiesen y llevasen, luego le habían de dejar por loco. A lo que respondió el del mandamiento que a él no tocaba juzgar de la locura de don Quijote, sino hacer lo que por su mayor le era mandado, y que una vez preso, siquiera le soltasen trecientas.

—Con todo eso —dijo el cura—, por esta vez no le habéis de llevar, ni aun él dejará llevarse, a lo que yo entiendo.

En efeto, tanto les supo el cura decir y tantas locuras supo don Quijote hacer, que más locos fueran que no él los cuadrilleros si no conocieran la falta de don Quijote, y, así, tuvieron por bien de apaciguarse y aun de ser medianeros de hacer las paces entre el barbero y Sancho Panza, que todavía asistían con gran rancor a su pendencia. Finalmente, ellos, como miembros de justicia, mediaron la causa y fueron árbitros de ella, de tal modo que ambas partes quedaron, si no del todo contentas, a lo menos en algo satisfechas, porque se trocaron las albardas, y no las cinchas y jáquimas. Y en lo que tocaba a lo del yelmo de Mambrino, el cura, a socapa y sin que don Quijote lo entendiese, le dio por la bacía ocho reales, y el barbero le hizo una cédula del recibo y de no llamarse a engaño por entonces, ni por siempre jamás, amén.

Don Quijote decide que ha llegado la hora de abandonar el castillo y partir hacia Micomicón, pues el deber de un caballero es entregarse a la guerra en cuanto la guerra se desata. Arrodillado ante la «fermosa infanta» Micomicona, dice: «Partámonos luego a la buena ventura».

Calló y no dijo más don Quijote, y esperó con mucho sosiego la respuesta de la fermosa infanta, la cual, con ademán señoril y acomodado al estilo de don Quijote, le respondió de esta manera:

—Yo os agradezco, señor caballero, el deseo que mostráis tener de favorecerme en mi gran cuita, bien así como caballero a quien es anejo y concerniente favorecer los huérfanos y menesterosos, y quiera el cielo que el vuestro y mi deseo se cumplan, para que veáis que hay agradecidas mujeres en el mundo. Y en lo de mi partida, sea luego, que yo no tengo más voluntad que la vuestra: disponed vos de mí a toda vuestra guisa y talante, que la que una vez os entregó la defensa de su persona y puso en vuestras manos la restauración de sus señoríos no ha de querer ir contra lo que la vuestra prudencia ordenare.

—A la mano de Dios —dijo don Quijote—. Pues así es que vuestra señoría se me humilla, no quiero yo perder la ocasión de levantalla y ponella en su heredado trono. La partida sea luego, porque me va poniendo espuelas al deseo y al camino lo que suele decirse que en la tardanza está el peligro. Y pues no ha criado el cielo ni visto el infierno ninguno que me espante ni acobarde, ensilla, Sancho, a Rocinante y apareja tu jumento y el palafrén de la reina, y despidámonos del castellano y de estos señores, y vamos de aquí luego al punto.

Sancho, que a todo estaba presente, dijo, meneando la cabeza a una parte y a otra:

—¡Ay, señor, señor, y cómo hay más mal en el aldegüela que se suena, con perdón sea dicho de las tocas honradas!

—¿Qué mal puede haber en ninguna aldea, ni en todas las ciudades del mundo, que pueda sonarse en menoscabo mío, villano?

—Si vuestra merced se enoja —respondió Sancho—, yo callaré y dejaré de decir lo que soy obligado como buen escudero y como debe un buen criado decir a su señor.

—Di lo que quisieres —replicó don Quijote—, como tus palabras no se encaminen a ponerme miedo; que si tú le tienes, haces como quien eres, y si yo no le tengo, hago como quien soy.

—No es eso, ¡pecador fui yo a Dios! —respondió Sancho—, sino que yo tengo por cierto y por averiguado que esta señora que se dice ser reina del gran reino Micomicón no lo es más que mi madre. Porque a ser lo que ella dice, no se anduviera hocicando con alguno de los que están en la rueda a vuelta de cabeza y a cada traspuesta.

Parose colorada con las razones de Sancho Dorotea, porque era verdad que su esposo don Fernando, alguna vez, a hurto de otros ojos, había cogido con los labios parte del premio que merecían sus deseos, lo cual había visto Sancho, y parecídole que aquella desenvoltura más era de dama cortesana que de reina de tan gran reino. Y no pudo ni quiso responder palabra a Sancho, sino dejole proseguir en su plática. Y él fue diciendo:

—Esto digo, señor, porque si al cabo de haber andado caminos y carreras, y pasado malas noches y peores días, ha de venir a coger el fruto de nuestros trabajos el que se está holgando en esta venta, no hay para qué darme priesa a que ensille a Rocinante, albarde el jumento y aderece al palafrén, pues será mejor que nos estemos quedos, y cada puta hile, y comamos.

¡Oh válame Dios, y cuán grande que fue el enojo que recibió don Quijote oyendo las descompuestas palabras de su escudero! Digo que fue tanto, que con voz atropellada y tartamuda lengua, lanzando vivo fuego por los ojos, dijo:

—¡Oh bellaco villano, mal mirado, descompuesto, ignorante, infacundo, deslenguado, atrevido, murmurador y maldiciente! ¿Tales palabras has osado decir en mi presencia y en la de estas ínclitas señoras, y tales deshonestidades y atrevimientos osaste poner en tu confusa imaginación? ¡Vete de mi presencia, monstruo de naturaleza, depositario de mentiras, almario de embustes, silo de bellaquerías, inventor de maldades, publicador de sandeces, enemigo del decoro que se debe a las reales personas! ¡Vete, no parezcas delante de mí, so pena de mi ira!

Y diciendo esto, enarcó las cejas, hinchó los carrillos, miró a todas partes y dio con el pie derecho una gran patada en el suelo, señales todas de la ira que encerraba en sus entrañas. A cuyas palabras y furibundos ademanes quedó Sancho tan encogido y medroso, que se holgara que en aquel instante se abriera debajo de sus pies la tierra y le tragara; y no supo qué hacerse, sino volver las espaldas y quitarse de la enojada presencia de su señor. Pero la discreta Dorotea, que tan entendido tenía ya el humor de don Quijote, dijo, para templarle la ira:

—No os despechéis, señor Caballero de la Triste Figura, de las sandeces que vuestro buen escudero ha dicho, porque quizá no las debe de decir sin ocasión, ni de su buen entendimiento y cristiana conciencia se puede sospechar que levante testimonio a nadie. Y, así, se ha de creer, sin poner duda en ello, que como en este castillo, según vos, señor caballero, decís, todas las cosas van y suceden por modo de encantamento, podría ser, digo, que Sancho hubiese visto por esta diabólica vía lo que él dice que vio tan en ofensa de mi honestidad.

—Por el omnipotente Dios juro —dijo a esta sazón don Quijote— que la vuestra grandeza ha dado en el punto, y que alguna mala visión se le puso delante a este pecador de Sancho que le hizo ver lo que fuera imposible verse de otro modo que por el de encantos no fuera; que sé yo bien de la bondad e inocencia de este desdichado, que no sabe levantar testimonios a nadie.

—Ansí es y ansí será —dijo don Fernando—, por lo cual debe vuestra merced, señor don Quijote, perdonalle y reducille al gremio de su gracia «sicut erat in principio», antes que las tales visiones le sacasen de juicio.

Don Quijote respondió que él le perdonaba, y el cura fue por Sancho, el cual vino muy humilde, y hincándose de rodillas, pidió la mano a su amo, y él se la dio, y después de habérsela dejado besar, le echó la bendición, diciendo:

—Agora acabarás de conocer, Sancho hijo, ser verdad lo que yo otras muchas veces te he dicho de que todas las cosas de este castillo son hechas por vía de encantamento.

—Así lo creo yo —dijo Sancho—, excepto aquello de la manta, que realmente sucedió por vía ordinaria.

—No lo creas —respondió don Quijote—, que si así fuera, yo te vengara entonces, y aun agora. Pero ni entonces ni agora pude ni vi en quién tomar venganza de tu agravio.

Desearon saber todos qué era aquello de la manta, y el ventero les contó punto por punto la volatería de Sancho Panza, de que no poco se rieron todos, y de que no menos se corriera Sancho si de nuevo no le asegurara su amo que era encantamento; puesto que jamás llegó la sandez de Sancho a tanto, que creyese no ser verdad pura y averiguada, sin mezcla de engaño alguno, lo de haber sido manteado por personas de carne y hueso, y no por fantasmas soñadas ni imaginadas, como su señor lo creía y lo afirmaba.

Dos días eran ya pasados los que había que toda aquella ilustre compañía estaba en la venta, y pareciéndoles que ya era tiempo de partirse, dieron orden para que, sin ponerse al trabajo de volver Dorotea y don Fernando con don Quijote a su aldea, con la invención de la libertad de la reina Micomicona, pudiesen el cura y el barbero llevársele como deseaban y procurar la cura de su locura en su tierra. Y lo que ordenaron fue que se concertaron con un carretero de bueyes que acaso acertó a pasar por allí, para que lo llevase, en esta forma: hicieron una como jaula, de palos enrejados, capaz que pudiese en ella caber holgadamente don Quijote, y luego don Fernando y sus camaradas, con los criados de don Luis y los cuadrilleros, juntamente con el ventero, todos, por orden y parecer del cura, se cubrieron los rostros y se disfrazaron, quién de una manera y quién de otra, de modo que a don Quijote le pareciese ser otra gente de la que en aquel castillo había visto.

Hecho esto, con grandísimo silencio se entraron adonde él estaba durmiendo y descansando de las pasadas refriegas. Llegáronse a él, que libre y seguro de tal acontecimiento dormía, y asiéndole fuertemente, le ataron muy bien las manos y los pies, de modo que cuando él despertó con sobresalto, no pudo menearse ni hacer otra cosa más que admirarse y suspenderse de ver delante de sí tan estraños visajes. Y luego dio en la cuenta de lo que su continua y desvariada imaginación le representaba, y se creyó que todas aquellas figuras eran fantasmas de aquel encantado castillo, y que sin duda alguna ya estaba encantado, pues no se podía menear ni defender; todo a punto como había pensado que sucedería el cura, trazador de esta máquina. Solo Sancho, de todos los presentes, estaba en su mesmo juicio y en su mesma figura, el cual, aunque le faltaba bien poco para tener la mesma enfermedad de su amo, no dejó de conocer quién eran todas aquellas contrahechas figuras, mas no osó descoser su boca hasta ver en qué paraba aquel asalto y prisión de su amo, el cual tampoco hablaba palabra, atendiendo a ver el paradero de su desgracia, que fue que, trayendo allí la jaula, le encerraron dentro, y le clavaron los maderos tan fuertemente, que no se pudieran romper a dos tirones. Tomáronle luego en hombros, y al salir del aposento se oyó una voz temerosa, todo cuanto la supo formar el barbero —no el del albarda, sino el otro—, que decía:

—¡Oh Caballero de la Triste Figura! No te dé afincamiento la prisión en que vas, porque así conviene para acabar más presto la aventura en que tu gran esfuerzo te puso, la cual se acabará cuando el furibundo león manchado con la blanca paloma tobosina yoguieren en uno, ya después de humilladas las altas cervices al blando yugo matrimoñesco, de cuyo inaudito consorcio saldrán a la luz del orbe los bravos cachorros que imitarán las rampantes garras del valeroso padre. Y esto será antes que el seguidor de la fugitiva ninfa faga dos vegadas la visita de las lucientes imágines con su rápido y natural curso. Y tú, ¡oh el más noble y obediente escudero que tuvo espada en cinta, barbas en rostro y olfato en las narices!, no te desmaye ni descontente ver llevar ansí delante de tus ojos mesmos a la flor de la caballería andante, que presto, si al plasmador del mundo le place, te verás tan alto y tan sublimado, que no te conozcas, y no saldrán defraudadas las promesas que te ha fecho tu buen señor. Y asegúrote, de parte de la sabia Mentironiana, que tu salario te sea pagado, como lo verás por la obra. Y sigue las pisadas del valeroso y encantado caballero, que conviene que vayas donde paréis entrambos. Y porque no me es lícito decir otra cosa, a Dios quedad, que yo me vuelvo adonde yo me sé.

Y al acabar de la profecía, alzó la voz de punto y diminuyola después con tan tierno acento, que aun los sabidores de la burla estuvieron por creer que era verdad lo que oían.

Quedó don Quijote consolado con la escuchada profecía, porque luego coligió de todo en todo la significación de ella, y vio que le prometían el verse ayuntados en santo y debido matrimonio con su querida Dulcinea del Toboso, de cuyo felice vientre saldrían los cachorros, que eran sus hijos, para gloria perpetua de la Mancha. Y creyendo esto bien y firmemente, alzó la voz, y dando un gran suspiro, dijo:

—¡Oh tú, quienquiera que seas, que tanto bien me has pronosticado!, ruégote que pidas de mi parte al sabio encantador que mis cosas tiene a cargo que no me deje perecer en esta prisión donde agora me llevan, hasta ver cumplidas tan alegres e incomparables promesas como son las que aquí se me han hecho; que, como esto sea, tendré por gloria las penas de mi cárcel y por alivio estas cadenas que me ciñen, y no por duro campo de batalla este lecho en que me acuestan, sino por cama blanda y tálamo dichoso. Y en lo que toca a la consolación de Sancho Panza mi escudero, yo confío de su bondad y buen proceder que no me dejará en buena ni en mala suerte. Porque cuando no suceda, por la suya o por mi corta ventura, el poderle yo dar la ínsula o otra cosa equivalente que le tengo prometida, por lo menos su salario no podrá perderse, que en mi testamento, que ya está hecho, dejo declarado lo que se le ha de dar, no conforme a sus muchos y buenos servicios, sino a la posibilidad mía.

Sancho Panza se le inclinó con mucho comedimiento y le besó entrambas las manos, porque la una no pudiera, por estar atadas entrambas.

Luego tomaron la jaula en hombros aquellas visiones y la acomodaron en el carro de los bueyes.

47

DEL ESTRAÑO MODO CON QUE FUE ENCANTADO DON QUIJOTE DE LA MANCHA, CON OTROS FAMOSOS SUCESOS

Cuando don Quijote se vio de aquella manera enjaulado y encima del carro, dijo:

—Muchas y muy graves historias he yo leído de caballeros andantes, pero jamás he leído, ni visto, ni oído que a los caballeros encantados los lleven de esta manera y con el espacio que prometen estos perezosos y tardíos animales, porque siempre los suelen llevar por los aires con estraña ligereza, encerrados en alguna parda y escura nube o en algún carro de fuego, o ya sobre algún hipogrifo o otra bestia semejante. Pero que me lleven a mí agora sobre un carro de bueyes, ¡vive Dios que me pone en confusión! Pero quizá la caballería y los encantos de estos nuestros tiempos deben de seguir otro camino que siguieron los antiguos. Y también podría ser que, como yo soy nuevo caballero en el mundo, y el primero que ha resucitado el ya olvidado ejercicio de la caballería aventurera, también nuevamente se hayan inventado otros géneros de encantamentos y otros modos de llevar a los encantados. ¿Qué te parece de esto, Sancho hijo?

—No sé yo lo que me parece —respondió Sancho—, por no ser tan leído como vuestra merced en las escrituras andantes. Pero, con todo eso, osaría afirmar y jurar que estas visiones que por aquí andan, que no son del todo católicas.

—¿Católicas? ¡Mi padre! —respondió don Quijote—. ¿Cómo han de ser católicas, si son todos demonios que han tomado cuerpos fantásticos para venir a hacer esto y a ponerme en este estado? Y si quieres ver esta verdad, tócalos y pálpalos, y verás como no tienen cuerpo sino de aire y como no consiste más de en la apariencia.

—Par Dios, señor —replicó Sancho—, ya yo los he tocado, y este diablo que aquí anda tan solícito es rollizo de carnes y tiene otra propiedad muy diferente de la que yo he oído decir que tienen los demonios; porque, según se dice, todos huelen a piedra azufre y a otros malos olores, pero este huele a ámbar de media legua.

Decía esto Sancho por don Fernando, que, como tan señor, debía de oler a lo que Sancho decía.

—No te maravilles de eso, Sancho amigo —respondió don Quijote—, porque te hago saber que los diablos saben mucho, y, puesto que traigan olores consigo, ellos no huelen nada, porque son espíritus, y si huelen, no pueden oler cosas buenas, sino malas y hidiondas. Y la razón es que como ellos dondequiera que están traen el infierno consigo y no pueden recebir género de alivio alguno en sus tormentos, y el buen olor sea cosa que deleita y contenta, no es posible que ellos huelan cosa buena. Y si a ti te parece que ese demonio que dices huele a ámbar, o tú te engañas o él quiere engañarte con hacer que no le tengas por demonio.

Don Quichotte, **Pathé Films**, 1903.

El cura y el barbero se despiden de don Fernando, Dorotea, Cardenio, Luscinda, el cautivo, Zoraida y el resto de los huéspedes de la venta, y todos se prometen escribirse para tenerse al corriente de lo que les depare la vida. El carro en el que va subido don Quijote, enjaulado como una fiera, arranca y se pone en camino. El cura y el barbero lo custodian, junto a un par de cuadrilleros armados con escopetas. Don Quijote supone que todo lo que le está pasando es obra de unos perversos encantadores que lo envidian, pero Sancho no se cree la patraña del encantamiento, y lo dice en voz bien alta, para que todo el mundo lo oiga.

—Ahora, señores, quiéranme bien o quiéranme mal por lo que dijere, el caso de ello es que así va encantado mi señor don Quijote como mi madre. Él tiene su entero juicio, él come y bebe y hace sus necesidades como los demás hombres y como las hacía ayer antes que le enjaulasen. Siendo esto ansí, ¿cómo quieren hacerme a mí entender que va encantado? Pues yo he oído decir a muchas personas que los encantados ni comen, ni duermen, ni hablan, y mi amo, si no le van a la mano, hablará más que treinta procuradores —y, volviéndose a mirar al cura, prosiguió diciendo—: ¡Ah, señor cura, señor cura!,¿pensaba vuestra merced que no le conozco, y pensará que yo no calo y adivino adónde se encaminan estos nuevos encantamentos? Pues sepa que le conozco por más que se encubra el rostro, y sepa que le entiendo por más que disimule sus embustes. En fin, donde reina la envidia no puede vivir la virtud, ni adonde hay escaseza la liberalidad. ¡Mal haya el diablo, que si por su reverencia no fuera, esta fuera ya la hora que mi señor estuviera casado con la infanta Micomicona y yo fuera conde por lo menos, pues no se podía esperar otra cosa así de la bondad de mi señor el de la Triste Figura como de la grandeza de mis servicios! Pero ya veo que es verdad lo que se dice por ahí, que la rueda de la fortuna anda más lista que una rueda de molino, y que los que ayer estaban en pinganitos hoy están por el suelo. De mis hijos y de mi mujer me pesa, pues cuando podían y debían esperar ver entrar a su padre por sus puertas hecho gobernador o visorrey de alguna ínsula o reino, le verán entrar hecho mozo de caballos. Todo esto que he dicho, señor cura, no es más de por encarecer a su paternidad haga conciencia del mal tratamiento que a mi señor se le hace. Y mire bien no le pida Dios en la otra vida esta prisión de mi amo, y se le haga cargo de todos aquellos socorros y bienes que mi señor don Quijote deja de hacer en este tiempo que está preso.

—¡Adóbame esos candiles! —dijo a este punto el barbero—. ¿También vos, Sancho, sois de la cofradía de vuestro amo? ¡Vive el Señor que voy viendo que le habéis de tener compañía en la jaula y que habéis de quedar tan encantado como él, por lo que os toca de su humor y de su caballería! ¡En mal punto os empreñastes de sus promesas y en mal hora se os entró en los cascos la ínsula que tanto deseáis!

—Yo no estoy preñado de nadie —respondió Sancho— ni soy hombre que me dejaría empreñar, del rey que fuese; y aunque pobre, soy cristiano viejo y no debo nada a nadie; y si ínsulas deseo, otros desean otras cosas peores, y cada uno es hijo de sus obras; y debajo de ser hombre puedo venir a ser papa, cuanto más gobernador de una ínsula, y más pudiendo ganar tantas mi señor, que le falte a quien dallas. Vuestra merced mire cómo habla, señor barbero, que no es todo hacer barbas, y algo va de Pedro a Pedro; dígolo porque todos nos conocemos, y a mí no se me ha de echar dado falso. Y en esto del encanto de mi amo, Dios sabe la verdad; y quédese aquí, porque es peor meneallo.

A la comitiva acaba de unirse un canónigo, que al saber lo que le ha pasado a don Quijote maldice de los libros de caballerías. Los considera simples sartas de disparates escritas a tontas y a locas, si bien argumenta que, si se crearan con tino, los libros de caballerías podrían ser muy buena literatura, capaz de enseñar y deleitar al mismo tiempo. Y es que su escritura desatada le da al autor la oportunidad de liberar su genio creativo y mostrarse hábil en las más diversas modalidades de la composición literaria: lo épico y lo lírico, lo trágico y lo cómico, la prosa persuasiva y el verso de amor...

48

DONDE PROSIGUE EL CANÓNIGO LA MATERIA DE LOS LIBROS DE CABALLERÍAS, CON OTRAS COSAS DIGNAS DE SU INGENIO

El canónigo confiesa que, aunque nunca ha mirado con buenos ojos los libros de caballerías, él mismo se puso a escribir uno. Rellenó cien páginas, pero luego lo abandonó, desanimado, porque, al mirar a su alrededor, se dio cuenta de que el público, en vez de valorar lo bueno, suele aplaudir lo malo. El cura le da la razón, y los dos acaban conversando sobre lo desastrosas que son las comedias que se estrenan en los teatros: están tan llenas de disparates como los propios libros de caballerías.

En tanto que esto pasaba, viendo Sancho que podía hablar a su amo sin la continua asistencia del cura y el barbero, que tenía por sospechosos, se llegó a la jaula donde iba su amo y le dijo:

—Señor, para descargo de mi conciencia le quiero decir lo que pasa cerca de su encantamento, y es que aquestos dos que vienen aquí cubiertos los rostros son el cura de nuestro lugar y el barbero; y imagino han dado esta traza de llevalle de esta manera de pura envidia que tienen cómo vuestra merced se les adelanta en hacer famosos hechos. Presupuesta, pues, esta verdad, síguese que no va encantado, sino embaído y tonto, para prueba de lo cual le quiero preguntar una cosa, y si me responde como creo que me ha de responder, tocará con la mano este engaño y verá cómo no va encantado, sino trastornado el juicio.

—Pregunta lo que quisieres, hijo Sancho —respondió don Quijote—, que yo te satisfaré y responderé a toda tu voluntad. Y en lo que dices que aquellos que allí van y vienen con nosotros son el cura y el barbero, nuestros compatriotos y conocidos, bien podrá ser que parezca que son ellos mesmos, pero que lo sean realmente y en efeto, eso no lo creas en ninguna manera. Lo que has de creer y entender es que si ellos se les parecen, como dices, debe de ser que los que me han encantado habrán tomado esa apariencia y semejanza, porque es fácil a los encantadores tomar la figura que se les antoja, y habrán tomado las de estos nuestros amigos para darte a ti ocasión de que pienses lo que piensas y ponerte en un laberinto de imaginaciones, que no aciertes a salir de él aunque tuvieses la soga de Teseo. Y también lo habrán hecho para que yo vacile en mi entendimiento y no sepa atinar de dónde me viene este daño; porque si por una parte tú me dices que me acompañan el barbero y el cura de nuestro pueblo, y por otra yo me veo enjaulado y sé de mí que fuerzas humanas, como no fueran sobrenaturales, no fueran bastantes para enjaularme, ¿qué quieres que diga o piense sino que la manera de mi encantamento excede a cuantas yo he leído en todas las historias que tratan de caballeros andantes que han sido encantados? Ansí que bien puedes darte paz y sosiego en esto de creer que son los que dices, porque así son ellos como yo soy turco. Y en lo que toca a querer preguntarme algo, di, que yo te responderé, aunque me preguntes de aquí a mañana.

—¡Válame Nuestra Señora! —respondió Sancho dando una gran voz—. ¿Y es posible que sea vuestra merced tan duro de celebro y tan falto de meollo, que no eche de ver que es pura verdad la que le digo y que en esta su prisión y desgracia tiene más parte la malicia que el encanto? Pero pues así es, yo le quiero probar evidentemente cómo no va encantado. Si no, dígame, así Dios le saque de esta tormenta y así se vea en los brazos de mi señora Dulcinea cuando menos se piense...

—Acaba de conjurarme —dijo don Quijote— y pregunta lo que quisieres, que ya te he dicho que te responderé con toda puntualidad.

—Eso pido —replicó Sancho—. Y lo que quiero saber es que me diga, sin añadir ni quitar cosa ninguna, sino con toda verdad, como se espera que la han de decir y la dicen todos aquellos que profesan las armas, como vuestra merced las profesa, debajo de título de caballeros andantes...

—Digo que no mentiré en cosa alguna —respondió don Quijote—. ¡Acaba ya de preguntar, que en verdad que me cansas con tantas salvas, plegarias y prevenciones, Sancho!

—Digo que yo estoy seguro de la bondad y verdad de mi amo. Y, así, porque hace al caso a nuestro cuento, pregunto, hablando con acatamiento, si acaso después que vuestra merced va enjaulado, y a su parecer encantado en esta jaula, le ha venido gana y voluntad de hacer aguas mayores o menores, como suele decirse.

—No entiendo eso de hacer aguas, Sancho. Aclárate más, si quieres que te responda derechamente.

—¿Es posible que no entiende vuestra merced de hacer aguas menores o mayores? Pues en la escuela destetan a los muchachos con ello. Pues sepa que quiero decir si le ha venido gana de hacer lo que no se escusa.

—Ya, ya te entiendo, Sancho. Y muchas veces, y aun agora la tengo. ¡Sácame de este peligro, que no anda todo limpio!

49

DONDE SE TRATA DEL DISCRETO COLOQUIO QUE SANCHO PANZA TUVO CON SU SEÑOR DON QUIJOTE

—¡Ah —dijo Sancho—, cogido le tengo! ¡Esto es lo que yo deseaba saber como al alma y como a la vida! Venga acá, señor: ¿podría negar lo que comúnmente suele decirse por ahí cuando una persona está de mala voluntad: «No sé qué tiene fulano, que ni come, ni bebe, ni duerme, ni responde a propósito a lo que le preguntan, que no parece sino que está encantado»?, de donde se viene a sacar que los que no comen, ni beben, ni duermen, ni hacen las obras naturales que yo digo, estos tales están encantados, pero no aquellos que tienen la gana que vuestra merced tiene, y que bebe cuando se lo dan y come cuando lo tiene, y responde a todo aquello que le preguntan.

—Verdad dices, Sancho —respondió don Quijote—, pero ya te he dicho que hay muchas maneras de encantamentos, y podría ser que con el tiempo se hubiesen mudado de unos en otros, y que agora se use que los encantados hagan todo lo que yo hago, aunque antes no lo hacían. De manera que contra el uso de los tiempos no hay qué argüir ni de qué hacer consecuencias. Yo sé y tengo para mí que voy encantado, y esto me basta para la seguridad de mi conciencia, que la formaría muy grande si yo pensase que no estaba encantado y me dejase estar en esta jaula perezoso y cobarde, defraudando el socorro que podría dar a muchos menesterosos y necesitados que de mi ayuda y amparo deben tener a la hora de ahora precisa y estrema necesidad.

—Pues con todo eso —replicó Sancho—, digo que para mayor abundancia y satisfación sería bien que vuestra merced probase a salir de esta cárcel, que yo me obligo con todo mi poder a facilitarlo, y aun a sacarle de ella, y probase de nuevo a subir sobre su buen Rocinante, que también parece que va encantado, según va de malencólico y triste; y hecho esto, probásemos otra vez la suerte de buscar más aventuras. Y si no nos sucediese bien, tiempo nos queda para volvernos a la jaula, en la cual prometo a ley de buen y leal escudero de encerrarme juntamente con vuestra merced, si acaso fuere vuestra merced tan desdichado, o yo tan simple, que no acierte a salir con lo que digo.

—Yo soy contento de hacer lo que dices, Sancho hermano —replicó don Quijote—, y cuando tú veas coyuntura de poner en obra mi libertad, yo te obedeceré en todo y por todo. Pero tú, Sancho, verás como te engañas en el conocimiento de mi desgracia.

En estas pláticas se entretuvieron el caballero andante y el malandante escudero hasta que llegaron donde, ya apeados, los aguardaban el cura, el canónigo y el barbero. Desunció luego los bueyes de la carreta el boyero y dejolos andar a sus anchuras por aquel verde y apacible sitio, cuya frescura convidaba a quererla gozar, no a las personas tan encantadas como don Quijote, sino a los tan advertidos y discretos como su escudero, el cual rogó al cura que permitiese que su señor saliese por un rato de la jaula, porque si no le dejaban salir, no iría tan limpia aquella prisión como requiría la decencia de un tal caballero como su amo. Entendiole el cura y dijo que de muy buena gana haría lo que le pedía, si no temiera que, en viéndose su señor en libertad, había de hacer de las suyas y irse donde jamás gentes le viesen.

—Yo le fío de la fuga —respondió Sancho.

—Y yo y todo —dijo el canónigo—. Y más si él me da la palabra como caballero de no apartarse de nosotros hasta que sea nuestra voluntad.

—Sí doy —respondió don Quijote, que todo lo estaba escuchando—, cuanto más que el que está encantado, como yo, no tiene libertad para hacer de su persona lo que quisiere, porque el que le encantó le puede hacer que no se mueva de un lugar en tres siglos; y si hubiere huido, le hará volver en volandas.

Y que, pues esto era así, bien podían soltalle, y más siendo tan en provecho de todos. Y del no soltalle les protestaba que no podía dejar de fatigalles el olfato si de allí no se desviaban.

Tomole la mano el canónigo, aunque las tenía atadas, y debajo de su buena fe y palabra le desenjaularon, de que él se alegró infinito y en grande manera de verse fuera de la jaula. Y lo primero que hizo fue estirarse todo el cuerpo, y luego se fue donde estaba Rocinante, y dándole dos palmadas en las ancas, dijo:

—Aún espero en Dios y en su bendita Madre, flor y espejo de los caballos, que presto nos hemos de ver los dos cual deseamos: tú con tu señor a cuestas y yo encima de ti, ejercitando el oficio para que Dios me echó al mundo.

Y diciendo esto don Quijote, se apartó con Sancho en remota parte, de donde vino más aliviado y con más deseos de poner en obra lo que su escudero ordenase. Mirábalo el canónigo y admirábase de ver la estrañeza de su grande locura y de que en cuanto hablaba y respondía mostraba tener bonísimo entendimiento; solamente venía a perder los estribos, como otras veces se ha dicho, en tratándole de caballería.

El canónigo intenta hacerle ver a don Quijote que las novelas que tanto le gustan no cuentan más que mentiras, pero sus ad-

vertencias caen en saco roto, pues don Quijote está convencido de que Amadís de Gaula existió de veras, lo mismo que los otros caballeros de los que hablan los libros.

50

DE LAS DISCRETAS ALTERCACIONES QUE DON QUIJOTE Y EL CANÓNIGO TUVIERON, CON OTROS SUCESOS

Saltando de conversación en conversación, el grupo llega a un prado, donde todos comen a la sombra de unos árboles. A media comida, aparece una cabra que se ha escapado de su rebaño, y tras ella se presenta un cabrero que le da gritos sin parar. Irritado, el pastor agarra al animal por los cuernos. «Como sois hembra», le dice, «no hay quien os meta en vereda». El canónigo invita al cabrero a almorzar para que se le apacigüe la cólera, y el hombre acepta. En cada cosa que dice se le nota que tiene una pésima opinión de las mujeres, y para justificar esa malquerencia, cuenta una historia real que ha pasado hace muy poco en este mismo valle donde están comiendo.

51

QUE TRATA DE LO QUE CONTÓ EL CABRERO A TODOS LOS QUE LLEVABAN AL VALIENTE DON QUIJOTE

El cabrero, que se llama Eugenio, nació en una aldea cercana. Allí tenía por vecino a un labrador muy honrado cuyo mayor orgullo era su hija: una adolescente bonita y discreta llamada Leandra. A Leandra le sobraban los pretendientes, y el propio Eugenio andaba tras ella. Pero la chica, en vez de casarse, se fugó con un tal Vicente de la Roca, un pobretón que, tras haber pasado una temporada en el ejército, había vuelto a la aldea fanfarroneando, sacando pecho, avasallando a las niñas con palabritas lindas. Leandra, engatusada, se marchó con el tal Vicente, pero, al poco de iniciar la huida, el fanfarrón descubrió sus malas intenciones: le robó a Leandra todo lo que llevaba encima y la abandonó en una cueva, y hasta se dice que la desvirgó. El padre de Leandra, abochornado, ha metido a la chica en un convento hasta que cesen los rumores. Y, a todo esto, Eugenio sigue enamorado. Así que, para olvidarse de Leandra, se ha alejado de la aldea y pasa sus días en el monte, consagrado en cuerpo y alma al cuidado de sus cabras.

52

DE LA PENDENCIA QUE DON QUIJOTE TUVO CON EL CABRERO, CON LA RARA AVENTURA DE LOS DECEPLINANTES, A QUIEN DIO FELICE FIN A COSTA DE SU SUDOR

General gusto causó el cuento del cabrero a todos los que escuchado le habían. Especialmente le recibió el canónigo, que con estraña curiosidad notó la manera con que le había contado, tan lejos de parecer rústico cabrero cuan cerca de mostrarse discreto cortesano; y, así, dijo que había dicho muy bien el cura en decir que los montes criaban letrados. Todos se ofrecieron a Eugenio, pero el que más se mostró liberal en esto fue don Quijote, que le dijo:

—Por cierto, hermano cabrero, que si yo me hallara posibilitado de poder comenzar alguna aventura, que luego luego me pusiera en camino porque vos la tuviérades buena; que yo sacara del monesterio, donde sin duda alguna debe de estar contra su voluntad, a Leandra, a pesar de la abadesa y de cuantos quisieran estorbarlo, y os la pusiera en vuestras manos, para que hiciérades de ella a toda vuestra voluntad y talante, guardando, pero, las leyes de la caballería, que mandan que a ninguna doncella se le sea fecho desaguisado alguno. Aunque yo espero en Dios Nuestro Señor que no ha de poder tanto la fuerza de un encantador malicioso, que no pueda más la de otro encantador mejor intencionado, y para entonces os prometo mi favor y ayuda, como me obliga mi profesión, que no es otra sino es favorecer a los desvalidos y menesterosos.

Mirole el cabrero, y como vio a don Quijote de tan mal pelaje y catadura, admirose, y preguntó al barbero, que cerca de sí tenía:

—Señor, ¿quién es este hombre que tal talle tiene y de tal manera habla?

—¿Quién ha de ser —respondió el barbero— sino el famoso don Quijote de la Mancha, desfacedor de agravios, enderezador de tuertos, el amparo de las doncellas, el asombro de los gigantes y el vencedor de las batallas?

—Eso me semeja —respondió el cabrero— a lo que se lee en los libros de caballeros andantes, que hacían todo eso que de este hombre vuestra merced dice; puesto que para mí tengo o que vuestra merced se burla o que este gentilhombre debe de tener vacíos los aposentos de la cabeza.

—¡Sois un grandísimo bellaco —dijo a esta sazón don Quijote—, y vos sois el vacío y el menguado, que yo estoy más lleno que jamás lo estuvo la muy hideputa puta que os parió!

Y, diciendo y haciendo, arrebató de un pan que junto a sí tenía y dio con él al cabrero en todo el rostro, con tanta furia, que le remachó las narices. Mas el cabrero, que no sabía de burlas, viendo con cuántas veras le maltrataban, sin tener respeto a la alhombra, ni a los manteles, ni a todos aquellos que comiendo estaban, saltó sobre don Quijote, y asiéndole del cuello con entrambas manos, no dudara de ahogalle, si Sancho Panza no llegara en aquel punto y le asiera por las espaldas y diera con él encima de la mesa, quebrando platos, rompiendo tazas y derramando y esparciendo cuanto en ella estaba. Don Quijote, que se vio libre, acudió a subirse sobre el cabrero, el cual, lleno de sangre el rostro, molido a coces de Sancho, andaba buscando a gatas algún cuchillo de la mesa para hacer alguna sanguinolenta venganza, pero estorbába-

¿LOCO O SANTO?

«Asoma a nuestra mente una interpretación distinta, o mejor dicho, la posibilidad de defender —en la batalla de don Quijote contra el mundo— una parte contra la otra. ¿Tiene razón el mundo, la gente con sentido común, cuando se burla de don Quijote (la razón contra la locura, el espíritu práctico del mundo moderno contra el espíritu visionario de la Edad Media), o tiene razón don Quijote (una razón desesperada, loca) cuando rechaza el mundo mezquino y egoísta que ve a su alrededor, y le opone un ideal de justicia, de generosidad, de valentía, de abnegación? Don Quijote no es una caricatura, es un héroe de lo ideal, casi un santo».

ITALO CALVINO

nselo el canónigo y el cura. Mas el barbero hizo de suerte que el cabrero cogió debajo de sí a don Quijote, sobre el cual llovió tanto número de mojicones, que del rostro del pobre caballero llovía tanta sangre como del suyo. Reventaban de risa el canónigo y el cura, saltaban los cuadrilleros de gozo, zuzaban los unos y los otros, como hacen a los perros cuando en pendencia están trabados. Solo Sancho Panza se desesperaba, porque no se podía desasir de un criado del canónigo que le estorbaba que a su amo no ayudase.

En resolución, estando todos en regocijo y fiesta, sino los dos aporreantes que se carpían, oyeron el son de una trompeta, tan triste, que les hizo volver los rostros hacia donde les pareció que sonaba. Pero el que más se alborotó de oírle fue don Quijote, el cual, aunque estaba debajo del cabrero, harto contra su voluntad y más que medianamente molido, le dijo:

—Hermano demonio, que no es posible que dejes de serlo, pues has tenido valor y fuerzas para sujetar las mías, ruégote que hagamos treguas no más de por una hora, porque el doloroso son de aquella trompeta que a nuestros oídos llega me parece que a alguna nueva aventura me llama.

El cabrero, que ya estaba cansado de moler y ser molido, le dejó luego, y don Quijote se puso en pie, volviendo asimismo el rostro adonde el son se oía, y vio a deshora que por un recuesto bajaban muchos hombres vestidos de blanco, a modo de diciplinantes.

Era el caso que aquel año habían las nubes negado su rocío a la tierra, y por todos los lugares de aquella comarca se hacían procesiones, rogativas y diciplinas, pidiendo a Dios abriese las manos de su misericordia y les lloviese. Y para este efecto la gente de una aldea que allí junto estaba venía en procesión a una devota ermita que en un recuesto de aquel valle había.

Don Quijote, que vio los estraños trajes de los diciplinantes, sin pasarle por la memoria las muchas veces que los había de haber visto, se imaginó que era cosa de aventura y que a él solo tocaba, como a caballero andante, el acometerla. Y confirmole más esta imaginación pensar que una imagen que traían cubierta de luto fuese alguna principal señora que llevaban por fuerza aquellos follones y descomedidos malandrines. Y como esto le cayó en las mientes, con gran ligereza arremetió a Rocinante, que paciendo andaba, quitándole del arzón el freno y el adarga, y en un punto le enfrenó; y pidiendo a Sancho su espada, subió sobre Rocinante y embrazó su adarga, y dijo en alta voz a todos los que presentes estaban:

—¡Agora, valerosa compañía, veredes cuánto importa que haya en el mundo caballeros que profesen la orden de la andante caballería! ¡Agora, digo, que veredes en la libertad de aquella buena señora que allí va cautiva si se han de estimar los caballeros andantes!

Y en diciendo esto, apretó los muslos a Rocinante, porque espuelas no las tenía, y a todo galope, porque carrera tirada no se lee en toda esta verdadera historia que jamás la diese Rocinante, se fue a encontrar con los diciplinantes, bien que fueran el cura y el canónigo y barbero a detenelle; mas no les fue posible, ni menos le detuvieron las voces que Sancho le daba, diciendo:

—¿Adónde va, señor don Quijote? ¿Qué demonios lleva en el pecho que le incitan a ir contra nuestra fe católica? ¡Advierta, mal haya yo, que aquella es procesión de diciplinantes, y que aquella señora que llevan sobre la peana es la imagen benditísima de la Virgen sin mancilla! ¡Mire, señor, lo que hace, que por esta vez se puede decir que no es lo que sabe!

DISCIPLINANTES Y PICAOS

En el siglo XV empezó a ponerse de moda en España la idea de imitar en público el sufrimiento de Cristo. Aparecieron así las procesiones con disciplinantes, hombres encapuchados, a menudo con un cucurucho de cartón, que se daban latigazos en la espalda. La práctica fue prohibida a finales del siglo XVIII, si bien siguió dándose clandestinamente. La autoflagelación sigue viva en la actualidad en el pueblo riojano de San Vicente de la Sonsierra, donde los que se azotan reciben el nombre de *picaos*. Solo pueden ser *picaos* los hombres mayores de edad que acrediten ante un sacerdote que son cristianos y personas de buena fe.

Los Picaos
San Vicente de la Sonsierra

Fatigose en vano Sancho, porque su amo iba tan puesto en llegar a los ensabanados y en librar a la señora enlutada, que no oyó palabra, y aunque la oyera no volviera, si el rey se lo mandara. Llegó, pues, a la procesión y paró a Rocinante, que ya llevaba deseo de quietarse un poco, y con turbada y ronca voz dijo:

—Vosotros, que quizá por no ser buenos os encubrís los rostros, atended y escuchad lo que deciros quiero.

Los primeros que se detuvieron fueron los que la imagen llevaban. Y uno de los cuatro clérigos que cantaban las ledanías, viendo la estraña catadura de don Quijote, la flaqueza de Rocinante y otras circunstancias de risa que notó y descubrió en don Quijote, le respondió diciendo:

—Señor hermano, si nos quiere decir algo, dígalo presto, porque se van estos hermanos abriendo las carnes, y no podemos ni es razón que nos detengamos a oír cosa alguna, si ya no es tan breve que en dos palabras se diga.

—En una lo diré —replicó don Quijote—, y es esta: que luego al punto dejéis libre a esa hermosa señora, cuyas lágrimas y triste semblante dan claras muestras que la lleváis contra su voluntad y que algún notorio desaguisado le habedes fecho. Y yo, que nací en el mundo para desfacer semejantes agravios, no consentiré que un solo paso adelante pase sin darle la deseada libertad que merece.

En estas razones cayeron todos los que las oyeron que don Quijote debía de ser algún hombre loco, y tomáronse a reír muy de gana, cuya risa fue poner pólvora a la cólera de don Quijote; porque, sin decir más palabra, sacando la espada, arremetió a las andas. Uno de aquellos que las llevaban, dejando la carga a sus compañeros, salió al encuentro de don Quijote, enarbolando una horquilla o bastón con que sustentaba las andas en tanto que descansaba; y recibiendo en ella una gran cuchillada que le tiró don Quijote, con que se la hizo dos partes, con el último tercio que le quedó en la mano dio tal golpe a don Quijote encima de un hombro, por el mismo lado de la espada —que no pudo cubrir el adarga contra villana fuerza—, que el pobre don Quijote vino al suelo muy mal parado.

Sancho Panza, que jadeando le iba a los alcances, viéndole caído, dio voces a su moledor que no le diese otro palo, porque era un pobre caballero encantado que no había hecho mal a nadie en todos los días de su vida. Mas lo que detuvo al villano no fueron las voces de Sancho, sino el ver que don Quijote no bullía pie ni mano. Y, así, creyendo que le había muerto, con priesa se alzó la túnica a la cinta y dio a huir por la campaña como un gamo.

Ya en esto llegaron todos los de la compañía de don Quijote adonde él estaba, mas los de la procesión, que los vieron venir corriendo, y con ellos los cuadrilleros con sus ballestas, temieron algún mal suceso y hiciéronse todos un remolino alrededor de la imagen; y alzados los capirotes, empuñando las diciplinas, y los clérigos los ciriales, esperaban el asalto con determinación de defenderse, y aun ofender si pudiesen, a sus acometedores. Pero la fortuna lo hizo mejor que se pensaba, porque Sancho no hizo otra cosa que arrojarse sobre el cuerpo de su señor, haciendo sobre él el más doloroso y risueño llanto del mundo, creyendo que estaba muerto. El cura fue conocido de otro cura que en la procesión venía, cuyo conocimiento puso en sosiego el concebido temor de los dos escuadrones. El primer cura dio al segundo, en dos razones, cuenta de quién era don Quijote, y así él como toda la turba de los diciplinantes fueron a ver si estaba muerto el pobre caballero, y oyeron que Sancho Panza, con lágrimas en los ojos, decía:

—¡Oh flor de la caballería, que con solo un garrotazo acabaste la carrera de tus tan bien gastados años! ¡Oh honra de tu linaje, honor y gloria de toda la Mancha y aun de todo el mundo, el cual, faltando tú en él, quedará lleno de malhechores sin temor de ser castigados de sus malas fechorías! ¡Oh liberal sobre todos los Alejandros, pues por solos ocho meses de servicio me tenías dada la mejor ínsula que el mar ciñe y rodea! ¡Oh humilde con los soberbios y arrogante con los humildes, acometedor de peligros, sufridor de afrentas, enamorado sin causa, imitador de los buenos, azote de los malos, enemigo de los ruines; en fin, caballero andante, que es todo lo que decir se puede!

Con las voces y gemidos de Sancho revivió don Quijote, y la primer palabra que dijo fue:

—El que de vos vive ausente, dulcísima Dulcinea, a mayores miserias que estas está sujeto. Ayúdame, Sancho amigo, a ponerme sobre el carro encantado, que ya no estoy para oprimir la silla de Rocinante, porque tengo todo este hombro hecho pedazos.

—Eso haré yo de muy buena gana, señor mío —respondió Sancho—, y volvamos a mi aldea en compañía de estos señores que su bien desean, y allí daremos orden de hacer otra salida que nos sea de más provecho y fama.

—Bien dices, Sancho —respondió don Quijote—, y será gran prudencia dejar pasar el mal influjo de las estrellas que agora corre.

El canónigo y el cura y barbero le dijeron que haría muy bien en hacer lo que decía. Y, así, habiendo recebido grande gusto de las simplicidades de Sancho Panza, pusieron a don Quijote en el carro, como antes venía. La procesión volvió a ordenarse y a proseguir su camino; el cabrero se despidió de todos; los cuadrilleros no quisieron pasar adelante, y el cura les pagó lo que se les debía; el canónigo pidió al cura le avisase el suceso de don Quijote, si sanaba de su locura o si proseguía en ella, y con esto tomó licencia para seguir su viaje. En fin, todos se dividieron y apartaron, quedando solos el cura y barbero, don Quijote y Panza y el bueno de Rocinante, que a todo lo que había visto estaba con tanta paciencia como su amo.

El boyero unció sus bueyes y acomodó a don Quijote sobre un haz de heno, y con su acostumbrada flema siguió el camino que el cura quiso. Y a cabo de seis días llegaron a la aldea de don Quijote, adonde entraron en la mitad del día, que acertó a ser domingo; y la gente estaba toda en la plaza, por mitad de la cual atravesó el carro de don Quijote. Acudieron todos a ver lo que en el carro venía, y cuando conocieron a su compatrioto, quedaron maravillados; y un muchacho acudió corriendo a dar las nuevas a su ama y a su sobrina de que su tío y su señor venía flaco y amarillo y tendido sobre un montón de heno y sobre un carro de bueyes. Cosa de lástima fue oír los gritos que las dos buenas señoras alzaron, las bofetadas que se dieron, las maldiciones que de nuevo echaron a los malditos libros de caballerías, todo lo cual se renovó cuando vieron entrar a don Quijote por sus puertas.

A las nuevas de esta venida de don Quijote acudió la mujer de Sancho Panza, que ya había sabido que había ido con él sirviéndole de escudero; y así como vio a Sancho, lo primero que le preguntó fue que si venía bueno el asno. Sancho respondió que venía mejor que su amo.

—¡Gracias sean dadas a Dios —replicó ella—, que tanto bien me ha hecho! Pero contadme agora, amigo: ¿qué bien habéis sacado de vuestras escuderías? ¿Qué saboyana me traéis a mí? ¿Qué zapaticos a vuestros hijos?

—No traigo nada de eso —dijo Sancho—, mujer mía, aunque traigo otras cosas de más momento y consideración.

—Deso recibo yo mucho gusto —respondió la mujer—. Mostradme esas cosas de más consideración y más momento, amigo mío, que las quiero ver, para que se me alegre este corazón, que tan triste y descontento ha estado en todos los siglos de vuestra ausencia.

—En casa os las mostraré, mujer —dijo Panza—. Y por agora estad contenta, que siendo Dios servido de que otra vez salgamos en viaje a buscar aventuras, vos me veréis presto conde, o gobernador de una ínsula, y no de las de por ahí, sino la mejor que pueda hallarse.

—¡Quiéralo así el cielo, marido mío, que bien lo habemos menester! Mas decidme qué es eso de ínsulas, que no lo entiendo.

—No es la miel para la boca del asno —respondió Sancho—. A su tiempo lo verás, mujer, y aun te admirarás de oírte llamar señoría de todos tus vasallos.

—¿Qué es lo que decís, Sancho, de señorías, ínsulas y vasallos? —respondió Juana Panza, que así se llamaba la mujer de Sancho, aunque no eran parientes, sino porque se usa en la Mancha tomar las mujeres el apellido de sus maridos.

—No te acucies, Juana, por saber todo esto tan apriesa; basta que te digo verdad, y cose la boca. Solo te sabré decir, así de paso, que no hay cosa más gustosa en el mundo que ser un hombre honrado escudero de un caballero andante buscador de aventuras. Bien es verdad que las más que se hallan no salen tan a gusto como el hombre querría, porque, de ciento que se encuentran, las noventa y nueve suelen salir aviesas y torcidas. Selo yo de expiriencia, porque de algunas he salido manteado y de otras molido; pero, con todo eso, es linda cosa esperar los sucesos atravesando montes, escudriñando selvas, pisando peñas, visitando castillos, alojando en ventas a toda discreción, sin pagar ofrecido sea al diablo el maravedí.

Todas estas pláticas pasaron entre Sancho Panza y Juana Panza, su mujer, en tanto que el ama y sobrina de don Quijote le recibieron y le desnudaron y le tendieron en su antiguo lecho. Mirábalas él con ojos atravesados y no acababa de entender en qué parte estaba. El cura encargó a la sobrina tuviese gran cuenta con regalar a su tío y que estuviesen alerta de que otra vez no se les escapase, contando lo que había sido menester para traelle a su casa. Aquí alzaron las dos de nuevo los gritos al cielo, allí se renovaron las maldiciones de los libros de caballerías, allí pidieron al cielo que confundiese en el centro del abismo a los autores de tantas mentiras y disparates; finalmente, ellas quedaron confusas y temerosas de que se habían de ver sin su amo y tío en el mesmo punto que tuviese alguna mejoría; y sí fue como ellas se lo imaginaron.

Pero el autor de esta historia, puesto que con curiosidad y diligencia ha buscado los hechos que don Quijote hizo en su tercera salida, no ha podido hallar noticia de ellas, a lo menos por escrituras auténticas. Solo la fama ha guardado, en las *Memorias de la Mancha*, que don Quijote, la tercera vez que salió de su casa, fue a Zaragoza, donde se halló en unas famosas justas que en aquella ciudad hicieron, y allí le pasaron cosas dignas de su valor y buen entendimiento. Ni de su fin y acabamiento pudo alcanzar cosa alguna, ni la alcanzara ni supiera si la buena suerte no le deparara un antiguo médico que tenía en su poder una caja de plomo que, según él dijo, se había hallado en los cimientos derribados de una antigua ermita que se renovaba, en la cual caja se habían hallado unos pergaminos escritos con letras góticas, pero en versos castellanos, que contenían muchas de sus hazañas y daban noticia de la hermosura de Dulcinea del Toboso, de la figura de Rocinante, de la fidelidad de Sancho Panza y de la sepultura del mesmo don Quijote, con diferentes epitafios y elogios de su vida y costumbres. Y los que se pudieron leer y sacar en limpio fueron los que aquí pone el fidedigno autor de esta nueva y jamás vista historia, el cual autor no pide a los que la leyeren, en premio del inmenso trabajo que le costó inquerir y buscar todos los archivos manchegos por sacarla a luz, sino que le den el mesmo crédito que suelen dar los discretos a los libros de caballerías, que tan validos andan en el mundo; que con esto se tendrá por bien pagado y satisfecho y se animará a sacar y buscar otras, si no tan verdaderas, a lo menos de tanta invención y pasatiempo.

Las palabras primeras que estaban escritas en el pergamino que se halló en la caja de plomo eran estas:

LOS ACADÉMICOS DE LA ARGAMASILLA, LUGAR DE LA MANCHA, EN VIDA Y MUERTE DEL VALEROSO DON QUIJOTE DE LA MANCHA «HOC SCRIPSERUNT»

DEL MONICONGO, ACADÉMICO DE LA ARGAMASILLA, A LA SEPULTURA DE DON QUIJOTE

Epitafio

El calvatrueno que adornó a la Mancha
de más despojos que Jasón *decreta*;
el jüicio que tuvo la veleta
aguda donde fuera mejor ancha;

el brazo que su fuerza tanto ensancha,
que llegó del Catay hasta Gaeta;
la musa más horrenda y más discreta
que grabó versos en broncínea plancha;

el que a cola dejó los Amadises
y en muy poquito a Galaores tuvo,
estribando en su amor y bizarría;

el que hizo callar los Belianises;
aquel que en Rocinante errando anduvo,
yace debajo de esta losa fría.

DEL PANIAGUADO, ACADÉMICO DE LA ARGAMASILLA, «IN LAUDEM DULCINEAE DEL TOBOSO»

Soneto

Esta que veis de rostro amondongado,
alta de pechos y ademán brïoso
es Dulcinea, reina del Toboso,
de quien fue el gran Quijote aficionado.
Pisó por ella el uno y otro lado
de la gran Sierra Negra y el famoso
campo de Montïel, hasta el herboso
llano de Aranjüez, a pie y cansado
—culpa de Rocinante—. ¡Oh dura estrella,
que esta manchega dama y este invito
andante caballero, en tiernos años
ella dejó, muriendo, de ser bella,
y él, aunque queda en mármores escrito,
no pudo huir de amor, iras y engaños!

DEL CAPRICHOSO, DISCRETÍSIMO ACADÉMICO DE LA ARGAMASILLA, EN LOOR DE ROCINANTE, CABALLO DE DON QUIJOTE DE LA MANCHA

Soneto

En el soberbio trono diamantino
que con sangrientas plantas huella Marte,
frenético el Manchego su estandarte
tremola con esfuerzo peregrino.
Cuelga las armas y el acero fino
con que destroza, asuela, raja y parte,
¡nuevas proezas!, pero inventa el arte
un nuevo estilo al nuevo paladino.
Y si de su Amadís se precia Gaula,
por cuyos bravos descendientes Grecia
triunfó mil veces y su fama ensancha,
hoy a Quijote le corona el aula
do Belona preside, y de él se precia,
más que Grecia ni Gaula, la alta Mancha.
Nunca sus glorias el olvido mancha,
pues hasta Rocinante, en ser gallardo,
excede a Brilladoro y a Bayardo.

DEL BURLADOR, ACADÉMICO ARGAMASILLESCO, A SANCHO PANZA
Soneto

Sancho Panza es aqueste, en cuerpo chico
pero grande en valor —¡milagro estraño!—,
escudero el más simple y sin engaño
que tuvo el mundo, os juro y certifico.
De ser conde no estuvo en un tantico,
si no se conjuraran en su daño
insolencias y agravios del tacaño
siglo, que aun no perdonan a un borrico.
Sobre él anduvo —con perdón se miente—
este manso escudero, tras el manso
caballo Rocinante y tras su dueño.
¡Oh vanas esperanzas de la gente,
cómo pasáis con prometer descanso
y al fin paráis en sombra, en humo, en sueño!

DEL CACHIDIABLO, ACADÉMICO DE LA ARGAMASILLA, EN LA SEPULTURA DE DON QUIJOTE
Epitafio

Aquí yace el caballero
bien molido y mal andante
a quien llevó Rocinante
por uno y otro sendero.
Sancho Panza el majadero
yace también junto a él,
escudero el más fïel
que vio el trato de escudero.

DEL TIQUITOC, ACADÉMICO DE LA ARGAMASILLA, EN LA SEPULTURA DE DULCINEA DEL TOBOSO
Epitafio

Reposa aquí Dulcinea,
y aunque de carnes rolliza,
la volvió en polvo y ceniza
la muerte espantable y fea.
Fue de castiza ralea
y tuvo asomos de dama,
del gran Quijote fue llama
y fue gloria de su aldea.

Estos fueron los versos que se pudieron leer; los demás, por estar carcomida la letra, se entregaron a un académico para que por conjeturas los declarase. Tiénese noticia que lo ha hecho, a costa de muchas vigilias y mucho trabajo, y que tiene intención de sacallos a luz, con esperanza de la tercera salida de don Quijote.

Forse altro canterà con miglior plectro.

FINIS

SEGUNDA PARTE
DEL INGENIOSO CABALLERO
DON QUIJOTE DE LA MANCHA

PRÓLOGO

Cervantes y su editor

Anuncio de la Lotería del Niño 2018.

Cervantes empieza el prólogo de la segunda parte del Quijote *aludiendo a un tal Avellaneda, escritor fantasmal del que nada sabemos, más allá de que detestaba a Cervantes. Avellaneda es el seudónimo del hombre que, en 1614, mientras Cervantes escribía la secuela de su* Quijote, *se adueñó de los personajes de don Quijote y Sancho y les hizo protagonizar una segunda parte falsa que a Cervantes no le hizo gracia alguna. Con todo, dice Cervantes en su prólogo que, como no quiere envenenarse de cólera, no va a llamar a Avellaneda «asno» ni «mentecato», ni a mancillarlo con otros insultos que sin duda merece. Se queja, eso sí, de que Avellaneda lo haya criticado por ser manco, pues Cervantes recuerda que no se lisió la mano en una riña de taberna, sino guerreando en la gloria de Lepanto. Luego, cuenta un par de chistes de locos para dar a entender que Avellaneda no anda bien de la cabeza, y con desenvoltura y cierta jactancia, alega que poco le importa que Avellaneda le haya quitado lectores y ventas con su segunda parte falsa, porque él no necesita que los libros le den dineros, ya que cuenta con buenos mecenas que lo sostienen. Y, para cerrar su prólogo, anuncia que al final de su novela don Quijote morirá, pues no quiere que venga un cualquiera y le atribuya al hidalgo más aventuras falsas hechas de borra y viento.*

1

DE LO QUE EL CURA Y EL BARBERO PASARON CON DON QUIJOTE CERCA DE SU ENFERMEDAD

Cuenta Cide Hamete Benengeli en la segunda parte de esta historia —y tercera salida de don Quijote— que el cura y el barbero se estuvieron casi un mes sin verle, por no renovarle y traerle a la memoria las cosas pasadas, pero no por esto dejaron de visitar a su sobrina y a su ama, encargándolas tuviesen cuenta con regalarle, dándole a comer cosas confortativas y apropiadas para el corazón y el celebro, de donde procedía, según buen discurso, toda su mala ventura. Las cuales dijeron que así lo hacían y lo harían con la voluntad y cuidado posible, porque echaban de ver que su señor por momentos iba dando muestras de estar en su entero juicio, de lo cual recibieron los dos gran contento, por parecerles que habían acertado en haberle traído encantado en el carro de los bueyes, como se contó en la primera parte de esta tan grande como puntual historia, en su último capítulo. Y, así, determinaron de visitarle y hacer esperiencia de su mejoría, aunque tenían casi por imposible que la tuviese, y acordaron de no tocarle en ningún punto de la andante caballería, por no ponerse a peligro de descoser los de la herida, que tan tiernos estaban.

Visitáronle en fin, y halláronle sentado en la cama, vestida una almilla de bayeta verde, con un bonete colorado toledano; y estaba tan seco y amojamado, que no parecía sino hecho de carne momia. Fueron de él muy bien recebidos; preguntáronle por su salud y él dio cuenta de sí y de ella con mucho juicio y con muy elegantes palabras. Y en el discurso de su plática vinieron a tratar en esto que llaman razón de estado y modos de gobierno, enmendando este abuso y condenando aquel, reformando una costumbre y desterrando otra, haciéndose cada uno de los tres un nuevo legislador, un Licurgo moderno o un Solón flamante; y de tal manera renovaron la república, que no pareció sino que la habían puesto en una fragua y sacado otra de la que pusieron. Y habló don Quijote con tanta discreción en todas las materias que se tocaron, que los dos esaminadores creyeron indubitadamente que estaba del todo bueno y en su entero juicio.

Halláronse presentes a la plática la sobrina y ama, y no se hartaban de dar gracias a Dios de ver a su señor con tan buen entendimiento. Pero el cura, mudando el propósito primero, que era de no tocarle en cosa de caballerías, quiso hacer de todo en todo esperiencia si la sanidad de don Quijote era falsa o verdadera. Y, así, de lance en lance, vino a contar algunas nuevas que habían venido de la corte, y, entre otras, dijo que se tenía por cierto que el Turco bajaba con una poderosa armada, y que no se sabía su designio ni adónde había de descargar tan gran nublado; y con este temor, con que casi cada año nos toca arma, estaba puesta en ella toda la cristiandad, y Su Majestad había hecho proveer las costas de Nápoles y Sicilia y la isla de Malta. A esto respondió don Quijote:

—Su Majestad ha hecho como prudentísimo guerrero en proveer sus estados con tiempo, porque no le halle desapercebido el enemigo. Pero si se tomara mi consejo, aconsejárale yo que usara de una prevención de la cual Su Majestad, la hora de agora, debe estar muy ajeno de pensar en ella.

Apenas oyó esto el cura, cuando dijo entre sí: «¡Dios te tenga de su mano, pobre don Quijote, que me parece que te despeñas de la alta cumbre de tu locura hasta el profundo abismo de tu simplicidad!».

Mas el barbero, que ya había dado en el mesmo pensamiento que el cura, preguntó a don Quijote cuál era la advertencia de la prevención que decía era bien se hiciese; quizá podría ser tal, que se pusiese en la lista de los muchos advertimientos impertinentes que se suelen dar a los príncipes.

—El mío, señor rapador —dijo don Quijote—, no será impertinente, sino perteneciente.

—No lo digo por tanto —replicó el barbero—, sino porque tiene mostrado la esperiencia que todos o los más arbitrios que se dan a Su Majestad o son imposibles, o disparatados, o en daño del rey o del reino.

—Pues el mío —respondió don Quijote— ni es imposible ni disparatado, sino el más fácil, el más justo y el más mañero y breve que puede caber en pensamiento de arbitrante alguno.

—Ya tarda en decirle vuestra merced, señor don Quijote —dijo el cura.

—No querría —dijo don Quijote— que le dijese yo aquí agora y amaneciese mañana en los oídos de los señores consejeros, y se llevase otro las gracias y el premio de mi trabajo.

—Por mí —dijo el barbero— doy la palabra, para aquí y para delante de Dios, de no decir lo que vuestra merced dijere a rey ni a roque, ni a hombre terrenal, juramento que aprendí del romance del cura que en el prefacio avisó al rey del ladrón que le había robado las cien doblas y la su mula la andariega.

—No sé historias —dijo don Quijote—, pero sé que es bueno ese juramento, en fe de que sé que es hombre de bien el señor barbero.

—Cuando no lo fuera —dijo el cura—, yo le abono y salgo por él, que en este caso no hablará más que un mudo, so pena de pagar lo juzgado y sentenciado.

—Y a vuestra merced ¿quién le fía, señor cura? —dijo don Quijote.

—Mi profesión —respondió el cura—, que es de guardar secreto.

—¡Cuerpo de tal! —dijo a esta sazón don Quijote—. ¿Hay más sino mandar Su Majestad por público pregón que se junten en la corte para un día señalado todos los caballeros andantes que vagan por España, que aunque no viniesen sino media docena, tal podría venir entre ellos que solo bastase a destruir toda la potestad del Turco? Estenme vuestras mercedes atentos y vayan conmigo. ¿Por ventura es cosa nueva deshacer un solo caballero andante un ejército de docientos mil hombres como si todos juntos tuvieran una sola garganta o fueran hechos de alfenique? Si no, díganme cuántas historias están llenas de estas maravillas. ¡Había, en hora mala para mí, que no quiero decir para otro, de vivir hoy el famoso don Belianís o alguno de los del inumerable linaje de Amadís de Gaula, que si alguno de estos hoy viviera y con el Turco se afrontara, a fe que no le arrendara la ganancia! Pero Dios mirará por su pueblo y deparará alguno que, si no tan bravo como los pasados andantes caballeros, a lo menos no les será inferior en el ánimo. Y Dios me entiende, y no digo más.

—¡Ay! —dijo a este punto la sobrina—, ¡que me maten si no quiere mi señor volver a ser caballero andante!

A lo que dijo don Quijote:

—¡Caballero andante he de morir, y baje o suba el Turco cuando él quisiere y cuan poderosamente pudiere, que otra vez digo que Dios me entiende!

EL JUICIO FINAL

«En todo el mundo no hay obra de ficción más sublime y fuerte que esta. Representa hasta ahora la suprema y más alta expresión del pensamiento humano, la más amarga ironía que pueda formular el hombre, y si se acabase el mundo y alguien les preguntase a los mortales: "Veamos, ¿qué habéis sacado en limpio de vuestra vida y qué conclusión definitiva habéis deducido de ella?", podrían los hombres mostrar el *Quijote* y decir: "Esta es mi conclusión respecto a la vida..., ¿y podríais condenarme por ella?"»

FIODOR DOSTOIEVSKI

Diario de un escritor, 1873-1874.

El ama y la sobrina abandonan la estancia, pero el cura y el barbero siguen conversando con don Quijote, que da nuevas pruebas de andar mal de la sesera. El hidalgo defiende, por ejemplo, que Amadís y los otros caballeros de los libros son personajes históricos. Pero, al tiempo, muestra cierta claridad mental, pues, cuando el barbero le pregunta cómo de alto debía de ser el gigante Morgante, don Quijote contesta que no mucho, porque se cuenta que a menudo dormía bajo techado. En esto, el ama y la sobrina empiezan a dar gritos en el patio...

2

QUE TRATA DE LA NOTABLE PENDENCIA QUE SANCHO PANZA TUVO CON LA SOBRINA Y AMA DE DON QUIJOTE, CON OTROS SUJETOS GRACIOSOS

Cuenta la historia que las voces que oyeron don Quijote, el cura y el barbero eran de la sobrina y ama, que las daban diciendo a Sancho Panza, que pugnaba por entrar a ver a don Quijote, y ellas le defendían la puerta.

—¿Qué quiere este mostrenco en esta casa? ¡Idos a la vuestra, hermano, que vos sois, y no otro, el que destrae y sonsaca a mi señor y le lleva por esos andurriales!

A lo que Sancho respondió:

—¡Ama de Satanás, el sonsacado y el destraído y el llevado por esos andurriales soy yo, que no tu amo! Él me llevó por esos mundos, y vosotras os engañáis en la mitad del justo precio; él me sacó de mi casa con engañifas, prometiéndome una ínsula que hasta agora la espero.

—¡Malas ínsulas te ahoguen —respondió la sobrina—, Sancho maldito! ¿Y qué son ínsulas? ¿Es alguna cosa de comer, golosazo, comilón que tú eres?

—No es de comer —replicó Sancho—, sino de gobernar y regir mejor que cuatro ciudades y que cuatro alcaldes de corte.

—¡Con todo eso —dijo el ama—, no entraréis acá, saco de maldades y costal de malicias! ¡Id a gobernar vuestra casa y a labrar vuestros pegujares, y dejaos de pretender ínsulas ni ínsulos!

Grande gusto recebían el cura y el barbero de oír el coloquio de los tres, pero don Quijote, temeroso que Sancho se descosiese y desbuchase algún montón de maliciosas necedades y tocase en puntos que no le estarían bien a su crédito, le llamó, y hizo a las dos que callasen y le dejasen entrar. Entró Sancho, y el cura y el barbero se despidieron de don Quijote, de cuya salud desesperaron, viendo cuán puesto estaba en sus desvariados pensamientos y cuán embebido en la simplicidad de sus malandantes caballerías. Y, así, dijo el cura al barbero:

—Vos veréis, compadre, como cuando menos lo pensemos nuestro hidalgo sale otra vez a volar la ribera.

—No pongo yo duda en eso —respondió el barbero—, pero no me maravillo tanto de la locura del caballero como de la simplicidad del escudero, que tan creído tiene aquello de la ínsula, que creo que no se lo sacarán del casco cuantos desengaños pueden imaginarse.

—Dios los remedie —dijo el cura—, y estemos a la mira. Veremos en lo que para esta máquina de disparates de tal caballero y de tal escudero, que parece que los forjaron a los dos en una mesma turquesa, y que las locuras del señor sin las necedades del criado no valían un ardite.

—Así es —dijo el barbero—. Y holgara mucho saber qué tratarán ahora los dos.

—Yo seguro —respondió el cura— que la sobrina o el ama nos lo cuenta después, que no son de condición que dejarán de escucharlo.

En tanto, don Quijote se encerró con Sancho en su aposento; y estando solos, le dijo:

—Mucho me pesa, Sancho, que hayas dicho y digas que yo fui el que te saqué de tus casillas, sabiendo que yo no me quedé en mis casas. Juntos salimos, juntos fuimos y juntos peregrinamos; una misma fortuna y una misma suerte ha corrido por los dos: si a ti te mantearon una vez, a mí me han molido ciento, y esto es lo que te llevo de ventaja.

—Eso estaba puesto en razón —respondió Sancho—, porque, según vuestra merced dice, más anejas son a los caballeros andantes las desgracias que a sus escuderos.

—Engáñaste, Sancho —dijo don Quijote—, según aquello «quando caput dolet», etcétera.

—No entiendo otra lengua que la mía —respondió Sancho.

—Quiero decir —dijo don Quijote— que cuando la cabeza duele, todos los miembros duelen. Y, así, siendo yo tu amo y señor, soy tu cabeza, y tú mi parte, pues eres mi criado; y por esta razón el mal que a mí me toca, o tocare, a ti te ha de doler, y a mí el tuyo.

—Así había de ser —dijo Sancho—, pero cuando a mí me manteaban como a miembro, se estaba mi cabeza detrás de las bardas, mirándome volar por los aires, sin sentir dolor alguno. Y pues los miembros están obligados a dolerse del mal de la cabeza, había de estar obligada ella a dolerse de ellos.

—¿Querrás tú decir agora, Sancho —respondió don Quijote—, que no me dolía yo cuando a ti te manteaban? Y si lo dices, no lo digas, ni lo pienses, pues más dolor sentía yo entonces en mi espíritu que tú en tu cuerpo. Pero dejemos esto aparte por agora, que tiempo habrá donde lo ponderemos y pongamos en su punto, y dime, Sancho amigo: ¿qué es lo que dicen de mí por este lugar? ¿En qué opinión me tiene el vulgo, en qué los hidalgos y en qué los caballeros? ¿Qué dicen de mi valentía, qué de mis hazañas y qué de mi cortesía? ¿Qué se platica del asumpto que he tomado de resucitar y volver al mundo la ya olvidada orden caballeresca? Finalmente, quiero, Sancho, me digas lo que acerca de esto ha llegado a tus oídos; y esto me has de decir sin añadir al bien ni quitar al mal cosa alguna, que de los vasallos leales es decir la verdad a sus señores en su ser y figura propia, sin que la adulación la acreciente o otro vano respeto la disminuya. Y quiero que sepas, Sancho, que si a los oídos de los príncipes llegase la verdad desnuda, sin los vestidos de la lisonja, otros siglos correrían, otras edades serían tenidas por más de hierro que la nuestra, que entiendo que de las que ahora se usan es la dorada. Sírvate este advertimiento, Sancho, para que discreta y bienintencionadamente pongas en mis oídos la verdad de las cosas que supieres de lo que te he preguntado.

—Eso haré yo de muy buena gana, señor mío —respondió Sancho—, con condición que vuestra merced no se ha de enojar de lo que dijere, pues quiere que lo diga en cueros, sin vestirlo de otras ropas de aquellas con que llegaron a mi noticia.

—En ninguna manera me enojaré —respondió don Quijote—. Bien puedes, Sancho, hablar libremente y sin rodeo alguno.

—Pues lo primero que digo —dijo— es que el vulgo tiene a vuestra merced por grandísimo loco, y a mí por no menos mentecato. Los hidalgos dicen que, no conteniéndose vuestra merced en los límites de la hidalguía, se ha puesto don y se ha arremetido a caballero con cuatro cepas y dos yugadas de tierra, y con un trapo atrás y otro adelante. Dicen los caballeros que no querrían que los hidalgos se opusiesen a ellos, especialmente aquellos hidalgos escuderiles que dan humo a los zapatos y toman los puntos de las medias negras con seda verde.

—Eso —dijo don Quijote— no tiene que ver conmigo, pues ando siempre bien vestido y jamás remendado; roto bien podría ser, y el roto, más de las armas que del tiempo.

—En lo que toca —prosiguió Sancho— a la valentía, cortesía, hazañas y asumpto de vuestra merced, hay diferentes opiniones: unos dicen «loco, pero gracioso»; otros, «valiente, pero desgraciado»; otros, «cortés, pero impertinente»; y por aquí van discurriendo en tantas cosas, que ni a vuestra merced ni a mí nos dejan hueso sano.

—Mira, Sancho —dijo don Quijote—: donde quiera que está la virtud en eminente grado, es perseguida. Pocos o ninguno de los famosos varones que pasaron dejó de ser calumniado de la malicia: Julio César, animosísimo, prudentísimo y valentísimo capitán, fue notado de ambicioso y algún tanto no limpio, ni en sus vestidos ni en sus costumbres; Alejandro, a quien sus hazañas le alcanzaron el renombre de Magno, dicen de él que tuvo sus ciertos puntos de borracho; de Hércules, el de los muchos trabajos, se cuenta que fue lascivo y muelle; de don Galaor, hermano de Amadís de Gaula, se murmura que fue más que demasiadamente rijoso; y de su hermano, que fue llorón. Así que, oh Sancho, entre las tantas calumnias de buenos bien pueden pasar las mías, como no sean más de las que has dicho.

—¡Ahí está el toque, cuerpo de mi padre! —replicó Sancho.

—Pues ¿hay más? —preguntó don Quijote.

—Aún la cola falta por desollar —dijo Sancho—: lo de hasta aquí son tortas y pan pintado. Mas si vuestra merced quiere saber todo lo que hay acerca de las caloñas que le ponen, yo le traeré aquí luego al momento quien se las diga todas, sin que les falte una meaja, que anoche llegó el hijo de Bartolomé Carrasco, que viene de estudiar de Salamanca, hecho bachiller; y yéndole yo a dar la bienvenida me dijo que andaba ya en libros la historia de vuestra merced, con nombre del *Ingenioso hidalgo don Quijote de la Mancha*, y dice que me mientan a mí en ella con mi mesmo nombre de Sancho Panza, y a la señora Dulcinea del Toboso, con otras cosas que pasamos nosotros a solas, que me hice cruces de espantado cómo las pudo saber el historiador que las escribió.

—Yo te aseguro, Sancho —dijo don Quijote—, que debe de ser algún sabio encantador el autor de nuestra historia, que a los tales no se les encubre nada de lo que quieren escribir.

—Y cómo —dijo Sancho— si era sabio y encantador, pues, según dice el bachiller Sansón Carrasco, que así se llama el que dicho tengo, que el autor de la historia se llama Cide Hamete Berenjena.

—Ese nombre es de moro —respondió don Quijote.

—Así será —respondió Sancho—, porque por la mayor parte he oído decir que los moros son amigos de berenjenas.

—Tú debes, Sancho —dijo don Quijote—, errarte en el sobrenombre de ese Cide, que en arábigo quiere decir 'señor'.

—Bien podría ser —replicó Sancho—. Mas si vuestra merced gusta que yo le haga venir aquí, iré por él en volandas.

LA BERENJENA

Esta hortaliza de origen asiático se introdujo en Europa a través de la España musulmana. En un principio se le atribuyeron efectos tóxicos seguramente por desconocerse el modo de cocinarla correctamente. El médico y botánico Andrés Laguna (1510-1559) escribió acerca de ella: «Son duras de digerir, y engendran muchas ventosidades y así generan mucha lujuria; y dado que bien guisadas sean agradables al gusto, todavía comidas muy a menudo, engendran humor melancólico, hinchan el cuerpo de sarna y de lepra, causan infinitas opilaciones, entristecen el ánimo, dan dolor de cabeza, y finalmente mudan el claro color del rostro en otro lívido, y muy triste, cual es el que ellas mismas poseen».

—Harasme mucho placer, amigo —dijo don Quijote—, que me tiene suspenso lo que me has dicho, y no comeré bocado que bien me sepa hasta ser informado de todo.

—Pues yo voy por él —respondió Sancho.

Y dejando a su señor, se fue a buscar al bachiller, con el cual volvió de allí a poco espacio, y entre los tres pasaron un graciosísimo coloquio.

3

DEL RIDÍCULO RAZONAMIENTO QUE PASÓ ENTRE DON QUIJOTE, SANCHO PANZA Y EL BACHILLER SANSÓN CARRASCO

Pensativo además quedó don Quijote esperando al bachiller Carrasco, de quien esperaba oír las nuevas de sí mismo puestas en libro, como había dicho Sancho, y no se podía persuadir a que tal historia hubiese, pues aún no estaba enjuta en la cuchilla de su espada la sangre de los enemigos que había muerto y ya querían que anduviesen en estampa sus altas caballerías. Con todo eso, imaginó que algún sabio, o ya amigo o enemigo, por arte de encantamento las habría dado a la estampa: si amigo, para engrandecerlas y levantarlas sobre las más señaladas de caballero andante; si enemigo, para aniquilarlas y ponerlas debajo de las más viles que de algún vil escudero se hubiesen escrito, puesto —decía entre sí— que nunca hazañas de escuderos se escribieron. Y cuando fuese verdad que la tal historia hubiese, siendo de caballero andante

EL AUTOR DEL *QUIJOTE*

«¿Quién es Cide Hamete Benengeli? La teoría que planteo es que en realidad es una combinación de cuatro personas diferentes. Sancho Panza es el testigo, naturalmente. No hay ningún otro candidato, ya que es el único que acompaña a don Quijote en todas sus aventuras. Pero Sancho no sabe leer ni escribir. Por lo tanto no puede ser el autor. Por otra parte, sabemos que Sancho tiene un gran don para el lenguaje. A pesar de sus necios despropósitos, les da cien vueltas hablando a todos los demás personajes del libro. Me parece perfectamente posible que le dictara la historia a otra persona, es decir, al barbero y al cura, los buenos amigos de don Quijote. Ellos pusieron la historia en correcta forma literaria, en castellano, y luego le entregaron el manuscrito a Simón Carrasco, el bachiller de Salamanca, el cual procedió a traducirlo al árabe. Cervantes encontró la traducción, mandó pasarla de nuevo al castellano y luego publicó el libro».

PAUL AUSTER

Ciudad de cristal, 1985.

por fuerza había de ser grandílocua, alta, insigne, magnífica y verdadera.

Con esto se consoló algún tanto, pero desconsolole pensar que su autor era moro, según aquel nombre de Cide, y de los moros no se podía esperar verdad alguna, porque todos son embelecadores, falsarios y quimeristas. Temíase no hubiese tratado sus amores con alguna indecencia que redundase en menoscabo y perjuicio de la honestidad de su señora Dulcinea del Toboso; deseaba que hubiese declarado su fidelidad y el decoro que siempre la había guardado, menospreciando reinas, emperatrices y doncellas de todas calidades, teniendo a raya los ímpetus de los naturales movimientos. Y así, envuelto y revuelto en estas y otras muchas imaginaciones, le hallaron Sancho y Carrasco, a quien don Quijote recibió con mucha cortesía.

Era el bachiller, aunque se llamaba Sansón, no muy grande de cuerpo, aunque muy gran socarrón; de color macilenta, pero de muy buen entendimiento; tendría hasta veinte y cuatro años; carirredondo, de nariz chata y de boca grande, señales todas de ser de condición maliciosa y amigo de donaires y de burlas, como lo mostró en viendo a don Quijote, poniéndose delante de él de rodillas, diciéndole:

—¡Deme vuestra grandeza las manos, señor don Quijote de la Mancha, que por el hábito de San Pedro que visto, aunque no tengo otras órdenes que las cuatro primeras, que es vuestra merced uno de los más famosos caballeros andantes que ha habido, ni aun habrá, en toda la redondez de la tierra! ¡Bien haya Cide Hamete Benengeli, que la historia de vuestras grandezas dejó escritas, y rebién haya el curioso que tuvo cuidado de hacerlas traducir de arábigo en nuestro vulgar castellano, para universal entretenimiento de las gentes!

Hízole levantar don Quijote y dijo:

—Desa manera, ¿verdad es que hay historia mía y que fue moro y sabio el que la compuso?

—Es tan verdad, señor —dijo Sansón—, que tengo para mí que el día de hoy están impresos más de doce mil libros de la tal historia; si no, dígalo Portugal, Barcelona y Valencia, donde se han impreso, y aun hay fama que se está imprimiendo en Amberes; y a mí se me trasluce que no ha de haber nación ni lengua donde no se traduzga.

—Una de las cosas —dijo a esta sazón don Quijote— que más debe de dar contento a un hombre virtuoso y eminente es verse, viviendo, andar con buen nombre por las lenguas de las gentes, impreso y en estampa; dije con buen nombre, porque, siendo al contrario, ninguna muerte se le igualará.

—Si por buena fama y si por buen nombre va —dijo el bachiller—, solo vuestra merced lleva la palma a todos los caballeros andantes. Porque el moro en su lengua y el cristiano en la suya tuvieron cuidado de pintarnos muy al vivo la gallardía de vuestra merced, el ánimo grande en acometer los peligros, la paciencia en las adversidades y el sufrimiento así en las desgracias como en las heridas, la honestidad y continencia en los amores tan platónicos de vuestra merced y de mi señora doña Dulcinea del Toboso.

—Nunca —dijo a este punto Sancho Panza— he oído llamar con *don* a mi señora Dulcinea, sino solamente «la señora Dulcinea del Toboso», y ya en esto anda errada la historia.

—No es objeción de importancia esa —respondió Carrasco.

—No por cierto —respondió don Quijote—. Pero dígame vuestra merced, señor bachiller: ¿qué hazañas mías son las que más se ponderan en esa historia?

—En eso —respondió el bachiller— hay diferentes opiniones, como hay diferentes gustos: unos se atienen a la

FLAMENCO, PAELLA Y GAUDÍ

La influencia de la obra cervantina ha llegado incluso al universo del manga. Una de las obras más famosas, *One Piece*, de Eiichirō Oda, habla de un villano llamado Donquixote Doflamingo; su hermano recibe el nombre de Rocinante, en el reino que gobierna se come paella y se baila flamenco, tiene una arquitectura inspirada en Gaudí y sus mujeres se definen como temperamentales. Sin embargo, el personaje de la serie que tiene aspecto de don Quijote se llama Gan Fall.

aventura de los molinos de viento, que a vuestra merced le parecieron Briareos y gigantes; otros, a la de los batanes; este, a la descripción de los dos ejércitos que después parecieron ser dos manadas de carneros; aquel encarece la del muerto que llevaban a enterrar a Segovia; uno dice que a todas se aventaja la de la libertad de los galeotes; otro, que ninguna iguala a la de los dos gigantes benitos, con la pendencia del valeroso vizcaíno.

—Dígame, señor bachiller —dijo a esta sazón Sancho—: ¿entra ahí la aventura de los yangüeses, cuando a nuestro buen Rocinante se le antojó pedir cotufas en el golfo?

—No se le quedó nada —respondió Sansón— al sabio en el tintero: todo lo dice y todo lo apunta, hasta lo de las cabriolas que el buen Sancho hizo en la manta.

—En la manta no hice yo cabriolas —respondió Sancho—; en el aire sí, y aun más de las que yo quisiera.

—A lo que yo imagino —dijo don Quijote—, no hay historia humana en el mundo que no tenga sus altibajos, especialmente las que tratan de caballerías, las cuales nunca pueden estar llenas de prósperos sucesos.

—Con todo eso —respondió el bachiller—, dicen algunos que han leído la historia que se holgaran se les hubiera olvidado a los autores de ella algunos de los infinitos palos que en diferentes encuentros dieron al señor don Quijote.

—Ahí entra la verdad de la historia —dijo Sancho.

—También pudieran callarlos por equidad —dijo don Quijote—, pues las acciones que ni mudan ni alteran la verdad de la historia no hay para qué escribirlas si han de redundar en menosprecio del señor de la historia. A fe que no fue tan piadoso Eneas como Virgilio le pinta, ni tan prudente Ulises como le describe Homero.

REALIDAD Y FICCIÓN

«Ese juego de extrañas ambigüedades culmina en la segunda parte; los protagonistas han leído la primera, los protagonistas del *Quijote* son, asimismo, lectores del *Quijote*. Aquí es inevitable recordar el caso de Shakespeare, que incluye en el escenario de *Hamlet* otro escenario, donde se representa una tragedia, que es más o menos la de Hamlet. [...] ¿Por qué nos inquieta que don Quijote sea lector del *Quijote*, y Hamlet, espectador de *Hamlet*? Creo haber dado con tal causa: tales inversiones sugieren que si los caracteres de una ficción pueden ser lectores o espectadores, nosotros, sus lectores o espectadores, podemos ser ficticios».

JORGE LUIS BORGES

«Magias parciales del Quijote», en *Otras inquisiciones*, 1952.

—Así es —replicó Sansón—, pero uno es escribir como poeta y otro como historiador: el poeta puede contar o cantar las cosas no como fueron, sino como debían ser, y el historiador las ha de escribir no como debían ser, sino como fueron, sin añadir ni quitar a la verdad cosa alguna.

—Pues si es que se anda a decir verdades ese señor moro —dijo Sancho—, a buen seguro que entre los palos de mi señor se hallen los míos, porque nunca a su merced le tomaron la medida de las espaldas que no me la tomasen a mí de todo el cuerpo. Pero no hay de qué maravillarme, pues, como dice el mismo señor mío, del dolor de la cabeza han de participar los miembros.

—¡Socarrón sois, Sancho! —respondió don Quijote—. A fe que no os falta memoria cuando vos queréis tenerla.

—Cuando yo quisiese olvidarme de los garrotazos que me han dado —dijo Sancho—, no lo consentirán los cardenales, que aún se están frescos en las costillas.

—Callad, Sancho —dijo don Quijote—, y no interrumpáis al señor bachiller, a quien suplico pase adelante en decirme lo que se dice de mí en la referida historia.

—Y de mí —dijo Sancho—, que también dicen que soy yo uno de los principales presonajes de ella.

—*Personajes*, que no presonajes, Sancho amigo —dijo Sansón.

—¿Otro reprochador de voquibles tenemos? —dijo Sancho—. ¡Pues ándense a eso y no acabaremos en toda la vida!

—Mala me la dé Dios, Sancho —respondió el bachiller—, si no sois vos la segunda persona de la historia, y que hay tal que precia más oíros hablar a vos que al más pintado de toda ella, puesto que también hay quien diga que anduvistes demasiadamente de crédulo en creer que podía ser verdad el gobierno de aquella ínsula ofrecida por el señor don Quijote, que está presente.

—Aún hay sol en las bardas —dijo don Quijote—, y mientras más fuere entrando en edad Sancho, con la esperiencia que dan los años, estará más idóneo y más hábil para ser gobernador que no está agora.

—¡Por Dios, señor! —dijo Sancho—. La isla que yo no gobernase con los años que tengo no la gobernaré con los años de Matusalén! El daño está en que la dicha ínsula se entretiene no sé dónde, y no en faltarme a mí el caletre para gobernarla.

—Encomendadlo a Dios, Sancho —dijo don Quijote—, que todo se hará bien, y quizá mejor de lo que vos pensáis, que no se mueve la hoja en el árbol sin la voluntad de Dios.

—Así es verdad —dijo Sansón—, que, si Dios quiere, no le faltarán a Sancho mil islas que gobernar, cuanto más una.

—Gobernador he visto por ahí —dijo Sancho— que a mi parecer no llegan a la suela de mi zapato, y con todo eso, los llaman «señoría» y se sirven con plata.

—Esos no son gobernadores de ínsulas —replicó Sansón—, sino de otros gobiernos más manuales, que los que gobiernan ínsulas por lo menos han de saber gramática.

—Con la *grama* bien me avendría yo —dijo Sancho—, pero con la *tica* ni me tiro ni me pago, porque no la entiendo. Pero dejando esto del gobierno en las manos de Dios, que me eche a las partes donde más de mí se sirva, digo, señor bachiller Sansón Carrasco, que infinitamente me ha dado gusto que el autor de la historia haya hablado de mí de manera que no enfadan las cosas que de mí se cuentan, que a fe de buen escudero que si hubiera dicho de mí cosas que no fueran muy de cristiano viejo, como soy, que nos habían de oír los sordos.

—Eso fuera hacer milagros —respondió Sansón.

—Milagros o no milagros —dijo Sancho—, cada uno mire cómo habla o cómo escribe de las presonas y no ponga a trochemoche lo primero que le viene al magín.

—Una de las tachas que ponen a la tal historia —dijo el bachiller— es que su autor puso en ella una novela intitulada *El curioso impertinente*, no por mala ni por mal razonada, sino por no ser de aquel lugar, ni tiene que ver con la historia de su merced del señor don Quijote.

—Yo apostaré —replicó Sancho— que ha mezclado el hideperro berzas con capachos.

—Ahora digo —dijo don Quijote— que no ha sido sabio el autor de mi historia, sino algún ignorante hablador que a tiento y sin algún discurso se puso a escribirla, salga lo que saliere, como hacía Orbaneja, el pintor de Úbeda, al cual preguntándole qué pintaba, respondió: «Lo que saliere». Tal vez pintaba un gallo de tal suerte y tan mal parecido, que era menester que con letras góticas escribiese junto a él: «Este es gallo». Y así debe de ser de mi historia, que tendrá necesidad de comento para entenderla.

—Eso no —respondió Sansón—, porque es tan clara, que no hay cosa que dificultar en ella: los niños la manosean, los mozos la leen, los hombres la entienden y los viejos la celebran; y, finalmente, es tan trillada y tan leída y tan sabida de todo género de gentes, que apenas han visto algún rocín flaco, cuando dicen: «Allí va Rocinante». Y los que más se han dado a su letura son los pajes: no hay antecámara de señor donde no se halle un *Don Quijote*; unos le toman si otros le dejan, estos le embisten y aquellos le piden. Finalmente, la tal historia es del más gustoso y menos perjudicial entretenimiento que hasta agora se haya visto, porque en toda ella no se descubre ni por semejas una palabra deshonesta ni un pensamiento menos que católico.

SANCHO PANZA, AUTOR DEL *QUIJOTE*

«Sancho Panza, que por lo demás nunca se jactó de ello, logró, con el correr de los años, mediante la lectura de una cantidad de novelas de caballería y de bandoleros, en horas del atardecer y de la noche, apartar a tal punto de sí a su demonio, al que luego dio el nombre de don Quijote, que este se lanzó irrefrenablemente a las más locas aventuras; las cuales, empero, por falta de un objeto predeterminado, y que precisamente hubiera debido ser Sancho Panza, no dañaron a nadie. Sancho Panza, hombre libre, siguió impasible, quizás en razón de cierto sentido de la responsabilidad, a don Quijote en sus andanzas, alcanzando con ello un grande y útil esparcimiento hasta su fin».

FRANZ KAFKA

La verdad sobre Sancho Panza, 1917.

—A escribir de otra suerte —dijo don Quijote—, no fuera escribir verdades, sino mentiras, y los historiadores que de mentiras se valen habían de ser quemados, como los que hacen moneda falsa. Y no sé yo qué le movió al autor a valerse de novelas y cuentos ajenos, habiendo tanto que escribir en los míos; sin duda se debió de atener al refrán: «De paja y de heno», etcétera. Pues en verdad que en solo manifestar mis pensamientos, mis sospiros, mis lágrimas, mis buenos deseos y mis acometimientos pudiera hacer un volumen mayor, o tan grande, que el que pueden hacer todas las obras del Tostado. En efeto, lo que yo alcanzo, señor bachiller, es que para componer historias y libros, de cualquier suerte que sean, es menester un gran juicio y un maduro entendimiento. Decir gracias y escribir donaires es de grandes ingenios: la más discreta figura de la comedia es la del bobo, porque no lo ha de ser el que quiere dar a entender que es simple. La historia es como cosa sagrada, porque ha de ser verdadera, y donde está la verdad está Dios en cuanto a verdad; pero, no obstante esto, hay algunos que así componen y arrojan libros de sí como si fuesen buñuelos.

—No hay libro tan malo —dijo el bachiller— que no tenga algo bueno.

—No hay duda en eso —replicó don Quijote—, pero muchas veces acontece que los que tenían méritamente granjeada y alcanzada gran fama por sus escritos, en dándolos a la estampa la perdieron del todo o la menoscabaron en algo.

—La causa de eso es —dijo Sansón— que, como las obras impresas se miran despacio, fácilmente se ven sus faltas, y tanto más se escudriñan cuanto es mayor la fama del que las compuso. Los hombres famosos por sus ingenios, los grandes poetas, los ilustres historiadores siempre o las más veces son envidiados de aquellos que tienen por gusto y

EL TOSTADO

A Alonso Fernández de Madrigal (1410-1455), sensacional erudito que fue obispo de Ávila, lo apodaron El Tostado, seguramente por su tez morena. Tenía tan buena memoria que leía un texto una sola vez y lo recordaba para siempre, y ya de niño recitaba de corrido la *Suma teológica* de santo Tomás de Aquino. Escribió incansablemente: tres pliegos al día, lo que significa, según las cuentas de los estudiosos, que produjo entre 53.880 y 70.225 pliegos en sus cuarenta y cinco años de vida. Las obras completas del Tostado ocupan cerca de treinta volúmenes, y eso que parece que, pese a su título, no están completas. Está enterrado en la catedral de Ávila: su epitafio dice que nació y murió virgen.

por particular entretenimiento juzgar los escritos ajenos sin haber dado algunos propios a la luz del mundo.

—Eso no es de maravillar —dijo don Quijote—, porque muchos teólogos hay que no son buenos para el púlpito y son bonísimos para conocer las faltas o sobras de los que predican.

—Todo esto es así, señor don Quijote —dijo Carrasco—, pero quisiera yo que los tales censuradores fueran más misericordiosos y menos escrupulosos, sin atenerse a los átomos del sol clarísimo de la obra de que murmuran; que si «aliquando bonus dormitat Homerus», consideren lo mucho que estuvo despierto por dar la luz de su obra con la menos sombra que pudiese, y quizá podría ser que lo que a ellos les parece mal fuesen lunares, que a las veces acrecientan la hermosura del rostro que los tiene. Y, así, digo que es grandísimo el riesgo a que se pone el que imprime un libro, siendo de toda imposibilidad imposible componerle tal que satisfaga y contente a todos los que le leyeren.

—El que de mí trata —dijo don Quijote— a pocos habrá contentado.

—Antes es al revés, que como de «stultorum infinitus est numerus», infinitos son los que han gustado de la tal historia. Y algunos han puesto falta y dolo en la memoria del autor, pues se le olvida de contar quién fue el ladrón que hurtó el rucio a Sancho, que allí no se declara, y solo se infiere de lo escrito que se le hurtaron, y de allí a poco le vemos a caballo sobre el mesmo jumento, sin haber parecido. También dicen que se le olvidó poner lo que Sancho hizo de aquellos cien escudos que halló en la maleta en Sierra Morena, que nunca más los nombra, y hay muchos que desean saber qué hizo de ellos o en qué los gastó, que es uno de los puntos sustanciales que faltan en la obra.

Sancho respondió:

—Yo, señor Sansón, no estoy ahora para ponerme en cuentas ni cuentos, que me ha tomado un desmayo de estómago que, si no le reparo con dos tragos de lo añejo, me pondrá en la espina de Santa Lucía; en casa lo tengo, mi oíslo me aguarda. En acabando de comer daré la vuelta y satisfaré a vuestra merced y a todo el mundo de lo que preguntar quisieren, así de la pérdida del jumento como del gasto de los cien escudos.

Y, sin esperar respuesta ni decir otra palabra, se fue a su casa.

Don Quijote pidió y rogó al bachiller se quedase a hacer penitencia con él. Tuvo el bachiller el envite, quedose, añadiose al ordinario un par de pichones, tratose en la mesa de caballerías, siguiole el humor Carrasco, acabose el banquete, durmieron la siesta, volvió Sancho y renovose la plática pasada.

4

DONDE SANCHO PANZA SATISFACE AL BACHILLER SANSÓN CARRASCO DE SUS DUDAS Y PREGUNTAS, CON OTROS SUCESOS DIGNOS DE SABERSE Y DE CONTARSE

Volvió Sancho a casa de don Quijote, y volviendo al pasado razonamiento, dijo:

—A lo que el señor Sansón dijo que se deseaba saber quién o cómo o cuándo se me hurtó el jumento, respondiendo digo que la noche misma que huyendo de la Santa

Hermandad nos entramos en Sierra Morena, después de la aventura sin ventura de los galeotes y de la del difunto que llevaban a Segovia, mi señor y yo nos metimos entre una espesura, adonde mi señor arrimado a su lanza y yo sobre mi rucio, molidos y cansados de las pasadas refriegas, nos pusimos a dormir como si fuera sobre cuatro colchones de pluma. Especialmente yo dormí con tan pesado sueño, que quienquiera que fue tuvo lugar de llegar y suspenderme sobre cuatro estacas que puso a los cuatro lados de la albarda, de manera que me dejó a caballo sobre ella y me sacó debajo de mí al rucio sin que yo lo sintiese.

—Eso es cosa fácil y no acontecimiento nuevo, que lo mesmo le sucedió a Sacripante cuando, estando en el cerco de Albraca, con esa misma invención le sacó el caballo de entre las piernas aquel famoso ladrón llamado Brunelo.

—Amaneció —prosiguió Sancho—, y apenas me hube estremecido cuando, faltando las estacas, di conmigo en el suelo una gran caída; miré por el jumento y no le vi; acudiéronme lágrimas a los ojos y hice una lamentación que, si no la puso el autor de nuestra historia, puede hacer cuenta que no puso cosa buena. Al cabo de no sé cuántos días, viniendo con la señora princesa Micomicona, conocí mi asno y que venía sobre él en hábito de gitano aquel Ginés de Pasamonte, aquel embustero y grandísimo maleador que quitamos mi señor y yo de la cadena.

—No está en eso el yerro —replicó Sansón—, sino en que antes de haber parecido el jumento dice el autor que iba a caballo Sancho en el mesmo rucio.

—A eso —dijo Sancho— no sé qué responder, sino que el historiador se engañó, o ya sería descuido del impresor.

—Así es, sin duda —dijo Sansón—. Pero ¿qué se hicieron los cien escudos? ¿Deshiciéronse?

Respondió Sancho:

—Yo los gasté en pro de mi persona y de la de mi mujer y de mis hijos, y ellos han sido causa de que mi mujer lleve en paciencia los caminos y carreras que he andado sirviendo a mi señor don Quijote; que, si al cabo de tanto tiempo volviera sin blanca y sin el jumento a mi casa, negra ventura me esperaba. Y si hay más que saber de mí, aquí estoy, que responderé al mesmo rey en presona, y nadie tiene para qué meterse en si truje o no truje, si gasté o no gasté; que si los palos que me dieron en estos viajes se hubieran de pagar a dinero, aunque no se tasaran sino a cuatro maravedís cada uno, en otros cien escudos no había para pagarme la mitad. Y cada uno meta la mano en su pecho y no se ponga a juzgar lo blanco por negro y lo negro por blanco, que cada uno es como Dios le hizo, y aun peor muchas veces.

—Yo tendré cuidado —dijo Carrasco— de acusar al autor de la historia que, si otra vez la imprimiere, no se le olvide esto que el buen Sancho ha dicho, que será realzarla un buen coto más de lo que ella se está.

—¿Hay otra cosa que enmendar en esa leyenda, señor bachiller? —preguntó don Quijote.

—Sí debe de haber —respondió él—, pero ninguna debe de ser de la importancia de las ya referidas.

—¿Y por ventura —dijo don Quijote— promete el autor segunda parte?

—Sí promete —respondió Sansón—, pero dice que no ha hallado ni sabe quién la tiene, y, así, estamos en duda si saldrá o no; y así por esto como porque algunos dicen: «Nunca segundas partes fueron buenas», y otros: «De las cosas de don Quijote bastan las escritas», se duda que no ha de haber segunda parte, aunque algunos que son más joviales que saturninos dicen: «Vengan más quijotadas, embista

QUIJOTADA

Una vez más Cervantes marca tendencia. El neologismo «quijotada» que apareció por primera vez en esta página se asentará con éxito en el léxico español. El *Diccionario de Autoridades* de la Real Academia Española en 1737 lo incorpora con el significado de: «La acción ridículamente seria, o el empeño fuera de propósito. Tomóle de las acciones de D. Quixote». También en ese mismo diccionario aparecerá una nueva acepción de la palabra «quixote», antes definida como una pieza de armadura, haciendo referencia al héroe cervantino con la locución latina *Ridiculus homo*.

don Quijote y hable Sancho Panza, y sea lo que fuere, que con eso nos contentamos».

—¿Y a qué se atiene el autor?

—A que —respondió Sansón— en hallando que halle la historia, que él va buscando con extraordinarias diligencias, la dará luego a la estampa, llevado más del interés que de darla se le sigue que de otra alabanza alguna.

A lo que dijo Sancho:

—¿Al dinero y al interés mira el autor? Maravilla será que acierte, porque no hará sino harbar, harbar, como sastre en vísperas de pascuas, y las obras que se hacen apriesa nunca se acaban con la perfeción que requieren. Atienda ese señor moro, o lo que es, a mirar lo que hace, que yo y mi señor le daremos tanto ripio a la mano en materia de aventuras y de sucesos diferentes, que pueda componer no solo segunda parte, sino ciento. Debe de pensar el buen hombre sin duda que nos dormimos aquí en las pajas; pues ténganos el pie al herrar y verá del que cosqueamos. Lo que yo sé decir es que si mi señor tomase mi consejo, ya habíamos de estar en esas campañas deshaciendo agravios y enderezando tuertos, como es uso y costumbre de los buenos andantes caballeros.

No había bien acabado de decir estas razones Sancho cuando llegaron a sus oídos relinchos de Rocinante, los cuales relinchos tomó don Quijote por felicísimo agüero, y determinó de hacer de allí a tres o cuatro días otra salida. Y, declarando su intento al bachiller, le pidió consejo por qué parte comenzaría su jornada, el cual le respondió que era su parecer que fuese al reino de Aragón y a la ciudad de Zaragoza, adonde de allí a pocos días se habían de hacer unas solenísimas justas por la fiesta de San Jorge, en las cuales podría ganar fama sobre todos los caballeros aragoneses, que sería ganarla sobre todos los del mundo. Alabole ser honradísima y valentísima su determinación y advirtiole que anduviese más atentado en acometer los peligros, a causa que su vida no era suya, sino de todos aquellos que le habían de menester para que los amparase y socorriese en sus desventuras.

—De eso es lo que yo reniego, señor Sansón —dijo a este punto Sancho—, que así acomete mi señor a cien hombres armados como un muchacho goloso a media docena de badeas. ¡Cuerpo del mundo, señor bachiller! Sí, que tiempos hay de acometer y tiempos de retirar; sí, que no ha de ser todo «¡Santiago, y cierra España!». Y más, que yo he oído decir, y creo que a mi señor mismo, si mal no me acuerdo, que entre los estremos de cobarde y de temerario está el medio de la valentía; y si esto es así, no quiero que huya sin tener para qué ni que acometa cuando la demasía pide otra cosa. Pero sobre todo aviso a mi señor que si me ha de llevar consigo ha de ser con condición que él se lo ha de batallar todo, y que yo no he de estar obligado a otra cosa que a mirar por su persona en lo que tocare a su limpieza y a su regalo, que en esto yo le bailaré el agua delante; pero pensar que tengo de poner mano a la espada, aunque sea contra villanos malandrines de hacha y capellina, es pensar en lo escusado. Yo, señor Sansón, no pienso granjear fama de valiente, sino del mejor y más leal escudero que jamás sirvió a caballero andante. Y si mi señor don Quijote, obligado de mis muchos y buenos servicios, quisiere darme alguna ínsula de las muchas que su merced dice que se ha de topar por ahí, recibiré mucha merced en ello. Y cuando no me la diere, nacido soy, y no ha de vivir el hombre en hoto de otro, sino de Dios; y más, que tan bien y aun quizá mejor me sabrá el pan desgobernado que siendo gobernador. ¿Y sé yo por ventura si en esos gobiernos me tiene aparejada el diablo alguna zancadilla donde tropiece y caiga y me haga las muelas? Sancho nací y Sancho pienso morir. Pero si con todo esto, de buenas a buenas, sin mucha solicitud y sin mucho riesgo, me deparase el cielo alguna ínsula o otra cosa semejante, no soy tan necio que la desechase; que también se dice: «Cuando te dieren la vaquilla, corre con la soguilla», y «Cuando viene el bien, mételo en tu casa».

—Vos, hermano Sancho —dijo Carrasco—, habéis hablado como un catedrático. Pero, con todo eso, confiad en Dios y en el señor don Quijote, que os ha de dar un reino, no que una ínsula.

—Tanto es lo de más como lo de menos —respondió Sancho—, aunque sé decir al señor Carrasco que no echara mi señor el reino que me diera en saco roto, que yo he tomado el pulso a mí mismo y me hallo con salud para regir reinos y gobernar ínsulas, y esto ya otras veces lo he dicho a mi señor.

—Mirad, Sancho —dijo Sansón—, que los oficios mudan las costumbres, y podría ser que, viéndoos gobernador, no conociésedes a la madre que os parió.

—Eso allá se ha de entender —respondió Sancho— con los que nacieron en las malvas, y no con los que tienen sobre el alma cuatro dedos de enjundia de cristianos viejos, como yo los tengo. ¡No sino llegaos a mi condición, que sabrá usar de desagradecimiento con alguno!

—Dios lo haga —dijo don Quijote—. Y ello dirá cuando el gobierno venga, que ya me parece que le trayo entre los ojos.

Dicho esto, rogó al bachiller que, si era poeta, le hiciese merced de componerle unos versos que tratasen de la despedida que pensaba hacer de su señora Dulcinea del Toboso, y que advirtiese que en el principio de cada verso había de poner una letra de su nombre, de manera que al fin de los versos, juntando las primeras letras, se leyese: «Dulcinea del

Toboso». El bachiller respondió que puesto que él no era de los famosos poetas que había en España, que decían que no eran sino tres y medio, que no dejaría de componer los tales metros. Aunque hallaba una dificultad grande en su composición, a causa que las letras que contenían el nombre eran diez y siete, y que si hacía cuatro castellanas de a cuatro versos, sobraba una letra, y si de a cinco, a quien llaman «décimas» o «redondillas», faltaban tres letras; pero, con todo eso, procuraría embeber una letra lo mejor que pudiese, de manera que en las cuatro castellanas se incluyese el nombre de Dulcinea del Toboso.

—Ha de ser así en todo caso —dijo don Quijote—, que si allí no va el nombre patente y de manifiesto, no hay mujer que crea que para ella se hicieron los metros.

Quedaron en esto y en que la partida sería de allí a ocho días. Encargó don Quijote al bachiller la tuviese secreta, especialmente al cura y a maese Nicolás, y a su sobrina y al ama, porque no estorbasen su honrada y valerosa determinación; todo lo prometió Carrasco. Con esto se despidió, encargando a don Quijote que de todos sus buenos o malos sucesos le avisase, habiendo comodidad; y así se despidieron, y Sancho fue a poner en orden lo necesario para su jornada.

5

DE LA DISCRETA Y GRACIOSA PLÁTICA QUE PASÓ ENTRE SANCHO PANZA Y SU MUJER TERESA PANZA, Y OTROS SUCESOS DIGNOS DE FELICE RECORDACIÓN

(Llegando a escribir el traductor de esta historia este quinto capítulo, dice que le tiene por apócrifo, porque en él habla Sancho Panza con otro estilo del que se podía prometer de su corto ingenio, y dice cosas tan sutiles, que no tiene por posible que él las supiese; pero que no quiso dejar de traducirlo, por cumplir con lo que a su oficio debía; y, así, prosiguió diciendo:)

Llegó Sancho a su casa tan regocijado y alegre, que su mujer conoció su alegría a tiro de ballesta; tanto, que la obligó a preguntarle:

—¿Qué traés, Sancho amigo, que tan alegre venís?

A lo que él respondió:

—Mujer mía, si Dios quisiera, bien me holgara yo de no estar tan contento como muestro.

—No os entiendo, marido —replicó ella—, y no sé qué queréis decir en eso de que os holgárades, si Dios quisiera, de no estar contento; que, maguer tonta, no sé yo quién recibe gusto de no tenerle.

—Mirad, Teresa —respondió Sancho—, yo estoy alegre porque tengo determinado de volver a servir a mi amo don Quijote, el cual quiere la vez tercera salir a buscar las aventuras. Y yo vuelvo a salir con él porque lo quiere así mi necesidad, junto con la esperanza, que me alegra, de pensar si podré hallar otros cien escudos como los ya gastados, puesto que me entristece el haberme de apartar de ti y de mis hijos. Y si Dios quisiera darme de comer a pie enjuto y en mi casa, sin traerme por vericuetos y encrucijadas, pues lo podía hacer a poca costa y no más de quererlo, claro está que mi alegría fuera más firme y valedera, pues que la que tengo va mezclada con la tristeza del dejarte; así que dije bien que holgara, si Dios quisiera, de no estar contento.

—Mirad, Sancho —replicó Teresa—, después que os hicistes miembro de caballero andante, habláis de tan rodeada manera, que no hay quien os entienda.

—Basta que me entienda Dios, mujer —respondió Sancho—, que Él es el entendedor de todas las cosas, y quédese esto aquí. Y advertid, hermana, que os conviene tener cuenta estos tres días con el rucio, de manera que esté para armas tomar: dobladle los piensos, requerid la albarda y las demás jarcias, porque no vamos a bodas, sino a rodear el mundo y a tener dares y tomares con gigantes, con endriagos y con vestiglos, y a oír silbos, rugidos, bramidos y baladros. Y aun todo esto fuera flores de cantueso si no tuviéramos que entender con yangüeses y con moros encantados.

—Bien creo yo, marido —replicó Teresa—, que los escuderos andantes no comen el pan de balde; y, así, quedaré rogando a Nuestro Señor os saque presto de tanta mala ventura.

—Yo os digo, mujer —respondió Sancho—, que si no pensase antes de mucho tiempo verme gobernador de una ínsula, aquí me caería muerto.

—Eso no, marido mío —dijo Teresa—: viva la gallina, aunque sea con su pepita; vivid vos, y llévese el diablo cuantos gobiernos hay en el mundo. Sin gobierno salistes del vientre de vuestra madre, sin gobierno habéis vivido hasta ahora y sin gobierno os iréis, o os llevarán, a la sepultura cuando Dios fuere servido. Como esos hay en el mundo que viven sin gobierno, y no por eso dejan de vivir y de ser contados en el número de las gentes. La mejor salsa del mundo es el hambre, y como esta no falta a los pobres, siempre comen con gusto. Pero mirad, Sancho: si por ventura os viéredes con algún gobierno, no os olvidéis de mí y de vuestros hijos. Advertid que Sanchico tiene ya quince años cabales, y es razón que vaya a la escuela, si es que su tío el abad le ha de dejar hecho de la Iglesia. Mirad también que Mari Sancha, vuestra hija, no se morirá si la casamos, que me va dando barruntos que desea tanto tener marido como vos deseáis veros con gobierno; y en fin en fin, mejor parece la hija mal casada que bien abarraganada.

—A buena fe —respondió Sancho— que si Dios me llega a tener algo qué de gobierno, que tengo de casar, mujer mía, a Mari Sancha tan altamente, que no la alcancen sino con llamarla «señoría».

—Eso no, Sancho —respondió Teresa—: casadla con su igual, que es lo más acertado; que si de los zuecos la sacáis a chapines, y de saya parda de catorceno a verdugado y saboyanas de seda, y de una «Marica» y un «tú» a una «doña tal» y «señoría», no se ha de hallar la mochacha, y a cada paso ha de caer en mil faltas, descubriendo la hilaza de su tela basta y grosera.

—Calla, boba —dijo Sancho—, que todo será usarlo dos o tres años, que después le vendrá el señorío y la gravedad como de molde. Y cuando no, ¿qué importa? Séase ella señoría y venga lo que viniere.

—Medíos, Sancho, con vuestro estado —respondió Teresa—; no os queráis alzar a mayores, y advertid al refrán que dice: «Al hijo de tu vecino, límpiale las narices y métele en tu casa». ¡Por cierto que sería gentil cosa casar a nuestra María con un condazo, o con un caballerote que cuando se le antojase la pusiese como nueva, llamándola de villana, hija del destripaterrones y de la pelarruecas! ¡No en mis días, marido! ¿Para eso, por cierto, he criado yo a mi hija? Traed vos dineros, Sancho, y el casarla dejadlo a mi cargo, que ahí está Lope Tocho, el hijo de Juan Tocho, mozo rollizo y sano, y que le conocemos, y sé que no mira de mal ojo a la mochacha. Y con este, que es nuestro igual, estará bien casada, y le tendremos siempre a nuestros ojos, y seremos todos unos: padres y hijos, nietos y yernos, y andará la paz y la bendición de Dios entre todos nosotros; y no casármela vos ahora en esas cortes y en esos palacios grandes, adonde ni a ella la entiendan ni ella se entienda.

—¡Ven acá, bestia y mujer de Barrabás! —replicó Sancho—, ¿por qué quieres tú ahora, sin qué ni para qué, estorbarme que no case a mi hija con quien me dé nietos que se llamen «señoría»? Mira, Teresa: siempre he oído decir a mis mayores que el que no sabe gozar de la ventura cuando le viene, que no se debe quejar si se le pasa; y no sería bien que ahora que está llamando a nuestra puerta se la cerremos: dejémonos llevar de este viento favorable que nos sopla.

(Por este modo de hablar, y por lo que más abajo dice Sancho, dijo el tradutor de esta historia que tenía por apócrifo este capítulo.)

—¿No te parece, animalia —prosiguió Sancho—, que será bien dar con mi cuerpo en algún gobierno provechoso que nos saque el pie del lodo? Y cásese a Mari Sancha con quien yo quisiere, y verás como te llaman a ti «doña Teresa Panza», y te sientas en la iglesia sobre alcatifa, almohadas y arambeles, a pesar y despecho de las hidalgas del pueblo. ¡No sino estaos siempre en un ser, sin crecer ni menguar, como figura de paramento! Y en esto no hablemos más, que Sanchica ha de ser condesa, aunque tú más me digas.

MUJERES CON NOMBRE

Teresa Cascajo reclama ser llamada por su nombre de familia, como es de precepto en España, donde las mujeres no pierden su apellido al casarse. Esta costumbre sí está establecida en muchos países —Gran Bretaña, Estados Unidos, Francia, Alemania...—, donde no es obligación legal, pero sí una práctica amparada por la ley y que, aunque en retroceso, todavía sigue una amplia mayoría de mujeres (el 70 % en Estados Unidos, el 90 % en el Reino Unido, según datos de la BBC). Muchas mujeres famosas son conocidas por el apellido de sus maridos: Marie Curie (nacida Sklodowska), Virginia Woolf (n. Stephen), Agatha Christie (n. Miller), Margaret Thatcher (n. Roberts), Angela Merkel (n. Kasner).

—¿Veis cuanto decís, marido? —respondió Teresa—. Pues con todo eso, temo que este condado de mi hija ha de ser su perdición. Vos haced lo que quisiéredes, ora la hagáis duquesa o princesa, pero seos decir que no será ello con voluntad ni consentimiento mío. Siempre, hermano, fui amiga de la igualdad, y no puedo ver entonos sin fundamentos. Teresa me pusieron en el bautismo, nombre mondo y escueto, sin añadiduras ni cortapisas, ni arrequives de «dones» ni «donas»; Cascajo se llamó mi padre, y a mí, por ser vuestra mujer, me llaman Teresa Panza (que a buena razón me habían de llamar Teresa Cascajo, pero allá van reyes do quieren leyes). Y con este nombre me contento, sin que me le pongan un «don» encima que pese tanto, que no le pueda llevar; y no quiero dar que decir a los que me vieren andar vestida a lo condesil o a lo de gobernadora, que luego dirán: «¡Mirad qué entonada va la pazpuerca! Ayer no se hartaba de estirar de un copo de estopa y iba a misa cubierta la cabeza con la falda de la saya, en lugar de manto, y ya hoy va con verdugado, con broches y con entono, como si no la conociésemos». Si Dios me guarda mis siete, o mis cinco, sentidos, o los que tengo, no pienso dar ocasión de verme en tal aprieto. Vos, hermano, idos a ser gobierno o ínsulo y entonaos a vuestro gusto, que mi hija ni yo por el siglo de mi madre que no nos hemos de mudar un paso de nuestra aldea. La mujer honrada, la pierna quebrada y en casa, y la doncella honesta, el hacer algo es su fiesta. Idos con vuestro don Quijote a vuestras aventuras y dejadnos a nosotras con nuestras malas venturas, que Dios nos las mejorará como seamos buenas. Y yo no sé, por cierto, quién le puso a él «don» que no tuvieron sus padres ni sus agüelos.

—Ahora digo —replicó Sancho— que tienes algún familiar en ese cuerpo. ¡Válate Dios la mujer, y qué de cosas has ensartado unas en otras sin tener pies ni cabeza! ¿Qué tiene que ver el cascajo, los broches, los refranes y el entono con lo que yo digo? Ven acá, mentecata e ignorante, que así te puedo llamar, pues no entiendes mis razones y vas huyendo de la dicha. Si yo dijera que mi hija se arrojara de una torre abajo, o que se fuera por esos mundos como se quiso ir la infanta doña Urraca, tenías razón de no venir con mi gusto. Pero si en dos paletas y en menos de un abrir y cerrar de ojos te la chanto un «don» y una «señoría» a cuestas, y te la saco de los rastrojos y te la pongo en toldo y en peana y en un estrado de más almohadas de velludo que tuvieron moros en su linaje los Almohadas de Marruecos, ¿por qué no has de consentir y querer lo que yo quiero?

—¿Sabéis por qué, marido? —respondió Teresa—. Por el refrán que dice: «Quien te cubre, te descubre». Por el pobre todos pasan los ojos como de corrida, y en el rico los detienen; y si el tal rico fue un tiempo pobre, allí es el murmurar y el maldecir, y el peor perseverar de los maldicientes, que los hay por esas calles a montones, como enjambres de abejas.

—Mira, Teresa —respondió Sancho—, y escucha lo que agora quiero decirte: quizá no lo habrás oído en todos los días de tu vida, y yo agora no hablo de mío, que todo lo que pienso decir son sentencias del padre predicador que la Cuaresma pasada predicó en este pueblo; el cual, si mal no me acuerdo, dijo que todas las cosas presentes que los ojos están mirando se presentan, están y asisten en nuestra memoria mucho mejor y con más vehemencia que las cosas pasadas.

(Todas estas razones que aquí va diciendo Sancho son las segundas por quien dice el tradutor que tiene por apócrifo este capítulo, que exceden a la capacidad de Sancho; el cual prosiguió diciendo:)

—De donde nace que cuando vemos alguna persona bien aderezada y con ricos vestidos compuesta, y con pompa de criados, parece que por fuerza nos mueve y convida a que la tengamos respeto, puesto que la memoria en aquel instante nos represente alguna bajeza en que vimos a la tal persona; la cual inominia, ahora sea de pobreza o de linaje, como ya pasó, no es, y solo es lo que vemos presente. Y si este a quien la fortuna sacó del borrador de su bajeza (que por estas mesmas razones lo dijo el padre) a la alteza de su prosperidad fuere bien criado, liberal y cortés con todos, y no se pusiere en cuentos con aquellos que por antigüedad son nobles, ten por cierto, Teresa, que no habrá quien se acuerde de lo que fue, sino que reverencien lo que es, si no fueren los invidiosos, de quien ninguna próspera fortuna está segura.

—Yo no os entiendo, marido —replicó Teresa—. Haced lo que quisiéredes y no me quebréis más la cabeza con vuestras arengas y retóricas. Y si estáis revuelto en hacer lo que decís...

—*Resuelto* has de decir, mujer —dijo Sancho—, y no *revuelto.*

—No os pongáis a disputar, marido, conmigo —respondió Teresa—. Yo hablo como Dios es servido y no me meto en más dibujos. Y digo que si estáis porfiando en tener gobierno, que llevéis con vos a vuestro hijo Sancho, para que desde agora le enseñéis a tener gobierno, que bien es que los hijos hereden y aprendan los oficios de sus padres.

—En teniendo gobierno —dijo Sancho—, enviaré por él por la posta y te enviaré dineros, que no me faltarán, pues nunca falta quien se los preste a los gobernadores cuando no los tienen. Y vístele de modo que disimule lo que es y parezca lo que ha de ser.

—Enviad vos dinero —dijo Teresa—, que yo os lo vistiré como un palmito.

—En efecto, quedamos de acuerdo —dijo Sancho— de que ha de ser condesa nuestra hija.

—El día que yo la viere condesa —respondió Teresa—, ese haré cuenta que la entierro. Pero otra vez os digo que hagáis lo que os diere gusto, que con esta carga nacemos las mujeres de estar obedientes a sus maridos, aunque sean unos porros.

Y en esto comenzó a llorar tan de veras como si ya viera muerta y enterrada a Sanchica. Sancho la consoló diciéndole que ya que la hubiese de hacer condesa, la haría todo lo más tarde que ser pudiese. Con esto se acabó su plática y Sancho volvió a ver a don Quijote para dar orden en su partida.

6

DE LO QUE LE PASÓ A DON QUIJOTE CON SU SOBRINA Y CON SU AMA, Y ES UNO DE LOS IMPORTANTES CAPÍTULOS DE TODA LA HISTORIA

El ama y la sobrina discuten con don Quijote, pues sospechan que trata de fugarse de nuevo en busca de aventuras y no piensan permitirle que vuelva a deambular por los caminos igual que un ánima en pena. La conversación queda interrumpida cuando llega a la casa Sancho Panza, que viene deseoso de charlar con su señor. El ama corre a esconderse porque no le apetece ni cruzarse con el dichoso escudero. Don Quijote, por el contrario, sale a recibirlo con los brazos abiertos.

7

DE LO QUE PASÓ DON QUIJOTE CON SU ESCUDERO, CON OTROS SUCESOS FAMOSÍSIMOS

Apenas vio el ama que Sancho Panza se encerraba con su señor, cuando dio en la cuenta de sus tratos, y imaginando que de aquella consulta había de salir la resolución de su tercera salida, y tomando su manto, toda llena de congoja y pesadumbre, se fue a buscar al bachiller Sansón Carrasco, pareciéndole que, por ser bien hablado y amigo fresco de su señor, le podría persuadir a que dejase tan desvariado propósito.

Hallole paseándose por el patio de su casa, y viéndole, se dejó caer ante sus pies, trasudando y congojosa. Cuando la vio Carrasco con muestras tan doloridas y sobresaltadas, le dijo:

—¿Qué es esto, señora ama? ¿Qué le ha acontecido, que parece que se le quiere arrancar el alma?

—No es nada, señor Sansón mío, sino que mi amo se sale; sálese sin duda.

—¿Y por dónde se sale, señora? —preguntó Sansón—. ¿Hásele roto alguna parte de su cuerpo?

—No se sale —respondió ella— sino por la puerta de su locura. Quiero decir, señor bachiller de mi ánima, que quiere salir otra vez, que con esta será la tercera, a buscar por ese mundo lo que él llama venturas, que yo no puedo entender cómo les da este nombre. La vez primera nos le volvieron atravesado sobre un jumento, molido a palos. La segunda vino en un carro de bueyes metido y encerrado en una jaula, adonde él se daba a entender que estaba encantado; y venía tal el triste, que no le conociera la madre que le parió: flaco, amarillo, los ojos hundidos en los últimos camaranchones del celebro, que para haberle de volver algún tanto en sí gasté más de seiscientos huevos, como lo sabe Dios y todo el mundo, y mis gallinas, que no me dejarán mentir.

—Eso creo yo muy bien —respondió el bachiller—, que ellas son tan buenas, tan gordas y tan bien criadas que no dirán una cosa por otra, si reventasen. En efecto, señora ama: ¿no hay otra cosa ni ha sucedido otro desmán alguno sino el que se teme que quiere hacer el señor don Quijote?

—No, señor —respondió ella.

—Pues no tenga pena —respondió el bachiller—, sino váyase en hora buena a su casa y téngame aderezado de almorzar alguna cosa caliente, y de camino vaya rezando la oración de Santa Apolonia, si es que la sabe, que yo iré luego allá y verá maravillas.

—¡Cuitada de mí! —replicó el ama—. ¿La oración de Santa Apolonia dice vuestra merced que rece? Eso fuera si mi amo lo hubiera de las muelas, pero no lo ha sino de los cascos.

—Yo sé lo que digo, señora ama. Váyase y no se ponga a disputar conmigo, pues sabe que soy bachiller por Salamanca, que no hay más que bachillear —respondió Carrasco.

Y con esto se fue el ama, y el bachiller fue luego a buscar al cura, a comunicar con él lo que se dirá a su tiempo.

En el que estuvieron encerrados, don Quijote y Sancho pasaron las razones que con mucha puntualidad y verdadera relación cuenta la historia. Dijo Sancho a su amo:

—Señor, ya yo tengo relucida a mi mujer a que me deje ir con vuestra merced adonde quisiere llevarme.

—*Reducida* has de decir, Sancho —dijo don Quijote—, que no *relucida*.

—Una o dos veces —respondió Sancho—, si mal no me acuerdo, he suplicado a vuestra merced que no me emiende los vocablos si es que entiende lo que quiero decir en ellos,

LA SANTA DE LOS DIENTES

En el año 249 se conmemoraba el primer milenio del Imperio romano por todos sus dominios. En Alejandría, la turba se lanzó a la persecución de los cristianos que residían en la ciudad. La virtuosa Apolonia fue torturada con el propósito de que abjurase de su fe. Según se cuenta en las cartas que escribe san Dionisio, arzobispo de Alejandría, a Fabio, obispo de Antioquía, le arrancaron los dientes a golpes y ella misma se lanzó a la hoguera. En 299 fue canonizada por el papa Marcelino. Fue escogida como patrona de los odontólogos y se recomienda rezarle para mitigar el dolor de muelas. Para recordar su martirio, a menudo se la representa sosteniendo unas tenazas con un diente prendido. Su festividad se celebra el 9 de febrero.

y que cuando no los entienda, diga: «Sancho, o diablo, no te entiendo», y si yo no me declarare, entonces podrá emendarme, que yo soy tan fócil...

—No te entiendo, Sancho —dijo luego don Quijote—, pues no sé qué quiere decir *soy tan fócil*.

—*Tan fócil* quiere decir —respondió Sancho— 'soy tan así'.

—Menos te entiendo agora —replicó don Quijote.

—Pues si no me puede entender —respondió Sancho—, no sé cómo lo diga; no sé más, y Dios sea conmigo.

—¡Ya, ya caigo —respondió don Quijote— en ello! Tú quieres decir que eres *tan dócil*, blando y mañero, que tomarás lo que yo te dijere y pasarás por lo que te enseñare.

—Apostaré yo —dijo Sancho— que desde el emprincipio me caló y me entendió, sino que quiso turbarme, por oírme decir otras docientas patochadas.

—Podrá ser —replicó don Quijote—. Y en efecto, ¿qué dice Teresa?

—Teresa dice —dijo Sancho— que ate bien mi dedo con vuestra merced, y que hablen cartas y callen barbas, porque quien destaja no baraja, pues más vale un toma que dos te daré. Y yo digo que el consejo de la mujer es poco, y el que no le toma es loco.

—Y yo lo digo también —respondió don Quijote—. Decid, Sancho amigo, pasad adelante, que habláis hoy de perlas.

—Es el caso —replicó Sancho— que, como vuestra merced mejor sabe, todos estamos sujetos a la muerte, y que hoy somos y mañana no, y que tan presto se va el cordero como el carnero, y que nadie puede prometerse en este mundo más horas de vida de las que Dios quisiere darle. Porque la muerte es sorda, y cuando llega a llamar a las puertas de nuestra vida, siempre va de priesa, y no la harán detener ni ruegos ni fuerzas ni ceptros ni mitras, según es pública voz y fama y según nos lo dicen por esos púlpitos.

—Todo eso es verdad —dijo don Quijote—, pero no sé dónde vas a parar.

—Voy a parar —dijo Sancho— en que vuesa merced me señale salario conocido de lo que me ha de dar cada mes el tiempo que le sirviere, y que el tal salario se me pague de su hacienda, que no quiero estar a mercedes, que llegan tarde o mal o nunca: con lo mío me ayude Dios. En fin, yo quiero saber lo que gano, poco o mucho que sea, que sobre un huevo pone la gallina, y muchos pocos hacen un mucho, y mientras se gana algo no se pierde nada. Verdad sea que si sucediese, lo cual ni lo creo ni lo espero, que vuesa merced me diese la ínsula que me tiene prometida, no soy tan ingrato, ni llevo las cosas tan por los cabos, que no querré que se aprecie lo que montare la renta de la tal ínsula y se descuente de mi salario gata por cantidad.

—Sancho amigo —respondió don Quijote—, a las veces tan buena suele ser una gata como una rata.

—Ya entiendo —dijo Sancho—: yo apostaré que había de decir *rata* y no *gata*, pero no importa nada, pues vuesa merced me ha entendido.

—Y tan entendido —respondió don Quijote—, que he penetrado lo último de tus pensamientos y sé al blanco que tiras con las inumerables saetas de tus refranes. Mira, Sancho: yo bien te señalaría salario si hubiera hallado en alguna de las historias de los caballeros andantes ejemplo que me descubriese y mostrase por algún pequeño resquicio qué es lo que solían ganar cada mes o cada año. Pero yo he leído todas o las más de sus historias y no me acuerdo haber leído que ningún caballero andante haya señalado conocido salario a su escudero; solo sé que todos servían a merced, y que cuando menos se lo pensaban, si a sus señores les había corrido bien la suerte, se hallaban premiados con una ínsula o con otra cosa equivalente, y por lo menos quedaban con título y señoría. Si con estas esperanzas y aditamentos vos, Sancho, gustáis de volver a servirme, sea en buena hora, que pensar que yo he de sacar de sus términos y quicios la antigua usanza de la caballería andante es pensar en lo escusado. Así que, Sancho mío, volveos a vuestra casa y declarad a vuestra Teresa mi intención. Y si ella gustare y vos gustáredes de estar a merced conmigo, *bene quidem*; y si no, tan amigos como de antes, que si al palomar no le falta cebo, no le faltarán palomas. Y advertid, hijo, que vale más buena esperanza que ruin posesión y buena queja que mala paga. Hablo de esta manera, Sancho, por daros a entender que tan bien como vos sé yo arrojar refranes como llovidos. Y finalmente quiero decir y os digo que si no queréis venir a merced conmigo y correr la suerte que yo corriere, que Dios quede con vos y os haga un santo, que a mí no me faltarán escuderos más obedientes, más solícitos y no tan empachados ni tan habladores como vos.

Cuando Sancho oyó la firme resolución de su amo, se le anubló el cielo y se le cayeron las alas del corazón, porque tenía creído que su señor no se iría sin él por todos los haberes del mundo. Y, así, estando suspenso y pensativo, entró Sansón Carrasco con el ama y la sobrina, deseosas de oír con qué razones persuadía a su señor que no tornase a buscar las aventuras. Llegó Sansón, socarrón famoso, y abrazándole como la vez primera y con voz levantada, le dijo:

—¡Oh flor de la andante caballería! ¡Oh luz resplandeciente de las armas! ¡Oh honor y espejo de la nación española! Plega a Dios todopoderoso, donde más largamente se contiene, que la persona o personas que pusieren impedimento y estorbaren tu tercera salida, que no la hallen en el laberinto de sus deseos ni jamás se les cumpla lo que mal desearen.

Y, volviéndose al ama, le dijo:

—Bien puede la señora ama no rezar más la oración de Santa Apolonia, que yo sé que es determinación precisa de las esferas que el señor don Quijote vuelva a ejecutar sus altos y nuevos pensamientos, y yo encargaría mucho mi conciencia si no intimase y persuadiese a este caballero que no tenga más tiempo encogida y detenida la fuerza de su valeroso brazo y la bondad de su ánimo valentísimo, porque defrauda con su tardanza el derecho de los tuertos, el amparo de los huérfanos, la honra de las doncellas, el favor de las viudas y el arrimo de las casadas, y otras cosas de este jaez que tocan, atañen, dependen y son anejas a la orden de la caballería andante. ¡Ea, señor don Quijote mío, hermoso y bravo, antes hoy que mañana se ponga vuestra merced y su grandeza en camino! Y si alguna cosa faltare para ponerle en ejecución, aquí estoy yo para suplirla con mi persona y hacienda; y si fuere necesidad servir a tu magnificencia de escudero, lo tendré a felicísima ventura.

A esta sazón dijo don Quijote, volviéndose a Sancho:

—¿No te dije yo, Sancho, que me habían de sobrar escuderos? Mira quién se ofrece a serlo sino el inaudito bachiller Sansón Carrasco, perpetuo trastulo y regocijador de los patios de las escuelas salmanticenses, sano de su persona, ágil de sus miembros, callado, sufridor así del calor como del frío, así de la hambre como de la sed, con todas aquellas partes que se requieren para ser escudero de un caballero andante. Pero no permita el cielo que por seguir mi gusto desjarrete y quiebre la coluna de las letras y el vaso de las ciencias, y tronque la palma eminente de las buenas y liberales artes: quédese el nuevo Sansón en su patria, y honrándola, honre juntamente las canas de sus ancianos padres, que yo con cualquier escudero estaré contento, ya que Sancho no se digna de venir conmigo.

—¡Sí digno! —respondió Sancho, enternecido y llenos de lágrimas los ojos; y prosiguió—: No se dirá por mí, señor mío, «el pan comido y la compañía deshecha»; sí, que no vengo yo de alguna alcurnia desagradecida, que ya sabe todo el mundo, y especialmente mi pueblo, quién fueron los Panzas, de quien yo deciendo. Y más, que tengo conocido y calado por muchas buenas obras, y por más buenas palabras, el deseo que vuestra merced tiene de hacerme merced, y si me he puesto en cuentas de tanto más cuanto acerca de mi salario, ha sido por complacer a mi mujer, la cual, cuando toma la mano a persuadir una cosa, no hay mazo que tanto apriete los aros de una cuba como ella aprieta a que se haga lo que quiere. Pero, en efeto, el hombre ha de ser hombre y la mujer, mujer, y pues yo soy hombre dondequiera, que no lo puedo negar, también lo quiero ser en mi casa, pese a quien pesare. Y, así, no hay más que hacer sino que vuestra merced ordene su testamento, con su codicilo, en modo que no se pueda revolcar, y pongámonos luego en camino, porque no padezca el alma del señor Sansón, que dice que su conciencia le lita que persuada a vuestra merced a salir vez tercera por ese mundo. Y yo de nuevo me ofrezco a servir a vuestra merced fiel y legalmente, tan bien y mejor que cuantos escuderos han servido a caballeros andantes en los pasados y presentes tiempos.

Admirado quedó el bachiller de oír el término y modo de hablar de Sancho Panza, que, puesto que había leído la primera historia de su señor, nunca creyó que era tan gracioso como allí le pintan; pero oyéndole decir ahora «testamento y codicilo que no se pueda revolcar» en lugar de «testamento y codicilo que no se pueda *revocar*», creyó todo lo que de él había leído y confirmolo por uno de los más solenes mentecatos de nuestros siglos, y dijo entre sí que tales dos locos como amo y mozo no se habrían visto en el mundo.

Finalmente, don Quijote y Sancho se abrazaron y quedaron amigos, y con parecer y beneplácito del gran Carrasco, que por entonces era su oráculo, se ordenó que de allí a tres días fuese su partida, en los cuales habría lugar de aderezar lo necesario para el viaje y de buscar una celada de encaje, que en todas maneras dijo don Quijote que la había de llevar. Ofreciósela Sansón, porque sabía no se la negaría un amigo suyo que la tenía, puesto que estaba más escura por el orín y el moho que clara y limpia por el terso acero.

Las maldiciones que las dos, ama y sobrina, echaron al bachiller no tuvieron cuento: mesaron sus cabellos, arañaron sus rostros y, al modo de las endechaderas que se usaban, lamentaban la partida como si fuera la muerte de su señor. El designo que tuvo Sansón para persuadirle a que otra vez saliese fue hacer lo que adelante cuenta la historia, todo por consejo del cura y del barbero, con quien él antes lo había comunicado.

En resolución, en aquellos tres días don Quijote y Sancho se acomodaron de lo que les pareció convenirles. Y habiendo aplacado Sancho a su mujer y don Quijote a su sobrina y a su ama, al anochecer, sin que nadie lo viese sino el bachiller, que quiso acompañarles media legua del lugar, se pusieron en camino del Toboso: don Quijote sobre su buen Rocinante y Sancho sobre su antiguo rucio, proveídas las alforjas de cosas tocantes a la bucólica, y la bolsa, de dineros que le dio don Quijote para lo que se ofreciese. Abrazole Sansón y suplicole le avisase de su buena o mala suerte, para alegrarse con esta o

Don Coyote y Sancho Panda, **Hanna-Barbera**, 1990.

entristecerse con aquella, como las leyes de su amistad pedían. Prometióselo don Quijote, dio Sansón la vuelta a su lugar y los dos tomaron la de la gran ciudad del Toboso.

8

DONDE SE CUENTA LO QUE LE SUCEDIÓ A DON QUIJOTE YENDO A VER SU SEÑORA DULCINEA DEL TOBOSO

«¡Bendito sea el poderoso Alá!», dice Hamete Benengeli al comienzo de este octavo capítulo; «¡Bendito sea Alá!», repite tres veces, y dice que da estas bendiciones por ver que tiene ya en campaña a don Quijote y a Sancho, y que los letores de su agradable historia pueden hacer cuenta que desde este punto comienzan las hazañas y donaires de don Quijote y de su escudero. Persuádeles que se les olviden las pasadas caballerías del ingenioso hidalgo y pongan los ojos en las que están por venir, que desde agora en el camino del Toboso comienzan, como las otras comenzaron en los campos de Montiel; y no es mucho lo que pide para tanto como él promete. Y, así, prosigue diciendo:

Solos quedaron don Quijote y Sancho, y apenas se hubo apartado Sansón, cuando comenzó a relinchar Rocinante y a sospirar el rucio, que de entrambos, caballero y escudero, fue tenido a buena señal y por felicísimo agüero. Aunque, si se ha de contar la verdad, más fueron los sospiros y rebuznos del rucio que los relinchos del rocín, de donde coligió Sancho que su ventura había de sobrepujar y ponerse encima de la de su señor, fundándose no sé si en astrología judiciaria que él se sabía, puesto que la historia no lo declara; solo le oyeron decir que cuando tropezaba o caía se holgara no haber salido de casa, porque del tropezar o caer no se sacaba otra cosa sino el zapato roto o las costillas quebradas. Y aunque tonto, no andaba en esto muy fuera de camino. Díjole don Quijote:

—Sancho amigo, la noche se nos va entrando a más andar y con más escuridad de la que habíamos menester para alcanzar a ver con el día al Toboso, adonde tengo determinado de ir antes que en otra aventura me ponga, y allí tomaré la bendición y buena licencia de la sin par Dulcinea, con la cual licencia pienso y tengo por cierto de acabar y dar felice cima a toda peligrosa aventura, porque ninguna cosa de esta vida hace más valientes a los caballeros andantes que verse favorecidos de sus damas.

—Yo así lo creo —respondió Sancho—, pero tengo por dificultoso que vuestra merced pueda hablarla ni verse con ella en parte a lo menos que pueda recebir su bendición, si ya no se la echa desde las bardas del corral, por donde yo la vi la vez primera, cuando le llevé la carta donde iban las nuevas de las sandeces y locuras que vuestra merced quedaba haciendo en el corazón de Sierra Morena.

—¿Bardas de corral se te antojaron aquellas, Sancho —dijo don Quijote—, adonde o por donde viste aquella jamás bastantemente alabada gentileza y hermosura? No debían de ser sino galerías, o corredores, o lonjas, o como las llaman, de ricos y reales palacios.

—Todo pudo ser —respondió Sancho—, pero a mí bardas me parecieron, si no es que soy falto de memoria.

—Con todo eso, vamos allá, Sancho —replicó don Quijote—, que como yo la vea, eso se me da que sea por bardas que por ventanas, o por resquicios, o verjas de jardines, que cualquier rayo que del sol de su belleza llegue a mis ojos alumbrará mi entendimiento y fortalecerá mi corazón de modo que quede único y sin igual en la discreción y en la valentía.

—Pues en verdad, señor —respondió Sancho—, que cuando yo vi ese sol de la señora Dulcinea del Toboso, que no estaba tan claro que pudiese echar de sí rayos algunos; y debió de ser que como su merced estaba ahechando aquel trigo que dije, el mucho polvo que sacaba se le puso como nube ante el rostro y se le escureció.

—¡Que todavía das, Sancho —dijo don Quijote—, en decir, en pensar, en creer y en porfiar que mi señora Dulcinea ahechaba trigo, siendo eso un menester y ejercicio que va desviado de todo lo que hacen y deben hacer las personas principales, que están constituidas y guardadas para otros ejercicios y entretenimientos, que muestran a tiro de ballesta su principalidad! ¡Mal se te acuerdan a ti, oh Sancho, aquellos versos de nuestro poeta donde nos pinta las labores que hacían, allá en sus moradas de cristal, aquellas cuatro ninfas que del Tajo amado sacaron las cabezas y se sentaron a labrar en el prado verde aquellas ricas telas que allí el ingenioso poeta nos describe, que todas eran de oro, sirgo y perlas contestas y tejidas! Y de esta manera debía de ser el de mi señora cuando tú la viste, sino que la envidia que algún mal encantador debe de tener a mis cosas, todas las que me han de dar gusto trueca y vuelve en diferentes figuras que ellas tienen. Y, así, temo que en aquella historia que dicen que anda impresa de mis hazañas, si por ventura ha sido su autor algún sabio mi enemigo, habrá puesto unas cosas por otras, mezclando con una verdad mil mentiras, divertiéndose a contar otras acciones fuera de lo que requiere la continuación de una verdadera historia. ¡Oh envidia, raíz de infinitos males y carcoma de las virtudes! Todos los vicios, Sancho, traen un no sé qué de deleite consigo, pero el de la envidia no trae sino disgustos, rancores y rabias.

—Eso es lo que yo digo también —respondió Sancho—, y pienso que en esa leyenda o historia que nos dijo el bachiller Carrasco que de nosotros había visto debe de andar mi honra a coche acá, cinchado, y, como dicen, al estricote, aquí y allí, barriendo las calles. Pues a fe de bueno que no he dicho yo mal de ningún encantador ni tengo tantos bienes que pueda ser envidiado. Bien es verdad que soy algo malicioso y que tengo mis ciertos asomos de bellaco, pero todo lo cubre y tapa la gran capa de la simpleza mía, siempre natural y nunca artificiosa. Y cuando otra cosa no tuviese sino el creer, como siempre creo, firme y verdaderamente en Dios y en todo aquello que tiene y cree la santa Iglesia Católica Romana, y el ser enemigo mortal, como lo soy, de los judíos, debían los historiadores tener misericordia de mí y tratarme bien en sus escritos. Pero digan lo que quisieren, que desnudo nací, desnudo me hallo: ni pierdo ni gano; aunque por verme puesto en libros y andar por ese mundo de mano en mano, no se me da un higo que digan de mí todo lo que quisieren.

Don Quijote discurre largamente sobre la fama, y concluye que hay que alcanzarla luchando contra el vicio y el pecado. Siendo así, dice Sancho, más vale ser un humilde frailecito que un caballero matagigantes.

En estas y otras semejantes pláticas se les pasó aquella noche y el día siguiente, sin acontecerles cosa que de contar fuese, de que no poco le pesó a don Quijote. En fin, otro día al anochecer descubrieron la gran ciudad del Toboso, con cuya vista se le alegraron los espíritus a don Quijote y se le entristecieron a Sancho, porque no sabía la casa de Dulcinea ni en su vida la había visto, como no la había visto su señor; de modo que el uno por verla y el otro por no haberla visto estaban alborotados, y no imaginaba Sancho qué había de hacer cuando su dueño le enviase al Toboso. Finalmente, ordenó don Quijote entrar en la ciudad entrada la noche, y en tanto que la hora se llegaba se quedaron entre unas encinas que cerca del Toboso estaban; y llegado el determinado punto entraron en la ciudad, donde les sucedió cosas que a cosas llegan.

EL PUEBLO DE DON QUIJOTE

Se ha discutido mucho sobre cuál debió ser el pueblo de don Quijote del que Cervantes no quiso acordarse. Una de las pocas pistas la ofrece la novela cuando dice que el hidalgo tardó dos días y una noche en llegar desde su pueblo a El Toboso. En 1976, un estudioso llamado Justino Pollos leyó una tesis doctoran en la que estableció que Rocinante y el burro de Sancho viajaban a un ritmo de 31 kilómetros al día. A partir de esa conjetura, el catedrático de sociología Francisco Parra, al frente de un equipo interdisciplinar de la Universidad Complutense de Madrid, dedujo en 2004 que el pueblo de don Quijote quedaba a unos 86 kilómetros de El Toboso, lo que les llevó a la conclusión de que don Quijote vivía en Villanueva de los Infantes (Ciudad Real), localidad de la que es oriundo el doctor Parra.

9

DONDE SE CUENTA LO QUE EN ÉL SE VERÁ

Media noche era por filo, poco más a menos, cuando don Quijote y Sancho dejaron el monte y entraron en el Toboso. Estaba el pueblo en un sosegado silencio, porque todos sus vecinos dormían y reposaban a pierna tendida, como suele decirse. Era la noche entreclara, puesto que quisiera Sancho que fuera del todo escura, por hallar en su escuridad disculpa de su sandez. No se oía en todo el lugar sino ladridos de perros, que atronaban los oídos de don Quijote y turbaban el corazón de Sancho; de cuando en cuando rebuznaba un jumento, gruñían puercos, mayaban gatos, cuyas voces, de diferentes sonidos, se aumentaban con el silencio de la noche, todo lo cual tuvo el enamorado caballero a mal agüero. Pero, con todo esto, dijo a Sancho:

—Sancho, hijo, guía al palacio de Dulcinea; quizá podrá ser que la hallemos despierta.

—¿A qué palacio tengo de guiar, cuerpo del sol —respondió Sancho—, que en el que yo vi a su grandeza no era sino casa muy pequeña?

—Debía de estar retirada entonces —respondió don Quijote— en algún pequeño apartamiento de su alcázar, solazándose a solas con sus doncellas, como es uso y costumbre de las altas señoras y princesas.

—Señor —dijo Sancho—, ya que vuestra merced quiere, a pesar mío, que sea alcázar la casa de mi señora Dulcinea, ¿es hora esta por ventura de hallar la puerta abierta? ¿Y será bien que demos aldabazos para que nos oyan y nos abran, metiendo en alboroto y rumor toda la gente? ¿Vamos por dicha a llamar a la casa de nuestras mancebas, como hacen los abarraganados, que llegan y llaman y entran a cualquier hora, por tarde que sea?

—Hallemos primero una por una el alcázar —replicó don Quijote—, que entonces yo te diré, Sancho, lo que será bien que hagamos. Y advierte, Sancho, que yo veo poco o que aquel bulto grande y sombra que desde aquí se descubre la debe de hacer el palacio de Dulcinea.

—Pues guíe vuestra merced —respondió Sancho—; quizá será así, aunque yo lo veré con los ojos y lo tocaré con las manos, y así lo creeré yo como creer que es ahora de día.

Guio don Quijote, y habiendo andado como docientos pasos, dio con el bulto que hacía la sombra, y vio una gran torre, y luego conoció que el tal edificio no era alcázar, sino la iglesia principal del pueblo; y dijo:

—Con la iglesia hemos dado, Sancho.

—Ya lo veo —respondió Sancho—, y plega a Dios que no demos con nuestra sepultura, que no es buena señal andar por los cimenterios a tales horas, y más habiendo yo dicho a vuestra merced, si mal no me acuerdo, que la casa de esta señora ha de estar en una callejuela sin salida.

—¡Maldito seas de Dios, mentecato! —dijo don Quijote—. ¿Adónde has tú hallado que los alcázares y palacios reales estén edificados en callejuelas sin salida?

—Señor —respondió Sancho—, en cada tierra su uso: quizá se usa aquí en el Toboso edificar en callejuelas los palacios y edificios grandes. Y, así, suplico a vuestra merced me deje buscar por estas calles o callejuelas que se me ofrecen: podría ser que en algún rincón topase con ese alcázar, que le vea yo comido de perros, que así nos trae corridos y asendereados.

—Habla con respeto, Sancho, de las cosas de mi señora —dijo don Quijote—, y tengamos la fiesta en paz, y no arrojemos la soga tras el caldero.

—Yo me reportaré —respondió Sancho—. Pero ¿con qué paciencia podré llevar que quiera vuestra merced que de sola una vez que vi la casa de nuestra ama la haya de saber siempre y hallarla a media noche, no hallándola vuestra merced, que la debe de haber visto millares de veces?

—¡Tú me harás desesperar, Sancho! —dijo don Quijote—. Ven acá, hereje: ¿no te he dicho mil veces que en todos los días de mi vida no he visto a la sin par Dulcinea, ni jamás atravesé los umbrales de su palacio, y que solo estoy enamorado de oídas y de la gran fama que tiene de hermosa y discreta?

—Ahora lo oigo —respondió Sancho—, y digo que pues vuestra merced no la ha visto, ni yo tampoco.

—Eso no puede ser —replicó don Quijote—, que por lo menos ya me has dicho tú que la viste ahechando trigo, cuando me trujiste la respuesta de la carta que le envié contigo.

—No se atenga a eso, señor —respondió Sancho—, porque le hago saber que también fue de oídas la vista y la

ENAMORARSE DE OÍDAS

Tanto en la poesía cortesana como en los libros de caballería abundaban los hombres que se enamoraban con solo oír hablar bien de una mujer. «Anc non la vi et am la fort» («Nunca la vi, la amo mucho»), escribió, por ejemplo, el trovador Guillermo IX de Aquitania (1071-1126), en tanto que el poeta Gregorio Alfonso (1490-1520) especuló con el éxtasis que debía de sentir el hombre que, tras haberse enamorado de oídas, veía por vez primera a su amada: «A do la fama enamora, / la vista debe matar».

respuesta que le truje; porque así sé yo quién es la señora Dulcinea como dar un puño en el cielo.

—Sancho, Sancho —respondió don Quijote—, tiempos hay de burlar y tiempos donde caen y parecen mal las burlas: no porque yo diga que ni he visto ni hablado a la señora de mi alma has tú de decir también que ni la has hablado ni visto, siendo tan al revés, como sabes.

Estando los dos en estas pláticas, vieron que venía a pasar por donde estaban uno con dos mulas, que por el ruido que hacía el arado, que arrastraba por el suelo, juzgaron que debía de ser labrador, que habría madrugado antes del día a ir a su labranza; y así fue la verdad. Venía el labrador cantando aquel romance que dicen:

> Mala la hubistes, franceses,
> en esa de Roncesvalles.

—¡Que me maten, Sancho —dijo en oyéndole don Quijote—, si nos ha de suceder cosa buena esta noche! ¿No oyes lo que viene cantando ese villano?

—Sí oigo —respondió Sancho—, pero ¿qué hace a nuestro propósito la caza de Roncesvalles?; así pudiera cantar el romance de Calaínos, que todo fuera uno para sucedernos bien o mal en nuestro negocio.

Llegó en esto el labrador, a quien don Quijote preguntó:

—¿Sabreisme decir, buen amigo, que buena ventura os dé Dios, dónde son por aquí los palacios de la sin par princesa doña Dulcinea del Toboso?

—Señor —respondió el mozo—, yo soy forastero y ha pocos días que estoy en este pueblo sirviendo a un labrador rico en la labranza del campo. En esa casa frontera viven el cura y el sacristán del lugar: entrambos o cualquier de ellos sabrá dar a vuestra merced razón de esa señora princesa, porque tienen la lista de todos los vecinos del Toboso, aunque para mí tengo que en todo él no vive princesa alguna; muchas señoras sí, principales, que cada una en su casa puede ser princesa.

—Pues entre esas —dijo don Quijote— debe de estar, amigo, esta por quien te pregunto.

—Podría ser —respondió el mozo—; y a Dios, que ya viene el alba.

Y dando a sus mulas, no atendió a más preguntas. Sancho, que vio suspenso a su señor y asaz mal contento, le dijo:

—Señor, ya se viene a más andar el día, y no será acertado dejar que nos halle el sol en la calle. Mejor será que nos salgamos fuera de la ciudad y que vuestra merced se embosque en alguna floresta aquí cercana, y yo volveré de día, y no dejaré ostugo en todo este lugar donde no busque la casa, alcázar o palacio de mi señora, y asaz sería de desdichado si no le hallase. Y hallándole, hablaré con su merced y le diré dónde y cómo queda vuestra merced esperando que le dé orden y traza para verla, sin menoscabo de su honra y fama.

—Has dicho, Sancho —dijo don Quijote—, mil sentencias encerradas en el círculo de breves palabras: el consejo que ahora me has dado le apetezco y recibo de bonísima gana. Ven, hijo, y vamos a buscar donde me embosque, que tú volverás, como dices, a buscar, a ver y a hablar a mi señora, de cuya discreción y cortesía espero más que milagrosos favores.

Rabiaba Sancho por sacar a su amo del pueblo, porque no averiguase la mentira de la respuesta que de parte de Dulcinea le había llevado a Sierra Morena; y, así, dio priesa a la salida, que fue luego, y a dos millas del lugar hallaron una floresta o bosque donde don Quijote se emboscó en tanto que Sancho volvía a la ciudad a hablar a Dulcinea, en cuya embajada le sucedieron cosas que piden nueva atención y nuevo crédito.

10

DONDE SE CUENTA LA INDUSTRIA QUE SANCHO TUVO PARA ENCANTAR A LA SEÑORA DULCINEA, Y DE OTROS SUCESOS TAN RIDÍCULOS COMO VERDADEROS

Llegando el autor de esta grande historia a contar lo que en este capítulo cuenta, dice que quisiera pasarle en silencio, temeroso de que no había de ser creído, porque las locuras de don Quijote llegaron aquí al término y raya de las mayores que pueden imaginarse, y aun pasaron dos tiros de ballesta más allá de las mayores. Finalmente, aunque con este miedo y recelo, las escribió de la misma manera que él las hizo, sin añadir ni quitar a la historia un átomo de la verdad, sin dársele nada por las objeciones que podían ponerle de mentiroso. Y tuvo razón, porque la verdad adelgaza y no quiebra, y siempre anda sobre la mentira, como el aceite sobre el agua.

Down Quixote,
Leonardo Cortez, 2022.

Tráiler.

Y, así, prosiguiendo su historia, dice que así como don Quijote se emboscó en la floresta, encinar o selva junto al gran Toboso, mandó a Sancho volver a la ciudad y que no volviese a su presencia sin haber primero hablado de su parte a su señora, pidiéndola fuese servida de dejarse ver de su cautivo caballero y se dignase de echarle su bendición, para que pudiese esperar por ella felicísimos sucesos de todos sus acometimientos y dificultosas empresas. Encargose Sancho de hacerlo así como se le mandaba y de traerle tan buena respuesta como le trujo la vez primera.

—Anda, hijo —replicó don Quijote—, y no te turbes cuando te vieres ante la luz del sol de hermosura que vas a buscar. ¡Dichoso tú sobre todos los escuderos del mundo! Ten memoria, y no se te pase de ella cómo te recibe: si muda las colores el tiempo que la estuvieres dando mi embajada; si se desasosiega y turba oyendo mi nombre; si no cabe en la almohada, si acaso la hallas sentada en el estrado rico de su autoridad; y si está en pie, mírala si se pone ahora sobre el uno, ahora sobre el otro pie; si te repite la respuesta que te diere dos o tres veces; si la muda de blanda en áspera, de aceda en amorosa; si levanta la mano al cabello para componerle, aunque no esté desordenado; finalmente, hijo, mira todas sus acciones y movimientos, porque si tú me los relatares como ellos fueron, sacaré yo lo que ella tiene escondido en lo secreto de su corazón acerca de lo que al fecho de mis amores toca; que has de saber, Sancho, si no lo sabes, que entre los amantes las acciones y movimientos exteriores que muestran cuando de sus amores se trata son certísimos correos que traen las nuevas de lo que allá en lo interior del alma pasa. Ve, amigo, y guíete otra mejor ventura que la mía, y vuélvate otro mejor suceso del que yo quedo temiendo y esperando en esta amarga soledad en que me dejas.

—Yo iré y volveré presto —dijo Sancho—, y ensanche vuestra merced, señor mío, ese corazoncillo, que le debe de tener agora no mayor que una avellana. Y considere que se suele decir que buen corazón quebranta mala ventura, y que donde no hay tocinos, no hay estacas; y también se dice: «Donde no piensa, salta la liebre». Dígolo porque si esta noche no hallamos los palacios o alcázares de mi señora, agora que es de día los pienso hallar cuando menos lo piense; y hallados, déjenme a mí con ella.

—Por cierto, Sancho —dijo don Quijote—, que siempre traes tus refranes tan a pelo de lo que tratamos cuanto me dé Dios mejor ventura en lo que deseo.

Esto dicho, volvió Sancho las espaldas y vareó su rucio, y don Quijote se quedó a caballo, descansando sobre los estribos y sobre el arrimo de su lanza, lleno de tristes y confusas imaginaciones, donde le dejaremos, yéndonos con Sancho Panza, que no menos confuso y pensativo se apartó de su señor que él quedaba; y tanto, que apenas hubo salido del bosque cuando, volviendo la cabeza, y viendo que don Quijote no parecía, se apeó del jumento, y sentándose al pie de un árbol, comenzó a hablar consigo mesmo y a decirse:

—Sepamos agora, Sancho hermano, adónde va vuesa merced. ¿Va a buscar algún jumento que se le haya perdido? —No por cierto. —Pues ¿qué va a buscar? —Voy a buscar, como quien no dice nada, a una princesa, y en ella al sol de la hermosura y a todo el cielo junto. —¿Y adónde pensáis hallar eso que decís, Sancho? —¿Adónde? En la gran ciudad del Toboso. —Y bien: ¿y de parte de quién la vais a buscar? —De parte del famoso caballero don Quijote de la Mancha, que desface los tuertos y da de comer al que ha sed y de beber al que ha hambre. —Todo eso está muy bien. ¿Y sabéis su casa, Sancho? —Mi amo dice que han de ser unos reales palacios o unos soberbios alcázares. —¿Y habeisla visto algún día, por ventura? —Ni yo ni mi amo la habemos visto jamás. —¿Y paréceos que fuera acertado y bien hecho que si los del Toboso supiesen que estáis vos aquí, con intención de ir a sonsacarles sus princesas y a desasosegarles sus damas, viniesen y os moliesen las costillas a puros palos y no os dejasen hueso sano? —En verdad que tendrían mucha razón, cuando no considerasen que soy mandado, y que «mensajero sois, amigo, no merecéis culpa, non». —No os fieis en eso, Sancho, porque la gente manchega es tan colérica como honrada y no consiente cosquillas de nadie. ¡Vive

Dios que si os huele, que os mando mala ventura! —¡Oxte, puto! ¡Allá darás, rayo! No sino ándeme yo buscando tres pies al gato por el gusto ajeno; y más, que así será buscar a Dulcinea por el Toboso como a Marica por Ravena o al bachiller en Salamanca. ¡El diablo, el diablo me ha metido a mí en esto, que otro no!

Este soliloquio pasó consigo Sancho, y lo que sacó de él fue que volvió a decirse:

—Ahora bien: todas las cosas tienen remedio, si no es la muerte, debajo de cuyo yugo hemos de pasar todos, mal que nos pese, al acabar de la vida. Este mi amo, por mil señales he visto que es un loco de atar, y aun también yo no le quedo en zaga, pues soy más mentecato que él, pues le sigo y le sirvo, si es verdadero el refrán que dice: «Dime con quién andas, decirte he quién eres», y el otro de «No con quien naces, sino con quien paces». Siendo, pues, loco, como lo es, y de locura que las más veces toma unas cosas por otras y juzga lo blanco por negro y lo negro por blanco, como se pareció cuando dijo que los molinos de viento eran gigantes y las mulas de los religiosos dromedarios y las manadas de carneros ejércitos de enemigos, y otras muchas cosas a este tono, no será muy difícil hacerle creer que una labradora, la primera que me topare por aquí, es la señora Dulcinea. Y cuando él no lo crea, juraré yo; y si él jurare, tornaré yo a jurar; y si porfiare, porfiaré yo más, y de manera que tengo de tener la mía siempre sobre el hito, venga lo que viniere. Quizá con esta porfía acabaré con él que no me envíe otra vez a semejantes mensajerías, viendo cuán mal recado le traigo de ellas. O quizá pensará, como yo imagino, que algún mal encantador de estos que él dice que le quieren mal la habrá mudado la figura, por hacerle mal y daño.

HISTORIAS ETERNAS

«Nos gustan las historias de siempre porque no cambian. El rey Arturo sueña eternamente en Avalon. Bilbo puede irse y volver, y volver es siempre a la querida y familiar Comarca. Don Quijote cabalga incansable para matar un molino de viento... Nos refugiamos en los reinos de la fantasía en busca de estabilidad, verdades eternas, inmutable sencillez».

URSULA K. LE GUIN

Prólogo a *Cuentos de Terramar*, 2001.

Con esto que pensó Sancho Panza quedó sosegado su espíritu y tuvo por bien acabado su negocio, deteniéndose allí hasta la tarde, por dar lugar a que don Quijote pensase que le había tenido para ir y volver del Toboso. Y sucediole todo tan bien, que cuando se levantó para subir en el rucio vio que del Toboso hacia donde él estaba venían tres labradoras sobre tres pollinos, o pollinas, que el autor no lo declara, aunque más se puede creer que eran borricas, por ser ordinaria caballería de las aldeanas; pero como no va mucho en esto, no hay para qué detenernos en averiguarlo. En resolución, así como Sancho vio a las labradoras, a paso tirado volvió a buscar a su señor don Quijote, y hallole suspirando y diciendo mil amorosas lamentaciones. Como don Quijote le vio, le dijo:

—¿Qué hay, Sancho amigo? ¿Podré señalar este día con piedra blanca o con negra?

—Mejor será —respondió Sancho— que vuesa merced le señale con almagre, como rétulos de cátedras, porque le echen bien de ver los que le vieren.

—De ese modo —replicó don Quijote—, buenas nuevas traes.

—Tan buenas —respondió Sancho—, que no tiene más que hacer vuesa merced sino picar a Rocinante y salir a lo raso a ver a la señora Dulcinea del Toboso, que con otras dos doncellas suyas viene a ver a vuesa merced.

—¡Santo Dios! ¿Qué es lo que dices, Sancho amigo? —dijo don Quijote—. ¡Mira no me engañes, ni quieras con falsas alegrías alegrar mis verdaderas tristezas!

—¿Qué sacaría yo de engañar a vuesa merced —respondió Sancho—, y más estando tan cerca de descubrir mi verdad? Pique, señor, y venga, y verá venir a la princesa nuestra ama vestida y adornada, en fin, como quien ella es:

sus doncellas y ella todas son una ascua de oro, todas mazorcas de perlas, todas son diamantes, todas rubíes, todas telas de brocado de más de diez altos, los cabellos sueltos por las espaldas, que son otros tantos rayos del sol que andan jugando con el viento; y, sobre todo, vienen a caballo sobre tres cananeas remendadas que no hay más que ver.

—*Hacaneas* querrás decir, Sancho.

—Poca diferencia hay —respondió Sancho— de *cananeas* a *hacaneas*. Pero, vengan sobre lo que vinieren, ellas vienen las más galanas señoras que se puedan desear, especialmente la princesa Dulcinea mi señora, que pasma los sentidos.

—Vamos, Sancho hijo —respondió don Quijote—, y en albricias de estas no esperadas como buenas nuevas te mando el mejor despojo que ganare en la primera aventura que tuviere; y si esto no te contenta, te mando las crías que este año me dieren las tres yeguas mías, que tú sabes que quedan para parir en el prado concejil de nuestro pueblo.

—A las crías me atengo —respondió Sancho—, porque de ser buenos los despojos de la primera aventura no está muy cierto.

Ya en esto salieron de la selva y descubrieron cerca a las tres aldeanas. Tendió don Quijote los ojos por todo el camino del Toboso, y como no vio sino a las tres labradoras, turbose todo y preguntó a Sancho si las había dejado fuera de la ciudad.

—¿Cómo fuera de la ciudad? —respondió—. ¿Por ventura tiene vuesa merced los ojos en el colodrillo, que no ve que son estas las que aquí vienen, resplandecientes como el mismo sol a mediodía?

—Yo no veo, Sancho —dijo don Quijote—, sino a tres labradoras sobre tres borricos.

—¡Agora me libre Dios del diablo! —respondió Sancho—. ¿Y es posible que tres hacaneas, o como se llaman, blancas como el ampo de la nieve, le parezcan a vuesa merced borricos? ¡Vive el Señor que me pele estas barbas si tal fuese verdad!

—Pues yo te digo, Sancho amigo —dijo don Quijote—, que es tan verdad que son borricos, o borricas, como yo soy don Quijote y tú Sancho Panza. A lo menos a mí tales me parecen.

—Calle, señor —dijo Sancho—, no diga la tal palabra, sino despabile esos ojos y venga a hacer reverencia a la señora de sus pensamientos, que ya llega cerca.

Y diciendo esto, se adelantó a recebir a las tres aldeanas, y apeándose del rucio, tuvo del cabestro al jumento de una de las tres labradoras, y hincando ambas rodillas en el suelo, dijo:

—Reina y princesa y duquesa de la hermosura, vuestra altivez y grandeza sea servida de recebir en su gracia y buen talente al cautivo caballero vuestro, que allí está hecho piedra mármol, todo turbado y sin pulsos de verse ante vuestra magnífica presencia. Yo soy Sancho Panza, su escudero, y él es el asendereado caballero don Quijote de la Mancha, llamado por otro nombre el Caballero de la Triste Figura.

A esta sazón ya se había puesto don Quijote de hinojos junto a Sancho, y miraba con ojos desencajados y vista turbada a la que Sancho llamaba reina y señora. Y como no descubría en ella sino una moza aldeana, y no de muy buen rostro, porque era carirredonda y chata, estaba suspenso y admirado, sin osar desplegar los labios. Las labradoras estaban asimismo atónitas viendo aquellos dos hombres tan diferentes hincados de rodillas, que no dejaban pasar adelante a su compañera. Pero, rompiendo el silencio la detenida, toda desgraciada y mohína, dijo:

INVERSIÓN DE PAPELES

«La escena cobra relieve destacado [...] por el hecho de que en ella aparecen trocados, por primera vez, los papeles: hasta ahora, había sido don Quijote el encargado de captar y transfigurar a través del prisma de la novela caballeresca las realidades de la vida diaria con las que topaba a cada paso, mientras que el escudero, por su parte, ponía casi siempre en duda y se atrevía frecuentemente a contradecir los absurdos actos de su señor, pugnando en ocasiones por impedirlos. Aquí, sucede al contrario: es Sancho quien improvisa una escena novelesca, al paso que la habitual capacidad de don Quijote para transformar los acontecimientos a tono con su ilusión se estrella contra la prosaica realidad, a la vista de las tres aldeanas».

ERICH AUERBACH

Mímesis. La representación de la realidad en la literatura occidental, 1946.

—¡Apártense nora en tal del camino y déjenmos pasar, que vamos depriesa!

A lo que respondió Sancho:

—Oh princesa y señora universal del Toboso, ¿cómo vuestro magnánimo corazón no se enternece viendo arrodillado ante vuestra sublimada presencia a la coluna y sustento de la andante caballería?

Oyendo lo cual, otra de las dos dijo:

—¡Mas jo que te estrego, burra de mi suegro! ¡Mirad con qué se vienen los señoritos ahora a hacer burla de las aldeanas, como si aquí no supiésemos echar pullas como ellos! ¡Vayan su camino e déjenmos hacer el nueso, y serles ha sano!

—Levántate, Sancho —dijo a este punto don Quijote—, que ya veo que la fortuna, de mi mal no harta, tiene tomados los caminos todos por donde pueda venir algún contento a esta ánima mezquina que tengo en las carnes. Y tú, oh estremo del valor que puede desearse, término de la humana gentileza, único remedio de este afligido corazón que te adora, ya que el maligno encantador me persigue y ha puesto nubes y cataratas en mis ojos, y para solo ellos y no para otros ha mudado y transformado tu sin igual hermosura y rostro en el de una labradora pobre (si ya también el mío no le ha cambiado en el de algún vestiglo, para hacerle aborrecible a tus ojos), no dejes de mirarme blanda y amorosamente, echando de ver en esta sumisión y arrodillamiento que a tu contrahecha hermosura hago la humildad con que mi alma te adora.

—¡Tomá que mi agüelo! —respondió la aldeana—. ¡Amiguita soy yo de oír resquebrajos! ¡Apártense y déjenmos ir, y agradecérselo hemos!

Apartose Sancho y dejola ir, contentísimo de haber salido bien de su enredo. Apenas se vio libre la aldeana que había hecho la figura de Dulcinea, cuando, picando a su *cananea* con un aguijón que en un palo traía, dio a correr por el prado adelante. Y como la borrica sentía la punta del aguijón, que le fatigaba más de lo ordinario, comenzó a dar corcovos, de manera que dio con la señora Dulcinea en tierra; lo cual visto por don Quijote, acudió a levantarla, y Sancho a componer y cinchar el albarda, que también vino a la barriga de la pollina. Acomodada, pues, la albarda, y quiriendo don Quijote levantar a su encantada señora en los brazos sobre la jumenta, la señora, levantándose del suelo, le quitó de aquel trabajo, porque, haciéndose algún tanto atrás, tomó una corridica y, puestas ambas manos sobre las ancas de la pollina, dio con su cuerpo, más ligero que un halcón, sobre la albarda, y quedó a horcajadas, como si fuera hombre. Y entonces dijo Sancho:

—¡Vive Roque que es la señora nuestra ama más ligera que un acotán y que puede enseñar a subir a la jineta al más diestro cordobés o mexicano! ¡El arzón trasero de la silla pasó de un salto, y sin espuelas hace correr la hacanea como una cebra; y no le van en zaga sus doncellas, que todas corren como el viento!

Y así era la verdad, porque, en viéndose a caballo Dulcinea, todas picaron tras ella y dispararon a correr, sin volver la cabeza atrás por espacio de más de media legua. Siguiolas don Quijote con la vista, y cuando vio que no parecían, volviéndose a Sancho, le dijo:

—Sancho, ¿qué te parece cuán mal quisto soy de encantadores? Y mira hasta dónde se estiende su malicia y la ojeriza que me tienen, pues me han querido privar del contento que pudiera darme ver en su ser a mi señora. En efecto, yo nací para ejemplo de desdichados y para ser blanco y terrero donde tomen la mira y asiesten las flechas de la

TOPOGRAFÍA DE LOS LUNARES.

En época de Cervantes se consideraba que una peca en el labio embellecía la cara de la mujer, así que algunas se ponían lunares postizos. Don Quijote sospecha que, si Dulcinea tiene un lunar en el labio, debe de tener otro en la cara interior del muslo, pues se creía que los lunares de la cara se correspondían con otros situados en lugares menos visibles. Así lo dice, por ejemplo, el valenciano Jerónimo Cortés en su *Fisonomía y varios secretos de naturaleza* (1598). Un lunar junto al ojo presuponía otro junto a una teta, en tanto que un lunar en la mejilla derecha anunciaba otro en la nalga derecha o los genitales. A la mujer que tenía un lunar en el canalillo del pecho se la consideraba extrovertida por naturaleza, en tanto que nacer con lunares en los genitales pronosticaba un matrimonio feliz. Las mujeres con pelos en el lunar se tenían por malas.

mala fortuna. Y has también de advertir, Sancho, que no se contentaron estos traidores de haber vuelto y transformado a mi Dulcinea, sino que la transformaron y volvieron en una figura tan baja y tan fea como la de aquella aldeana. Y juntamente le quitaron lo que es tan suyo de las principales señoras, que es el buen olor, por andar siempre entre ámbares y entre flores; porque te hago saber, Sancho, que cuando llegué a subir a Dulcinea sobre su hacanea (según tú dices, que a mí me pareció borrica), me dio un olor de ajos crudos que me encalabrinó y atosigó el alma.

—¡Oh canalla! —gritó a esta sazón Sancho—. ¡Oh encantadores aciagos y mal intencionados, y quién os viera a todos ensartados por las agallas, como sardinas en lercha! Mucho sabéis, mucho podéis y mucho más hacéis. Bastaros debiera, bellacos, haber mudado las perlas de los ojos de mi señora en agallas alcornoqueñas y sus cabellos de oro purísimo en cerdas de cola de buey bermejo, y, finalmente, todas sus faciones de buenas en malas, sin que le tocárades en el olor, que por él siquiera sacáramos lo que estaba encubierto debajo de aquella fea corteza. Aunque, para decir verdad, nunca yo vi su fealdad, sino su hermosura, a la cual subía de punto y quilates un lunar que tenía sobre el labio derecho, a manera de bigote, con siete o ocho cabellos rubios como hebras de oro y largos de más de un palmo.

—A ese lunar —dijo don Quijote—, según la correspondencia que tienen entre sí los del rostro con los del cuerpo, ha de tener otro Dulcinea en la tabla del muslo que corresponde al lado donde tiene el del rostro. Pero muy luengos para lunares son pelos de la grandeza que has significado.

—Pues yo sé decir a vuestra merced —respondió Sancho— que le parecían allí como nacidos.

—Yo lo creo, amigo —replicó don Quijote—, porque ninguna cosa puso la naturaleza en Dulcinea que no fuese perfecta y bien acabada; y, así, si tuviera cien lunares como el que dices, en ella no fueran lunares, sino lunas y estrellas resplandecientes. Pero dime, Sancho: aquella que a mí me pareció albarda que tú aderezaste, ¿era silla rasa o sillón?

—No era —respondió Sancho— sino silla a la jineta, con una cubierta de campo que vale la mitad de un reino, según es de rica.

—¡Y que no viese yo todo eso, Sancho! —dijo don Quijote—. ¡Ahora torno a decir y diré mil veces que soy el más desdichado de los hombres!

Harto tenía que hacer el socarrón de Sancho en disimular la risa oyendo las sandeces de su amo, tan delicadamente engañado. Finalmente, después de otras muchas razones que entre los dos pasaron, volvieron a subir en sus bestias y siguieron el camino de Zaragoza, adonde pensaban llegar a tiempo que pudiesen hallarse en unas solenes fiestas que en aquella insigne ciudad cada año suelen hacerse. Pero antes que allá llegasen les sucedieron cosas que, por muchas, grandes y nuevas, merecen ser escritas y leídas, como se verá adelante.

11

DE LA ESTRAÑA AVENTURA QUE LE SUCEDIÓ AL VALEROSO DON QUIJOTE CON EL CARRO O CARRETA DE *LAS CORTES DE LA MUERTE*

Pensativo además iba don Quijote por su camino adelante, considerando la mala burla que le habían hecho los encantadores volviendo a su señora Dulcinea en la mala figura de la aldeana, y no imaginaba qué remedio tendría para volverla a su ser primero. Y estos pensamientos le llevaban tan fuera de sí, que, sin sentirlo, soltó las riendas a Rocinante, el cual, sintiendo la libertad que se le daba, a cada paso se detenía a pacer la verde yerba de que aquellos campos abundaban. De su embelesamiento le volvió Sancho Panza diciéndole:

—Señor, las tristezas no se hicieron para las bestias, sino para los hombres, pero si los hombres las sienten demasiado, se vuelven bestias. Vuestra merced se reporte y vuelva en sí, y coja las riendas a Rocinante, y avive y despierte, y muestre aquella gallardía que conviene que tengan los caballeros andantes. ¿Qué diablos es esto? ¿Qué descaecimiento es este? ¿Estamos aquí o en Francia? ¡Mas que se lleve Satanás a cuantas Dulcineas hay en el mundo, pues vale más la salud de un solo caballero andante que todos los encantos y transformaciones de la tierra!

—Calla, Sancho —respondió don Quijote con voz no muy desmayada—; calla, digo, y no digas blasfemias contra aquella encantada señora, que de su desgracia y desventura yo solo tengo la culpa: de la invidia que me tienen los malos ha nacido su mala andanza.

—Así lo digo yo —respondió Sancho—: quien la vido y la ve ahora, ¿cuál es el corazón que no llora?

—Eso puedes tú decir bien, Sancho —replicó don Quijote—, pues la viste en la entereza cabal de su hermosura, que el encanto no se estendió a turbarte la vista ni a encubrirte su belleza: contra mí solo y contra mis ojos se endereza la fuerza de su veneno. Mas, con todo esto, he caído, Sancho, en una cosa, y es que me pintaste mal su hermosura; porque, si mal no me acuerdo, dijiste que tenía los ojos de perlas, y los ojos que parecen de perlas antes son de besugo que de dama; y a lo que yo creo, los de Dulcinea deben ser de verdes esmeraldas, rasgados, con dos celestiales arcos que les sirven de cejas; y esas perlas quítalas de los ojos y pásalas a los dientes, que sin duda te trocaste, Sancho, tomando los ojos por los dientes.

—Todo puede ser —respondió Sancho—, porque tan bien me turbó a mí su hermosura como a vuesa merced su fealdad. Pero encomendémoslo todo a Dios, que Él es el sabidor de las cosas que han de suceder en este valle de lágrimas, en este mal mundo que tenemos, donde apenas se halla cosa que esté sin mezcla de maldad, embuste y bellaquería. De una cosa me pesa, señor mío, más que de otras, que es pensar qué medio se ha de tener cuando vuesa merced venza a algún gigante o otro caballero y le mande que se vaya a presentar ante la hermosura de la señora Dulcinea. ¿Adónde la ha de hallar este pobre gigante o este pobre y mísero caballero vencido? Paréceme que los veo andar por el Toboso hechos unos bausanes, buscando a mi señora Dulcinea; y aunque la encuentren en mitad de la calle, no la conocerán más que a mi padre.

—Quizá, Sancho —respondió don Quijote—, no se estenderá el encantamento a quitar el conocimiento de

Dulcinea a los vencidos y presentados gigantes y caballeros. Y en uno o dos de los primeros que yo venza y le envíe haremos la experiencia si la ven o no, mandándoles que vuelvan a darme relación de lo que acerca de esto les hubiere sucedido.

—Digo, señor —replicó Sancho—, que me ha parecido bien lo que vuesa merced ha dicho y que con ese artificio vendremos en conocimiento de lo que deseamos; y si es que ella a solo vuesa merced se encubre, la desgracia más será de vuesa merced que suya. Pero como la señora Dulcinea tenga salud y contento, nosotros por acá nos avendremos, y lo pasaremos lo mejor que pudiéremos buscando nuestras aventuras y dejando al tiempo que haga de las suyas, que él es el mejor médico de estas y de otras mayores enfermedades.

Don Quijote está a punto de contestarle a Sancho cuando aparece por el camino una compañía de actores. Por comodidad, llevan puesto el vestuario con el que actúan, pues acaban de representar una obra en un pueblo y están a punto de repetirla en otro, así que don Quijote y Sancho ven acercarse a un Cupido, un ángel, una reina y un soldado, y a la mismísima Muerte. Uno de los actores va vestido de bufón. Y, como le encanta el espectáculo, al ver a don Quijote, empieza a menearse sin parar con su colorido traje lleno de cascabeles. Su barullo espanta a Rocinante, que echa a correr, pero, como el pobre está en los huesos, tropieza a media carrera, así que don Quijote sale volando. Al hidalgo le entran ganas de empuñar la lanza y atravesar al bufón por ponerse a hacer el mamarracho sin venir a cuento, pero Sancho lo convence de que lo deje estar. Los actores, pues, se van sin que la sangre llegue al río.

12

DE LA ESTRAÑA AVENTURA QUE LE SUCEDIÓ AL VALEROSO DON QUIJOTE CON EL BRAVO CABALLERO DE LOS ESPEJOS

Llega la noche, y don Quijote y Sancho se sientan a cenar en un bosque, al pie de unos altos árboles. Hablan de todo un poco, como siempre, y don Quijote se recrea en la idea literaria de que la vida es un teatro en el que cada uno representa un papel, a lo que Sancho replica, con una agudeza que no es común en su persona, que también se puede decir que la vida es como un ajedrez, pues todos somos piezas que desempeñamos una función determinada hasta que llega el fin de la partida, que es la muerte. Sancho habla de forma tan pomposa que a don Quijote le da por reír, algo que no hace casi nunca.

Finalmente Sancho se quedó dormido al pie de un alcornoque, y don Quijote, dormitando al de una robusta encina. Pero poco espacio de tiempo había pasado cuando le despertó un ruido que sintió a sus espaldas; y levantándose con sobresalto, se puso a mirar y a escuchar de dónde el ruido procedía. Y vio que eran dos hombres a caballo, y que el uno, dejándose derribar de la silla, dijo al otro:

—Apéate, amigo, y quita los frenos a los caballos, que a mi parecer este sitio abunda de yerba para ellos y del silencio y soledad que han menester mis amorosos pensamientos.

El decir esto y el tenderse en el suelo todo fue a un mesmo tiempo, y al arrojarse hicieron ruido las armas de que venía armado, manifiesta señal por donde conoció don Quijote que debía de ser caballero andante. Y llegándose a Sancho, que dormía, le trabó del brazo y con no pequeño trabajo le volvió en su acuerdo, y con voz baja le dijo:

—¡Hermano Sancho, aventura tenemos!

—Dios nos la dé buena —respondió Sancho—. ¿Y adónde está, señor mío, su merced de esa señora aventura?

—¿Adónde, Sancho? —replicó don Quijote—. Vuelve los ojos y mira, y verás allí tendido un andante caballero, que, a lo que a mí se me trasluce, no debe de estar demasiadamente alegre, porque le vi arrojar del caballo y tenderse en el suelo con algunas muestras de despecho, y al caer le crujieron las armas.

—Pues ¿en qué halla vuesa merced —dijo Sancho— que esta sea aventura?

—No quiero yo decir —respondió don Quijote— que esta sea aventura del todo, sino principio de ella, que por aquí se comienzan las aventuras. Pero escucha, que a lo que parece templando está un laúd o vigüela, y, según escupe y se desembaraza el pecho, debe de prepararse para cantar algo.

Rocío de la Mancha, **Luis Lucia Mingarro**, 1963.

ROCÍO DÚRCAL

—A buena fe que es así —respondió Sancho— y que debe de ser caballero enamorado.

—No hay ninguno de los andantes que no lo sea —dijo don Quijote—. Y escuchémosle, que por el hilo sacaremos el ovillo de sus pensamientos, si es que canta, que de la abundancia del corazón habla la lengua.

Replicar quería Sancho a su amo, pero la voz del Caballero del Bosque, que no era muy mala ni muy buena, lo estorbó; y estando los dos atónitos, oyeron que lo que cantó fue este soneto:

Dadme, señora, un término que siga,
conforme a vuestra voluntad cortado,

que será de la mía así estimado,
que por jamás un punto de él desdiga.
Si gustáis que callando mi fatiga
muera, contadme ya por acabado;
si queréis que os la cuente en desusado
modo, haré que el mesmo amor la diga.
A prueba de contrarios estoy hecho,
de blanda cera y de diamante duro,
y a las leyes de amor el alma ajusto.
Blando cual es o fuerte, ofrezco el pecho:
entallad o imprimid lo que os dé gusto,
que de guardarlo eternamente juro.

Con un «¡ay!» arrancado, al parecer, de lo íntimo de su corazón dio fin a su canto el Caballero del Bosque, y de allí a un poco, con voz doliente y lastimada, dijo:

—¡Oh la más hermosa y la más ingrata mujer del orbe! ¿Cómo que será posible, serenísima Casildea de Vandalia, que has de consentir que se consuma y acabe en continuas peregrinaciones y en ásperos y duros trabajos este tu cautivo caballero? ¿No basta ya que he hecho que te confiesen por la más hermosa del mundo todos los caballeros de Navarra, todos los leoneses, todos los tartesios, todos los castellanos y, finalmente, todos los caballeros de la Mancha?

—¡Eso no —dijo a esta sazón don Quijote—, que yo soy de la Mancha y nunca tal he confesado, ni podía ni debía confesar una cosa tan perjudicial a la belleza de mi señora! Y este tal caballero ya ves tú, Sancho, que desvaría. Pero escuchemos: quizá se declarará más.

—Sí hará —replicó Sancho—, que término lleva de quejarse un mes arreo.

Pero no fue así, porque habiendo entreoído el Caballero del Bosque que hablaban cerca de él, sin pasar adelante en su lamentación se puso en pie y dijo con voz sonora y comedida:

—¿Quién va allá? ¿Qué gente? ¿Es por ventura de la del número de los contentos o de la del de los afligidos?

—De los afligidos —respondió don Quijote.

—Pues lléguese a mí —respondió el del Bosque— y hará cuenta que se llega a la mesma tristeza y a la aflición mesma.

Don Quijote, que se vio responder tan tierna y comedidamente, se llegó a él, y Sancho ni más ni menos. El caballero lamentador asió a don Quijote del brazo, diciendo:

—Sentaos aquí, señor caballero, que para entender que lo sois, y de los que profesan la andante caballería, bástame el haberos hallado en este lugar, donde la soledad y el sereno os hacen compañía, naturales lechos y propias estancias de los caballeros andantes.

A lo que respondió don Quijote:

—Caballero soy, y de la profesión que decís, y aunque en mi alma tienen su propio asiento las tristezas, las desgracias y las desventuras, no por eso se ha ahuyentado de ella la compasión que tengo de las ajenas desdichas. De lo que cantastes poco ha colegí que las vuestras son enamoradas, quiero decir, del amor que tenéis a aquella hermosa ingrata que en vuestras lamentaciones nombrastes.

Ya cuando esto pasaban estaban sentados juntos sobre la dura tierra, en buena paz y compañía, como si al romper del día no se hubieran de romper las cabezas.

—¿Por ventura, señor caballero —preguntó el del Bosque a don Quijote—, sois enamorado?

—Por desventura lo soy —respondió don Quijote—, aunque los daños que nacen de los bien colocados pensamientos antes se deben tener por gracias que por desdichas.

—Así es la verdad —replicó el del Bosque—, si no nos turbasen la razón y el entendimiento los desdenes, que, siendo muchos, parecen venganzas.

—Nunca fui desdeñado de mi señora —respondió don Quijote.

—No por cierto —dijo Sancho, que allí junto estaba—, porque es mi señora como una borrega mansa: es más blanda que una manteca.

—¿Es vuestro escudero este? —preguntó el del Bosque.

—Sí es —respondió don Quijote.

—Nunca he visto yo escudero —replicó el del Bosque— que se atreva a hablar donde habla su señor. A lo menos ahí está ese mío, que es tan grande como su padre, y no se probará que haya desplegado el labio donde yo hablo.

—Pues a fe —dijo Sancho— que he hablado yo, y puedo hablar delante de otro tan... y aun quédese aquí, que es peor meneallo.

El escudero del Bosque asió por el brazo a Sancho, diciéndole:

—Vámonos los dos donde podamos hablar escuderilmente todo cuanto quisiéremos, y dejemos a estos señores amos nuestros que se den de las astas contándose las historias de sus amores, que a buen seguro que les ha de coger el día en ellas y no las han de haber acabado.

—Sea en buena hora —dijo Sancho—, y yo le diré a vuestra merced quién soy, para que vea si puedo entrar en docena con los más hablantes escuderos.

Con esto se apartaron los dos escuderos, entre los cuales pasó un tan gracioso coloquio como fue grave el que pasó entre sus señores.

13

DONDE SE PROSIGUE LA AVENTURA DEL CABALLERO DEL BOSQUE, CON EL DISCRETO, NUEVO Y SUAVE COLOQUIO QUE PASÓ ENTRE LOS DOS ESCUDEROS

Apartados de sus señores, los escuderos conversan. Se quejan de lo dura que es su vida, del hambre que pasan y del frío que encuentran por los caminos. Sancho explica que acompaña a su amo porque don Quijote es un buenazo y porque le ha prometido una ínsula. El escudero del Bosque saca una bota de vino y una empanada de conejo de un tamaño descomunal e invita a Sancho, quien come y bebe sin hacerse de rogar. Y, así, pegando la hebra y trasegando vino, los dos escuderos acaban por dormirse con la comida en la boca, a medio masticar.

14

DONDE SE PROSIGUE LA AVENTURA DEL CABALLERO DEL BOSQUE

Entre muchas razones que pasaron don Quijote y el Caballero de la Selva, dice la historia que el del Bosque dijo a don Quijote:

—Finalmente, señor caballero, quiero que sepáis que mi destino, o, por mejor decir, mi elección, me trujo a enamorar de la sin par Casildea de Vandalia. Llámola sin par porque no le tiene, así en la grandeza del cuerpo como en el estremo del estado y de la hermosura. Esta tal Casildea, pues, que voy contando, pagó mis buenos pensamientos y comedidos deseos con hacerme ocupar, como su madrina a Hércules, en muchos y diversos peligros, prometiéndome al fin de cada uno que en el fin del otro llegaría el de mi esperanza; pero así se han ido eslabonando mis trabajos, que no tienen cuento, ni yo sé cuál ha de ser el último que dé principio al cumplimiento de mis buenos deseos. Una vez me mandó que fuese a desafiar a aquella famosa giganta de Sevilla llamada la Giralda, que es tan valiente y fuerte como hecha de bronce, y sin mudarse de un lugar es la más movible y voltaria mujer del mundo. Llegué, vila y vencila, y hícela estar queda y a raya, porque en más de una semana no soplaron sino vientos nortes. Vez también hubo que me mandó fuese a tomar en peso las antiguas piedras de los valientes toros de Guisando, empresa más para encomendarse a ganapanes que a caballeros. Otra vez me mandó que me precipitase y sumiese en la sima de Cabra, peligro inaudito y temeroso, y que le trujese particular relación de lo que en aquella escura profundidad se encierra. Detuve el movimiento a la Giralda, pesé los toros de Guisando, despeñeme en la sima y saqué a luz lo escondido de su abismo; y mis esperanzas, muertas que muertas, y sus mandamientos y desdenes, vivos que vivos. En resolución, últimamente me ha mandado que discurra por todas las provincias de España y haga confesar a todos los andantes caballeros que por ellas vagaren que ella sola es la más aventajada en hermosura de cuantas hoy viven, y que yo soy el más valiente y el más bien enamorado caballero del orbe; en cuya demanda he andado ya la mayor parte de España y en ella he vencido muchos caballeros que se han atrevido a contradecirme. Pero de lo que yo más me precio y ufano es de haber vencido en singular batalla a aquel tan famoso caballero don Quijote de la Mancha, y héchole confesar que es más hermosa mi Casildea que su Dulcinea. Y en solo este vencimiento hago cuenta que he vencido todos los caballeros del mundo, porque el tal don Quijote que digo los ha vencido a todos, y habiéndole yo vencido a él, su gloria, su fama y su honra se ha transferido y pasado a mi persona, «y tanto el vencedor es más honrado, cuanto más el vencido es reputado». Así que ya corren por mi cuenta y son mías las inumerables hazañas del ya referido don Quijote.

Admirado quedó don Quijote de oír al Caballero del Bosque, y estuvo mil veces por decirle que mentía, y ya tuvo el mentís en el pico de la lengua, pero reportose lo mejor que pudo, por hacerle confesar por su propia boca su mentira; y, así, sosegadamente, le dijo:

Consulta

HOMER SIMPSON

—De que vuesa merced, señor caballero, haya vencido a los más caballeros andantes de España, y aun de todo el mundo, no digo nada, pero de que haya vencido a don Quijote de la Mancha, póngolo en duda. Podría ser que fuese otro que le pareciese, aunque hay pocos que le parezcan.

—¿Cómo no? —replicó el del Bosque—. Por el cielo que nos cubre que peleé con don Quijote, y le vencí y rendí; y es un hombre alto de cuerpo, seco de rostro, estirado y avellanado de miembros, entrecano, la nariz aguileña y algo corva, de bigotes grandes, negros y caídos; campea debajo del nombre del «Caballero de la Triste Figura» y trae por escudero a un labrador llamado Sancho Panza; oprime el lomo y rige el freno de un famoso caballo llamado Rocinante; y, finalmente, tiene por señora de su voluntad a una tal Dulcinea del Toboso, llamada un tiempo Aldonza Lorenzo; como la mía, que por llamarse Casilda y ser de la Andalucía, yo la llamo Casildea de Vandalia. Si todas estas señas no bastan para acreditar mi verdad, aquí está mi espada, que la hará dar crédito a la mesma incredulidad.

—Sosegaos, señor caballero —dijo don Quijote—, y escuchad lo que decir os quiero. Habéis de saber que ese don Quijote que decís es el mayor amigo que en este mundo tengo, y tanto, que podré decir que le tengo en lugar de mi misma persona, y que por las señas que de él me habéis dado, tan puntuales y ciertas, no puedo pensar sino que sea el mismo que habéis vencido. Por otra parte, veo con los ojos y toco con las manos no ser posible ser el mesmo, si ya no fuese que, como él tiene muchos enemigos encantadores, especialmente uno que de ordinario le persigue, no haya alguno de ellos tomado su figura para dejarse vencer, por defraudarle de la fama que sus altas caballerías le tienen granjeada y adquirida por todo lo descubierto de la tierra. Y para confirmación de esto quiero también que sepáis que los tales encantadores sus contrarios no ha más de dos días que transformaron la figura y persona de la hermosa Dulcinea del Toboso en una aldeana soez y baja, y de esta manera habrán transformado a don Quijote. Y si todo esto no basta para enteraros en esta verdad que digo, ¡aquí está el mesmo don Quijote, que la sustentará con sus armas a pie o a caballo, o de cualquiera suerte que os agradare!

Y diciendo esto se levantó en pie y se empuñó en la espada, esperando qué resolución tomaría el Caballero del Bosque; el cual, con voz asimismo sosegada, respondió y dijo:

—Al buen pagador no le duelen prendas: el que una vez, señor don Quijote, pudo venceros transformado, bien podrá tener esperanza de rendiros en vuestro propio ser. Mas porque no es bien que los caballeros hagan sus fechos de armas ascuras, como los salteadores y rufianes, esperemos el día, para que el sol vea nuestras obras. Y ha de ser condición de nuestra batalla que el vencido ha de quedar a la voluntad del vencedor para que haga de él todo lo que quisiere, con tal que sea decente a caballero lo que se le ordenare.

—Soy más que contento de esa condición y convenencia —respondió don Quijote.

Y, en diciendo esto, se fueron donde estaban sus escuderos, y los hallaron roncando y en la misma forma que estaban cuando les salteó el sueño. Despertáronlos y mandáronles que tuviesen a punto los caballos, porque en saliendo el sol habían de hacer los dos una sangrienta, singular y desigual batalla, a cuyas nuevas quedó Sancho atónito y pasmado, temeroso de la salud de su amo por las valentías que había oído decir del suyo al escudero del Bosque. Pero, sin hablar palabra, se fueron los dos escuderos a buscar su ganado, que ya todos tres caballos y el rucio se habían olido y estaban todos juntos.

En el camino, dijo el del Bosque a Sancho:

—Ha de saber, hermano, que tienen por costumbre los peleantes de la Andalucía, cuando son padrinos de alguna pendencia, no estarse ociosos mano sobre mano en tanto que sus ahijados riñen. Dígolo porque esté advertido que mientras nuestros dueños riñeren nosotros también hemos de pelear y hacernos astillas.

—Esa costumbre, señor escudero —respondió Sancho—, allá puede correr y pasar con los rufianes y peleantes que dice, pero con los escuderos de los caballeros andantes, ni por pienso. A lo menos yo no he oído decir a mi amo semejante costumbre, y sabe de memoria todas las ordenanzas de la andante caballería. Cuanto más que yo quiero que sea verdad y ordenanza expresa el pelear los escuderos en tanto que sus señores pelean, pero yo no quiero cumplirla, sino pagar la pena que estuviere puesta a los tales pacíficos escuderos, que yo aseguro que no pase de dos libras de cera; y más quiero pagar las tales libras, que sé que me costarán menos que las hilas que podré gastar en curarme la cabeza, que ya me la cuento por partida y dividida en dos partes. Hay más: que me imposibilita el reñir el no tener espada, pues en mi vida me la puse.

—Para eso sé yo un buen remedio —dijo el del Bosque—: yo traigo aquí dos talegas de lienzo, de un mesmo tamaño; tomaréis vos la una y yo la otra, y riñiremos a talegazos, con armas iguales.

—Desa manera, sea en buena hora —respondió Sancho—, porque antes servirá la tal pelea de despolvorearnos que de herirnos.

—No ha de ser así —replicó el otro—, porque se han de echar dentro de las talegas, porque no se las lleve el aire, media docena de guijarros lindos y pelados, que pesen tanto los unos como los otros, y de esta manera nos podremos atalegar sin hacernos mal ni daño.

—¡Mirad, cuerpo de mi padre —respondió Sancho—, qué martas cebollinas o qué copos de algodón cardado pone en las talegas para no quedar molidos los cascos y hechos alheña los huesos! Pero aunque se llenaran de capullos de seda, sepa, señor mío, que no he de pelear; peleen nuestros amos y allá se lo hayan, y bebamos y vivamos nosotros, que el tiempo tiene cuidado de quitarnos las vidas sin que andemos buscando apetites para que se acaben antes de llegar su sazón y término y que se cayan de maduras.

—Con todo —replicó el del Bosque—, hemos de pelear siquiera media hora.

—Eso no —respondió Sancho—. No seré yo tan descortés ni tan desagradecido, que con quien he comido y he bebido trabe cuestión alguna, por mínima que sea. Cuanto más que, estando sin cólera y sin enojo, ¿quién diablos se ha de amañar a reñir a secas?

—Para eso —dijo el del Bosque— yo daré un suficiente remedio, y es que, antes que comencemos la pelea, yo me llegaré bonitamente a vuestra merced y le daré tres o cuatro bofetadas, que dé con él a mis pies, con las cuales le haré despertar la cólera, aunque esté con más sueño que un lirón.

—Contra ese corte sé yo otro —respondió Sancho— que no le va en zaga: cogeré yo un garrote, y antes que vuestra merced llegue a despertarme la cólera, haré yo dormir a garrotazos de tal suerte la suya, que no despierte si no fuere en el otro mundo, en el cual se sabe que no soy yo hombre que me dejo manosear el rostro de nadie. Y cada uno mire por el virote, aunque lo más acertado sería dejar dormir su cólera a cada uno, que no sabe nadie el alma de nadie, y tal suele venir por lana que vuelve tresquilado, y Dios bendijo la paz y maldijo las riñas; porque si un gato acosado, encerrado y apretado se vuelve en león, yo, que soy hombre, Dios sabe en lo que podré volverme. Y, así, desde ahora intimo a vuestra merced, señor escudero, que corra por su cuenta todo el mal y daño que de nuestra pendencia resultare.

—Está bien —replicó el del Bosque—: amanecerá Dios y medraremos.

En esto, ya comenzaban a gorjear en los árboles mil suertes de pintados pajarillos, y en sus diversos y alegres cantos parecía que daban la norabuena y saludaban a la fresca aurora, que ya por las puertas y balcones del Oriente iba descubriendo la hermosura de su rostro, sacudiendo de sus cabellos un número infinito de líquidas perlas, en cuyo suave licor bañándose las yerbas, parecía asimesmo que ellas brotaban y llovían blanco y menudo aljófar. Los sauces destilaban maná sabroso, reíanse las fuentes, murmuraban los arroyos, alegrábanse las selvas y enriquecíanse los prados con su venida. Mas apenas dio lugar la claridad del día para ver y diferenciar las cosas, cuando la primera que se ofreció a los ojos de Sancho Panza fue la nariz del escudero del Bosque, que era tan grande, que casi le hacía sombra a todo el cuerpo. Cuéntase, en efecto, que era de demasiada grandeza, corva en la mitad y toda llena de verrugas, de color amoratado, como de berenjena; bajábale dos dedos más abajo de la boca; cuya grandeza, color, verrugas y encorvamiento así le afeaban el rostro, que en viéndole Sancho comenzó a herir de pie y de mano, como niño con alferecía, y propuso en su corazón de dejarse dar docientas bofetadas antes que despertar la cólera para reñir con aquel vestiglo.

Don Quijote miró a su contendor y hallole ya puesta y calada la celada, de modo que no le pudo ver el rostro, pero notó que era hombre membrudo y no muy alto de cuerpo. Sobre las armas traía una sobrevista o casaca de una tela al parecer de oro finísimo, sembradas por ella muchas lunas pequeñas de resplandecientes espejos, que le hacían en grandísima manera galán y vistoso. Volábanle sobre la celada grande cantidad de plumas verdes, amarillas y blancas. La lanza, que tenía arrimada a un árbol, era grandísima y gruesa, y de un hierro acerado de más de un palmo.

Todo lo miró y todo lo notó don Quijote, y juzgó de lo visto y mirado que el ya dicho caballero debía de ser de grandes fuerzas. Pero no por eso temió, como Sancho Panza; antes con gentil denuedo dijo al Caballero de los Espejos:

—Si la mucha gana de pelear, señor caballero, no os gasta la cortesía, por ella os pido que alcéis la visera un poco, porque yo vea si la gallardía de vuestro rostro responde a la de vuestra disposición.

—O vencido o vencedor que salgáis de esta empresa, señor caballero —respondió el de los Espejos—, os quedará tiempo y espacio demasiado para verme. Y si ahora no satisfago a vuestro deseo es por parecerme que hago notable agravio a la hermosa Casildea de Vandalia en dilatar el tiempo que tardare en alzarme la visera sin haceros confesar lo que ya sabéis que pretendo.

—Pues en tanto que subimos a caballo —dijo don Quijote— bien podéis decirme si soy yo aquel don Quijote que dijistes haber vencido.

—A eso vos respondemos —dijo el de los Espejos— que parecéis, como se parece un huevo a otro, al mismo caballero que yo vencí. Pero según vos decís que le persiguen encantadores, no osaré afirmar si sois el contenido o no.

—Eso me basta a mí —respondió don Quijote— para que crea vuestro engaño. Empero, para sacaros de él de todo punto, vengan nuestros caballos, que en menos tiempo que el que tardáredes en alzaros la visera, si Dios, si mi señora y mi brazo me valen, veré yo vuestro rostro y vos veréis que no soy yo el vencido don Quijote que pensáis.

Con esto, acortando razones, subieron a caballo, y don Quijote volvió las riendas a Rocinante para tomar lo que convenía del campo para volver a encontrar a su contrario, y lo mesmo hizo el de los Espejos. Pero no se había apartado don Quijote veinte pasos cuando se oyó llamar del de los Espejos, y partiendo los dos el camino, el de los Espejos le dijo:

—Advertid, señor caballero, que la condición de nuestra batalla es que el vencido, como otra vez he dicho, ha de quedar a discreción del vencedor.

—Ya la sé —respondió don Quijote—, con tal que lo que se le impusiere y mandare al vencido han de ser cosas que no salgan de los límites de la caballería.

—Así se entiende —respondió el de los Espejos.

Ofreciéronsele en esto a la vista de don Quijote las estrañas narices del escudero, y no se admiró menos de verlas que Sancho; tanto, que le juzgó por algún monstro o por hombre nuevo y de aquellos que no se usan en el mundo. Sancho, que vio partir a su amo para tomar carrera, no quiso quedar solo con el narigudo, temiendo que con solo un pasagonzalo con aquellas narices en las suyas sería acabada la pendencia suya, quedando del golpe o del miedo tendido en el suelo, y fuese tras su amo, asido a una ación de Rocinante. Y cuando le pareció que ya era tiempo que volviese, le dijo:

—Suplico a vuesa merced, señor mío, que antes que vuelva a encontrarse me ayude a subir sobre aquel alcornoque, de donde podré ver más a mi sabor, mejor que desde el suelo, el gallardo encuentro que vuesa merced ha de hacer con este caballero.

—Antes creo, Sancho —dijo don Quijote—, que te quieres encaramar y subir en andamio por ver sin peligro los toros.

—La verdad que diga —respondió Sancho—, las desaforadas narices de aquel escudero me tienen atónito y lleno de espanto, y no me atrevo a estar junto a él.

—Ellas son tales —dijo don Quijote—, que a no ser yo quien soy también me asombraran; y, así, ven: ayudarte he a subir donde dices.

En lo que se detuvo don Quijote en que Sancho subiese en el alcornoque tomó el de los Espejos del campo lo que le pareció necesario, y creyendo que lo mismo habría hecho don Quijote, sin esperar son de trompeta ni otra señal que los avisase, volvió las riendas a su caballo, que no era más ligero ni de mejor parecer que Rocinante, y a todo su correr, que era un mediano trote, iba a encontrar a su enemigo. Pero, viéndole ocupado en la subida de Sancho, detuvo las riendas y parose en la mitad de la carrera, de lo que el caballo quedó agradecidísimo, a causa que ya no podía moverse.

Don Quijote, que le pareció que ya su enemigo venía volando, arrimó reciamente las espuelas a las trasijadas ijadas de Rocinante y le hizo aguijar de manera, que cuenta la historia que esta sola vez se conoció haber corrido algo, porque todas las demás siempre fueron trotes declarados. Y con esta no vista furia llegó donde el de los Espejos estaba hincando a su caballo las espuelas hasta los botones, sin que le pudiese mover un solo dedo del lugar donde había hecho estanco de su carrera. En esta buena sazón y coyuntura halló don Quijote a su contrario, embarazado con su caballo y ocupado con su lanza, que nunca o no acertó o no tuvo lugar de ponerla en ristre. Don Quijote, que no miraba en estos inconvenientes, a salvamano y sin peligro alguno encontró al de los Espejos con tanta fuerza, que mal de su grado le hizo venir al suelo por las ancas del caballo, dando tal caída, que, sin mover pie ni mano, dio señales de que estaba muerto.

Apenas le vio caído Sancho, cuando se deslizó del alcornoque y a toda priesa vino donde su señor estaba, el cual, apeándose de Rocinante, fue sobre el de los Espejos, y quitándole las lazadas del yelmo para ver si era muerto y para que le diese el aire si acaso estaba vivo, y vio... ¿quién podrá decir lo que vio sin causar admiración, maravilla y espanto a los que lo oyeren? Vio, dice la historia, el rostro mesmo, la misma figura, el mesmo aspecto, la misma fisonomía, la mesma efigie, la perspetiva mesma del bachiller Sansón Carrasco. Y así como la vio, en altas voces dijo:

—¡Acude, Sancho, y mira lo que has de ver y no lo has de creer! ¡Aguija, hijo, y advierte lo que puede la magia, lo que pueden los hechiceros y los encantadores!

Llegó Sancho, y como vio el rostro del bachiller Carrasco, comenzó a hacerse mil cruces y a santiguarse otras tantas. En todo esto no daba muestras de estar vivo el derribado caballero, y Sancho dijo a don Quijote:

—Soy de parecer, señor mío, que por sí o por no vuesa merced hinque y meta la espada por la boca a este que parece el bachiller Sansón Carrasco: quizá matará en él a alguno de sus enemigos los encantadores.

—No dices mal —dijo don Quijote—, porque de los enemigos, los menos.

Y sacando la espada para poner en efecto el aviso y consejo de Sancho, llegó el escudero del de los Espejos, ya sin las narices que tan feo le habían hecho, y a grandes voces dijo:

—¡Mire vuesa merced lo que hace, señor don Quijote, que ese que tiene a los pies es el bachiller Sansón Carrasco, su amigo, y yo soy su escudero!

Y viéndole Sancho sin aquella fealdad primera, le dijo:

—¿Y las narices?

A lo que él respondió:

—Aquí las tengo, en la faldriquera.

Y echando mano a la derecha, sacó unas narices de pasta y barniz, de máscara, de la manifatura que quedan delineadas. Y mirándole más y más Sancho, con voz admirativa y grande dijo:

—¡Santa María y valme! ¿Este no es Tomé Cecial, mi vecino y mi compadre?

—¡Y cómo si lo soy! —respondió el ya desnarigado escudero—. Tomé Cecial soy, compadre y amigo Sancho Panza, y luego os diré los arcaduces, embustes y enredos por donde soy aquí venido; y en tanto, pedid y suplicad al señor vuestro amo que no toque, maltrate, hiera ni mate al Caballero de los Espejos, que a sus pies tiene, porque sin duda alguna es el atrevido y mal aconsejado del bachiller Sansón Carrasco, nuestro compatriote.

En esto, volvió en sí el de los Espejos; lo cual visto por don Quijote, le puso la punta desnuda de su espada encima del rostro y le dijo:

—¡Muerto sois, caballero, si no confesáis que la sin par Dulcinea del Toboso se aventaja en belleza a vuestra Casildea de Vandalia! Y demás de esto habéis de prometer, si de esta contienda y caída quedáredes con vida, de ir a la ciudad del Toboso y presentaros en su presencia de mi parte, para que haga de vos lo que más en voluntad le viniere. Y si os dejare en la vuestra, asimismo habéis de volver a buscarme, que el rastro de mis hazañas os servirá de guía que os traiga donde yo estuviere, y a decirme lo que con ella hubiéredes pasado, condiciones que, conforme a las que pusimos antes de nuestra batalla, no salen de los términos de la andante caballería.

—Confieso —dijo el caído caballero— que vale más el zapato descosido y sucio de la señora Dulcinea del Toboso que las barbas mal peinadas, aunque limpias, de Casildea, y prometo de ir y volver de su presencia a la vuestra y daros entera y particular cuenta de lo que me pedís.

—También habéis de confesar y creer —añadió don Quijote— que aquel caballero que vencistes no fue ni pudo ser don Quijote de la Mancha, sino otro que se le parecía, como yo confieso y creo que vos, aunque parecéis el bachiller Sansón Carrasco, no lo sois, sino otro que le parece y que en su figura aquí me le han puesto mis enemigos, para que detenga y temple el ímpetu de mi cólera y para que use blandamente de la gloria del vencimiento.

—Todo lo confieso, juzgo y siento como vos lo creéis, juzgáis y sentís —respondió el derrengado caballero—.

Dejadme levantar, os ruego, si es que lo permite el golpe de mi caída, que asaz maltrecho me tiene.

Ayudole a levantar don Quijote y Tomé Cecial su escudero, del cual no apartaba los ojos Sancho, preguntándole cosas cuyas respuestas le daban manifiestas señales de que verdaderamente era el Tomé Cecial que decía. Mas la aprehensión que en Sancho había hecho lo que su amo dijo de que los encantadores habían mudado la figura del Caballero de los Espejos en la del bachiller Carrasco no le dejaba dar crédito a la verdad que con los ojos estaba mirando. Finalmente, se quedaron con este engaño amo y mozo, y el de los Espejos y su escudero, mohínos y malandantes, se apartaron de don Quijote y Sancho con intención de buscar algún lugar donde bizmarle y entablarle las costillas. Don Quijote y Sancho volvieron a proseguir su camino de Zaragoza, donde los deja la historia, por dar cuenta de quién era el Caballero de los Espejos y su narigante escudero.

15

DONDE SE CUENTA Y DA NOTICIA DE QUIÉN ERA EL CABALLERO DE LOS ESPEJOS Y SU ESCUDERO

En estremo contento, ufano y vanaglorioso iba don Quijote por haber alcanzado vitoria de tan valiente caballero como él se imaginaba que era el de los Espejos, de cuya caballeresca palabra esperaba saber si el encantamento de su señora pasaba adelante, pues era forzoso que el tal vencido caballero volviese, so pena de no serlo, a darle razón de lo que con ella le hubiese sucedido. Pero uno pensaba don Quijote y otro el de los Espejos, puesto que por entonces no era otro su pensamiento sino buscar donde bizmarse, como se ha dicho.

Dice, pues, la historia que cuando el bachiller Sansón Carrasco aconsejó a don Quijote que volviese a proseguir sus dejadas caballerías, fue por haber entrado primero en bureo con el cura y el barbero sobre qué medio se podría tomar para reducir a don Quijote a que se estuviese en su casa quieto y sosegado, sin que le alborotasen sus mal buscadas aventuras; de cuyo consejo salió, por voto común de todos y parecer particular de Carrasco, que dejasen salir a don Quijote, pues el detenerle parecía imposible, y que Sansón le saliese al camino como caballero andante y trabase batalla con él, pues no faltaría sobre qué, y le venciese, teniéndolo por cosa fácil; y que fuese pacto y concierto que el vencido quedase a merced del vencedor. Y así vencido don Quijote, le había de mandar el bachiller caballero se volviese a su pueblo y casa y no saliese de ella en dos años, o hasta tanto que por él le fuese mandado otra cosa, lo cual era claro que don Quijote, vencido, cumpliría indubitablemente, por no contravenir y faltar a las leyes de la caballería. Y podría ser que en el tiempo de su reclusión se le olvidasen sus vanidades o se diese lugar de buscar a su locura algún conveniente remedio.

Aceptolo Carrasco y ofreciósele por escudero Tomé Cecial, compadre y vecino de Sancho Panza, hombre alegre y de lucios cascos. Armose Sansón como queda referido y Tomé Cecial acomodó sobre sus naturales narices las falsas y de máscara ya dichas, porque no fuese conocido de su compadre cuando se viesen. Y, así, siguieron el mismo viaje que llevaba don Quijote, y llegaron casi a hallarse en la aventura del carro de la muerte, y finalmente, dieron con ellos en el bosque, donde les sucedió todo lo que el prudente ha leído. Y si no fuera por los pensamientos extraordinarios de don Quijote, que se dio a entender que el bachiller no era el bachiller, el señor bachiller quedara imposibilitado para siempre de graduarse de licenciado, por no haber hallado nidos donde pensó hallar pájaros. Tomé Cecial, que vio cuán mal había logrado sus deseos y el mal paradero que había tenido su camino, dijo al bachiller:

—Por cierto, señor Sansón Carrasco, que tenemos nuestro merecido: con facilidad se piensa y se acomete una empresa, pero con dificultad las más veces se sale de ella. Don Quijote loco, nosotros cuerdos; él se va sano y riendo, vuesa merced queda molido y triste. Sepamos, pues, ahora cuál es más loco: el que lo es por no poder menos o el que lo es por su voluntad.

A lo que respondió Sansón:

—La diferencia que hay entre esos dos locos es que el que lo es por fuerza lo será siempre, y el que lo es de grado lo dejará de ser cuando quisiere.

—Pues así es —dijo Tomé Cecial—, yo fui por mi voluntad loco cuando quise hacerme escudero de vuestra merced, y por la misma quiero dejar de serlo y volverme a mi casa.

—Eso os cumple —respondió Sansón—, porque pensar que yo he de volver a la mía hasta haber molido a palos a don Quijote es pensar en lo escusado. Y no me llevará ahora a buscarle el deseo de que cobre su juicio, sino el de la venganza, que el dolor grande de mis costillas no me deja hacer más piadosos discursos.

En esto fueron razonando los dos hasta que llegaron a un pueblo donde fue ventura hallar un algebrista, con quien se curó el Sansón desgraciado. Tomé Cecial se volvió y le dejó, y él quedó imaginando su venganza. Y la historia vuelve a hablar de él a su tiempo, por no dejar de regocijarse ahora con don Quijote.

OTRA ÁLGEBRA

Los algebristas eran los que se encargaban de remediar las fracturas y dislocaciones. Aunque su formación académica era más bien escasa, basándose en la experiencia y en la observación llegaron a saber mucho sobre huesos y articulaciones. Usaban, a menudo, técnicas y aparatos que tenían su origen en la tradición hipocrática. Colocaban toda clase de férulas, tablillas, emplastos y vendajes. En 1599, el médico de cámara de Felipe II y brillante científico Luis Mercado publicó en Madrid, por encargo del monarca, la obra *Instituciones para el aprovechamiento y examen de los algebristas*, con la pretensión de regularizar las prácticas de los algebristas y mejorar su formación médica.

16

DE LO QUE SUCEDIÓ A DON QUIJOTE CON UN DISCRETO CABALLERO DE LA MANCHA

Con la alegría, contento y ufanidad que se ha dicho seguía don Quijote su jornada, imaginándose por la pasada vitoria ser el caballero andante más valiente que tenía en aquella edad el mundo. Daba por acabadas y a felice fin conducidas cuantas aventuras pudiesen sucederle de allí adelante; tenía en poco a los encantos y a los encantadores; no se acordaba de los inumerables palos que en el discurso de sus caballerías le habían dado, ni de la pedrada que le derribó la mitad de los dientes, ni del desagradecimiento de los galeotes, ni del atrevimiento y lluvia de estacas de los yangüeses; finalmente, decía entre sí que si él hallara arte, modo o manera como desencantar a su señora Dulcinea, no invidiara a la mayor ventura que alcanzó o pudo alcanzar el más venturoso caballero andante de los pasados siglos. En estas imaginaciones iba todo ocupado cuando Sancho le dijo:

—¿No es bueno, señor, que aún todavía traigo entre los ojos las desaforadas narices, y mayores de marca, de mi compadre Tomé Cecial?

—¿Y crees tú, Sancho, por ventura, que el Caballero de los Espejos era el bachiller Carrasco, y su escudero, Tomé Cecial tu compadre?

—No sé qué me diga a eso —respondió Sancho—; solo sé que las señas que me dio de mi casa, mujer y hijos no me las podría dar otro que él mesmo; y la cara, quitadas las narices, era la misma de Tomé Cecial, como yo se la he visto muchas veces en mi pueblo, y pared en medio de mi misma casa; y el tono de la habla era todo uno.

—Estemos a razón, Sancho —replicó don Quijote—; ven acá: ¿en qué consideración puede caber que el bachiller Sansón Carrasco viniese como caballero andante, armado de armas ofensivas y defensivas, a pelear conmigo? ¿He sido yo su enemigo por ventura? ¿Hele dado yo jamás ocasión para tenerme ojeriza? ¿Soy yo su rival o hace él profesión de las armas, para tener invidia a la fama que yo por ellas he ganado?

—Pues ¿qué diremos, señor —respondió Sancho—, a esto de parecerse tanto aquel caballero, sea el que se fuere, al bachiller Carrasco, y su escudero, a Tomé Cecial mi compadre? Y si ello es encantamento, como vuestra merced ha dicho, ¿no había en el mundo otros dos a quien se parecieran?

—Todo es artificio y traza —respondió don Quijote— de los malignos magos que me persiguen, los cuales, anteviendo que yo había de quedar vencedor en la contienda, se previnieron de que el caballero vencido mostrase el rostro de mi amigo, el bachiller, porque la amistad que le tengo se pusiese entre los filos de mi espada y el rigor de mi brazo, y templase la justa ira de mi corazón, y de esta manera quedase con vida el que con embelecos y falsías procuraba quitarme la mía. Para prueba de lo cual ya sabes, oh Sancho, por experiencia que no te dejará mentir ni engañar, cuán fácil sea a los encantadores mudar unos rostros en otros, haciendo de lo hermoso feo y de lo feo hermoso, pues no ha dos días que viste por tus mismos ojos la hermosura y gallardía de la sin par Dulcinea en toda su entereza y natural conformidad, y yo la vi en la fealdad y bajeza de una zafia labradora, con cataratas en los ojos y con mal olor en la boca. Y más, que el perverso encantador que se atrevió a hacer una transformación tan mala no es mucho que haya hecho la de Sansón Carrasco y la de tu compadre, por quitarme la gloria del vencimiento de las manos. Pero, con todo esto, me consuelo, porque, en fin, en cualquiera figura que haya sido, he quedado vencedor de mi enemigo.

—Dios sabe la verdad de todo —respondió Sancho.

Y como él sabía que la transformación de Dulcinea había sido traza y embeleco suyo, no le satisfacían las quimeras de su amo. Pero no le quiso replicar, por no decir alguna palabra que descubriese su embuste.

A media conversación, don Quijote y Sancho son adelantados por un hombre de unos cincuenta años que viaja a lomos de una yegua y luce un elegante chaquetón verde. Los tres acaban charlando, y así descubrimos que el Caballero del Verde Gabán es un hidalgo sensato, culto y devoto que lleva una vida cómoda y familiar y no le tiene enemistad a nadie. Don Quijote explica que se dedica a la caballería andante, y entonces el Caballero del Verde Gabán cae en la cuenta de que está conversando con un loco. Don Diego, que así se llama el del chaquetón verde, le confía a don Quijote que anda preocupado por su hijo: el chico es buena persona, pero se empeña en ser poeta en vez de dedicarse a algo de más provecho. Don Quijote diserta entonces sobre cómo hay que educar a los hijos y sobre qué virtudes encierra el ejercicio de la poesía, y todo lo que dice revela una pasmosa sensatez, impropia de un loco.

Admirado quedó el del verde gabán del razonamiento de don Quijote, y tanto, que fue perdiendo de la opinión que con él tenía de ser mentecato. Pero, a la mitad de esta plática, Sancho, por no ser muy de su gusto, se había desviado del camino a pedir un poco de leche a unos pastores que allí junto estaban ordeñando unas ovejas. Y en esto ya volvía a renovar la plática el hidalgo, satisfecho en estremo de la discreción y buen discurso de don Quijote, cuando, alzando don Quijote la cabeza, vio que por el camino por donde ellos iban venía un carro lleno de banderas reales. Y creyendo que debía de ser alguna nueva aventura, a grandes voces llamó a Sancho que viniese a darle la celada; el cual Sancho, oyéndose llamar, dejó a los pastores y a toda priesa picó al rucio y llegó donde su amo estaba, a quien sucedió una espantosa y desatinada aventura.

17

DONDE SE DECLARÓ EL ÚLTIMO PUNTO Y ESTREMO ADONDE LLEGÓ Y PUDO LLEGAR EL INAUDITO ÁNIMO DE DON QUIJOTE CON LA FELICEMENTE ACABADA AVENTURA DE LOS LEONES

Cuenta la historia que cuando don Quijote daba voces a Sancho que le trujese el yelmo, estaba él comprando unos requesones que los pastores le vendían. Y acosado de la mucha priesa de su amo, no supo qué hacer de ellos ni en qué traerlos; y por no perderlos, que ya los tenía pagados, acordó de echarlos en la celada de su señor; y con este buen recado volvió a ver lo que le quería, el cual, en llegando, le dijo:

—Dame, amigo, esa celada, que yo sé poco de aventuras o lo que allí descubro es alguna que me ha de necesitar y me necesita a tomar mis armas.

El del verde gabán, que esto oyó, tendió la vista por todas partes y no descubrió otra cosa que un carro que hacia ellos venía, con dos o tres banderas pequeñas, que le dieron a entender que el tal carro debía de traer moneda de Su Majestad, y así se lo dijo a don Quijote. Pero él no le dio crédito, siempre creyendo y pensando que todo lo que le sucediese habían de ser aventuras y más aventuras; y, así, respondió al hidalgo:

—Hombre apercebido, medio combatido: no se pierde nada en que yo me aperciba, que sé por experiencia que tengo enemigos visibles e invisibles, y no sé cuándo, ni adónde, ni en qué tiempo, ni en qué figuras me han de acometer.

Y volviéndose a Sancho, le pidió la celada, el cual, como no tuvo lugar de sacar los requesones, le fue forzoso dársela como estaba. Tomola don Quijote, y sin que echase de ver lo que dentro venía, con toda priesa se la encajó en la cabeza. Y como los requesones se apretaron y exprimieron, comenzó a correr el suero por todo el rostro y barbas de don Quijote, de lo que recibió tal susto, que dijo a Sancho:

—¿Qué será esto, Sancho, que parece que se me ablandan los cascos o se me derriten los sesos, o que sudo de los pies a la cabeza? Y si es que sudo, en verdad que no es de miedo; sin duda creo que es terrible la aventura que agora quiere sucederme. Dame, si tienes, con que me limpie, que el copioso sudor me ciega los ojos.

Calló Sancho y diole un paño, y dio, con él, gracias a Dios de que su señor no hubiese caído en el caso. Limpiose don Quijote y quitose la celada por ver qué cosa era la que, a su parecer, le enfriaba la cabeza; y viendo aquellas gachas blancas dentro de la celada, las llegó a las narices, y en oliéndolas dijo:

—¡Por vida de mi señora Dulcinea del Toboso que son requesones los que aquí me has puesto, traidor, bergante y mal mirado escudero!

A lo que con gran flema y disimulación respondió Sancho:

—Si son requesones, démelos vuesa merced, que yo me los comeré; pero cómalos el diablo, que debió de ser el que ahí los puso. ¿Yo había de tener atrevimiento de ensuciar el yelmo de vuesa merced? ¡Hallado le habéis el atrevido! A la fe, señor, a lo que Dios me da a entender, también debo yo de tener encantadores que me persiguen como a hechura y miembro de vuesa merced, y habrán puesto ahí esa inmundicia para mover a cólera su paciencia y hacer que me muela, como suele, las costillas. Pues en verdad que esta vez han dado salto en vago, que yo confío en el buen discurso de mi señor, que habrá considerado que ni yo tengo requesones, ni leche, ni otra cosa que lo valga, y que si la tuviera, antes la pusiera en mi estómago que en la celada.

—Todo puede ser —dijo don Quijote.

Y todo lo miraba el hidalgo y de todo se admiraba, especialmente cuando, después de haberse limpiado don Quijote cabeza, rostro y barbas y celada, se la encajó, y afirmándose bien en los estribos, requiriendo la espada y asiendo la lanza, dijo:

—¡Ahora, venga lo que viniere, que aquí estoy con ánimo de tomarme con el mesmo Satanás en persona!

Llegó en esto el carro de las banderas, en el cual no venía otra gente que el carretero en las mulas y un hombre sentado en la delantera. Púsose don Quijote delante y dijo:

—¿Adónde vais, hermanos? ¿Qué carro es este, qué lleváis en él y qué banderas son aquestas?

A lo que respondió el carretero:

—El carro es mío; lo que va en él son dos bravos leones enjaulados que el general de Orán envía a la corte, presentados a Su Majestad; las banderas son del rey nuestro Señor, en señal que aquí va cosa suya.

—¿Y son grandes los leones? —preguntó don Quijote.

—Tan grandes —respondió el hombre que iba a la puerta del carro—, que no han pasado mayores, ni tan grandes, de África a España jamás. Y yo soy el leonero y he pasado otros, pero como estos, ninguno. Son hembra y macho; el macho va en esta jaula primera y la hembra en la de atrás, y ahora van hambrientos, porque no han comido hoy. Y, así, vuesa merced se desvíe, que es menester llegar presto donde les demos de comer.

A lo que dijo don Quijote, sonriéndose un poco:

—¿Leoncitos a mí? ¿A mí leoncitos, y a tales horas? Pues ¡por Dios que han de ver esos señores que acá los envían si soy yo hombre que se espanta de leones! Apeaos, buen hombre, y pues sois el leonero, abrid esas jaulas y echadme esas bestias fuera, que en mitad de esta campaña les daré a conocer quién es don Quijote de la Mancha, a despecho y pesar de los encantadores que a mí los envían.

«¡Ta, ta!», dijo a esta sazón entre sí el hidalgo. «Dado ha señal de quién es nuestro buen caballero: los requesones sin duda le han ablandado los cascos y madurado los sesos.»

Llegose en esto a él Sancho y díjole:

—¡Señor, por quien Dios es que vuesa merced haga de manera que mi señor don Quijote no se tome con estos leones, que si se toma, aquí nos han de hacer pedazos a todos!

—Pues ¿tan loco es vuestro amo —respondió el hidalgo—, que teméis y creéis que se ha de tomar con tan fieros animales?

—No es loco —respondió Sancho—, sino atrevido.

—Yo haré que no lo sea —replicó el hidalgo.

Y llegándose a don Quijote, que estaba dando priesa al leonero que abriese las jaulas, le dijo:

—Señor caballero, los caballeros andantes han de acometer las aventuras que prometen esperanza de salir bien de ellas, y no aquellas que de en todo la quitan, porque la valentía que se entra en la juridición de la temeridad

LEONCITOS A MÍ

Vencer a un león, símbolo de la fortaleza, dotaba de un gran prestigio al héroe. Varios bajorrelieves mesopotámicos muestran escenas de esos combates. Durante el Imperio romano, la lucha entre gladiadores y leones era uno de los espectáculos más exitosos. Según cuenta la Biblia, David ya había matado un león antes de enfrentarse a Goliat. Sansón desquijaró a otro con la fuerza de sus manos. Hércules estranguló a un león y se vistió con su piel usando la cabeza como yelmo.

más tiene de locura que de fortaleza; cuanto más que estos leones no vienen contra vuesa merced ni lo sueñan: van presentados a Su Majestad, y no será bien detenerlos ni impedirles su viaje.

—¡Váyase vuesa merced, señor hidalgo —respondió don Quijote—, a entender con su perdigón manso y con su hurón atrevido, y deje a cada uno hacer su oficio! Este es el mío, y yo sé si vienen a mí o no estos señores leones.

Y volviéndose al leonero, le dijo:

—¡Voto a tal, don bellaco, que si no abrís luego las jaulas, que con esta lanza os he de coser con el carro!

El carretero, que vio la determinación de aquella armada fantasma, le dijo:

—Señor mío, vuestra merced sea servido, por caridad, de dejarme desuncir las mulas y ponerme en salvo con ellas antes que se desenvainen los leones, porque, si me las matan, quedaré rematado para toda mi vida, que no tengo otra hacienda sino este carro y estas mulas.

—¡Oh hombre de poca fe! —respondió don Quijote—. Apéate y desunce y haz lo que quisieres, que presto verás que trabajaste en vano y que pudieras ahorrar de esta diligencia.

Apeose el carretero y desunció a gran priesa, y el leonero dijo a grandes voces:

—¡Séanme testigos cuantos aquí están cómo contra mi voluntad y forzado abro las jaulas y suelto los leones, y de que protesto a este señor que todo el mal y daño que estas bestias hicieren corra y vaya por su cuenta, con más mis salarios y derechos! ¡Vuestras mercedes, señores, se pongan en cobro antes que abra, que yo seguro estoy que no me han de hacer daño!

Otra vez le persuadió el hidalgo que no hiciese locura semejante, que era tentar a Dios acometer tal disparate,

LA FALSA LOCURA DE ALONSO QUIJANO

«Don Quijote no está loco: simplemente finge una locura. No tuvo otro remedio que obligarse a cometer las acciones más disparatadas que le pasasen por la mente para que los demás no alimentaran ninguna duda acerca de su estado de alienación mental. Solo fingiéndose loco podía haber atacado a los molinos, solo atacando a los molinos podría esperar que la gente lo considerara loco. En virtud de esa genial simulación de Cervantes, el bueno de Alonso Quijano, convertido en don Quijote, consiguió abrir la puerta que todavía le estaba faltando: la de la libertad. La curiosidad lo empujó a leer, la lectura lo hizo imaginar, y ahora, libre de las ataduras de la costumbre y de la rutina, ya puede recorrer los caminos del mundo, comenzando por estas planicies de La Mancha, porque la aventura —bueno es que se sepa— no elige lugares ni tiempos, por más prosaicos y banales que sean o parezcan. Aventura que, en este caso de don Quijote, no es solo de la acción, sino también, y principalmente, de la palabra».

JOSÉ SARAMAGO

a lo que respondió don Quijote que él sabía lo que hacía. Respondiole el hidalgo que lo mirase bien, que él entendía que se engañaba.

—Ahora, señor —replicó don Quijote—, si vuesa merced no quiere ser oyente de esta que a su parecer ha de ser tragedia, pique la tordilla y póngase en salvo.

Oído lo cual por Sancho, con lágrimas en los ojos le suplicó desistiese de tal empresa, en cuya comparación habían sido tortas y pan pintado la de los molinos de viento y la temerosa de los batanes, y, finalmente, todas las hazañas que había acometido en todo el discurso de su vida.

—Mire, señor —decía Sancho—, que aquí no hay encanto ni cosa que lo valga, que yo he visto por entre las verjas y resquicios de la jaula una uña de león verdadero, y saco por ella que el tal león cuya debe de ser la tal uña es mayor que una montaña.

—El miedo a lo menos —respondió don Quijote— te le hará parecer mayor que la mitad del mundo. Retírate, Sancho, y déjame; y si aquí muriere, ya sabes nuestro antiguo concierto: acudirás a Dulcinea, y no te digo más.

A estas añadió otras razones con que quitó las esperanzas de que no había de dejar de proseguir su desvariado intento. Quisiera el del verde gabán oponérsele, pero viose desigual en las armas y no le pareció cordura tomarse con un loco, que ya se lo había parecido de todo punto don Quijote; el cual, volviendo a dar priesa al leonero y a reiterar las amenazas, dio ocasión al hidalgo a que picase la yegua, y Sancho al rucio y el carretero a sus mulas, procurando todos apartarse del carro lo más que pudiesen antes que los leones se desembanastasen.

Lloraba Sancho la muerte de su señor, que aquella vez sin duda creía que llegaba en las garras de los leones; maldecía su ventura y llamaba menguada la hora en que le vino al pensamiento volver a servirle. Pero no por llorar y lamentarse dejaba de aporrear al rucio para que se alejase del carro.

Viendo, pues, el leonero que ya los que iban huyendo estaban bien desviados, tornó a requerir y a intimar a don Quijote lo que ya le había requerido e intimado, el cual respondió que lo oía y que no se curase de más intimaciones y requirimientos, que todo sería de poco fruto, y que se diese priesa.

En el espacio que tardó el leonero en abrir la jaula primera estuvo considerando don Quijote si sería bien hacer la batalla antes a pie que a caballo, y, en fin, se determinó de hacerla a pie, temiendo que Rocinante se espantaría con la vista de los leones. Por esto saltó del caballo, arrojó la lanza y embrazó el escudo, y desenvainando la espada, paso ante paso, con maravilloso denuedo y corazón valiente, se fue a poner delante del carro, encomendándose a Dios de todo corazón y luego a su señora Dulcinea.

Y es de saber que, llegando a este paso, el autor de esta verdadera historia exclama y dice: «¡Oh fuerte y sobre todo encarecimiento animoso don Quijote de la Mancha, espejo donde se pueden mirar todos los valientes del mundo, segundo y nuevo don Manuel de León, que fue gloria y honra de los españoles caballeros! ¿Con qué palabras contaré esta tan espantosa hazaña, o con qué razones la haré creíble a los siglos venideros, o qué alabanzas habrá que no te convengan y cuadren, aunque sean hipérboles sobre todos los hipérboles? ¡Tú a pie, tú solo, tú intrépido, tú magnánimo, con sola una espada, y no de las del perrillo cortadoras, con un escudo no de muy luciente y limpio acero, estás aguardando y atendiendo los dos más fieros leones que jamás criaron las africanas selvas! ¡Tus mismos hechos sean los que te alaben, valeroso manchego, que yo los dejo aquí en su punto, por faltarme palabras con que encarecerlos!».

Aquí cesó la referida exclamación del autor y pasó adelante, anudando el hilo de la historia, diciendo que, visto el leonero ya puesto en postura a don Quijote, y que no podía dejar de soltar al león macho so pena de caer en la desgracia del indignado y atrevido caballero, abrió de par en par la primera jaula, donde estaba, como se ha dicho, el león, el cual pareció de grandeza extraordinaria y de espantable y fea catadura. Lo primero que hizo fue revolverse en la jaula donde venía echado y tender la garra y desperezarse todo. Abrió luego la boca y bostezó muy despacio, y con casi dos palmos de lengua que sacó fuera se despolvoreó los ojos y se lavó el rostro. Hecho esto, sacó la cabeza fuera de la jaula y miró a todas partes con los ojos hechos brasas, vista y ademán para poner espanto a la misma temeridad. Solo don Quijote lo miraba atentamente, deseando que saltase ya del carro y viniese con él a las manos, entre las cuales pensaba hacerle pedazos; hasta aquí llegó el estremo de su jamás vista locura. Pero el generoso león, más comedido que arrogante, no haciendo caso de niñerías ni de bravatas, después de haber mirado a una y otra parte, como se ha dicho, volvió las espaldas y enseñó sus traseras partes a don Quijote, y con gran flema y remanso se volvió a echar en la jaula. Viendo lo cual don Quijote, mandó al leonero que le diese de palos y le irritase para echarle fuera.

—Eso no haré yo —respondió el leonero—, porque si yo le instigo, el primero a quien hará pedazos será a mí mismo. Vuesa merced, señor caballero, se contente con lo hecho, que es todo lo que puede decirse en género de valentía, y no quiera tentar segunda fortuna. El león tiene abierta la puerta: en su mano está salir o no salir. Pero pues no ha salido hasta ahora, no saldrá en todo el día. La grandeza del corazón de vuesa merced ya está bien declarada: ningún bravo peleante, según a mí se me alcanza, está obligado a más que a desafiar a su enemigo y esperarle en campaña. Y si el contrario no acude, en él se queda la infamia, y el esperante gana la corona del vencimiento.

—Así es verdad —respondió don Quijote—. Cierra, amigo, la puerta y dame por testimonio en la mejor forma que pudieres lo que aquí me has visto hacer; conviene a saber: cómo tú abriste al león, yo le esperé, él no salió, volvile a esperar, volvió a no salir y volviose a acostar. No debo más, y encantos afuera, y Dios ayude a la razón y a la verdad y a la verdadera caballería; y cierra, como he dicho, en tanto que hago señas a los huidos y ausentes, para que sepan de tu boca esta hazaña.

Hízolo así el leonero, y don Quijote, poniendo en la punta de la lanza el lienzo con que se había limpiado el rostro de la lluvia de los requesones, comenzó a llamar a los que no dejaban de huir ni de volver la cabeza a cada paso, todos en tropa y antecogidos del hidalgo. Pero, alcanzando Sancho a ver la señal del blanco paño, dijo:

—¡Que me maten si mi señor no ha vencido a las fieras bestias, pues nos llama!

Detuviéronse todos y conocieron que el que hacía las señas era don Quijote. Y perdiendo alguna parte del miedo, poco a poco se vinieron acercando hasta donde claramente oyeron las voces de don Quijote que los llamaba. Finalmente volvieron al carro, y, en llegando, dijo don Quijote al carretero:

—Volved, hermano, a uncir vuestras mulas y a proseguir vuestro viaje. Y tú, Sancho, dale dos escudos de oro, para él y para el leonero, en recompensa de lo que por mí se han detenido.

—Esos daré yo de muy buena gana —respondió Sancho—. Pero ¿qué se han hecho los leones? ¿Son muertos o vivos?

Entonces el leonero, menudamente y por sus pausas, contó el fin de la contienda, exagerando como él mejor pudo y supo el valor de don Quijote, de cuya vista el león acobardado no quiso ni osó salir de la jaula, puesto que había tenido un buen espacio abierta la puerta de la jaula. Y que por haber él dicho a aquel caballero que era tentar a Dios irritar al león para que por fuerza saliese, como él quería que se irritase, mal de su grado y contra toda su voluntad había permitido que la puerta se cerrase.

—¿Qué te parece de esto, Sancho? —dijo don Quijote—. ¿Hay encantos que valgan contra la verdadera valentía? Bien podrán los encantadores quitarme la ventura, pero el esfuerzo y el ánimo será imposible.

Dio los escudos Sancho, unció el carretero, besó las manos el leonero a don Quijote por la merced recebida y prometiole de contar aquella valerosa hazaña al mismo rey, cuando en la corte se viese.

—Pues si acaso Su Majestad preguntare quién la hizo, direisle que el Caballero de los Leones, que de aquí adelante quiero que en este se trueque, cambie, vuelva y mude el que hasta aquí he tenido del Caballero de la Triste Figura. Y en esto sigo la antigua usanza de los andantes caballeros, que se mudaban los nombres cuando querían o cuando les venía a cuento.

Siguió su camino el carro, y don Quijote, Sancho y el del verde gabán prosiguieron el suyo.

El Caballero del Verde Gabán está desconcertado, porque don Quijote actúa como un mentecato pero razona con admirable lucidez, por lo que es imposible discernir si está chalado o no. Para salir de dudas, lo invita a almorzar en su casa, donde don Quijote y Sancho podrán descansar del polvo y el trajín de los caminos.

LEONCITOS A MI

Don Quijote espolea su caballo ansioso de toparse con nuevos desafíos.
Sancho le sigue a duras penas montado en su burro que no logra atrapar a Rocinante,
más veloz a pesar de su edad y de sus achaques.

Pero don Quijote ya no contesta y se dirige al galope hacia un carro en el que ondean las banderas del rey.
Pues ¿en qué halla este hombre que un carro de bueyes sea aventura?
¡Ahora, venga lo que viniere, que aquí estoy con ánimo de tomarme con el mesmo Satanás en persona!
¿Adónde vais? ¿Qué carro es este y qué lleváis en él?
El carro es mío; lo que va en él es un bravo león enjaulado...

...que el general de Orán envía a nuestro rey; las banderas son del rey nuestro Señor, en señal que aquí va cosa suya.
¿Y es grande el león?
El más grande que haya venido nunca de África. Y ahora va hambriento, porque no ha comido en todo el día.
Apártese vuestra merced, para que pueda llegar presto adonde le demos de comer.
¿Leoncitos a mí? Pues ¡por Dios que ha de verse si soy yo hombre que se espanta de leones! Abrid esas jaulas y echadme esa bestia fuera, que le daré a conocer quién es don Quijote de la Mancha.

El carretero, viendo la determinación de don Quijote, se dispone a descubrir el león.
¡Voto a tal, don bellaco, que si no abrís luego la jaula, que con esta lanza os he de coser al carro!

Mire, señor, que aquí no hay encanto alguno, que ese león es tan verdadero como estos ojos míos que se ha de comer la tierra.
Retírate, Sancho, y déjame; y si aquí muriere, ya sabes nuestro antiguo concierto: acudirás a Dulcinea, y no te digo más.
Sin temor alguno, don Quijote desliza la puerta de la jaula.

Don Quijote se coloca en posición, dispuesto a batirse con la fiera.

El léon, en cambio, no parece estar interesado en el combate.
Cierra, carretero, la puerta y dame por testimonio lo que aquí has visto: cómo tú abriste al león, yo le esperé, él no salió, volvile a esperar, volvió a no salir y volviose a acostar.

Dios ayude a la razón y a la verdad y a la verdadera caballería; y cierra, como he dicho, en tanto que hago señas a Sancho, para que sepa de tu boca esta hazaña.
¡Que me maten si mi señor no ha vencido a la fiera bestia!
Sancho, dale dos escudos de oro al leonero, en recompensa de lo que por mí se ha detenido.
¿Qué te parece de esto, Sancho? ¿Hay encantos que valgan contra la verdadera valentía? Bien podrán los encantadores quitarme la ventura, pero el esfuerzo y el ánimo será imposible.

18

DE LO QUE SUCEDIÓ A DON QUIJOTE EN EL CASTILLO O CASA DEL CABALLERO DEL VERDE GABÁN, CON OTRAS COSAS EXTRAVAGANTES

El Caballero del Verde Gabán tiene una casa amplia, silenciosa y muy bien provista. Al llegar, don Quijote se deshace de su armadura y se lava la cara, todavía sucia de requesón. El del Verde Gabán le susurra a su hijo que observe bien a don Quijote y trate de aclarar si está loco o no. El chico, que se llama Lorenzo, charla con don Quijote sobre la caballería andante y sobre la poesía, pero no consigue averiguar si el hombre al que tiene delante es un chiflado que tira a cuerdo o un cuerdo que tira a chiflado. Durante cuatro días, don Quijote y Sancho descansan en casa del Caballero del Verde Gabán. Al retomar su viaje, don Quijote pretende visitar la cueva de Montesinos, una gruta subterránea que se llama así porque se encuentra cerca del castillo de Rocaflorida, donde se dice que vivió el famoso caballero Montesinos, de la corte de Carlomagno.

19

DONDE SE CUENTA LA AVENTURA DEL PASTOR ENAMORADO, CON OTROS EN VERDAD GRACIOSOS SUCESOS

Al poco de ponerse en camino, don Quijote y Sancho se encuentran con unos estudiantes que van a una boda y que los invitan a sumarse al festejo. El novio es un campesino joven y riquísimo llamado Camacho, que se casa con la muchacha más hermosa del valle, Quiteria, de dieciocho años. La boda va a celebrarse en pleno campo, bajo una enramada, y todo el mundo está intrigado por una cosa: ¿qué pasará con Basilio, el novio de siempre de Quiteria, ahora desplazado por Camacho? Basilio es un hombre muy despierto, buen cantante y excelente espadachín, pero nada de eso le ha servido para conservar a Quiteria, porque Camacho tiene algo que Basilio no tiene: dinero, y ya se sabe que cuando el interés entra por la puerta, el amor salta por la ventana. El padre de Quiteria ha decidido que su hija tiene que casarse con un hombre rico, o sea que Basilio se ha quedado sin novia, así que anda terriblemente deprimido: apenas come, apenas duerme, apenas habla...

20

DONDE SE CUENTAN LAS BODAS DE CAMACHO EL RICO, CON EL SUCESO DE BASILIO EL POBRE

La boda va a celebrarse con un espléndido banquete. Hay un novillo entero asándose al fuego y cocineros que cuecen liebres y gallinas rodeados de panes y quesos, odres de vino y dulces de sartén. Sancho se siente en el paraíso y come a dos carrillos de todo lo que le ofrecen. Su opinión es que Quiteria ha hecho bien en preferir a Camacho, pues Camacho es rico y Basilio no, y en casa del rico siempre hay qué comer, mientras que la olla del pobre es de puro aguachirle.

21

DONDE SE PROSIGUEN LAS BODAS DE CAMACHO, CON OTROS GUSTOSOS SUCESOS

Por fin aparecen los novios, que vienen muy bien vestidos. Quiteria está preciosa pero algo pálida, seguramente por los nervios. Se sube a la tarima: es hora de casarse. El cura se acerca y empieza a hablar. Todo va bien: en unos minutos, Camacho y Quiteria serán marido y mujer hasta que la muerte los separe. Pero de pronto, en mitad de la ceremonia, alguien grita: «¡Esperad un poco, gente desconsiderada!». Los invitados vuelven la cabeza y ven a un joven vestido de luto que trae muy mala cara. ¡Es Basilio! Basilio, el muchacho rechazado por Quiteria, viene dispuesto a reventar la boda. Con determinación espantosa, con arrojo, sin que le tiemble el pulso, sin dudar, saca una espada y se atraviesa el pecho: ha decidido suicidarse. Los invitados quedan sobrecogidos. En la enramada se impone un silencio espantoso. ¡Hay que salvarle la vida a Basilio, que se está desangrando! Pero parece imposible, no hay nada que hacer. La vida se le escapa entre horribles dolores.

Con un hilo de voz, Basilio expresa su última voluntad: quiere casarse con Quiteria. A fin de cuentas, como está a punto de morir, la novia se quedará viuda enseguida, así que podrá casarse con Camacho como tenía pensado. A Quiteria, la propuesta le parece un disparate. ¡Ella ha venido a casarse con Camacho! Pero todos le insisten en que ceda, pues se trata de que Basilio pueda morir en paz. Quiteria, al fin, acepta. El cura se acerca y celebra la boda a toda prisa, pues cada segundo cuenta. Y entonces, inesperadamente, Basilio se pone en pie de un salto. Todos gritan: «¡Milagro, milagro!». Pero lo que ha ocurrido no es ningún prodigio divino, sino una ingeniosa treta humana: Basilio ha fingido su suicidio con un truco de prestidigitador y así ha conseguido lo que quería, casarse con Quiteria. Salta a la vista que la boda no es válida, por fraudulenta, pero Quiteria sorprende a todo el mundo con un quiebro que nadie se esperaba: dice que está conforme con lo que acaba de ocurrir, que acepta a Basilio por esposo, que lo quiere a su lado. Se ve que, de repente, ha comprendido que es el hombre de su vida. Camacho se indigna, y sus familiares desenvainan las espadas: ¡va a correr la sangre! Pero entonces interviene don Quijote para poner paz. Dice, juiciosamente, que, si Quiteria y Basilio desean estar juntos, nadie debe impedirlo, y que, si alguien lo intenta, conocerá la furia de su lanza.

22

DONDE SE DA CUENTA DE LA GRANDE AVENTURA DE LA CUEVA DE MONTESINOS, QUE ESTÁ EN EL CORAZÓN DE LA MANCHA, A QUIEN DIO FELICE CIMA EL VALEROSO DON QUIJOTE DE LA MANCHA

Durante tres días, don Quijote y Sancho son agasajados por Basilio y Quiteria. Luego, don Quijote parte hacia la cueva de Montesinos, adonde lo guía un primo de uno de los estudiantes que lo invitó a las bodas. El primo es un muchachito pedante y relamido que presume de ser humanista y de haber publicado muchos libros de provecho, pero que en verdad no es capaz de ver más allá de sus narices. Don Quijote, Sancho y el primo llegan a la cueva, que se hunde en vertical hacia el fondo de la tierra. Para visitarla, don Quijote se hace atar el cuerpo con una cuerda de más de cincuenta metros, que sostienen Sancho y el primo. Don

Quijote desciende y pasa media hora bajo tierra. Luego, el primo y Sancho tiran de la cuerda y ven que don Quijote vuelve dormido. Lo zarandean un poco, para que despierte, y don Quijote abre los ojos. Entonces dice que ha visto cosas maravillosas dentro de la cueva, cosas que le han ayudado a entender lo poquito que dura la vida y lo rápido que pasa toda felicidad en este mundo.

23

DE LAS ADMIRABLES COSAS QUE EL ESTREMADO DON QUIJOTE CONTÓ QUE HABÍA VISTO EN LA PROFUNDA CUEVA DE MONTESINOS, CUYA IMPOSIBILIDAD Y GRANDEZA HACE QUE SE TENGA ESTA AVENTURA POR APÓCRIFA

Bajo un cielo cruzado de nubes y rayos, don Quijote empieza a contar lo que ha visto en la cueva. Dice que, allá abajo, hay un suntuoso palacio de cristal en el que ha conocido a tres célebres personajes de la corte de Carlomagno: Montesinos, su primo Durandarte y su amada, Belerma. Los tres lo están pasando mal, porque el mago Merlín los hechizó, y andan desesperados por que alguien los desencante.

A esta sazón dijo el primo:

—Yo no sé, señor don Quijote, cómo vuestra merced en tan poco espacio de tiempo como ha que está allá bajo haya visto tantas cosas y hablado y respondido tanto.

—¿Cuánto ha que bajé? —preguntó don Quijote.

—Poco más de una hora —respondió Sancho.

—Eso no puede ser —replicó don Quijote—, porque allá me anocheció y amaneció, y tornó a anochecer y amanecer tres veces, de modo que a mi cuenta tres días he estado en aquellas partes remotas y escondidas a la vista nuestra.

—Verdad debe de decir mi señor —dijo Sancho—, que como todas las cosas que le han sucedido son por encantamento, quizá lo que a nosotros nos parece un hora debe de parecer allá tres días con sus noches.

—Así será —respondió don Quijote.

—¿Y ha comido vuestra merced en todo este tiempo, señor mío? —preguntó el primo.

—No me he desayunado de bocado —respondió don Quijote—, ni aun he tenido hambre ni por pensamiento.

—¿Y los encantados comen? —dijo el primo.

—No comen —respondió don Quijote—, ni tienen escrementos mayores, aunque es opinión que les crecen las uñas, las barbas y los cabellos.

—¿Y duermen por ventura los encantados, señor? —preguntó Sancho.

Don Quijote, ballet, escena del sueño. **L. Minkus** y **M. Petipa**.

—No por cierto —respondió don Quijote—; a lo menos, en estos tres días que yo he estado con ellos, ninguno ha pegado el ojo, ni yo tampoco.

—Aquí encaja bien el refrán —dijo Sancho— de «Dime con quién andas: decirte he quién eres»: ándase vuestra merced con encantados ayunos y vigilantes, mirad si es mucho que ni coma ni duerma mientras con ellos anduviere. Pero perdóneme vuestra merced, señor mío, si le digo que de todo cuanto aquí ha dicho, lléveme Dios, que iba a decir el diablo, si le creo cosa alguna.

—¿Cómo no? —dijo el primo—. Pues ¿había de mentir el señor don Quijote, que, aunque quisiera, no ha tenido lugar para componer e imaginar tanto millón de mentiras?

—Yo no creo que mi señor miente —respondió Sancho.

—Si no, ¿qué crees? —le preguntó don Quijote.

—Creo —respondió Sancho— que aquel Merlín o aquellos encantadores que encantaron a toda la chusma que vuestra merced dice que ha visto y comunicado allá bajo le encajaron en el magín o la memoria toda esa máquina que nos ha contado y todo aquello que por contar le queda.

—Todo eso pudiera ser, Sancho —replicó don Quijote—, pero no es así, porque lo que he contado lo vi por mis propios ojos y lo toqué con mis mismas manos. Pero ¿qué dirás cuando te diga yo ahora cómo, entre otras infinitas cosas y maravillas que me mostró Montesinos, las cuales despacio y a sus tiempos te las iré contando en el discurso de nuestro viaje, por no ser todas de este lugar, me mostró tres labradoras que por aquellos amenísimos campos iban saltando y brincando como cabras; y apenas las hube visto cuando conocí ser la una la sin par Dulcinea del Toboso, y las otras dos aquellas mismas labradoras que venían con ella, que hablamos a la salida del Toboso? Pregunté a Montesinos si las conocía; respondiome que no, pero que él imaginaba que debían de ser algunas señoras principales encantadas, que pocos días había que en aquellos prados habían parecido; y que no me maravillase de esto, porque allí estaban otras muchas señoras de los pasados y presentes siglos encantadas en diferentes y extrañas figuras, entre las cuales conocía él a la reina Ginebra y su dueña Quintañona, escanciando el vino a Lanzarote «cuando de Bretaña vino».

Cuando Sancho oyó decir esto a su amo, pensó perder el juicio o morirse de risa, que como él sabía la verdad del fingido encanto de Dulcinea, de quien él había sido el encantador y el levantador de tal testimonio, acabó de conocer indubitablemente que su señor estaba fuera de juicio y loco de todo punto. Y, así, le dijo:

LA MENTIRA SE SALVA POR OTRA MENTIRA

«Si los libros que (don Quijote) venera como verídicos le han engañado una vez, pueden engañarle siempre; quizá todo lo que contienen es mentira. ¿Cómo volver a la verdad? Cree volver a ella imaginando un absurdo mayor que el primero. [...] Interrogaos a vosotros mismos, y ved si cien veces no os ha ocurrido lo mismo. ¿Os habéis sentidos enamorados de una idea, de un proyecto, de una mujer? ¿Habéis tenido una duda? Os habéis cuidado de crearos una ilusión más engañosa que la primera, que os habrá permitido continuar estando enamorados y desprenderos de la duda».

FIODOR DOSTOIEVSKI

Diario de un escritor, 1873-1874.

—¡En mala coyuntura y en peor sazón y en aciago día bajó vuestra merced, caro patrón mío, al otro mundo, y en mal punto se encontró con el señor Montesinos, que tal nos le ha vuelto! ¡Bien se estaba vuestra merced acá arriba con su entero juicio, tal cual Dios se le había dado, hablando sentencias y dando consejos a cada paso, y no agora, contando los mayores disparates que pueden imaginarse!

—Como te conozco, Sancho —respondió don Quijote—, no hago caso de tus palabras.

—Ni yo tampoco de las de vuestra merced —replicó Sancho—, siquiera me hiera, siquiera me mate por las que le he dicho, o por las que le pienso decir si en las suyas no se corrige y enmienda. Pero dígame vuestra merced, ahora que estamos en paz: ¿cómo o en qué conoció a la señora nuestra ama? Y si la habló, ¿qué dijo y qué le respondió?

—Conocila —respondió don Quijote— en que trae los mesmos vestidos que traía cuando tú me la mostraste. Hablela, pero no me respondió palabra, antes me volvió las espaldas y se fue huyendo con tanta priesa, que no la alcanzara una jara. Quise seguirla, y lo hiciera si no me aconsejara Montesinos que no me cansase en ello, porque sería en balde, y más porque se llegaba la hora donde me convenía volver a salir de la sima. Díjome asimesmo que, andando el tiempo, se me daría aviso cómo habían de ser desencantados él y Belerma y Durandarte, con todos los que allí estaban. Pero lo que más pena me dio de las que allí vi y noté fue que, estándome diciendo Montesinos estas razones, se llegó a mí por un lado, sin que yo la viese venir, una de las dos compañeras de la sin ventura Dulcinea, y llenos los ojos de lágrimas, con turbada y baja voz me dijo: «Mi señora Dulcinea del Toboso besa a vuestra merced las manos y suplica a vuestra merced se la haga de hacerla

LA TRANSFORMACIÓN DE SANCHO

El personaje de Sancho, a diferencia del de don Quijote, evoluciona a medida que la novela avanza, especialmente en el segundo libro. El escudero ingenuo del principio, crédulo sin fisuras de las aventuras fantásticas que le propone el caballero, va dando paso a otro más pícaro, tal como se percibe en los episodios de la carta que debe entregar a Dulcinea y cuando convence a don Quijote de que esta ha sido convertida en aldeana por encantamiento. A estas alturas Sancho sospecha ya seriamente de la cordura de su amo y no teme replicarle.

saber cómo está; y que, por estar en una gran necesidad, asimismo suplica a vuestra merced cuan encarecidamente puede sea servido de prestarle sobre este faldellín que aquí traigo de cotonia nuevo media docena de reales o los que vuestra merced tuviere, que ella da su palabra de volvérselos con mucha brevedad». Suspendiome y admirome el tal recado, y volviéndome al señor Montesinos le pregunté: «¿Es posible, señor Montesinos, que los encantados principales padecen necesidad?». A lo que él me respondió: «Créame vuestra merced, señor don Quijote de la Mancha, que esta que llaman necesidad adondequiera se usa y por todo se estiende y a todos alcanza, y aun hasta los encantados no perdona. Y pues la señora Dulcinea del Toboso envía a pedir esos seis reales, y la prenda es buena, según parece, no hay sino dárselos, que sin duda debe de estar puesta en algún grande aprieto». «Prenda no la tomaré yo», le respondí, «ni menos le daré lo que pide, porque no tengo sino solos cuatro reales», los cuales le di, que fueron los que tú, Sancho, me diste el otro día para dar limosna a los pobres que topase por los caminos, y le dije: «Decid, amiga mía, a vuesa señora que a mí me pesa en el alma de sus trabajos, y que quisiera ser un Fúcar para remediarlos, y que le hago saber que yo no puedo ni debo tener salud careciendo de su agradable vista y discreta conversación, y que le suplico cuan encarecidamente puedo sea servida su merced de dejarse ver y tratar de este su cautivo servidor y asendereado caballero. Direisle también que cuando menos se lo piense oirá decir cómo yo he hecho un juramento y voto, a modo de aquel que hizo el marqués de Mantua de vengar a su sobrino Valdovinos cuando le halló para espirar en mitad de la montiña, que fue de no comer pan a manteles, con las otras zarandajas que allí añadió, hasta vengarle;

y así le haré yo de no sosegar y de andar las siete partidas del mundo, con más puntualidad que las anduvo el infante don Pedro de Portugal, hasta desencantarla». «Todo eso y más debe vuestra merced a mi señora», me respondió la doncella. Y tomando los cuatro reales, en lugar de hacerme una reverencia hizo una cabriola, que se levantó dos varas de medir en el aire.

—¡Oh, santo Dios! —dijo a este tiempo dando una gran voz Sancho—. ¿Es posible que tal hay en el mundo y que tengan en él tanta fuerza los encantadores y encantamentos, que hayan trocado el buen juicio de mi señor en una tan disparatada locura? ¡Oh, señor, señor, por quien Dios es que vuestra merced mire por sí y vuelva por su honra, y no dé crédito a esas vaciedades que le tienen menguado y descabalado el sentido!

—Como me quieres bien, Sancho, hablas de esa manera —dijo don Quijote—, y como no estás experimentado en las cosas del mundo, todas las cosas que tienen algo de dificultad te parecen imposibles. Pero andará el tiempo, como otra vez he dicho, y yo te contaré algunas de las que allá abajo he visto, que te harán creer las que aquí he contado, cuya verdad ni admite réplica ni disputa.

24

DONDE SE CUENTAN MIL ZARANDAJAS TAN IMPERTINENTES COMO NECESARIAS AL VERDADERO ENTENDIMIENTO DE ESTA GRANDE HISTORIA

Tras dejar atrás la cueva de Montesinos, don Quijote y Sancho se cruzan con un arriero que varea sin parar las ancas de su mulo para que el animal se apresure. El mulo va cargado de lanzas, lo que despierta la curiosidad de don Quijote, que empieza a hacer preguntas. Pero el arriero responde que tiene prisa y que no puede detenerse... «Si queréis saber por qué llevo tantas armas», añade, «esta noche me encontraréis en la venta que queda más arriba». Así que don Quijote, Sancho y el primo deciden dirigirse hacia la venta. Por el camino, se encuentran con un muchachito que va a alistarse en el ejército. Cuenta que lo hace a disgusto, por pura necesidad, pues corren días tan tristes que ir a la guerra se ha convertido en la única manera honrada de ganarse un salario. Don Quijote, conmovido por el destino del muchacho, le ofrece que suba a las ancas de su Rocinante y que los acompañe hasta la venta, donde lo invitará a cenar.

25

DONDE SE APUNTA LA AVENTURA DEL REBUZNO Y LA GRACIOSA DEL TITERERO, CON LAS MEMORABLES ADIVINANZAS DEL MONO ADIVINO

Ya en la venta, don Quijote busca al arriero que transportaba lanzas y alabardas y le pregunta adónde va con tanto armamento, a lo que el hombre responde contándole una historia que ha sucedido hace poco en un lugar cercano. Su relato empieza así:

—Sabrán vuesas mercedes que en un lugar que está cuatro leguas y media de esta venta sucedió que a un regidor de él, por industria y engaño de una muchacha criada suya, y esto es largo de contar, le faltó un asno, y aunque el tal regidor hizo las diligencias posibles por hallarle, no fue posible. Quince días serían pasados, según es pública voz y fama, que el asno faltaba, cuando, estando en la plaza el regidor perdidoso, otro regidor del mismo pueblo le dijo: «Dadme albricias, compadre, que vuestro jumento ha parecido». «Yo os las mando, y buenas, compadre», respondió el otro, «pero sepamos dónde ha parecido». «En el monte», respondió el hallador, «le vi esta mañana, sin albarda y sin aparejo alguno, y tan flaco, que era una compasión miralle. Quísele antecoger delante de mí y traérosle, pero está ya tan montaraz y tan huraño, que cuando llegué a él se fue huyendo y se entró en lo más escondido del monte. Si queréis que volvamos los dos a buscarle, dejadme poner esta borrica en mi casa, que luego vuelvo». «Mucho placer me haréis», dijo el del jumento, «y yo procuraré pagároslo en la mesma moneda». Con estas circunstancias todas, y de la mesma manera que yo lo

Don Quijote cabalga de nuevo, **Cantinflas** y **Fernando Fernán Gómez**, 1973.

Tráiler

voy contando, lo cuentan todos aquellos que están enterados en la verdad de este caso.

»En resolución, los dos regidores, a pie y mano a mano, se fueron al monte. Y llegando al lugar y sitio donde pensaron hallar el asno, no le hallaron, ni pareció por todos aquellos contornos, aunque más le buscaron. Viendo, pues, que no parecía, dijo el regidor que le había visto al otro: "Mirad, compadre: una traza me ha venido al pensamiento con la cual sin duda alguna podremos descubrir este animal, aunque esté metido en las entrañas de la tierra, no que del monte; y es que yo sé rebuznar maravillosamente, y si vos sabéis algún tanto, dad el hecho por concluido". "¿Algún tanto decís, compadre?", dijo el otro, "¡por Dios que no dé la ventaja a nadie, ni aun a los mesmos asnos!". "Ahora lo veremos", respondió el regidor segundo, "porque tengo determinado que os vais vos por una parte del monte y yo por otra, de modo que le rodeemos y andemos todo, y de trecho en trecho rebuznaréis vos y rebuznaré yo, y no podrá ser menos sino que el asno nos oya y nos responda, si es que está en el monte". A lo que respondió el dueño del jumento: "Digo, compadre, que la traza es excelente y digna de vuestro gran ingenio". Y dividiéndose los dos según el acuerdo, sucedió que casi a un mesmo tiempo rebuznaron, y cada uno engañado del rebuzno del otro, acudieron a buscarse, pensando que ya el jumento había parecido; y en viéndose, dijo el perdidoso: "¿Es posible, compadre, que no fue mi asno el que rebuznó?". "No fue sino yo", respondió el otro. "Ahora digo", dijo el dueño, "que de vos a un asno, compadre, no hay alguna diferencia en cuanto toca al rebuznar, porque en mi vida he visto ni oído cosa más propia". "Esas alabanzas y encarecimiento", respondió el de la traza, "mejor os atañen y tocan a vos que a mí, compadre, que por el Dios que me crio que podéis dar dos rebuznos de ventaja al mayor y más perito rebuznador del mundo, porque el sonido que tenéis es alto; lo sostenido de la voz, a su tiempo y compás; los dejos, muchos y apresurados. Y, en resolución, yo me doy por vencido y os rindo la palma y doy la bandera de esta rara habilidad". "Ahora digo", respondió el dueño, "que me tendré y estimaré en más de aquí adelante, y pensaré que sé alguna cosa, pues tengo alguna gracia, que puesto que pensara que rebuznaba bien, nunca entendí que llegaba al estremo que decís". "También diré yo ahora", respondió el segundo, "que hay raras habilidades perdidas en el mundo, y que son mal empleadas en aquellos que no saben aprovecharse de ellas". "Las nuestras", respondió el dueño, "si no es en casos semejantes como el que traemos entre manos, no nos pueden servir en otros, y aun en este plega a Dios que nos sean de provecho." Esto dicho, se tornaron a dividir y a volver a sus rebuznos, y a cada paso se engañaban y volvían a juntarse; hasta que se dieron por contraseño que para entender que eran ellos, y no el asno, rebuznasen dos veces, una tras otra. Con esto, doblando a cada paso los rebuznos, rodearon todo el monte sin que el perdido jumento respondiese, ni aun por señas. Mas ¿cómo había de responder el pobre y mal logrado, si le hallaron en lo más escondido del bosque comido de lobos? Y en viéndole, dijo su dueño: "Ya me maravillaba yo de que él no respondía, pues a no estar muerto, él rebuznara si nos oyera, o no fuera asno. Pero a trueco de haberos oído rebuznar con tanta gracia, compadre, doy por bien empleado el trabajo que he tenido en buscarle, aunque le he hallado muerto". "En buena mano está, compadre", respondió el otro, "pues si bien canta el abad, no le va en zaga el monacillo".

»Con esto, desconsolados y roncos se volvieron a su aldea, adonde contaron a sus amigos, vecinos y conocidos cuanto les había acontecido en la busca del asno, exagerando el uno la gracia del otro en el rebuznar; todo lo cual se supo y se estendió por los lugares circunvecinos. Y el diablo, que no duerme, como es amigo de sembrar y derramar rencillas y discordia por doquiera, levantando caramillos en el viento y grandes quimeras de no nada, ordenó e hizo que las gentes de los otros pueblos, en viendo a alguno de nuestra aldea, rebuznase, como dándoles en rostro con el rebuzno de nuestros regidores. Dieron en ello los muchachos, que fue dar en manos y en bocas de todos los demonios del infierno, y fue cundiendo el rebuzno de en uno en otro pueblo de manera, que son conocidos los naturales del pueblo del rebuzno como son conocidos y diferenciados los negros de los blancos. Y ha llegado a tanto la desgracia de esta burla, que muchas veces, con mano armada y formado escuadrón, han salido contra los burladores los burlados a darse la batalla, sin poderlo remediar rey ni roque, ni temor ni vergüenza. Yo creo que mañana o esotro día han de salir en campaña los de mi pueblo, que son los del rebuzno, contra otro lugar que está a dos leguas del nuestro, que es uno de los que más nos persiguen; y por salir bien apercebidos, llevo compradas estas lanzas y alabardas que habéis visto. Y estas son las maravillas que dije que os había de contar, y si no os lo han parecido, no sé otras.

Y con esto dio fin a su plática el buen hombre. Y en esto entró por la puerta de la venta un hombre todo vestido de camuza, medias, greguescos y jubón, y con voz levantada dijo:

—Señor huésped, ¿hay posada? Que viene aquí el mono adivino y el retablo de la libertad de Melisendra.

—¡Cuerpo de tal —dijo el ventero—, que aquí está el señor mase Pedro! ¡Buena noche se nos apareja!

Olvidábaseme de decir como el tal mase Pedro traía cubierto el ojo izquierdo y casi medio carrillo con un parche de tafetán verde, señal que todo aquel lado debía de estar enfermo. Y el ventero prosiguió, diciendo:

—Sea bien venido vuestra merced, señor mase Pedro. ¿Adónde está el mono y el retablo, que no los veo?

—Ya llegan cerca —respondió el todo camuza—, sino que yo me he adelantado, a saber si hay posada.

—Al mismo duque de Alba se la quitara para dársela al señor mase Pedro —respondió el ventero—. Llegue el mono y el retablo, que gente hay esta noche en la venta que pagará el verle y las habilidades del mono.

—Sea en buen hora —respondió el del parche—, que yo moderaré el precio, y con sola la costa me daré por bien pagado. Y yo vuelvo, a hacer que camine la carreta donde viene el mono y el retablo.

Y luego se volvió a salir de la venta. Preguntó luego don Quijote al ventero qué mase Pedro era aquel y qué retablo y qué mono traía, a lo que respondió el ventero:

—Este es un famoso titerero que ha muchos días que anda por esta Mancha de Aragón enseñando un retablo de la libertad de Melisendra dada por el famoso don Gaiferos, que es una de las mejores y más bien representadas historias que de muchos años a esta parte en este reino se han visto. Trae asimismo consigo un mono de la más rara habilidad que se vio entre monos ni se imaginó entre hombres, porque, si le preguntan algo, está atento a lo que le preguntan, y luego salta sobre los hombros de su amo, y llegándosele al oído, le dice la respuesta de lo que le preguntan, y maese Pedro la declara luego. Y de las cosas pasadas dice mucho más que de las que están por venir, y aunque no todas veces acierta en todas, en las más no yerra, de modo que nos hace creer que tiene el diablo en el cuerpo. Dos reales lleva por cada pregunta, si es que el mono responde; quiero decir, si responde el amo por él después de haberle hablado al oído. Y, así, se cree que el tal maese Pedro está riquísimo; y es hombre galante, como dicen en Italia, y *bon compaño*, y dase la mejor vida del mundo; habla más que seis y bebe más que doce, todo a costa de su lengua y de su mono y de su retablo.

En esto, volvió maese Pedro, y en una carreta venía el retablo, y el mono, grande y sin cola, con las posaderas de fieltro, pero no de mala cara. Y apenas le vio don Quijote cuando le preguntó:

—Dígame vuestra merced, señor adivino: *¿qué peje pillamo*? ¿Qué ha de ser de nosotros? Y vea aquí mis dos reales.

Y mandó a Sancho que se los diese a maese Pedro, el cual respondió por el mono y dijo:

—Señor, este animal no responde ni da noticia de las cosas que están por venir; de las pasadas sabe algo, y de las presentes, algún tanto.

—¡Voto a Rus! —dijo Sancho—. No dé yo un ardite porque me digan lo que por mí ha pasado, porque ¿quién lo puede saber mejor que yo mesmo?; y pagar yo porque me digan lo que sé sería una gran necedad. Pero pues sabe las cosas presentes, he aquí mis dos reales, y dígame el señor monísimo qué hace ahora mi mujer Teresa Panza y en qué se entretiene.

No quiso tomar maese Pedro el dinero, diciendo:

—No quiero recebir adelantados los premios, sin que hayan precedido los servicios.

Y dando con la mano derecha dos golpes sobre el hombro izquierdo, en un brinco se le puso el mono en él; y llegando la boca al oído, daba diente con diente muy apriesa; y habiendo hecho este ademán por espacio de un credo, de otro brinco se puso en el suelo. Y al punto, con grandísima priesa, se fue maese Pedro a poner de rodillas ante don Quijote, y abrazándole las piernas, dijo:

—¡Estas piernas abrazo, bien así como si abrazara las dos colunas de Hércules, oh resucitador insigne de la ya puesta en olvido andante caballería, oh no jamás como se debe alabado caballero don Quijote de la Mancha, ánimo de los desmayados, arrimo de los que van a caer, brazo de los caídos, báculo y consuelo de todos los desdichados!

Quedó pasmado don Quijote, absorto Sancho, suspenso el primo, atónito el paje, abobado el del rebuzno, confuso el ventero, y, finalmente, espantados todos los que oyeron las razones del titerero, el cual prosiguió diciendo:

—Y tú, ¡oh buen Sancho Panza!, el mejor escudero y del mejor caballero del mundo, alégrate, que tu buena mujer Teresa está buena, y esta es la hora en que ella está rastrillando una libra de lino, y, por más señas, tiene a su lado izquierdo un jarro desbocado que cabe un buen porqué de vino, con que se entretiene en su trabajo.

—Eso creo yo muy bien —respondió Sancho—, porque es ella una bienaventurada, y, a no ser celosa, no la trocara yo por la giganta Andandona, que según mi señor fue una mujer muy cabal y muy de pro; y es mi Teresa de aquellas que no se dejan mal pasar, aunque sea a costa de sus herederos.

—Ahora digo —dijo a esta sazón don Quijote— que el que lee mucho y anda mucho ve mucho y sabe mucho. Digo esto porque ¿qué persuasión fuera bastante para persuadirme que hay monos en el mundo que adivinen, como lo he visto ahora por mis propios ojos? Porque yo soy el mesmo don Quijote de la Mancha que este buen animal ha dicho, puesto que se ha estendido algún tanto en mis alabanzas; pero como quiera que yo me sea, doy gracias al cielo que me dotó de un ánimo blando y compasivo, inclinado siempre a hacer bien a todos y mal a ninguno.

—Si yo tuviera dineros —dijo el paje—, preguntara al señor mono qué me ha de suceder en la peregrinación que llevo.

A lo que respondió maese Pedro, que ya se había levantado de los pies de don Quijote:

—Ya he dicho que esta bestezuela no responde a lo por venir, que si respondiera, no importara no haber dineros, que por servicio del señor don Quijote, que está presente, dejara yo todos los intereses del mundo. Y agora, porque se lo debo y por darle gusto, quiero armar mi retablo y dar placer a cuantos están en la venta, sin paga alguna.

Oyendo lo cual el ventero, alegre sobremanera, señaló el lugar donde se podía poner el retablo, que en un punto fue hecho. Don Quijote no estaba muy contento con las adivinanzas del mono, por parecerle no ser a propósito que un mono adivinase ni las de por venir ni las pasadas cosas; y, así, en tanto que maese Pedro acomodaba el retablo, se retiró don Quijote con Sancho a un rincón de la caballeriza, donde sin ser oídos de nadie le dijo:

—Mira, Sancho: yo he considerado bien la estraña habilidad de este mono, y hallo por mi cuenta que sin duda este maese Pedro su amo debe de tener hecho pacto tácito o espreso con el demonio.

—Si el patio es espeso y del demonio —dijo Sancho—, sin duda debe de ser muy sucio patio. Pero ¿de qué provecho le es al tal maese Pedro tener esos patios?

—No me entiendes, Sancho: no quiero decir sino que debe de tener hecho algún concierto con el demonio de que infunda esa habilidad en el mono, con que gane de comer, y después que esté rico le dará su alma, que es lo que este universal enemigo pretende. Y háceme creer esto el ver que el mono no responde sino a las cosas pasadas o presentes, y la sabiduría del diablo no se puede estender a más, que las por venir no las sabe si no es por conjeturas, y no todas veces, que a solo Dios está reservado conocer los tiempos y los momentos, y para Él no hay pasado ni porvenir, que todo es presente. Y siendo esto así, como lo es, está claro que este mono habla con el estilo del diablo, y estoy maravillado cómo no le han acusado al Santo Oficio, y examinádole y sacádole de cuajo en virtud de quién adivina; porque cierto está que este mono no es astrólogo, ni su amo ni él alzan ni saben alzar estas figuras que llaman «judiciarias» que tanto ahora se usan en España, que no hay mujercilla ni paje ni zapatero de viejo que no presuma de alzar una figura, como si fuera una sota de naipes del suelo, echando a perder con sus mentiras e ignorancias la verdad maravillosa de la ciencia. De una señora sé yo que preguntó a uno de estos figureros que si una perrilla de falda, pequeña, que tenía, si se empreñaría y pariría, y cuántos y de qué color serían los perros que pariese; a lo que el señor judiciario, después de haber alzado la figura, respondió que la perrica se empreñaría y pariría tres perricos, el uno verde, el otro encarnado y el otro de mezcla, con tal condición que la tal perra se cubriese entre las once y doce del día o de la noche, y que fuese en lunes o en sábado. Y lo que sucedió fue que de allí a dos días se murió la perra de ahíta, y el señor levantador quedó acreditado en el lugar por acertadísimo judiciario, como lo quedan todos o los más levantadores.

—Con todo eso, querría —dijo Sancho— que vuestra merced dijese a maese Pedro preguntase a su mono si es verdad lo que a vuestra merced le pasó en la cueva de Montesinos, que yo para mí tengo, con perdón de vuestra merced, que todo fue embeleco y mentira, o por lo menos cosas soñadas.

—Todo podría ser —respondió don Quijote—, pero yo haré lo que me aconsejas, puesto que me ha de quedar un no sé qué de escrúpulo.

Estando en esto, llegó maese Pedro a buscar a don Quijote y decirle que ya estaba en orden el retablo, que su merced viniese a verle, porque lo merecía. Don Quijote le comunicó su pensamiento y le rogó preguntase luego a su mono le dijese si ciertas cosas que había pasado en la cueva de Montesinos habían sido soñadas o verdaderas, porque a él le parecía que tenían de todo. A lo que maese Pedro, sin responder palabra, volvió a traer el mono, y puesto delante de don Quijote y de Sancho, dijo:

—Mirad, señor mono, que este caballero quiere saber si ciertas cosas que le pasaron en una cueva llamada de Montesinos, si fueron falsas o verdaderas.

Y haciéndole la acostumbrada señal, el mono se le subió en el hombro izquierdo, y hablándole al parecer en el oído, dijo luego maese Pedro:

—El mono dice que parte de las cosas que vuesa merced vio o pasó en la dicha cueva son falsas, y parte verisímiles; y que esto es lo que sabe, y no otra cosa, en cuanto a esta pregunta. Y que si vuesa merced quisiere saber más, que el viernes venidero responderá a todo lo que se le preguntare, que por ahora se le ha acabado la virtud, que no le vendrá hasta el viernes, como dicho tiene.

—¿No lo decía yo —dijo Sancho— que no se me podía asentar que todo lo que vuesa merced, señor mío, ha dicho de los acontecimientos de la cueva era verdad, ni aun la mitad?

—Los sucesos lo dirán, Sancho —respondió don Quijote—, que el tiempo, descubridor de todas las cosas, no se deja ninguna que no las saque a la luz del sol, aunque esté escondida en los senos de la tierra. Y por ahora baste esto, y vámonos a ver el retablo del buen maese Pedro, que para mí tengo que debe de tener alguna novedad.

—¿Cómo alguna? —respondió maese Pedro—. Sesenta mil encierra en sí este mi retablo. Dígole a vuesa merced, mi señor don Quijote, que es una de las cosas más de ver que hoy tiene el mundo; y «operibus credite, et non verbis», y manos a labor, que se hace tarde y tenemos mucho que hacer y que decir y que mostrar.

Obedeciéronle don Quijote y Sancho, y vinieron donde ya estaba el retablo puesto y descubierto, lleno por todas partes de candelillas de cera encendidas, que le hacían vistoso y resplandeciente. En llegando, se metió maese Pedro dentro de él, que era el que había de manejar las figuras del artificio, y fuera se puso un muchacho, criado del maese Pedro, para servir de intérprete y declarador de los misterios del tal retablo. Tenía una varilla en la mano, con que señalaba las figuras que salían. Puestos, pues, todos cuantos había en la venta, y algunos en pie, frontero del retablo, y acomodados don Quijote, Sancho, el paje y el primo en los mejores lugares, el trujamán comenzó a decir lo que oirá y verá el que le oyere o viere el capítulo siguiente.

26

DONDE SE PROSIGUE LA GRACIOSA AVENTURA DEL TITERERO, CON OTRAS COSAS EN VERDAD HARTO BUENAS

Con ayuda de un jovencito que lo acompaña, maese Pedro representa su función de títeres, protagonizada por don Gaiferos, el yerno de Carlomagno. Gaiferos, claramente, es un cantamañanas, porque se pasa los días jugando a los dados en París mientras su esposa, Melisendra, permanece encarcelada por los moros en la lejana ciudad de Zaragoza. Carlomagno le dice a don Gaiferos que deje los dados de una vez y que vaya a rescatar a Melisendra: ¿es que no sabe cuál es su obligación? Contrariado y medio rabioso, Gaiferos se pone la armadura y parte hacia Zaragoza. Al llegar a la ciudad, se planta bajo la torre donde está cautiva Melisendra, quien salta del balcón con la intención de caer sobre las ancas del caballo de su marido, pero el vestido se le engancha en un hierro y nos tememos lo peor... Al final, Melisendra alcanza el caballo. El animal arranca, acelera, trota, galopa. Las cosas pintan bien. Pero, de pronto, todo se tuerce. Alguien ve el caballo que huye y da la voz de alarma. Suenan tambores y se oyen trompetas, gritos de guerra, bestias que relinchan. Gaiferos y Melisendra están en peligro. La caballería mora los persigue sin tregua...

CREANDO LENGUAJE, CREANDO MÚSICA

La expresión «no dejar títere con cabeza», que significa arrasar, o, en sentido figurado, criticar despiadadamente, tiene su origen en este episodio del *Quijote*. En este mismo episodio se basa la ópera de Manuel de Falla *El retablo de maese Pedro*, estrenada en París el 25 de junio de 1923. Al estreno asistieron, entre otras personalidades, Pablo Picasso, Igor Stravinsky y Paul Valéry.

Y el muchacho dijo:

—Miren cuánta y cuán lucida caballería sale de la ciudad en siguimiento de los dos católicos amantes, cuántas trompetas que suenan, cuántas dulzainas que tocan y cuántos atabales y atambores que retumban. Témome que los han de alcanzar y los han de volver atados a la cola de su mismo caballo, que sería un horrendo espetáculo.

Viendo y oyendo, pues, tanta morisma y tanto estruendo don Quijote, pareciole ser bien dar ayuda a los que huían, y levantándose en pie, en voz alta dijo:

—¡No consentiré yo que en mis días y en mi presencia se le haga superchería a tan famoso caballero y a tan atrevido enamorado como don Gaiferos! ¡Deteneos, mal nacida canalla, no le sigáis ni persigáis; si no, conmigo sois en la batalla!

Y diciendo y haciendo, desenvainó la espada, y de un brinco se puso junto al retablo, y con acelerada y nunca vista furia comenzó a llover cuchilladas sobre la titerera morisma, derribando a unos, descabezando a otros, estropeando a este, destrozando a aquel; y, entre otros muchos, tiró un altibajo tal, que si maese Pedro no se abaja, se encoge y agazapa, le cercenara la cabeza con más facilidad que si fuera hecha de masa de mazapán. Daba voces maese Pedro, diciendo:

—¡Deténgase vuesa merced, señor don Quijote, y advierta que estos que derriba, destroza y mata no son verdaderos moros, sino unas figurillas de pasta! ¡Mire, pecador de mí, que me destruye y echa a perder toda mi hacienda!

Mas no por esto dejaba de menudear don Quijote cuchilladas, mandobles, tajos y reveses como llovidos. Finalmente, en menos de dos credos dio con todo el retablo en el suelo, hechas pedazos y desmenuzadas todas sus jarcias y figuras, el rey Marsilio malherido y el emperador Carlomagno partida la corona y la cabeza en dos partes. Alborotose el senado de los oyentes, huyose el mono por los tejados de la venta, temió el primo, acobardose el paje, y hasta el mesmo Sancho Panza tuvo pavor grandísimo, porque, como él juró después de pasada la borrasca, jamás había visto a su señor con tan desatinada cólera. Hecho, pues, el general destrozo del retablo, sosegose un poco don Quijote y dijo:

—Quisiera yo tener aquí delante en este punto todos aquellos que no creen ni quieren creer de cuánto provecho sean en el mundo los caballeros andantes. Miren, si no me hallara yo aquí presente, qué fuera del buen don Gaiferos y de la hermosa Melisendra: a buen seguro que esta fuera ya la hora que los hubieran alcanzado estos canes y les hubieran hecho algún desaguisado. En resolución, ¡viva la andante caballería sobre cuantas cosas hoy viven en la tierra!

—Viva en hora buena —dijo a esta sazón con voz enfermiza maese Pedro—, y muera yo, pues soy tan desdichado, que puedo decir con el rey don Rodrigo: «Ayer fui señor de España, y hoy no tengo una almena que pueda decir que es mía»: no ha media hora, ni aun un mediano momento, que me vi señor de reyes y de emperadores, llenas mis caballerizas y mis cofres y sacos de infinitos caballos y de innumerables galas, y agora me veo desolado y abatido, pobre y mendigo, y sobre todo sin mi mono, que a fe que primero que le vuelva a mi poder me han de sudar los dientes. Y todo por la furia mal considerada de este señor caballero, de quien se dice que ampara pupilos y endereza tuertos y hace otras obras caritativas, y en mí solo ha venido a faltar su intención generosa, que sean benditos y alabados los cielos allá donde tienen más levantados sus asientos; en fin, el Caballero de la Triste Figura había de ser aquel que había de desfigurar las mías.

Enterneciose Sancho Panza con las razones de maese Pedro, y díjole:

—No llores, maese Pedro, ni te lamentes, que me quiebras el corazón, porque te hago saber que es mi señor don Quijote tan católico y escrupuloso cristiano, que si él cae en la cuenta de que te ha hecho algún agravio, te lo sabrá y te lo querrá pagar y satisfacer con muchas ventajas.

—Con que me pagase el señor don Quijote alguna parte de las hechuras que me ha deshecho, quedaría contento, y su merced aseguraría su conciencia, porque no se puede salvar quien tiene lo ajeno contra la voluntad de su dueño y no lo restituye.

—Así es —dijo don Quijote—, pero hasta ahora yo no sé que tenga nada vuestro, maese Pedro.

—¿Cómo no? —respondió maese Pedro—. Y estas reliquias que están por este duro y estéril suelo, ¿quién las esparció y aniquiló sino la fuerza invencible de ese poderoso brazo? ¿Y cúyos eran sus cuerpos sino míos? ¿Y con quién me sustentaba yo sino con ellos?

—Ahora acabo de creer —dijo a este punto don Quijote— lo que otras muchas veces he creído: que estos encantadores que me persiguen no hacen sino ponerme las figuras como ellas son delante de los ojos, y luego me las mudan y truecan en las que ellos quieren. Real y verdaderamente os digo, señores que me oís, que a mí me pareció todo lo que aquí ha pasado que pasaba al pie de la letra: que Melisendra era Melisendra, don Gaiferos don Gaiferos, Marsilio Marsilio y Carlomagno Carlomagno. Por eso se me alteró la cólera, y por cumplir con mi profesión de caballero andante quise dar ayuda y favor a los que huían, y con este buen propósito hice lo que habéis visto; si me ha salido al revés no es culpa mía, sino de los malos que me persiguen. Y, con todo esto, de este mi yerro, aunque no ha procedido de malicia, quiero yo mismo condenarme en costas: vea maese Pedro lo que quiere por las figuras deshechas, que yo me ofrezco a pagárselo luego, en buena y corriente moneda castellana.

Inclinósele maese Pedro, diciéndole:

—No esperaba yo menos de la inaudita cristiandad del valeroso don Quijote de la Mancha, verdadero socorredor y amparo de todos los necesitados y menesterosos vagamundos. Y aquí el señor ventero y el gran Sancho serán medianeros y apreciadores entre vuesa merced y mí de lo que valen o podían valer las ya deshechas figuras.

El ventero y Sancho dijeron que así lo harían, y luego maese Pedro alzó del suelo, con la cabeza menos, al rey Marsilio de Zaragoza, y dijo:

—Ya se ve cuán imposible es volver a este rey a su ser primero; y, así, me parece, salvo mejor juicio, que se me dé por su muerte, fin y acabamiento cuatro reales y medio.

—Adelante —dijo don Quijote.

—Pues por esta abertura de arriba abajo —prosiguió maese Pedro, tomando en las manos al partido emperador Carlomagno— no sería mucho que pidiese yo cinco reales y un cuartillo.

—No es poco —dijo Sancho.

—Ni mucho —replicó el ventero—. Médiese la partida y señálensele cinco reales.

—Dénsele todos cinco y cuartillo —dijo don Quijote—, que no está en un cuartillo más a menos la monta de esta notable desgracia. Y acabe presto maese Pedro, que se hace hora de cenar y yo tengo ciertos barruntos de hambre.

—Por esta figura —dijo maese Pedro— que está sin narices y un ojo menos, que es de la hermosa Melisendra, quiero, y me pongo en lo justo, dos reales y doce maravedís.

—Aun ahí sería el diablo —dijo don Quijote— si ya no estuviese Melisendra con su esposo por lo menos en la raya de Francia, porque el caballo en que iban a mí me pareció que antes volaba que corría. Y, así, no hay para qué venderme a mí el gato por liebre, presentándome aquí a Melisendra

LA MONA DEL MONO

Don Quijote sospecha que el dinero que va a darle a maese Pedro servirá para que el titiritero pille una *mona* o borrachera. Según el lexicógrafo Sebastián de Covarrubias (1539-1613), a la borrachera la llamamos *mona* porque los monos, a los que Covarrubias llama genéricamente con el femenino monas, «apetecen el vino y las sopas mojadas en él, y hace diferentes efectos la borrachez en ellas, porque unas dan en alegrarse mucho y dar muchos saltos y vueltas, otras se encapotan y se arriman a un rincón, encubriéndose la cara con las manos. De aquí vino llamar *mona triste* al hombre borracho que está melancólico y callado, y *mona alegre* al que canta y baila y se huelga con todos» (*Tesoro de la lengua castellana, o española*, 1611, *s. v. mona*).

desnarigada, estando la otra, si viene a mano, ahora holgándose en Francia con su esposo a pierna tendida. Ayude Dios con lo suyo a cada uno, señor maese Pedro, y caminemos todos con pie llano y con intención sana; y prosiga.

Maese Pedro, que vio que don Quijote izquierdeaba y que volvía a su primer tema, no quiso que se le escapase, y, así, le dijo:

—Esta no debe de ser Melisendra, sino alguna de las doncellas que la servían; y, así, con sesenta maravedís que me den por ella quedaré contento y bien pagado.

De esta manera fue poniendo precio a otras muchas destrozadas figuras, que después los moderaron los dos jueces árbitros, con satisfación de las partes, que llegaron a cuarenta reales y tres cuartillos. Y además de esto, que luego lo desembolsó Sancho, pidió maese Pedro dos reales por el trabajo de tomar el mono.

—Dáselos, Sancho —dijo don Quijote—, no para tomar el mono, sino la mona; y docientos diera yo ahora en albricias a quien me dijera con certidumbre que la señora doña Melisendra y el señor don Gaiferos estaban ya en Francia y entre los suyos.

—Ninguno nos lo podrá decir mejor que mi mono —dijo maese Pedro—, pero no habrá diablo que ahora le tome, aunque imagino que el cariño y la hambre le han de forzar a que me busque esta noche, y amanecerá Dios y verémonos.

En resolución, la borrasca del retablo se acabó, y todos cenaron en paz y en buena compañía a costa de don Quijote, que era liberal en todo estremo. Antes que amaneciese se fue el que llevaba las lanzas y las alabardas, y ya después de amanecido se vinieron a despedir de don Quijote el primo y el paje, el uno para volverse a su tierra y el otro a proseguir su camino, para ayuda del cual le dio don Quijote una docena de reales. Maese Pedro no quiso volver a entrar en más dimes ni diretes con don Quijote, a quien él conocía muy bien, y, así, madrugó antes que el sol, y cogiendo las reliquias de su retablo y a su mono, se fue también a buscar sus aventuras. El ventero, que no conocía a don Quijote, tan admirado le tenían sus locuras como su liberalidad. Finalmente, Sancho le pagó muy bien, por orden de su señor, y despidiéndose de él, casi a las ocho del día dejaron la venta y se pusieron en camino, donde los dejaremos ir, que así conviene para dar lugar a contar otras cosas pertenecientes a la declaración de esta famosa historia.

27

DONDE SE DA CUENTA DE QUIÉNES ERAN MAESE PEDRO Y SU MONO, CON EL MAL SUCESO QUE DON QUIJOTE TUVO EN LA AVENTURA DEL REBUZNO, QUE NO LA ACABÓ COMO ÉL QUISIERA Y COMO LO TENÍA PENSADO

Entra Cide Hamete, coronista de esta grande historia, con estas palabras en este capítulo: «Juro como católico cristiano...», a lo que su traductor dice que el jurar Cide Hamete como católico cristiano, siendo él moro como sin duda lo era, no quiso decir otra cosa sino que así como el católico cristiano, cuando jura, jura o debe jurar verdad y decirla en lo que dijere, así él la decía como si jurara como cristiano católico en lo que quería escribir de don Quijote, especialmente en decir quién era maese Pedro y quién el mono adivino que traía admirados todos aquellos pueblos con sus adivinanzas.

Dice, pues, que bien se acordará el que hubiese leído la primera parte de esta historia de aquel Ginés de Pasamonte a quien, entre otros galeotes, dio libertad don Quijote en Sierra Morena, beneficio que después le fue mal agradecido y peor pagado de aquella gente maligna y mal acostumbrada. Este Ginés de Pasamonte, a quien don Quijote llamaba Ginesillo de Parapilla, fue el que hurtó a Sancho Panza el rucio, que, por no haberse puesto el cómo ni el cuándo en la primera parte, por culpa de los impresores, ha dado en qué entender a muchos, que atribuían a poca memoria del autor la falta de emprenta. Pero, en resolución, Ginés le hurtó estando sobre él durmiendo Sancho Panza, usando de la traza y modo que usó Brunelo cuando, estando Sacripante sobre Albraca, le sacó el caballo de entre las piernas, y después le cobró Sancho como se ha contado. Este Ginés, pues, temeroso de no ser hallado de la justicia, que le buscaba para castigarle de sus infinitas bellaquerías y delitos, que fueron tantos y tales, que él mismo compuso un gran volumen contándolos, determinó pasarse al reino de Aragón y cubrirse el ojo izquierdo, acomodándose al oficio de titerero, que esto y el jugar de manos lo sabía hacer por estremo.

Sucedió, pues, que de unos cristianos ya libres que venían de Berbería compró aquel mono, a quien enseñó que en haciéndole cierta señal se le subiese en el hombro y le murmurase, o lo pareciese, al oído. Hecho esto, antes que entrase en el lugar donde entraba con su retablo y mono, se informaba en el lugar más cercano, o de quien él mejor podía, qué cosas particulares hubiesen sucedido en el tal lugar, y a qué personas; y llevándolas bien en la memoria, lo primero que hacía era mostrar su retablo, el cual unas veces era de una historia y otras de otra, pero todas alegres y regocijadas y conocidas. Acabada la muestra, proponía las

EL CABALLO DE SACRIPANTE

Cervantes se conocía al dedillo el *Orlando furioso* (1532), poema caballeresco del italiano Ludovico Ariosto que entrecruza decenas de historias sobre caballeros, princesas, gigantes, enanos, reyes, anillos mágicos y caballos voladores. En cierto pasaje, el rey moro Sacripante secuestra a la hermosa Angélica y la encierra en la ciudad de Albraca. Los cristianos acuden a liberarla, y se desata la guerra. Durante una tregua, Sacripante se duerme a lomos de su caballo, y un tal Brunelo, del bando enemigo, le saca el caballo de entre las piernas y lo sustituye por cuatro palos. De ahí se sacó Cervantes la idea de que a Sancho le robaran su burro mientras dormía.

habilidades de su mono, diciendo al pueblo que adivinaba todo lo pasado y lo presente, pero que en lo de por venir no se daba maña. Por la respuesta de cada pregunta pedía dos reales, y de algunas hacía barato, según tomaba el pulso a los preguntantes. Y como tal vez llegaba a las casas de quien él sabía los sucesos de los que en ella moraban, aunque no le preguntasen nada, por no pagarle, él hacía la seña al mono y luego decía que le había dicho tal y tal cosa, que venía de molde con lo sucedido; con esto cobraba crédito infalible y andábanse todos tras él. Otras veces, como era tan discreto, respondía de manera que las respuestas venían bien con las preguntas; y como nadie le apuraba ni apretaba a que dijese cómo adevinaba su mono, a todos hacía monas y llenaba sus esqueros.

Así como entró en la venta conoció a don Quijote y a Sancho, por cuyo conocimiento le fue fácil poner en admiración a don Quijote y a Sancho Panza y a todos los que en ella estaban. Pero hubiérale de costar caro si don Quijote bajara un poco más la mano cuando cortó la cabeza al rey Marsilio y destruyó toda su caballería, como queda dicho en el antecedente capítulo. Esto es lo que hay que decir de maese Pedro y de su mono.

Y volviendo a don Quijote de la Mancha, digo que después de haber salido de la venta determinó de ver primero las riberas del río Ebro y todos aquellos contornos, antes de entrar en la ciudad de Zaragoza, pues le daba tiempo para todo el mucho que faltaba desde allí a las justas. Con esta intención siguió su camino, por el cual anduvo dos días sin acontecerle cosa digna de ponerse en escritura, hasta que al tercero, al subir de una loma, oyó un gran rumor de atambores, de trompetas y arcabuces. Al principio pensó que algún tercio de soldados pasaba por aquella parte, y, por verlos, picó a Rocinante y subió la loma arriba; y cuando estuvo en la cumbre, vio al pie de ella, a su parecer, más de docientos hombres armados de diferentes suertes de armas, como si dijésemos lanzones, ballestas, partesanas, alabardas y picas, y algunos arcabuces y muchas rodelas. Bajó del recuesto y acercose al escuadrón, tanto, que distintamente vio las banderas, juzgó de las colores y notó las empresas que en ellas traían, especialmente una que en un estandarte o jirón de raso blanco venía, en el cual estaba pintado muy al vivo un asno como un pequeño sardesco, la cabeza levantada, la boca abierta y la lengua de fuera, en acto y postura como si estuviera rebuznando; alrededor de él estaban escritos de letras grandes estos dos versos:

No rebuznaron en balde
el uno y el otro alcalde.

Por esta insignia sacó don Quijote que aquella gente debía de ser del pueblo del rebuzno, y así se lo dijo a Sancho, declarándole lo que en el estandarte venía escrito. Díjole también que el que les había dado noticia de aquel caso se había errado en decir que dos regidores habían sido los que rebuznaron, pero que, según los versos del estandarte, no habían sido sino alcaldes. A lo que respondió Sancho Panza:

—Señor, en eso no hay que reparar, que bien puede ser que los regidores que entonces rebuznaron viniesen con el tiempo a ser alcaldes de su pueblo, y, así, se pueden llamar con entrambos títulos; cuanto más que no hace al caso a la verdad de la historia ser los rebuznadores alcaldes o regidores, como ellos una por una hayan rebuznado, porque tan a pique está de rebuznar un alcalde como un regidor.

Finalmente, conocieron y supieron como el pueblo corrido salía a pelear con otro que le corría más de lo justo y de lo que se debía a la buena vecindad. Fuese llegando a ellos don Quijote, no con poca pesadumbre de Sancho, que nunca fue amigo de hallarse en semejantes jornadas. Los del escuadrón le recogieron en medio, creyendo que era alguno de los de su parcialidad. Don Quijote, alzando la visera, con gentil brío y continente llegó hasta el estandarte del asno, y allí se le pusieron alrededor todos los más principales del ejército, por verle, admirados con la admiración acostumbrada en que caían todos aquellos que la vez primera le miraban. Don Quijote que los vio tan atentos a mirarle, sin que ninguno le hablase ni le preguntase nada, quiso aprovecharse de aquel silencio, y rompiendo el suyo, alzó la voz y dijo:

—Buenos señores, cuan encarecidamente puedo os suplico que no interrumpáis un razonamiento que quiero haceros hasta que veáis que os disgusta y enfada, que si esto sucede, con la más mínima señal que me hagáis pondré un sello en mi boca y echaré una mordaza a mi lengua.

Todos le dijeron que dijese lo que quisiese, que de buena gana le escucharían. Don Quijote, con esta licencia, prosiguió diciendo:

—Yo, señores míos, soy caballero andante, cuyo ejercicio es el de las armas y cuya profesión, la de favorecer a los necesitados de favor y acudir a los menesterosos. Días ha que he sabido vuestra desgracia y la causa que os mueve a tomar las armas a cada paso, para vengaros de vuestros enemigos. Y habiendo discurrido una y muchas veces en mi entendimiento sobre vuestro negocio, hallo, según las leyes del duelo, que estáis engañados en teneros por afrentados, porque ningún particular puede afrentar a un pueblo entero, si no es retándole de traidor por junto, porque no sabe en particular quién cometió la traición por que le reta. Ejemplo de esto tenemos en don Diego Ordóñez de Lara, que retó a todo el pueblo zamorano porque ignoraba que solo Vellido Dolfos había cometido la traición de matar a su rey, y, así, retó a todos, y a todos tocaba la venganza y la respuesta. Aunque bien es verdad que el señor don Diego anduvo algo demasiado, y aun pasó muy adelante de los límites del reto, porque no tenía para qué retar a los muertos, a las aguas, ni a los panes, ni a los que estaban por nacer, ni a las otras menudencias que allí se declaran; pero vaya, pues cuando la cólera sale de madre, no tiene la lengua padre, ayo ni freno que la corrija.

»Siendo, pues, esto así, que uno solo no puede afrentar a reino, provincia, ciudad, república ni pueblo entero, queda en limpio que no hay para qué salir a la venganza del reto de la tal afrenta, pues no lo es. Porque ¡bueno sería que se matasen a cada paso los del pueblo de la Reloja con quien se lo llama, ni los cazoleros, berenjeneros, ballenatos, jaboneros, ni los de otros nombres y apellidos que andan por ahí en boca de los muchachos y de gente de poco más a menos! ¡Bueno sería, por cierto, que todos estos insignes pueblos se corriesen y vengasen, y anduviesen contino hechas las espadas sacabuches a cualquier pendencia, por pequeña que fuese! ¡No, no, ni Dios lo permita o quiera! Los varones prudentes, las repúblicas bien concertadas, por cuatro cosas han de tomar las armas y desenvainar las espadas, y poner a riesgo sus personas, vidas y haciendas: la primera, por defender la fe católica; la segunda, por defender su vida, que es de ley natural y divina; la tercera, en defensa de su honra, de su familia y hacienda; la cuarta, en servicio de su rey en la guerra justa; y si le quisiéremos añadir la quinta, que se puede contar por segunda, es en defensa de su patria. A estas cinco causas, como capitales, se pueden agregar algunas otras que sean justas y razonables y que obliguen a tomar las armas, pero tomarlas por niñerías y por cosas que antes son de risa y pasatiempo que de afrenta, parece que quien las toma carece de todo razonable discurso. Cuanto más que el tomar venganza injusta, que justa no puede haber alguna que lo sea, va derechamente contra la santa ley que profesamos, en la cual se nos manda que hagamos bien a nuestros enemigos y que amemos a los que nos aborrecen, mandamiento que, aunque parece algo dificultoso de cumplir, no lo es sino para aquellos que tienen menos de Dios que del mundo y más de carne que de espíritu. Porque Jesucristo, Dios y hombre verdadero, que nunca mintió ni pudo ni puede mentir, siendo legislador nuestro, dijo que su yugo era suave y su carga liviana; y, así, no nos había de mandar cosa que fuese imposible el cumplirla. Así que, mis señores, vuesas mercedes están obligados por leyes divinas y humanas a sosegarse.

—¡El diablo me lleve —dijo a esta sazón Sancho entre sí—, si este mi amo no es tólogo! Y si no lo es, que lo parece como un güevo a otro.

Tomó un poco de aliento don Quijote, y viendo que todavía le prestaban silencio, quiso pasar adelante en su plática, como pasara si no se pusiera en medio la agudeza de Sancho, el cual, viendo que su amo se detenía, tomó la mano por él, diciendo:

—Mi señor don Quijote de la Mancha, que un tiempo se llamó el Caballero de la Triste Figura y ahora se llama el Caballero de los Leones, es un hidalgo muy atentado, que sabe latín y romance como un bachiller, y en todo cuanto trata y aconseja procede como muy buen soldado, y tiene todas las leyes y ordenanzas de lo que llaman el duelo en la uña; y, así, no hay más que hacer sino dejarse llevar por lo que él dijere, y sobre mí si lo erraren. Cuanto más que ello se está dicho que es necedad correrse por solo oír un rebuzno, que yo me acuerdo, cuando muchacho, que rebuznaba cada y cuando que se me antojaba, sin que nadie me fuese a la mano, y con tanta gracia y propiedad, que en rebuznando yo rebuznaban todos los asnos del pueblo, y no por eso dejaba de ser hijo de mis padres, que eran honradísimos; y aunque por esta habilidad era invidiado de más de cuatro de los estirados de mi pueblo, no se me daba dos ardites. Y porque se vea que digo verdad, esperen y escuchen, que esta ciencia es como la del nadar, que una vez aprendida nunca se olvida.

Y luego, puesta la mano en las narices, comenzó a rebuznar tan reciamente, que todos los cercanos valles retumbaron. Pero uno de los que estaban junto a él, creyendo que hacía burla de ellos, alzó un varapalo que en la mano tenía y diole tal golpe con él, que, sin ser poderoso a otra cosa, dio con Sancho Panza en el suelo. Don Quijote, que vio tan mal parado a Sancho, arremetió al que le había dado con la lanza sobre mano, pero fueron tantos los que se pusieron en medio, que no fue posible vengarle; antes, viendo que llovía sobre él un nublado de piedras y que le amenazaban mil encaradas ballestas y no menos cantidad de arcabuces, volvió las riendas a Rocinante y a todo lo que su galope pudo se salió de entre ellos, encomendándose de todo corazón a Dios que de aquel peligro le librase, temiendo a cada paso no le entrase alguna bala por las espaldas y le saliese al pecho; y a cada punto recogía el aliento, por ver si le faltaba.

Pero los del escuadrón se contentaron con verle huir, sin tirarle. A Sancho le pusieron sobre su jumento, apenas vuelto en sí, y le dejaron ir tras su amo, no porque él tuviese sentido para regirle, pero el rucio siguió las huellas de Rocinante, sin el cual no se hallaba un punto. Alongado, pues, don Quijote buen trecho, volvió la cabeza y vio que Sancho venía, y atendiole, viendo que ninguno le seguía.

Los del escuadrón se estuvieron allí hasta la noche, y por no haber salido a la batalla sus contrarios, se volvieron a su pueblo, regocijados y alegres. Y si ellos supieran la costumbre antigua de los griegos, levantaran en aquel lugar y sitio un trofeo.

28

DE COSAS QUE DICE BENENGELI QUE LAS SABRÁ QUIEN LE LEYERE, SI LAS LEE CON ATENCIÓN

Cuando el valiente huye, la superchería está descubierta, y es de varones prudentes guardarse para mejor ocasión. Esta verdad se verificó en don Quijote, el cual, dando lugar a la furia del pueblo y a las malas intenciones de aquel indignado escuadrón, puso pies en polvorosa, y sin acordarse de Sancho ni del peligro en que le dejaba, se apartó tanto cuanto le pareció que bastaba para estar seguro. Seguíale Sancho atravesado en su jumento, como queda referido. Llegó, en fin, ya vuelto en su acuerdo, y al llegar se dejó caer del rucio a los pies de Rocinante, todo ansioso, todo molido y todo apaleado. Apeose don Quijote para catarle las feridas, pero, como le hallase sano de los pies a la cabeza, con asaz cólera le dijo:

—¡Tan en hora mala supistes vos rebuznar, Sancho! ¿Y dónde hallastes vos ser bueno el nombrar la soga en casa del ahorcado? A música de rebuznos, ¿qué contrapunto se había de llevar sino de varapalos? Y dad gracias a Dios, Sancho, que ya que os santiguaron con un palo, no os hicieron el *per signum crucis* con un alfanje.

—No estoy para responder —respondió Sancho—, porque me parece que hablo por las espaldas. Subamos y apartémonos de aquí, que yo pondré silencio en mis rebuznos, pero no en dejar de decir que los caballeros andantes huyen y dejan a sus buenos escuderos molidos como alheña o como cibera, en poder de sus enemigos.

—No huye el que se retira —respondió don Quijote—. Porque has de saber, Sancho, que la valentía que no se funda sobre la basa de la prudencia se llama temeridad, y las hazañas del temerario más se atribuyen a la buena fortuna que a su ánimo. Y, así, yo confieso que me he retirado, pero no huido, y en esto he imitado a muchos valientes que se han guardado para tiempos mejores; y de esto están las historias llenas, las cuales, por no serte a ti de provecho ni a mí de gusto, no te las refiero ahora.

En esto ya estaba a caballo Sancho, ayudado de don Quijote, el cual asimismo subió en Rocinante, y poco a poco se fueron a emboscar en una alameda que hasta un cuarto de legua de allí se parecía. De cuando en cuando daba Sancho unos ayes profundísimos y unos gemidos dolorosos, y preguntándole don Quijote la causa de tan amargo sentimiento, respondió que desde la punta del espinazo hasta la nuca del celebro le dolía de manera que le sacaba de sentido.

—La causa de ese dolor debe de ser, sin duda —dijo don Quijote—, que como era el palo con que te dieron largo y tendido, te cogió todas las espaldas, donde entran todas esas partes que te duelen; y si más te cogiera, más te doliera.

—¡Por Dios —dijo Sancho— que vuesa merced me ha sacado de una gran duda, y que me la ha declarado por lindos términos! ¡Cuerpo de mí! ¿Tan encubierta estaba la causa de mi dolor, que ha sido menester decirme que me duele todo todo aquello que alcanzó el palo? Si me dolieran los tobillos, aún pudiera ser que se anduviera adivinando el porqué me dolían, pero dolerme lo que me molieron no es mucho adivinar. A la fe, señor nuestro amo, el mal ajeno de pelo cuelga, y cada día voy descubriendo tierra de lo poco que puedo esperar de la compañía que con vuestra merced tengo. Porque si esta vez me ha dejado apalear, otra y otras ciento volveremos a los manteamientos de marras y a otras muchacherías, que si ahora me han salido a las espaldas, después me saldrán a los ojos. Harto mejor haría yo, sino que soy un bárbaro y no haré nada que bueno sea en toda mi vida; harto mejor haría yo, vuelvo a decir, en volverme a mi casa y a mi mujer y a mis hijos, y sustentarla y criarlos con lo que Dios fue servido de darme, y no andarme tras vuesa merced por caminos sin camino y por sendas y carreras que no las tienen, bebiendo mal y comiendo peor. Pues tomadme el dormir: contad, hermano escudero, siete pies de tierra, y si quisiéredes más, tomad otros tantos, que en vuestra mano está escudillar, y tendeos a todo vuestro buen talante, que quemado vea yo y hecho polvos al primero que dio puntada en la andante caballería, o a lo menos al primero que quiso ser escudero de tales tontos como debieron ser todos los caballeros andantes pasados. De los presentes no digo nada, que, por ser vuestra merced uno de ellos, los tengo respeto, y porque sé que sabe vuesa merced un punto más que el diablo en cuanto habla y en cuanto piensa.

—Haría yo una buena apuesta con vos, Sancho —dijo don Quijote—, que ahora que vais hablando sin que nadie os vaya a la mano, que no os duele nada en todo vuestro cuerpo. Hablad, hijo mío, todo aquello que os viniere al pensamiento y a la boca, que a trueco de que a vos no os duela nada tendré yo por gusto el enfado que me dan vuestras impertinencias. Y si tanto deseáis volveros a vuestra casa con vuestra mujer y hijos, no permita Dios que yo os lo impida: dineros tenéis míos; mirad cuánto ha que esta tercera vez salimos de nuestro pueblo, y mirad lo que podéis y debéis ganar cada mes, y pagaos de vuestra mano.

—Cuando yo servía —respondió Sancho— a Tomé Carrasco, el padre del bachiller Sansón Carrasco, que vuestra merced bien conoce, dos ducados ganaba cada mes, amén de la comida. Con vuestra merced no sé lo que puedo ganar, puesto que sé que tiene más trabajo el escudero del caballero andante que el que sirve a un labrador; que, en resolución, los que servimos a labradores, por mucho que trabajemos de día, por mal que suceda, a la noche cenamos olla y dormimos en cama, en la cual no he dormido después que ha que sirvo a vuestra merced: si no ha sido el tiempo breve que estuvimos en casa de don Diego de Miranda, y la jira que tuve con la espuma que saqué de las ollas de Camacho, y lo que comí y bebí y dormí en casa de Basilio, todo el otro tiempo he dormido en la dura tierra, al cielo abierto, sujeto a lo que dicen inclemencias del cielo, sustentándome con rajas de queso y mendrugos de pan, y bebiendo aguas, ya de arroyos, ya de fuentes, de las que encontramos por esos andurriales donde andamos.

—Confieso —dijo don Quijote— que todo lo que dices, Sancho, sea verdad. ¿Cuánto parece que os debo dar más de lo que os daba Tomé Carrasco?

—A mi parecer —dijo Sancho—, con dos reales más que vuestra merced añadiese cada mes me tendría por bien pagado. Esto es cuanto al salario de mi trabajo, pero en cuanto a satisfacerme a la palabra y promesa que vuestra

NEGOCIACIÓN SALARIAL

Los jornaleros ocupaban el peldaño más bajo de la escala social. El labrador que los contrataba fijaba el salario y añadía la comida como parte del pago. Las mujeres cobraban la mitad que los hombres por el mismo trabajo. Las reivindicaciones salariales no estaban toleradas, tal como se ve escrito en una disposición de las ordenanzas sobre los jornales y jornaleros del ayuntamiento de Calahorra del año 1551: «por quanto ay muchos braceros holgazanes y otros que hazen conçilios y monipodios diziendo que no an de yr a trabajar si no les dan de jornal lo que ellos quisieren que si fuera allado alguno olgando que no quisiere yr a trabajar hallando donde trabajar que sea preso y castigado como la justicia le pareciere».

merced me tiene hecha de darme el gobierno de una ínsula, sería justo que se me añadiesen otros seis reales, que por todos serían treinta.

—Está muy bien —replicó don Quijote—. Y conforme al salario que vos os habéis señalado, veinte y cinco días ha que salimos de nuestro pueblo: contad, Sancho, rata por cantidad, y mirad lo que os debo, y pagaos, como os tengo dicho, de vuestra mano.

—¡Oh, cuerpo de mí! —dijo Sancho—, que va vuestra merced muy errado en esta cuenta, porque en lo de la promesa de la ínsula se ha de contar desde el día que vuestra merced me la prometió hasta la presente hora en que estamos.

—Pues ¿qué tanto ha, Sancho, que os la prometí? —dijo don Quijote.

—Si yo mal no me acuerdo —respondió Sancho—, debe de haber más de veinte años, tres días más a menos.

Diose don Quijote una gran palmada en la frente y comenzó a reír muy de gana, y dijo:

—Pues no anduve yo en Sierra Morena ni en todo el discurso de nuestras salidas sino dos meses apenas, ¿y dices, Sancho, que ha veinte años que te prometí la ínsula? Ahora digo que quieres que se consuman en tus salarios el dinero que tienes mío. Y si esto es así y tú gustas de ello, desde aquí te lo doy y buen provecho te haga, que a trueco de verme sin tan mal escudero holgareme de quedarme pobre y sin blanca. Pero dime, prevaricador de las ordenanzas escuderiles de la andante caballería: ¿dónde has visto tú o leído que ningún escudero de caballero andante se haya puesto con su señor en cuánto más tanto me habéis de dar cada mes porque os sirva? Éntrate, éntrate, malandrín, follón y vestiglo, que todo lo pareces; éntrate, digo, por el maremágnum de sus historias, y si hallares que algún escudero haya dicho ni pensado lo que aquí has dicho, quiero que me le claves en la frente, y por añadidura me hagas cuatro mamonas selladas en mi rostro. Vuelve las riendas, o el cabestro, al rucio, y vuélvete a tu casa, porque un solo paso desde aquí no has de pasar más adelante conmigo. ¡Oh pan mal conocido! ¡Oh promesas mal colocadas! ¡Oh hombre que tiene más de bestia que de persona! ¿Ahora, cuando yo pensaba ponerte en estado, y tal, que a pesar de tu mujer te llamaran señoría, te despides? ¿Ahora te vas, cuando yo venía con intención firme y valedera de hacerte señor de la mejor ínsula del mundo? En fin, como tú has dicho otras veces, no es la miel, etcétera: asno eres y asno has de ser, y en asno has de parar cuando se te acabe el curso de la vida, que para mí tengo que antes llegará ella a su último término que tú caigas y des en la cuenta de que eres bestia.

Miraba Sancho a don Quijote de en hito en hito en tanto que los tales vituperios le decía, y compungiose de manera que le vinieron las lágrimas a los ojos, y con voz dolorida y enferma le dijo:

—Señor mío, yo confieso que para ser del todo asno no me falta más de la cola; si vuestra merced quiere ponérmela, yo la daré por bien puesta y le serviré como jumento todos los días que me quedan de mi vida. Vuestra merced me perdone y se duela de mi mocedad; y advierta que sé poco, y que si hablo mucho, más procede de enfermedad que de malicia. Mas quien yerra y se enmienda, a Dios se encomienda.

—Maravillárame yo, Sancho, si no mezclaras algún refrancico en tu coloquio. Ahora bien, yo te perdono, con que te emiendes y con que no te muestres de aquí adelante tan amigo de tu interés, sino que procures ensanchar el corazón y te alientes y animes a esperar el cumplimiento de mis promesas, que, aunque se tarda, no se imposibilita.

Sancho respondió que sí haría, aunque sacase fuerzas de flaqueza. Con esto se metieron en la alameda, y don Quijote se acomodó al pie de un olmo y Sancho al de una haya, que estos tales árboles y otros sus semejantes siempre tienen pies, y no manos. Sancho pasó la noche penosamente, porque el varapalo se hacía más sentir con el sereno; don Quijote la pasó en sus continuas memorias. Pero, con todo eso, dieron los ojos al sueño, y al salir del alba siguieron su camino, buscando las riberas del famoso Ebro, donde les sucedió lo que se contará en el capítulo venidero.

29

DE LA FAMOSA AVENTURA DEL BARCO ENCANTADO

PASOS DE BARCA

En Aragón solo había dos puentes para cruzar el Ebro y ambos se encontraban en Zaragoza. Los viajeros que querían cruzar el río lejos de la capital utilizaban los pasos de barca pagando el peaje correspondiente. Este sistema estuvo vigente hasta finales del XIX, cuando la llegada del hormigón armado facilitó la construcción de los puentes. En la actualidad existen en activo cuatro pasos de barca en Aragón (Boquiñeni, Sobradiel, Torres de Berrellén y Gelsa) y tres en Cataluña (Flix, Miravet y García) de uso más testimonial y turístico que funcional.

Por sus pasos contados y por contar, dos días después que salieron de la alameda llegaron don Quijote y Sancho al río Ebro, y el verle fue de gran gusto a don Quijote, porque contempló y miró en él la amenidad de sus riberas, la claridad de sus aguas, el sosiego de su curso y la abundancia de sus líquidos cristales, cuya alegre vista renovó en su memoria mil amorosos pensamientos. Especialmente fue y vino en lo que había visto en la cueva de Montesinos, que, puesto que el mono de maese Pedro le había dicho que parte de aquellas cosas eran verdad y parte mentira, él se atenía más a las verdaderas que a las mentirosas, bien al revés de Sancho, que todas las tenía por la mesma mentira.

Yendo, pues, de esta manera, se le ofreció a la vista un pequeño barco, sin remos ni otras jarcias algunas, que estaba atado en la orilla a un tronco de un árbol que en la ribera estaba. Miró don Quijote a todas partes y no vio persona alguna, y luego, sin más ni más, se apeó de Rocinante y mandó a Sancho que lo mesmo hiciese del rucio y que a entrambas bestias las atase muy bien juntas al tronco de un álamo o sauce que allí estaba. Preguntole Sancho la causa de aquel súbito apeamiento y de aquel ligamiento. Respondió don Quijote:

—Has de saber, Sancho, que este barco que aquí está, derechamente y sin poder ser otra cosa en contrario, me está llamando y convidando a que entre en él y vaya en él a dar socorro a algún caballero o a otra necesitada y principal persona que debe de estar puesta en alguna grande cuita, porque este es estilo de los libros de las historias caballerescas y de los encantadores que en ellas se entremeten y platican: cuando algún caballero está puesto en algún trabajo que no puede ser librado de él sino por la mano de otro caballero, puesto que estén distantes el uno del otro dos o tres mil leguas, y aun más, o le arrebatan en una nube o le deparan un barco donde se entre, y en menos de un abrir y cerrar de ojos le llevan, o por los aires o por la mar, donde quieren y adonde es menester su ayuda. Así que, oh Sancho, este barco está puesto aquí para el mesmo efecto, y esto es tan verdad como es ahora de día; y antes que este se pase, ata juntos al rucio y a Rocinante, y a la mano de Dios que nos guíe, que no dejaré de embarcarme si me lo pidiesen frailes descalzos.

—Pues así es —respondió Sancho—, y vuestra merced quiere dar a cada paso en estos que no sé si los llame disparates, no hay sino obedecer y bajar la cabeza, atendiendo al refrán «Haz lo que tu amo te manda y siéntate con él a la mesa». Pero, con todo esto, por lo que toca al descargo de mi conciencia quiero advertir a vuestra merced que a mí me parece que este tal barco no es de los encantados, sino de algunos pescadores de este río, porque en él se pescan las mejores sabogas del mundo.

Esto decía mientras ataba las bestias Sancho, dejándolas a la proteción y amparo de los encantadores, con harto dolor de su ánima. Don Quijote le dijo que no tuviese pena del desamparo de aquellos animales, que el que los llevaría a ellos por tan longincuos caminos y regiones tendría cuenta de sustentarlos.

—No entiendo eso de *logicuos* —dijo Sancho— ni he oído tal vocablo en todos los días de mi vida.

—*Longincuos* —respondió don Quijote— quiere decir «apartados», y no es maravilla que no lo entiendas, que no estás tú obligado a saber latín, como algunos que presumen que lo saben y lo ignoran.

—Ya están atados —replicó Sancho—. ¿Qué hemos de hacer ahora?

—¿Qué? —respondió don Quijote—. Santiguarnos y levar ferro; quiero decir, embarcarnos y cortar la amarra con que este barco está atado.

Y dando un salto en él, siguiéndole Sancho, cortó el cordel, y el barco se fue apartando poco a poco de la ribera. Y cuando Sancho se vio obra de dos varas dentro del río, comenzó a temblar, temiendo su perdición; pero ninguna cosa le dio más pena que el oír roznar al rucio y el ver que Rocinante pugnaba por desatarse. Y díjole a su señor:

—El rucio rebuzna condolido de nuestra ausencia y Rocinante procura ponerse en libertad para arrojarse tras nosotros. ¡Oh carísimos amigos, quedaos en paz, y la locura que nos aparta de vosotros, convertida en desengaño, nos vuelva a vuestra presencia!

Y en esto comenzó a llorar tan amargamente, que don Quijote, mohíno y colérico, le dijo:

—¿De qué temes, cobarde criatura? ¿De qué lloras, corazón de mantequillas? ¿Quién te persigue o quién te acosa, ánimo de ratón casero, o qué te falta, menesteroso en la mitad de las entrañas de la abundancia? ¿Por dicha vas caminando a pie y descalzo por las montañas rifeas, sino sentado en una tabla, como un archiduque, por el sesgo curso de este agradable río, de donde en breve espacio saldremos al mar dilatado? Pero ya habemos de haber salido y caminado por lo menos setecientas o ochocientas leguas. Y si yo tuviera aquí un astrolabio con que tomar la altura del polo, yo te dijera las que hemos caminado; aunque o yo sé poco o ya hemos pasado o pasaremos presto por la línea equinocial, que divide y corta los dos contrapuestos polos en igual distancia.

—Y cuando lleguemos a esa leña que vuestra merced dice —preguntó Sancho—, ¿cuánto habremos caminado?

—Mucho —replicó don Quijote—, porque de trecientos y sesenta grados que contiene el globo del agua y de la tierra, según el cómputo de Ptolomeo, que fue el mayor cosmógrafo que se sabe, la mitad habremos caminado llegando a la línea que he dicho.

—¡Por Dios —dijo Sancho—, que vuesa merced me trae por testigo de lo que dice a una gentil persona: puto y gafo, con la añadidura de meón, o meo, o no sé cómo!

Riose don Quijote de la interpretación que Sancho había dado al nombre y al cómputo y cuenta del cosmógrafo Ptolomeo, y díjole:

—Sabrás, Sancho, que los españoles, y los que se embarcan en Cádiz para ir a las Indias Orientales, una de las señales que tienen para entender que han pasado la línea equinocial que te he dicho es que a todos los que van en el navío se les mueren los piojos, sin que les quede ninguno, ni en todo el bajel le hallarán, si le pesan a oro; y, así, puedes, Sancho, pasear una mano por un muslo, y si topares cosa viva, saldremos de esta duda, y si no, pasado habemos.

—Yo no creo nada de eso —respondió Sancho—, pero, con todo, haré lo que vuesa merced me manda, aunque no sé para qué hay necesidad de hacer esas experiencias, pues yo veo con mis mismos ojos que no nos habemos apartado de la ribera cinco varas ni hemos decantado de donde están las alemañas dos varas, porque allí están Rocinante y el rucio, en el propio lugar do los dejamos; y tomada la mira, como yo la tomo ahora, voto a tal que no nos movemos ni andamos al paso de una hormiga.

—Haz, Sancho, la averiguación que te he dicho y no te cures de otra, que tú no sabes qué cosa sean coluros, líneas, paralelos, zodíacos, eclíticas, polos, solsticios, equinocios, planetas, signos, puntos, medidas, de que se compone la esfera celeste y terrestre; que si todas estas cosas supieras, o parte de ellas, vieras claramente qué de paralelos hemos cortado, qué de signos visto y qué de imágines hemos dejado atrás y vamos dejando ahora. Y tórnote a decir que te tientes y pesques, que yo para mí tengo que estás más limpio que un pliego de papel liso y blanco.

Tentose Sancho, y llegando con la mano bonitamente y con tiento hacia la corva izquierda, alzó la cabeza, y miró a su amo, y dijo:

—O la experiencia es falsa o no hemos llegado adonde vuesa merced dice ni con muchas leguas.

—Pues ¿qué —preguntó don Quijote—, has topado algo?

—Y aun algos —respondió Sancho.

Y sacudiéndose los dedos, se lavó toda la mano en el río, por el cual sosegadamente se deslizaba el barco por mitad de la corriente, sin que le moviese alguna inteligencia secreta ni algún encantador escondido, sino el mismo curso del agua, blando entonces y suave.

En esto descubrieron unas grandes aceñas que en la mitad del río estaban, y apenas las hubo visto don Quijote cuando con voz alta dijo a Sancho:

—¿Ves? Allí, oh amigo, se descubre la ciudad, castillo o fortaleza donde debe de estar algún caballero oprimido o alguna reina, infanta o princesa malparada, para cuyo socorro soy aquí traído.

Quijote
JULIO IGLESIAS

—¿Qué diablos de ciudad, fortaleza o castillo dice vuesa merced, señor? —dijo Sancho—. ¿No echa de ver que aquellas son aceñas que están en el río, donde se muele el trigo?

—Calla, Sancho —dijo don Quijote—, que aunque parecen aceñas no lo son, y ya te he dicho que todas las cosas trastruecan y mudan de su ser natural los encantos. No quiero decir que las mudan de en uno en otro ser realmente, sino que lo parece, como lo mostró la experiencia en la transformación de Dulcinea, único refugio de mis esperanzas.

En esto el barco, entrado en la mitad de la corriente del río, comenzó a caminar no tan lentamente como hasta allí. Los molineros de las aceñas, que vieron venir aquel barco por el río, y que se iba a embocar por el raudal de las ruedas, salieron con presteza muchos de ellos con varas largas a detenerle. Y como salían enharinados, y cubiertos los rostros y los vestidos del polvo de la harina, representaban una mala vista. Daban voces grandes, diciendo:

Quijote
LOS ENEMIGOS

—¡Demonios de hombres! ¿Dónde vais? ¿Venís desesperados, que queréis ahogaros y haceros pedazos en estas ruedas?

—¿No te dije yo, Sancho —dijo a esta sazón don Quijote—, que habíamos llegado donde he de mostrar a dó llega el valor de mi brazo? ¡Mira qué de malandrines y follones me salen al encuentro, mira cuántos vestiglos se me oponen, mira cuántas feas cataduras nos hacen cocos! Pues ¡ahora lo veréis, bellacos!

Y, puesto en pie en el barco, con grandes voces comenzó a amenazar a los molineros, diciéndoles:

—¡Canalla malvada y peor aconsejada, dejad en su libertad y libre albedrío a la persona que en esa vuestra fortaleza o prisión tenéis oprimida, alta o baja, de cualquiera suerte o calidad que sea, que yo soy don Quijote de la Mancha, llamado el Caballero de los Leones por otro nombre, a quien está reservada por orden de los altos cielos el dar fin felice a esta aventura!

Y, diciendo esto, echó mano a su espada y comenzó a esgrimirla en el aire contra los molineros, los cuales, oyendo y no entendiendo aquellas sandeces, se pusieron con sus varas a detener el barco, que ya iba entrando en el raudal y canal de las ruedas. Púsose Sancho de rodillas, pidiendo devotamente al cielo le librase de tan manifiesto peligro, como lo hizo por la industria y presteza de los molineros, que, oponiéndose con sus palos al barco, le detuvieron, pero no de manera que dejasen de trastornar el barco y dar con don Quijote y con Sancho al través en el agua. Pero vínole bien a don Quijote, que sabía nadar como un ganso, aunque el peso de las armas le llevó al fondo dos veces; y si no fuera por los molineros, que se arrojaron al agua y los sacaron como en peso a entrambos, allí había sido Troya para los dos. Puestos, pues, en tierra, más mojados que muertos de sed, Sancho, puesto de rodillas, las manos juntas y los ojos clavados al cielo, pidió a Dios con una larga y devota plegaria le librase de allí adelante de los atrevidos deseos y acometimientos de su señor.

Llegaron en esto los pescadores dueños del barco, a quien habían hecho pedazos las ruedas de las aceñas, y viéndo-

NATACIÓN

Don Quijote nada «como un ganso», es decir, con notable destreza. Seguramente tiene que ver con su condición de hombre formado, pues, desde antiguo, se consideró que nadar era una habilidad indispensable en la persona culta. Los egipcios ya incorporaron la natación a la educación pública hace unos 3.500 años, y lo mismo hicieron los atenienses siglos más tarde. De hecho, Platón, en su diálogo *Leyes*, recuerda un proverbio que dice que no debería «confiarse un cargo oficial a personas que no poseen cultura y no saben nadar ni leer» (III, 689). En la Edad Media, en cambio, el arte de nadar cayó en desuso, en parte a causa del pudor cristiano, que no veía con buenos ojos las actividades que se realizaban con poca ropa.

le roto, acometieron a desnudar a Sancho y a pedir a don Quijote se lo pagase, el cual, con gran sosiego, como si no hubiera pasado nada por él, dijo a los molineros y pescadores que él pagaría el barco de bonísima gana, con condición que le diesen libre y sin cautela a la persona o personas que en aquel su castillo estaban oprimidas.

—¿Qué personas o qué castillo dices —respondió uno de los molineros—, hombre sin juicio? ¿Quiéreste llevar por ventura las que vienen a moler trigo a estas aceñas?

—Basta —dijo entre sí don Quijote—. Aquí será predicar en desierto querer reducir a esta canalla a que por ruegos haga virtud alguna. Y en esta aventura se deben de haber encontrado dos valientes encantadores, y el uno estorba lo que el otro intenta: el uno me deparó el barco y el otro dio conmigo al través. Dios lo remedie, que todo este mundo es máquinas y trazas, contrarias unas de otras; yo no puedo más.

Y alzando la voz, prosiguió diciendo, y mirando a las aceñas:

—Amigos, cualesquiera que seáis, que en esa prisión quedáis encerrados, perdonadme, que, por mi desgracia y por la vuestra, yo no os puedo sacar de vuestra cuita. Para otro caballero debe de estar guardada y reservada esta aventura.

En diciendo esto, se concertó con los pescadores y pagó por el barco cincuenta reales, que los dio Sancho de muy mala gana, diciendo:

—A dos barcadas como estas, daremos con todo el caudal al fondo.

Los pescadores y molineros estaban admirados mirando aquellas dos figuras tan fuera del uso, al parecer, de los otros hombres, y no acababan de entender a dó se encaminaban las razones y preguntas que don Quijote les decía. Y teniéndolos por locos, les dejaron y se recogieron a sus aceñas, y los pescadores a sus ranchos. Volvieron a sus bestias, y a ser bestias, don Quijote y Sancho, y este fin tuvo la aventura del encantado barco.

30

DE LO QUE LE AVINO A DON QUIJOTE CON UNA BELLA CAZADORA

Asaz melancólicos y de mal talante llegaron a sus animales caballero y escudero, especialmente Sancho, a quien llegaba al alma llegar al caudal del dinero, pareciéndole que todo lo que de él se quitaba era quitárselo a él de las niñas de sus ojos. Finalmente, sin hablarse palabra se pusieron a caballo y se apartaron del famoso río, don Quijote sepultado en los pensamientos de sus amores y Sancho en los de su acrecentamiento, que por entonces le parecía que estaba bien lejos de tenerle, porque, maguer era tonto, bien se le alcanzaba que las acciones de su amo, todas o las más, eran disparates, y buscaba ocasión de que, sin entrar en cuentas ni en despedimientos con su señor, un día se desgarrase y se fuese a su casa.

Pero la fortuna ordenó las cosas muy al revés de lo que él temía. Sucedió, pues, que otro día, al poner del sol y al salir de una selva, tendió don Quijote la vista por un verde prado, y en lo último de él vio gente; y llegándose cerca, conoció que eran cazadores de altanería. Llegose más, y entre ellos vio una gallarda señora sobre un palafrén o hacanea blanquísima, adornada de guarniciones verdes y con un sillón de plata. Venía la señora asimismo vestida de verde, tan bizarra y ricamente, que la misma bizarría venía transformada en ella. En la mano izquierda traía un azor, señal que dio a entender a don Quijote ser aquella alguna gran señora, que debía serlo de todos aquellos cazadores, como era la verdad; y, así, dijo a Sancho:

—Corre, hijo Sancho, y di a aquella señora del palafrén y del azor que yo, el Caballero de los Leones, besa las manos a su gran fermosura, y que si su grandeza me da licencia, se las iré a besar y a servirla en cuanto mis fuerzas pudieren y su alteza me mandare. Y mira, Sancho, cómo hablas, y ten cuenta de no encajar algún refrán de los tuyos en tu embajada.

—¡Hallado os le habéis el encajador! —respondió Sancho—. ¡A mí con eso! Sí, que no es esta la vez primera que he llevado embajadas a altas y crecidas señoras en esta vida.

—Si no fue la que llevaste a la señora Dulcinea —replicó don Quijote—, yo no sé que hayas llevado otra, a lo menos en mi poder.

—Así es verdad —respondió Sancho—, pero al buen pagador no le duelen prendas, y en casa llena presto se guisa la cena; quiero decir que a mí no hay que decirme ni advertirme de nada, que para todo tengo y de todo se me alcanza un poco.

—Yo lo creo, Sancho —dijo don Quijote—. Ve en buena hora, y Dios te guíe.

Partió Sancho de carrera, sacando de su paso al rucio, y llegó donde la bella cazadora estaba; y apeándose, puesto ante ella de hinojos, le dijo:

—Hermosa señora, aquel caballero que allí se parece, llamado el Caballero de los Leones, es mi amo, y yo soy un escudero suyo, a quien llaman en su casa Sancho Panza. Este tal Caballero de los Leones, que no ha mucho que se llamaba el de la Triste Figura, envía por mí a decir a vuestra grandeza sea servida de darle licencia para que, con su

EL HECHIZO DEL QUIJOTE

«Si alguien quiere entender lo que significa para mí el *rock and roll* que vaya y se lea el *Quijote*. Sé que es una afirmación odiosa pero la defiendo plenamente. Sin que Sancho se crea o le siga el juego a su señor la magia se esfuma. Sienta de maravilla dejar la incredulidad a un lado y abandonarse al hechizo lanzado por una canción de *rock*. ¿Puede resultar conflictivo? Sin duda. Pero la vida daría asco sin ello».

JEFF TWEEDY

Entrevista en la revista *The Week*, 2018.

propósito y beneplácito y consentimiento, él venga a poner en obra su deseo, que no es otro, según él dice y yo pienso, que de servir a vuestra encumbrada altanería y fermosura; que en dársela vuestra señoría hará cosa que redunde en su pro y él recibirá señaladísima merced y contento.

—Por cierto, buen escudero —respondió la señora—, vos habéis dado la embajada vuestra con todas aquellas circunstancias que las tales embajadas piden. Levantaos del suelo, que escudero de tan gran caballero como es el de la Triste Figura, de quien ya tenemos acá mucha noticia, no es justo que esté de hinojos; levantaos, amigo, y decid a vuestro señor que venga mucho en hora buena a servirse de mí y del duque mi marido en una casa de placer que aquí tenemos.

Levantose Sancho, admirado así de la hermosura de la buena señora como de su mucha crianza y cortesía, y más de lo que le había dicho que tenía noticia de su señor el Caballero de la Triste Figura; y que si no le había llamado el de los Leones, debía de ser por habérsele puesto tan nuevamente. Preguntole la duquesa, cuyo título aún no se sabe:

—Decidme, hermano escudero: este vuestro señor ¿no es uno de quien anda impresa una historia que se llama *Del ingenioso hidalgo don Quijote de la Mancha*, que tiene por señora de su alma a una tal Dulcinea del Toboso?

—El mesmo es, señora —respondió Sancho—, y aquel escudero suyo que anda o debe de andar en la tal historia, a quien llaman Sancho Panza, soy yo, si no es que me trocaron en la cuna; quiero decir, que me trocaron en la estampa.

—De todo eso me huelgo yo mucho —dijo la duquesa—. Id, hermano Panza, y decid a vuestro señor que él sea el bien llegado y el bien venido a mis estados, y que ninguna cosa me pudiera venir que más contento me diera.

Sancho, con esta tan agradable respuesta, con grandísimo gusto volvió a su amo, a quien contó todo lo que la gran señora le había dicho, levantando con sus rústicos términos a los cielos su mucha fermosura, su gran donaire y cortesía. Don Quijote se gallardeó en la silla, púsose bien en los estribos, acomodose la visera, arremetió a Rocinante y con gentil denuedo fue a besar las manos a la duquesa; la cual, haciendo llamar al duque su marido, le contó, en tanto que don Quijote llegaba, toda la embajada suya; y los dos, por haber leído la primera parte de esta historia y haber entendido por ella el disparatado humor de don Quijote, con grandísimo gusto y con deseo de conocerle le atendían, con prosupuesto de seguirle el humor y conceder con él en cuanto les dijese, tratándole como a caballero andante los días que con ellos se detuviese, con todas las ceremonias acostumbradas en los libros de caballerías, que ellos habían leído, y aun les eran muy aficionados.

En esto llegó don Quijote, alzada la visera, y dando muestras de apearse, acudió Sancho a tenerle el estribo. Pero fue tan desgraciado, que al apearse del rucio se le asió un pie en una soga del albarda, de tal modo, que no fue posible desenredarle; antes quedó colgado de él, con la boca y los pechos en el suelo. Don Quijote, que no tenía en costumbre apearse sin que le tuviesen el estribo, pensando que ya Sancho había llegado a tenérsele, descargó de golpe el cuerpo y llevose tras sí la silla de Rocinante, que debía de estar mal cinchado, y la silla y él vinieron al suelo, no sin vergüenza suya, y de muchas maldiciones que entre dientes echó al desdichado de Sancho, que aún todavía tenía el pie en la corma.

El duque mandó a sus cazadores que acudiesen al caballero y al escudero, los cuales levantaron a don Quijote maltrecho de la caída, y renqueando y como pudo, fue a hincar las rodillas ante los dos señores. Pero el duque no lo consintió en ninguna manera; antes, apeándose de su caballo, fue a abrazar a don Quijote, diciéndole:

—A mí me pesa, señor Caballero de la Triste Figura, que la primera que vuesa merced ha hecho en mi tierra haya sido tan mala como se ha visto; pero descuidos de escuderos suelen ser causa de otros peores sucesos.

—El que yo he tenido en veros, valeroso príncipe —respondió don Quijote—, es imposible ser malo, aunque mi caída no parara hasta el profundo de los abismos, pues de allí me levantara y me sacara la gloria de haberos visto. Mi escudero, que Dios maldiga, mejor desata la lengua para decir malicias que ata y cincha una silla para que esté firme; pero como quiera que yo me halle, caído o levantado, a pie o a caballo, siempre estaré al servicio vuestro y al de mi señora la duquesa, digna consorte vuestra y digna señora de la hermosura y universal princesa de la cortesía.

—Pasito, mi señor don Quijote de la Mancha —dijo el duque—, que adonde está mi señora doña Dulcinea del Toboso no es razón que se alaben otras fermosuras.

Ya estaba a esta sazón libre Sancho Panza del lazo, y hallándose allí cerca, antes que su amo respondiese dijo:

—No se puede negar, sino afirmar, que es muy hermosa mi señora Dulcinea del Toboso, pero donde menos se piensa se levanta la liebre, que yo he oído decir que esto que llaman naturaleza es como un alcaller que hace vasos de barro, y el que hace un vaso hermoso también puede hacer dos, y tres, y ciento; dígolo porque mi señora la duquesa a fe que no va en zaga a mi ama la señora Dulcinea del Toboso.

Volviose don Quijote a la duquesa y dijo:

—Vuestra grandeza imagine que no tuvo caballero andante en el mundo escudero más hablador ni más gracioso del que yo tengo, y él me sacará verdadero si algunos días quisiere vuestra gran celsitud servirse de mí.

A lo que respondió la duquesa:

—De que Sancho el bueno sea gracioso lo estimo yo en mucho, porque es señal que es discreto, que las gracias y los donaires, señor don Quijote, como vuesa merced bien sabe, no asientan sobre ingenios torpes. Y pues el buen Sancho es gracioso y donairoso, desde aquí le confirmo por discreto.

—Y hablador —añadió don Quijote.

—Tanto que mejor —dijo el duque—, porque muchas gracias no se pueden decir con pocas palabras. Y porque no se nos vaya el tiempo en ellas, venga el gran Caballero de la Triste Figura...

—De los Leones ha de decir vuestra alteza —dijo Sancho—, que ya no hay Triste Figura ni figuro.

—Sea el de los Leones —prosiguió el duque—. Digo que venga el señor Caballero de los Leones a un castillo mío que está aquí cerca, donde se le hará el acogimiento que a tan alta persona se debe justamente, y el que yo y la duquesa solemos hacer a todos los caballeros andantes que a él llegan.

Ya en esto Sancho había aderezado y cinchado bien la silla a Rocinante, y subiendo en él don Quijote, y el duque en un hermoso caballo, pusieron a la duquesa en medio y encaminaron al castillo. Mandó la duquesa a Sancho que fuese junto a ella, porque gustaba infinito de oír sus discreciones. No se hizo de rogar Sancho, y entretejiose entre los tres y hizo cuarto en la conversación, con gran gusto de la duquesa y del duque, que tuvieron a gran ventura acoger en su castillo tal caballero andante y tal escudero andado.

31

QUE TRATA DE MUCHAS Y GRANDES COSAS

Suma era la alegría que llevaba consigo Sancho viéndose, a su parecer, en privanza con la duquesa, porque se le figuraba que había de hallar en su castillo lo que en la casa de don Diego y en la de Basilio, siempre aficionado a la buena vida; y, así, tomaba la ocasión por la melena en esto del regalarse cada y cuando que se le ofrecía.

Cuenta, pues, la historia que, antes que a la casa de placer o castillo llegasen, se adelantó el duque y dio orden a todos sus criados del modo que habían de tratar a don Quijote, el cual, como llegó con la duquesa a las puertas del castillo, al instante salieron de él dos lacayos o palafreneros vestidos hasta en pies de unas ropas que llaman de levantar, de finísimo raso carmesí, y cogiendo a don Quijote en brazos, sin ser oído ni visto le dijeron:

—Vaya la vuestra grandeza a apear a mi señora la duquesa.

Don Quijote lo hizo, y hubo grandes comedimientos entre los dos sobre el caso, pero en efecto venció la porfía de la duquesa, y no quiso decender o bajar del palafrén sino en los brazos del duque, diciendo que no se hallaba digna de dar a tan gran caballero tan inútil carga. En fin salió el duque a apearla, y al entrar en un gran patio llegaron dos hermosas doncellas y echaron sobre los hombros a don Quijote un gran mantón de finísima escarlata, y en un instante se coronaron todos los corredores del patio de criados y criadas de aquellos señores, diciendo a grandes voces:

—¡Bien sea venido la flor y la nata de los caballeros andantes!

Y todos o los más derramaban pomos de aguas olorosas sobre don Quijote y sobre los duques, de todo lo cual se admiraba don Quijote; y aquel fue el primer día que de todo en todo conoció y creyó ser caballero andante verdadero y no fantástico, viéndose tratar del mesmo modo que él había leído se trataban los tales caballeros en los pasados siglos.

Sancho, desamparando al rucio, se cosió con la duquesa y se entró en el castillo. Y remordiéndole la conciencia de que dejaba al jumento solo, se llegó a una reverenda dueña que con otras a recebir a la duquesa había salido, y con voz baja le dijo:

—Señora González, o como es su gracia de vuesa merced...

—Doña Rodríguez de Grijalba me llamo —respondió la dueña—. ¿Qué es lo que mandáis, hermano?

A lo que respondió Sancho:

—Querría que vuesa merced me la hiciese de salir a la puerta del castillo, donde hallará un asno rucio mío; vuesa merced sea servida de mandarle poner o ponerle en la caballeriza, porque el pobrecito es un poco medroso y no se hallará a estar solo en ninguna de las maneras.

—Si tan discreto es el amo como el mozo —respondió la dueña—, medradas estamos. ¡Andad, hermano, mucho de enhoramala para vos y para quien acá os trujo, y tened cuenta con vuestro jumento, que las dueñas de esta casa no estamos acostumbradas a semejantes haciendas!

—Pues en verdad —respondió Sancho— que he oído yo decir a mi señor, que es zahorí de las historias, contando aquella de Lanzarote cuando de Bretaña vino, que damas curaban de él y dueñas del su rocino; y que en el particular de mi asno, que no le trocara yo con el rocín del señor Lanzarote.

—Hermano, si sois juglar —replicó la dueña—, guardad vuestras gracias para donde lo parezcan y se os paguen, que de mí no podréis llevar sino una higa.

—Aun bien —respondió Sancho— que será bien madura, pues no perderá vuesa merced la quínola de sus años por punto menos.

—¡Hijo de puta —dijo la dueña, toda ya encendida en cólera—, si soy vieja o no, a Dios daré la cuenta, que no a vos, bellaco, harto de ajos!

Y esto dijo en voz tan alta, que lo oyó la duquesa. Y volviendo y viendo a la dueña tan alborotada y tan encarnizados los ojos, le preguntó que con quién las había.

—Aquí las he —respondió la dueña— con este buen hombre, que me ha pedido encarecidamente que vaya a poner en la caballeriza a un asno suyo que está a la puerta del castillo, trayéndome por ejemplo que así lo hicieron no sé dónde, que unas damas curaron a un tal Lanzarote y unas dueñas a su rocino; y sobre todo, por buen término me ha llamado vieja.

—Eso tuviera yo por afrenta —respondió la duquesa— más que cuantas pudieran decirme.

Y hablando con Sancho, le dijo:

—Advertid, Sancho amigo, que doña Rodríguez es muy moza y que aquellas tocas más las trae por autoridad y por la usanza que por los años.

—¡Malos sean los que me quedan por vivir —respondió Sancho— si lo dije por tanto! Solo lo dije porque es tan grande el cariño que tengo a mi jumento, que me pareció que no podía encomendarle a persona más caritativa que a la señora doña Rodríguez.

Don Quijote, que todo lo oía, le dijo:

—¿Pláticas son estas, Sancho, para este lugar?

—Señor —respondió Sancho—, cada uno ha de hablar de su menester donde quiera que estuviere. Aquí se me acordó del rucio y aquí hablé de él, y si en la caballeriza se me acordara, allí hablara.

A lo que dijo el duque:

—Sancho está muy en lo cierto y no hay que culparle en nada. Al rucio se le dará recado a pedir de boca, y descuide Sancho, que se le tratará como a su mesma persona.

Don Quijote se queda a solas con Sancho y le recrimina que haya tratado tan mal a la dueña. En adelante, le dice, tendrá que morderse la lengua para no soltar más inconveniencias, pues, de lo contrario, todo el mundo se dará cuenta de que nació villano y es un majadero. Poco después, los duques invitan a sus huéspedes a almorzar y se mondan de la risa con las tonterías que dice Sancho, de las que don Quijote se abochorna. La duquesa pregunta por Dulcinea, y don Quijote le cuenta que está hechizada, así que ahora tiene la apariencia de una pestífera labradora. Un eclesiástico que está presente se sulfura al ver que los duques han metido en su casa a un chalado como don Quijote y un bobo como Sancho. «¿Quién os ha encajado en el cerebro que sois caballero andante?», le suelta, con desprecio, a don Quijote. «¡Volveos a casa y criad a vuestros hijos, si los tenéis!».

32

DE LA RESPUESTA QUE DIO DON QUIJOTE A SU REPREHENSOR, CON OTROS GRAVES Y GRACIOSOS SUCESOS

Don Quijote queda tan turbado con las andanadas del eclesiástico que tiembla de pies a cabeza. Puesto en pie, le dice al religioso que, si no fuera por la sotana que lleva puesta, pagaría muy caras sus críticas. En su descargo argumenta que el caballero andante se dedica a una profesión noble, pues hace justicia y persigue el mal, así que poco le importa lo que opinen los ambiciosos y los hipócritas, los malintencionados y los aduladores. «Caballero soy y caballero he de morir», avisa. El duque, por su parte, no se deja influir por las opiniones del eclesiástico. Es más: sigue adelante con el juego y le promete a Sancho que va a nombrarlo gobernador de una ínsula. El anuncio dispara la indignación del eclesiástico, que se levanta de la mesa y se marcha gruñendo. Los duques, en cambio, están locos de felicidad, y se tronchan de la risa con cada bravata que pronuncia don Quijote y cada disparate que suelta Sancho.

Con esto cesó la plática, y don Quijote se fue a reposar la siesta, y la duquesa pidió a Sancho que, si no tenía mucha gana de dormir, viniese a pasar la tarde con ella y con sus doncellas en una muy fresca sala. Sancho respondió que aunque era verdad que tenía por costumbre dormir cuatro o cinco horas las siestas del verano, que por servir a su bondad él procuraría con todas sus fuerzas no dormir aquel día ninguna, y vendría obediente a su mandado, y fuese. El duque dio nuevas órdenes como se tratase a don Quijote como a caballero andante, sin salir un punto del estilo como cuentan que se trataban los antiguos caballeros.

33

DE LA SABROSA PLÁTICA QUE LA DUQUESA Y SUS DONCELLAS PASARON CON SANCHO PANZA, DIGNA DE QUE SE LEA Y DE QUE SE NOTE

Cuenta, pues, la historia que Sancho no durmió aquella siesta, sino que, por cumplir su palabra, vino en comiendo a ver a la duquesa; la cual, con el gusto que tenía de oírle, le hizo sentar junto a sí en una silla baja, aunque Sancho, de puro bien criado, no quería sentarse; pero la duquesa le dijo que se sentase como gobernador y hablase como escudero, puesto que por entrambas cosas merecía el mismo escaño del Cid Ruy Díaz Campeador. Encogió Sancho los hombros, obedeció y sentose, y todas las doncellas y dueñas de la duquesa le rodearon atentas, con grandísimo silencio, a escuchar lo que diría. Pero la duquesa fue la que habló primero, diciendo:

—Ahora que estamos solos y que aquí no nos oye nadie, querría yo que el señor gobernador me asolviese ciertas dudas que tengo, nacidas de la historia que del gran don Quijote anda ya impresa; una de las cuales dudas es que, pues el buen Sancho nunca vio a Dulcinea, digo, a la señora Dulcinea del Toboso, ni le llevó la carta del señor don Quijote, porque se quedó en el libro de memoria en Sierra Morena, cómo se atrevió a fingir la respuesta y aquello de que la halló ahechando trigo, siendo todo burla y mentira, y tan en daño de la buena opinión de la sin par Dulcinea, cosas que no vienen bien con la calidad y fidelidad de los buenos escuderos.

A estas razones, sin responder con alguna, se levantó Sancho de la silla, y con pasos quedos, el cuerpo agobiado y el dedo puesto sobre los labios, anduvo por toda la sala levantando los doseles; y luego esto hecho, se volvió a sentar y dijo:

—Ahora, señora mía, que he visto que no nos escucha nadie de solapa, fuera de los circunstantes, sin temor ni sobresalto responderé a lo que se me ha preguntado y a todo aquello que se me preguntare. Y lo primero que digo es que yo tengo a mi señor don Quijote por loco rematado, puesto que algunas veces dice cosas que a mi parecer, y aun de todos aquellos que le escuchan, son tan discretas y por tan buen carril encaminadas, que el mesmo Satanás no las podría decir mejores; pero, con todo esto, verdaderamente y sin escrúpulo a mí se me ha asentado que es un mentecato. Pues como yo tengo esto en el magín, me atrevo a hacerle creer lo que no lleva pies ni cabeza, como fue aquello de la respuesta de la carta, y lo de habrá seis o ocho días, que aún no está en historia, conviene a saber: lo del encanto de mi señora doña Dulcinea, que le he dado a entender que está encantada, no siendo más verdad que por los cerros de Úbeda.

Rogole la duquesa que le contase aquel encantamento o burla, y Sancho se lo contó todo del mesmo modo que había pasado, de que no poco gusto recibieron los oyentes. Y prosiguiendo en su plática, dijo la duquesa:

—De lo que el buen Sancho me ha contado me anda brincando un escrúpulo en el alma, y un cierto susurro llega a mis oídos que me dice: «Pues don Quijote de la Mancha es loco, menguado y mentecato, y Sancho Panza su escudero lo conoce, y, con todo eso, le sirve y le sigue y va atenido a las vanas promesas suyas, sin duda alguna debe de ser él más loco y tonto que su amo. Y siendo esto así, como lo es, mal contado te será, señora duquesa, si al tal Sancho Panza le das ínsula que gobierne, porque el que no sabe gobernarse a sí, ¿cómo sabrá gobernar a otros?».

—Par Dios, señora —dijo Sancho—, que ese escrúpulo viene con parto derecho, pero dígale vuesa merced que hable claro, o como quisiere, que yo conozco que dice verdad: que si yo fuera discreto, días ha que había de haber dejado a mi amo. Pero esta fue mi suerte y esta mi malandanza: no puedo más; seguirle tengo. Somos de un mismo lugar, he comido su pan, quiérole bien, es agradecido, diome sus pollinos, y, sobre todo, yo soy fiel, y, así, es imposible que nos pueda apartar otro suceso que el de la pala y azadón. Y si vuestra altanería no quisiere que se me dé el prometido gobierno, de menos me hizo Dios, y podría ser que el no dármele redundase en pro de mi conciencia; que, maguera tonto, se me entiende aquel refrán de «por su mal le nacieron alas a la hormiga», y aun podría ser que se fuese más aína Sancho escudero al cielo que no Sancho gobernador. Tan buen pan hacen aquí como en Francia, y de noche todos los gatos son pardos, y asaz de desdichada es la persona que a las dos de la tarde no se ha desayunado, y no hay estómago que sea un palmo mayor que otro, el cual se puede llenar, como suele decirse, de paja y de heno, y las avecitas del campo tienen a Dios por su proveedor y despensero, y más calientan cuatro varas de paño de Cuenca que otras cuatro de límiste de Segovia, y al dejar este mundo y meternos la tierra adentro, por tan estrecha senda va el príncipe como el jornalero, y no ocupa más pies de tierra el cuerpo del papa que el del sacristán, aunque sea más alto el uno que el otro, que al entrar en el hoyo todos nos ajustamos y encogemos, o nos hacen ajustar y encoger, mal que nos pese y a buenas noches. Y torno a decir que si vuestra señoría no me quisiere dar la ínsula por tonto, yo sabré no dárseme nada por discreto. Y yo he oído decir que detrás de la cruz está el diablo, y que no es oro todo lo que reluce, y que de entre los bueyes, arados y coyundas sacaron al labrador Bamba para ser rey de España, y de entre los brocados, pasatiempos y riquezas sacaron a Rodrigo para ser comido de culebras, si es que las trovas de los romances antiguos no mienten.

—Y cómo que no mienten —dijo a esta sazón doña Rodríguez la dueña, que era una de las escuchantes—, que un romance hay que dice que metieron al rey Rodrigo vivo vivo en una tumba llena de sapos, culebras y lagartos, y que de allí a dos días dijo el rey desde dentro de la tumba, con voz doliente y baja: «Ya me comen, ya me comen, por do más pecado había». Y según esto, mucha razón tiene este señor en decir que quiere más ser labrador que rey, si le han de comer sabandijas.

No pudo la duquesa tener la risa oyendo la simplicidad de su dueña ni dejó de admirarse en oír las razones y refranes de Sancho, a quien dijo:

—Ya sabe el buen Sancho que lo que una vez promete un caballero procura cumplirlo, aunque le cueste la vida. El duque mi señor y marido, aunque no es de los andantes, no por eso deja de ser caballero, y, así, cumplirá la palabra de la prometida ínsula, a pesar de la invidia y de la malicia del mundo. Esté Sancho de buen ánimo, que cuando menos lo piense se verá sentado en la silla de su ínsula y en la de su estado, y empuñará su gobierno, que con otro de brocado de tres altos lo deseche. Lo que yo le encargo es que mire cómo gobierna sus vasallos, advirtiendo que todos son leales y bien nacidos.

—Eso de gobernarlos bien —respondió Sancho— no hay para qué encargármelo, porque yo soy caritativo de mío y tengo compasión de los pobres, y a quien cuece y amasa, no le hurtes hogaza, y para mi santiguada que no me han de echar dado falso: soy perro viejo y entiendo todo *tus, tus*, y sé despabilarme a sus tiempos, y no consiento que me anden musarañas ante los ojos, porque sé dónde me aprieta el zapato. Dígolo porque los buenos tendrán conmigo mano y concavidad, y los malos, ni pie ni entrada. Y paréceme a mí que en esto de los gobiernos todo es comenzar, y podría ser que a quince días de gobernador me comiese las manos tras el oficio y supiese más de él que de la labor del campo, en que me he criado.

—Vos tenéis razón, Sancho —dijo la duquesa—, que nadie nace enseñado, y de los hombres se hacen los obispos, que no de las piedras. Pero volviendo a la plática que poco ha tratábamos del encanto de la señora Dulcinea, tengo por cosa cierta y más que averiguada que aquella imaginación que Sancho tuvo de burlar a su señor y darle a entender que la labradora era Dulcinea, y que si su señor no la conocía debía de ser por estar encantada, toda fue invención de alguno de los encantadores que al señor don Quijote persiguen. Porque real y verdaderamente yo sé de buena parte que la villana que dio el brinco sobre la pollina era y es Dulcinea del Toboso, y que el buen Sancho, pensando ser el engañador, es el engañado, y no hay poner más duda en esta verdad que en las cosas que nunca vimos. Y sepa el señor Sancho Panza que también tenemos acá encantadores que nos quieren bien y nos dicen lo que pasa por el mundo pura y sencillamente, sin enredos ni máquinas; y créame Sancho que la villana brincadora era y es Dulcinea del Toboso, que está encantada como la madre que la parió, y cuando menos nos pensemos la habemos de ver en su propia figura, y entonces saldrá Sancho del engaño en que vive.

—Bien puede ser todo eso —dijo Sancho Panza—, y agora quiero creer lo que mi amo cuenta de lo que vio en la cueva de Montesinos, donde dice que vio a la señora Dulcinea del Toboso en el mesmo traje y hábito que yo dije que la había visto cuando la encanté por solo mi gusto. Y todo debió de ser al revés, como vuesa merced, señora mía, dice, porque de mi ruin ingenio no se puede ni debe presumir que fabricase en un instante tan agudo embuste, ni creo yo que mi amo es tan loco, que con tan flaca y magra persuasión como la mía creyese una cosa tan fuera de todo término. Pero, señora, no por esto será bien que vuestra bondad me tenga por malévolo, pues no está obligado un porro como yo a taladrar los pensamientos y malicias de los pésimos encantadores. Yo fingí aquello por escaparme de las riñas de mi señor don Quijote, y no con intención de ofenderle; y si ha salido al revés, Dios está en el cielo que juzga los corazones.

—Así es la verdad —dijo la duquesa—. Pero dígame agora Sancho qué es esto que dice de la cueva de Montesinos, que gustaría saberlo.

Entonces Sancho Panza le contó punto por punto lo que queda dicho acerca de la tal aventura, oyendo lo cual la duquesa, dijo:

—De este suceso se puede inferir que, pues el gran don Quijote dice que vio allí a la mesma labradora que Sancho vio a la salida del Toboso, sin duda es Dulcinea, y que andan por aquí los encantadores muy listos y demasiadamente curiosos.

—Eso digo yo —dijo Sancho Panza—, que si mi señora Dulcinea del Toboso está encantada, su daño, que no me tengo de tomar yo con los enemigos de mi amo, que deben de ser muchos y malos. Verdad sea que la que yo vi fue una labradora, y por labradora la tuve y por tal labradora la juzgué; y si aquella era Dulcinea, no ha de estar a mi cuenta ni ha de correr por mí, o sobre ello, morena. No, sino ándense a cada triquete conmigo a dime y direte: «Sancho lo dijo, Sancho lo hizo, Sancho tornó y Sancho volvió», como si Sancho fuese algún quienquiera y no fuese el mismo Sancho Panza, el que anda ya en libros por ese mundo adelante, según me dijo Sansón Carrasco, que, por lo menos, es persona bachillerada por Salamanca, y los tales no pueden mentir, si no es cuando se les antoja o les viene muy a cuento. Así que no hay para que nadie se tome conmigo. Y pues que tengo buena fama y, según oí decir a mi señor, que más vale el buen nombre que las muchas riquezas, encájenme ese gobierno y verán maravillas, que quien ha sido buen escudero será buen gobernador.

—Todo cuanto aquí ha dicho el buen Sancho —dijo la duquesa— son sentencias catonianas, o por lo menos sacadas de las mesmas entrañas del mismo Micael Verino, «florentibus occidit annis». En fin en fin, hablando a su modo, debajo de mala capa suele haber buen bebedor.

—En verdad, señora —respondió Sancho—, que en mi vida he bebido de malicia; con sed bien podría ser, porque no tengo nada de hipócrita: bebo cuando tengo gana, y cuando no la tengo, y cuando me lo dan, por no parecer o melindroso o mal criado, que a un brindis de un amigo ¿qué corazón ha de haber tan de mármol, que no haga la razón? Pero aunque las calzo, no las ensucio; cuanto más que los escuderos de los caballeros andantes casi de ordinario beben agua, porque siempre andan por florestas, selvas y prados, montañas y riscos, sin hallar una misericordia de vino, si dan por ella un ojo.

—Yo lo creo así —respondió la duquesa—. Y por ahora váyase Sancho a reposar, que después hablaremos más largo y daremos orden cómo vaya presto a encajarse, como él dice, aquel gobierno.

De nuevo le besó las manos Sancho a la duquesa, y le suplicó le hiciese merced de que se tuviese buena cuenta con su rucio, porque era la lumbre de sus ojos.

—¿Qué rucio es este? —preguntó la duquesa.

—Mi asno —respondió Sancho—, que por no nombrarle con este nombre, le suelo llamar «el rucio». Y a esta señora dueña le rogué, cuando entré en este castillo, tuviese cuenta con él, y azorose de manera como si la hubiera dicho que era fea o vieja, debiendo ser más propio y natural de las dueñas pensar jumentos que autorizar las salas. ¡Oh, válame Dios, y cuán mal estaba con estas señoras un hidalgo de mi lugar!

—Sería algún villano —dijo doña Rodríguez la dueña—, que si él fuera hidalgo y bien nacido, él las pusiera sobre el cuerno de la luna.

—Agora bien —dijo la duquesa—, no haya más: calle doña Rodríguez y sosiéguese el señor Panza, y quédese a mi cargo el regalo del rucio, que por ser alhaja de Sancho le pondré yo sobre las niñas de mis ojos.

—En la caballeriza basta que esté —respondió Sancho—, que sobre las niñas de los ojos de vuestra grandeza ni él ni yo somos dignos de estar solo un momento, y así lo consintiría yo como darme de puñaladas; que aunque dice mi señor que en las cortesías antes se ha de perder por carta de más que de menos, en las jumentiles y asininas se ha de ir con el compás en la mano y con medido término.

—Llévele —dijo la duquesa— Sancho al gobierno, y allá le podrá regalar como quisiere, y aun jubilarle del trabajo.

—No piense vuesa merced, señora duquesa, que ha dicho mucho —dijo Sancho—, que yo he visto ir más de dos asnos a los gobiernos, y que llevase yo el mío no sería cosa nueva.

Las razones de Sancho renovaron en la duquesa la risa y el contento; y enviándole a reposar, ella fue a dar cuenta al duque de lo que con él había pasado, y entre los dos dieron traza y orden de hacer una burla a don Quijote que fuese famosa y viniese bien con el estilo caballeresco, en el cual le hicieron muchas, tan propias y discretas, que son las mejores aventuras que en esta grande historia se contienen.

34

QUE DA CUENTA DE LA NOTICIA QUE SE TUVO DE CÓMO SE HABÍA DE DESENCANTAR LA SIN PAR DULCINEA DEL TOBOSO, QUE ES UNA DE LAS AVENTURAS MÁS FAMOSAS DE ESTE LIBRO

Los duques acaban de descubrir que el encantamiento de Dulcinea no es más que una patraña ideada por Sancho y deciden aprovechar lo que saben para reírse a costa de sus dos invitados. Durante seis días, prepararan una especie de teatrillo destinado a tomarles el pelo, y al fin lo representan delante de sus víctimas. Organizan una cacería para don Quijote y Sancho y pasan todo el día en el bosque, donde Sancho se lleva un susto de muerte al cruzarse con un jabalí de fieros colmillos. Ya de noche, el grupo emprende el regreso hacia el castillo. De pronto, empieza a sonar un estruendo infernal de cornetas, bocinas, tambores y pífanos. Don Quijote se admira, Sancho se echa a temblar. Aparece un fantasmagórico conjunto de carrozas, y un demonio a caballo anuncia que, en unos instantes, le anunciarán a don Quijote lo que debe hacerse para desencantar a Dulcinea. Sancho, impresionado, se desmaya en las faldas de la duquesa. Hasta tienen que echarle agua en la cara para que vuelva en sí.

35

DONDE SE PROSIGUE LA NOTICIA QUE TUVO DON QUIJOTE DEL DESENCANTO DE DULCINEA, CON OTROS ADMIRABLES SUCESOS

Aparece un carro triunfal tirado por seis mulas. A bordo viaja una figura cubierta con una túnica negra, de rostro terrorífico. Parece la mismísima Muerte, pero se presenta diciendo con voz adormecida que es el mago Merlín y que acaba de llegar desde el infierno. Enseguida anuncia que, para desencantar a Dulcinea, lo que hay que hacer es que Sancho Panza se dé tres mil trescientos azotes en el culo, bien severos, de esos que dejan las carnes escocidas.

ENCICLOPEDIA DE CRUELDADES

«Las dos partes del *Quijote* constituyen una auténtica enciclopedia de la crueldad. [...] Se trata de uno de los libros más amargos y bárbaros de todos los tiempos. Y su crueldad es artística».

VLADIMIR NABOKOV

Curso sobre el Quijote, 1983.

—¡Voto a tal! —dijo a esta sazón Sancho—. ¡No digo yo tres mil azotes, pero así me daré yo tres como tres puñaladas! ¡Válate el diablo por modo de desencantar! ¡Yo no sé qué tienen que ver mis posas con los encantos! ¡Par Dios que si el señor Merlín no ha hallado otra manera como desencantar a la señora Dulcinea del Toboso, encantada se podrá ir a la sepultura!

—¡Tomaros he yo —dijo don Quijote—, don villano, harto de ajos, y amarraros he a un árbol, desnudo como vuestra madre os parió; y no digo yo tres mil y trecientos, sino seis mil y seiscientos azotes os daré, tan bien pegados, que no se os caigan a tres mil y trecientos tirones! ¡Y no me repliquéis palabra, que os arrancaré el alma!

Oyendo lo cual Merlín, dijo:

—No ha de ser así, porque los azotes que ha de recebir el buen Sancho han de ser por su voluntad y no por fuerza, y en el tiempo que él quisiere, que no se le pone término señalado. Pero permítesele que si él quisiere redemir su vejación por la mitad de este vapulamiento, puede dejar que se los dé ajena mano, aunque sea algo pesada.

—¡Ni ajena ni propia, ni pesada ni por pesar! —replicó Sancho—. A mí no me ha de tocar alguna mano. ¿Parí yo por ventura a la señora Dulcinea del Toboso, para que paguen mis posas lo que pecaron sus ojos? El señor mi amo sí que es parte suya, pues la llama a cada paso «mi vida», «mi alma», «sustento» y «arrimo» suyo; se puede y debe azotar por ella y hacer todas las diligencias necesarias para su desencanto. Pero ¿azotarme yo? ¡Abernuncio!

Apenas acabó de decir esto Sancho, cuando, levantándose en pie la argentada ninfa que junto al espíritu de Merlín venía, quitándose el sutil velo del rostro, le descubrió tal, que a todos pareció más que demasiadamente hermoso. Y con un desenfado varonil y con una voz no muy adamada, hablando derechamente con Sancho Panza dijo:

—¡Oh malaventurado escudero, alma de cántaro, corazón de alcornoque, de entrañas guijeñas y apedernaladas! Si te mandaran, ladrón, desuellacaras, que te arrojaras de una alta torre al suelo; si te pidieran, enemigo del género humano, que te comieras una docena de sapos, dos de lagartos y tres de culebras; si te persuadieran a que mataras a tu mujer y a tus hijos con algún truculento y agudo alfanje, no fuera maravilla que te mostraras melindroso y esquivo. ¡Pero hacer caso de tres mil y trecientos azotes, que no hay niño de la doctrina, por ruin que sea, que no se los lleve cada mes, admira, adarva, espanta a todas las entrañas piadosas de los que lo escuchan, y aun las de todos aquellos que lo vinieren a saber con el discurso del tiempo! Pon, oh miserable y endurecido animal, pon, digo, esos tus ojos de machuelo espantadizo en las niñas de estos míos, comparados a rutilantes estrellas, y veraslos llorar hilo a hilo y madeja a madeja, haciendo surcos,

LA LETRA CON SANGRE ENTRA

Los *niños de la doctrina* eran chiquillos pobres que acababan acogidos en un colegio religioso. A menudo se les trataba de forma brutal, pero es que la convicción de que la letra con sangre entra tiene honda raigambre. El poeta romano Marcial (40-104), en uno de sus epigramas (X, 62), propuso que los maestros prescindieran de los correazos a los niños, aunque solo en los meses de más calor. En el siglo XVIII, con el auge de la Ilustración, se empezó a discutir si era apropiado usar la violencia en la enseñanza, y al final se justificó su uso con la doctrina del *in loco parentis*, que establecía que el maestro desempeñaba en la escuela el mismo papel que el padre del niño en casa, lo que lo autorizaba a soltar bofetones y azotes al alumno poco disciplinado. En 2018, un artículo publicado en *The New York Times* reveló que, todavía en pleno siglo XXI, la violencia del profesor contra el alumno es legal en las escuelas públicas de 19 estados de Estados Unidos y en las escuelas privadas de 48. En Francia, el castigo físico en los colegios solo quedó prohibido en 2019. En España, en 2007.

carreras y sendas por los hermosos campos de mis mejillas. Muévate, socarrón y mal intencionado monstro, que la edad tan florida mía, que aún se está todavía en el diez y... de los años, pues tengo diez y nueve y no llego a veinte, se consume y marchita debajo de la corteza de una rústica labradora. Y si ahora no lo parezco, es merced particular que me ha hecho el señor Merlín, que está presente, solo porque te enternezca mi belleza, que las lágrimas de una afligida hermosura vuelven en algodón los riscos y los tigres en ovejas. ¡Date, date en esas carnazas, bestión indómito, y saca de harón ese brío que a solo comer y más comer te inclina, y pon en libertad la lisura de mis carnes, la mansedumbre de mi condición y la belleza de mi faz! Y si por mí no quieres ablandarte ni reducirte a algún razonable término, hazlo por ese pobre caballero que a tu lado tienes; por tu amo digo, de quien estoy viendo el alma, que la tiene atravesada en la garganta no diez dedos de los labios, que no espera sino tu rígida o blanda respuesta o para salirse por la boca o para volverse al estómago.

Tentose oyendo esto la garganta don Quijote, y dijo, volviéndose al duque:

—Por Dios, señor, que Dulcinea ha dicho la verdad, que aquí tengo el alma atravesada en la garganta, como una nuez de ballesta.

—¿Qué decís vos a esto, Sancho? —preguntó la duquesa.

—Digo, señora —respondió Sancho—, lo que tengo dicho: que de los azotes, abernuncio.

—*Abrenuncio* habéis de decir, Sancho, y no como decís —dijo el duque.

—Déjeme vuestra grandeza —respondió Sancho—, que no estoy agora para mirar en sotilezas ni en letras más a menos, porque me tienen tan turbado estos azotes que me han de dar o me tengo de dar, que no sé lo que me digo ni lo que me hago. Pero querría yo saber de la señora mi señora doña Dulcinea del Toboso adónde aprendió el modo de rogar que tiene. Viene a pedirme que me abra las carnes a azotes y llámame alma de cántaro y bestión indómito, con una tiramira de malos nombres, que el diablo los sufra. ¿Por ventura son mis carnes de bronce, o vame a mí algo en que se desencante o no? ¿Qué canasta de ropa blanca, de camisas, de tocadores y de escarpines, aunque no los gasto, trae delante de sí para ablandarme, sino un vituperio y otro, sabiendo aquel refrán que dicen por ahí que un asno cargado de oro sube ligero por una montaña, y que dádivas quebrantan peñas, y a Dios rogando y con el mazo dando, y que más vale un *toma* que dos *te daré*? Pues el señor mi amo, que había de traerme la mano por el cerro y halagarme para que yo me hiciese de lana y de algodón cardado, dice que si me coge me amarrará desnudo a un árbol y me doblará la parada de los azotes. Y habían de considerar estos lastimados señores que no solamente piden que se azote un escudero, sino un gobernador, como quien dice: «bebe con guindas». ¡Aprendan, aprendan mucho de enhoramala a saber rogar y a saber pedir y a tener crianza, que no son todos los tiempos unos ni están los hombres siempre de un buen humor! ¡Estoy yo ahora reventando de pena por ver mi sayo verde roto y vienen a pedirme que me azote de mi voluntad, estando ella tan ajena de ello como de volverme cacique!

—Pues en verdad, amigo Sancho —dijo el duque—, que si no os ablandáis más que una breva madura, que no habéis de empuñar el gobierno. Bueno sería que yo enviase a mis insulanos un gobernador cruel, de entrañas pedernalinas, que no se doblega a las lágrimas de las afligidas doncellas ni a los ruegos de discretos, imperiosos y antiguos encantadores y sabios. En resolución, Sancho, o vos habéis de ser azotado o os han de azotar, o no habéis de ser gobernador.

—Señor —respondió Sancho—, ¿no se me darían dos días de término para pensar lo que me está mejor?

—No, en ninguna manera —dijo Merlín—: aquí, en este instante y en este lugar ha de quedar asentado lo que ha de ser de este negocio. O Dulcinea volverá a la cueva de Montesinos y a su prístino estado de labradora, o ya, en el ser que está, será llevada a los Elíseos Campos, donde estará esperando se cumpla el número del vápulo.

—Ea, buen Sancho —dijo la duquesa—, buen ánimo y buena correspondencia al pan que habéis comido del señor don Quijote, a quien todos debemos servir y agradar por su buena condición y por sus altas caballerías. Dad el sí, hijo, de esta azotaina y váyase el diablo para diablo y el temor para mezquino, que un buen corazón quebranta mala ventura, como vos bien sabéis.

A estas razones respondió con estas disparatadas Sancho, que, hablando con Merlín, le preguntó:

—Dígame vuesa merced, señor Merlín: cuando llegó aquí el diablo correo y dio a mi amo un recado del señor Montesinos, mandándole de su parte que le esperase aquí, porque venía a dar orden de que la señora doña Dulcinea del Toboso se desencantase... y hasta agora no hemos visto a Montesinos ni a sus semejas.

A lo cual respondió Merlín:

—El Diablo, amigo Sancho, es un ignorante y un grandísimo bellaco. Yo le envié en busca de vuestro amo, pero no con recado de Montesinos, sino mío, porque Montesinos se está en su cueva entendiendo, o, por mejor decir, esperando su desencanto, que aún le falta la cola por desollar. Si os debe algo o tenéis alguna cosa que negociar con él, yo os lo traeré y pondré donde vos más quisiéredes. Y por agora acabad de dar el sí de esta diciplina, y creedme que os será de mucho provecho así para el alma como para el cuerpo: para el alma, por la caridad con que la haréis; para el cuerpo, porque yo sé que sois de complexión sanguínea y no os podrá hacer daño sacaros un poco de sangre.

—Muchos médicos hay en el mundo: hasta los encantadores son médicos —replicó Sancho—. Pero pues todos me lo dicen, aunque yo no me lo veo, digo que soy contento de darme los tres mil y trecientos azotes, con condición que me los tengo de dar cada y cuando yo quisiere, sin que se me ponga tasa en los días ni en el tiempo; y yo procuraré salir de la deuda lo más presto que sea posible, porque goce el mundo de la hermosura de la señora doña Dulcinea del Toboso, pues según parece, al revés de lo que yo pensaba, en efecto es hermosa. Ha de ser también condición que no he de estar obligado a sacarme sangre con la diciplina, y que si algunos azotes fueren de mosqueo, se me han de tomar en cuenta. Iten, que si me errare en el número, el señor Merlín, pues lo sabe todo, ha de tener cuidado de contarlos y de avisarme los que me faltan o los que me sobran.

—De las sobras no habrá que avisar —respondió Merlín—, porque llegando al cabal número, luego quedará de improviso desencantada la señora Dulcinea y vendrá a buscar, como agradecida, al buen Sancho, y a darle gracias y aun premios por la buena obra. Así que no hay de qué tener escrúpulo de las sobras ni de las faltas, ni el cielo permita que yo engañe a nadie, aunque sea en un pelo de la cabeza.

—Ea, pues, a la mano de Dios —dijo Sancho—: yo consiento en mi mala ventura; digo que yo acepto la penitencia, con las condiciones apuntadas.

Apenas dijo estas últimas palabras Sancho cuando volvió a sonar la música de las chirimías y se volvieron a disparar infinitos arcabuces, y don Quijote se colgó del cuello de Sancho, dándole mil besos en la frente y en las mejillas. La duquesa y el duque y todos los circunstantes dieron muestras de haber recebido grandísimo contento, y el carro comenzó a caminar; y al pasar la hermosa Dulcinea, inclinó la cabeza a los duques y hizo una gran reverencia a Sancho.

Y ya en esto se venía a más andar el alba, alegre y risueña; las florecillas de los campos se descollaban y erguían, y los líquidos cristales de los arroyuelos, murmurando por entre blancas y pardas guijas, iban a dar tributo a los ríos que las esperaban. La tierra alegre, el cielo claro, el aire limpio, la luz serena, cada uno por sí y todos juntos daban manifiestas señales que el día que al aurora venía pisando las faldas había de ser sereno y claro. Y satisfechos los duques de la caza, y de haber conseguido su intención tan discreta y felicemente, se volvieron a su castillo, con prosupuesto de segundar en sus burlas, que para ellos no había veras que más gusto les diesen.

36

DONDE SE CUENTA LA ESTRAÑA Y JAMÁS IMAGINADA AVENTURA DE LA DUEÑA DOLORIDA, ALIAS DE LA CONDESA TRIFALDI, CON UNA CARTA QUE SANCHO PANZA ESCRIBIÓ A SU MUJER TERESA PANZA

Tenía un mayordomo el duque de muy burlesco y desenfadado ingenio, el cual hizo la figura de Merlín y acomodó todo el aparato de la aventura pasada, compuso los versos y hizo que un paje hiciese a Dulcinea. Finalmente, con intervención de sus señores, ordenó otra del más gracioso y estraño artificio que puede imaginarse.

Preguntó la duquesa a Sancho otro día si había comenzado la tarea de la penitencia que había de hacer por el desencanto de Dulcinea. Dijo que sí, y que aquella noche se había dado cinco azotes. Preguntole la duquesa que con qué se los había dado; respondió que con la mano.

Don Quixote,
Ub Iwerks, 1934.

—Eso —replicó la duquesa— más es darse de palmadas que de azotes. Yo tengo para mí que el sabio Merlín no estará contento con tanta blandura. Menester será que el buen Sancho haga alguna diciplina de abrojos o de las de canelones, que se dejen sentir, porque la letra con sangre entra, y no se ha de dar tan barata la libertad de una tan gran señora como lo es Dulcinea por tan poco precio. Y advierta Sancho que las obras de caridad que se hacen tibia y flojamente no tienen mérito ni valen nada.

A lo que respondió Sancho:

—Deme vuestra señoría alguna diciplina o ramal conveniente, que yo me daré con él, como no me duela demasiado. Porque hago saber a vuesa merced que, aunque soy rústico, mis carnes tienen más de algodón que de esparto, y no será bien que yo me descríe por el provecho ajeno.

—Sea en buena hora —respondió la duquesa—. Yo os daré mañana una diciplina que os venga muy al justo y se acomode con la ternura de vuestras carnes como si fueran sus hermanas propias.

A lo que dijo Sancho:

—Sepa vuestra alteza, señora mía de mi ánima, que yo tengo escrita una carta a mi mujer Teresa Panza dándole cuenta de todo lo que me ha sucedido después que me aparté de ella. Aquí la tengo en el seno, que no le falta más de ponerle el sobrescrito. Querría que vuestra discreción la leyese, porque me parece que va conforme a lo de gobernador; digo, al modo que deben de escribir los gobernadores.

—¿Y quién la notó? —preguntó la duquesa.

—¿Quién la había de notar sino yo, pecador de mí? —respondió Sancho.

—¿Y escribístesla vos? —dijo la duquesa.

—Ni por pienso —respondió Sancho—, porque yo no sé leer ni escribir, puesto que sé firmar.

—Veámosla —dijo la duquesa—, que a buen seguro que vos mostréis en ella la calidad y suficiencia de vuestro ingenio.

Sacó Sancho una carta abierta del seno, y tomándola la duquesa, vio que decía de esta manera:

CARTA DE SANCHO PANZA A TERESA PANZA SU MUJER

Si buenos azotes me daban, bien caballero me iba; si buen gobierno me tengo, buenos azotes me cuesta. Esto no lo entenderás tú, Teresa mía, por ahora; otra vez lo sabrás. Has de saber, Teresa, que tengo determinado que andes en coche, que es lo que hace al caso, porque todo otro andar es andar a gatas. Mujer de un gobernador eres; mira si te roerá nadie los zancajos. Ahí te envío un vestido verde de cazador que me dio mi señora la duquesa; acomódale en modo que sirva de saya y cuerpos a nuestra hija. Don Quijote mi amo, según he oído decir en esta tierra, es un loco cuerdo y un mentecato gracioso, y que yo no le voy en zaga. Hemos estado en la cueva de Montesinos, y el sabio Merlín ha echado mano de mí para el desencanto de Dulcinea del Toboso, que por allá se llama Aldonza Lorenzo; con tres mil y trecientos azotes, menos cinco, que me he de dar quedará desencantada como la madre que la parió. No dirás de esto nada a nadie, porque pon lo tuyo en concejo y unos dirán que es blanco y otros que es negro. De aquí a pocos días me partiré al gobierno, adonde voy con grandísimo deseo de hacer dineros, porque me han dicho que todos los gobernadores nuevos van con este mesmo deseo; tomarele el pulso, y avisarete si has de venir a estar conmigo o no. El rucio está bueno y se te encomienda mucho, y no le pienso dejar aunque me llevaran a ser Gran Turco. La duquesa mi señora te besa mil veces las manos; vuélvele el retorno con dos mil, que no hay cosa que menos cueste ni valga más barata, según dice mi amo, que los buenos comedimientos. No ha sido Dios servido de depararme otra maleta con otros cien escudos como la de marras, pero no te dé pena, Teresa mía, que en salvo está el que repica y todo saldrá en la colada del gobierno; sino que me ha dado gran pena que me dicen que si una vez le pruebo, que me tengo de comer las manos tras él, y si así fuese, no me costaría muy barato, aunque los estropeados y mancos ya se tienen su calonjía en la limosna que piden. Así que por una vía o por otra tú has de ser rica y de buena ventura. Dios te la dé, como puede, y a mí me guarde para servirte.

De este castillo, a 20 de julio 1614.
Tu marido el gobernador
Sancho Panza

En acabando la duquesa de leer la carta, dijo a Sancho:

—En dos cosas anda un poco descaminado el buen gobernador: la una, en decir o dar a entender que este gobierno se le han dado por los azotes que se ha de dar, sabiendo él, que no lo puede negar, que cuando el duque mi señor se le prometió no se soñaba haber azotes en el mundo; la otra es que se muestra en ella muy codicioso, y no querría que orégano fuese, porque la codicia rompe el saco, y el gobernador codicioso hace la justicia desgobernada.

—Yo no lo digo por tanto, señora —respondió Sancho—. Y si a vuesa merced le parece que la tal carta no va como ha de ir, no hay sino rasgarla y hacer otra nueva; y podría ser que fuese peor, si me lo dejan a mi caletre.

—No, no —replicó la duquesa—, buena está esta, y quiero que el duque la vea.

Ese día, comen todos en un jardín del castillo. Al acabar, suenan un triste pífano y unos fúnebres tambores que no parecen anunciar nada bueno. Sancho, aterrado, se esconde en las faldas de la duquesa. Entran entonces en el jardín tres hombres vestidos de luto, a los que sigue un personaje de cuerpo agigantado que lleva unas barbas larguísimas del color de la nieve. El personaje se arrodilla ante el duque y se presenta: dice que se llama Trifaldín de la Barba Blanca, que es escudero de la condesa Trifaldi, alias «la dueña Dolorida», y que acaba de llegar con su señora del lejanísimo reino de Candaya. La condesa necesita ayuda y anda buscando al valeroso caballero don Quijote de la Mancha para que se la preste. El duque da permiso para que la condesa Trifaldi entre y explique lo que necesita.

37

DONDE SE PROSIGUE LA FAMOSA AVENTURA DE LA DUEÑA DOLORIDA

En tanto esperan a la condesa, Sancho le dice a don Quijote que no se fía de las dueñas, de las que siempre ha tenido mala opinión, porque son cascarrabias y meten las narices en todo. Y lo que más le preocupa es que la dichosa dueña Dolorida no venga a embarcarlos en una aventura que le impida a Sancho ser gobernador... Vuelven a sonar el pífano y los tambores, señal de que va a entrar la condesa Trifaldi.

38

DONDE SE CUENTA LA QUE DIO DE SU MALA ANDANZA LA DUEÑA DOLORIDA

Siguiendo a los tristes músicos, entran en el jardín trece dueñas vestidas con hábitos y tocas, al estilo monjil. Llevan la cara tapada con velos negros y avanzan en procesión, con solemne lentitud. La condesa Trifaldi, a la cabeza de grupo, toma la palabra y cuenta su historia. Dice que allá en Candaya, su patria, se encargaba de cuidar de la joven infanta Antonomasia, manteniéndola a salvo de los hombres que ansiaban conquistarla para disfrutar de su belleza. Un caballero de la corte, llamado don Clavijo, se valió de una estrategia artera para acceder a la joven: lo que hizo fue ablandar a su guardiana. Desde la calle, pegado a una reja, don Clavijo se dedicaba a entonar las más sugerentes cancioncillas de amor, hasta que al final pasó lo que tenía que pasar: que la Trifaldi se engolosinó con aquella voz de almíbar y permitió que don Clavijo entrara en la habitación de la infanta. Los dos jóvenes pasaron enseguida de las miradas ansiosas al roce de los cuerpos, y al poco tiempo, ¡la infanta apareció con el vientre hinchado! ¡Dios mío, estaba embarazada! Don Clavijo quiso casarse con Antonomasia, pues el muy astuto le había hecho firmar un documento en que los dos se comprometían a contraer matrimonio. Pero la reina Maguncia, madre de la infanta, se negaba a aceptar las bodas, porque don Clavijo no era más que un caballerete de poca monta, mientras que su hija iba a heredar todo un reino... Don Clavijo recurrió entonces a un vicario, que certificó que Antonomasia había tenido amores a escondidas con el hombre que exigía las bodas. Al oír esto, Sancho decide soltar su comentario y suelta que en Candaya pasa lo mismo que aquí, que se cantan coplas calentitas y hay amores descarriados y se desatan rifirrafes por esto y por aquello. O sea que en todas partes cuecen habas.

39

DONDE LA TRIFALDI PROSIGUE SU ESTUPENDA Y MEMORABLE HISTORIA

De cualquiera palabra que Sancho decía, la duquesa gustaba tanto como se desesperaba don Quijote; y mandándole que callase, la Dolorida prosiguió diciendo:

—En fin, al cabo de muchas demandas y respuestas, como la infanta se estaba siempre en sus trece, sin salir ni variar de la primera declaración, el vicario sentenció en favor de don Clavijo y se la entregó por su legítima esposa, de lo que recibió tanto enojo la reina doña Maguncia, madre de la infanta Antonomasia, que dentro de tres días la enterramos.

—Debió de morir, sin duda —dijo Sancho.

—Claro está —respondió Trifaldín—, que en Candaya no se entierran las personas vivas, sino las muertas.

—Ya se ha visto, señor escudero —replicó Sancho—, enterrar un desmayado creyendo ser muerto, y parecíame a mí que estaba la reina Maguncia obligada a desmayarse antes que a morirse, que con la vida muchas cosas se remedian, y no fue tan grande el disparate de la infanta que obligase a sentirle tanto. Cuando se hubiera casado esa señora con algún paje suyo o con otro criado de su casa, como han hecho otras muchas, según he oído decir, fuera el daño sin remedio; pero el haberse casado con un caballero tan gentilhombre y tan entendido como aquí nos le han pintado, en verdad en verdad que, aunque fue necedad, no fue tan grande como se piensa, porque según las reglas de mi señor, que está presente y no me dejará mentir, así como se hacen de los hombres letrados los obispos, se pueden hacer de los caballeros, y más si son andantes, los reyes y los emperadores.

—Razón tienes, Sancho —dijo don Quijote—, porque un caballero andante, como tenga dos dedos de ventura, está en potencia propincua de ser el mayor señor del mundo. Pero pase adelante la señora Dolorida, que a mí se me trasluce que le falta por contar lo amargo de esta hasta aquí dulce historia.

—¡Y cómo si queda lo amargo! —respondió la condesa—. Y tan amargo, que en su comparación son dulces las tueras y sabrosas las adelfas. Muerta, pues, la reina, y no desmayada, la enterramos; y apenas la cubrimos con la tierra y apenas le dimos el último vale cuando, «quis talia fando temperet a lacrimis?», puesto sobre un caballo de madera, pareció encima de la sepultura de la reina el gigante Malambruno, primo cormano de Maguncia, que junto con ser cruel era encantador; el cual con sus artes, en venganza de la muerte de su cormana, y por castigo del atrevimiento de don Clavijo y por despecho de la demasía de Antonomasia, los dejó encantados sobre la mesma sepultura, a ella convertida en una jimia de bronce y a él en un espantoso cocodrilo de un metal no conocido; y entre los dos está un padrón asimismo de metal, y en él escritas en lengua siríaca unas letras que, habiéndose declarado en la candayesca, y ahora en la castellana, encierran esta sentencia: «No cobrarán su primera forma estos dos atrevidos amantes hasta que el valeroso manchego venga conmigo a las manos en singular batalla, que para solo su gran valor guardan los hados esta nunca vista aventura». Hecho esto, sacó de la vaina un ancho y desmesurado alfanje, y asiéndome a mí por los cabellos, hizo finta de querer segarme la gola y cortarme cercen la cabeza. Turbeme; pegóseme la voz a la garganta; quedé mohína en todo estremo; pero, con todo, me esforcé lo más que pude, y con voz tembladora y doliente le dije tantas y tales cosas, que le hicieron suspender la ejecución de tan riguroso castigo. Finalmente, hizo traer ante sí todas las dueñas de palacio, que fueron estas que están presentes, y después de haber exagerado nuestra culpa y vituperado las condiciones de las dueñas, sus malas mañas y peores trazas, y cargado a todas la culpa que yo sola tenía, dijo que no quería con pena capital castigarnos, sino con otras penas dilatadas, que nos diesen una muerte civil y continua. Y en aquel mismo momento y punto que acabó de decir esto, sentimos todas que se nos abrían los poros de la cara y que por toda ella nos punzaban como con puntas de agujas. Acudimos luego con las manos a los rostros y hallámonos de la manera que ahora veréis.

Y luego la Dolorida y las demás dueñas alzaron los antifaces con que cubiertas venían y descubrieron los rostros todos poblados de barbas, cuáles rubias, cuáles negras, cuáles blancas y cuáles albarrazadas, de cuya vista mostraron quedar admirados el duque y la duquesa, pasmados don Quijote y Sancho y atónitos todos los presentes. Y la Trifaldi prosiguió:

—De esta manera nos castigó aquel follón y mal intencionado de Malambruno, cubriendo la blandura y morbidez de nuestros rostros con la aspereza de estas cerdas, que pluguiera al cielo que antes con su desmesurado alfanje nos hubiera derribado las testas, que no que nos asombrara la luz de nuestras caras con esta borra que nos cubre; porque si entramos en cuenta, señores míos (y esto que voy a decir agora lo quisiera decir hechos mis ojos fuentes, pero la consideración de nuestra desgracia y los mares que hasta aquí han llovido los tienen sin humor y secos como aristas, y, así, lo diré sin lágrimas), digo, pues, que ¿adónde podrá ir una dueña con barbas? ¿Qué padre o qué madre se dolerá de ella? ¿Quién la dará ayuda? Pues aun cuando tiene la tez lisa y el rostro martirizado con mil suertes de menjurjes y mudas apenas halla quien bien la quiera, ¿qué hará cuando descubra hecho un bosque su rostro? ¡Oh dueñas y compañeras mías, en desdichado punto nacimos, en hora menguada nuestros padres nos engendraron!

Y diciendo esto, dio muestras de desmayarse.

40

DE COSAS QUE ATAÑEN Y TOCAN A ESTA AVENTURA Y A ESTA MEMORABLE HISTORIA

Real y verdaderamente, todos los que gustan de semejantes historias como esta deben de mostrarse agradecidos a Cide Hamete, su autor primero, por la curiosidad que tuvo en contarnos las semínimas de ella, sin dejar cosa, por menuda que fuese, que no la sacase a luz distintamente. Pinta los pensamientos, descubre las imaginaciones, responde a las tácitas, aclara las dudas, resuelve los argumentos; finalmente, los átomos del más curioso deseo manifiesta. ¡Oh autor celebérrimo! ¡Oh don Quijote dichoso! ¡Oh Dulcinea famosa! ¡Oh Sancho Panza gracioso! ¡Todos juntos y cada uno de por sí viváis siglos infinitos, para gusto y general pasatiempo de los vivientes!

Dice, pues, la historia que así como Sancho vio desmayada a la Dolorida, dijo:

—¡Por la fe de hombre de bien juro, y por el siglo de todos mis pasados los Panzas, que jamás he oído ni visto, ni mi amo me ha contado, ni en su pensamiento ha cabido, semejante aventura como esta! ¡Válgate mil satanases, por no maldecirte por encantador y gigante, Malambruno! ¿Y no hallaste otro género de castigo que dar a estas pecadoras sino el de barbarlas? ¿Cómo y no fuera mejor, y a ellas les estuviera más a cuento, quitarles la mitad de las narices, de medio arriba, aunque hablaran gangoso, que no ponerles barbas? Apostaré yo que no tienen hacienda para pagar a quien las rape.

—Así es la verdad, señor —respondió una de las doce—, que no tenemos hacienda para mondarnos; y, así, hemos tomado algunas de nosotras por remedio ahorrativo de usar

DEPILACIÓN

Depilarse poniéndose sobre la piel una sustancia pegajosa sobre la que luego se aplica un papel o venda del que al final se tira es algo que ya hacían los romanos. Cabe la posibilidad de que los egipcios también se depilaran «a la cera» hace cinco mil años, pero lo más seguro es que los hombres se afeitasen con navaja y las mujeres con cremas depilatorias fabricadas con sustancias animales como la sangre de tortuga y la grasa de hipopótamo.

de unos pegotes o parches pegajosos, y aplicándolos a los rostros, y tirando de golpe, quedamos rasas y lisas como fondo de mortero de piedra; que puesto que hay en Candaya mujeres que andan de casa en casa a quitar el vello y a pulir las cejas y hacer otros menjurjes tocantes a mujeres, nosotras las dueñas de mi señora por jamás quisimos admitirlas, porque las más oliscan a terceras, habiendo dejado de ser primas. Y si por el señor don Quijote no somos remediadas, con barbas nos llevarán a la sepultura.

—Yo me pelaría las mías —dijo don Quijote— en tierra de moros si no remediase las vuestras.

A este punto volvió de su desmayo la Trifaldi y dijo:

—El retintín de esa promesa, valeroso caballero, en medio de mi desmayo llegó a mis oídos y ha sido parte para que yo de él vuelva y cobre todos mis sentidos; y, así, de nuevo os suplico, andante ínclito y señor indomable, vuestra graciosa promesa se convierta en obra.

—Por mí no quedará —respondió don Quijote—. Ved, señora, qué es lo que tengo de hacer, que el ánimo está muy pronto para serviros.

—Es el caso —respondió la Dolorida— que desde aquí al reino de Candaya, si se va por tierra, hay cinco mil leguas, dos más a menos; pero si se va por el aire y por la línea recta, hay tres mil y docientas y veinte y siete. Es también de saber que Malambruno me dijo que cuando la suerte me deparase al caballero nuestro libertador, que él le enviaría una cabalgadura harto mejor y con menos malicias que las que son de retorno, porque ha de ser aquel mesmo caballo de madera sobre quien llevó el valeroso Pierres robada a la linda Magalona, el cual caballo se rige por una clavija que tiene en la frente, que le sirve de freno, y vuela por el aire con tanta ligereza, que parece que los mesmos diablos le llevan. Este tal caballo, según es tradición antigua, fue compuesto por aquel sabio Merlín; prestósele a Pierres, que era su amigo, con el cual hizo grandes viajes y robó, como se ha dicho, a la linda Magalona, llevándola a las ancas por el aire, dejando embobados a cuantos desde la tierra los miraban; y no le prestaba sino a quien él quería o mejor se lo pagaba; y desde el gran Pierres hasta ahora no sabemos que haya subido alguno en él. De allí le ha sacado Malambruno con sus artes y le tiene en su poder, y se sirve de él en sus viajes, que los hace por momentos por diversas partes del mundo; y hoy está aquí y mañana en Francia y otro día en Potosí. Y es lo bueno que el tal caballo ni come ni duerme ni gasta herraduras, y lleva un portante por los aires sin tener alas, que el que lleva encima puede llevar una taza llena de agua en la mano sin que se le derrame gota, según camina llano y reposado, por lo cual la linda Magalona se holgaba mucho de andar caballera en él.

A esto dijo Sancho:

—Para andar reposado y llano, mi rucio, puesto que no anda por los aires; pero por la tierra, yo le cutiré con cuantos portantes hay en el mundo.

Riéronse todos, y la Dolorida prosiguió:

—Y este tal caballo, si es que Malambruno quiere dar fin a nuestra desgracia, antes que sea media hora entrada la noche estará en nuestra presencia, porque él me significó que la señal que me daría por donde yo entendiese que había hallado el caballero que buscaba sería enviarme el caballo donde fuese con comodidad y presteza.

—¿Y cuántos caben en ese caballo? —preguntó Sancho.

La Dolorida respondió:

—Dos personas: la una en la silla y la otra en las ancas. Y por la mayor parte estas tales dos personas son caballero y escudero, cuando falta alguna robada doncella.

—Querría yo saber, señora Dolorida —dijo Sancho—, qué nombre tiene ese caballo.

—El nombre —respondió la Dolorida— no es como el caballo de Belerofonte, que se llamaba Pegaso, ni como el del Magno Alejandro, llamado Bucéfalo, ni como el del furioso Orlando, cuyo nombre fue Brilladoro, ni menos Bayarte, que fue el de Reinaldos de Montalbán, ni Frontino, como el de Rugero, ni Bootes ni Pirítoo, como dicen que se llaman los del Sol, ni tampoco se llama Orelia, como el caballo en que el desdichado Rodrigo, último rey de los godos, entró en la batalla donde perdió la vida y el reino.

—Yo apostaré —dijo Sancho— que, pues no le han dado ninguno de esos famosos nombres de caballos tan conocidos, que tampoco le habrán dado el de mi amo, Rocinante, que en ser propio excede a todos los que se han nombrado.

—Así es —respondió la barbada condesa—, pero todavía le cuadra mucho, porque se llama Clavileño el Alígero, cuyo nombre conviene con el ser de leño y con la clavija que trae en la frente y con la ligereza con que camina; y, así, en cuanto al nombre bien puede competir con el famoso Rocinante.

—No me descontenta el nombre —replicó Sancho—. Pero ¿con qué freno o con qué jáquima se gobierna?

—Ya he dicho —respondió la Trifaldi— que con la clavija, que volviéndola a una parte o a otra el caballero que va encima le hace caminar como quiere, o ya por los aires, o ya rastreando y casi barriendo la tierra, o por el medio, que es el que se busca y se ha de tener en todas las acciones bien ordenadas.

—Ya lo querría ver —respondió Sancho—, pero pensar que tengo de subir en él, ni en la silla ni en las ancas, es pedir peras al olmo. ¡Bueno es que apenas puedo tenerme en mi rucio, y sobre un albarda más blanda que la mesma seda, y querrían ahora que me tuviese en unas ancas de tabla, sin cojín ni almohada alguna! Pardiez, yo no me pienso moler por quitar las barbas a nadie: cada cual se rape como más le viniere a cuento, que yo no pienso acompañar a mi señor en tan largo viaje; cuanto más que yo no debo de hacer al caso para el rapamiento de estas barbas como lo soy para el desencanto de mi señora Dulcinea.

—Sí sois, amigo —respondió la Trifaldi—, y tanto, que sin vuestra presencia entiendo que no haremos nada.

—¡Aquí del rey! —dijo Sancho—. ¿Qué tienen que ver los escuderos con las aventuras de sus señores? ¿Hanse de llevar ellos la fama de las que acaban y hemos de llevar nosotros el trabajo? ¡Cuerpo de mí! Aun si dijesen los historiadores «El tal caballero acabó la tal y tal aventura, pero con ayuda de Fulano su escudero, sin el cual fuera imposible el acabarla»; pero ¡que escriban a secas «Don Paralipómenon de las Tres Estrellas acabó la aventura de los seis vestiglos», sin nombrar la persona de su escudero, que se halló presente a todo, como si no fuera en el mundo...! Ahora, señores, vuelvo a decir que mi señor se puede ir solo, y buen provecho le haga, que yo me quedaré aquí en compañía de la duquesa mi señora. Y podría ser que cuando volviese hallase mejorada la causa de la señora Dulcinea en tercio y quinto, porque pienso en los ratos ociosos y desocupados darme una tanda de azotes que no me la cubra pelo.

—Con todo eso le habéis de acompañar si fuere necesario, buen Sancho, porque os lo rogarán buenos, que no han de quedar por vuestro inútil temor tan poblados los rostros de estas señoras, que cierto sería mal caso.

—¡Aquí del rey otra vez! —replicó Sancho—. Cuando esta caridad se hiciera por algunas doncellas recogidas o por algunas niñas de la doctrina, pudiera el hombre aventurarse a cualquier trabajo; pero que lo sufra por quitar las barbas a dueñas, ¡mal año, mas que las viese yo a todas con barbas, desde la mayor hasta la menor y de la más melindrosa hasta la más repulgada!

—Mal estáis con las dueñas, Sancho amigo —dijo la duquesa—; mucho os vais tras la opinión del boticario toledano. Pues a fe que no tenéis razón, que dueñas hay en mi casa que pueden ser ejemplo de dueñas; que aquí está mi doña Rodríguez, que no me dejará decir otra cosa.

—Mas que la diga Vuestra Excelencia —dijo Rodríguez—, que Dios sabe la verdad de todo, y buenas o malas, barbadas o lampiñas que seamos las dueñas, también nos parió nuestras madres como a las otras mujeres. Y pues Dios nos echó en el mundo, Él sabe para qué, y a su misericordia me atengo y no a las barbas de nadie.

—Ahora bien, señora Rodríguez —dijo don Quijote—, y señora Trifaldi y compañía, yo espero en el cielo que mirará con buenos ojos vuestras cuitas, que Sancho hará lo que yo le mandare. ¡Ya viniese Clavileño y ya me viese con Malambruno!, que yo sé que no habría navaja que con más facilidad rapase a vuestras mercedes como mi espada raparía de los hombros la cabeza de Malambruno; que Dios sufre a los malos, pero no para siempre.

—¡Ay —dijo a esta sazón la Dolorida—, con benignos ojos miren a vuestra grandeza, valeroso caballero, todas las estrellas de las regiones celestes e infundan en vuestro ánimo toda prosperidad y valentía para ser escudo y amparo del vituperoso y abatido género dueñesco, abominado de boticarios, murmurado de escuderos y socaliñado de pajes, que mal haya la bellaca que en la flor de su edad no se metió primero a ser monja que a dueña! ¡Desdichadas de nosotras las dueñas, que aunque vengamos por línea recta, de varón en varón, del mismo Héctor el troyano, no dejarán de echarnos un *vos* nuestras señoras si pensasen por ello ser reinas! Oh gigante Malambruno, que, aunque eres encantador, eres certísimo en tus promesas: envíanos ya al sin par Clavileño para que nuestra desdicha se acabe, que si entra el calor y estas nuestras barbas duran, guay de nuestra ventura!

Dijo esto con tanto sentimiento la Trifaldi, que sacó las lágrimas de los ojos de todos los circunstantes, y aun arrasó los de Sancho, y propuso en su corazón de acompañar a su señor hasta las últimas partes del mundo, si es que en ello consistiese quitar la lana de aquellos venerables rostros.

41

DE LA VENIDA DE CLAVILEÑO, CON EL FIN DE ESTA DILATADA AVENTURA

Llegó en esto la noche, y con ella el punto determinado en que el famoso caballo Clavileño viniese, cuya tardanza fatigaba ya a don Quijote, pareciéndole que, pues Malambruno se detenía en enviarle, o que él no era el caballero para quien estaba guardada aquella aventura o que Malambruno no osaba venir con él a singular batalla. Pero veis aquí cuando a deshora entraron por el jardín cuatro salvajes, vestidos todos de verde yedra, que sobre sus hombros traían un gran caballo de madera. Pusiéronle de pies en el suelo, y uno de los salvajes dijo:

—Suba sobre esta máquina el caballero que tuviere ánimo para ello.

—Aquí —dijo Sancho— yo no subo, porque ni tengo ánimo ni soy caballero.

Y el salvaje prosiguió diciendo:

—Y ocupe las ancas el escudero, si es que lo tiene, y fíese del valeroso Malambruno, que, si no fuere de su espada, de ninguna otra ni de otra malicia será ofendido. Y no hay más que torcer esta clavija que sobre el cuello trae puesta, que él os llevará por los aires adonde los atiende Malambruno. Pero porque la alteza y sublimidad del camino no les cause váguidos, se han de cubrir los ojos hasta que el caballo relinche, que será señal de haber dado fin a su viaje.

Esto dicho, dejando a Clavileño, con gentil continente se volvieron por donde habían venido. La Dolorida, así como vio al caballo, casi con lágrimas dijo a don Quijote:

—Valeroso caballero, las promesas de Malambruno han sido ciertas: el caballo está en casa, nuestras barbas crecen, y cada una de nosotras y con cada pelo de ellas te suplicamos nos rapes y tundas, pues no está en más sino en que subas en él con tu escudero y des felice principio a vuestro nuevo viaje.

—Eso haré yo, señora condesa Trifaldi, de muy buen grado y de mejor talante, sin ponerme a tomar cojín ni calzarme espuelas, por no detenerme: tanta es la gana que tengo de veros a vos, señora, y a todas estas dueñas rasas y mondas.

—Eso no haré yo —dijo Sancho—, ni de malo ni de buen talante, en ninguna manera. Y si es que este rapamiento no se puede hacer sin que yo suba a las ancas, bien puede buscar mi señor otro escudero que le acompañe, y estas señoras otro modo de alisarse los rostros, que yo no soy brujo para gustar de andar por los aires. ¿Y qué dirán mis insulanos cuando sepan que su gobernador se anda paseando por los vientos? Y otra cosa más: que habiendo tres mil y tantas leguas de aquí a Candaya, si el caballo se cansa o el gigante se enoja tardaremos en dar la vuelta media docena de años, y ya ni habrá ínsula ni ínsulos en el mundo que me conozcan. Y pues se dice comúnmente que en la tardanza va el peligro y que cuando te dieren la vaquilla acudas con la soguilla, perdónenme las barbas de estas señoras, que bien se está San Pedro en Roma; quiero decir que bien me estoy en esta casa donde tanta merced se me hace y de cuyo dueño tan gran bien espero como es verme gobernador.

A lo que el duque dijo:

—Sancho amigo, la ínsula que yo os he prometido no es movible ni fugitiva: raíces tiene tan hondas, echadas en los abismos de la tierra, que no la arrancarán ni mudarán de donde está a tres tirones. Y pues vos sabéis que sé yo que no hay ninguno género de oficio de estos de mayor cantía que no se granjee con alguna suerte de cohecho, cuál más, cuál menos, el que yo quiero llevar por este gobierno es que vais con vuestro señor don Quijote a dar cima y cabo a esta memorable aventura; que, ahora volváis sobre Clavileño con la brevedad que su ligereza promete, ora la contraria fortuna os traiga y vuelva a pie, hecho romero, de mesón en mesón y de venta en venta, siempre que volviéredes hallaréis vuestra ínsula donde la dejáis y a vuestros insulanos con el mesmo deseo de recebiros por su gobernador que siempre han tenido, y mi voluntad será la mesma. Y no pongáis duda en esta verdad, señor Sancho, que sería hacer notorio agravio al deseo que de serviros tengo.

—No más, señor —dijo Sancho—: yo soy un pobre escudero y no puedo llevar a cuestas tantas cortesías. Suba mi amo, tápenme estos ojos y encomiéndenme a Dios, y avísenme si cuando vamos por estas altanerías podré encomendarme a Nuestro Señor o invocar los ángeles que me favorezcan.

A lo que respondió Trifaldi:

—Sancho, bien podéis encomendaros a Dios o a quien quisiéredes, que Malambruno, aunque es encantador, es cristiano y hace sus encantamentos con mucha sagacidad y con mucho tiento, sin meterse con nadie.

—¡Ea, pues! —dijo Sancho—. ¡Dios me ayude y la Santísima Trinidad de Gaeta!

—Desde la memorable aventura de los batanes —dijo don Quijote— nunca he visto a Sancho con tanto temor como ahora, y si yo fuera tan agorero como otros, su pusilanimidad me hiciera algunas cosquillas en el ánimo. Pero llegaos aquí, Sancho, que con licencia de estos señores os quiero hablar aparte dos palabras.

Y apartando a Sancho entre unos árboles del jardín y asiéndole ambas las manos, le dijo:

—Ya ves, Sancho hermano, el largo viaje que nos espera y que sabe Dios cuándo volveremos de él, ni la comodidad y espacio que nos darán los negocios. Y, así, querría que ahora te retirases en tu aposento, como que vas a buscar alguna cosa necesaria para el camino, y en un daca las pajas te dieses, a buena cuenta de los tres mil y trecientos azotes a que estás obligado, siquiera quinientos, que dados te los tendrás; que el comenzar las cosas es tenerlas medio acabadas.

—¡Par Dios —dijo Sancho— que vuestra merced debe de ser menguado! ¡Esto es como aquello que dicen: «En priesa me ves y doncellez me demandas»! ¿Ahora que tengo de ir sentado en una tabla rasa quiere vuestra merced que me lastime las posas? En verdad en verdad que no tiene vuestra merced razón. Vamos ahora a rapar estas dueñas, que a la vuelta yo le prometo a vuestra merced, como quien soy, de darme tanta priesa a salir de mi obligación, que vuestra merced se contente, y no le digo más.

Y don Quijote respondió:

—Pues con esa promesa, buen Sancho, voy consolado, y creo que la cumplirás, porque, en efecto, aunque tonto, eres hombre verídico.

—No soy verde, sino moreno —dijo Sancho—, pero aunque fuera de mezcla, cumpliera mi palabra.

EL CANON OCCIDENTAL

«¿Cuál es el verdadero propósito de don Quijote? No encuentro respuesta a esa pregunta. ¿Cuáles eran los verdaderos motivos de Hamlet? Nunca se nos permitió comprenderlos. Puesto que el propósito del magnífico Caballero de la Triste Figura tiene un sesgo cosmológico, ningún objetivo parece estar fuera de su alcance. [...] Cervantes y Shakespeare, quienes murieron casi simultáneamente, se han convertido en autores centrales para el canon occidental, por lo menos desde Dante, y ningún otro escritor los ha igualado: ni Tolstoi, ni Goethe, Dickens, Proust o Joyce».

HAROLD BLOOM

Y con esto se volvieron a subir en Clavileño, y al subir dijo don Quijote:

—Tapaos, Sancho, y subid, Sancho, que quien de tan lueñes tierras envía por nosotros no será para engañarnos, por la poca gloria que le puede redundar de engañar a quien de él se fía. Y puesto que todo sucediese al revés de lo que imagino, la gloria de haber emprendido esta hazaña no la podrá escurecer malicia alguna.

—Vamos, señor —dijo Sancho—, que las barbas y lágrimas de estas señoras las tengo clavadas en el corazón, y no comeré bocado que bien me sepa hasta verlas en su primera lisura. Suba vuesa merced y tápese primero, que si yo tengo de ir a las ancas, claro está que primero sube el de la silla.

—Así es la verdad —replicó don Quijote.

Y sacando un pañuelo de la faldriquera, pidió a la Dolorida que le cubriese muy bien los ojos; y habiéndoselos cubierto, se volvió a descubrir y dijo:

—Si mal no me acuerdo, yo he leído en Virgilio aquello del Paladión de Troya, que fue un caballo de madera que los griegos presentaron a la diosa Palas, el cual iba preñado de caballeros armados que después fueron la total ruina de Troya; y, así, será bien ver primero lo que Clavileño trae en su estómago.

—No hay para qué —dijo la Dolorida—, que yo le fío y sé que Malambruno no tiene nada de malicioso ni de traidor. Vuesa merced, señor don Quijote, suba sin pavor alguno, y a mi daño si alguno le sucediere.

Pareciole a don Quijote que cualquiera cosa que replicase acerca de su seguridad sería poner en detrimento su valentía; y, así, sin más altercar, subió sobre Clavileño y le tentó la clavija, que fácilmente se rodeaba. Y como no tenía estribos y le colgaban las piernas, no parecía sino figura de tapiz flamenco, pintada o tejida, en algún romano triunfo.

De mal talante y poco a poco llegó a subir Sancho, y acomodándose lo mejor que pudo en las ancas, las halló algo duras y no nada blandas, y pidió al duque que si fuese posible le acomodasen de algún cojín o de alguna almohada, aunque fuese del estrado de su señora la duquesa o del lecho de algún paje, porque las ancas de aquel caballo más parecían de mármol que de leño. A esto dijo la Trifaldi que ningún jaez ni ningún género de adorno sufría sobre sí Clavileño; que lo que podía hacer era ponerse a mujeriegas, y que así no sentiría tanto la dureza. Hízolo así Sancho, y diciendo «a Dios», se dejó vendar los ojos; y ya después de vendados se volvió a descubrir, y mirando a todos los del jardín tiernamente y con lágrimas, dijo que le ayudasen en aquel trance con sendos paternostres y sendas avemarías, porque Dios deparase quien por ellos los dijese cuando en semejantes trances se viesen. A lo que dijo don Quijote:

—¡Ladrón! ¿Estás puesto en la horca por ventura o en el último término de la vida para usar de semejantes plegarias? ¿No estás, desalmada y cobarde criatura, en el mismo lugar que ocupó la linda Magalona, del cual decendió no a la sepultura, sino a ser reina de Francia, si no mienten las historias? Y yo, que voy a tu lado, ¿no puedo ponerme al del valeroso

Pierres, que oprimió este mismo lugar que yo ahora oprimo? ¡Cúbrete, cúbrete, animal descorazonado, y no te salga a la boca el temor que tienes, a lo menos en presencia mía!

—Tápenme —respondió Sancho—, y pues no quieren que me encomiende a Dios ni que sea encomendado, ¿qué mucho que tema no ande por aquí alguna región de diablos, que den con nosotros en Peralvillo?

Cubriéronse, y sintiendo don Quijote que estaba como había de estar, tentó la clavija. Y apenas hubo puesto los dedos en ella cuando todas las dueñas y cuantos estaban presentes levantaron las voces, diciendo:

—¡Dios te guíe, valeroso caballero!

—¡Dios sea contigo, escudero intrépido!

—¡Ya, ya vais por esos aires, rompiéndolos con más velocidad que una saeta!

—¡Ya comenzáis a suspender y admirar a cuantos desde la tierra os están mirando!

—¡Tente, valeroso Sancho, que te bamboleas! ¡Mira no cayas, que será peor tu caída que la del atrevido mozo que quiso regir el carro del Sol su padre!

Oyó Sancho las voces, y apretándose con su amo y ciñiéndole con los brazos, le dijo:

—Señor, ¿cómo dicen estos que vamos tan altos, si alcanzan acá sus voces, y no parece sino que están aquí hablando junto a nosotros?

—No repares en eso, Sancho, que como estas cosas y estas volaterías van fuera de los cursos ordinarios, de mil leguas verás y oirás lo que quisieres. Y no me aprietes tanto, que me derribas. Y en verdad que no sé de qué te turbas ni te espantas, que osaré jurar que en todos los días de mi vida he subido en cabalgadura de paso más llano: no parece sino que no nos movemos de un lugar. Destierra, amigo, el miedo, que, en efecto, la cosa va como ha de ir y el viento llevamos en popa.

—Así es la verdad —respondió Sancho—, que por este lado me da un viento tan recio, que parece que con mil fuelles me están soplando.

Y así era ello, que unos grandes fuelles le estaban haciendo aire: tan bien trazada estaba la tal aventura por el duque y la duquesa y su mayordomo, que no le faltó requisito que la dejase de hacer perfecta. Sintiéndose, pues, soplar don Quijote, dijo:

—Sin duda alguna, Sancho, que ya debemos de llegar a la segunda región del aire, adonde se engendra el granizo y las nieves; los truenos, los relámpagos y los rayos se engendran en la tercera región. Y si es que de esta manera vamos subiendo, presto daremos en la región del fuego, y no sé yo cómo templar esta clavija para que no subamos donde nos abrasemos.

En esto, con unas estopas ligeras de encenderse y apagarse, desde lejos, pendientes de una caña, les calentaban los rostros. Sancho, que sintió el calor, dijo:

—¡Que me maten si no estamos ya en el lugar del fuego o bien cerca, porque una gran parte de mi barba se me ha chamuscado! Y estoy, señor, por descubrirme y ver en qué parte estamos.

—No hagas tal —respondió don Quijote—, y acuérdate del verdadero cuento del licenciado Torralba, a quien llevaron los diablos en volandas por el aire, caballero en una caña, cerrados los ojos, y en doce horas llegó a Roma y se apeó en Torre de Nona, que es una calle de la ciudad, y vio todo el fracaso y asalto y muerte de Borbón, y por la mañana ya estaba de vuelta en Madrid, donde dio cuenta de todo lo que había visto; el cual asimismo dijo que cuando iba por el aire

LAS REGIONES DEL AIRE

En 1543, se publicó póstumamente el libro en que Nicolás Copérnico (1473-1543) afirmaba que el Sol, y no la Tierra, ocupaba el centro del universo. Su teoría fue rechazada por la Iglesia católica, que siguió defendiendo que el universo era tal y como lo había descrito Claudio Ptolomeo en el siglo II: la Tierra estaba en el centro. Cervantes se ajusta a la ortodoxia ptolemaica y, de acuerdo con ella, cree que entre la Tierra y la Luna hay cuatro regiones: la del aire, la del frío, la del agua y la del fuego.

le mandó el diablo que abriese los ojos, y los abrió y se vio tan cerca, a su parecer, del cuerpo de la luna, que la pudiera asir con la mano, y que no osó mirar a la tierra, por no desvanecerse. Así que, Sancho, no hay para qué descubrirnos, que el que nos lleva a cargo él dará cuenta de nosotros. Y quizá vamos tomando puntas y subiendo en alto para dejarnos caer de una sobre el reino de Candaya, como hace el sacre o neblí sobre la garza para cogerla, por más que se remonte. Y aunque nos parece que no ha media hora que nos partimos del jardín, créeme que debemos de haber hecho gran camino.

—No sé lo que es —respondió Sancho Panza—; solo sé decir que si la señora Magallanes, o Magalona, se contentó de estas ancas, que no debía de ser muy tierna de carnes.

Todas estas pláticas de los dos valientes oían el duque y la duquesa y los del jardín, de que recibían estraordinario contento. Y queriendo dar remate a la estraña y bien fabricada aventura, por la cola de Clavileño le pegaron fuego con unas estopas, y al punto, por estar el caballo lleno de cohetes tronadores, voló por los aires con estraño ruido, y dio con don Quijote y con Sancho Panza en el suelo, medio chamuscados.

En este tiempo ya se habían desparecido del jardín todo el barbado escuadrón de las dueñas, y la Trifaldi y todo, y los del jardín quedaron como desmayados, tendidos por el suelo. Don Quijote y Sancho se levantaron maltrechos, y mirando a todas partes, quedaron atónitos de verse en el mesmo jardín de donde habían partido y de ver tendido por tierra tanto número de gente. Y creció más su admiración cuando a un lado del jardín vieron hincada una gran lanza en el suelo, y pendiente de ella y de dos cordones de seda verde un pergamino liso y blanco, en el cual con grandes letras de oro estaba escrito lo siguiente:

El ínclito caballero don Quijote de la Mancha feneció y acabó la aventura de la condesa Trifaldi, por otro nombre llamada la dueña Dolorida, y compañía, con solo intentarla.

Malambruno se da por contento y satisfecho a toda su voluntad, y las barbas de las dueñas ya quedan lisas y mondas, y los reyes don Clavijo y Antonomasia, en su prístino estado. Y cuando se cumpliere el escuderil vápulo, la blanca paloma se verá libre de los pestíferos girifaltes que la persiguen y en brazos de su querido arrullador, que así está ordenado por el sabio Merlín, protoencantador de los encantadores.

Habiendo, pues, don Quijote leído las letras del pergamino, claro entendió que del desencanto de Dulcinea hablaban, y dando muchas gracias al cielo de que con tan poco peligro hubiese acabado tan gran fecho, reduciendo a su pasada tez los rostros de las venerables dueñas, que ya no parecían, se fue adonde el duque y la duquesa aún no habían vuelto en sí, y trabando de la mano al duque, le dijo:

—¡Ea, buen señor! ¡Buen ánimo, buen ánimo, que todo es nada! La aventura es ya acabada, sin daño de barras, como lo muestra claro el escrito que en aquel padrón está puesto.

El duque, poco a poco y como quien de un pesado sueño recuerda, fue volviendo en sí, y por el mismo tenor la duquesa y todos los que por el jardín estaban caídos, con tales muestras de maravilla y espanto, que casi se podían dar a entender haberles acontecido de veras lo que tan bien sabían fingir de burlas. Leyó el duque el cartel con los ojos medio cerrados, y luego, con los brazos abiertos, fue a abrazar a don Quijote, diciéndole ser el más buen caballero que en ningún siglo se hubiese visto. Sancho andaba mirando por la Dolorida, por ver qué rostro tenía sin las barbas y si era tan hermosa sin ellas como su gallarda disposición prometía, pero dijéronle que así como Clavileño bajó ardiendo por los aires y dio en el suelo, todo el escuadrón de las dueñas, con la Trifaldi, había desaparecido, y que ya iban rapadas y sin cañones.

Preguntó la duquesa a Sancho que cómo le había ido en aquel largo viaje, a lo cual Sancho respondió:

—Yo, señora, sentí que íbamos, según mi señor me dijo, volando por la región del fuego, y quise descubrirme un poco los ojos, pero mi amo, a quien pedí licencia para descubrirme, no la consintió; mas yo, que tengo no sé qué briznas de curioso y de desear saber lo que se me estorba y impide, bonitamente y sin que nadie lo viese, por junto a las narices aparté tanto cuanto el pañizuelo que me tapaba los ojos, y por allí miré hacia la tierra, y pareciome que toda ella no era mayor que un grano de mostaza, y los hombres que andaban sobre ella, poco mayores que avellanas; porque se vea cuán altos debíamos de ir entonces.

A esto dijo la duquesa:

—Sancho amigo, mirad lo que decís, que, a lo que parece, vos no vistes la tierra, sino los hombres que andaban sobre ella, y está claro que si la tierra os pareció como un grano de mostaza y cada hombre como una avellana, un hombre solo había de cubrir toda la tierra.

—Así es verdad —respondió Sancho—, pero, con todo eso, la descubrí por un ladito y la vi toda.

—Mirad, Sancho —dijo la duquesa—, que por un ladito no se ve el todo de lo que se mira.

—Yo no sé esas miradas —replicó Sancho—; solo sé que será bien que vuestra señoría entienda que, pues volábamos por encantamento, por encantamento podía yo ver toda la tierra y todos los hombres por doquiera que los mirara. Y si esto no se me cree, tampoco creerá vuestra merced cómo, descubriéndome por junto a las cejas, me vi tan junto al cielo, que no había de mí a él palmo y medio; y por lo que puedo jurar, señora mía, que es muy grande además. Y sucedió que íbamos por parte donde están las siete cabrillas, y en Dios y en mi ánima que como yo en mi niñez fui en mi tierra cabrerizo, que así como las vi me dio una gana de entretenerme con ellas un rato, y si no le cumpliera me parece que reventara. Vengo, pues, y tomo, ¿y qué hago? Sin decir nada a nadie, ni a mi señor tampoco, bonita y pasitamente me apeé de Clavileño y me entretuve con las cabrillas, que son como unos alhelíes y como unas flores, casi tres cuartos de hora, y Clavileño no se movió de un lugar ni pasó adelante.

—Y en tanto que el buen Sancho se entretenía con las cabras —preguntó el duque—, ¿en qué se entretenía el señor don Quijote?

A lo que don Quijote respondió:

—Como todas estas cosas y estos tales sucesos van fuera del orden natural, no es mucho que Sancho diga lo que dice. De mí sé decir que ni me descubrí por alto ni por bajo, ni vi el cielo ni la tierra, ni la mar ni las arenas. Bien es verdad que sentí que pasaba por la región del aire y aun que tocaba a la del fuego, pero que pasásemos de allí no lo puedo creer, pues estando la región del fuego entre el cielo de la luna y la última región del aire, no podíamos llegar al cielo donde están las siete cabrillas que Sancho dice sin abrasarnos; y pues no nos asuramos, o Sancho miente o Sancho sueña.

—Ni miento ni sueño —respondió Sancho—; si no, pregúntenme las señas de las tales cabras, y por ellas verán si digo verdad o no.

—Dígalas, pues, Sancho —dijo la duquesa.

—Son —respondió Sancho— las dos verdes, las dos encarnadas, las dos azules y la una de mezcla.

—Nueva manera de cabras es esa —dijo el duque—, y por esta nuestra región del suelo no se usan tales colores; digo cabras de tales colores.

—Bien claro está eso —dijo Sancho—, sí, que diferencia ha de haber de las cabras del cielo a las del suelo.

—Decidme, Sancho —preguntó el duque—: ¿vistes allá entre esas cabras algún cabrón?

—No, señor —respondió Sancho—, pero oí decir que ninguno pasaba de los cuernos de la luna.

No quisieron preguntarle más de su viaje, porque les pareció que llevaba Sancho hilo de pasearse por todos los cielos y dar nuevas de cuanto allá pasaba sin haberse movido del jardín. En resolución, este fue el fin de la aventura de la dueña Dolorida, que dio qué reír a los duques no solo aquel tiempo, sino el de toda su vida, y qué contar a Sancho siglos, si los viviera. Y llegándose don Quijote a Sancho al oído, le dijo:

—Sancho, pues vos queréis que se os crea lo que habéis visto en el cielo, yo quiero que vos me creáis a mí lo que vi en la cueva de Montesinos. Y no os digo más.

42

DE LOS CONSEJOS QUE DIO DON QUIJOTE A SANCHO PANZA ANTES QUE FUESE A GOBERNAR LA ÍNSULA, CON OTRAS COSAS BIEN CONSIDERADAS

Con el felice y gracioso suceso de la aventura de la Dolorida quedaron tan contentos los duques, que determinaron pasar con las burlas adelante, viendo el acomodado sujeto que tenían para que se tuviesen por veras. Y, así, habiendo dado la traza y órdenes que sus criados y sus vasallos habían de guardar con Sancho en el gobierno de la ínsula prometida, otro día, que fue el que sucedió al vuelo de Clavileño, dijo el duque a Sancho que se adeliñase y compusiese para ir a ser gobernador, que ya sus insulanos le estaban esperando como el agua de mayo. Sancho se le humilló y le dijo:

—Después que bajé del cielo, y después que desde su alta cumbre miré la tierra y la vi tan pequeña, se templó en parte en mí la gana que tenía tan grande de ser gobernador, porque ¿qué grandeza es mandar en un grano de mostaza, o qué dignidad o imperio el gobernar a media docena de hombres tamaños como avellanas, que a mi parecer no había más en toda la tierra? Si vuestra señoría fuese servido de darme una tantica parte del cielo, aunque no fuese más de media legua, la tomaría de mejor gana que la mayor ínsula del mundo.

—Mirad, amigo Sancho —respondió el duque—: yo no puedo dar parte del cielo a nadie, aunque no sea mayor que una uña, que a solo Dios están reservadas esas mercedes y gracias. Lo que puedo dar os doy, que es una ínsula hecha y derecha, redonda y bien proporcionada, y sobremanera fértil y abundosa, donde, si vos os sabéis dar maña, podéis con las riquezas de la tierra granjear las del cielo.

—Ahora bien —respondió Sancho—, venga esa ínsula, que yo pugnaré por ser tal gobernador que, a pesar de bellacos, me vaya al cielo. Y esto no es por codicia que yo tenga de salir de mis casillas ni de levantarme a mayores, sino por el deseo que tengo de probar a qué sabe el ser gobernador.

—Si una vez lo probáis, Sancho —dijo el duque—, comeros heis las manos tras el gobierno, por ser dulcísima cosa el mandar y ser obedecido. A buen seguro que cuando vuestro dueño llegue a ser emperador, que lo será sin duda según van encaminadas sus cosas, que no se lo arranquen como quiera, y que le duela y le pese en la mitad del alma del tiempo que hubiere dejado de serlo.

—Señor —replicó Sancho—, yo imagino que es bueno mandar, aunque sea a un hato de ganado.

—Con vos me entierren, Sancho, que sabéis de todo —respondió el duque—, y yo espero que seréis tal gobernador como vuestro juicio promete, y quédese esto aquí; y advertid que mañana en ese mesmo día habéis de ir al gobierno de la ínsula, y esta tarde os acomodarán del traje conveniente que habéis de llevar y de todas las cosas necesarias a vuestra partida.

—Vístanme —dijo Sancho— como quisieren, que de cualquier manera que vaya vestido seré Sancho Panza.

—Así es verdad —dijo el duque—, pero los trajes se han de acomodar con el oficio o dignidad que se profesa, que no sería bien que un jurisperito se vistiese como soldado, ni un soldado como un sacerdote. Vos, Sancho, iréis vestido parte de letrado y parte de capitán, porque en la ínsula que os doy tanto son menester las armas como las letras y las letras como las armas.

—Letras —respondió Sancho—, pocas tengo, porque aun no sé el abecé, pero bástame tener el *Christus* en la memoria para ser buen gobernador; de las armas manejaré las que me dieren hasta caer, y Dios delante.

—Con tan buena memoria —dijo el duque—, no podrá Sancho errar en nada.

Ya vestido con traje señorial, Sancho Panza conversa a solas con don Quijote, quien se admira de que un ceporro como Sancho haya llegado a gobernador sin mérito alguno, milagro que atribuye a la prodigiosa virtud de la caballería andante, cuyo halo majestuoso puede dignificar incluso al más paleto. Para que Sancho no fracase en sus funciones, don Quijote le da una serie de consejos, y lo hace en dos tandas. La primera tiene que ver con las cualidades del alma. Don Quijote le recomienda a Sancho que se conozca a sí mismo, que obre siempre como buen cristiano, que no se avergüence de su origen humilde, que sea compasivo, que trate bien a los pobres y que se muestre clemente con las personas a las que juzgue.

43

DE LOS CONSEJOS SEGUNDOS QUE DIO DON QUIJOTE A SANCHO PANZA

En su segunda tanda de consejos, don Quijote le habla a Sancho del gobierno de la casa y el aseo del cuerpo. Le recuerda que debe ir limpio, vestir con pulcritud y abrocharse la ropa, y le desaconseja determinados alimentos. Los ajos, en concreto, están prohibidos a rajatabla.

Consejos de don Quijote a Sancho Panza , leídos por **Josep Maria Pou** en el Congreso de los Diputados.

—No comas ajos ni cebollas, porque no saquen por el olor tu villanería.

»Anda despacio; habla con reposo, pero no de manera que parezca que te escuchas a ti mismo, que toda afectación es mala.

»Come poco y cena más poco, que la salud de todo el cuerpo se fragua en la oficina del estómago.

»Sé templado en el beber, considerando que el vino demasiado ni guarda secreto ni cumple palabra.

»Ten cuenta, Sancho, de no mascar a dos carrillos ni de erutar delante de nadie.

—Eso de *erutar* no entiendo —dijo Sancho.

Y don Quijote le dijo:

—*Erutar*, Sancho, quiere decir «regoldar», y este es uno de los más torpes vocablos que tiene la lengua castellana, aunque es muy sinificativo; y, así, la gente curiosa se ha acogido al latín, y al regoldar dice *erutar*, y a los regüeldos, *erutaciones*; y cuando algunos no entienden estos términos, importa poco, que el uso los irá introduciendo con el tiempo, que con facilidad se entiendan; y esto es enriquecer la lengua, sobre quien tiene poder el vulgo y el uso.

—En verdad, señor —dijo Sancho—, que uno de los consejos y avisos que pienso llevar en la memoria ha de ser el de no regoldar, porque lo suelo hacer muy a menudo.

—*Erutar*, Sancho, que no *regoldar* —dijo don Quijote.

—*Erutar* diré de aquí adelante —respondió Sancho—, y a fe que no se me olvide.

—También, Sancho, no has de mezclar en tus pláticas la muchedumbre de refranes que sueles, que puesto que los refranes son sentencias breves, muchas veces los traes tan por los cabellos, que más parecen disparates que sentencias.

—Eso Dios lo puede remediar —respondió Sancho—, porque sé más refranes que un libro, y viénenseme tantos juntos a la boca cuando hablo, que riñen por salir unos con otros, pero la lengua va arrojando los primeros que encuentra, aunque no vengan a pelo. Mas yo tendré cuenta de aquí adelante de decir los que convengan a la gravedad de mi cargo, que en casa llena, presto se guisa la cena; y quien destaja, no baraja; y a buen salvo está el que repica; y el dar y el tener, seso ha menester.

—¡Eso sí, Sancho —dijo don Quijote—: encaja, ensarta, enhila refranes, que nadie te va a la mano! ¡Castígame mi madre, y yo trómpogelas! ¡Estoyte diciendo que excuses refranes, y en un instante has echado aquí una letanía de ellos, que así cuadran con lo que vamos tratando como por los cerros de Úbeda! Mira, Sancho, no te digo yo que parece mal un refrán traído a propósito, pero cargar y ensartar refranes a troche moche hace la plática desmayada y baja.

»Cuando subieres a caballo, no vayas echando el cuerpo sobre el arzón postrero, ni lleves las piernas tiesas y tiradas y desviadas de la barriga del caballo, ni tampoco vayas tan flojo, que parezca que vas sobre el rucio. Que el andar a caballo a unos hace caballeros; a otros, caballerizos.

»Sea moderado tu sueño, que el que no madruga con el sol no goza del día. Y advierte, oh Sancho, que la diligencia es madre de la buena ventura, y la pereza, su contraria, jamás llegó al término que pide un buen deseo.

»Este último consejo que ahora darte quiero, puesto que no sirva para adorno del cuerpo, quiero que le lleves muy en la memoria, que creo que no te será de menos provecho que los que hasta aquí te he dado; y es que jamás te pongas a disputar de linajes, a lo menos comparándolos entre sí, pues por fuerza en los que se comparan uno ha de ser el mejor, y del que abatieres serás aborrecido y del que levantares en ninguna manera premiado.

»Tu vestido será calza entera, ropilla larga, herreruelo un poco más largo; greguescos, ni por pienso, que no les están bien ni a los caballeros ni a los gobernadores.

»Por ahora esto se me ha ofrecido, Sancho, que aconsejarte. Andará el tiempo, y según las ocasiones así serán mis documentos, como tú tengas cuidado de avisarme el estado en que te hallares.

—Señor —respondió Sancho—, bien veo que todo cuanto vuestra merced me ha dicho son cosas buenas, santas y provechosas. Pero ¿de qué han de servir, si de ninguna me acuerdo? Verdad sea que aquello de no dejarme crecer las uñas y de casarme otra vez si se ofreciere no se me pasará del magín, pero esotros badulaques y enredos y revoltillos, no se me acuerda ni acordará más de ellos que de las nubes de antaño. Y, así, será menester que se me den por escrito, que puesto que no sé leer ni escribir, yo se los daré a mi confesor para que me los encaje y recapacite cuando fuere menester.

—¡Ah, pecador de mí —respondió don Quijote—, y qué mal parece en los gobernadores el no saber leer ni escribir! Porque has de saber, oh Sancho, que no saber un hombre leer o ser zurdo arguye una de dos cosas: o que fue hijo de padres demasiado de humildes y bajos, o él tan travieso y malo, que no pudo entrar en él el buen uso ni la buena doctrina. Gran falta es la que llevas contigo; y, así, querría que aprendieses a firmar siquiera.

—Bien sé firmar mi nombre —respondió Sancho—, que cuando fui prioste en mi lugar aprendí a hacer unas letras como de marca de fardo, que decían que decía mi nombre; cuanto más que fingiré que tengo tullida la mano derecha y haré que firme otro por mí, que para todo hay remedio, si no

BADULAQUE

Los consejos de don Quijote son tantos que acaban por formar un auténtico *badulaque* o revoltijo en la mente de Sancho. Además de sonoro, *badulaque* es un sustantivo extraordinariamente polisémico, pues lo mismo sirve para nombrar un tipo de maquillaje que una menestra espesa, una mercancía de poco valor, un lugar en que todo está mezclado o una persona que no tiene dos dedos de frente. Desde 1991, cuando se estrenó en España la serie *Los Simpson*, la palabra ha quedado asociada al personaje de Apu Nahasapeemapetilon, inmigrante indio cuya tienda de alimentos en Springfield se llama justamente El Badulaque.

es para la muerte. Y teniendo yo el mando y el palo, haré lo que quisiere, cuanto más que el que tiene el padre alcalde...; y siendo yo gobernador, que es más que ser alcalde, ¡llegaos, que la dejan ver!; no, sino popen y calóñenme, que vendrán por lana y volverán trasquilados; y a quien Dios quiere bien, la casa le sabe; y las necedades del rico por sentencias pasan en el mundo, y siéndolo yo, siendo gobernador y juntamente liberal, como lo pienso ser, no habrá falta que se me parezca. No, sino haceos miel, y paparos han moscas; tanto vales cuanto tienes, decía una mi agüela; y del hombre arraigado no te verás vengado.

—¡Oh, maldito seas de Dios, Sancho! —dijo a esta sazón don Quijote—. ¡Sesenta mil satanases te lleven a ti y a tus refranes! Una hora ha que los estás ensartando y dándome con cada uno tragos de tormento. Yo te aseguro que estos refranes te han de llevar un día a la horca; por ellos te han de quitar el gobierno tus vasallos o ha de haber entre ellos comunidades. Dime: ¿dónde los hallas, ignorante, o cómo los aplicas, mentecato?, que para decir yo uno y aplicarle bien, sudo y trabajo como si cavase.

—Por Dios, señor nuestro amo —replicó Sancho—, que vuesa merced se queja de bien pocas cosas. ¿A qué diablos se pudre de que yo me sirva de mi hacienda, que ninguna otra tengo, ni otro caudal alguno, sino refranes y más refranes? Y ahora se me ofrecen cuatro que venían aquí pintiparados, o como peras en tabaque; pero no los diré, porque al buen callar llaman Sancho.

—Ese Sancho no eres tú —dijo don Quijote—, porque no solo no eres buen callar, sino mal hablar y mal porfiar. Y, con todo eso, querría saber qué cuatro refranes te ocurrían ahora a la memoria que venían aquí a propósito, que yo ando recorriendo la mía, que la tengo buena, y ninguno se me ofrece.

—¿Qué mejores —dijo Sancho— que «entre dos muelas cordales nunca pongas tus pulgares», y «a "idos de mi casa" y "qué queréis con mi mujer", no hay responder», y «si da el cántaro en la piedra o la piedra en el cántaro, mal para el cántaro», todos los cuales vienen a pelo? Que nadie se tome con su gobernador ni con el que le manda, porque saldrá lastimado, como el que pone el dedo entre dos muelas cordales; y aunque no sean cordales, como sean muelas, no importa. Y a lo que dijere el gobernador no hay que replicar, como al «salíos de mi casa» y «qué queréis con mi mujer». Pues lo de la piedra en el cántaro, un ciego lo verá. Así que es menester que el que ve la mota en el ojo ajeno vea la viga en el suyo, porque no se diga por él: «espantose la muerta de la degollada». Y vuestra merced sabe bien que más sabe el necio en su casa que el cuerdo en la ajena.

—Eso no, Sancho —respondió don Quijote—, que el necio en su casa ni en la ajena sabe nada, a causa que sobre el cimiento de la necedad no asienta ningún discreto edificio. Y dejemos esto aquí, Sancho, que si mal gobernares, tuya será la culpa y mía la vergüenza. Mas consuélome que he hecho lo que debía en aconsejarte con las veras y con la discreción a mí posible; con esto salgo de mi obligación y de mi promesa. Dios te guíe, Sancho, y te gobierne en tu gobierno, y a mí me saque del escrúpulo que me queda que has de dar con toda la ínsula patas arriba, cosa que pudiera yo escusar con descubrir al duque quién eres, diciéndole que toda esa gordura y esa personilla que tienes no es otra cosa que un costal lleno de refranes y de malicias.

—Señor —replicó Sancho—, si a vuestra merced le parece que no soy de pro para este gobierno, desde aquí le suelto, que más quiero un solo negro de la uña de mi alma que a todo mi cuerpo, y así me sustentaré Sancho a secas con pan y cebolla como gobernador con perdices y capones; y más, que mientras se duerme todos son iguales, los grandes y los menores, los pobres y los ricos. Y si vuestra merced mira en ello, verá que solo vuestra merced me ha puesto en esto de gobernar, que yo no sé más de gobiernos de ínsulas que un buitre; y si se imagina que por ser gobernador me ha de llevar el diablo, más me quiero ir Sancho al cielo que gobernador al infierno.

—Por Dios, Sancho —dijo don Quijote—, que por solas estas últimas razones que has dicho juzgo que mereces ser gobernador de mil ínsulas: buen natural tienes, sin el cual no hay ciencia que valga. Encomiéndate a Dios y procura no errar en la primera intención; quiero decir que siempre tengas intento y firme propósito de acertar en cuantos negocios te ocurrieren, porque siempre favorece el cielo los buenos deseos. Y vámonos a comer, que creo que ya estos señores nos aguardan.

44

CÓMO SANCHO PANZA FUE LLEVADO AL GOBIERNO, Y DE LA ESTRAÑA AVENTURA QUE EN EL CASTILLO SUCEDIÓ A DON QUIJOTE

Con los ojos llenos de lágrimas, Sancho se despide de su señor y emprende el viaje hacia el lugar de su gobierno. Lo acompaña el mayordomo del duque, hombre listo y rebosante de ingenio que es el mismo que hizo de condesa Trifaldi, y que va a dirigir la farsa que se avecina. Don Quijote se queda en el castillo, apenado: echa de menos a su escudero. La duquesa le dice que, si es que necesita servicio, le puede enviar a cuatro doncellas para que se encarguen de su ropa, pero don Quijote replica que no quiere a nadie en su habitación, y menos para que lo desnuden. Esa noche, se mete en la cama temprano, pero le cuesta dormir, en parte por el calor y en parte por la pena. Su habitación da un jardín, desde el que empieza a subir la voz dulzona de una jovencita. La muchacha se llama Altisidora, y canta al son de un arpa para dar rienda suelta a su dolor. Y es que, según confiesa a través de sus versos, se ha enamorado de don Quijote, pero don Quijote no está dispuesto a corresponder a su pasión. «¡Qué desdichado soy!», se dice el hidalgo. «No puedo remediarlo: doncella que me ve, doncella que se enamora de mí». A don Quijote, claro, no se le pasa por la cabeza que la tal Altisidora le esté tomando el pelo...

45

DE CÓMO EL GRAN SANCHO PANZA TOMÓ LA POSESIÓN DE SU ÍNSULA Y DEL MODO QUE COMENZÓ A GOBERNAR

Sancho empieza a ejercer como gobernador de la ínsula Barataria, que seguramente se llama así porque se la han ofrecido muy barata: de hecho, se la han dado gratis. En verdad, la ínsula no tiene nada de ínsula: se trata de un pueblecito de unos mil vecinos, situado en tierra firme y perteneciente al señorío del duque. Todos los vecinos se admiran al ver a su nuevo gobernador, tan barbudo, tan trajeado, tan chiquitito, tan panzón. En cuanto Sancho llega, lo conducen al juzgado para que imparta justicia. En el primer pleito, se enfrentan un sastre y uno de sus clientes, y Sancho resuelve el caso con tanta determinación como inteligencia. El segundo juicio tiene que ver con dos ancianos. Uno lleva una caña que le sirve como báculo o bastón. El otro, el que no usa caña, dice:

—Señor, a este buen hombre le presté días ha diez escudos de oro en oro, por hacerle placer y buena obra, con condición que me los volviese cuando se los pidiese. Pasáronse muchos días sin pedírselos, por no ponerle en mayor necesidad de volvérmelos que la que él tenía cuando yo se los presté. Pero por parecerme que se descuidaba en la paga se los he pedido una y muchas veces, y no solamente no me los vuelve, pero me los niega y dice que nunca tales diez escudos le presté, y que si se los presté, que ya me los ha vuelto. Yo no tengo testigos ni del prestado ni de la vuelta, porque no me los ha vuelto. Querría que vuestra merced le tomase juramento, y si jurare que me los ha vuelto, yo se los perdono para aquí y para delante de Dios.

—¿Qué decís vos a esto, buen viejo del báculo? —dijo Sancho.

A lo que dijo el viejo:

—Yo, señor, confieso que me los prestó. Y baje vuestra merced esa vara, y pues él lo deja en mi juramento, yo juraré como se los he vuelto y pagado real y verdaderamente.

Bajó el gobernador la vara, y, en tanto, el viejo del báculo dio el báculo al otro viejo, que se le tuviese en tanto que juraba, como si le embarazara mucho, y luego puso la mano en la cruz de la vara, diciendo que era verdad que se le habían prestado aquellos diez escudos que se le pedían, pero que él se los había vuelto de su mano a la suya, y que por no caer en ello se los volvía a pedir por momentos. Viendo lo cual el gran gobernador, preguntó al acreedor qué respondía a lo que decía su contrario, y dijo que sin duda alguna su deudor debía de decir verdad, porque le tenía por hombre de bien y buen cristiano, y que a él se le debía de haber olvidado el cómo y cuándo se los había vuelto, y que desde allí en adelante jamás le pidiría nada. Tornó a tomar su báculo el deudor, y bajando la cabeza se salió del juzgado. Viendo lo cual Sancho, y que sin más ni más se iba, y viendo también la paciencia del demandante, inclinó la cabeza sobre el pecho, y poniéndose el índice de la mano derecha sobre las cejas y las narices, estuvo como pensativo un pequeño espacio, y luego alzó la cabeza y mandó que le llamasen al viejo del báculo, que ya se había ido. Trujéronsele, y en viéndole Sancho, le dijo:

—Dadme, buen hombre, ese báculo, que le he menester.

—De muy buena gana —respondió el viejo—. Hele aquí, señor.

Y púsosele en la mano. Tomole Sancho, y dándosele al otro viejo, le dijo:

—Andad con Dios, que ya vais pagado.

—¿Yo, señor? —respondió el viejo—. Pues ¿vale esta cañaheja diez escudos de oro?

—Sí —dijo el gobernador—; o si no, yo soy el mayor porro del mundo. Y ahora se verá si tengo yo caletre para gobernar todo un reino.

Y mandó que allí, delante de todos, se rompiese y abriese la caña. Hízose así, y en el corazón de ella hallaron diez escudos en oro. Quedaron todos admirados y tuvieron a su gobernador por un nuevo Salomón. Preguntáronle de dónde había colegido que en aquella cañaheja estaban aquellos diez escudos, y respondió que de haberle visto dar el viejo que juraba a su contrario aquel báculo en tanto que hacía el juramento, y jurar que se los había dado real y verdaderamente, y que en acabando de jurar le tornó a pedir el báculo, le vino a la imaginación que dentro de él estaba la paga de lo que pedían; de donde se podía colegir que los que gobiernan, aunque sean unos tontos, tal vez los encamina Dios en sus juicios; y más que él había oído contar otro caso como aquel al cura de su lugar, y que él tenía tan gran memoria, que a no olvidársele todo aquello de que quería acordarse, no hubiera tal memoria en toda la ínsula. Finalmente, el un viejo corrido y el otro pagado se fueron, y los presentes quedaron admirados, y el que escribía las palabras, hechos y movimientos de Sancho no acababa de determinarse si le tendría y pondría por tonto o por discreto.

Luego acabado este pleito, entró en el juzgado una mujer asida fuertemente de un hombre vestido de ganadero rico, la cual venía dando grandes voces, diciendo:

—¡Justicia, señor gobernador, justicia, y si no la hallo en la tierra, la iré a buscar al cielo! Señor gobernador de mi ánima, este mal hombre me ha cogido en la mitad de ese campo y se ha aprovechado de mi cuerpo como si fuera trapo mal lavado, y, ¡desdichada de mí!, me ha llevado lo que yo tenía guardado más de veinte y tres años ha, defendiéndolo de moros y cristianos, de naturales y estranjeros; ¡y yo siempre dura como un alcornoque, conservándome entera como la salamanquesa en el fuego o como la lana entre las zarzas, para que este buen hombre llegase ahora con sus manos limpias a manosearme!

—Aun eso está por averiguar, si tiene limpias o no las manos este galán —dijo Sancho.

Y volviéndose al hombre, le dijo qué decía y respondía a la querella de aquella mujer; el cual, todo turbado, respondió:

—Señores, yo soy un pobre ganadero de ganado de cerda, y esta mañana salía de este lugar de vender, con perdón sea dicho, cuatro puercos, que me llevaron de alcabalas y socaliñas poco menos de lo que ellos valían. Volvíame a mi aldea, topé en el camino a esta buena dueña, y el diablo, que todo lo añasca y todo lo cuece, hizo que yogásemos juntos. Paguele lo suficiente, y ella, mal contenta, asió de mí y no me ha dejado hasta traerme a este puesto. Dice que la forcé, y miente, para el juramento que hago o pienso hacer. Y esta es toda la verdad, sin faltar meaja.

Entonces el gobernador le preguntó si traía consigo algún dinero en plata. Él dijo que hasta veinte ducados tenía en el seno, en una bolsa de cuero. Mandó que la sacase y se la entregase, así como estaba, a la querellante. Él lo hizo temblando. Tomola la mujer, y haciendo mil zalemas a todos y rogando a Dios por la vida y salud del señor gobernador, que así miraba por las huérfanas menesterosas y doncellas, y con esto se salió del juzgado, llevando la bolsa asida con entrambas manos, aunque primero miró si era de plata la moneda que llevaba dentro.

Apenas salió cuando Sancho dijo al ganadero, que ya se le saltaban las lágrimas, y los ojos y el corazón se iban tras su bolsa:

—Buen hombre, id tras aquella mujer y quitadle la bolsa, aunque no quiera, y volved aquí con ella.

Y no lo dijo a tonto ni a sordo, porque luego partió como un rayo y fue a lo que se le mandaba. Todos los presentes estaban suspensos, esperando el fin de aquel pleito, y de allí a poco volvieron el hombre y la mujer, más asidos y aferrados que la vez primera, ella la saya levantada y en el regazo puesta la bolsa, y el hombre pugnando por quitársela; mas no era posible, según la mujer la defendía, la cual daba voces diciendo:

—¡Justicia de Dios y del mundo! ¡Mire vuestra merced, señor gobernador, la poca vergüenza y el poco temor de este desalmado, que en mitad de poblado y en mitad de la calle me ha querido quitar la bolsa que vuestra merced mandó darme!

—¿Y háosla quitado? —preguntó el gobernador.

—¿Cómo quitar? —respondió la mujer—. ¡Antes me dejara yo quitar la vida que me quiten la bolsa! ¡Bonita es la niña! ¡Otros gatos me han de echar a las barbas, que no este desventurado y asqueroso! ¡Tenazas y martillos, mazos y escoplos no serán bastantes a sacármela de las uñas, ni aun garras de leones! ¡Antes el ánima de en mitad en mitad de las carnes!

—Ella tiene razón —dijo el hombre—, y yo me doy por rendido y sin fuerzas, y confieso que las mías no son bastantes para quitársela, y déjola.

Entonces el gobernador dijo a la mujer:

—Mostrad, honrada y valiente, esa bolsa.

Ella se la dio luego, y el gobernador se la volvió al hombre, y dijo a la esforzada y no forzada:

—Hermana mía, si el mismo aliento y valor que habéis mostrado para defender esta bolsa le mostrárades, y aun la mitad menos, para defender vuestro cuerpo, las fuerzas de Hércules no os hicieran fuerza. ¡Andad con Dios y mucho de enhoramala, y no paréis en toda esta ínsula ni en seis leguas a la redonda, so pena de docientos azotes! ¡Andad luego, digo, churrillera, desvergonzada y embaidora!

Espantose la mujer y fuese cabizbaja y mal contenta, y el gobernador dijo al hombre:

—Buen hombre, andad con Dios a vuestro lugar con vuestro dinero, y de aquí adelante, si no le queréis perder, procurad que no os venga en voluntad de yogar con nadie.

El hombre le dio las gracias lo peor que supo y fuese, y los circunstantes quedaron admirados de nuevo de los juicios y sentencias de su nuevo gobernador. Todo lo cual, notado de su coronista, fue luego escrito al duque, que con gran deseo lo estaba esperando. Y quédese aquí el buen Sancho, que es mucha la priesa que nos da su amo, alborozado con la música de Altisidora.

SANCHO PANZA JUEZ

Escoltado por los hombres del duque, Sancho llega a un lugar de unos mil vecinos, que la gente del duque hace pasar por la ínsula Barataria. Las campanas suenan, los vecinos del lugar vitorean a Sancho, su nuevo gobernador, y el regimiento del pueblo sale a recibirlo.

No me llaméis don Sancho, que yo no tengo don, ni en todo mi linaje le ha habido: Sancho se llamó mi padre...,
... y Sancho mi agüelo, y todos fueron Panzas, sin añadiduras de dones ni donas.
Dios me entiende, y podrá ser que, si el gobierno me dura cuatro días, yo escardaré estos dones, que por la muchedumbre deben de enfadar como los mosquitos.
Unas voces de mujer llaman la atención de todos.
¡Justicia, señor gobernador!

¡Justicia, y si no la hallo en la tierra, la iré a buscar al cielo! Este mal hombre me ha cogido en la mitad de ese campo y se ha aprovechado de mi cuerpo y, ¡desdichada de mí...!,
... me ha llevado lo que yo tenía guardado más de veinte y tres años ha, defendiéndolo de moros y cristianos, de naturales y estranjeros. Mucho me han tentado, pero yo siempre me ha mostrado dura como un alcornoque...
... conservándome entera como la salamanquesa en el fuego o como la lana entre las zarzas, para que este buen hombre llegase ahora con sus manos limpias a manosearme.
Aun eso está por averiguar, si tiene limpias o no las manos este galán.
Sancho desmonta y se encara con el hombre.
¿Qué decís y respondéis a la querella de esta mujer?

Señor, yo soy un pobre ganadero de ganado de cerda, y esta mañana salía de este lugar de vender, con perdón sea dicho, cuatro puercos.

Volvíame a mi aldea, topé en el camino a esta buena dueña, y el diablo, que todo lo cuece, hizo que yogásemos juntos. Paguele lo soficiente, y ella, mal ccontenta...,

... asió de mí y no me ha dejado hasta traerme a este puesto. Dice que la forcé, pero juro que miente. Y esta es toda la verdad, sin faltar meaja.

¿Lleváis encima algún dinero en plata?

Veinte ducados tengo en mi seno, en una bolsa de cuero.

Todo el pueblo está pendiente de la decisión que tomará Sancho.

Entregad, ganadero,
la bolsa a la querellante.

¡Ruego a Dios por la vida y salud del señor gobernador, que así mira por las huérfanas menesterosas y doncellas!

Una vez ha marchado la mujer, Sancho llama al desolado ganadero.

Buen hombre, id tras aquella
mujer y quitadle la bolsa, aunque
no quiera, y volved aquí con ella.

¡Justicia de Dios y del mundo! ¡Mire, señor gobernador, la poca vergüenza y el poco temor de este desalmado, que en mitad de poblado...
... y en mitad de la calle me ha querido quitar la bolsa que vuestra merced mandó darme!
¿Y háosla quitado?
¿Cómo quitar? ¡Antes me dejara yo quitar la vida que me quiten la bolsa! ¡Bonita es la niña!

¡Otros gatos me han de echar a las barbas, que no este desventurado y asqueroso! ¡Tenazas y martillos, mazos y escoplos no serán bastantes a sacarme la bolsa de las uñas, ni aun garras de leones!

Ella tiene razón, y yo me doy por rendido y sin fuerzas, y confieso que las mías no son bastantes para quitársela, y déjola.

Mostrad, honrada y valiente, esa bolsa.

Sancho devuelve la bolsa al ganadero.
Hermana mía, si el mismo aliento y valor que habéis mostrado para defender esta bolsa le mostrárades, y aun la mitad menos, para defender vuestro cuerpo, las fuerzas de Hércules no os hicieran fuerza.

¡Andad con Dios y mucho de enhoramala, y no paréis en toda esta ínsula ni en seis leguas a la redonda, so pena de docientos azotes!
¡Andad luego, digo, churrillera, desvergonzada y embaucadora!
Buen hombre, andad con Dios a vuestro lugar con vuestro dinero, y de aquí adelante...,
... si no le queréis perder, procurad que no os venga en voluntad de yacer con nadie.
El pueblo, admirado de la sabiduría demostrada en el juicio por el nuevo gobernador, lo lleva a hombros para rendirle homenaje.

46

DEL TEMEROSO ESPANTO CENCERRIL Y GATUNO QUE RECIBIÓ DON QUIJOTE EN EL DISCURSO DE LOS AMORES DE LA ENAMORADA ALTISIDORA

En el castillo, los duques siguen martirizando a don Quijote con sus bromas pesadas. Una noche, a eso de las once, el hidalgo se asoma a la ventana de su habitación y empieza a tocar una vihuela que le han prestado. Al son de la música, canta un romance que acaba de componer. Sus versos son en realidad un mensaje destinado a la joven Altisidora, a la que le hace saber que nunca va a corresponderle, porque el pum-pum de su corazón suena en exclusiva para Dulcinea.

Aquí llegaba don Quijote de su canto, a quien estaban escuchando el duque y la duquesa, Altisidora y casi toda la gente del castillo, cuando de improviso, desde encima de un corredor que sobre la reja de don Quijote a plomo caía, descolgaron un cordel donde venían más de cien cencerros asidos, y luego tras ellos derramaron un gran saco de gatos, que asimismo traían cencerros menores atados a las colas. Fue tan grande el ruido de los cencerros y el mayar de los gatos, que aunque los duques habían sido inventores de la burla, todavía les sobresaltó; y temeroso don Quijote, quedó pasmado. Y quiso la suerte que dos o tres gatos se entraron por la reja de su estancia, y dando de una parte a otra parecía que una región de diablos andaba en ella: apagaron las velas que en el aposento ardían y andaban buscando por do escaparse. El descolgar y subir del cordel de los grandes cencerros no cesaba; la mayor parte de la gente del castillo, que no sabía la verdad del caso, estaba suspensa y admirada. Levantose don Quijote en pie, y poniendo mano a la espada, comenzó a tirar estocadas por la reja y a decir a grandes voces:

—¡Afuera, malignos encantadores! ¡Afuera, canalla hechiceresca, que yo soy don Quijote de la Mancha, contra quien no valen ni tienen fuerza vuestras malas intenciones!

Y volviéndose a los gatos que andaban por el aposento, les tiró muchas cuchilladas. Ellos acudieron a la reja y por allí se salieron, aunque uno, viéndose tan acosado de las cuchilladas de don Quijote, le saltó al rostro y le asió de las narices con las uñas y los dientes, por cuyo dolor don Quijote comenzó a dar los mayores gritos que pudo. Oyendo lo cual el duque y la duquesa, y considerando lo que podía ser, con mucha presteza acudieron a su estancia, y abriendo con llave maestra, vieron al pobre caballero pugnando con todas sus fuerzas por arrancar el gato de su rostro. Entraron con luces y vieron la desigual pelea; acudió el duque a despartirla, y don Quijote dijo a voces:

—¡No me le quite nadie! ¡Déjenme mano a mano con este demonio, con este hechicero, con este encantador, que yo le daré a entender de mí a él quién es don Quijote de la Mancha!

Pero el gato, no curándose de estas amenazas, gruñía y apretaba; mas en fin el duque se le desarraigó y le echó por la reja. Quedó don Quijote acribado el rostro y no muy sanas las narices, aunque muy despechado porque no le habían dejado fenecer la batalla que tan trabada tenía con aquel malandrín encantador. Hicieron traer aceite de Aparicio, y la misma Altisidora, con sus blanquísimas manos, le puso unas vendas por todo lo herido; y al ponérselas, con voz baja le dijo:

—Todas estas malandanzas te suceden, empedernido caballero, por el pecado de tu dureza y pertinacia. Y plega a Dios que se le olvide a Sancho tu escudero el azotarse, porque nunca salga de su encanto esta tan amada tuya Dulcinea, ni tú lo goces, ni llegues a tálamo con ella; a lo menos viviendo yo, que te adoro.

A todo esto no respondió don Quijote otra palabra si no fue dar un profundo suspiro, y luego se tendió en su lecho, agradeciendo a los duques la merced, no porque él tenía temor de aquella canalla gatesca, encantadora y cencerruna, sino porque había conocido la buena intención con que habían venido a socorrerle. Los duques le dejaron sosegar y se fueron pesarosos del mal suceso de la burla, que no creyeron que tan pesada y costosa le saliera a don Quijote aquella aventura, que le costó cinco días de encerramiento y de cama, donde le sucedió otra aventura más gustosa que la pasada, la cual no quiere su historiador contar ahora, por acudir a Sancho Panza, que andaba muy solícito y muy gracioso en su gobierno.

47

DONDE SE PROSIGUE CÓMO SE PORTABA SANCHO PANZA EN SU GOBIERNO

Cuenta la historia que desde el juzgado llevaron a Sancho Panza a un suntuoso palacio, adonde en una gran sala estaba puesta una real y limpísima mesa. Y así como Sancho entró en la sala, sonaron chirimías y salieron cuatro pajes a darle aguamanos, que Sancho recibió con mucha gravedad. Cesó la música; sentose Sancho a la cabecera de la mesa, porque no había más de aquel asiento, y no otro servicio en toda ella; púsose a su lado en pie un personaje que después mostró ser médico, con una varilla de ballena en la mano; levantaron una riquísima y blanca toalla con que estaban cubiertas las frutas y mucha diversidad de platos de diversos manjares. Uno que parecía estudiante echó la bendición, y un paje puso un babador randado a Sancho; otro que hacía el oficio de maestresala llegó un plato de fruta delante. Pero apenas hubo comido un bocado cuando, el de la varilla tocando con ella en el plato, se le quitaron de delante con grandísima celeridad. Pero el maestresala le llegó otro de otro manjar. Iba a probarle Sancho, pero antes que llegase a él ni le gustase, ya la varilla había tocado en él y un paje alzádole con tanta presteza como el de la fruta. Visto lo cual por Sancho, quedó suspenso, y mirando a todos, preguntó si se había de comer aquella comida como juego de maesecoral.

A lo cual respondió el de la vara:

—No se ha de comer, señor gobernador, sino como es uso y costumbre en las otras ínsulas donde hay gobernadores. Yo, señor, soy médico y estoy asalariado en esta ínsula para serlo de los gobernadores de ella, y miro por su salud mucho más que por la mía, estudiando de noche y de día y tanteando la complexión del gobernador, para acertar a curarle cuando cayere enfermo. Y lo principal que hago es asistir a sus comidas y cenas, y a dejarle comer de lo que me parece que le conviene, y a quitarle lo que imagino que le ha de hacer daño y ser nocivo al estómago; y, así, mandé quitar el plato de la fruta, por ser demasiadamente húmeda, y el plato del otro manjar también le mandé quitar, por ser demasiadamente caliente y tener muchas especies, que acrecientan la sed; y el que mucho bebe mata y consume el húmedo radical, donde consiste la vida.

—De esa manera, aquel plato de perdices que están allí asadas, y a mi parecer bien sazonadas, no me harán algún daño.

A lo que el médico respondió:

—Esas no comerá el señor gobernador en tanto que yo tuviere vida.

—Pues ¿por qué? —dijo Sancho.

Y el médico respondió:

—Porque nuestro maestro Hipócrates, norte y luz de la medicina, en un aforismo suyo dice: «Omnis saturatio mala, perdicis autem pessima»; quiere decir: «Toda hartazga es mala, pero la de las perdices malísima».

—Si eso es así —dijo Sancho—, vea el señor doctor de cuantos manjares hay en esta mesa cuál me hará más provecho y cuál menos daño, y déjeme comer de él sin que me le apalee, porque por vida del gobernador, y así Dios me le deje gozar, que me muero de hambre; y el negarme la comida, aunque le pese al señor doctor y él más me diga, antes será quitarme la vida que aumentármela.

—Vuestra merced tiene razón, señor gobernador —respondió el médico—, y, así, es mi parecer que vuestra merced no coma de aquellos conejos guisados que allí están, porque es manjar peliagudo; de aquella ternera, si no fuera asada y en adobo, aun se pudiera probar, pero no hay para qué.

Y Sancho dijo:

—Aquel platonazo que está más adelante vahando me parece que es olla podrida, que, por la diversidad de cosas que en las tales ollas podridas hay, no podré dejar de topar con alguna que me sea de gusto y de provecho.

—¡*Absit*! —dijo el médico—. ¡Vaya lejos de nosotros tan mal pensamiento! No hay cosa en el mundo de peor mantenimiento que una olla podrida. Allá las ollas podridas para los canónigos o para los retores de colegios, o para las bodas labradorescas, y déjennos libres las mesas de los gobernadores, donde ha de asistir todo primor y toda atildadura. Y la razón es porque siempre, y a doquiera y de quienquiera, son más estimadas las medicinas simples que las compuestas, porque en las simples no se puede errar, y en las compuestas sí, alterando la cantidad de las cosas de que son compuestas. Mas lo que yo sé que ha de comer el señor gobernador ahora para conservar su salud y corroborarla es un ciento de cañutillos de suplicaciones y unas tajadicas subtiles de carne de membrillo, que le asienten el estómago y le ayuden a la digestión.

Oyendo esto Sancho, se arrimó sobre el espaldar de la silla y miró de hito en hito al tal médico, y con voz grave le preguntó cómo se llamaba y dónde había estudiado, a lo que él respondió:

—Yo, señor gobernador, me llamo el doctor Pedro Recio de Agüero, y soy natural de un lugar llamado Tirteafuera, que está entre Caracuel y Almodóvar del Campo, a la mano derecha, y tengo el grado de doctor por la universidad de Osuna.

A lo que respondió Sancho, todo encendido en cólera:

—Pues señor doctor Pedro Recio de Mal Agüero, natural de Tirteafuera, lugar que está a la derecha mano como vamos de Caracuel a Almodóvar del Campo, graduado en Osuna: quitéseme luego delante; si no, ¡voto al sol que tome un garrote y que a garrotazos, comenzando por él, no me ha de quedar médico en toda la ínsula!, a lo menos de aquellos que yo entienda que son ignorantes, que a los médicos sabios, prudentes y discretos los pondré sobre mi cabeza y los honraré como a personas divinas. Y vuelvo a decir que se me vaya Pedro Recio de aquí; si no, tomaré esta silla donde estoy sentado y se la estrellaré en la cabeza. Y pídanmelo en residencia, que yo me descargaré con decir que hice servicio a Dios en matar a un mal médico, verdugo de la república. Y denme de comer, o si no, tómense su gobierno, que oficio que no da de comer a su dueño no vale dos habas.

Alborotose el doctor viendo tan colérico al gobernador, y quiso hacer tirteafuera de la sala, sino que en aquel instante sonó una corneta de posta en la calle, y asomándose el maestresala a la ventana, volvió diciendo:

—Correo viene del duque mi señor. Algún despacho debe traer de importancia.

Entró el correo sudando y asustado, y sacando un pliego del seno, le puso en las manos del gobernador, y Sancho le puso en las del mayordomo, a quien mandó leyese el sobrescrito, que decía así: «A don Sancho Panza, gobernador de la ínsula Barataria, en su propia mano o en las de su secretario»; oyendo lo cual Sancho, dijo:

—¿Quién es aquí mi secretario?

Y uno de los que presentes estaban respondió:

—Yo, señor, porque sé leer y escribir, y soy vizcaíno.

—Con esa añadidura —dijo Sancho— bien podéis ser secretario del mismo emperador. Abrid ese pliego y mirad lo que dice.

Hízolo así el recién nacido secretario, y habiendo leído lo que decía, dijo que era negocio para tratarle a solas. Mandó Sancho despejar la sala y que no quedasen en ella sino el mayordomo y el maestresala, y los demás y el médico se fueron. Y luego el secretario leyó la carta, que así decía:

A mi noticia ha llegado, señor don Sancho Panza, que unos enemigos míos y de esa ínsula la han de dar un asalto furioso no sé qué noche. Conviene velar y estar alerta, porque no le tomen desapercebido. Sé también por espías verdaderas que han entrado en ese lugar cuatro personas disfrazadas para quitaros la vida, porque se temen de vuestro ingenio. Abrid el ojo y mirad quién llega a hablaros, y no comáis de cosa que os presentaren. Yo tendré cuidado de socorreros si os viéredes en trabajo, y en todo haréis como se espera de vuestro entendimiento.

De este lugar, a diez y seis de agosto, a las cuatro de la mañana.

Vuestro amigo

El duque

Quedó atónito Sancho y mostraron quedarlo asimismo los circunstantes. Y volviéndose al mayordomo, le dijo:

—Lo que agora se ha de hacer, y ha de ser luego, es meter en un calabozo al doctor Recio, porque si alguno me ha de matar ha de ser él, y de muerte adminícula y pésima, como es la de la hambre.

—También —dijo el maestresala— me parece a mí que vuesa merced no coma de todo lo que está en esta mesa, porque lo han presentado unas monjas, y como suele decirse, detrás de la cruz está el diablo.

—No lo niego —respondió Sancho—, y por ahora denme un pedazo de pan y obra de cuatro libras de uvas, que en ellas no podrá venir veneno; porque, en efecto, no puedo pasar sin comer, y si es que hemos de estar prontos para estas batallas que nos amenazan, menester será estar bien mantenidos, porque tripas llevan corazón, que no corazón tripas.

Y vos, secretario, responded al duque mi señor y decidle que se cumplirá lo que manda como lo manda, sin faltar punto; y daréis de mi parte un besamanos a mi señora la duquesa, y que le suplico no se le olvide de enviar con un propio mi carta y mi lío a mi mujer Teresa Panza, que en ello recibiré mucha merced, y tendré cuidado de servirla con todo lo que mis fuerzas alcanzaren; y de camino podéis encajar un besamanos a mi señor don Quijote de la Mancha, porque vea que soy pan agradecido; y vos, como buen secretario y como buen vizcaíno, podéis añadir todo lo que quisiéredes y más viniere a cuento. Y álcense estos manteles y denme a mí de comer, que yo me avendré con cuantas espías y matadores y encantadores vinieren sobre mí y sobre mi ínsula.

En esto entró un paje y dijo:

—Aquí está un labrador negociante que quiere hablar a vuestra señoría en un negocio, según él dice, de mucha importancia.

—Estraño caso es este —dijo Sancho— de estos negociantes. ¿Es posible que sean tan necios, que no echen de ver que semejantes horas como estas no son en las que han de venir a negociar? ¿Por ventura los que gobernamos, los que somos jueces, no somos hombres de carne y de hueso, y que es menester que nos dejen descansar el tiempo que la necesidad pide, sino que quieren que seamos hechos de piedra mármol? ¡Por Dios y en mi conciencia que si me dura el gobierno, que no durará, según se me trasluce, que yo ponga en pretina a más de un negociante! Agora decid a ese buen hombre que entre, pero adviértase primero no sea alguno de los espías o matador mío.

—No, señor —respondió el paje—, porque parece una alma de cántaro, y yo sé poco o él es tan bueno como el buen pan.

—No hay que temer —dijo el mayordomo—, que aquí estamos todos.

—¿Sería posible —dijo Sancho—, maestresala, que agora que no está aquí el doctor Pedro Recio, que comiese yo alguna cosa de peso y de sustancia, aunque fuese un pedazo de pan y una cebolla?

—Esta noche a la cena se satisfará la falta de la comida y quedará vuestra señoría satisfecho y pagado —dijo el maestresala.

—Dios lo haga —respondió Sancho.

Y en esto entró el labrador, que era de muy buena presencia, y de mil leguas se le echaba de ver que era bueno y buena alma. Lo primero que dijo fue:

—¿Quién es aquí el señor gobernador?

—¿Quién ha de ser —respondió el secretario— sino el que está sentado en la silla?

—Humíllome, pues, a su presencia —dijo el labrador.

Y poniéndose de rodillas, le pidió la mano para besársela. Negósela Sancho y mandó que se levantase y dijese lo que quisiese. Hízolo así el labrador y luego dijo:

—Yo, señor, soy labrador, natural de Miguel Turra, un lugar que está dos leguas de Ciudad Real.

—¡Otro Tirteafuera tenemos! —dijo Sancho—. Decid, hermano, que lo que yo os sé decir es que sé muy bien a Miguel Turra, y que no está muy lejos de mi pueblo.

—Es, pues, el caso, señor —prosiguió el labrador—, que yo, por la misericordia de Dios, soy casado en paz y en haz de la santa Iglesia Católica Romana. Tengo dos hijos estudiantes, que el menor estudia para bachiller y el mayor para licenciado. Soy viudo, porque se murió mi mujer, o, por mejor decir, me la mató un mal médico, que la purgó estando preñada, y si Dios fuera servido que saliera a luz el parto y fuera hijo, yo le pusiera a estudiar para doctor, porque no tuviera invidia a sus hermanos el bachiller y el licenciado.

—De modo —dijo Sancho— que si vuestra mujer no se hubiera muerto, o la hubieran muerto, vos no fuérades agora viudo.

—No, señor, en ninguna manera —respondió el labrador.

—¡Medrados estamos! —replicó Sancho—. Adelante, hermano, que es hora de dormir más que de negociar.

—Digo, pues —dijo el labrador—, que este mi hijo que ha de ser bachiller se enamoró en el mesmo pueblo de una doncella llamada Clara Perlerina, hija de Andrés Perlerino, labrador riquísimo. Y este nombre de Perlerines no les viene de abolengo ni otra alcurnia, sino porque todos los de este linaje son perláticos, y por mejorar el nombre los llaman Perlerines. Aunque, si va a decir la verdad, la doncella es como una perla oriental, y mirada por el lado derecho parece una flor del campo; por el izquierdo no tanto, porque le falta aquel ojo, que se le saltó de viruelas, y aunque los hoyos del rostro son muchos y grandes, dicen los que la quieren bien que aquellos no son hoyos, sino sepulturas donde se sepultan las almas de sus amantes. Es tan limpia, que por no ensuciar la cara trae las narices, como dicen, arremangadas, que no parece sino que van huyendo de la boca. Y, con todo esto, parece bien por estremo, porque tiene la boca grande, y a no faltarle diez o doce dientes y muelas, pudiera pasar y echar raya entre las más bien formadas. De los labios no tengo que decir, porque son tan sutiles y delicados, que, si se usaran aspar labios, pudieran hacer de ellos una madeja, pero, como tienen diferente color de la que en los labios se usa comúnmente, parecen milagrosos, porque son jaspeados de azul y verde y aberenjenado. Y perdóneme el señor gobernador si por tan menudo voy pintando las partes de la que al fin al fin ha de ser mi hija, que la quiero bien y no me parece mal.

—Pintad lo que quisiéredes —dijo Sancho—, que yo me voy recreando en la pintura, y si hubiera comido, no hubiera mejor postre para mí que vuestro retrato.

—Eso tengo yo por servir —respondió el labrador—, pero tiempo vendrá en que seamos, si ahora no somos. Y digo, señor, que si pudiera pintar su gentileza y la altura de su cuerpo, fuera cosa de admiración, pero no puede ser, a causa de que ella está agobiada y encogida, y tiene las rodillas con la boca; y, con todo eso, se echa bien de ver que si se pudiera levantar, diera con la cabeza en el techo. Y ya ella hubiera dado la mano de esposa a mi bachiller, sino que no la puede estender, que está añudada, y, con todo, en las uñas largas y acanaladas se muestra su bondad y buena hechura.

—Está bien —dijo Sancho—, y haced cuenta, hermano, que ya la habéis pintado de los pies a la cabeza. ¿Qué es lo que queréis ahora? Y venid al punto sin rodeos ni callejuelas, ni retazos ni añadiduras.

—Querría, señor —respondió el labrador—, que vuestra merced me hiciese merced de darme una carta de favor para mi consuegro, suplicándole sea servido de que este casamiento se haga, pues no somos desiguales en los bienes de fortuna, ni en los de la naturaleza; porque, para decir la verdad, señor gobernador, mi hijo es endemoniado, y no hay día que tres o cuatro veces no le atormenten los malignos espíritus; y de haber caído una vez en el fuego tiene el rostro arrugado como pergamino y los ojos algo llorosos y manantiales; pero tiene una condición de un ángel, y si no es que se aporrea y se da de puñadas él mesmo a sí mesmo, fuera un bendito.

—¿Queréis otra cosa, buen hombre? —replicó Sancho.

—Otra cosa querría —dijo el labrador—, sino que no me atrevo a decirlo. Pero vaya, que en fin no se me ha de podrir en el pecho, pegue o no pegue. Digo, señor, que querría que vuesa merced me diese trecientos o seiscientos ducados para ayuda a la dote de mi bachiller; digo, para ayuda de poner su casa, porque, en fin, han de vivir por sí, sin estar sujetos a las impertinencias de los suegros.

—Mirad si queréis otra cosa —dijo Sancho—, y no la dejéis de decir por empacho ni por vergüenza.

—No por cierto —respondió el labrador.

Y apenas dijo esto cuando, levantándose en pie el gobernador, asió de la silla en que estaba sentado y dijo:

—¡Voto a tal, don patán rústico y mal mirado, que si no os apartáis y ascondéis luego de mi presencia, que con esta silla os rompa y abra la cabeza! ¡Hideputa bellaco, pintor del mesmo demonio! ¿Y a estas horas te vienes a pedirme seiscientos ducados? ¿Y dónde los tengo yo, hediondo? ¿Y por qué te los había de dar aunque los tuviera, socarrón y mentecato? ¿Y qué se me da a mí de Miguel Turra ni de todo el linaje de los Perlerines? ¡Va de mí!, digo; si no, ¡por vida del duque mi señor que haga lo que tengo dicho! Tú no debes de ser de Miguel Turra, sino algún socarrón que para tentarme te ha enviado aquí el infierno. Dime, desalmado: aún no ha día y medio que tengo el gobierno ¿y ya quieres que tenga seiscientos ducados?

Hizo de señas el maestresala al labrador que se saliese de la sala, el cual lo hizo cabizbajo y al parecer temeroso de que el gobernador no ejecutase su cólera, que el bellacón supo hacer muy bien su oficio. Pero dejemos con su cólera a Sancho y ándese la paz en el corro, y volvamos a don Quijote, que le dejamos vendado el rostro y curado de las gatescas heridas, de las cuales no sanó en ocho días; en uno de los cuales le sucedió lo que Cide Hamete promete de contar con la puntualidad y verdad que suele contar las cosas de esta historia, por mínimas que sean.

48

DE LO QUE LE SUCEDIÓ A DON QUIJOTE CON DOÑA RODRÍGUEZ, LA DUEÑA DE LA DUQUESA, CON OTROS ACONTECIMIENTOS DIGNOS DE ESCRITURA Y DE MEMORIA ETERNA

Es medianoche. Don Quijote, con el rostro y los bigotes vendados, convalece de los arañazos que le hicieron los gatos. De pronto, nota que alguien se ha colado en su cuarto. Por un momento, piensa que es Altisidora, que viene a meterse en su cama, sofocada por el deseo. Pero la que se le aparece tiene bastantes años más. Se trata de doña Rodríguez, la dueña de honor de los duques. Doña Rodríguez es viuda, tira a vieja, ha perdido unos cuantos dientes y lleva unos anteojos descomunales, propios de quien ve más bien poco. ¿Por qué ha ido a ver a don Quijote? Porque, según dice, necesita que le desfagan un tuerto: la pobre es tan boba que cree que don Quijote es caballero de verdad... Según cuenta, su hija, que es soltera, tuvo la mala ocurrencia de acostarse con un jovencito, hijo de un labrador rico. El muchacho le dio palabra de matrimonio, la chica se dejó llevar, los dos acabaron en la cama y ahora el mozo le da la espalda. Así que la niña se ha quedado sin virgo y sin futuro. Alguien tendría que obligar al jovencito a cumplir lo prometido, ¿verdad? Y doña Rodriguez piensa que la persona ideal para hacerlo es don

Quijote... De repente, se abre la puerta del aposento, se apaga la vela que iluminaba la estancia y todo queda a oscuras. Y, en mitad de las tinieblas, a doña Rodríguez le alzan las faldas y le sueltan una buena tunda en el trasero con una sandalia, mientras que a don Quijote lo acribillan a pellizcos. ¿A qué viene esa tortura? Según Cide Hamete, lo que ha pasado es que Altisidora y la duquesa estaban escuchando tras la puerta y han oído que doña Rodríguez soltaba dos cosas feas por su boquita: que a Altisidora le huele el aliento y que la duquesa recurre a trucos engañosos para parecer más joven de lo que es. Así que las dos mujeres se han metido en el cuarto, a oscuras, para que las dos maledicencias tuvieran su castigo.

49

DE LO QUE LE SUCEDIÓ A SANCHO PANZA RONDANDO SU ÍNSULA

En la ínsula, Sancho se rebela contra las restricciones dietéticas del doctor Recio y consigue que le dejen cenar un salpicón de vaca y unas manos de ternera. Ya satisfecho, sale a hacer una ronda por la ínsula, a fin de limpiarla de delincuentes, y va resolviendo los problemas que se le ofrecen con una sensatez y una ecuanimidad dignas de un gobernante sabio y versado.

50

DONDE SE DECLARA QUIÉN FUERON LOS ENCANTADORES Y VERDUGOS QUE AZOTARON A LA DUEÑA Y PELLIZCARON Y ARAÑARON A DON QUIJOTE, CON EL SUCESO QUE TUVO EL PAJE QUE LLEVÓ LA CARTA A TERESA PANZA, MUJER DE SANCHO PANZA

La duquesa le explica a su marido que ha entrado, junto con Altisidora, en la habitación de don Quijote a fin de acribillar al hidalgo y de tostarle el trasero a doña Rodríguez, ¡porque los chismes de la dueña no se podían quedar sin castigo! El duque, al escuchar la aventura, se monda de la risa. Luego, prosiguiendo con sus burlas, la duquesa manda a uno de sus pajes al pueblo de don Quijote. Su misión es ir en busca de Teresa Panza, la mujer de Sancho, a la que debe entregarle una carta que le ha escrito su marido, otra misiva redactada por la propia duquesa y un hermoso regalo que consiste en un precioso collar de corales.

Dice, pues, la historia que el paje era muy discreto y agudo, y con deseo de servir a sus señores partió de muy buena gana al lugar de Sancho, y antes de entrar en él vio en un arroyo estar lavando cantidad de mujeres, a quien preguntó si le sabrían decir si en aquel lugar vivía una mujer llamada Teresa Panza, mujer de un cierto Sancho Panza, escudero de un caballero llamado don Quijote de la Mancha. A cuya pregunta se levantó en pie una mozuela que estaba lavando y dijo:

—Esa Teresa Panza es mi madre, y ese tal Sancho, mi señor padre, y el tal caballero, nuestro amo.

—Pues venid, doncella —dijo el paje—, y mostradme a vuestra madre, porque le traigo una carta y un presente del tal vuestro padre.

—Eso haré yo de muy buena gana, señor mío —respondió la moza, que mostraba ser de edad de catorce años, poco más a menos.

Y dejando la ropa que lavaba a otra compañera, sin tocarse ni calzarse, que estaba en piernas y desgreñada, saltó delante de la cabalgadura del paje y dijo:

—Venga vuesa merced, que a la entrada del pueblo está nuestra casa, y mi madre en ella, con harta pena por no haber sabido muchos días ha de mi señor padre.

—Pues yo se las llevo tan buenas —dijo el paje—, que tiene que dar bien gracias a Dios por ellas.

Finalmente, saltando, corriendo y brincando llegó al pueblo la muchacha, y antes de entrar en su casa dijo a voces desde la puerta:

—¡Salga, madre Teresa, salga, salga, que viene aquí un señor que trae cartas y otras cosas de mi buen padre!

A cuyas voces salió Teresa Panza, su madre, hilando un copo de estopa, con una saya parda; parecía, según era de corta, que se la habían cortado por vergonzoso lugar, con un corpezuelo asimismo pardo y una camisa de pechos. No era muy vieja, aunque mostraba pasar de los cuarenta, pero fuerte, tiesa, nervuda y avellanada; la cual viendo a su hija, y al paje a caballo, le dijo:

—¿Qué es esto, niña? ¿Qué señor es este?

—Es un servidor de mi señora doña Teresa Panza —respondió el paje.

Y diciendo y haciendo, se arrojó del caballo y se fue con mucha humildad a poner de hinojos ante la señora Teresa, diciendo:

—Deme vuestra merced sus manos, mi señora doña Teresa, bien así como mujer legítima y particular del señor don Sancho Panza, gobernador propio de la ínsula Barataria.

—¡Ay, señor mío, quítese de ahí! No haga eso —respondió Teresa—, que yo no soy nada palaciega, sino una pobre labradora, hija de un estripaterrones y mujer de un escudero andante, y no de gobernador alguno.

—Vuesa merced —respondió el paje— es mujer dignísima de un gobernador archidignísimo, y para prueba de esta verdad reciba vuesa merced esta carta y este presente.

Y sacó al instante de la faldriquera una sarta de corales con estremos de oro, y se la echó al cuello, y dijo:

—Esta carta es del señor gobernador, y otra que traigo y estos corales son de mi señora la duquesa, que a vuestra merced me envía.

Quedó pasmada Teresa, y su hija ni más ni menos, y la muchacha dijo:

—¡Que me maten si no anda por aquí nuestro señor amo don Quijote, que debe de haber dado a padre el gobierno o condado que tantas veces le había prometido!

—Así es la verdad —respondió el paje—, que por respeto del señor don Quijote es ahora el señor Sancho gobernador de la ínsula Barataria, como se verá por esta carta.

—Léamela vuesa merced, señor gentilhombre —dijo Teresa—, porque, aunque yo sé hilar, no sé leer migaja.

—Ni yo tampoco —añadió Sanchica—. Pero espérenme aquí, que yo iré a llamar quien la lea, ora sea el cura mesmo o el bachiller Sansón Carrasco, que vendrán de muy buena gana por saber nuevas de mi padre.

—No hay para qué se llame a nadie, que yo no sé hilar, pero sé leer y la leeré.

Y, así, se la leyó toda, que por quedar ya referida no se pone aquí, y luego sacó otra de la duquesa, que decía de esta manera:

Amiga Teresa:

Las buenas partes de la bondad y del ingenio de vuestro marido Sancho me movieron y obligaron a pedir a mi marido el duque le diese un gobierno de una ínsula, de muchas que tiene. Tengo noticia que gobierna como un girifalte, de lo que yo estoy muy contenta, y el duque mi señor por el consiguiente, por lo que doy muchas gracias al cielo de no haberme engañado en haberle escogido para el tal gobierno. Porque quiero que sepa la señora Teresa que con dificultad se halla un buen gobernador en el mundo, y tal me haga a mí Dios como Sancho gobierna.

Ahí le envío, querida mía, una sarta de corales con estremos de oro. Yo me holgara que fuera de perlas orientales, pero quien te da el hueso no te querría ver muerta: tiempo vendrá en que nos conozcamos y nos comuniquemos, y Dios sabe lo que será. Encomiéndeme a Sanchica su hija y dígale de mi parte que se apareje, que la tengo de casar altamente cuando menos lo piense.

Dícenme que en ese lugar hay bellotas gordas; envíeme hasta dos docenas, que las estimaré en mucho, por ser de su mano. Y escríbame largo, avisándome de su salud y de su bienestar. Y si hubiere menester alguna cosa, no tiene que hacer más que boquear, que su boca será medida. Y Dios me la guarde.

De este lugar, su amiga que bien la quiere,

La duquesa

—¡Ay —dijo Teresa en oyendo la carta—, y qué buena y qué llana y qué humilde señora! Con estas tales señoras me entierren a mí, y no las hidalgas que en este pueblo se usan, que piensan que por ser hidalgas no las ha de tocar el viento, y van a la iglesia con tanta fantasía como si fuesen las mesmas reinas, que no parece sino que tienen a deshonra el mirar a una labradora. Y veis aquí donde esta buena señora, con ser duquesa, me llama amiga y me trata como si fuera su igual, que igual la vea yo con el más alto campanario que hay en la Mancha. Y en lo que toca a las bellotas, señor mío, yo le enviaré a su señoría un celemín, que por gordas las pueden venir a ver a la mira y a la maravilla. Y por ahora, Sanchica, atiende a que se regale este señor: pon en orden este caballo y saca de la caballeriza güevos y corta tocino adunia, y démosle de comer como a un príncipe, que las buenas nuevas que nos ha traído y la buena cara que él tiene lo merece todo. Y en tanto, saldré yo a dar a mis vecinas las nuevas de nuestro contento, y al padre cura y a maese Nicolás el barbero, que tan amigos son y han sido de tu padre.

—Sí haré, madre —respondió Sanchica—, pero mire que me ha de dar la mitad de esa sarta, que no tengo yo por tan boba a mi señora la duquesa, que se la había de enviar a ella toda.

—Todo es para ti, hija —respondió Teresa—, pero déjamela traer algunos días al cuello, que verdaderamente parece que me alegra el corazón.

—También se alegrarán —dijo el paje— cuando vean el lío que viene en este portamanteo, que es un vestido de paño finísimo que el gobernador solo un día llevó a caza, el cual todo le envía para la señora Sanchica.

—¡Que me viva él mil años —respondió Sanchica—, y el que lo trae ni más ni menos, y aun dos mil si fuere necesidad!

Saliose en esto Teresa fuera de casa con las cartas y con la sarta al cuello, y iba tañendo en las cartas como si fuera en un pandero. Y encontrándose acaso con el cura y Sansón Carrasco, comenzó a bailar y a decir:

—¡A fe que agora que no hay pariente pobre! ¡Gobiernito tenemos! ¡No, sino tómese conmigo la más pintada hidalga, que yo la pondré como nueva!

—¿Qué es esto, Teresa Panza? ¿Qué locuras son estas y qué papeles son esos?

—No es otra la locura sino que estas son cartas de duquesas y de gobernadores, y estos que traigo al cuello son corales finos las avemarías, y los padres nuestros son de oro de martillo, y yo soy gobernadora.

—De Dios en ayuso no os entendemos, Teresa, ni sabemos lo que os decís.

—Ahí lo podrán ver ellos —respondió Teresa.

Y dioles las cartas. Leyolas el cura de modo que las oyó Sansón Carrasco, y Sansón y el cura se miraron el uno al otro como admirados de lo que habían leído, y preguntó el bachiller quién había traído aquellas cartas. Respondió Teresa que se viniesen con ella a su casa y verían el mensajero, que era un mancebo como un pino de oro, y que le traía otro presente que valía más de tanto. Quitole el cura los corales del cuello y mirolos y remirolos, y certificándose que eran finos, tornó a admirarse de nuevo y dijo:

—Por el hábito que tengo que no sé qué me diga ni qué me piense de estas cartas y de estos presentes. Por una parte veo y toco la fineza de estos corales, y por otra leo que una duquesa envía a pedir dos docenas de bellotas.

—¡Aderézame esas medidas! —dijo entonces Carrasco—. Agora bien, vamos a ver al portador de este pliego, que de él nos informaremos de las dificultades que se nos ofrecen.

Hiciéronlo así, y volviose Teresa con ellos. Hallaron al paje cribando un poco de cebada para su cabalgadura y a Sanchica cortando un torrezno para empedrarle con güevos y dar de comer al paje, cuya presencia y buen adorno contentó mucho a los dos. Y después de haberle saludado cortésmente, y él a ellos, le preguntó Sansón les dijese nuevas así de don Quijote como de Sancho Panza, que, puesto que habían leído las cartas de Sancho y de la señora duquesa, todavía estaban confusos y no acababan de atinar qué sería aquello del gobierno de Sancho, y más de una ínsula, siendo todas o las más que hay en el mar Mediterráneo de Su Majestad. A lo que el paje respondió:

—De que el señor Sancho Panza sea gobernador, no hay que dudar en ello; de que sea ínsula o no la que gobierna, en eso no me entremeto, pero basta que sea un lugar de más de mil vecinos. Y en cuanto a lo de las bellotas, digo que mi señora la duquesa es tan llana y tan humilde, que no decía él enviar a pedir bellotas a una labradora, pero que le acontecía enviar a pedir un peine prestado a una vecina suya. Porque quiero que sepan vuestras mercedes que las señoras de Aragón, aunque son tan principales, no son tan puntuosas y levantadas como las señoras castellanas: con más llaneza tratan con las gentes.

Estando en la mitad de estas pláticas, saltó Sanchica con un halda de güevos y preguntó al paje:

—Dígame, señor: ¿mi señor padre trae por ventura calzas atacadas después que es gobernador?

—No he mirado en ello —respondió el paje—, pero sí debe de traer.

—¡Ay, Dios mío —replicó Sanchica—, y qué será de ver a mi padre con pedorreras! ¿No es bueno sino que desde que nací tengo deseo de ver a mi padre con calzas atacadas?

—Como con esas cosas le verá vuestra merced si vive —respondió el paje—. ¡Par Dios, términos lleva de caminar con papahígo con solos dos meses que le dure el gobierno!

Bien echaron de ver el cura y el bachiller que el paje hablaba socarronamente, pero la fineza de los corales y el vestido de caza que Sancho enviaba lo deshacía todo, que ya Teresa les había mostrado el vestido. Y no dejaron de reírse del deseo de Sanchica, y más cuando Teresa dijo:

—Señor cura, eche cata por ahí si hay alguien que vaya a Madrid o a Toledo, para que me compre un verdugado redondo, hecho y derecho, y sea al uso y de los mejores que hubiere, que en verdad en verdad que tengo de honrar el gobierno de mi marido en cuanto yo pudiere; y aun que si me enojo, me tengo de ir a esa corte y echar un coche como todas, que la que tiene marido gobernador muy bien le puede traer y sustentar.

—¡Y cómo, madre! —dijo Sanchica—. Pluguiese a Dios que fuese antes hoy que mañana, aunque dijesen los que me viesen ir sentada con mi señora madre en aquel coche: «¡Mirad la tal por cual, hija del harto de ajos, y cómo va sentada y tendida en el coche como si fuera una papesa!». Pero pisen ellos los lodos y ándeme yo en mi coche, levantados los pies del suelo. ¡Mal año y mal mes para cuantos murmuradores hay en el mundo, y ándeme yo caliente y ríase la gente! ¿Digo bien, madre mía?

—¡Y cómo que dices bien, hija! —respondió Teresa—. Y todas estas venturas, y aun mayores, me las tiene profetizadas mi buen Sancho; y verás tú, hija, como no para hasta hacerme condesa, que todo es comenzar a ser venturosas. Y como yo he oído decir muchas veces a tu buen padre, que así como lo es tuyo lo es de los refranes: cuando te dieren la vaquilla, corre con la soguilla; cuando te dieren un gobierno, cógele; cuando te dieren un condado, agárrale; y cuando te hicieren tus, tus con alguna buena dádiva, envásala. ¡No, sino dormíos, y no respondáis a las venturas y buenas dichas que están llamando a la puerta de vuestra casa!

—¿Y qué se me da a mí —añadió Sanchica— que diga el que quisiere, cuando me vea entonada y fantasiosa: «Viose el perro en bragas de cerro», y lo demás?

Oyendo lo cual el cura, dijo:

—Yo no puedo creer sino que todos los de este linaje de los Panzas nacieron cada uno con un costal de refranes en el cuerpo. Ninguno de ellos he visto que no los derrame a todas horas y en todas las pláticas que tienen.

—Así es la verdad —dijo el paje—, que el señor gobernador Sancho a cada paso los dice. Y aunque muchos no vienen a propósito, todavía dan gusto, y mi señora la duquesa y el duque los celebran mucho.

—¿Que todavía se afirma vuestra merced, señor mío —dijo el bachiller—, ser verdad esto del gobierno de Sancho y de que hay duquesa en el mundo que le envíe presentes y le escriba? Porque nosotros, aunque tocamos los presentes y hemos leído las cartas, no lo creemos, y pensamos que esta es una de las cosas de don Quijote, nuestro compatrioto, que todas piensa que son hechas por encantamento. Y, así, estoy por decir que quiero tocar y palpar a vuestra merced, por ver si es embajador fantástico o hombre de carne y hueso.

—Señores, yo no sé más de mí —respondió el paje— sino que soy embajador verdadero, y que el señor Sancho Panza es gobernador efectivo, y que mis señores duque y duquesa pueden dar y han dado el tal gobierno, y que he oído decir que en él se porta valentísimamente el tal Sancho Panza. Si en esto hay encantamento o no, vuestras mercedes lo disputen allá entre ellos, que yo no sé otra cosa para el juramento que hago, que es por vida de mis padres, que los tengo vivos y los amo y los quiero mucho.

—Bien podrá ello ser así —replicó el bachiller—, pero «dubitat Augustinus».

—Dude quien dudare —respondió el paje—, la verdad es la que he dicho, y es la que ha de andar siempre sobre la mentira, como el aceite sobre el agua; y si no, «operibus credite, et non verbis»: véngase alguno de vuesas mercedes conmigo y verán con los ojos lo que no creen por los oídos.

—Esa ida a mí toca —dijo Sanchica—. Lléveme vuestra merced, señor, a las ancas de su rocín, que yo iré de muy buena gana a ver a mi señor padre.

—Las hijas de los gobernadores no han de ir solas por los caminos, sino acompañadas de carrozas y literas y de gran número de sirvientes.

—¡Par Dios! —respondió Sancha—. Tan bien me vaya yo sobre una pollina como sobre un coche. ¡Hallado la habéis la melindrosa!

—Calla, mochacha —dijo Teresa—, que no sabes lo que te dices, y este señor está en lo cierto, que tal el tiempo, tal el tiento: cuando Sancho, Sancha, y cuando gobernador, señora, y no sé si diga algo.

—Más dice la señora Teresa de lo que piensa —dijo el paje—. Y denme de comer y despáchenme luego, porque pienso volverme esta tarde.

A lo que dijo el cura:

—Vuestra merced se vendrá a hacer penitencia conmigo, que la señora Teresa más tiene voluntad que alhajas para servir a tan buen huésped.

Rehusolo el paje, pero en efecto lo hubo de conceder por su mejora, y el cura le llevó consigo de buena gana, por tener lugar de preguntarle de espacio por don Quijote y sus hazañas.

El bachiller se ofreció de escribir las cartas a Teresa de la respuesta, pero ella no quiso que el bachiller se metiese en sus cosas, que le tenía por algo burlón. Y, así, dio un bollo y dos huevos a un monacillo que sabía escribir, el cual le escribió dos cartas, una para su marido y otra para la duquesa, notadas de su mismo caletre, que no son las peores que en esta grande historia se ponen, como se verá adelante.

51

DEL PROGRESO DEL GOBIERNO DE SANCHO PANZA, CON OTROS SUCESOS TALES COMO BUENOS

Sancho sigue agonizando de hambre, pues el doctor Recio insiste en las ventajas de las dietas frugales: quien come mucho vive poco. Así las cosas, el pobre escudero empieza a aborrecer su gobierno y a maldecir en su fuero interno a quien se lo concedió. Aun así, sigue desempeñando sus labores de forma inmejorable. Un día, recibe una carta de don Quijote que viene cargada de útiles consejos: «Sé padre de las virtudes y padrastro de los vicios», «No te muestres codicioso, mujeriego ni glotón», «Sé agradecido, que la ingratitud es hija de la soberbia»... Don Quijote alude también a su día a día, y menciona que anda convaleciente de cierto «gateamiento». Pero no entra en detalles...

Oyó Sancho la carta con mucha atención, y fue celebrada y tenida por discreta de los que la oyeron. Y luego Sancho se levantó de la mesa, y llamando al secretario, se encerró con él en su estancia, y sin dilatarlo más quiso responder luego a su señor don Quijote, y dijo al secretario que, sin añadir ni quitar cosa alguna, fuese escribiendo lo que él le dijese; y así lo hizo, y la carta de la respuesta fue del tenor siguiente:

CARTA DE SANCHO PANZA A DON QUIJOTE DE LA MANCHA

EL INGENIO DE SANCHO

«Notad que ese Sancho, el escudero, es la personificación del buen sentido, de la prudencia, de la astucia, y que, sin embargo, se ha convertido en compañero del hombre más loco del mundo; ¡precisamente él, y ningún otro! A cada instante engaña a su amo, lo engaña como a un niño pequeño; pero al mismo tiempo se siente lleno de admiración por la grandeza de su corazón y cree reales todos sus sueños fantásticos; no duda ni un minuto el que su amo no llegue a conquistarle una ínsula».

FIODOR DOSTOIEVSKI

Diario de un escritor, 1873-1874.

La ocupación de mis negocios es tan grande, que no tengo lugar para rascarme la cabeza, ni aun para cortarme las uñas; y, así, las traigo tan crecidas cual Dios lo remedie. Digo esto, señor mío de mi alma, porque vuesa merced no se espante si hasta agora no he dado aviso de mi bien o mal estar en este gobierno, en el cual tengo más hambre que cuando andábamos los dos por las selvas y por los despoblados.

Escribiome el duque mi señor el otro día, dándome aviso que habían entrado en esta ínsula ciertas espías para matarme, y hasta agora yo no he descubierto otra que un cierto doctor que está en este lugar asalariado para matar a cuantos gobernadores aquí vinieren. Llámase el doctor Pedro Recio y es natural de Tirteafuera; porque vea vuesa merced qué nombre para no temer que he de morir a sus manos. Este tal doctor dice él mismo de sí mismo que él no cura las enfermedades cuando las hay, sino que las previene, para que no vengan; y las medecinas que usa son dieta y más dieta, hasta poner la persona en los huesos mondos, como si no fuese mayor mal la flaqueza que la calentura. Finalmente, él me va matando de hambre y yo me voy muriendo de despecho, pues cuando pensé venir a este gobierno a comer caliente y a beber frío, y a recrear el cuerpo entre sábanas de holanda, sobre colchones de pluma, he venido a hacer penitencia como si fuera ermitaño, y como no la hago de mi voluntad, pienso que al cabo al cabo me ha de llevar el diablo.

Hasta agora no he tocado derecho ni llevado cohecho, y no puedo pensar en qué va esto, porque aquí me han dicho que los gobernadores que a esta ínsula suelen venir, antes de entrar en ella o les han dado o les han prestado los del pueblo muchos dineros, y que esta es ordinaria usanza en los demás que van a gobiernos, no solamente en este.

Anoche, andando de ronda, topé una muy hermosa doncella en traje de varón y un hermano suyo en hábito de mujer. De la moza se enamoró mi maestresala y la escogió en su imaginación para su mujer, según él ha dicho, y yo escogí al mozo para mi yerno. Hoy los dos pondremos en plática nuestros pensamientos con el padre de entrambos, que es un tal Diego de la Llana, hidalgo y cristiano viejo cuanto se quiere.

Yo visito las plazas, como vuestra merced me lo aconseja, y ayer hallé una tendera que vendía avellanas nuevas, y averigüele que había mezclado con una hanega de avellanas nuevas otra de viejas, vanas y podridas. Apliquelas todas para los niños de la doctrina, que las sabrían bien distinguir, y sentenciela que por quince días no entrase en la plaza. Hanme dicho que lo hice valerosamente. Lo que sé decir a vuestra merced es que es fama en este pueblo que no hay gente más mala que las placeras, porque todas son desvergonzadas, desalmadas y atrevidas; y yo así lo creo, por las que he visto en otros pueblos.

De que mi señora la duquesa haya escrito a mi mujer Teresa Panza y enviádole el presente que vuestra merced dice estoy muy satisfecho, y procuraré de mostrarme agradecido a su tiempo. Bésele vuestra merced las manos de mi parte, diciendo que digo yo que no lo ha echado en saco roto, como lo verá por la obra.

No querría que vuestra merced tuviese trabacuentas de disgusto con esos mis señores, porque si vuestra merced se enoja con ellos, claro está que ha de redundar en mi daño. Y no será bien que, pues se me da a mí por consejo que sea agradecido, que vuestra merced no lo sea con quien tantas mercedes le tiene hechas y con tanto regalo ha sido tratado en su castillo.

Aquello del gateado no entiendo, pero imagino que debe de ser alguna de las malas fechorías que con vuestra merced suelen usar los malos encantadores. Yo lo sabré cuando nos veamos.

Quisiera enviarle a vuestra merced alguna cosa, pero no sé qué envíe, si no es algunos cañutos de jeringas que para con vejigas los hacen en esta ínsula muy curiosos; aunque si me dura el oficio, yo buscaré qué enviar de haldas o de mangas.

Si me escribiere mi mujer, Teresa Panza, pague vuestra merced el porte y envíeme la carta, que tengo grandísimo deseo de saber del estado de mi casa, de mi mujer y de mis hijos.

Y con esto, Dios libre a vuestra merced de mal intencionados encantadores y a mí me saque con bien y en paz de este gobierno; que lo dudo, porque le pienso dejar con la vida, según me trata el doctor Pedro Recio.

Criado de vuestra merced,

Sancho Panza el gobernador

Cerró la carta el secretario y despachó luego al correo. Y juntándose los burladores de Sancho, dieron orden entre sí cómo despacharle del gobierno. Y aquella tarde la pasó Sancho en hacer algunas ordenanzas tocantes al buen gobierno de la que él imaginaba ser ínsula, y ordenó que no hubiese regatones de los bastimentos en la república, y que pudiesen meter en ella vino de las partes que quisiesen, con aditamento que declarasen el lugar de donde era, para ponerle el precio según su estimación, bondad y fama; y el que lo aguase o le mudase el nombre perdiese la vida por ello. Moderó el precio de todo calzado, principalmente el de los zapatos, por parecerle que corría con exorbitancia; puso tasa en los salarios de los criados, que caminaban a rienda suelta por el camino del interese; puso gravísimas penas a los que cantasen cantares lascivos y descompuestos, ni de noche ni de día; ordenó que ningún ciego cantase milagro en coplas si no trujese testimonio auténtico de ser verdadero, por parecerle que los más que los ciegos cantan son fingidos, en perjuicio de los verdaderos; hizo y creó un alguacil de pobres, no para que los persiguiese, sino para que los examinase si lo eran, porque a la sombra de la manquedad fingida y de la llaga falsa andan los brazos ladrones y la salud borracha. En resolución, él ordenó cosas tan buenas, que hasta hoy se guardan en aquel lugar, y se nombran «Las constituciones del gran gobernador Sancho Panza».

52

DONDE SE CUENTA LA AVENTURA DE LA SEGUNDA DUEÑA DOLORIDA, O ANGUSTIADA, LLAMADA POR OTRO NOMBRE DOÑA RODRÍGUEZ

Una vez repuesto de sus arañazos, don Quijote decide que es hora de reemprender su viaje a Zaragoza. Se propone decírselo a los duques durante un almuerzo, pero no llega a contarles sus planes porque de pronto irrumpen en la sala dos mujeres vestidas de luto. Corriendo, ansiosas, casi desesperadas, las mujeres se arrodillan a los pies de don Quijote, quien tarda en reconocerlas... Al fin, se da cuenta de que son doña Rodríguez y su hija.

Rotas de dolor, las mujeres le suplican a don Quijote que, antes de irse, les haga justicia: «No os vayáis sin haber desafiado en público al villano que dañó a mi hija», pide doña Rodríguez. Don Quijote, por supuesto, promete que así lo hará, pues uno de sus deberes de caballero es socorrer a las mujeres burladas. El duque, por su parte, anuncia que va a disponerlo todo para que don Quijote y el labrador se enfrenten, en seis días, en un duelo público. Las normas de la caballería establecen que un hidalgo no debe rebajarse a luchar contra un campesino, pero don Quijote se aviene a hacerlo con tal de aliviar a la pobre doña Rodríguez.

Estando en esto, para acabar de regocijar la fiesta y dar buen fin a la comida, veis aquí donde entró por la sala el paje que llevó las cartas y presentes a Teresa Panza, mujer del gobernador Sancho Panza, de cuya llegada recibieron gran contento los duques, deseosos de saber lo que le había sucedido en su viaje. Y preguntándoselo, respondió el paje que no lo podía decir tan en público ni con breves palabras, que sus excelencias fuesen servidos de dejarlo para a solas y que entretanto se entretuviesen con aquellas cartas. Y sacando dos cartas, las puso en manos de la duquesa. La una decía en el sobrescrito: «Carta para mi señora la duquesa tal de no sé dónde»; y la otra: «A mi marido Sancho Panza, gobernador de la ínsula Barataria, que Dios prospere más años que a mí».

No se le cocía el pan, como suele decirse, a la duquesa hasta leer su carta. Y abriéndola y leído para sí, y viendo que la podía leer en voz alta para que el duque y los circunstantes la oyesen, leyó de esta manera:

CARTA DE TERESA PANZA A LA DUQUESA

Mucho contento me dio, señora mía, la carta que vuesa grandeza me escribió, que en verdad que la tenía bien deseada. La sarta de corales es muy buena, y el vestido de caza de mi marido no le va en zaga.

De que vuestra señoría haya hecho gobernador a Sancho, mi consorte, ha recebido mucho gusto todo este lugar, puesto que no hay quien lo crea, principalmente el cura, y mase Nicolás el barbero, y Sansón Carrasco el bachiller. Pero a mí no se me da nada, que como ello sea así, como lo es, diga cada uno lo que quisiere. Aunque, si va a decir verdad, a no venir los corales y el vestido tampoco yo lo creyera, porque en este pueblo todos tienen a mi marido por un porro, y que, sacado de gobernar un hato de cabras, no pueden imaginar para qué gobierno pueda ser bueno. Dios lo haga y lo encamine como ve que lo han menester sus hijos.

Yo, señora de mi alma, estoy determinada, con licencia de vuesa merced, de meter este buen día en mi casa yéndome a la corte a tenderme en un coche, para quebrar los ojos a mil envidiosos que ya tengo. Y, así, suplico a vuesa excelencia mande a mi marido me envíe algún dinerillo, y que sea algo qué, porque en la corte son los gastos grandes, que el pan vale a real, y la carne, la libra a treinta maravedís, que es un juicio. Y si quisiere que no vaya, que me lo avise con tiempo, porque me están bullendo los pies por ponerme en camino, que me dicen mis amigas y mis vecinas que si yo y mi hija andamos orondas y pomposas en la corte, vendrá a ser conocido mi marido por mí más que yo por él, siendo forzoso que pregunten muchos: «¿Quién son estas señoras de este coche?», y un criado mío responder: «La mujer y la hija de Sancho Panza, gobernador de la ínsula Barataria».

Y de esta manera será conocido Sancho, y yo seré estimada, y a Roma por todo.

Pésame cuanto pesarme puede que este año no se han cogido bellotas en este pueblo. Con todo eso, envío a vuesa alteza hasta medio celemín, que una a una las fui yo a coger y a escoger al monte, y no las hallé más mayores. Yo quisiera que fueran como huevos de avestruz.

No se le olvide a vuestra pomposidad de escribirme, que yo tendré cuidado de la respuesta, avisando de mi salud y de todo lo que hubiere que avisar de este lugar, donde quedo rogando a Nuestro Señor guarde a vuestra grandeza y a mí no olvide. Sancha mi hija y mi hijo besan a vuestra merced las manos.

La que tiene más deseo de ver a vuestra señoría que de escribirla, su criada

Teresa Panza

Grande fue el gusto que todos recibieron de oír la carta de Teresa Panza, principalmente los duques, y la duquesa pidió parecer a don Quijote si sería bien abrir la carta que venía para el gobernador, que imaginaba debía de ser bonísima. Don Quijote dijo que él la abriría por darles gusto, y así lo hizo, y vio que decía de esta manera:

CARTA DE TERESA PANZA A SANCHO PANZA SU MARIDO

Tu carta recibí, Sancho mío de mi alma, y yo te prometo y juro como católica cristiana que no faltaron dos dedos para volverme loca de contento. Mira, hermano: cuando yo llegué a oír que eres gobernador, me pensé allí caer muerta de puro gozo, que ya sabes tú que dicen que así mata la alegría súbita como el dolor grande. A Sanchica tu hija se le fueron las aguas sin sentirlo, de puro contento. El vestido que me enviaste tenía delante, y los corales que me envió mi señora la duquesa al cuello, y las cartas en las manos, y el portador de ellas allí presente; y, con todo eso, creía y pensaba que era todo sueño lo que veía y lo que tocaba. Porque ¿quién podía pensar que un pastor de cabras había de venir a ser gobernador de ínsulas? Ya sabes tú, amigo, que decía mi madre que era menester vivir mucho para ver mucho; dígolo porque pienso ver más si vivo más, porque no pienso parar hasta verte arrendador o alcabalero, que son oficios que aunque lleva el diablo a quien mal los usa, en fin en fin siempre tienen y manejan dineros.

Mi señora la duquesa te dirá el deseo que tengo de ir a la corte. Mírate en ello y avísame de tu gusto, que yo procuraré honrarte en ella andando en coche.

El cura, el barbero, el bachiller y aun el sacristán no pueden creer que eres gobernador, y dicen que todo es embeleco o cosas de encantamento, como son todas las de don Quijote tu amo. Y dice Sansón que ha de ir a buscarte y a sacarte el gobierno de la cabeza, y a don Quijote la locura de los cascos. Yo no hago sino reírme y mirar mi sarta, y dar traza del vestido que tengo de hacer del tuyo a nuestra hija.

Unas bellotas envié a mi señora la duquesa; yo quisiera que fueran de oro. Envíame tú algunas sartas de perlas, si se usan en esa ínsula.

Las nuevas de este lugar son que la Berrueca casó a su hija con un pintor de mala mano que llegó a este pueblo a pintar lo que saliese. Mandole el concejo pintar las armas de Su Majestad sobre las puertas del ayuntamiento; pidió dos ducados; diéronselos adelantados; trabajó ocho días, al cabo de los cuales no pintó nada, y dijo que no acertaba a pintar tantas baratijas; volvió el dinero. Y, con todo eso, se casó a título de buen oficial. Verdad es que ya ha dejado el pincel y tomado el azada, y va al campo como gentilhombre.

El hijo de Pedro de Lobo se ha ordenado de grados y corona, con intención de hacerse clérigo. Súpolo Minguilla, la nieta de Mingo Silbato, y hale puesto demanda de que la tiene dada palabra de casamiento. Malas lenguas quieren decir que ha estado encinta de él, pero él lo niega a pies juntillas.

Hogaño no hay aceitunas, ni se halla una gota de vinagre en todo este pueblo.

Por aquí pasó una compañía de soldados. Lleváronse de camino tres mozas de este pueblo. No te quiero decir quién son; quizá volverán, y no faltará quien las tome por mujeres, con sus tachas buenas o malas.

Sanchica hace puntas de randas. Gana cada día ocho maravedís horros, que los va echando en una alcancía para ayuda a su ajuar; pero ahora que es hija de un gobernador, tú le darás la dote sin que ella lo trabaje.

La fuente de la plaza se secó, un rayo cayó en la picota, y allí me las den todas.

Espero respuesta de esta, y la resolución de mi ida a la corte. Y con esto, Dios te me guarde más años que a mí, o tantos, porque no querría dejarte sin mí en este mundo.

Tu mujer

Teresa Panza

Las cartas fueron solenizadas, reídas, estimadas y admiradas. Y para acabar de echar el sello llegó el correo, el cual traía la que Sancho enviaba a don Quijote, que asimesmo se leyó públicamente, la cual puso en duda la sandez del gobernador.

Retirose la duquesa para saber del paje lo que le había sucedido en el lugar de Sancho, el cual se lo contó muy por estenso, sin dejar circunstancia que no refiriese. Diole las bellotas, y más un queso que Teresa le dio, por ser muy bueno, que se aventajaba a los de Tronchón. Recibiolo la duquesa con grandísimo gusto, con el cual la dejaremos, por contar el fin que tuvo el gobierno del gran Sancho Panza, flor y espejo de todos los insulanos gobernadores.

53

DEL FATIGADO FIN Y REMATE QUE TUVO EL GOBIERNO DE SANCHO PANZA

«Pensar que en esta vida las cosas de ella han de durar siempre en un estado es pensar en lo escusado. Antes parece que ella anda todo en redondo; digo, a la redonda: la primavera sigue al verano, el verano al estío, el estío al otoño, y el otoño al invierno, y el invierno a la primavera, y así torna a andarse el tiempo con esta rueda continua. Sola la vida humana corre a su fin ligera más que el viento, sin esperar renovarse si no es en la otra, que no tiene términos que la limiten». Esto dice Cide Hamete, filósofo mahomético; porque esto de entender la ligereza e instabilidad de la vida presente, y de la duración de la eterna que se espera, muchos sin lumbre de fe, sino con la luz natural, lo han entendido. Pero aquí nuestro autor lo dice por la presteza con que se acabó, se consumió, se deshizo, se fue como en sombra y humo el gobierno de Sancho.

El cual, estando la séptima noche de los días de su gobierno en su cama, no harto de pan ni de vino, sino de juzgar y dar pareceres y de hacer estatutos y pragmáticas, cuando

A CADA QUIEN SU *QUIJOTE*

«Para lectores del siglo XVIII como el Doctor Johnson, el ajado caballero no solo era infinitamente divertido sino, también, una clave para comprender la naturaleza humana; para los románticos, don Quijote era un héroe romántico que corría en vano tras un ideal de belleza; para los realistas, Cervantes fue el primer realista; para los modernistas, fue el primer moderno; para los surrealistas era surrealista y para los posmodernos fue el primer posmoderno. Al parecer, don Quijote se convierte en quienquiera que lo lee».

MARGARET ATWOOD

Don Quijote alrededor del mundo, 2005.

el sueño, a despecho y pesar de la hambre, le comenzaba a cerrar los párpados, oyó tan gran ruido de campanas y de voces, que no parecía sino que toda la ínsula se hundía. Sentose en la cama y estuvo atento y escuchando por ver si daba en la cuenta de lo que podía ser la causa de tan grande alboroto, pero no solo no lo supo, pero, añadiéndose al ruido de voces y campanas el de infinitas trompetas y atambores, quedó más confuso y lleno de temor y espanto. Y levantándose en pie, se puso unas chinelas, por la humedad del suelo, y sin ponerse sobrerropa de levantar ni cosa que se pareciese, salió a la puerta de su aposento a tiempo cuando vio venir por unos corredores más de veinte personas con hachas encendidas en las manos y con las espadas desenvainadas, gritando todos a grandes voces:

—¡Arma, arma, señor gobernador! ¡Arma, que han entrado infinitos enemigos en la ínsula y somos perdidos si vuestra industria y valor no nos socorre!

Con este ruido, furia y alboroto llegaron donde Sancho estaba, atónito y embelesado de lo que oía y veía. Y cuando llegaron a él, uno le dijo:

—¡Ármese luego vuestra señoría si no quiere perderse y que toda esta ínsula se pierda!

—¿Qué me tengo de armar —respondió Sancho—, ni qué sé yo de armas ni de socorros? Estas cosas mejor será dejarlas para mi amo don Quijote, que en dos paletas las despachará y pondrá en cobro; que yo, pecador fui a Dios, no se me entiende nada de estas priesas.

—¡Ah, señor gobernador! —dijo otro—. ¿Qué relente es ese? Ármese vuesa merced, que aquí le traemos armas ofensivas y defensivas, y salga a esa plaza y sea nuestra guía y nuestro capitán, pues de derecho le toca el serlo, siendo nuestro gobernador.

—Ármenme norabuena —replicó Sancho.

Y al momento le trujeron dos paveses, que venían proveídos de ellos, y le pusieron encima de la camisa, sin dejarle tomar otro vestido, un pavés delante y otro detrás, y por unas concavidades que traían hechas le sacaron los brazos, y le liaron muy bien con unos cordeles, de modo que quedó emparedado y entablado, derecho como un huso, sin poder doblar las rodillas ni menearse un solo paso. Pusiéronle en las manos una lanza, a la cual se arrimó para poder tenerse en pie. Cuando así le tuvieron, le dijeron que caminase y los guiase y animase a todos, que siendo él su norte, su lanterna y su lucero, tendrían buen fin sus negocios.

—¿Cómo tengo de caminar, desventurado yo —respondió Sancho—, que no puedo jugar las choquezuelas de las rodillas, porque me lo impiden estas tablas que tan cosidas tengo con mis carnes? Lo que han de hacer es llevarme en brazos y ponerme atravesado o en pie en algún postigo, que yo le guardaré o con esta lanza o con mi cuerpo.

—¡Ande, señor gobernador —dijo otro—, que más el miedo que las tablas le impiden el paso! ¡Acabe y menéese, que es tarde y los enemigos crecen y las voces se aumentan y el peligro carga!

Por cuyas persuasiones y vituperios probó el pobre gobernador a moverse, y fue dar consigo en el suelo tan gran golpe, que pensó que se había hecho pedazos. Quedó como galápago, encerrado y cubierto con sus conchas, o como medio tocino metido entre dos artesas, o bien así como barca que da al través en la arena. Y no por verle caído aquella gente burladora le tuvieron compasión alguna; antes, apagando las antorchas, tornaron a reforzar las voces y a reiterar el «¡arma!» con tan gran priesa, pasando por encima del pobre Sancho, dándole infinitas cuchilladas sobre los paveses, que si él no se recogiera y encogiera metiendo la cabeza entre los paveses, lo pasara muy mal el pobre gobernador, el cual, en aquella estrecheza recogido, sudaba y trasudaba y de todo corazón se encomendaba a Dios que de aquel peligro le sacase. Unos tropezaban en él, otros caían, y tal hubo que se puso encima un buen espacio, y desde allí, como desde atalaya, gobernaba los ejércitos y a grandes voces decía:

—¡Aquí de los nuestros, que por esta parte cargan más los enemigos! ¡Aquel portillo se guarde, aquella puerta se cierre, aquellas escalas se tranquen! ¡Vengan alcancías, pez y resina en calderas de aceite ardiendo! ¡Trinchérense las calles con colchones!

En fin, él nombraba con todo ahínco todas las baratijas e instrumentos y pertrechos de guerra con que suele defenderse el asalto de una ciudad. Y el molido Sancho, que lo escuchaba y sufría todo, decía entre sí:

—¡Oh, si Nuestro Señor fuese servido que se acabase ya de perder esta ínsula, y me viese yo o muerto o fuera de esta grande angustia!

Oyó el cielo su petición, y cuando menos lo esperaba oyó voces que decían:

—¡Vitoria, vitoria! ¡Los enemigos van de vencida! Ea, señor gobernador, levántese vuesa merced y venga a gozar del vencimiento y a repartir los despojos que se han tomado a los enemigos por el valor de ese invencible brazo.

—¡Levántenme! —dijo con voz doliente el dolorido Sancho.

Ayudáronle a levantar, y puesto en pie, dijo:

—El enemigo que yo hubiere vencido quiero que me le claven en la frente. Yo no quiero repartir despojos de enemigos, sino pedir y suplicar a algún amigo, si es que le tengo, que me dé un trago de vino, que me seco, y me enjugue este sudor, que me hago agua.

Limpiáronle, trujéronle el vino, desliáronle los paveses, sentose sobre su lecho y desmayose del temor, del sobresalto y del trabajo. Ya les pesaba a los de la burla de habérsela hecho tan pesada, pero el haber vuelto en sí Sancho les templó la pena que les había dado su desmayo. Preguntó qué hora era; respondiéronle que ya amanecía. Calló, y sin decir otra cosa comenzó a vestirse, todo sepultado en silencio, y todos le miraban y esperaban en qué había de parar la priesa con que se vestía. Vistiose en fin, y poco a poco, porque estaba molido y no podía ir mucho a mucho, se fue a la caballeriza, siguiéndole todos los que allí se hallaban; y llegándose al rucio, le abrazó y le dio un beso de paz en la frente, y no sin lágrimas en los ojos le dijo:

—Venid vos acá, compañero mío y amigo mío, y conllevador de mis trabajos y miserias. Cuando yo me avenía con vos y no tenía otros pensamientos que los que me daban los cuidados de remendar vuestros aparejos y de sustentar vuestro corpezuelo, dichosas eran mis horas, mis días y mis años. Pero después que os dejé y me subí sobre las torres de la ambición y de la soberbia, se me han entrado por el alma adentro mil miserias, mil trabajos y cuatro mil desasosiegos.

Y en tanto que estas razones iba diciendo, iba asimesmo enalbardando el asno, sin que nadie nada le dijese. Enalbardado, pues, el rucio, con gran pena y pesar subió sobre él, y encaminando sus palabras y razones al mayordomo, al secretario, al maestresala y a Pedro Recio el doctor, y a otros muchos que allí presentes estaban, dijo:

—Abrid camino, señores míos, y dejadme volver a mi antigua libertad; dejadme que vaya a buscar la vida pasada, para que me resucite de esta muerte presente. Yo no nací para ser gobernador, ni para defender ínsulas ni ciudades de los enemigos que quisieren acometerlas. Mejor se me entiende a mí de arar y cavar, podar y ensarmentar las viñas que de dar leyes ni de defender provincias ni reinos. Bien se está San Pedro en Roma; quiero decir que bien se está cada uno usando el oficio para que fue nacido. Mejor me está a mí una hoz en la mano que un cetro de gobernador; más quiero hartarme de gazpachos que estar sujeto a la miseria de un médico impertinente que me mate de hambre; y más quiero recostarme a la sombra de una encina en el verano y arroparme con un zamarro de dos pelos en el invierno, en mi libertad, que acostarme con la sujeción del gobierno entre sábanas de holanda y vestirme de martas cebollinas. Vuestras mercedes se queden con Dios y digan al duque mi señor que desnudo nací, desnudo me hallo: ni pierdo ni gano; quiero decir que sin blanca entré en este gobierno y sin ella salgo, bien al revés de como suelen salir los gobernadores de otras ínsulas. Y apártense, déjenme ir, que me voy a bizmar, que creo que tengo brumadas todas las costillas, merced a los enemigos que esta noche se han paseado sobre mí.

—No ha de ser así, señor gobernador —dijo el doctor Recio—, que yo le daré a vuesa merced una bebida contra caídas y molimientos que luego le vuelva en su prístina entereza y vigor. Y en lo de la comida, yo prometo a vuesa merced de enmendarme, dejándole comer abundantemente de todo aquello que quisiere.

—¡*Tarde piache*! —respondió Sancho—. ¡Así dejaré de irme como volverme turco! No son estas burlas para dos veces. ¡Por Dios que así me quede en este ni admita otro gobierno, aunque me le diesen entre dos platos, como volar al cielo sin alas! Yo soy del linaje de los Panzas, que todos son testarudos, y si una vez dicen nones, nones han de ser, aunque sean pares, a pesar de todo el mundo. Quédense en esta caballeriza las alas de la hormiga, que me levantaron en el aire para que me comiesen vencejos y otros pájaros, y volvámonos a andar por el suelo con pie llano, que si no le adornaren zapatos picados de cordobán, no le faltarán alpargatas toscas de cuerda. Cada oveja con su pareja, y nadie tienda más la pierna de cuanto fuere larga la sábana. Y déjenme pasar, que se me hace tarde.

A lo que el mayordomo dijo:

—Señor gobernador, de muy buena gana dejáramos ir a vuesa merced, puesto que nos pesara mucho de perderle, que su ingenio y su cristiano proceder obligan a desearle, pero ya se sabe que todo gobernador está obligado, antes que se ausente de la parte donde ha gobernado, dar primero residencia. Dela vuesa merced de los diez días que ha que tiene el gobierno y váyase a la paz de Dios.

—Nadie me la puede pedir —respondió Sancho— si no es quien ordenare el duque mi señor. Yo voy a verme con él, y a él se la daré de molde; cuanto más que saliendo yo desnudo, como salgo, no es menester otra señal para dar a entender que he gobernado como un ángel.

—Par Dios que tiene razón el gran Sancho —dijo el doctor Recio— y que soy de parecer que le dejemos ir, porque el duque ha de gustar infinito de verle.

Todos vinieron en ello y le dejaron ir, ofreciéndole primero compañía y todo aquello que quisiese para el regalo de su persona y para la comodidad de su viaje. Sancho dijo que no quería más de un poco de cebada para el rucio y medio queso y medio pan para él, que pues el camino era tan corto, no había menester mayor ni mejor repostería. Abrazáronle todos, y él, llorando, abrazó a todos, y los dejó admirados así de sus razones como de su determinación tan resoluta y tan discreta.

54

QUE TRATA DE COSAS TOCANTES A ESTA HISTORIA, Y NO A OTRA ALGUNA

Sancho Panza está volviendo hacia el castillo de los duques cuando se cruza por casualidad con un grupo de peregrinos que vienen de Alemania. Uno de ellos, inesperadamente, se lanza a abrazar a Sancho como si lo conociera. Y es que lo conoce... El peregrino resulta ser un antiguo vecino de Sancho llamado Ricote. Ricote es morisco, así que salió de España en 1609, fecha en que Felipe III decretó que todos los musulmanes debían abandonar el país. Tras haber pasado una temporada en Alemania, Ricote ha regresado a Castilla de extranjis, disfrazado de peregrino. Su intención es llegar hasta su antigua casa y recuperar unos dineros que dejó enterrados al partir. Ricote le pide a Sancho que lo ayude: si lo hace, le pagará bien. Pero Sancho se niega en redondo: aprecia a Ricote, pero no quiere contradecir las órdenes del rey, y además su deber es ponerse de nuevo al servicio de su señor, que es don Quijote. Así que, tras compartir con su antiguo vecino y con los alemanes que lo acompañan unas rajas de queso, algo de jamón, unas aceitunas y unos tragos de vino, Sancho sigue su viaje en dirección al palacio de los duques.

55

DE COSAS SUCEDIDAS A SANCHO EN EL CAMINO, Y OTRAS QUE NO HAY MÁS QUE VER

El haberse detenido Sancho con Ricote no le dio lugar a que aquel día llegase al castillo del duque, puesto que llegó media legua de él, donde le tomó la noche, algo escura y cerrada, pero como era verano, no le dio mucha pesadumbre. Y, así, se apartó del camino con intención de esperar la mañana, y quiso su corta y desventurada suerte que, buscando lugar donde mejor acomodarse, cayeron él y el rucio en una honda y escurísima sima que entre unos edificios muy antiguos estaba. Y al tiempo del caer se encomendó a Dios de todo corazón, pensando que no había de parar hasta el profundo de los abismos; y no fue así, porque a poco más de tres estados dio fondo el rucio, y él se halló encima de él sin haber recebido lisión ni daño alguno.

Tentose todo el cuerpo y recogió el aliento, por ver si estaba sano o agujereado por alguna parte. Y viéndose bueno, entero y católico de salud, no se hartaba de dar gracias a Dios Nuestro Señor de la merced que le había hecho, porque sin duda pensó que estaba hecho mil pedazos. Tentó asimismo con las manos por las paredes de la sima, por ver si sería posible salir de ella sin ayuda de nadie, pero todas las halló rasas y sin asidero alguno, de lo que Sancho se congojó mucho, especialmente cuando oyó que el rucio se quejaba tierna y dolorosamente; y no era mucho ni se lamentaba de vicio, que a la verdad no estaba muy bien parado.

—¡Ay —dijo entonces Sancho Panza—, y cuán no pensados sucesos suelen suceder a cada paso a los que viven en este miserable mundo! ¿Quién dijera que el que ayer se vio entronizado gobernador de una ínsula, mandando a sus sirvientes y a sus vasallos, hoy se había de ver sepultado en una sima, sin haber persona alguna que le remedie ni criado ni vasallo que acuda a su socorro? Aquí habremos de perecer de hambre yo y mi jumento, si ya no nos morimos antes, él de molido y quebrantado y yo de pesaroso. A lo menos no seré yo tan venturoso como lo fue mi señor don Quijote de la Mancha cuando decendió y bajó a la cueva de aquel encantado Montesinos, donde halló quien le regalase mejor que en su casa, que no parece sino que se fue a mesa puesta y a cama hecha. Allí vio él visiones hermosas y apacibles, y yo veré aquí, a lo que creo, sapos y culebras. ¡Desdichado de mí, y en qué han parado mis locuras y fantasías! De aquí sacarán mis huesos, cuando el cielo sea servido que me descubran, mondos, blancos y raídos, y los de mi buen rucio con ellos, por donde quizá se echará de ver quién somos, a lo menos de los que tuvieren noticia que nunca Sancho Panza se apartó de su asno, ni su asno de Sancho Panza. ¡Otra vez digo miserables de nosotros, que no ha querido nuestra corta suerte que muriésemos en nuestra patria y entre los nuestros, donde, ya que no hallara remedio nuestra desgracia, no faltara quien de ello se doliera y en la hora última de nuestro pasamiento nos cerrara los ojos! ¡Oh compañero y amigo mío, qué mal pago te he dado de tus buenos servicios! Perdóname y pide a la fortuna, en el mejor modo que supieres, que nos saque de este miserable trabajo en que estamos puestos los dos, que yo prometo de ponerte una corona de laurel en la cabeza, que no parezcas sino un laureado poeta, y de darte los piensos doblados.

De esta manera se lamentaba Sancho Panza, y su jumento le escuchaba sin responderle palabra alguna: tal era el aprieto y angustia en que el pobre se hallaba. Finalmente, habiendo pasado toda aquella noche en miserables quejas y lamentaciones, vino el día, con cuya claridad y resplandor vio Sancho que era imposible de toda imposibilidad salir de aquel pozo sin ser ayudado, y comenzó a lamentarse y dar voces, por ver si alguno le oía. Pero todas sus voces eran dadas en desierto, pues por todos aquellos contornos no había persona que pudiese escucharle, y entonces se acabó de dar por muerto.

Estaba el rucio boca arriba, y Sancho Panza le acomodó de modo que le puso en pie, que apenas se podía tener; y sacando de las alforjas, que también habían corrido la mesma fortuna de la caída, un pedazo de pan, lo dio a su jumento, que no le supo mal. Y díjole Sancho, como si lo entendiera:

—Todos los duelos con pan son buenos.

En esto descubrió a un lado de la sima un agujero, capaz de caber por él una persona, si se agobiaba y encogía. Acudió a él Sancho Panza, y agazapándose, se entró por él, y vio que por de dentro era espacioso y largo, y púdolo ver porque por lo que se podía llamar techo entraba un rayo de sol que lo descubría todo. Vio también que se dilataba y alargaba por otra concavidad espaciosa, viendo lo cual volvió a salir adonde estaba el jumento, y con una piedra comenzó a desmoronar la tierra del agujero, de modo que en poco espacio hizo lugar donde con facilidad pudiese entrar el asno, como lo hizo; y cogiéndole del cabestro, comenzó a caminar por aquella gruta adelante, por ver si hallaba alguna salida por otra parte. A veces iba a escuras y a veces sin luz, pero ninguna vez sin miedo.

—¡Válame Dios todopoderoso! —decía entre sí—. Esta que para mí es desventura, mejor fuera para aventura de mi amo don Quijote. Él sí que tuviera estas profundidades y mazmorras por jardines floridos y por palacios de Galiana, y esperara salir de esta escuridad y estrecheza a algún florido prado. Pero yo, sin ventura, falto de consejo y menoscabado de ánimo, a cada paso pienso que debajo de los pies de improviso se ha de abrir otra sima más profunda que la otra, que acabe de tragarme. ¡Bien vengas, mal, si vienes solo!

De esta manera y con estos pensamientos le pareció que habría caminado poco más de media legua, al cabo de la cual descubrió una confusa claridad, que pareció ser ya de día y que por alguna parte entraba, que daba indicio de tener fin abierto aquel, para él, camino de la otra vida.

Aquí le deja Cide Hamete Benengeli y vuelve a tratar de don Quijote, que, alborozado y contento, esperaba el plazo de la batalla que había de hacer con el robador de la honra de la hija de doña Rodríguez, a quien pensaba enderezar el tuerto y desaguisado que malamente le tenían fecho.

Sucedió, pues, que saliéndose una mañana a imponerse y ensayarse en lo que había de hacer en el trance en que otro día pensaba verse, dando un repelón o arremetida a Rocinante, llegó a poner los pies tan junto a una cueva, que a no tirarle fuertemente las riendas fuera imposible no caer en ella. En fin le detuvo, y no cayó; y llegándose algo más cerca, sin apearse, miró aquella hondura; y estándola mirando, oyó grandes voces dentro, y escuchando atentamente, pudo percebir y entender que el que las daba decía:

—¡Ah de arriba! ¿Hay algún cristiano que me escuche o algún caballero caritativo que se duela de un pecador enterrado en vida, de un desdichado desgobernado gobernador?

Pareciole a don Quijote que oía la voz de Sancho Panza, de que quedó suspenso y asombrado. Y levantando la voz todo lo que pudo, dijo:

—¿Quién está allá abajo? ¿Quién se queja?

—¿Quién puede estar aquí o quién se ha de quejar —respondieron— sino el asendereado de Sancho Panza, gobernador, por sus pecados y por su mala andanza, de la ínsula Barataria, escudero que fue del famoso caballero don Quijote de la Mancha?

Oyendo lo cual don Quijote, se le dobló la admiración y se le acrecentó el pasmo, viniéndosele al pensamiento que Sancho Panza debía de ser muerto y que estaba allí penando su alma. Y llevado de esta imaginación, dijo:

—¡Conjúrote por todo aquello que puedo conjurarte como católico cristiano que me digas quién eres! Y si eres alma en pena, dime qué quieres que haga por ti, que, pues es mi profesión favorecer y acorrer a los necesitados de este mundo, también lo seré para acorrer y ayudar a los menesterosos del otro mundo, que no pueden ayudarse por sí propios.

—De esa manera —respondieron—, vuestra merced que me habla debe de ser mi señor don Quijote de la Mancha; y aun en el órgano de la voz no es otro, sin duda.

—Don Quijote soy —replicó don Quijote—, el que profeso socorrer y ayudar en sus necesidades a los vivos y a los muertos. Por eso dime quién eres, que me tienes atónito; porque si eres mi escudero Sancho Panza y te has muerto, como no te hayan llevado los diablos, y por la misericordia de Dios estés en el purgatorio, sufragios tiene nuestra santa madre la Iglesia Católica Romana bastantes a sacarte de las penas en que estás, y yo, que lo solicitaré con ella por mi parte con cuanto mi hacienda alcanzare. Por eso acaba de declararte y dime quién eres.

—¡Voto a tal —respondieron—, y por el nacimiento de quien vuesa merced quisiere juro, señor don Quijote de la

Mancha, que yo soy su escudero Sancho Panza y que nunca me he muerto en todos los días de mi vida!, sino que, habiendo dejado mi gobierno por cosas y causas que es menester más espacio para decirlas, anoche caí en esta sima donde yago, el rucio conmigo, que no me dejará mentir, pues, por más señas, está aquí conmigo.

Y hay más, que no parece sino que el jumento entendió lo que Sancho dijo, porque al momento comenzó a rebuznar tan recio, que toda la cueva retumbaba.

—¡Famoso testigo! —dijo don Quijote—. El rebuzno conozco como si le pariera, y tu voz oigo, Sancho mío. Espérame: iré al castillo del duque, que está aquí cerca, y traeré quien te saque de esta sima, donde tus pecados te deben de haber puesto.

—¡Vaya vuesa merced —dijo Sancho— y vuelva presto, por un solo Dios, que ya no lo puedo llevar el estar aquí sepultado en vida, y me estoy muriendo de miedo!

Dejole don Quijote y fue al castillo a contar a los duques el suceso de Sancho Panza, de que no poco se maravillaron, aunque bien entendieron que debía de haber caído por la correspondencia de aquella gruta que de tiempos inmemoriales estaba allí hecha; pero no podían pensar cómo había dejado el gobierno sin tener ellos aviso de su venida. Finalmente, como dicen, llevaron sogas y maromas, y a costa de mucha gente y de mucho trabajo sacaron al rucio y a Sancho Panza de aquellas tinieblas a la luz del sol. Viole un estudiante y dijo:

—De esta manera habían de salir de sus gobiernos todos los malos gobernadores como sale este pecador del profundo del abismo: muerto de hambre, descolorido y sin blanca, a lo que yo creo.

Oyolo Sancho y dijo:

—Ocho días o diez ha, hermano murmurador, que entré a gobernar la ínsula que me dieron, en los cuales no me vi harto de pan siquiera un hora. En ellos me han perseguido médicos y enemigos me han brumado los güesos, ni he tenido lugar de hacer cohechos ni de cobrar derechos. Y siendo esto así, como lo es, no merecía yo, a mi parecer, salir de esta manera. Pero el hombre pone y Dios dispone, y Dios sabe lo mejor y lo que le está bien a cada uno, y cual el tiempo, tal el tiento, y nadie diga «de esta agua no beberé», que adonde se piensa que hay tocinos, no hay estacas; y Dios me entiende, y basta, y no digo más, aunque pudiera.

—No te enojes, Sancho, ni recibas pesadumbre de lo que oyeres, que será nunca acabar. Ven tú con segura conciencia y digan lo que dijeren. Y es querer atar las lenguas de los maldicientes lo mesmo que querer poner puertas al campo: si el gobernador sale rico de su gobierno, dicen de él que ha sido un ladrón, y si sale pobre, que ha sido un parapoco y un mentecato.

—A buen seguro —respondió Sancho— que por esta vez antes me han de tener por tonto que por ladrón.

En estas pláticas llegaron, rodeados de muchachos y de otra mucha gente, al castillo, adonde en unos corredores estaban ya el duque y la duquesa esperando a don Quijote y a Sancho, el cual no quiso subir a ver al duque sin que primero no hubiese acomodado al rucio en la caballeriza, porque decía que había pasado muy mala noche en la posada; y luego subió a ver a sus señores, ante los cuales, puesto de rodillas, dijo:

—Yo, señores, porque lo quiso así vuestra grandeza, sin ningún merecimiento mío, fui a gobernar vuestra ínsula Barataria, en la cual entré desnudo, y desnudo me hallo: ni pierdo ni gano. Si he gobernado bien o mal, testigos he tenido delante que dirán lo que quisieren. He declarado dudas, sentenciado pleitos y siempre muerto de hambre, por haberlo querido así el doctor Pedro Recio, natural de Tirteafuera, médico insulano y gobernadoresco. Acometiéronnos enemigos de noche, y habiéndonos puesto en grande aprieto, dicen los de la ínsula que salieron libres y con vitoria por el valor de mi brazo, que tal salud les dé Dios como ellos dicen verdad. En resolución, en este tiempo yo he tanteado las cargas que trae consigo, y las obligaciones, el gobernar, y he hallado por mi cuenta que no las podrán llevar mis hombros, ni son peso de mis costillas, ni flechas de mi aljaba; y, así, antes que diese conmigo al través el gobierno, he querido yo dar con el gobierno al través, y ayer de mañana dejé la ínsula como la hallé, con las mismas calles, casas y tejados que tenía cuando entré en ella. No he pedido prestado a nadie ni metídome en granjerías, y aunque pensaba hacer algunas ordenanzas provechosas, no hice ninguna, temeroso que no se habían de guardar, que es lo mesmo hacerlas que no hacerlas. Salí, como digo, de la ínsula sin otro acompañamiento que el de mi rucio; caí en una sima; víneme por ella adelante hasta que esta mañana, con la luz del sol, vi la salida, pero no tan fácil, que a no depararme el cielo a mi señor don Quijote, allí me quedara hasta la fin del mundo. Así que, mis señores duque y duquesa, aquí está vuestro gobernador Sancho Panza, que ha granjeado en solos diez días que ha tenido el gobierno a conocer que no se le ha de dar nada por ser gobernador, no que de una ínsula, sino de todo el mundo. Y con este presupuesto, besando a vuestras mercedes los pies, imitando al juego de los muchachos que dicen «Salta tú y dámela tú», doy un salto del gobierno y me paso al servicio de mi señor don Quijote, que, en fin, en él, aunque como el pan con sobresalto, hártome a lo menos; y para mí, como yo esté harto, eso me hace que sea de zanahorias que de perdices.

Con esto dio fin a su larga plática Sancho, temiendo siempre don Quijote que había de decir en ella millares de disparates. Y cuando le vio acabar con tan pocos, dio en su corazón gracias al cielo, y el duque abrazó a Sancho y le dijo que le pesaba en el alma de que hubiese dejado tan presto el gobierno, pero que él haría de suerte que se le diese en su estado otro oficio de menos carga y de más provecho. Abrazole la duquesa asimismo y mandó que le regalasen, porque daba señales de venir mal molido y peor parado.

56

DE LA DESCOMUNAL Y NUNCA VISTA BATALLA QUE PASÓ ENTRE DON QUIJOTE DE LA MANCHA Y EL LACAYO TOSILOS EN LA DEFENSA DE LA HIJA DE LA DUEÑA DOÑA RODRÍGUEZ

Don Quijote debe enfrentarse al burlador de la hija de doña Rodríguez, pero surge un problema: el tipo se ha fugado a Flandes con tal de no tener por suegra a doña Rodríguez. Los duques, claro, no quieren perderse el desafío, así que le piden a un lacayo suyo, un tal Tosilos, que ocupe el lugar del hombre que deshonró a la hija de doña Rodríguez. A fin de cuentas, como Tosilos irá cubierto con una celada, nadie notará el cambiazo... Todo discurre según lo previsto hasta que, en el último momento, Tosilos se deja llevar y decide obrar por su cuenta. Al mirar a la hija de doña Rodríguez, siente que le apetece casarse con ella: se ve que se ha enamorado. Así las cosas, el duelo no tiene razón de ser. Tosilos se quita la celada y deja su cara al descubierto, y entonces doña Rodríguez pone el grito en el cielo: ¡ese no es el mozo que se acostó con su hija! Don Quijote argumenta que todo lo que está pasando es cosa de los encantadores, que transforman constantemente unas caras en otras: en los libros de caballerías, pasa a cada momento. Al final, la hija de doña Rodríguez acepta que la casen con Tosilos, pues piensa que, una vez desvirgada, no lo va a tener fácil para encontrar marido, y siempre es mejor ser la esposa legítima de un lacayo que la amante burlada de un caballero.

57

QUE TRATA DE CÓMO DON QUIJOTE SE DESPIDIÓ DEL DUQUE Y DE LO QUE LE SUCEDIÓ CON LA DISCRETA Y DESENVUELTA ALTISIDORA, DONCELLA DE LA DUQUESA

Cansado de la vida ociosa que lleva en el palacio, don Quijote comunica a los duques su intención de hacerse de nuevo a los caminos. La mañana de su partida, Altisidora se pone a cantar delante de todo el mundo unos versos en los que le reprocha duramente a don Quijote que se vaya sin haberle hecho caso. La canción incluye algunas maldiciones de mujer despechada: entre otras cosas dañinas, Altisidora le desea a don Quijote que le sangren los callos cuando se los corte. Pero el hidalgo no se lo tiene en cuenta, pues los que se dedican a la caballería andante saben bien que van rompiendo corazones allá por donde pasan. Es un gaje del oficio, qué se le va a hacer.

58

QUE TRATA DE CÓMO MENUDEARON SOBRE DON QUIJOTE AVENTURAS TANTAS, QUE NO SE DABAN VAGAR UNAS A OTRAS

Cuando don Quijote se vio en la campaña rasa, libre y desembarazado de los requiebros de Altisidora, le pareció que estaba en su centro y que los espíritus se le renovaban para proseguir de nuevo el asumpto de sus caballerías. Y volviéndose a Sancho, le dijo:

—La libertad, Sancho, es uno de los más preciosos dones que a los hombres dieron los cielos; con ella no pueden igualarse los tesoros que encierra la tierra ni el mar encubre. Por la libertad, así como por la honra, se puede y debe aventurar la vida, y, por el contrario, el cautiverio es el mayor mal que puede venir a los hombres. Digo esto, Sancho, porque bien has visto el regalo, la abundancia que en este castillo que dejamos hemos tenido. Pues en mitad de aquellos banquetes sazonados y de aquellas bebidas de nieve me parecía a mí que estaba metido entre las estrechezas de la hambre, porque no lo gozaba con la libertad que lo gozara si fueran míos, que las obligaciones de las recompensas de los beneficios y mercedes recebidas son ataduras que no dejan campear al ánimo libre. ¡Venturoso aquel a quien el cielo dio un pedazo de pan sin que le quede obligación de agradecerlo a otro que al mismo cielo!

—Con todo eso —dijo Sancho— que vuesa merced me ha dicho, no es bien que se quede sin agradecimiento de nuestra parte docientos escudos de oro que en una bolsilla me dio el mayordomo del duque, que como píctima y confortativo la llevo puesta sobre el corazón, para lo que se ofreciere, que no siempre hemos de hallar castillos donde nos regalen, que tal vez toparemos con algunas ventas donde nos apaleen.

Don Quijote y Sancho se recrean contemplando unas imágenes de santos que unos labradores han dejado al margen del camino, y que han de servir para montar un retablo en una iglesia. Según don Quijote, esas esculturas son un buen augurio, porque representan a algunos santos que fueron excelentes caballeros, como San Jorge y Santiago Matamoros. Poco después, don Quijote y Sancho se cruzan con un grupito de unos treinta aldeanos ricos que, para pasar el rato, se han disfrazado de pastores y juegan a que viven en la Arcadia, como los héroes de las novelas pastoriles, ficciones romanticonas muy leídas en la época. Cuando el grupo se entera de que los dos tipos a los que tienen delante son ni más ni menos que don Quijote y Sancho Panza, es decir, los protagonistas del libro que tanto circula por toda España, se vuelven locos de entusiasmo. Además de cubrirlos de elogios, invitan al caballero y a su escudero a almorzar. Don Quijote, rebosante de orgullo, decide mostrar su gratitud llevando a cabo un hecho de armas, así que se planta en mitad del camino con la intención de luchar contra el primero que pase.

Puesto, pues, don Quijote en mitad del camino, como os he dicho, hirió el aire con semejantes palabras:

—¡Oh vosotros, pasajeros y viandantes, caballeros, escuderos, gente de a pie y de a caballo que por este camino pasáis o habéis de pasar en estos dos días siguientes! Sabed que don Quijote de la Mancha, caballero andante, está aquí puesto para defender que a todas las hermosuras y cortesías del mundo exceden las que se encierran en las ninfas habitadoras de estos prados y bosques, dejando a un lado a la señora de mi alma Dulcinea del Toboso. Por eso, el que fuere de parecer contrario acuda, que aquí le espero.

Dos veces repitió estas mismas razones y dos veces no fueron oídas de ningún aventurero. Pero la suerte, que sus cosas iba encaminando de mejor en mejor, ordenó que de allí a poco se descubriese por el camino muchedumbre de hombres de a caballo, y muchos de ellos con lanzas en las manos, caminando todos apiñados, de tropel y a gran priesa. No los hubieron bien visto los que con don Quijote estaban cuando, volviendo las espaldas, se apartaron bien lejos del camino, porque conocieron que si esperaban les podía suceder algún peligro. Solo don Quijote, con intrépido corazón, se estuvo quedo, y Sancho Panza se escudó con las ancas de Rocinante.

Llegó el tropel de los lanceros, y uno de ellos, que venía más delante, a grandes voces comenzó a decir a don Quijote:

—¡Apártate, hombre del diablo, del camino, que te harán pedazos estos toros!

—¡Ea, canalla —respondió don Quijote—, para mí no hay toros que valgan, aunque sean de los más bravos que cría Jarama en sus riberas! ¡Confesad, malandrines, así, a carga cerrada, que es verdad lo que yo aquí he publicado; si no, conmigo sois en batalla!

No tuvo lugar de responder el vaquero ni don Quijote le tuvo de desviarse, aunque quisiera; y, así, el tropel de los toros bravos y el de los mansos cabestros, con la multitud de los vaqueros y otras gentes que a encerrar los llevaban a un lugar donde otro día habían de correrse, pasaron sobre don Quijote y sobre Sancho, Rocinante y el rucio, dando con todos ellos en tierra, echándole a rodar por el suelo. Quedó molido Sancho, espantado don Quijote, aporreado el rucio y no muy católico Rocinante, pero en fin se levantaron todos,

UN ROCINANTE REAL

Una de las dificultades con que tropezó el rodaje de la película de Kózintsev fue encontrar un caballo que interpretara a Rocinante. El director artístico del film, casi en el último momento, vio, tirando de un carro de ladrillos, a Orlik, un caballo árabe blanco de veintiocho años y con un historial tremendo. Había pertenecido a un alto militar fascista durante la ocupación nazi y luego pasó a servir en la guerrilla soviética. Acabada la guerra fue utilizado por una funeraria hasta que acabó en las obras de la calle. Durante el rodaje, a pesar de estar achacoso y enfermo, emuló a Rocinante en el capítulo de los yangüeses, escapándose al ver un grupo de yeguas.

y don Quijote, a gran priesa, tropezando aquí y cayendo allí, comenzó a correr tras la vacada, diciendo a voces:

—¡Deteneos y esperad, canalla malandrina, que un solo caballero os espera, el cual no tiene condición ni es de parecer de los que dicen que al enemigo que huye, hacerle la puente de plata!

Pero no por eso se detuvieron los apresurados corredores ni hicieron más caso de sus amenazas que de las nubes de antaño. Detúvole el cansancio a don Quijote, y, más enojado que vengado, se sentó en el camino, esperando a que Sancho, Rocinante y el rucio llegasen. Llegaron, volvieron a subir amo y mozo, y sin volver a despedirse de la Arcadia fingida o contrahecha, y con más vergüenza que gusto, siguieron su camino.

59

DONDE SE DA CUENTA DEL EXTRAORDINARIO SUCESO, QUE SE PUEDE TENER POR AVENTURA, QUE LE SUCEDIÓ A DON QUIJOTE

Al polvo y al cansancio que don Quijote y Sancho sacaron del descomedimiento de los toros socorrió una fuente clara y limpia que entre una fresca arboleda hallaron, en el margen de la cual, dejando libres sin jáquima y freno al rucio y a Rocinante, los dos asendereados amo y mozo se sentaron. Acudió Sancho a la repostería de sus alforjas, y de ellas sacó de lo que él solía llamar condumio; enjuagose la boca; lavose don Quijote el rostro, con cuyo refrigerio cobraron aliento los espíritus desalentados. No comía don Quijote de puro pesaroso, ni Sancho no osaba tocar a los manjares que delante tenía de puro comedido, y esperaba a que su señor hiciese la salva. Pero viendo que, llevado de sus imaginaciones, no se acordaba de llevar el pan a la boca, no abrió la suya, y atropellando por todo género de crianza, comenzó a embaular en el estómago el pan y queso que se le ofrecía.

—Come, Sancho amigo —dijo don Quijote—, sustenta la vida, que más que a mí te importa, y déjame morir a mí a manos de mis pensamientos y a fuerzas de mis desgracias. Yo, Sancho, nací para vivir muriendo, y tú para morir comiendo. Y porque veas que te digo verdad en esto, considérame impreso en historias, famoso en las armas, comedido en mis acciones, respetado de príncipes, solicitado de doncellas; al cabo al cabo, cuando esperaba palmas, triunfos y coronas, granjeadas y merecidas por mis valerosas hazañas, me he visto esta mañana pisado y acoceado y molido de los pies de animales inmundos y soeces. Esta consideración me embota los dientes, entorpece las muelas y entomece las manos, y quita de todo en todo la gana del comer, de manera que pienso dejarme morir de hambre, muerte la más cruel de las muertes.

—De esa manera —dijo Sancho, sin dejar de mascar apriesa—, no aprobará vuestra merced aquel refrán que dicen: «muera Marta, y muera harta». Yo a lo menos no pienso matarme a mí mismo; antes pienso hacer como el zapatero, que tira el cuero con los dientes hasta que le hace llegar donde él quiere: yo tiraré mi vida comiendo hasta que llegue al fin que le tiene determinado el cielo. Y sepa, señor, que no hay mayor locura que la que toca en querer desesperarse, como vuestra merced; y créame, y después de comido échese a dormir un poco sobre los colchones verdes de estas yerbas, y verá cómo cuando despierte se halla algo más aliviado.

Hízolo así don Quijote, pareciéndole que las razones de Sancho más eran de filósofo que de mentecato, y díjole:

—Si tú, oh Sancho, quisieses hacer por mí lo que yo ahora te diré, serían mis alivios más ciertos y mis pesadumbres no tan grandes. Y es que mientras yo duermo, obedeciendo tus consejos, tú te desviases un poco lejos de aquí, y con las riendas de Rocinante, echando al aire tus carnes, te dieses trecientos o cuatrocientos azotes, a buena cuenta de los tres mil y tantos que te has de dar por el desencanto de Dulcinea, que es lástima no pequeña que aquella pobre señora esté encantada por tu descuido y negligencia.

—Hay mucho que decir en eso —dijo Sancho—. Durmamos por ahora entrambos, y después Dios dijo lo que será. Sepa vuestra merced que esto de azotarse un hombre a sangre fría es cosa recia, y más si caen los azotes sobre un cuerpo mal sustentado y peor comido. Tenga paciencia mi señora Dulcinea, que cuando menos se cate, me verá hecho una criba de azotes. Y hasta la muerte todo es vida; quiero decir que aún yo la tengo, junto con el deseo de cumplir con lo que he prometido.

Agradeciéndoselo don Quijote, comió algo, y Sancho mucho, y echáronse a dormir entrambos, dejando a su albedrío y sin orden alguna pacer de la abundosa yerba de que aquel prado estaba lleno a los dos continuos compañeros y amigos Rocinante y el rucio. Despertaron algo tarde; volvieron a subir y a seguir su camino, dándose priesa para llegar a una venta que al parecer una legua de allí se descubría. (Digo que era venta porque don Quijote la llamó así, fuera del uso que tenía de llamar a todas las ventas castillos.)

Llegaron, pues, a ella; preguntaron al huésped si había posada; fueles respondido que sí, con toda la comodidad y regalo que pudiera hallar en Zaragoza. Apeáronse, y recogió Sancho su repostería en un aposento de quien el huésped le dio la llave; llevó las bestias a la caballeriza; echoles sus piensos; salió a ver lo que don Quijote, que estaba sentado sobre un poyo, le mandaba, dando particulares gracias al cielo de que a su amo no le hubiese parecido castillo aquella venta.

Llegose la hora del cenar; recogiéronse a su estancia; preguntó Sancho al huésped que qué tenía para darles de cenar, a lo que el huésped respondió que su boca sería medida, y, así, que pidiese lo que quisiese, que de las pajaricas del aire, de las aves de la tierra y de los pescados del mar estaba proveída aquella venta.

—No es menester tanto —respondió Sancho—, que con un par de pollos que nos asen tendremos lo suficiente, porque mi señor es delicado y come poco, y yo no soy tragantón en demasía.

Respondiole el huésped que no tenía pollos, porque los milanos los tenían asolados.

—Pues mande el señor huésped —dijo Sancho— asar una polla que sea tierna.

—¿Polla? ¡Mi padre! —respondió el huésped—. En verdad en verdad que envié ayer a la ciudad a vender más de cincuenta. Pero, fuera de pollas, pida vuestra merced lo que quisiere.

—De esa manera —dijo Sancho—, no faltará ternera o cabrito.

—En casa por ahora —respondió el huésped— no lo hay, porque se ha acabado, pero la semana que viene lo habrá de sobra.

NO TENGO POLLOS

LUIS BUÑUEL

Radio Nacional Española adapta en 1965 el *Quijote* a radionovela. La dirige Adolfo Marsillach; participan Fernando Rey, Paco Rabal, Nati Mistral, Guillermo Martín, Asunción Balaguer y, en el papel del ventero que don Quijote y Sancho Panza se encuentran de camino a Barcelona, Luis Buñuel.

—¡Medrados estamos con eso! —respondió Sancho—. Yo pondré que se vienen a resumir todas estas faltas en las sobras que debe de haber de tocino y huevos.

—¡Por Dios —respondió el huésped— que es gentil relente el que mi huésped tiene, pues hele dicho que ni tengo pollas ni gallinas, y quiere que tenga huevos! Discurra, si quisiere, por otras delicadezas, y déjese de pedir gullurías.

—¡Resolvámonos, cuerpo de mí! —dijo Sancho—, y dígame finalmente lo que tiene, y déjese de discurrimientos, señor huésped.

Dijo el ventero:

—Lo que real y verdaderamente tengo son dos uñas de vaca que parecen manos de ternera, o dos manos de ternera que parecen uñas de vaca. Están cocidas con sus garbanzos, cebollas y tocino, y la hora de ahora están diciendo: «¡Comeme, comeme!».

—Por mías las marco desde aquí —dijo Sancho—, y nadie las toque, que yo las pagaré mejor que otro, porque para mí ninguna otra cosa pudiera esperar de más gusto, y no se me daría nada que fuesen manos, como fuesen uñas.

—Nadie las tocará —dijo el ventero—, porque otros huéspedes que tengo, de puro principales, traen consigo cocinero, despensero y repostería.

—Si por principales va —dijo Sancho—, ninguno más que mi amo. Pero el oficio que él trae no permite despensas ni botillerías; ahí nos tendemos en mitad de un prado y nos hartamos de bellotas o de nísperos.

Esta fue la plática que Sancho tuvo con el ventero, sin querer Sancho pasar adelante en responderle, que ya le había preguntado qué oficio o qué ejercicio era el de su amo.

Llegose, pues, la hora del cenar; recogiose a su estancia don Quijote; trujo el huésped la olla, así como estaba, y sentose a cenar muy de propósito. Parece ser que en otro aposento que junto al de don Quijote estaba, que no le dividía más que un sutil tabique, oyó decir don Quijote:

—Por vida de vuestra merced, señor don Jerónimo, que en tanto que traen la cena leamos otro capítulo de la *Segunda parte de don Quijote de la Mancha*.

Apenas oyó su nombre don Quijote cuando se puso en pie, y con oído alerto escuchó lo que de él trataban, y oyó que el tal don Jerónimo referido respondió:

—¿Para qué quiere vuestra merced, señor don Juan, que leamos estos disparates? Y el que hubiere leído la primera parte de la historia de don Quijote de la Mancha no es posible que pueda tener gusto en leer esta segunda.

—Con todo eso —dijo el don Juan—, será bien leerla, pues no hay libro tan malo que no tenga alguna cosa buena. Lo que a mí en este más desplace es que pinta a don Quijote ya desenamorado de Dulcinea del Toboso.

Oyendo lo cual don Quijote, lleno de ira y de despecho, alzó la voz y dijo:

—¡Quienquiera que dijere que don Quijote de la Mancha ha olvidado ni puede olvidar a Dulcinea del Toboso, yo le haré entender con armas iguales que va muy lejos de la verdad! Porque la sin par Dulcinea del Toboso ni puede ser olvidada, ni en don Quijote puede caber olvido: su blasón es la firmeza, y su profesión, el guardarla con suavidad y sin hacerse fuerza alguna.

—¿Quién es el que nos responde? —respondieron del otro aposento.

—¿Quién ha de ser —respondió Sancho— sino el mismo don Quijote de la Mancha, que hará bueno cuanto ha dicho y aun cuanto dijere? Que al buen pagador no le duelen prendas.

NO ES PARA TODOS

«Me da vergüenza admitirlo, pero en dos intentos nunca he podido llegar a terminar el *Quijote*. Sin embargo, me gustan los libros largos. Avancé con rapidez a través de *Guerra y paz* cuando tenía veintidós años, pero, como digo, no pude terminar el *Quijote*. Aunque estoy decidido a intentarlo al menos una vez más»

BILL CLINTON

42º presidente de los Estados Unidos, declaraciones a *The New York Times Book Review*, 2018.

Apenas hubo dicho esto Sancho cuando entraron por la puerta de su aposento dos caballeros, que tales lo parecían, y uno de ellos, echando los brazos al cuello de don Quijote, le dijo:

—Ni vuestra presencia puede desmentir vuestro nombre, ni vuestro nombre puede no acreditar vuestra presencia. Sin duda vos, señor, sois el verdadero don Quijote de la Mancha, norte y lucero de la andante caballería, a despecho y pesar del que ha querido usurpar vuestro nombre y aniquilar vuestras hazañas, como lo ha hecho el autor de este libro que aquí os entrego.

Y poniéndole un libro en las manos que traía su compañero, le tomó don Quijote, y sin responder palabra, comenzó a hojearle, y de allí a un poco se le volvió, diciendo:

—En esto poco que he visto he hallado tres cosas en este autor dignas de reprehensión: la primera es algunas palabras que he leído en el prólogo; la otra, que el lenguaje es aragonés, porque tal vez escribe sin artículos; y la tercera, que más le confirma por ignorante, es que yerra y se desvía de la verdad en lo más principal de la historia, porque aquí dice que la mujer de Sancho Panza mi escudero se llama Mari Gutiérrez, y no llama tal, sino Teresa Panza; y quien en esta parte tan principal yerra, bien se podrá temer que yerra en todas las demás de la historia.

A esto dijo Sancho:

—¡Donosa cosa de historiador! ¡Por cierto, bien debe de estar en el cuento de nuestros sucesos, pues llama a Teresa Panza, mi mujer, Mari Gutiérrez! Torne a tomar el libro, señor, y mire si ando yo por ahí y si me ha mudado el nombre.

—Por lo que he oído hablar, amigo —dijo don Jerónimo—, sin duda debéis de ser Sancho Panza, el escudero del señor don Quijote.

CREANDO ESTILO

«Leí el *Quijote* poco antes de rodar la película *Gangs of New York* y descubrí que todo lo que uno quisiera hacer con el estilo, Cervantes lo había hecho primero: alteraciones del tiempo, contestar a los críticos de su primera parte en la segunda, todos los trucos de la nueva ola... Es a la vez terriblemente cómico y desesperante, porque al final no se sabe cuál es el punto de vista, quién es don Quijote, o si realmente creía en lo que hacía... De lo que no hay duda es de que Cervantes lo inventó todo, mucho antes que Joyce y Melville»

MARTIN SCORSESE

Scorsese on Scorsese, 2003.

—Sí soy —respondió Sancho—, y me precio de ello.

—Pues a fe —dijo el caballero— que no os trata este autor moderno con la limpieza que en vuestra persona se muestra: píntaos comedor y simple y no nada gracioso, y muy otro del Sancho que en la primera parte de la historia de vuestro amo se describe.

—Dios se lo perdone —dijo Sancho—. ¡Dejárame en mi rincón, sin acordarse de mí, porque quien las sabe las tañe, y bien se está San Pedro en Roma!

Los dos caballeros pidieron a don Quijote se pasase a su estancia a cenar con ellos, que bien sabían que en aquella venta no había cosas pertenecientes para su persona. Don Quijote, que siempre fue comedido, condecendió con su demanda y cenó con ellos. Quedose Sancho con la olla, con mero mixto imperio; sentose en cabecera de mesa, y con él el ventero, que no menos que Sancho estaba de sus manos y de sus uñas aficionado.

En el discurso de la cena preguntó don Juan a don Quijote qué nuevas tenía de la señora Dulcinea del Toboso: si se había casado, si estaba parida o preñada, o si, estando en su entereza, se acordaba, guardando su honestidad y buen decoro, de los amorosos pensamientos del señor don Quijote. A lo que él respondió:

—Dulcinea se está entera, y mis pensamientos, más firmes que nunca; las correspondencias, en su sequedad antigua; su hermosura, en la de una soez labradora transformada.

Y luego les fue contando punto por punto el encanto de la señora Dulcinea y lo que le había sucedido en la cueva de Montesinos, con la orden que el sabio Merlín le había dado para desencantarla, que fue la de los azotes de Sancho. Sumo fue el contento que los dos caballeros recibieron de oír contar a don Quijote los estraños sucesos de su historia, y así quedaron admirados de sus disparates como del elegante modo con que los contaba: aquí le tenían por discreto y allí se les deslizaba por mentecato, sin saber determinarse qué grado le darían entre la discreción y la locura.

Acabó de cenar Sancho, y dejando hecho equis al ventero, se pasó a la estancia de su amo; y en entrando, dijo:

—¡Que me maten, señores, si el autor de este libro que vuesas mercedes tienen no quiere que comamos buenas migas juntos! Yo querría que, ya que me llama comilón, como vuesas mercedes dicen, no me llamase también borracho.

—Sí llama —dijo don Jerónimo—, pero no me acuerdo en qué manera, aunque sé que son malsonantes las razones y además mentirosas, según yo echo de ver en la fisonomía del buen Sancho, que está presente.

—Créanme vuesas mercedes —dijo Sancho— que el Sancho y el don Quijote de esa historia deben de ser otros que los que andan en aquella que compuso Cide Hamete Benengeli, que somos nosotros: mi amo, valiente, discreto y enamorado; y yo, simple gracioso, y no comedor ni borracho.

—Yo así lo creo —dijo don Juan—, y si fuera posible, se había de mandar que ninguno fuera osado a tratar de las cosas del gran don Quijote si no fuese Cide Hamete, su primer autor, bien así como mandó Alejandro que ninguno fuese osado a retratarle sino Apeles.

—Retráteme el que quisiere —dijo don Quijote—, pero no me maltrate, que muchas veces suele caerse la paciencia cuando la cargan de injurias.

—Ninguna —dijo don Juan— se le puede hacer al señor don Quijote de quien él no se pueda vengar, si no la repara en el escudo de su paciencia, que a mi parecer es fuerte y grande.

En estas y otras pláticas se pasó gran parte de la noche, y aunque don Juan quisiera que don Quijote leyera más del libro, por ver lo que discantaba, no lo pudieron acabar con él, diciendo que él lo daba por leído y lo confirmaba por todo necio, y que no quería, si acaso llegase a noticia de su autor que le había tenido en sus manos, se alegrase con pensar que le había leído, pues de las cosas obscenas y torpes los pensamientos se han de apartar, cuanto más los ojos. Preguntáronle que adónde llevaba determinado su viaje; respondió que a Zaragoza, a hallarse en las justas del arnés, que en aquella ciudad suelen hacerse todos los años. Díjole don Juan que aquella nueva historia contaba cómo don Quijote, sea quien se quisiere, se había hallado en ella, en una sortija falta de invención, pobre de letras, pobrísima de libreas, aunque rica de simplicidades.

—Por el mismo caso —respondió don Quijote— no pondré los pies en Zaragoza, y así sacaré a la plaza del mundo la mentira de ese historiador moderno, y echarán de ver las gentes cómo yo no soy el don Quijote que él dice.

—Hará muy bien —dijo don Jerónimo—, y otras justas hay en Barcelona donde podrá el señor don Quijote mostrar su valor.

—Así lo pienso hacer —dijo don Quijote—. Y vuesas mercedes me den licencia, pues ya es hora, para irme al lecho, y me tengan y pongan en el número de sus mayores amigos y servidores.

—Y a mí también —dijo Sancho—; quizá seré bueno para algo.

Con esto se despidieron, y don Quijote y Sancho se retiraron a su aposento, dejando a don Juan y a don Jerónimo admirados de ver la mezcla que había hecho de su discreción y de su locura, y verdaderamente creyeron que estos eran los verdaderos don Quijote y Sancho, y no los que describía su autor aragonés.

Madrugó don Quijote, y dando golpes al tabique del otro aposento, se despidió de sus huéspedes. Pagó Sancho al ventero magníficamente, y aconsejole que alabase menos la provisión de su venta o la tuviese más proveída.

60

DE LO QUE SUCEDIÓ A DON QUIJOTE YENDO A BARCELONA

Era fresca la mañana y daba muestras de serlo asimesmo el día en que don Quijote salió de la venta, informándose primero cuál era el más derecho camino para ir a Barcelona sin tocar en Zaragoza: tal era el deseo que tenía de sacar mentiroso a aquel nuevo historiador que tanto decían que le vituperaba.

Sucedió, pues, que en más de seis días no le sucedió cosa digna de ponerse en escritura, al cabo de los cuales, yendo fuera de camino, le tomó la noche entre unas espesas encinas o alcornoques, que en esto no guarda la puntualidad Cide Hamete que en otras cosas suele. Apeáronse de sus bestias amo y mozo, y acomodándose a los troncos de los árboles, Sancho, que había merendado aquel día, se dejó entrar de rondón por las puertas del sueño. Pero don Quijote, a quien desvelaban sus imaginaciones mucho más que la hambre, no podía pegar sus ojos, antes iba y venía con el pensamiento por mil géneros de lugares: ya le parecía hallarse en la cueva de Montesinos, ya ver brincar y subir sobre su pollina a la convertida en labradora Dulcinea, ya que le sonaban en los oídos las palabras del sabio Merlín que le referían las condiciones y diligencias que se habían de hacer y tener en el desencanto de Dulcinea. Desesperábase de ver la flojedad y caridad poca de Sancho su escudero, pues, a lo que creía, solos cinco azotes se había dado, número desigual y pequeño para los infinitos que le faltaban. Y de esto recibió tanta pesadumbre y enojo, que hizo este discurso:

—Si nudo gordiano cortó el Magno Alejandro diciendo: «Tanto monta cortar como desatar», y no por eso dejó de ser universal señor de toda la Asia, ni más ni menos podría suceder ahora en el desencanto de Dulcinea si yo azotase a Sancho a pesar suyo; que si la condición de este remedio está en que Sancho reciba los tres mil y tantos azotes, ¿qué se me da a mí que se los dé él o que se los dé otro, pues la sustancia está en que él los reciba, lleguen por do llegaren?

Con esta imaginación se llegó a Sancho, habiendo primero tomado las riendas de Rocinante y acomodádolas en modo que pudiese azotarle con ellas. Comenzole a quitar las cintas —que es opinión que no tenía más que la delantera— en que se sustentaban los greguescos, pero apenas hubo llegado cuando Sancho despertó en todo su acuerdo y dijo:

—¿Qué es esto? ¿Quién me toca y desencinta?

—Yo soy —respondió don Quijote—, que vengo a suplir tus faltas y a remediar mis trabajos: véngote a azotar, Sancho, y a descargar en parte la deuda a que te obligaste. Dulcinea perece; tú vives en descuido; yo muero deseando. Y, así, desatácate por tu voluntad, que la mía es de darte en esta soledad por lo menos dos mil azotes.

—¡Eso no! —dijo Sancho—. Vuesa merced se esté quedo; si no, ¡por Dios verdadero que nos han de oír los sordos!

Los azotes a que yo me obligué han de ser voluntarios, y no por fuerza, y ahora no tengo gana de azotarme. Basta que doy a vuesa merced mi palabra de vapularme y mosquearme cuando en voluntad me viniere.

—No hay dejarlo a tu cortesía, Sancho —dijo don Quijote—, porque eres duro de corazón, y aunque villano, blando de carnes.

Y, así, procuraba y pugnaba por desenlazarle. Viendo lo cual Sancho Panza, se puso en pie, y arremetiendo a su amo, se abrazó con él a brazo partido, y echándole una zancadilla, dio con él en el suelo boca arriba; púsole la rodilla derecha sobre el pecho, y con las manos le tenía las manos, de modo que ni le dejaba rodear ni alentar. Don Quijote le decía:

—¿Cómo, traidor? ¿Contra tu amo y señor natural te desmandas? ¿Con quien te da su pan te atreves?

—Ni quito rey ni pongo rey —respondió Sancho—, sino ayúdome a mí, que soy mi señor. Vuesa merced me prometa que se estará quedo y no tratará de azotarme por agora, que yo le dejaré libre y desembarazado; donde no, «¡aquí morirás, traidor, enemigo de doña Sancha!».

Prometióselo don Quijote, y juró por vida de sus pensamientos no tocarle en el pelo de la ropa y que dejaría en toda su voluntad y albedrío el azotarse cuando quisiese.

Levantose Sancho y desviose de aquel lugar un buen espacio; y yendo a arrimarse a otro árbol, sintió que le tocaban en la cabeza, y alzando las manos, topó con dos pies de persona, con zapatos y calzas. Tembló de miedo; acudió a otro árbol y sucediole lo mesmo; dio voces llamando a don Quijote que le favoreciese. Hízolo así don Quijote, y preguntándole qué le había sucedido y de qué tenía miedo, le respondió Sancho que todos aquellos árboles estaban llenos de pies y de piernas humanas. Tentolos don Quijote y cayó luego en la cuenta de lo que podía ser, y díjole a Sancho:

—No tienes de qué tener miedo, porque estos pies y piernas que tientas y no ves sin duda son de algunos forajidos y bandoleros que en estos árboles están ahorcados, que por aquí los suele ahorcar la justicia, cuando los coge, de veinte en veinte y de treinta en treinta; por donde me doy a entender que debo de estar cerca de Barcelona.

Y así era la verdad como él lo había imaginado: al parecer alzaron los ojos y vieron los racimos de aquellos árboles, que eran cuerpos de bandoleros.

Ya en esto amanecía, y si los muertos los habían espantado, no menos los atribularon más de cuarenta bandoleros vivos que de improviso les rodearon, diciéndoles en lengua catalana que estuviesen quedos y se detuviesen hasta que llegase su capitán. Hallose don Quijote a pie, su caballo sin freno, su lanza arrimada a un árbol, y finalmente sin defensa alguna; y, así, tuvo por bien de cruzar las manos e inclinar la cabeza, guardándose para mejor sazón y coyuntura.

Acudieron los bandoleros a espulgar al rucio y a no dejarle ninguna cosa de cuantas en las alforjas y la maleta traía. Y avínole bien a Sancho, que en una ventrera que tenía ceñida venían los escudos del duque y los que habían sacado de su tierra; y, con todo eso, aquella buena gente le escardara y le mirara hasta lo que entre el cuero y la carne tuviera escondido si no llegara en aquella sazón su capitán, el cual mostró ser de hasta edad de treinta y cuatro años, robusto, más que de mediana proporción, de mirar grave y color morena. Venía sobre un poderoso caballo, vestida la acerada cota y con cuatro pistoletes —que en aquella tierra se llaman pedreñales— a los lados. Vio que sus escuderos, que así llaman a los que andan en aquel ejercicio, iban a despojar a Sancho Panza; mandoles que no lo hiciesen y fue luego obedecido, y así se escapó la ventrera. Admirole ver lanza arrimada al árbol, escudo en el suelo y a don Quijote armado y pensativo, con la más triste y melancólica figura que pudiera formar la misma tristeza. Llegose a él, diciéndole:

—No estéis tan triste, buen hombre, porque no habéis caído en las manos de algún cruel Busiris, sino en las de Roque Guinart, que tienen más de compasivas que de rigurosas.

ROQUE GUINART

Cervantes sitúa en el mismo plano lo real y lo ficticio, pues don Quijote, personaje de ficción, dialoga con Roque Guinart, que es un bandolero histórico (1582-1635). A Roque se le conoció por varios nombres: Perot Roca Guinarda, Rocaguinarda y Perot lo Lladre, es decir, Perote el Ladrón. Su partida de bandoleros solía asaltar a los viajeros y arrieros que recorrían el camino entre Barcelona y Girona. A veces saqueaban también las masías y robaban cálices de las iglesias y, en general, tenían aterrados a los campesinos. Roque Guinart fue declarado enemigo del pueblo en 1608 por la Real Audiencia de Barcelona.

—No es mi tristeza —respondió don Quijote— por haber caído en tu poder, oh valeroso Roque, cuya fama no hay límites en la tierra que la encierren, sino por haber sido tal mi descuido, que me hayan cogido tus soldados sin el freno, estando yo obligado, según la orden de la andante caballería que profeso, a vivir contino alerta, siendo a todas horas centinela de mí mismo. Porque te hago saber, oh gran Roque, que si me hallaran sobre mi caballo, con mi lanza y con mi escudo, no les fuera muy fácil rendirme, porque yo soy don Quijote de la Mancha, aquel que de sus hazañas tiene lleno todo el orbe.

Luego Roque Guinart conoció que la enfermedad de don Quijote tocaba más en locura que en valentía, y aunque algunas veces le había oído nombrar, nunca tuvo por verdad sus hechos ni se pudo persuadir a que semejante humor reinase en corazón de hombre, y holgose en estremo de haberle encontrado, para tocar de cerca lo que de lejos de él había oído; y, así, le dijo:

—Valeroso caballero, no os despechéis ni tengáis a siniestra fortuna esta en que os halláis, que podría ser que en estos tropiezos vuestra torcida suerte se enderezase, que el cielo, por estraños y nunca vistos rodeos, de los hombres no imaginados, suele levantar los caídos y enriquecer los pobres.

Don Quijote está a punto de darle las gracias a Roque cuando lo interrumpe el ruido de un galope. Un jinete viene cabalgando a toda prisa. Parece un hombre pero no lo es: en realidad se trata de una joven de unos veinte años que viene vestida con ropas de varón. La chica se llama Claudia Jerónima y es hija de un buen amigo de Roque. Atropelladamente, casi sin respirar, Claudia cuenta que acaba de pegarle varios tiros al hombre de su vida, don Vicente. Lo amaba, pero le ha disparado. ¿Por qué? Porque don Vicente le prometió que sería su esposo, pero ahora ha decidido faltar a su palabra y casarse con otra, así que Claudia, despechada, le ha vaciado en el cuerpo los proyectiles de una escopeta y dos pistolas. Su intención, ahora, es huir a Francia, y ha venido a pedirle a Roque que la ayude a escapar.

Roque responde que lo primero es asegurarse de que don Vicente está muerto, así que van al lugar del crimen. Encuentran a don Vicente en brazos de sus criados, empapado en sangre, agonizando pero todavía consciente. Claudia se acerca y le suelta al hombre al que tanto ha amado que se lo tiene bien merecido por haber faltado a su promesa de matrimonio. El moribundo le aclara entonces que nunca tuvo intención de casarse más que con la propia Claudia, o sea que lo que ha pasado es que algún malicioso ha contado por ahí algo que no era cierto... «Dame la mano», dice don Vicente, «y recíbeme por esposo antes de que me vaya». Claudia entrelaza sus dedos con los de su amado y al poco, don Vicente suelta su último suspiro y se entrega a la muerte. Claudia, destrozada, toma entonces la decisión de meterse a monja para apartarse del mundo y se despide de Roque, que regresa con los suyos.

Halló Roque Guinart a sus escuderos en la parte donde les había ordenado, y a don Quijote entre ellos sobre Rocinante, haciéndoles una plática en que les persuadía dejasen aquel modo de vivir tan peligroso así para el alma como para el cuerpo; pero como los más eran gascones, gente rústica y desbaratada, no les entraba bien la plática de don Quijote. Llegado que fue Roque, preguntó a Sancho Panza si le habían vuelto y restituido las alhajas y preseas que los suyos del rucio le habían quitado. Sancho respondió que sí, sino que le faltaban tres tocadores que valían tres ciudades.

—¿Qué es lo que dices, hombre? —dijo uno de los presentes—, que yo los tengo y no valen tres reales.

—Así es —dijo don Quijote—, pero estímalos mi escudero en lo que ha dicho por habérmelos dado quien me los dio.

EL *QUIJOTE* Y LA NOVELA NEGRA

«Cervantes es la fuente de todo lo que ha circulado en nuestra ficción. Él nos aportó los ladrones, las personas comunes... Y nos dio al Quijote; nos dio nuestra alma. Al fin y al cabo, don Quijote fue un justiciero. Intentó ser heroico y decente en un mundo indecente. Y esa es la pregunta fundamental de la novela negra. Philip Marlowe se pone un gorro en vez de un casco y coge una pistola y no una lanza, pero se sigue inclinando contra los molinos de viento»

DON WINSLOW

Mandóselos volver al punto Roque Guinart, y mandando poner los suyos en ala, mandó traer allí delante todos los vestidos, joyas y dineros y todo aquello que desde la última repartición habían robado. Y haciendo brevemente el tanteo, volviendo lo no repartible y reduciéndolo a dineros, lo repartió por toda su compañía con tanta legalidad y prudencia, que no pasó un punto ni defraudó nada de la justicia distributiva. Hecho esto, con lo cual todos quedaron contentos, satisfechos y pagados, dijo Roque a don Quijote:

—Si no se guardase esta puntualidad con estos, no se podría vivir con ellos.

A lo que dijo Sancho:

—Según lo que aquí he visto, es tan buena la justicia, que es necesaria que se use aun entre los mesmos ladrones.

Oyolo un escudero y enarboló el mocho de un arcabuz, con el cual sin duda le abriera la cabeza a Sancho si Roque Guinart no le diera voces que se detuviese. Pasmose Sancho, y propuso de no descoser los labios en tanto que entre aquella gente estuviese.

Llegó en esto uno de aquellos escuderos que estaban puestos por centinelas por los caminos, para ver la gente que por ellos venía y dar aviso a su mayor de lo que pasaba, y este dijo:

—Señor, no lejos de aquí, por el camino que va a Barcelona, viene un gran tropel de gente.

A lo que respondió Roque:

—¿Has echado de ver si son de los que nos buscan o de los que nosotros buscamos?

—No sino de los que buscamos —respondió el escudero.

—Pues salid todos —replicó Roque— y traédmelos aquí luego, sin que se os escape ninguno.

Hiciéronlo así, y quedándose solos don Quijote, Sancho y Roque, aguardaron a ver lo que los escuderos traían. Y en este entretanto dijo Roque a don Quijote:

—Nueva manera de vida le debe de parecer al señor don Quijote la nuestra, nuevas aventuras, nuevos sucesos, y todos peligrosos; y no me maravillo que así le parezca, porque realmente le confieso que no hay modo de vivir más inquieto ni más sobresaltado que el nuestro. A mí me han puesto en él no sé qué deseos de venganza, que tienen fuerza de turbar los más sosegados corazones. Yo de mi natural soy compasivo y bien intencionado, pero, como tengo dicho, el querer vengarme de un agravio que se me hizo así da con todas mis buenas inclinaciones en tierra, que persevero en este estado, a despecho y pesar de lo que entiendo. Y como un abismo llama a otro y un pecado a otro pecado, hanse eslabonado las venganzas de manera que no solo las mías, pero las ajenas tomo a mi cargo. Pero Dios es servido de que, aunque me veo en la mitad del laberinto de mis confusiones, no pierdo la esperanza de salir de él a puerto seguro.

Admirado quedó don Quijote de oír hablar a Roque tan buenas y concertadas razones, porque él se pensaba que entre los de oficios semejantes de robar, matar y saltear no podía haber alguno que tuviese buen discurso, y respondiole:

—Señor Roque, el principio de la salud está en conocer la enfermedad y en querer tomar el enfermo las medicinas que el médico le ordena. Vuestra merced está enfermo, conoce su dolencia, y el cielo, o Dios, por mejor decir, que es nuestro médico, le aplicará medicinas que le sanen, las cuales suelen sanar poco a poco, y no de repente y por milagro; y más, que los pecadores discretos están más cerca de enmendarse que los simples. Y pues vuestra merced ha mostrado en sus razones su prudencia, no hay sino tener buen ánimo y esperar mejoría de la enfermedad de su conciencia. Y si vuestra merced quiere ahorrar camino y ponerse con facilidad en el de su salvación, véngase conmigo, que yo le enseñaré a ser caballero andante, donde se pasan tantos trabajos y desventuras, que, tomándolas por penitencia, en dos paletas le pondrán en el cielo.

Riose Roque del consejo de don Quijote, a quien, mudando plática, contó el trágico suceso de Claudia Jerónima, de que le pesó en estremo a Sancho, que no le había parecido mal la belleza, desenvoltura y brío de la moza.

Llegaron en esto los escuderos de la presa, trayendo consigo dos caballeros a caballo y dos peregrinos a pie, y un coche de mujeres con hasta seis criados que a pie y a caballo las acompañaban, con otros dos mozos de mulas que los caballeros traían. Cogiéronlos los escuderos en medio, guardando vencidos y vencedores gran silencio, esperando a que el gran Roque Guinart hablase, el cual preguntó a

EL NUEVO MESÍAS

«Fe inquebrantable, pureza sin tacha, altruismo sin límites. Don Quijote no es un loco, es el nuevo Mesías. Si hubiera existido de verdad, y hubiera llegado al mundo algunos siglos antes, habría congregado a su alrededor un gran número de adeptos, convirtiéndose así en el fundador de una religión de alcance universal. Don Quijote es objeto de los malos tratos y las burlas de sus contemporáneos: todos los grandes profetas han sufrido la misma incomprensión».

ARTHUR DOBB

Del mito al sacrificio. Etiología del hecho religioso, 1963.

los caballeros que quién eran y adónde iban, y qué dinero llevaban. Uno de ellos le respondió:

—Señor, nosotros somos dos capitanes de infantería española; tenemos nuestras compañías en Nápoles y vamos a embarcarnos en cuatro galeras que dicen están en Barcelona con orden de pasar a Sicilia; llevamos hasta docientos o trecientos escudos, con que a nuestro parecer vamos ricos y contentos, pues la estrecheza ordinaria de los soldados no permite mayores tesoros.

Preguntó Roque a los peregrinos lo mesmo que a los capitanes; fuele respondido que iban a embarcarse para pasar a Roma y que entre entrambos podían llevar hasta sesenta reales. Quiso saber también quién iba en el coche y adónde, y el dinero que llevaban, y uno de los de a caballo dijo:

—Mi señora doña Guiomar de Quiñones, mujer del regente de la Vicaría de Nápoles, con una hija pequeña, una doncella y una dueña, son las que van en el coche; acompañámosla seis criados, y los dineros son seiscientos escudos.

—De modo —dijo Roque Guinart— que ya tenemos aquí novecientos escudos y sesenta reales. Mis soldados deben de ser hasta sesenta: mírese a cómo le cabe a cada uno, porque yo soy mal contador.

Oyendo decir esto los salteadores, levantaron la voz, diciendo:

—¡Viva Roque Guinart muchos años, a pesar de los *lladres* que su perdición procuran!

Mostraron afligirse los capitanes, entristeciose la señora regenta y no se holgaron nada los peregrinos, viendo la confiscación de sus bienes. Túvolos así un rato suspensos Roque, pero no quiso que pasase adelante su tristeza, que ya se podía conocer a tiro de arcabuz, y volviéndose a los capitanes, dijo:

—Vuesas mercedes, señores capitanes, por cortesía sean servidos de prestarme sesenta escudos, y la señora regenta ochenta, para contentar esta escuadra que me acompaña, porque el abad, de lo que canta yanta, y luego puédense ir su camino libre y desembarazadamente, con un salvoconduto que yo les daré, para que si toparen otras de algunas escuadras mías que tengo divididas por estos contornos no les hagan daño, que no es mi intención de agraviar a soldados ni a mujer alguna, especialmente a las que son principales.

Infinitas y bien dichas fueron las razones con que los capitanes agradecieron a Roque su cortesía y liberalidad, que por tal la tuvieron, en dejarles su mismo dinero. La señora doña Guiomar de Quiñones se quiso arrojar del coche para besar los pies y las manos del gran Roque, pero él no lo consintió en ninguna manera, antes le pidió perdón del agravio que le hacía, forzado de cumplir con las obligaciones precisas de su mal oficio. Mandó la señora regenta a un criado suyo diese luego los ochenta escudos que le habían repartido, y ya los capitanes habían desembolsado los sesenta. Iban los peregrinos a dar toda su miseria, pero Roque les dijo que se estuviesen quedos, y volviéndose a los suyos, les dijo:

—De estos escudos dos tocan a cada uno, y sobran veinte: los diez se den a estos peregrinos y los otros diez a este buen escudero, porque pueda decir bien de esta aventura.

Y trayéndole aderezo de escribir, de que siempre andaba proveído, Roque les dio por escrito un salvoconduto para los mayorales de sus escuadras, y despidiéndose de ellos, los dejó ir libres y admirados de su nobleza, de su gallarda disposición y estraño proceder, teniéndole más por un Alejandro Magno que por ladrón conocido. Uno de los escuderos dijo en su lengua gascona y catalana:

—Este nuestro capitán más es para *frade* que para bandolero. Si de aquí adelante quisiere mostrarse liberal, séalo con su hacienda y no con la nuestra.

No lo dijo tan paso el desventurado que dejase de oírlo Roque, el cual, echando mano a la espada, le abrió la cabeza casi en dos partes, diciéndole:

—¡De esta manera castigo yo a los deslenguados y atrevidos!

Pasmáronse todos y ninguno le osó decir palabra: tanta era la obediencia que le tenían.

Apartose Roque a una parte y escribió una carta a un su amigo, a Barcelona, dándole aviso cómo estaba consigo el famoso don Quijote de la Mancha, aquel caballero andante de quien tantas cosas se decían, y que le hacía saber que era el más gracioso y el más entendido hombre del mundo, y que de allí a cuatro días, que era el de San Juan Bautista, se le pondría en mitad de la playa de la ciudad, armado de todas sus armas, sobre Rocinante su caballo, y a su escudero Sancho sobre un asno, y que diese noticia de esto a sus amigos los Niarros, para que con él se solazasen; que él quisiera que carecieran de este gusto los Cadells, sus contrarios, pero que esto era imposible, a causa que las locuras y discreciones de don Quijote y los donaires de su escudero Sancho Panza no podían dejar de dar gusto general a todo el mundo. Despachó esta carta con uno de sus escuderos, que, mudando el traje de bandolero en el de un labrador, entró en Barcelona y la dio a quien iba.

61

DE LO QUE LE SUCEDIÓ A DON QUIJOTE EN LA ENTRADA DE BARCELONA, CON OTRAS COSAS QUE TIENEN MÁS DE LO VERDADERO QUE DE LO DISCRETO

Tres días y tres noches estuvo don Quijote con Roque, y si estuviera trecientos años, no le faltara qué mirar y admirar en el modo de su vida: aquí amanecían, acullá comían; unas veces huían sin saber de quién y otras esperaban sin saber a quién; dormían en pie, interrompiendo el sueño, mudándose de un lugar a otro; todo era poner espías, escuchar centinelas, soplar las cuerdas de los arcabuces, aunque traían pocos, porque todos se servían de pedreñales. Roque pasaba las noches apartado de los suyos, en partes y lugares donde ellos no pudiesen saber dónde estaba, porque los muchos bandos que el visorrey de Barcelona había echado sobre su vida le traían inquieto y temeroso, y no se osaba fiar de ninguno, temiendo que los mismos suyos o le habían de matar o entregar a la justicia; vida, por cierto, miserable y enfadosa.

En fin, por caminos desusados, por atajos y sendas encubiertas partieron Roque, don Quijote y Sancho, con otros seis escuderos, a Barcelona. Llegaron a su playa la víspera de San Juan, en la noche, y abrazando Roque a don Quijote y a Sancho, a quien dio los diez escudos prometidos, que hasta entonces no se los había dado, los dejó, con mil ofrecimientos que de la una a la otra parte se hicieron.

Volviose Roque; quedose don Quijote esperando el día, así a caballo como estaba, y no tardó mucho cuando comenzó a descubrirse por los balcones del Oriente la faz de la blanca aurora, alegrando las yerbas y las flores en lugar de alegrar el oído, aunque al mesmo instante alegraron también el oído el son de muchas chirimías y atabales, ruido de cascabeles, «¡Trapa, trapa! ¡Aparta, aparta!» de corredores que, al parecer, de la ciudad salían. Dio lugar la aurora al sol, que, un rostro mayor que el de una rodela, por el más bajo horizonte poco a poco se iba levantando.

Tendieron don Quijote y Sancho la vista por todas partes. Vieron el mar, hasta entonces de ellos no visto: parecioles espaciosísimo y largo, harto más que las lagunas de Ruidera que en la Mancha habían visto. Vieron las galeras que estaban en la playa, las cuales, abatiendo las tiendas, se descubrieron llenas de flámulas y gallardetes que tremolaban al viento y besaban y barrían el agua. Dentro sonaban clarines, trompetas y chirimías, que cerca y lejos llenaban el aire de suaves y belicosos acentos. Comenzaron a moverse y a hacer un modo de escaramuza por las sosegadas aguas, correspondiéndoles casi al mismo modo infinitos caballeros que de la ciudad, sobre hermosos caballos y con vistosas libreas, salían. Los soldados de las galeras disparaban infinita artillería, a quien respondían los que estaban en las murallas y fuertes de la ciudad, y la artillería gruesa con espantoso estruendo rompía los vientos, a quien respondían los cañones de crujía de las galeras. El mar alegre, la tierra jocunda, el aire claro, solo tal vez turbio del humo de la artillería, parece que iba infundiendo y engendrando gusto súbito en todas las gentes.

No podía imaginar Sancho cómo pudiesen tener tantos pies aquellos bultos que por el mar se movían. En esto llegaron corriendo con grita, lililíes y algazara los de las libreas adonde don Quijote suspenso y atónito estaba, y uno de ellos, que era el avisado de Roque, dijo en alta voz a don Quijote:

LA PRIMERA VEZ

Para casi todos los habitantes del interior español del siglo XVII, el mar era algo completamente desconocido e inimaginable. Quienes conseguían viajar hasta la costa recibían esta impresión ya adultos. En la actualidad, la práctica totalidad de los niños han conocido la playa antes de que sus cerebros hayan conformado el sentido de la memoria. En 2018, un programa de televisión, *El Hormiguero 3.0*, localizó en Numancia de la Sagra (Toledo) a dos señoras que nunca habían visto el mar en persona. Cecilia con sus ochenta años y Almudena de cincuenta y cinco aceptaron que se filmara su reacción al pisar la playa de Guardamar del Segura (Alicante). Ninguna fotografía o película que hubieran visto con anterioridad les privó de una de las emociones más intensas de su vida. Cecilia comentó: «¿Dónde tendrá el fin el agua esta?».

***QUIJOTE* BOLCHEVIQUE**

En 1923 se publicó en la Unión Soviética la obra de teatro *Don Quijote libertado*, escrita por Anatoli Lunacharski (1875-1933), dramaturgo y académico que fue comisario de Educación del gobierno soviético entre 1917 y 1929. Lunacharski describe a don Quijote como un caballero ingenuo y soñador que no comprende la crueldad que los bolcheviques juzgan necesaria para llevar a cabo la revolución. Durante su mandato, Lunacharski promovió un juicio contra Dios, representado por una biblia colocada en el banquillo, al que acusó de crímenes contra la humanidad. El defensor de oficio pidió la absolución aduciendo trastorno mental del enjuiciado. Pero los jueces dictaminaron su culpabilidad y lo condenaron a la pena máxima. En la madrugada del 17 de enero de 1918 un pelotón de fusilamiento disparó varias ráfagas de ametralladora dirigidas al cielo moscovita ejecutando así la sentencia del tribunal.

—¡Bien sea venido a nuestra ciudad el espejo, el farol, la estrella y el norte de toda la caballería andante, donde más largamente se contiene! ¡Bien sea venido, digo, el valeroso don Quijote de la Mancha; no el falso, no el ficticio, no el apócrifo que en falsas historias estos días nos han mostrado, sino el verdadero, el legal y el fiel que nos describió Cide Hamete Benengeli, flor de los historiadores!

No respondió don Quijote palabra, ni los caballeros esperaron a que la respondiese, sino, volviéndose y revolviéndose con los demás que los seguían, comenzaron a hacer un revuelto caracol alderredor de don Quijote; el cual, volviéndose a Sancho, dijo:

—Estos bien nos han conocido. Yo apostaré que han leído nuestra historia, y aun la del aragonés recién impresa.

Volvió otra vez el caballero que habló a don Quijote y díjole:

—Vuesa merced, señor don Quijote, se venga con nosotros, que todos somos sus servidores y grandes amigos de Roque Guinart.

A lo que don Quijote respondió:

—Si cortesías engendran cortesías, la vuestra, señor caballero, es hija o parienta muy cercana de las del gran Roque. Llevadme do quisiéredes, que yo no tendré otra voluntad que la vuestra, y más si la queréis ocupar en vuestro servicio.

Con palabras no menos comedidas que estas le respondió el caballero, y encerrándole todos en medio, al son de las chirimías y de los atabales se encaminaron con él a la ciudad; al entrar de la cual el Malo, que todo lo malo ordena, y los muchachos, que son más malos que el Malo, dos de ellos, traviesos y atrevidos, se entraron por toda la gente, y alzando el uno de la cola del rucio y el otro la de Rocinante, les pusieron y encajaron sendos manojos de aliagas. Sintieron los pobres animales las nuevas espuelas, y apretando las colas, aumentaron su disgusto de manera que, dando mil corcovos, dieron con sus dueños en tierra. Don Quijote, corrido y afrentado, acudió a quitar el plumaje de la cola de su matalote, y Sancho, el de su rucio. Quisieran los que guiaban a don Quijote castigar el atrevimiento de los muchachos, y no fue posible, porque se encerraron entre más de otros mil que los seguían.

Volvieron a subir don Quijote y Sancho, y con el mismo aplauso y música llegaron a la casa de su guía, que era grande y principal, en fin como de caballero rico, donde le dejaremos por agora porque así lo quiere Cide Hamete.

62

QUE TRATA DE LA AVENTURA DE LA CABEZA ENCANTADA, CON OTRAS NIÑERÍAS QUE NO PUEDEN DEJAR DE CONTARSE

Don Antonio Moreno se llamaba el huésped de don Quijote, caballero rico y discreto y amigo de holgarse a lo honesto y afable, el cual, viendo en su casa a don Quijote, andaba buscando modos como, sin su perjuicio, sacase a plaza sus locuras, porque no son burlas las que duelen ni hay pasatiempos que valgan si son con daño de tercero. Lo primero que hizo fue hacer desarmar a don Quijote y sacarle a vistas, con aquel su estrecho y acamuzado vestido —como ya otras veces le hemos descrito y pintado—, a un balcón que salía a una calle de las más principales de la ciudad, a vista de las gentes y de los muchachos, que como a mona le miraban. Corrieron de nuevo delante de él los de las libreas, como si para él solo, no para alegrar aquel festivo día, se las hubieran puesto, y Sancho estaba contentísimo, por parecerle que se había hallado, sin saber cómo ni cómo no, otras bodas de Camacho, otra casa como la de don Diego de Miranda y otro castillo como el del duque.

Comieron aquel día con don Antonio algunos de sus amigos, honrando todos y tratando a don Quijote como a caballero andante, de lo cual, hueco y pomposo, no cabía en sí de contento. Los donaires de Sancho fueron tantos, que de su boca andaban como colgados todos los criados de casa y todos cuantos le oían. Estando a la mesa, dijo don Antonio a Sancho:

—Acá tenemos noticia, buen Sancho, que sois tan amigo de manjar blanco y de albondiguillas, que si os sobran las guardáis en el seno para el otro día.

—No, señor, no es así —respondió Sancho—, porque tengo más de limpio que de goloso, y mi señor don Quijote, que está delante, sabe bien que con un puño de bellotas o de nueces nos solemos pasar entrambos ocho días. Verdad es que si tal vez me sucede que me den la vaquilla, corro con la soguilla, quiero decir que como lo que me dan y uso de los tiempos como los hallo. Y quienquiera que hubiere dicho que yo soy comedor aventajado y no limpio, téngase por dicho que no acierta; y de otra manera dijera esto si no mirara a las barbas honradas que están a la mesa.

—Por cierto —dijo don Quijote— que la parsimonia y limpieza con que Sancho come se puede escribir y grabar en láminas de bronce, para que quede en memoria eterna en los siglos venideros. Verdad es que cuando él tiene hambre parece algo tragón, porque come apriesa y masca a

SOLEÁ QUIJOTESCA

«Para la grabación de *Sketches of Spain* compré todos los discos de flamenco que pude encontrar. ¡Yo, un negro de Saint Louis, estaba dispuesto a pensar como un español! Esta elección requirió un gran esfuerzo por identificarme como tal en cada nota. Soleá es un estilo básico del flamenco. Está cerca del sentimiento del negro americano que hay en el blues. Es un cante sobre la soledad, sobre la nostalgia y el lamento. Cuando improvisaba debía esforzarme, cerraba los ojos y pensaba en la soledad de don Quijote, cabalgando por los caminos».

MILES DAVIS

dos carrillos, pero la limpieza siempre la tiene en su punto; y en el tiempo que fue gobernador aprendió a comer a lo melindroso: tanto, que comía con tenedor las uvas y aun los granos de la granada.

—¡Cómo! —dijo don Antonio—. ¿Gobernador ha sido Sancho?

—Sí —respondió Sancho—, y de una ínsula llamada la Barataria. Diez días la goberné a pedir de boca; en ellos perdí el sosiego y aprendí a despreciar todos los gobiernos del mundo. Salí huyendo de ella; caí en una cueva, donde me tuve por muerto, de la cual salí vivo por milagro.

Contó don Quijote por menudo todo el suceso del gobierno de Sancho, con que dio gran gusto a los oyentes. Levantados los manteles y tomando don Antonio por la mano a don Quijote, se entró con él en un apartado aposento, en el cual no había otra cosa de adorno que una mesa, al parecer de jaspe, que sobre un pie de lo mesmo se sostenía, sobre la cual estaba puesta, al modo de las cabezas de los emperadores romanos, de los pechos arriba, una que semejaba ser de bronce. Paseose don Antonio con don Quijote por todo el aposento, rodeando muchas veces la mesa, después de lo cual dijo:

—Agora, señor don Quijote, que estoy enterado que no nos oye y escucha alguno y está cerrada la puerta, quiero contar a vuestra merced una de las más raras aventuras, o por mejor decir novedades, que imaginarse pueden, con condición que lo que a vuestra merced dijere lo ha de depositar en los últimos retretes del secreto.

—Así lo juro —respondió don Quijote—, y aun le echaré una losa encima para más seguridad. Porque quiero que sepa vuestra merced, señor don Antonio —que ya sabía su nombre—, que está hablando con quien, aunque tiene oídos para oír, no tiene lengua para hablar. Así que con seguridad puede vuestra merced trasladar lo que tiene en su pecho en el mío y hacer cuenta que lo ha arrojado en los abismos del silencio.

—En fe de esa promesa —respondió don Antonio—, quiero poner a vuestra merced en admiración con lo que viere y oyere, y darme a mí algún alivio de la pena que me causa no tener con quién comunicar mis secretos, que no son para fiarse de todos.

Suspenso estaba don Quijote, esperando en qué habían de parar tantas prevenciones. En esto, tomándole la mano don Antonio, se la paseó por la cabeza de bronce, y por toda la mesa y por el pie de jaspe sobre que se sostenía, y luego dijo:

—Esta cabeza, señor don Quijote, ha sido hecha y fabricada por uno de los mayores encantadores y hechiceros que ha tenido el mundo, que creo era polaco de nación y dicípulo del famoso Escotillo, de quien tantas maravillas se cuentan; el cual estuvo aquí en mi casa, y por precio de mil escudos que le di labró esta cabeza, que tiene propiedad y virtud de responder a cuantas cosas al oído le preguntaren. Guardó rumbos, pintó caracteres, observó astros, miró puntos y, finalmente, la sacó con la perfeción que veremos mañana, porque los viernes está muda, y hoy, que lo es, nos ha de hacer esperar hasta mañana. En este tiempo podrá vuestra merced prevenirse de lo que querrá preguntar, que por esperiencia sé que dice verdad en cuanto responde.

Admirado quedó don Quijote de la virtud y propiedad de la cabeza, y estuvo por no creer a don Antonio, pero por ver cuán poco tiempo había para hacer la experiencia, no quiso decirle otra cosa sino que le agradecía el haberle descubierto tan gran secreto. Salieron del aposento, cerró la puerta don Antonio con llave y fuéronse a la sala donde los demás caballeros estaban. En este tiempo les había contado

Sancho muchas de las aventuras y sucesos que a su amo habían acontecido.

Aquella tarde sacaron a pasear a don Quijote, no armado, sino de rúa, vestido un balandrán de paño leonado que pudiera hacer sudar en aquel tiempo al mismo yelo. Ordenaron con sus criados que entretuviesen a Sancho, de modo que no le dejasen salir de casa. Iba don Quijote no sobre Rocinante, sino sobre un gran macho de paso llano y muy bien aderezado. Pusiéronle el balandrán, y en las espaldas, sin que lo viese, le cosieron un pargamino, donde le escribieron con letras grandes: «Este es don Quijote de la Mancha». En comenzando el paseo, llevaba el rétulo los ojos de cuantos venían a verle, y como leían «Este es don Quijote de la Mancha», admirábase don Quijote de ver que cuantos le miraban le nombraban y conocían. Y volviéndose a don Antonio, que iba a su lado, le dijo:

—Grande es la prerrogativa que encierra en sí la andante caballería, pues hace conocido y famoso al que la profesa por todos los términos de la tierra; si no, mire vuestra merced, señor don Antonio, que hasta los muchachos de esta ciudad, sin nunca haberme visto, me conocen.

—Así es, señor don Quijote —respondió don Antonio—, que así como el fuego no puede estar escondido y encerrado, la virtud no puede dejar de ser conocida, y la que se alcanza por la profesión de las armas resplandece y campea sobre todas las otras.

Acaeció, pues, que yendo don Quijote con el aplauso que se ha dicho, un castellano que leyó el rétulo de las espaldas alzó la voz, diciendo:

—¡Válgate el diablo por don Quijote de la Mancha! ¿Cómo que hasta aquí has llegado sin haberte muerto los infinitos palos que tienes a cuestas? Tú eres loco, y si lo fueras a solas y dentro de las puertas de tu locura, fuera menos mal, pero tienes propiedad de volver locos y mentecatos a cuantos te tratan y comunican; si no, mírenlo por estos señores que te acompañan. ¡Vuélvete, mentecato, a tu casa, y mira por tu hacienda, por tu mujer y tus hijos, y déjate de estas vaciedades que te carcomen el seso y te desnatan el entendimiento!

—Hermano —dijo don Antonio—, seguid vuestro camino y no deis consejos a quien no os los pide. El señor don Quijote de la Mancha es muy cuerdo, y nosotros que le acompañamos no somos necios. La virtud se ha de honrar dondequiera que se hallare, y andad enhoramala y no os metáis donde no os llaman.

—Pardiez, vuesa merced tiene razón —respondió el castellano—, que aconsejar a este buen hombre es dar coces contra el aguijón. Pero, con todo eso, me da muy gran lástima que el buen ingenio que dicen que tiene en todas las cosas este mentecato se le desagüe por la canal de su andante caballería. Y la enhoramala que vuesa merced dijo sea para mí y para todos mis descendientes si de hoy más, aunque viviese más años que Matusalén, diere consejo a nadie, aunque me lo pida.

VIVIR DE MÁS

Según el Génesis, Matusalén murió a los 969 años. Un estudio de 2016 publicado en la revista *Nature* por Xiao Dong, Brandon Milholland y Jan Vijg desmiente científicamente que sea posible vivir tanto. En realidad, las instrucciones genéticas inscritas en nuestras células limitan nuestras posibilidades de supervivencia a unos 120 años. La persona más vieja de la que se tiene noticia es la francesa Jeanne Calment, que murió en 1997 a los 122 años y 164 días.

Apartose el consejero; siguió adelante el paseo, pero fue tanta la priesa que los muchachos y toda la gente tenía leyendo el rétulo, que se le hubo de quitar don Antonio, como que le quitaba otra cosa.

Llegó la noche; volviéronse a casa; hubo sarao de damas, porque la mujer de don Antonio, que era una señora principal y alegre, hermosa y discreta, convidó a otras sus amigas a que viniesen a honrar a su huésped y a gustar de sus nunca vistas locuras. Vinieron algunas, cenose espléndidamente y comenzose el sarao casi a las diez de la noche. Entre las damas había dos de gusto pícaro y burlonas, y, con ser muy honestas, eran algo descompuestas, por dar lugar que las burlas alegrasen sin enfado. Estas dieron tanta priesa en sacar a danzar a don Quijote, que le molieron no solo el cuerpo, pero el ánima. Era cosa de ver la figura de don Quijote: largo, tendido, flaco, amarillo, estrecho en el vestido, desairado y, sobre todo, nonada ligero. Requebrábanle como a hurto las damiselas, y él también como a hurto las desdeñaba; pero viéndose apretar de requiebros, alzó la voz y dijo:

—¡*Fugite, partes adversae*! ¡Dejadme en mi sosiego, pensamientos mal venidos! Allá os avenid, señoras, con vuestros deseos, que la que es reina de los míos, la sin par Dulcinea del Toboso, no consiente que ningunos otros que los suyos me avasallen y rindan.

Y diciendo esto, se sentó en mitad de la sala en el suelo, molido y quebrantado de tan bailador ejercicio. Hizo don Antonio que le llevasen en peso a su lecho, y el primero que asió de él fue Sancho, diciéndole:

—¡Nora en tal, señor nuestro amo, lo habéis bailado! ¿Pensáis que todos los valientes son danzadores y todos los andantes caballeros bailarines? Digo que si lo pensáis, que estáis engañado: hombre hay que se atreverá a matar a un gigante antes que hacer una cabriola. Si hubiérades de zapatear, yo supliera vuestra falta, que zapateo como un girifalte, pero en lo del danzar no doy puntada.

Con estas y otras razones dio que reír Sancho a los del sarao y dio con su amo en la cama, arropándole para que sudase la frialdad de su baile.

Otro día le pareció a don Antonio ser bien hacer la experiencia de la cabeza encantada, y con don Quijote, Sancho y otros dos amigos, con las dos señoras que habían molido a don Quijote en el baile, que aquella propia noche se habían quedado con la mujer de don Antonio, se encerró en la estancia donde estaba la cabeza. Contoles la propiedad que tenía, encargoles el secreto y díjoles que aquel era el primero día donde se había de probar la virtud de la tal cabeza encantada. Y si no eran los dos amigos de don Antonio, ninguna otra persona sabía el busilis del encanto; y aun si don Antonio no se le hubiera descubierto primero a sus amigos, también ellos cayeran en la admiración en que los demás cayeron, sin ser posible otra cosa: con tal traza y tal orden estaba fabricada.

El primero que se llegó al oído de la cabeza fue el mismo don Antonio, y díjole en voz sumisa, pero no tanto que de todos no fuese entendida:

—Dime, cabeza, por la virtud que en ti se encierra: ¿qué pensamientos tengo yo agora?

Y la cabeza le respondió, sin mover los labios, con voz clara y distinta, de modo que fue de todos entendida, esta razón:

—Yo no juzgo de pensamientos.

Oyendo lo cual, todos quedaron atónitos, y más viendo que en todo el aposento ni al derredor de la mesa no había persona humana que responder pudiese.

—¿Cuántos estamos aquí? —tornó a preguntar don Antonio.

Y fuele respondido por el propio tenor, paso:

—Estáis tú y tu mujer, con dos amigos tuyos y dos amigas de ella, y un caballero famoso llamado don Quijote de la Mancha, y un su escudero que Sancho Panza tiene por nombre.

¡Aquí sí que fue el admirarse de nuevo, aquí sí que fue el erizarse los cabellos a todos de puro espanto! Y apartándose don Antonio de la cabeza, dijo:

—¡Esto me basta para darme a entender que no fui engañado del que te me vendió, cabeza sabia, cabeza habladora, cabeza respondona y admirable cabeza! Llegue otro y pregúntele lo que quisiere.

Y como las mujeres de ordinario son presurosas y amigas de saber, la primera que se llegó fue una de las dos amigas de la mujer de don Antonio, y lo que le preguntó fue:

—Dime, cabeza: ¿qué haré yo para ser muy hermosa?

Y fuele respondido:

—Sé muy honesta.

—No te pregunto más —dijo la preguntanta.

Llegó luego la compañera y dijo:

—Querría saber, cabeza, si mi marido me quiere bien o no.

Y respondiéronle:

—Mira las obras que te hace y echarlo has de ver.

Apartose la casada, diciendo:

—Esta respuesta no tenía necesidad de pregunta, porque, en efecto, las obras que se hacen declaran la voluntad que tiene el que las hace.

Luego llegó uno de los dos amigos de don Antonio y preguntole:

—¿Quién soy yo?

Y fuele respondido:

—Tú lo sabes.

—No te pregunto eso —respondió el caballero—, sino que me digas si me conoces tú.

—Sí conozco —le respondieron—, que eres don Pedro Nóriz.

—No quiero saber más, pues esto basta para entender, oh cabeza, que lo sabes todo.

Y apartándose, llegó el otro amigo y preguntole:

—Dime, cabeza: ¿qué deseos tiene mi hijo el mayorazgo?

—Ya yo he dicho —le respondieron— que yo no juzgo de deseos; pero, con todo eso, te sé decir que los que tu hijo tiene son de enterrarte.

—Eso es —dijo el caballero— «lo que veo por los ojos, con el dedo lo señalo», y no pregunto más.

Llegose la mujer de don Antonio y dijo:

—Yo no sé, cabeza, qué preguntarte. Solo querría saber de ti si gozaré muchos años de buen marido.

Y respondiéronle:

—Sí gozarás, porque su salud y su templanza en el vivir prometen muchos años de vida, la cual muchos suelen acortar por su destemplanza.

Llegose luego don Quijote y dijo:

—Dime tú, el que respondes: ¿fue verdad o fue sueño lo que yo cuento que me pasó en la cueva de Montesinos? ¿Serán ciertos los azotes de Sancho mi escudero? ¿Tendrá efeto el desencanto de Dulcinea?

—A lo de la cueva —respondieron— hay mucho que decir: de todo tiene; los azotes de Sancho irán de espacio; el desencanto de Dulcinea llegará a debida ejecución.

—No quiero saber más —dijo don Quijote—, que como yo vea a Dulcinea desencantada, haré cuenta que vienen de golpe todas las venturas que acertare a desear.

El último preguntante fue Sancho, y lo que preguntó fue:

—¿Por ventura, cabeza, tendré otro gobierno? ¿Saldré de la estrecheza de escudero? ¿Volveré a ver a mi mujer y a mis hijos?

A lo que le respondieron:

—Gobernarás en tu casa; y si vuelves a ella, verás a tu mujer y a tus hijos; y dejando de servir, dejarás de ser escudero.

—¡Bueno, par Dios —dijo Sancho Panza—; esto yo me lo dijera! ¡No dijera más el profeta Perogrullo!

—¡Bestia! —dijo don Quijote—. ¿Qué quieres que te respondan? ¿No basta que las respuestas que esta cabeza ha dado correspondan a lo que se le pregunta?

—Sí basta —respondió Sancho—, pero quisiera yo que se declarara más y me dijera más.

Con esto se acabaron las preguntas y las respuestas, pero no se acabó la admiración en que todos quedaron, excepto los dos amigos de don Antonio, que el caso sabían; el cual quiso Cide Hamete Benengeli declarar luego, por no tener suspenso al mundo creyendo que algún hechicero y extraordinario misterio en la tal cabeza se encerraba. Y, así, dice que don Antonio Moreno, a imitación de otra cabeza que vio en Madrid fabricada por un estampero, hizo esta en su casa para entretenerse y suspender a los ignorantes. Y la fábrica era de esta suerte: la tabla de la mesa era de palo, pintada y barnizada como jaspe, y el pie sobre que se sostenía era de lo mesmo, con cuatro garras de águila que de él salían para mayor firmeza del peso. La cabeza, que parecía medalla y figura de emperador romano, y de color de bronce, estaba toda hueca, y ni más ni menos la tabla de la mesa, en que se encajaba tan justamente, que ninguna señal de juntura se parecía. El pie de la tabla era ansimesmo hueco, que respondía a la garganta y pechos de la cabeza, y todo esto venía a responder a otro aposento que debajo de la estancia de la cabeza estaba. Por todo este hueco de pie, mesa, garganta y pechos de la medalla y figura referida se encaminaba un cañón de hoja de lata muy justo, que de nadie podía ser visto. En el aposento de abajo correspondiente al de arriba se ponía el que había de responder, pegada la boca con el mesmo cañón, de modo que, a modo de cerbatana, iba la voz de arriba abajo y de abajo arriba, en palabras articuladas y claras, y de esta manera no era posible conocer el embuste. Un sobrino de don Antonio, estudiante, agudo y discreto, fue el respondiente, el cual, estando avisado de su señor tío de los que habían de entrar con él en aquel día en el aposento de la cabeza, le fue fácil responder con presteza y puntualidad a la primera pregunta; a las demás respondió por conjeturas, y, como discreto, discretamente. Y dice más Cide Hamete: que hasta diez o doce días duró esta maravillosa máquina, pero que, divulgándose por la ciudad que don Antonio tenía en su casa una cabeza encantada que a cuantos le preguntaban respondía, temiendo no llegase a los oídos de las despiertas centinelas de nuestra fe, habiendo declarado el caso a los señores inquisidores, le mandaron que lo deshiciese y no pasase más adelante, porque el vulgo ignorante no se escandalizase. Pero en la opinión de don Quijote y de Sancho Panza la cabeza quedó por encantada y por respondona, más a satisfación de don Quijote que de Sancho.

En Barcelona, don Quijote tiene ocasión de visitar por vez primera una imprenta, es decir, el lugar donde se fabrican esos objetos que adora: los libros. La experiencia, sin embargo, acaba en un disgusto, pues don Quijote ve que uno de los volúmenes que acaban de imprimirse es la segunda parte apócrifa del Quijote*, compuesta por un tal Avellaneda. Así que el hidalgo sale de la imprenta murmurando que los libros del falsario deberían arder y profetizando que, en esta vida, a todo cerdo le llega su San Martín.*

63

DE LO MAL QUE LE AVINO A SANCHO PANZA CON LA VISITA DE LAS GALERAS, Y LA NUEVA AVENTURA DE LA HERMOSA MORISCA

El mismo día en que don Quijote visita la imprenta, don Antonio Moreno se lleva al hidalgo y a su escudero a ver las galeras que vigilan Barcelona desde el mar para que la ciudad no sea atacada por los piratas. El general que manda las cuatro naves ordena disparar un cañonazo para dar la bienvenida a don Quijote y Sancho, a los que embarca con honores en la galera capitana. Quiere la suerte que, justo entonces, se acerque a la costa un bergantín de corsarios argelinos, así que la galera capitana empieza a perseguirlo. Don Quijote y Sancho se sobrecogen: por vez primera van a vivir una aventura de verdad. Durante el rifirrafe, dos turcos borrachos disparan sus escopetas y dan muerte a dos soldados de la galera, pero, al final, el bergantín pirata es apresado. Treinta y seis turcos acaban detenidos, entre ellos el capitán de la nave, que resulta ser ¡una mujer vestida de hombre! Poco después, la galera llega a la playa, adonde acude el virrey de Barcelona para ponerse al corriente de lo sucedido. Entonces, la capitana del bergantín, con los ojos bañados en lágrimas, explica su historia: dice que es hija de unos moriscos que fueron expulsados de España en 1609 y que ha vuelto, oculta bajo un disfraz de hombre, para recuperar las joyas y el oro que su padre dejó enterrados antes de encaminarse hacia el exilio. Un anciano peregrino que está en la playa se adelanta, se arroja a los pies de la muchacha y le dice llorando: «¡Oh Ana Félix, desdichada hija mía! ¡Yo soy tu padre, Ricote, que volví a España a buscarte porque no puedo vivir sin ti!». Sancho se queda pasmado: efectivamente, el hombre que ha hablado es su vecino Ricote, el mismo al que se encontró en un camino hace algunas semanas. Ricote ha recuperado su tesoro y ahora, gracias a Dios, acaba de recobrar también a su hija. El virrey de Barcelona, conmovido por todo lo que acaba de presenciar, decide perdonar a la hija de Ricote y ordena que tanto a ella como a su padre los colmen de atenciones.

64

QUE TRATA DE LA AVENTURA QUE MÁS PESADUMBRE DIO A DON QUIJOTE DE CUANTAS HASTA ENTONCES LE HABÍAN SUCEDIDO

Ana Félix ha explicado que, al embarcarse hacia España, dejó en Berbería, allá en el norte de África, al hombre de su vida, un cristiano que se llama Gaspar Gregorio. Gregorio está en peligro, así que don Quijote hace planes para viajar hasta Berbería y liberarlo. Pero, justo entonces, un suceso inesperado da al traste con sus buenos propósitos...

Y una mañana, saliendo don Quijote a pasearse por la playa armado de todas sus armas —porque, como muchas veces decía, ellas eran sus arreos, y su descanso el pelear, y no se hallaba sin ellas un punto—, vio venir hacia él un caballero, armado asimismo de punta en blanco, que en el escudo traía pintada una luna resplandeciente; el cual, llegándose a trecho que podía ser oído, en altas voces, encaminando sus razones a don Quijote, dijo:

—Insigne caballero y jamás como se debe alabado don Quijote de la Mancha: yo soy el Caballero de la Blanca

Luna, cuyas inauditas hazañas quizá te le habrán traído a la memoria. Vengo a contender contigo y a probar la fuerza de tus brazos, en razón de hacerte conocer y confesar que mi dama, sea quien fuere, es sin comparación más hermosa que tu Dulcinea del Toboso; la cual verdad, si tú la confiesas de llano en llano, escusarás tu muerte y el trabajo que yo he de tomar en dártela. Y si tú peleares y yo te venciere, no quiero otra satisfación sino que, dejando las armas y absteniéndote de buscar aventuras, te recojas y retires a tu lugar por tiempo de un año, donde has de vivir sin echar mano a la espada, en paz tranquila y en provechoso sosiego, porque así conviene al aumento de tu hacienda y a la salvación de tu alma. Y si tú me vencieres, quedará a tu discreción mi cabeza, y serán tuyos los despojos de mis armas y caballo, y pasará a la tuya la fama de mis hazañas. Mira lo que te está mejor y respóndeme luego, porque hoy todo el día traigo de término para despachar este negocio.

Don Quijote quedó suspenso y atónito así de la arrogancia del Caballero de la Blanca Luna como de la causa por que le desafiaba, y con reposo y ademán severo le respondió:

—Caballero de la Blanca Luna, cuyas hazañas hasta agora no han llegado a mi noticia: yo osaré jurar que jamás habéis visto a la ilustre Dulcinea, que, si visto la hubiérades, yo sé que procurárades no poneros en esta demanda, porque su vista os desengañara de que no ha habido ni puede haber belleza que con la suya comparar se pueda. Y, así, no diciéndoos que mentís, sino que no acertáis en lo propuesto, con las condiciones que habéis referido aceto vuestro desafío, y luego, porque no se pase el día que traéis determinado; y solo exceto de las condiciones la de que se pase a mí la fama de vuestras hazañas, porque no sé cuáles ni qué tales sean: con las mías me contento, tales cuales ellas son. Tomad, pues, la parte del campo que quisiéredes, que yo haré lo mesmo, y a quien Dios se la diere, San Pedro se la bendiga.

Habían descubierto de la ciudad al Caballero de la Blanca Luna y díchoselo al visorrey, y que estaba hablando con don Quijote de la Mancha. El visorrey, creyendo sería alguna nueva aventura fabricada por don Antonio Moreno o por otro algún caballero de la ciudad, salió luego a la playa con don Antonio y con otros muchos caballeros que le acompañaban, a tiempo cuando don Quijote volvía las riendas a Rocinante para tomar del campo lo necesario. Viendo, pues, el visorrey que daban los dos señales de volverse a encontrar, se puso en medio, preguntándoles qué era la causa que les movía a hacer tan de improviso batalla. El Caballero de la Blanca Luna respondió que era precedencia de hermosura, y en breves razones le dijo las mismas que había dicho a don Quijote, con la acetación de las condiciones del desafío hechas por entrambas partes. Llegose el visorrey a don Antonio y preguntole paso si sabía quién era el tal Caballero de la Blanca Luna, o si era alguna burla que querían hacer a don Quijote; don Antonio le respondió que ni sabía quién era ni si era de burlas ni de veras el tal desafío. Esta respuesta tuvo perplejo al visorrey en si les dejaría o no pasar adelante en la batalla, pero, no pudiéndose persuadir a que fuese sino burla, se apartó, diciendo:

—Señores caballeros, si aquí no hay otro remedio sino confesar o morir, y el señor don Quijote está en sus trece, y vuestra merced el de la Blanca Luna en sus catorce, a la mano de Dios, y dense.

Agradeció el de la Blanca Luna con corteses y discretas razones al visorrey la licencia que se les daba, y don Quijote hizo lo mesmo; el cual, encomendándose al cielo de todo corazón y a su Dulcinea, como tenía de costumbre al comenzar de las batallas que se le ofrecían, tornó a tomar otro poco más del campo, porque vio que su contrario hacía lo mesmo. Y sin tocar trompeta ni otro instrumento bélico que les diese señal de arremeter, volvieron entrambos a un mesmo punto las riendas a sus caballos; y como era más ligero el de la Blanca Luna, llegó a don Quijote a dos tercios andados de la carrera, y allí le encontró con tan poderosa fuerza, sin tocarle con la lanza —que la levantó, al parecer, de propósito—, que dio con Rocinante y con don Quijote por el suelo una peligrosa caída. Fue luego sobre él, y poniéndole la lanza sobre la visera, le dijo:

—Vencido sois, caballero, y aun muerto, si no confesáis las condiciones de nuestro desafío.

Don Quijote, molido y aturdido, sin alzarse la visera, como si hablara dentro de una tumba, con voz debilitada y enferma dijo:

—Dulcinea del Toboso es la más hermosa mujer del mundo y yo el más desdichado caballero de la tierra, y no es bien que mi flaqueza defraude esta verdad. Aprieta, caballero, la lanza y quítame la vida, pues me has quitado la honra.

—Eso no haré yo, por cierto —dijo el de la Blanca Luna—. ¡Viva, viva en su entereza la fama de la hermosura de la señora Dulcinea del Toboso!, que solo me contento con que el gran don Quijote se retire a su lugar un año, o hasta el tiempo que por mí le fuere mandado, como concertamos antes de entrar en esta batalla.

Todo esto oyeron el visorrey y don Antonio, con otros muchos que allí estaban, y oyeron asimismo que don Quijote respondió que como no le pidiese cosa que fuese en perjuicio de Dulcinea, todo lo demás cumpliría como caballero puntual y verdadero. Hecha esta confesión, volvió las riendas

Vencidos

JOAN MANUEL SERRAT

Poema de León Felipe

el de la Blanca Luna, y haciendo mesura con la cabeza al visorrey, a medio galope se entró en la ciudad.

Mandó el visorrey a don Antonio que fuese tras él y que en todas maneras supiese quién era. Levantaron a don Quijote, descubriéronle el rostro y halláronle sin color y trasudando. Rocinante, de puro mal parado, no se pudo mover por entonces. Sancho, todo triste, todo apesarado, no sabía qué decirse ni qué hacerse: parecíale que todo aquel suceso pasaba en sueños y que toda aquella máquina era cosa de encantamento. Veía a su señor rendido y obligado a no tomar armas en un año; imaginaba la luz de la gloria de sus hazañas escurecida, las esperanzas de sus nuevas promesas deshechas, como se deshace el humo con el viento; temía si quedaría o no contrecho Rocinante, o deslocado su amo, que no fuera poca ventura si deslocado quedara. Finalmente, con una silla de manos que mandó traer el visorrey le llevaron a la ciudad, y el visorrey se volvió también a ella, con deseo de saber quién fuese el Caballero de la Blanca Luna, que de tan mal talante había dejado a don Quijote.

DERROTA DE DON QUIJOTE

Don Quijote no descansa nunca: le gusta decir que sus arreos son sus armas y que su descanso consiste en pelear. Una mañana, después de lo vivido en Barcelona, sale en busca de desfavorecidos a los que socorrer.

Sancho se percata de que se acerca un jinete.

Don Quijote corre a su encuentro.

El misterioso caballero se planta ante ellos.

Insigne caballero don Quijote de la Mancha: yo soy el Caballero de la Blanca Luna...,

... cuyas inauditas hazañas quizá te le habrán traído a la memoria.

Vengo a contender contigo y a probar la fuerza de tus brazos, en razón de hacerte conocer y confesar que mi dama es más hermosa que tu Dulcinea; la cual verdad, si tú la confiesas, escusarás tu muerte y el trabajo en dártela.

Y si tú peleares y yo te venciere, no quiero otra satisfación sino que te recojas y retires a tu lugar por tiempo de un año, sin echar mano a la espada.

Y si tú me vencieres, quedará a tu discreción mi cabeza, y pasará a la tuya la fama de mis hazañas. Mira lo que te está mejor y respóndeme luego.

Caballero de la Blanca Luna: jamás habéis visto a la ilustre Dulcinea que, si visto la hubiérades, sabríades que no hay belleza que con la suya comparar se pueda.

Aceto vuestro desafío. Tomad la parte del campo que quisiéredes, que yo haré lo mesmo, y a quien Dios se la diere, San Pedro se la bendiga.

Vencido sois, caballero, y aun muerto, si no confesáis las condiciones de nuestro desafío.
Dulcinea del Toboso es la más hermosa mujer del mundo. Aprieta, caballero, la daga y quítame la vida, pues me has quitado la honra.

Eso no haré yo, por cierto. ¡Viva en su entereza la fama de la hermosura de la señora Dulcinea!, que solo me contento con que el gran don Quijote...
... se retire a su lugar un año, o hasta el tiempo que por mí le fuere mandado, como concertamos antes de entrar en esta batalla.
Obligados por la promesa dada, don Quijote y Sancho toman el camino hacia casa. El amo va sin armadura; Sancho conduce al rucio cargado con las armas.

65

DONDE SE DA NOTICIA DE QUIÉN ERA EL DE LA BLANCA LUNA, CON LA LIBERTAD DE DON GREGORIO, Y DE OTROS SUCESOS

Siguió don Antonio Moreno al Caballero de la Blanca Luna, y siguiéronle también, y aun persiguiéronle, muchos muchachos, hasta que le cerraron en un mesón dentro de la ciudad. Entró con él don Antonio, con deseo de conocerle; salió un escudero a recebirle y a desarmarle; encerrose en una sala baja, y con él don Antonio, que no se le cocía el pan hasta saber quién fuese. Viendo, pues, el de la Blanca Luna que aquel caballero no le dejaba, le dijo:

—Bien sé, señor, a lo que venís, que es a saber quién soy. Y porque no hay para qué negároslo, en tanto que este mi criado me desarma os lo diré, sin faltar un punto a la verdad del caso. Sabed, señor, que a mí me llaman el bachiller Sansón Carrasco; soy del mesmo lugar de don Quijote de la Mancha, cuya locura y sandez mueve a que le tengamos lástima todos cuantos le conocemos, y entre los que más se la han tenido he sido yo. Y creyendo que está su salud en su reposo y en que se esté en su tierra y en su casa, di traza para hacerle estar en ella, y, así, habrá tres meses que le salí al camino como caballero andante, llamándome el Caballero de los Espejos, con intención de pelear con él y vencerle sin hacerle daño, poniendo por condición de nuestra pelea que el vencido quedase a discreción del vencedor. Y lo que yo pensaba pedirle, porque ya le juzgaba por vencido, era que se volviese a su lugar y que no saliese de él en todo un año, en el cual tiempo podría ser curado; pero la suerte lo ordenó de otra manera, porque él me venció a mí y me derribó del caballo, y, así, no tuvo efecto mi pensamiento: él prosiguió su camino y yo me volví vencido, corrido y molido de la caída, que fue además peligrosa; pero no por esto se me quitó el deseo de volver a buscarle y a vencerle, como hoy se ha visto. Y como él es tan puntual en guardar las órdenes de la andante caballería, sin duda alguna guardará la que le he dado, en cumplimiento de su palabra. Esto es, señor, lo que pasa, sin que tenga que deciros otra cosa alguna. Suplícoos no me descubráis ni le digáis a don Quijote quién soy, porque tengan efecto los buenos pensamientos míos y vuelva a cobrar su juicio un hombre que le tiene bonísimo, como le dejen las sandeces de la caballería.

—¡Oh, señor —dijo don Antonio—, Dios os perdone el agravio que habéis hecho a todo el mundo en querer volver cuerdo al más gracioso loco que hay en él! ¿No veis, señor, que no podrá llegar el provecho que cause la cordura de don Quijote a lo que llega el gusto que da con sus desvaríos? Pero yo imagino que toda la industria del señor bachiller no ha de ser parte para volver cuerdo a un hombre tan rematadamente loco. Y si no fuese contra caridad, diría que nunca sane don Quijote, porque con su salud no solamente perdemos sus gracias, sino las de Sancho Panza su escudero, que cualquiera de ellas puede volver a alegrar a la misma melancolía. Con todo esto, callaré y no le diré nada, por ver si salgo verdadero en sospechar que no ha de tener efecto la diligencia hecha por el señor Carrasco.

El cual respondió que ya una por una estaba en buen punto aquel negocio, de quien esperaba feliz suceso. Y habiéndose ofrecido don Antonio de hacer lo que más le mandase, se despidió de él; y hecho liar sus armas sobre un macho, luego al mismo punto, sobre el caballo con que entró en la batalla, se salió de la ciudad aquel mismo día y se volvió a su patria, sin sucederle cosa que obligue a contarla en esta verdadera historia.

Contó don Antonio al visorrey todo lo que Carrasco le había contado, de lo que el visorrey no recibió mucho gusto, porque en el recogimiento de don Quijote se perdía el que podían tener todos aquellos que de sus locuras tuviesen noticia.

Seis días estuvo don Quijote en el lecho, marrido, triste, pensativo y mal acondicionado, yendo y viniendo con la imaginación en el desdichado suceso de su vencimiento. Consolábale Sancho, y entre otras razones le dijo:

—Señor mío, alce vuestra merced la cabeza y alégrese si puede, y dé gracias al cielo que, ya que le derribó en la tierra, no salió con alguna costilla quebrada. Y pues sabe que donde las dan las toman, y que no siempre hay tocinos donde hay estacas, dé una higa al médico, pues no le ha menester para que le cure en esta enfermedad: volvámonos a nuestra casa y dejémonos de andar buscando aventuras por tierras y lugares que no sabemos. Y si bien se considera, yo soy aquí el más perdidoso, aunque es vuestra merced el más mal parado: yo, que dejé con el gobierno los deseos de ser más gobernador, no dejé la gana de ser conde, que jamás tendrá efecto si vuesa merced deja de ser rey, dejando el ejercicio de su caballería; y así vienen a volverse en humo mis esperanzas.

—Calla, Sancho, pues ves que mi reclusión y retirada no ha de pasar de un año, que luego volveré a mis honrados ejercicios, y no me ha de faltar reino que gane y algún condado que darte.

—Dios lo oiga —dijo Sancho— y el pecado sea sordo, que siempre he oído decir que más vale buena esperanza que ruin posesión.

La derrota de don Quijote queda compensada por una buena noticia: don Gaspar Gregorio, el amado de Ana Félix, ha conseguido escapar de Berbería y está en Barcelona. Ricote y su hija, en efecto, salen a recibirlo. Gregorio y Ana Félix no llegan a abrazarse, porque la timidez los refrena, pero los dos expresan con sus ojos el amor que sus lenguas prefieren callar. Mientras tanto, don Quijote se recupera de la caída que sufrió al enfrentarse al Caballero de la Blanca Luna y, una vez restablecido, decide abandonar Barcelona y volver a su lugar. Cuando parte, va desarmado y con ropa de camino, lo que refleja su derrota y atestigua su mala fortuna.

66

QUE TRATA DE LO QUE VERÁ EL QUE LO LEYERE O LO OIRÁ EL QUE LO ESCUCHARE LEER

Ya hace seis días que don Quijote y Sancho salieron de Barcelona, y quiere la suerte que, en un camino, los dos se crucen con el lacayo Tosilos, el chico que se enamoró de la hija de doña Rodríguez y pidió casarse con ella. Tosilos cuenta que, al final, la muchacha rechazó la boda y se metió a monja, y que doña Rodríguez se ha vuelto a su patria, Castilla. O sea que Tosilos anda de lo más desanimado... Además, explica que el duque lo castigó con cien palos por haber desobedecido sus órdenes en el día del duelo y que lo ha degradado al penoso puesto de mensajero. Justamente ahora, Tosilos se dirige a Barcelona a llevar unas cartas.

67

DE LA RESOLUCIÓN QUE TOMÓ DON QUIJOTE DE HACERSE PASTOR Y SEGUIR LA VIDA DEL CAMPO EN TANTO QUE SE PASABA EL AÑO DE SU PROMESA, CON OTROS SUCESOS EN VERDAD GUSTOSOS Y BUENOS

Mientras avanza a lomos de Rocinante, don Quijote piensa en Dulcinea, que continúa encantada porque el maldito Sancho, ajeno a toda caridad, no se da los azotes que hacen falta para devolverle su hermosa apariencia. Sancho, en efecto, se resiste a maltratarse las posaderas, y argumenta que no ve relación alguna entre el encantamiento de Dulcinea y su pobre culo. «Es como si dijésemos: "Si os duele la cabeza, untaos las rodillas"».

En estas pláticas iban, siguiendo su camino, cuando llegaron al mesmo sitio y lugar donde fueron atropellados de los toros. Reconociole don Quijote; dijo a Sancho:

—Este es el prado donde topamos a las bizarras pastoras y gallardos pastores que en él querían renovar e imitar a la pastoral Arcadia, pensamiento tan nuevo como discreto, a cuya imitación, si es que a ti te parece bien, querría, oh Sancho, que nos convirtiésemos en pastores, siquiera el tiempo que tengo de estar recogido. Yo compraré algunas ovejas y todas las demás cosas que al pastoral ejercicio son necesarias, y llamándome yo «el pastor Quijotiz» y tú «el pastor Pancino», nos andaremos por los montes, por las selvas y por los prados, cantando aquí, endechando allí, bebiendo de los líquidos cristales de las fuentes, o ya de los limpios arroyuelos o de los caudalosos ríos. Darannos con abundantísima mano de su dulcísimo fruto las encinas, asiento los troncos de los durísimos alcornoques, sombra los sauces, olor las rosas, alfombras de mil colores matizadas los estendidos prados, aliento el aire claro y puro, luz la luna y las estrellas, a pesar de la escuridad de la noche, gusto el canto, alegría el lloro, Apolo versos, el amor conceptos, con que podremos hacernos eternos y famosos, no solo en los presentes, sino en los venideros siglos.

—¡Pardiez —dijo Sancho— que me ha cuadrado, y aun esquinado, tal género de vida! Y más, que no la ha de haber aún bien visto el bachiller Sansón Carrasco y maese Nicolás el barbero, cuando la han de querer seguir y hacerse pastores con nosotros; y aun quiera Dios no le venga en voluntad al cura de entrar también en el aprisco, según es de alegre y amigo de holgarse.

—Tú has dicho muy bien —dijo don Quijote—, y podrá llamarse el bachiller Sansón Carrasco, si entra en el pastoral gremio, como entrará sin duda, «el pastor Sansonino», o ya «el pastor Carrascón»; el barbero Nicolás se podrá llamar «Miculoso», como ya el antiguo Boscán se llamó «Nemoroso»; al cura no sé qué nombre le pongamos, si no es algún derivativo de su nombre, llamándole «el pastor Curiambro». Las pastoras de quien hemos de ser amantes, como entre peras podremos escoger sus nombres. Y pues el de mi señora cuadra así al de pastora como al de princesa, no hay para qué cansarme en buscar otro que mejor le venga. Tú, Sancho, pondrás a la tuya el que quisieres.

—No pienso —respondió Sancho— ponerle otro alguno sino el de «Teresona», que le vendrá bien con su gordura y con el propio que tiene, pues se llama Teresa; y más, que celebrándola yo en mis versos vengo a descubrir mis castos deseos, pues no ando a buscar pan de trastrigo por las casas ajenas. El cura no será bien que tenga pastora, por dar buen ejemplo; y si quisiere el bachiller tenerla, su alma en su palma.

—¡Válame Dios —dijo don Quijote—, y qué vida nos hemos de dar, Sancho amigo! ¡Qué de churumbelas han de llegar a nuestros oídos, qué de gaitas zamoranas, qué de tamborines y qué de sonajas y qué de rabeles! ¡Pues qué, si de estas diferencias de músicas resuena la de los albogues! Allí se verá casi todos los instrumentos pastorales.

—¿Qué son albogues —preguntó Sancho—, que ni los he oído nombrar ni los he visto en toda mi vida?

—Albogues son —respondió don Quijote— unas chapas a modo de candeleros de azófar, que dando una con otra por lo vacío y hueco hace un son, si no muy agradable ni armónico, que no descontenta, y viene bien con la rusticidad de la gaita y del tamborín. Y este nombre *albogues* es morisco, como lo son todos aquellos que en nuestra lengua castellana comienzan en *al*, conviene a saber: *almohaza*, *almorzar*, *alhombra*, *alguacil*, *alhucema*, *almacén*, *alcancía* y otros semejantes, que deben ser pocos más. Y solos tres tiene nuestra lengua que son moriscos y acaban en *í*, y son *borceguí*, *zaquizamí* y *maravedí*; *alhelí* y *alfaquí*, tanto por el *al* primero como por el *í* en que acaban, son conocidos por arábigos. Esto te he dicho de paso, por habérmelo reducido a la memoria la ocasión de haber nombrado *albogues*. Y hanos de ayudar mucho a poner en perfeción este ejercicio el ser yo algún tanto poeta, como tú sabes, y el serlo también en estremo el bachiller Sansón Carrasco; del cura no digo nada, pero yo apostaré que debe de tener sus puntas y collares de poeta, y que las tenga también maese Nicolás no dudo en ello, porque todos o los más son guitarristas y copleros. Yo me quejaré de ausencia, tú te alabarás de firme enamorado, el pastor Carrascón de desdeñado y el cura Curiambro de lo que él más puede servirse, y así andará la cosa que no haya más que desear.

LECCIÓN DE FILOLOGÍA

El eminente filólogo Rafael Lapesa (1908-2001) en su obra *Hisotira de la lengua española*, publicada en 1942 y revisada por última vez en 1991, cifra en cuatro mil las palabras de origen árabe que forman parte del léxico español. Un gran número de ellas aún son utilizadas con total asiduidad, como: aceite, almohada, zanahoria, alcohol, azúcar, alquiler, escabeche, rehén, arroz... También la influencia arábiga llegó hasta el título de este libro. La mayor parte de especialistas se inclinan en considerar el topónimo La Mancha como proveniente del árabe, aunque no hay acuerdo sobre su etimología exacta. Para unos significa «tierra sin agua» y para otros «llanura o altiplanicie».

A lo que respondió Sancho:

—Yo soy, señor, tan desgraciado, que temo no ha de llegar el día en que en tal ejercicio me vea. ¡Oh, qué polidas cuchares tengo de hacer cuando pastor me vea! ¡Qué de migas, qué de natas, qué de guirnaldas y qué de zarandajas pastoriles!, que, puesto que no me granjeen fama de discreto, no dejarán de granjeármela de ingenioso. Sanchica mi hija nos llevará la comida al hato; pero ¡guarda!, que es de buen parecer, y hay pastores más maliciosos que simples, y no querría que fuese por lana y volviese trasquilada; y tan bien suelen andar los amores y los no buenos deseos por los campos como por las ciudades, y por las pastorales chozas como por los reales palacios; y quitada la causa, se quita el pecado; y ojos que no ven, corazón que no quiebra; y más vale salto de mata que ruego de hombres buenos.

—No más refranes, Sancho —dijo don Quijote—, pues cualquiera de los que has dicho basta para dar a entender tu pensamiento. Y muchas veces te he aconsejado que no seas tan pródigo de refranes y que te vayas a la mano en decirlos, pero paréceme que es predicar en desierto, y castígame mi madre y yo trómpogelas.

—Paréceme —respondió Sancho— que vuesa merced es como lo que dicen: «Dijo la sartén a la caldera: "Quítate allá, ojinegra"»: estame reprehendiendo que no diga yo refranes y ensártalos vuesa merced de dos en dos.

—Mira, Sancho —respondió don Quijote—: yo traigo los refranes a propósito, y vienen cuando los digo como anillo en el dedo, pero tráeslos tú tan por los cabellos, que los arrastras, y no los guías. Y si no me acuerdo mal, otra vez te he dicho que los refranes son sentencias breves, sacadas de la experiencia y especulación de nuestros antiguos sabios, y el refrán que no viene a propósito antes es disparate que sentencia. Pero dejémonos de esto, y pues ya viene la noche, retirémonos del camino real algún trecho, donde pasaremos esta noche, y Dios sabe lo que será mañana.

Retiráronse; cenaron tarde y mal, bien contra la voluntad de Sancho, a quien se le representaban las estrechezas de la andante caballería usadas en las selvas y en los montes, si bien tal vez la abundancia se mostraba en los castillos y casas, así de don Diego de Miranda como en las bodas del rico Camacho y de don Antonio Moreno; pero consideraba no ser posible ser siempre de día ni siempre de noche. Y, así, pasó aquella durmiendo y su amo velando.

68

DE LA CERDOSA AVENTURA QUE LE ACONTECIÓ A DON QUIJOTE

Era la noche algo escura, puesto que la luna estaba en el cielo, pero no en parte que pudiese ser vista, que tal vez la señora Diana se va a pasear a los antípodas y deja los montes negros y los valles escuros. Cumplió don Quijote con la naturaleza durmiendo el primer sueño, sin dar lugar al segundo; bien al revés de Sancho, que nunca tuvo segundo, porque le duraba el sueño desde la noche hasta la mañana, en que se mostraba su buena complexión y pocos cuidados. Los de don Quijote le desvelaron de manera que despertó a Sancho y le dijo:

—Maravillado estoy, Sancho, de la libertad de tu condición: yo imagino que eres hecho de mármol o de duro bronce, en quien no cabe movimiento ni sentimiento alguno.

Yo velo cuando tú duermes, yo lloro cuando cantas, yo me desmayo de ayuno cuando tú estás perezoso y desalentado de puro harto. De buenos criados es conllevar las penas de sus señores y sentir sus sentimientos, por el bien parecer siquiera. Mira la serenidad de esta noche, la soledad en que estamos, que nos convida a entremeter alguna vigilia entre nuestro sueño. Levántate, por tu vida, y desvíate algún trecho de aquí, y con buen ánimo y denuedo agradecido date trecientos o cuatrocientos azotes, a buena cuenta de los del desencanto de Dulcinea. Y esto rogando te lo suplico, que no quiero venir contigo a los brazos como la otra vez, porque sé que los tienes pesados. Después que te hayas dado, pasaremos lo que resta de la noche cantando, yo mi ausencia y tú tu firmeza, dando desde agora principio al ejercicio pastoral que hemos de tener en nuestra aldea.

—Señor —respondió Sancho—, no soy yo religioso para que, desde la mitad de mi sueño, me levante y me dicipline, ni menos me parece que del estremo del dolor de los azotes se pueda pasar al de la música. Vuesa merced me deje dormir y no me apriete en lo del azotarme, que me hará hacer juramento de no tocarme jamás al pelo del sayo, no que al de mis carnes.

—¡Oh alma endurecida! ¡Oh escudero sin piedad! ¡Oh pan mal empleado y mercedes mal consideradas las que te he hecho y pienso de hacerte! ¡Por mí te has visto gobernador y por mí te ves con esperanzas propincuas de ser conde o tener otro título equivalente, y no tardará el cumplimiento de ellas más de cuanto tarde en pasar este año, que yo *post tenebras spero lucem*!

—No entiendo eso —replicó Sancho—; solo entiendo que en tanto que duermo, ni tengo temor ni esperanza, ni trabajo ni gloria. Y bien haya el que inventó el sueño, capa

PRIMER SUEÑO, SEGUNDO SUEÑO

Durante milenios, la humanidad tuvo unas pautas de sueño muy distintas de las que hoy son habituales. En su obra *At Day's Close: Night in Times Past* (2005), el historiador Roger Ekirch aporta evidencia de que en el pasado se dormía en dos tramos, desde el anochecer hasta pasada la medianoche, y desde aproximadamente las tres hasta el amanecer. La pausa, de unas dos horas, se aprovechaba para conversar, realizar tareas domésticas, practicar sexo o, en las comunidades monásticas, para el rezo de la oración de maitines. La costumbre cambió con la Revolución Industrial: la iluminación artificial se hizo más eficaz, con lo que la gente se acostaba más tarde, pero se levantaba igualmente temprano, debido a los horarios de trabajo. Se pasó así al sueño continuo y al uso del despertador, inventado en 1787 por el relojero Levi Hutchins.

que cubre todos los humanos pensamientos, manjar que quita la hambre, agua que ahuyenta la sed, fuego que calienta el frío, frío que templa el ardor y, finalmente, moneda general con que todas las cosas se compran, balanza y peso que iguala al pastor con el rey y al simple con el discreto. Sola una cosa tiene mala el sueño, según he oído decir, y es que se parece a la muerte, pues de un dormido a un muerto hay muy poca diferencia.

—Nunca te he oído hablar, Sancho —dijo don Quijote—, tan elegantemente como ahora, por donde vengo a conocer ser verdad el refrán que tú algunas veces sueles decir: «No con quien naces, sino con quien paces».

—¡Ah, pesia tal —replicó Sancho—, señor nuestro amo! No soy yo ahora el que ensarta refranes, que también a vuestra merced se le caen de la boca de dos en dos mejor que a mí; sino que debe de haber entre los míos y los suyos esta diferencia: que los de vuestra merced vendrán a tiempo y los míos a deshora; pero, en efecto, todos son refranes.

En esto estaban cuando sintieron un sordo estruendo y un áspero ruido que por todos aquellos valles se estendía. Levantose en pie don Quijote y puso mano a la espada, y Sancho se agazapó debajo del rucio, poniéndose a los lados el lío de las armas y la albarda de su jumento, tan temblando de miedo como alborotado don Quijote. De punto en punto iba creciendo el ruido y llegándose cerca a los dos temerosos; a lo menos al uno, que al otro ya se sabe su valentía.

Es, pues, el caso que llevaban unos hombres a vender a una feria más de seiscientos puercos, con los cuales caminaban a aquellas horas, y era tanto el ruido que llevaban, y el gruñir y el bufar, que ensordecieron los oídos de don Quijote y de Sancho, que no advirtieron lo que ser podía.

Llegó de tropel la estendida y gruñidora piara, y sin tener respeto a la autoridad de don Quijote ni a la de Sancho, pasaron por cima de los dos, deshaciendo las trincheas de Sancho y derribando no solo a don Quijote, sino llevando por añadidura a Rocinante. El tropel, el gruñir, la presteza con que llegaron los animales inmundos puso en confusión y por el suelo a la albarda, a las armas, al rucio, a Rocinante, a Sancho y a don Quijote.

Levantose Sancho como mejor pudo y pidió a su amo la espada, diciéndole que quería matar media docena de aquellos señores y descomedidos puercos, que ya había conocido que lo eran. Don Quijote le dijo:

—Déjalos estar, amigo, que esta afrenta es pena de mi pecado, y justo castigo del cielo es que a un caballero andante vencido le coman adivas y le piquen avispas y le hollen puercos.

—También debe de ser castigo del cielo —respondió Sancho— que a los escuderos de los caballeros vencidos los puncen moscas, los coman piojos y les embista la hambre. Si los escuderos fuéramos hijos de los caballeros a quien servimos, o parientes suyos muy cercanos, no fuera mucho que nos alcanzara la pena de sus culpas hasta la cuarta generación. Pero ¿qué tienen que ver los Panzas con los Quijotes? Ahora bien, tornémonos a acomodar y durmamos lo poco que queda de la noche, y amanecerá Dios y medraremos.

—Duerme tú, Sancho —respondió don Quijote—, que naciste para dormir; que yo, que nací para velar, en el tiempo que falta de aquí al día daré rienda a mis pensamientos y los desfogaré en un madrigalete que, sin que tú lo sepas, anoche compuse en la memoria.

—A mí me parece —respondió Sancho— que los pensamientos que dan lugar a hacer coplas no deben de ser muchos. Vuesa merced coplee cuanto quisiere, que yo dormiré cuanto pudiere.

Don Quijote y Sancho pasan la noche en el bosque: el hidalgo cantando su pena y el escudero roncando como un tigre. Al día siguiente al atardecer, un grupo de unos quince hombres armados les sale al encuentro súbitamente, rodean a don Quijote y Sancho y se los llevan por la fuerza sin mediar explicación. Ya es de noche cuando el grupo alcanza su destino, que es un lugar que don Quijote reconoce de inmediato: el castillo de los duques. El grupo entra en el patio del palacio, y a don Quijote y Sancho se les ponen los pelos de punta al ver lo que ven.

69

DEL MÁS RARO Y MÁS NUEVO SUCESO QUE EN TODO EL DISCURSO DE ESTA GRANDE HISTORIA AVINO A DON QUIJOTE

En el centro del patio hay un túmulo rodeado de cirios, sobre el que reposa el cadáver de una hermosa doncella. La muerta es ni más ni menos que Altisidora, la muchacha que tuvo la mala fortuna de enamorarse de don Quijote. Por lo visto, la mató la pena cuando vio que su amado se iba para siempre... Su muerte, por supuesto, es fingida: los duques han vuelto a organizar una farsa para reírse un rato a costa de don Quijote y Sancho, quienes caen en la trampa con la ingenuidad de un niño. En medio de un silencio sepulcral, a Sancho le ponen una túnica negra y un capirote o coroza en la cabeza, atuendo típico de los condenados por la Inquisición, y un criado que hace de Radamanto, el juez de los infiernos, dictamina que el buen escudero podría resucitar a Altisidora si se hiciera una cosa... Sancho, intrigado, se pregunta de qué se tratará. Y la respuesta es que debe dejar que le propinen un sinfín de cachetes, pellizcos y alfilerazos en la cara, los brazos y las espaldas. Al oír la propuesta, Sancho, claro, se indigna.

Oyendo lo cual Sancho Panza, rompió el silencio y dijo:

—¡Voto a tal! ¡Así me deje yo sellar el rostro ni manosearme la cara como volverme moro! ¡Cuerpo de mí! ¿Qué tiene que ver manosearme el rostro con la resurreción de esta doncella? Regostose la vieja a los bledos... ¡Encantan a Dulcinea y azótanme para que se desencante; muérese Altisidora de males que Dios quiso darle y hanla de resucitar hacerme a mí veinte y cuatro mamonas y acribarme el cuerpo a alfilerazos y acardenalarme los brazos a pellizcos! ¡Esas burlas a un cuñado, que yo soy perro viejo y no hay conmigo *tus, tus*!

—¡Morirás! —dijo en alta voz Radamanto—. ¡Ablándate, tigre! ¡Humíllate, Nembrot soberbio, y sufre y calla, pues no te piden imposibles, y no te metas en averiguar las dificultades de este negocio! ¡Mamonado has de ser, acrebillado te has de ver, pellizcado has de gemir! ¡Ea, digo, ministros, cumplid mi mandamiento; si no, por la fe de hombre de bien que habéis de ver para lo que nacistes!

Parecieron en esto, que por el patio venían, hasta seis dueñas en procesión, una tras otra, las cuatro con antojos, y todas levantadas las manos derechas en alto, con cuatro dedos de muñecas de fuera para hacer las manos más largas, como ahora se usa. No las hubo visto Sancho cuando, bramando como un toro, dijo:

—¡Bien podré yo dejarme manosear de todo el mundo, pero consentir que me toquen dueñas, eso no! Gatéenme el rostro, como hicieron a mi amo en este mesmo castillo; traspásenme el cuerpo con puntas de dagas buidas; atenácenme los brazos con tenazas de fuego, que yo lo llevaré en paciencia, o serviré a estos señores; pero que me toquen dueñas ¡no lo consentiré si me llevase el diablo!

Rompió también el silencio don Quijote, diciendo a Sancho:

—Ten paciencia, hijo, y da gusto a estos señores y muchas gracias al cielo por haber puesto tal virtud en tu persona, que con el martirio de ella desencantes los encantados y resucites los muertos.

Ya estaban las dueñas cerca de Sancho cuando él, más blando y más persuadido, poniéndose bien en la silla, dio rostro y barba a la primera, la cual le hizo una mamona muy bien sellada, y luego una gran reverencia.

—¡Menos cortesía! ¡Menos mudas, señora dueña —dijo Sancho—, que por Dios que traéis las manos oliendo a vinagrillo!

Finalmente, todas las dueñas le sellaron, y otra mucha gente de casa le pellizcaron. Pero lo que él no pudo sufrir fue el punzamiento de los alfileres; y, así, se levantó de la silla, al parecer mohíno, y asiendo de una hacha encendida que junto a él estaba, dio tras las dueñas y tras todos sus verdugos, diciendo:

—¡Afuera, ministros infernales, que no soy yo de bronce para no sentir tan extraordinarios martirios!

En esto, Altisidora, que debía de estar cansada, por haber estado tanto tiempo supina, se volvió de un lado; visto lo cual por los circunstantes, casi todos a una voz dijeron:

—¡Viva es Altisidora! ¡Altisidora vive!

Mandó Radamanto a Sancho que depusiese la ira, pues ya se había alcanzado el intento que se procuraba.

Así como don Quijote vio rebullir a Altisidora, se fue a poner de rodillas delante de Sancho, diciéndole:

—Agora es tiempo, hijo de mis entrañas, no que escudero mío, que te des algunos de los azotes que estás obligado a dar por el desencanto de Dulcinea; ahora, digo, que es el tiempo donde tienes sazonada la virtud y con eficacia de obrar el bien que de ti se espera.

A lo que respondió Sancho:

—Esto me parece argado sobre argado, y no miel sobre hojuelas. ¡Bueno sería que, tras pellizcos, mamonas y alfilerazos, viniesen ahora los azotes! No tienen más que hacer sino tomar una gran piedra y atármela al cuello y dar conmigo en un pozo, de lo que a mí no pesaría mucho, si es que para curar los males ajenos tengo yo de ser la vaca de la boda. ¡Déjenme; si no, por Dios que lo arroje y lo eche todo a trece, aunque no se venda!

Ya en esto se había sentado en el túmulo Altisidora, y al mismo instante sonaron las chirimías, a quien acompañaron las flautas y las voces de todos, que aclamaban:

—¡Viva Altisidora! ¡Altisidora viva!

Levantáronse los duques y los reyes Minos y Radamanto, y todos juntos, con don Quijote y Sancho, fueron a recebir a Altisidora y a bajarla del túmulo; la cual, haciendo de la desmayada, se inclinó a los duques y a los reyes, y mirando de través a don Quijote, le dijo:

—Dios te lo perdone, desamorado caballero, pues por tu crueldad he estado en el otro mundo, a mi parecer, más de mil años. Y a ti, ¡oh el más compasivo escudero que contiene el orbe!, te agradezco la vida que poseo. Dispón desde hoy más, amigo Sancho, de seis camisas mías que te mando, para que hagas otras seis para ti. Y si no son todas sanas, a lo menos son todas limpias.

Besole por ello las manos Sancho, con la coroza en la mano y las rodillas en el suelo. Mandó el duque que se la quitasen y le volviesen su caperuza, y le pusiesen el sayo y le quitasen la ropa de las llamas. Suplicó Sancho al duque que le dejasen la ropa y mitra, que las quería llevar a su tierra por señal y memoria de aquel nunca visto suceso. La duquesa respondió que sí dejarían, que ya sabía él cuán grande amiga suya era. Mandó el duque despejar el patio y que todos se recogiesen a sus estancias, y que a don Quijote y a Sancho los llevasen a las que ellos ya se sabían.

70

QUE SIGUE AL DE SESENTA Y NUEVE Y TRATA DE COSAS NO ESCUSADAS PARA LA CLARIDAD DE ESTA HISTORIA

Durmió Sancho aquella noche en una carriola en el mesmo aposento de don Quijote, cosa que él quisiera escusarla si pudiera, porque bien sabía que su amo no le había de dejar dormir a preguntas y a respuestas, y no se hallaba en disposición de hablar mucho, porque los dolores de los martirios pasados los tenía presentes y no le dejaban libre la lengua, y viniérale más a cuento dormir en una choza solo que no en aquella rica estancia acompañado. Saliole su temor tan verdadero y su sospecha tan cierta, que apenas hubo entrado su señor en el lecho cuando dijo:

—¿Qué te parece, Sancho, del suceso de esta noche? Grande y poderosa es la fuerza del desdén desamorado, como por tus mismos ojos has visto muerta a Altisidora, no con otras saetas, ni con otra espada, ni con otro instrumento bélico, ni con venenos mortíferos, sino con la consideración del rigor y el desdén con que yo siempre la he tratado.

—¡Muriérase ella en hora buena cuanto quisiera y como quisiera —respondió Sancho— y dejárame a mí en mi casa, pues ni yo la enamoré ni la desdeñé en mi vida! Yo no sé ni puedo pensar cómo sea que la salud de Altisidora, doncella más antojadiza que discreta, tenga que ver, como otra vez he dicho, con los martirios de Sancho Panza. Agora sí que vengo a conocer clara y distintamente que hay encantadores y encantos en el mundo, de quien Dios me libre, pues yo no me sé librar. Con todo esto, suplico a vuestra merced me deje dormir y no me pregunte más, si no quiere que me arroje por una ventana abajo.

—Duerme, Sancho amigo —respondió don Quijote—, si es que te dan lugar los alfilerazos y pellizcos recebidos y las mamonas hechas.

—Ningún dolor —replicó Sancho— llegó a la afrenta de las mamonas, no por otra cosa que por habérmelas hecho dueñas, que confundidas sean. Y torno a suplicar a vuesa merced me deje dormir, porque el sueño es alivio de las miserias de los que las tienen despiertos.

—Sea así —dijo don Quijote—, y Dios te acompañe.

Durmiéronse los dos, y en este tiempo quiso escribir y dar cuenta Cide Hamete, autor de esta grande historia, qué les movió a los duques a levantar el edificio de la máquina referida. Y dice que, no habiéndosele olvidado al bachiller Sansón Carrasco cuándo el Caballero de los Espejos fue vencido y derribado por don Quijote, cuyo vencimiento y caída borró y deshizo todos sus designios, quiso volver a probar la mano, esperando mejor suceso que el pasado.

Y, así, informándose del paje que llevó la carta y presente a Teresa Panza, mujer de Sancho, adónde don Quijote quedaba, buscó nuevas armas y caballo y puso en el escudo la blanca luna, llevándolo todo sobre un macho a quien guiaba un labrador, y no Tomé Cecial, su antiguo escudero, porque no fuese conocido de Sancho ni de don Quijote. Llegó, pues, al castillo del duque, que le informó el camino y derrota que don Quijote llevaba, con intento de hallarse en las justas de Zaragoza; díjole asimismo las burlas que le había hecho con la traza del desencanto de Dulcinea, que había de ser a costa de las posaderas de Sancho; en fin, dio cuenta de la burla que Sancho había hecho a su amo dándole a entender que Dulcinea estaba encantada y transformada en labradora, y cómo la duquesa su mujer había dado a entender a Sancho que él era el que se engañaba, porque verdaderamente estaba encantada Dulcinea, de que no poco se rio y admiró el bachiller, considerando la agudeza y simplicidad de Sancho, como del estremo de la locura de don Quijote.

Pidiole el duque que si le hallase, y le venciese o no, se volviese por allí a darle cuenta del suceso. Hízolo así el bachiller. Partiose en su busca, no le halló en Zaragoza, pasó adelante y sucediole lo que queda referido. Volviose por el castillo del duque y contoselo todo, con las condiciones de la batalla, y que ya don Quijote volvía a cumplir, como buen caballero andante, la palabra de retirarse un año en su aldea, en el cual tiempo podía ser —dijo el bachiller— que sanase de su locura, que esta era la intención que le había movido a hacer aquellas transformaciones, por ser cosa de lástima que un hidalgo tan bien entendido como don Quijote fuese loco. Con esto se despidió del duque y se volvió a su lugar, esperando en él a don Quijote, que tras él venía.

De aquí tomó ocasión el duque de hacerle aquella burla: tanto era lo que gustaba de las cosas de Sancho y de don Quijote. Y haciendo tomar los caminos cerca y lejos del castillo, por todas las partes que imaginó que podría volver don Quijote, con muchos criados suyos de a pie y de a caballo, para que por fuerza o de grado le trujesen al castillo si le hallasen. Halláronle; dieron aviso al duque, el cual, ya prevenido de todo lo que había de hacer, así como tuvo noticia de su llegada mandó encender las hachas y las luminarias del patio y poner a Altisidora sobre el túmulo, con todos los aparatos que se han contado, tan al vivo y tan bien hechos, que de la verdad a ellos había bien poca diferencia.

Y dice más Cide Hamete: que tiene para sí ser tan locos los burladores como los burlados, y que no estaban los duques dos dedos de parecer tontos, pues tanto ahínco ponían en burlarse de dos tontos. Los cuales, el uno durmiendo a sueño suelto y el otro velando a pensamientos desatados, les tomó el día y la gana de levantarse; que las ociosas plumas, ni vencido ni vencedor, jamás dieron gusto a don Quijote.

Altisidora —en la opinión de don Quijote, vuelta de muerte a vida—, siguiendo el humor de sus señores, coronada con la misma guirnalda que en el túmulo tenía y vestida una tunicela de tafetán blanco sembrada de flores de oro, y sueltos los cabellos por las espaldas, arrimada a un báculo de negro y finísimo ébano, entró en el aposento de don Quijote, con cuya presencia, turbado y confuso, se encogió y cubrió casi todo con las sábanas y colchas de la cama, muda la lengua, sin que acertase a hacerle cortesía ninguna. Sentose Altisidora en una silla junto a su cabecera, y después de haber dado un gran suspiro, con voz tierna y debilitada le dijo:

—Cuando las mujeres principales y las recatadas doncellas atropellan por la honra y dan licencia a la lengua que rompa por todo inconveniente, dando noticia en público de los secretos que su corazón encierra, en estrecho término se hallan. Yo, señor don Quijote de la Mancha, soy una de estas, apretada, vencida y enamorada, pero, con todo esto, sufrida y honesta; tanto, que por serlo tanto, reventó mi alma por mi silencio y perdí la vida. Dos días ha que con la consideración del rigor con que me has tratado, «oh más duro que mármol a mis quejas», empedernido caballero, he estado muerta, o a lo menos juzgada por tal de los que me han visto. Y si no fuera porque el amor, condoliéndose de mí, depositó mi remedio en los martirios de este buen escudero, allá me quedara en el otro mundo.

—Bien pudiera el amor —dijo Sancho— depositarlos en los de mi asno, que yo se lo agradeciera. Pero dígame, señora, así el cielo la acomode con otro más blando amante que mi amo: ¿qué es lo que vio en el otro mundo? ¿Qué hay en el infierno? Porque quien muere desesperado, por fuerza ha de tener aquel paradero.

—La verdad que os diga —respondió Altisidora—, yo no debí de morir del todo, pues no entré en el infierno, que si allá entrara, una por una no pudiera salir de él, aunque quisiera. La verdad es que llegué a la puerta, adonde estaban jugando hasta una docena de diablos a la pelota, todos en calzas y en jubón, con valonas guarnecidas con puntas de randas flamencas y con unas vueltas de lo mismo que les servían de puños, con cuatro dedos de brazo de fuera, porque pareciesen las manos más largas, en las cuales tenían unas palas de fuego. Y lo que más me admiró fue que les servían, en lugar de pelotas, libros, al parecer llenos de viento y de borra, cosa maravillosa y nueva. Pero esto no me admiró tanto como el ver que, siendo natural de los jugadores el alegrarse los gananciosos y entristecerse los que pierden, allí en aquel juego todos gruñían, todos regañaban y todos se maldecían.

—Eso no es maravilla —respondió Sancho—, porque los diablos, jueguen o no jueguen, nunca pueden estar contentos, ganen o no ganen.

—Así debe de ser —respondió Altisidora—. Mas hay otra cosa que también me admira, quiero decir, me admiró entonces, y fue que al primer voleo no quedaba pelota en pie ni de provecho para servir otra vez; y, así, menudeaban libros nuevos y viejos que era una maravilla. A uno de ellos, nuevo, flamante y bien encuadernado, le dieron un papirotazo que le sacaron las tripas y le esparcieron las hojas. Dijo un diablo a otro: «Mirad qué libro es ese»; y el diablo le respondió: «Esta es la *Segunda parte de la historia de don Quijote de la Mancha*, no compuesta por Cide Hamete, su primer autor, sino por un aragonés, que él dice ser natural de Tordesillas». «Quitádmele de ahí», respondió el otro diablo «y metedle en los abismos del infierno, no le vean más mis ojos». «¿Tan malo es?», respondió el otro. «Tan malo», replicó el primero, «que si de propósito yo mismo me pusiera a hacerle peor, no acertara». Prosiguieron su juego, peloteando otros libros; y yo, por haber oído nombrar a don Quijote, a quien tanto adamo y quiero, procuré que se me quedase en la memoria esta visión.

—Visión debió de ser sin duda —dijo don Quijote—, porque no hay otro yo en el mundo; y ya esa historia anda por acá de mano en mano, pero no para en ninguna, porque todos la dan del pie. Yo no me he alterado en oír que ando como cuerpo fantástico por las tinieblas del abismo ni por la claridad de la tierra, porque no soy aquel de quien esa historia trata. Si ella fuere buena, fiel y verdadera, tendrá siglos de vida, pero si fuere mala, de su parto a la sepultura no será muy largo el camino.

Iba Altisidora a proseguir en quejarse de don Quijote, cuando le dijo don Quijote:

—Muchas veces os he dicho, señora, que a mí me pesa de que hayáis colocado en mí vuestros pensamientos, pues de los míos antes pueden ser agradecidos que remediados. Yo nací para ser de Dulcinea del Toboso, y los hados, si los hubiera, me dedicaron para ella, y pensar que otra alguna hermosura ha de ocupar el lugar que en mi alma tiene es pensar lo imposible. Suficiente desengaño es este para que os retiréis en los límites de vuestra honestidad, pues nadie se puede obligar a lo imposible.

Oyendo lo cual Altisidora, mostrando enojarse y alterarse, le dijo:

—¡Vive el señor don bacallao, alma de almirez, cuesco de dátil, más terco y duro que villano rogado cuando tiene la suya sobre el hito, que si arremeto a vos, que os tengo de sacar los ojos! ¿Pensáis por ventura, don vencido y don molido a palos, que yo me he muerto por vos? ¡Todo lo que habéis visto esta noche ha sido fingido, que no soy yo mujer que por semejantes camellos había de dejar que me doliese un negro de la uña, cuanto más morirme!

—Eso creo yo muy bien —dijo Sancho—, que esto del morirse los enamorados es cosa de risa: bien lo pueden ellos decir, pero hacer, ¡créalo Judas!

Los duques acuden a ver a don Quijote, quien les pide permiso para abandonar el castillo y proseguir su camino. En la conversación se habla de Altisidora, y don Quijote arguye que todos los males de la joven vienen de la ociosidad: si se dedicara a hacer encaje de bolillos, no se enamoraría de quien no debe. Sancho secunda la opinión de su señor y alega como ejemplo su propia experiencia, pues dice que él quiere a su Teresa más que a las pestañas de sus ojos pero que, cuando está ocupado, ni se acuerda de que tiene mujer. Altisidora, que lo está oyendo todo, responde enojada que no va a necesitar trabajo alguno para olvidarse de don Quijote, pues, después de haber sufrido sus desdenes, no le apetece ver nunca más ni su triste figura ni su fea cara.

71

DE LO QUE A DON QUIJOTE LE SUCEDIÓ CON SU ESCUDERO SANCHO YENDO A SU ALDEA

Iba el vencido y asendereado don Quijote pensativo además por una parte y muy alegre por otra. Causaba su tristeza el vencimiento, y la alegría, el considerar en la virtud de Sancho, como lo había mostrado en la resurreción de Altisidora, aunque con algún escrúpulo se persuadía a que la enamorada doncella fuese muerta de veras. No iba nada Sancho alegre, porque le entristecía ver que Altisidora no le había cumplido la palabra de darle las camisas. Y yendo y viniendo en esto, dijo a su amo:

—En verdad, señor, que soy el más desgraciado médico que se debe de hallar en el mundo, en el cual hay físicos que, con matar al enfermo que curan, quieren ser pagados de su trabajo, que no es otro sino firmar una cedulilla de algunas medicinas, que no las hace él, sino el boticario, y cátalo cantusado; y a mí, que la salud ajena me cuesta gotas de sangre, mamonas, pellizcos, alfilerazos y azotes, no me dan un ardite. Pues yo les voto a tal que si me traen a las manos otro algún enfermo, que antes que le cure me han de untar las mías, que el abad, de donde canta yanta, y no quiero creer que me haya dado el cielo la virtud que tengo para que yo la comunique con otros de bóbilis bóbilis.

—Tú tienes razón, Sancho amigo —respondió don Quijote—, y halo hecho muy mal Altisidora en no haberte dado las prometidas camisas; y puesto que tu virtud es *gratis data*, que no te ha costado estudio alguno, más que estudio es recebir martirios en tu persona. De mí te sé decir que si quisieras paga por los azotes del desencanto de Dulcinea, ya te la hubiera dado tal como buena; pero no sé si vendrá bien con la cura la paga, y no querría que impidiese el premio a la medicina. Con todo eso, me parece que no se perderá nada en probarlo: mira, Sancho, el que quieres y azótate luego, y págate de contado y de tu propia mano, pues tienes dineros míos.

A cuyos ofrecimientos abrió Sancho los ojos y las orejas de un palmo, y dio consentimiento en su corazón a azotarse de buena gana. Y dijo a su amo:

—Agora bien, señor: yo quiero disponerme a dar gusto a vuestra merced en lo que desea, con provecho mío, que el amor de mis hijos y de mi mujer me hace que me muestre interesado. Dígame vuestra merced cuánto me dará por cada azote que me diere.

—Si yo te hubiera de pagar, Sancho —respondió don Quijote—, conforme lo que merece la grandeza y calidad de este remedio, el tesoro de Venecia, las minas del Potosí fueran poco para pagarte. Toma tú el tiento a lo que llevas mío y pon el precio a cada azote.

—Ellos —respondió Sancho— son tres mil y trecientos y tantos. De ellos me he dado hasta cinco; quedan los demás. Entren entre los tantos estos cinco y vengamos a los tres mil y trecientos, que a cuartillo cada uno, que no llevaré menos si todo el mundo me lo mandase, montan tres mil y trecientos cuartillos, que son los tres mil mil y quinientos medios reales, que hacen setecientos y cincuenta reales, y los trecientos hacen ciento y cincuenta medios reales, que vienen a hacer setenta y cinco reales, que juntándose a los setecientos y cincuenta son por todos ochocientos y veinte y cinco reales. Estos desfalcaré yo de los que tengo de vuestra merced y entraré en mi casa rico y contento, aunque bien azotado, porque no se toman truchas... y no digo más.

—¡Oh Sancho bendito, oh Sancho amable —respondió don Quijote—, y cuán obligados hemos de quedar Dulcinea y yo a servirte todos los días que el cielo nos diere de vida! Si ella vuelve al ser perdido, que no es posible sino que vuelva, su desdicha habrá sido dicha y mi vencimiento felicísimo triunfo. Y mira, Sancho, cuándo quieres comenzar la diciplina, que, porque la abrevies, te añado cien reales.

—¿Cuándo? —replicó Sancho—. Esta noche sin falta. Procure vuestra merced que la tengamos en el campo, al cielo abierto, que yo me abriré mis carnes.

Llegó la noche, esperada de don Quijote con la mayor ansia del mundo, pareciéndole que las ruedas del carro de Apolo se habían quebrado y que el día se alargaba más de lo acostumbrado, bien así como acontece a los enamorados, que jamás ajustan la cuenta de sus deseos. Finalmente, se entraron entre unos amenos árboles que poco desviados del camino estaban, donde, dejando vacías la silla y albarda de Rocinante y el rucio, se tendieron sobre la verde yerba y cenaron del repuesto de Sancho, el cual, haciendo del cabestro y de la jáquima del rucio un poderoso y flexible azote, se retiró hasta veinte pasos de su amo entre unas hayas. Don Quijote, que le vio ir con denuedo y con brío, le dijo:

—Mira, amigo, que no te hagas pedazos: da lugar que unos azotes aguarden a otros. No quieras apresurarte tanto en la carrera, que en la mitad de ella te falte el aliento; quiero decir que no te des tan recio, que te falte la vida antes de llegar al número deseado. Y porque no pierdas por carta de más ni de menos, yo estaré desde aparte contando por este mi rosario los azotes que te dieres. Favorézcate el cielo conforme tu buena intención merece.

—Al buen pagador no le duelen prendas —respondió Sancho—. Yo pienso darme de manera que, sin matarme, me duela, que en esto debe de consistir la sustancia de este milagro.

Desnudose luego de medio cuerpo arriba, y arrebatando el cordel, comenzó a darse, y comenzó don Quijote a contar los azotes. Hasta seis o ocho se habría dado Sancho cuando le pareció ser pesada la burla y muy barato el precio de ella; y deteniéndose un poco, dijo a su amo que se llamaba a engaño, porque merecía cada azote de aquellos ser pagado a medio real, no que a cuartillo.

—Prosigue, Sancho amigo, y no desmayes —le dijo don Quijote—, que yo doblo la parada del precio.

—De ese modo —dijo Sancho—, ¡a la mano de Dios, y lluevan azotes!

Pero el socarrón dejó de dárselos en las espaldas y daba en los árboles, con unos suspiros de cuando en cuando, que parecía que con cada uno de ellos se le arrancaba el alma. Tierna la de don Quijote, temeroso de que no se le acabase la vida y no consiguiese su deseo por la imprudencia de Sancho, le dijo:

—¡Por tu vida, amigo, que se quede en este punto este negocio, que me parece muy áspera esta medicina, y será bien dar tiempo al tiempo, que no se ganó Zamora en un hora! Más de mil azotes, si yo no he contado mal, te has dado; bastan por agora, que el asno, hablando a lo grosero, sufre la carga, mas no la sobrecarga.

—No, no, señor —respondió Sancho—, no se ha de decir por mí: «a dineros pagados, brazos quebrados». Apártese vuestra merced otro poco y déjeme dar otros mil azotes siquiera, que a dos levadas de estas habremos cumplido con esta partida, y aun nos sobrará ropa.

—Pues tú te hallas con tan buena disposición —dijo don Quijote—, el cielo te ayude, y pégate, que yo me aparto.

Volvió Sancho a su tarea con tanto denuedo, que ya había quitado las cortezas a muchos árboles: tal era la riguridad con que se azotaba. Y alzando una vez la voz y dando un desaforado azote en una haya, dijo:

—¡Aquí morirás, Sansón, y cuantos con él son!

Acudió don Quijote luego al son de la lastimada voz y del golpe del riguroso azote, y asiendo del torcido cabestro que le servía de corbacho a Sancho, le dijo:

—No permita la suerte, Sancho amigo, que por el gusto mío pierdas tú la vida que ha de servir para sustentar a tu mujer y a tus hijos. Espere Dulcinea mejor coyuntura, que yo me contendré en los límites de la esperanza propincua y esperaré que cobres fuerzas nuevas, para que se concluya este negocio a gusto de todos.

—Pues vuestra merced, señor mío, lo quiere así —respondió Sancho—, sea en buena hora; y écheme su ferreruelo sobre estas espaldas, que estoy sudando y no querría resfriarme, que los nuevos diciplinantes corren este peligro.

Hízolo así don Quijote, y quedándose en pelota, abrigó a Sancho, el cual se durmió hasta que le despertó el sol, y luego volvieron a proseguir su camino, a quien dieron fin por entonces en un lugar que tres leguas de allí estaba. Apeáronse en un mesón, que por tal le reconoció don

Quijote y no por castillo de cava honda, torres, rastrillos y puente levadiza, que después que le vencieron con más juicio en todas las cosas discurría, como agora se dirá. Alojáronle en una sala baja, a quien servían de guadameciles unas sargas viejas pintadas, como se usan en las aldeas. En una de ellas estaba pintada de malísima mano el robo de Elena, cuando el atrevido huésped se la llevó a Menalao, y en otra estaba la historia de Dido y de Eneas, ella sobre una alta torre, como que hacía de señas con una media sábana al fugitivo huésped, que por el mar, sobre una fragata o bergantín, se iba huyendo. Notó en las dos historias que Elena no iba de muy mala gana, porque se reía a socapa y a lo socarrón, pero la hermosa Dido mostraba verter lágrimas del tamaño de nueces por los ojos. Viendo lo cual don Quijote, dijo:

—Estas dos señoras fueron desdichadísimas por no haber nacido en esta edad, y yo sobre todos desdichado en no haber nacido en la suya: encontrara a aquestos señores, y ni fuera abrasada Troya ni Cartago destruida, pues con solo que yo matara a Paris se escusaran tantas desgracias.

—Yo apostaré —dijo Sancho— que antes de mucho tiempo no ha de haber bodegón, venta ni mesón, o tienda de barbero, donde no ande pintada la historia de nuestras hazañas, pero querría yo que la pintasen manos de otro mejor pintor que el que ha pintado a estas.

—Tienes razón, Sancho —dijo don Quijote—, porque este pintor es como Orbaneja, un pintor que estaba en Úbeda, que cuando le preguntaban qué pintaba, respondía: «Lo que saliere». Y si por ventura pintaba un gallo, escribía debajo: «Este es gallo», porque no pensasen que era zorra. De esta manera me parece a mí, Sancho, que debe de ser el pintor, o escritor, que todo es uno, que sacó a luz la historia de este nuevo don Quijote que ha salido: que pintó o escribió lo que saliere. O habrá sido como un poeta que andaba los años pasados en la corte, llamado Mauleón, el cual respondía de repente a cuanto le preguntaban, y preguntándole uno que qué quería decir *Deum de Deo*, respondió: «Dé donde diere». Pero, dejando esto aparte, dime si piensas, Sancho, darte otra tanda esta noche, y si quisieres que sea debajo de techado o al cielo abierto.

—Pardiez, señor —respondió Sancho—, que para lo que yo pienso darme, eso se me da en casa que en el campo; pero, con todo eso, querría que fuese entre árboles, que parece que me acompañan y me ayudan a llevar mi trabajo maravillosamente.

—Pues no ha de ser así, Sancho amigo —respondió don Quijote—, sino que para que tomes fuerzas lo hemos de guardar para nuestra aldea, que a lo más tarde llegaremos allá después de mañana.

Sancho respondió que hiciese su gusto, pero que él quisiera concluir con brevedad aquel negocio, a sangre caliente y cuando estaba picado el molino, porque en la tardanza suele estar muchas veces el peligro, y a Dios rogando y con el mazo dando, y que más valía un «toma» que dos «te daré», y el pájaro en la mano que el buitre volando.

—¡No más refranes, Sancho, por un solo Dios —dijo don Quijote—, que parece que te vuelves al *sicut erat*! Habla a lo llano, a lo liso, a lo no intricado, como muchas veces te he dicho, y verás como te vale un pan por ciento.

—No sé qué mala ventura es esta mía —respondió Sancho—, que no sé decir razón sin refrán ni refrán que no me parezca razón. Pero yo me emendaré si pudiere.

Y con esto cesó por entonces su plática.

72

DE CÓMO DON QUIJOTE Y SANCHO LLEGARON A SU ALDEA

Todo aquel día, esperando la noche, estuvieron en aquel lugar y mesón don Quijote y Sancho, el uno para acabar en la campaña rasa la tanda de su diciplina y el otro para ver el fin de ella, en el cual consistía el de su deseo. Llegó en esto al mesón un caminante a caballo, con tres o cuatro criados, uno de los cuales dijo al que el señor de ellos parecía:

—Aquí puede vuestra merced, señor don Álvaro Tarfe, pasar hoy la siesta: la posada parece limpia y fresca.

Oyendo esto don Quijote, le dijo a Sancho:

—Mira, Sancho: cuando yo hojeé aquel libro de la segunda parte de mi historia, me parece que de pasada topé allí este nombre de don Álvaro Tarfe.

—Bien podrá ser —respondió Sancho—. Dejémosle apear, que después se lo preguntaremos.

El caballero se apeó, y, frontero del aposento de don Quijote, la huéspeda le dio una sala baja, enjaezada con otras pintadas sargas como las que tenía la estancia de don Quijote. Púsose el recién venido caballero a lo de verano, y saliéndose al portal del mesón, que era espacioso y fresco, por el cual se paseaba don Quijote, le preguntó:

—¿Adónde bueno camina vuestra merced, señor gentilhombre?

Y don Quijote le respondió:

—A una aldea que está aquí cerca, de donde soy natural. Y vuestra merced ¿dónde camina?

—Yo, señor —respondió el caballero—, voy a Granada, que es mi patria.

—Y buena patria —replicó don Quijote—. Pero dígame vuestra merced, por cortesía, su nombre, porque me parece que me ha de importar saberlo más de lo que buenamente podré decir.

—Mi nombre es don Álvaro Tarfe —respondió el huésped.

A lo que replicó don Quijote:

—Sin duda alguna pienso que vuestra merced debe de ser aquel don Álvaro Tarfe que anda impreso en *La segunda parte de la historia de don Quijote de la Mancha*, recién impresa y dada a la luz del mundo por un autor moderno.

—El mismo soy —respondió el caballero—, y el tal don Quijote, sujeto principal de la tal historia, fue grandísimo amigo mío, y yo fui el que le sacó de su tierra, o a lo menos le moví a que viniese a unas justas que se hacían en Zaragoza, adonde yo iba; y en verdad en verdad que le hice muchas amistades, y que le quité de que no le palmease las espaldas el verdugo por ser demasiadamente atrevido.

—Y dígame vuestra merced, señor don Álvaro: ¿parezco yo en algo a ese tal don Quijote que vuestra merced dice?

—No por cierto —respondió el huésped—; en ninguna manera.

—Y ese don Quijote —dijo el nuestro— ¿traía consigo a un escudero llamado Sancho Panza?

—Sí traía —respondió don Álvaro—, y aunque tenía fama de muy gracioso, nunca le oí decir gracia que la tuviese.

—Eso creo yo muy bien —dijo a esta sazón Sancho—, porque el decir gracias no es para todos. Y ese Sancho que vuestra merced dice, señor gentilhombre, debe de ser algún grandísimo bellaco, frion y ladrón juntamente, que el verdadero Sancho Panza soy yo, que tengo más gracias que llovidas; y si no, haga vuestra merced la experiencia y ándese tras de mí por lo menos un año, y verá que se me caen a cada paso, y tales y tantas, que, sin saber yo las más veces lo que me digo, hago reír a cuantos me escuchan. Y el verdadero don Quijote de la Mancha, el famoso, el valiente y el discreto, el enamorado, el desfacedor de agravios, el tutor de pupilos y huérfanos, el amparo de las viudas, el matador de las doncellas, el que tiene por única señora a la sin par Dulcinea del Toboso, es este señor que está presente, que es mi amo. Todo cualquier otro don Quijote y cualquier otro Sancho Panza es burlería y cosa de sueño.

—Por Dios que lo creo —respondió don Álvaro—, porque más gracias habéis dicho vos, amigo, en cuatro razones que habéis hablado, que el otro Sancho Panza en cuantas yo le oí hablar, que fueron muchas. Más tenía de comilón que de bien hablado, y más de tonto que de gracioso; y tengo por sin duda que los encantadores que persiguen a don Quijote el bueno han querido perseguirme a mí con don Quijote el malo. Pero no sé qué me diga, que osaré yo jurar que le dejo metido en la Casa del Nuncio, en Toledo, para que le curen, y agora remanece aquí otro don Quijote, aunque bien diferente del mío.

—Yo —dijo don Quijote— no sé si soy bueno, pero sé decir que no soy el malo; para prueba de lo cual quiero que sepa vuesa merced, mi señor don Álvaro Tarfe, que en todos los días de mi vida no he estado en Zaragoza; antes, por haberme dicho que ese don Quijote fantástico se había hallado en las justas de esa ciudad, no quise yo entrar en ella, por sacar a las barbas del mundo su mentira; y, así, me pasé de claro a Barcelona, archivo de la cortesía, albergue de los estranjeros, hospital de los pobres, patria de los valientes, venganza de los ofendidos y correspondencia grata de firmes amistades, y en sitio y en belleza única. Y aunque los sucesos que en ella me han sucedido no son de mucho gusto, sino de mucha pesadumbre, los llevo sin ella solo por haberla visto. Finalmente, señor don Álvaro Tarfe, yo soy don Quijote de la Mancha, el mismo que dice la fama, y no ese desventurado que ha querido usurpar mi nombre y honrarse con mis pensamientos. A vuestra merced suplico, por lo que debe a ser caballero, sea servido de hacer una declaración ante el alcalde de este lugar de que vuestra merced no me ha visto en todos los días de su vida hasta agora, y de que yo no soy el don Quijote impreso en la segunda parte ni este Sancho Panza mi escudero es aquel que vuestra merced conoció.

—Eso haré yo de muy buena gana —respondió don Álvaro—, puesto que cause admiración ver dos don Quijotes y dos Sanchos a un mismo tiempo tan conformes en los nombres como diferentes en las acciones. Y vuelvo a decir y me afirmo que no he visto lo que he visto ni ha pasado por mí lo que ha pasado.

—Sin duda —dijo Sancho— que vuestra merced debe de estar encantado, como mi señora Dulcinea del Toboso, y pluguiera al cielo que estuviera su desencanto de vuestra merced en darme otros tres mil y tantos azotes como me doy por ella, que yo me los diera, sin interés alguno.

—No entiendo eso de azotes —dijo don Álvaro.

Y Sancho le respondió que era largo de contar, pero que él se lo contaría si acaso iban un mesmo camino.

Llegose en esto la hora de comer; comieron juntos don Quijote y don Álvaro. Entró acaso el alcalde del pueblo en el mesón con un escribano, ante el cual alcalde pidió don Quijote, por una petición, de que a su derecho convenía de que don Álvaro Tarfe, aquel caballero que allí estaba presente, declarase ante su merced cómo no conocía a don Quijote de la Mancha, que asimismo estaba allí presente, y que no era aquel que andaba impreso en una historia intitulada *Segunda parte de don Quijote de la Mancha*, compuesta por un tal de Avellaneda, natural de Tordesillas. Finalmente, el alcalde proveyó jurídicamente; la declaración se hizo con todas las fuerzas que en tales casos debían hacerse, con lo que quedaron don Quijote y Sancho muy alegres, como si les importara mucho semejante declaración y no mostrara claro la diferencia de los dos don Quijotes y la de los dos Sanchos sus obras y sus palabras. Muchas de cortesías y ofrecimientos pasaron entre don Álvaro y don Quijote, en las cuales mostró el gran manchego su discreción, de modo que desengañó a don Álvaro Tarfe del error en que estaba; el cual se dio a entender que debía de estar encantado, pues tocaba con la mano dos tan contrarios don Quijotes.

Llegó la tarde; partiéronse de aquel lugar, y a obra de media legua se apartaban dos caminos diferentes, el uno que guiaba a la aldea de don Quijote y el otro el que había de llevar don Álvaro. En este poco espacio le contó don Quijote la desgracia de su vencimiento y el encanto y el remedio de Dulcinea, que todo puso en nueva admiración a don Álvaro; el cual, abrazando a don Quijote y a Sancho, siguió su camino, y don Quijote el suyo, que aquella noche la pasó entre otros árboles, por dar lugar a Sancho de cumplir su penitencia, que la cumplió del mismo modo que la pasada noche: a costa de las cortezas de las hayas harto más que de sus espaldas, que las guardó tanto, que no pudieran quitar los azotes una mosca, aunque la tuviera encima. No perdió el engañado don Quijote un solo golpe de la cuenta, y halló que con los de la noche pasada eran tres mil y veinte y nueve.

Parece que había madrugado el sol a ver el sacrificio, con cuya luz volvieron a proseguir su camino, tratando entre los dos del engaño de don Álvaro y de cuán bien acordado había sido tomar su declaración ante la justicia, y tan auténticamente.

Aquel día y aquella noche caminaron sin sucederles cosa digna de contarse, si no fue que en ella acabó Sancho su tarea, de que quedó don Quijote contento sobremodo; y esperaba el día, por ver si en el camino topaba, ya desencantada, a Dulcinea su señora. Y siguiendo su camino, no topaba mujer ninguna que no iba a reconocer si era Dulcinea del Toboso, teniendo por infalible no poder mentir las promesas de Merlín. Con estos pensamientos y deseos subieron una cuesta arriba, desde la cual descubrieron su aldea, la cual vista de Sancho, se hincó de rodillas y dijo:

—¡Abre los ojos, deseada patria, y mira que vuelve a ti Sancho Panza tu hijo, si no muy rico, muy bien azotado! ¡Abre los brazos y recibe también tu hijo don Quijote, que, si viene vencido de los brazos ajenos, viene vencedor de sí mismo, que, según él me ha dicho, es el mayor vencimiento que desearse puede! Dineros llevo, porque si buenos azotes me daban, bien caballero me iba.

—Déjate de esas sandeces —dijo don Quijote— y vamos con pie derecho a entrar en nuestro lugar, donde daremos vado a nuestras imaginaciones, y la traza que en la pastoral vida pensamos ejercitar.

Con esto, bajaron de la cuesta y se fueron a su pueblo.

73

DE LOS AGÜEROS QUE TUVO DON QUIJOTE AL ENTRAR DE SU ALDEA, CON OTROS SUCESOS QUE ADORNAN Y ACREDITAN ESTA GRANDE HISTORIA

A la entrada del cual, según dice Cide Hamete, vio don Quijote que en las eras del lugar estaban riñendo dos mochachos, y el uno dijo al otro:

—¡No te canses, Periquillo, que no la has de ver en todos los días de tu vida!

Oyolo don Quijote y dijo a Sancho:

—¿No adviertes, amigo, lo que aquel mochacho ha dicho? «No la has de ver en todos los días de tu vida».

—Pues bien, ¿qué importa —respondió Sancho— que haya dicho eso el mochacho?

—¿Qué? —replicó don Quijote—. ¿No ves tú que, aplicando aquella palabra a mi intención, quiere significar que no tengo de ver más a Dulcinea?

Queríale responder Sancho cuando se lo estorbó ver que por aquella campaña venía huyendo una liebre, seguida de muchos galgos y cazadores, la cual, temerosa, se vino a recoger y a agazapar debajo de los pies del rucio. Cogiola Sancho a mano salva y presentósela a don Quijote, el cual estaba diciendo:

—¡*Malum signum*, *malum signum*! Liebre huye; galgos la siguen: Dulcinea no parece.

—¡Estraño es vuesa merced! —dijo Sancho—. Presupongamos que esta liebre es Dulcinea del Toboso y estos galgos que la persiguen son los malandrines encantadores que la transformaron en labradora. Ella huye; yo la cojo y la pongo en poder de vuesa merced, que la tiene en sus brazos y la regala. ¿Qué mala señal es esta ni qué mal agüero se puede tomar de aquí?

Los dos mochachos de la pendencia se llegaron a ver la liebre, y al uno de ellos preguntó Sancho que por qué reñían, y fuele respondido por el que había dicho «no la verás más en toda tu vida» que él había tomado al otro mochacho una jaula de grillos, la cual no pensaba volvérsela en toda su vida. Sacó Sancho cuatro cuartos de la faltriquera y dióselos al mochacho por la jaula, y púsosela en las manos a don Quijote, diciendo:

—He aquí, señor, rompidos y desbaratados estos agüeros, que no tienen que ver más con nuestros sucesos, según que yo imagino, aunque tonto, que con las nubes de antaño. Y si no me acuerdo mal, he oído decir al cura de nuestro pueblo que no es de personas cristianas ni discretas mirar en estas niñerías, y aun vuesa merced mismo me lo dijo los días pasados, dándome a entender que eran tontos todos aquellos cristianos que miraban en agüeros. Y no es menester hacer hincapié en esto, sino pasemos adelante y entremos en nuestra aldea.

Llegaron los cazadores, pidieron su liebre y diósela don Quijote. Pasaron adelante, y a la entrada del pueblo toparon en un pradecillo rezando al cura y al bachiller Carrasco. Y es de saber que Sancho Panza había echado sobre el rucio y sobre el lío de las armas, para que sirviese de repostero, la túnica de bocací pintada de llamas de fuego que le vistieron en el castillo del duque la noche que volvió en sí Altisidora. Acomodole también la coroza en la cabeza, que fue la más nueva transformación y adorno con que se vio jamás jumento en el mundo. Fueron luego conocidos los dos del cura y del bachiller, que se vinieron a ellos con los brazos abiertos; apeose don Quijote y abrazolos estrechamente. Y los mochachos, que son linces no escusados, divisaron la coroza del jumento y acudieron a verle; y decían unos a otros:

—¡Venid, mochachos, y veréis el asno de Sancho Panza más galán que Mingo y la bestia de don Quijote más flaca hoy que el primer día!

Finalmente, rodeados de mochachos y acompañados del cura y del bachiller, entraron en el pueblo y se fueron a casa de don Quijote, y hallaron a la puerta de ella al ama y a su sobrina, a quien ya habían llegado las nuevas de su venida. Ni más ni menos se las habían dado a Teresa Panza, mujer de Sancho, la cual, desgreñada y medio desnuda, trayendo de la mano a Sanchica su hija, acudió a ver a su marido. Y viéndole no tan bien adeliñado como ella se pensaba que había de estar un gobernador, le dijo:

—¿Cómo venís así, marido mío, que me parece que venís a pie y despeado, y más traéis semejanza de desgobernado que de gobernador?

—Calla, Teresa —respondió Sancho—, que muchas veces donde hay estacas no hay tocinos, y vámonos a nuestra casa, que allá oirás maravillas. Dineros traigo, que es lo que importa, ganados por mi industria y sin daño de nadie.

—Traed vos dineros, mi buen marido —dijo Teresa—, y sean ganados por aquí o por allí, que como quiera que los hayáis ganado no habréis hecho usanza nueva en el mundo.

Abrazó Sanchica a su padre y preguntole si traía algo, que le estaba esperando como el agua de mayo. Y asiéndole de un lado del cinto, y su mujer de la mano, tirando su hija al rucio, se fueron a su casa, dejando a don Quijote en la suya, en poder de su sobrina y de su ama y en compañía del cura y del bachiller.

Don Quijote, sin guardar términos ni horas, en aquel mismo punto se apartó a solas con el bachiller y el cura, y en breves razones les contó su vencimiento y la obligación en que había quedado de no salir de su aldea en un año, la cual pensaba guardar al pie de la letra, sin traspasarla en un átomo, bien así como caballero andante obligado por la puntualidad y orden de la andante caballería; y que tenía pensado de hacerse aquel año pastor y entretenerse en la soledad de los campos, donde a rienda suelta podía dar vado a sus amorosos pensamientos, ejercitándose en el pastoral y virtuoso ejercicio; y que les suplicaba, si no tenían mucho que hacer y no estaban impedidos en negocios más importantes, quisiesen ser sus compañeros, que él compraría ovejas y ganado suficiente que les diese nombre de pastores; y que les hacía saber que lo más principal de aquel negocio estaba hecho, porque les tenía puestos los nombres, que les vendrían como de molde. Díjole el cura que los dijese; respondió don Quijote que él se había de llamar «el pastor Quijotiz», y el bachiller, «el pastor Carrascón», y el cura, «el pastor Curiambro», y Sancho Panza, «el pastor Pancino».

Pasmáronse todos de ver la nueva locura de don Quijote, pero porque no se les fuese otra vez del pueblo a sus caballerías, esperando que en aquel año podría ser curado, concedieron con su nueva intención y aprobaron por discreta su locura, ofreciéndosele por compañeros en su ejercicio.

—Y más —dijo Sansón Carrasco— que, como ya todo el mundo sabe, yo soy celebérrimo poeta, y a cada paso compondré versos pastoriles, o cortesanos, o como más me viniere a cuento, para que nos entretengamos por esos andurriales donde habemos de andar. Y lo que más es menester, señores míos, es que cada uno escoja el nombre de la pastora que piensa celebrar en sus versos, y que no dejemos árbol, por duro que sea, donde no la retule y grabe su nombre, como es uso y costumbre de los enamorados pastores.

—Eso está de molde —respondió don Quijote—, puesto que yo estoy libre de buscar nombre de pastora fingida, pues está ahí la sin par Dulcinea del Toboso, gloria de estas riberas, adorno de estos prados, sustento de la hermosura, nata de los donaires y, finalmente, sujeto sobre quien puede asentar bien toda alabanza, por hipérbole que sea.

—Así es verdad —dijo el cura—. Pero nosotros buscaremos por ahí pastoras mañeruelas, que si no nos cuadraren, nos esquinen.

A lo que añadió Sansón Carrasco:

—Y cuando faltaren, darémosles los nombres de las estampadas e impresas, de quien está lleno el mundo: Fílidas, Amarilis, Dianas, Fléridas, Galateas y Belisardas, que, pues las venden en las plazas, bien las podemos comprar nosotros y tenerlas por nuestras. Si mi dama, o, por mejor decir, mi pastora, por ventura se llamare Ana, la celebraré debajo del nombre de «Anarda»; y si Francisca, la llamaré yo «Francenia»; y si Lucía, «Lucinda», que todo se sale allá. Y Sancho Panza, si es que ha de entrar en esta cofradía, podrá celebrar a su mujer Teresa Panza con nombre de «Teresaina».

Riose don Quijote de la aplicación del nombre, y el cura le alabó infinito su honesta y honrada resolución, y se ofreció de nuevo a hacerle compañía todo el tiempo que le vacase de atender a sus forzosas obligaciones. Con esto se despidieron de él, y le rogaron y aconsejaron tuviese cuenta con su salud, con regalarse lo que fuese bueno.

Quiso la suerte que su sobrina y el ama oyeron la plática de los tres; y así como se fueron, se entraron entrambas con don Quijote, y la sobrina le dijo:

—¿Qué es esto, señor tío? ¿Ahora que pensábamos nosotras que vuestra merced volvía a reducirse en su casa, y pasar en ella una vida quieta y honrada, se quiere meter en nuevos laberintos, haciéndose «pastorcillo, tú que vienes, pastorcico, tú que vas»? ¡Pues en verdad que está ya duro el alcacel para zampoñas!

A lo que añadió el ama:

—¿Y podrá vuestra merced pasar en el campo las siestas del verano, los serenos del invierno, el aullido de los lobos? No por cierto, que este es ejercicio y oficio de hombres robustos, curtidos y criados para tal ministerio casi desde las fajas y mantillas. Aun, mal por mal, mejor es ser caballero andante que pastor. Mire, señor, tome mi consejo, que no se le doy sobre estar harta de pan y vino, sino en ayunas, y sobre cincuenta años que tengo de edad: estese en su casa, atienda a su hacienda, confiese a menudo, favorezca a los pobres, y ¡sobre mi ánima si mal le fuere!

—Callad, hijas —les respondió don Quijote—, que yo sé bien lo que me cumple. Llevadme al lecho, que me parece que no estoy muy bueno, y tened por cierto que, ahora sea caballero andante o pastor por andar, no dejaré siempre de acudir a lo que hubiéredes menester, como lo veréis por la obra.

Y las buenas hijas —que lo eran sin duda ama y sobrina— le llevaron a la cama, donde le dieron de comer y regalaron lo posible.

Man of la Mancha, **Arthur Hiller**, 1972.

The Impossible Dream

74

DE CÓMO DON QUIJOTE CAYÓ MALO, Y DEL TESTAMENTO QUE HIZO, Y SU MUERTE

Don Quixote, **Richard Strauss**, *Muerte de don Quijote*. **M. Rostropovich**, Orquesta Filarmónica de Berlin, dirigida por Herbert von Karajan.

Como las cosas humanas no sean eternas, yendo siempre en declinación de sus principios hasta llegar a su último fin, especialmente las vidas de los hombres, y como la de don Quijote no tuviese privilegio del cielo para detener el curso de la suya, llegó su fin y acabamiento cuando él menos lo pensaba; porque, o ya fuese de la melancolía que le causaba el verse vencido, o ya por la disposición del cielo, que así lo ordenaba, se le arraigó una calentura que le tuvo seis días en la cama, en los cuales fue visitado muchas veces del cura, del bachiller y del barbero, sus amigos, sin quitársele de la cabecera Sancho Panza, su buen escudero. Estos, creyendo que la pesadumbre de verse vencido y de no ver cumplido su deseo en la libertad y desencanto de Dulcinea le tenía de aquella suerte, por todas las vías posibles procuraban alegrarle, diciéndole el bachiller que se animase y levantase para comenzar su pastoral ejercicio, para el cual tenía ya compuesta una écloga que mal año para cuantas Sanazaro había compuesto, y que ya tenía comprados de su propio dinero dos famosos perros para guardar el ganado, el uno llamado «Barcino» y el otro «Butrón», que se los había vendido un ganadero del Quintanar. Pero no por esto dejaba don Quijote sus tristezas.

Llamaron sus amigos al médico, tomole el pulso y no le contentó mucho, y dijo que, por sí o por no, atendiese a la salud de su alma, porque la del cuerpo corría peligro. Oyolo don Quijote con ánimo sosegado, pero no lo oyeron así su ama, su sobrina y su escudero, los cuales comenzaron a llorar tiernamente, como si ya le tuvieran muerto delante. Fue el parecer del médico que melancolías y desabrimientos le acababan. Rogó don Quijote que le dejasen solo, porque quería dormir un poco. Hiciéronlo así y durmió de un tirón, como dicen, más de seis horas; tanto, que pensaron el ama y la sobrina que se había de quedar en el sueño. Despertó al cabo del tiempo dicho, y dando una gran voz, dijo:

—¡Bendito sea el poderoso Dios, que tanto bien me ha hecho! En fin, sus misericordias no tienen límite, ni las abrevian ni impiden los pecados de los hombres.

Estuvo atenta la sobrina a las razones del tío y pareciéronle más concertadas que él solía decirlas, a lo menos en aquella enfermedad, y preguntole:

—¿Qué es lo que vuestra merced dice, señor? ¿Tenemos algo de nuevo? ¿Qué misericordias son estas, o qué pecados de los hombres?

—Las misericordias —respondió don Quijote—, sobrina, son las que en este instante ha usado Dios conmigo, a quien, como dije, no las impiden mis pecados: yo tengo juicio ya libre y claro, sin las sombras caliginosas de la ignorancia que sobre él me pusieron mi amarga y continua leyenda de los detestables libros de las caballerías. Ya conozco sus disparates y sus embelecos, y no me pesa sino que este desengaño ha llegado tan tarde, que no me deja tiempo para hacer alguna recompensa leyendo otros que sean luz del alma. Yo me siento, sobrina, a punto de muerte; querría hacerla de tal modo, que diese a entender que no había sido mi vida tan mala que dejase renombre de loco, que, puesto que lo he sido, no querría confirmar esta verdad en mi muerte. Llámame, amiga, a mis buenos amigos: al cura, al bachiller Sansón Carrasco y a maese Nicolás el barbero, que quiero confesarme y hacer mi testamento.

EL FUNESTO TRIUNFO DE LA SENSATEZ

«El *Quijote* es el primer libro con el que he llorado, con la muerte del Quijote, por todo lo que significa: el dejar que la locura desaparezca. Eso es terrible. El triunfo de la sensatez»

ANA MARÍA MATUTE

Pero de este trabajo se escusó la sobrina con la entrada de los tres. Apenas los vio don Quijote cuando dijo:

—¡Dadme albricias, buenos señores, de que ya yo no soy don Quijote de la Mancha, sino Alonso Quijano, a quien mis costumbres me dieron renombre de «Bueno»! Ya soy enemigo de Amadís de Gaula y de toda la infinita caterva de su linaje; ya me son odiosas todas las historias profanas de la andante caballería; ya conozco mi necedad y el peligro en que me pusieron haberlas leído; ya, por misericordia de Dios, escarmentando en cabeza propia, las abomino.

Cuando esto le oyeron decir los tres, creyeron sin duda que alguna nueva locura le había tomado, y Sansón le dijo:

—¿Ahora, señor don Quijote, que tenemos nueva que está desencantada la señora Dulcinea, sale vuestra merced con eso? ¿Y agora que estamos tan a pique de ser pastores, para pasar cantando la vida como unos príncipes, quiere vuesa merced hacerse ermitaño? ¡Calle, por su vida! Vuelva en sí y déjese de cuentos.

—Los de hasta aquí —replicó don Quijote—, que han sido verdaderos en mi daño, los ha de volver mi muerte, con ayuda del cielo, en mi provecho. Yo, señores, siento que me voy muriendo a toda priesa: déjense burlas aparte y tráiganme un confesor que me confiese y un escribano que haga mi testamento, que en tales trances como este no se ha de burlar el hombre con el alma. Y, así, suplico que en tanto que el señor cura me confiesa vayan por el escribano.

Miráronse unos a otros, admirados de las razones de don Quijote; y aunque en duda, le quisieron creer. Y una de las señales por donde conjeturaron se moría fue el haber vuelto con tanta facilidad de loco a cuerdo, porque a las ya dichas razones añadió otras muchas tan bien dichas, tan cristianas y con tanto concierto, que del todo les vino a quitar la duda y a creer que estaba cuerdo.

Hizo salir la gente el cura, y quedose solo con él y confesole. El bachiller fue por el escribano, y de allí a poco volvió con él y con Sancho Panza, el cual Sancho, que ya sabía por nuevas del bachiller en qué estado estaba su señor, hallando a la ama y a la sobrina llorosas, comenzó a hacer pucheros y a derramar lágrimas. Acabose la confesión y salió el cura, diciendo:

—Verdaderamente se muere y verdaderamente está cuerdo Alonso Quijano el Bueno. Bien podemos entrar para que haga su testamento.

Estas nuevas dieron un terrible empujón a los ojos preñados de ama, sobrina y de Sancho Panza, su buen escudero, de tal manera, que los hizo reventar las lágrimas de los ojos y mil profundos suspiros del pecho.

Porque verdaderamente, como alguna vez se ha dicho, en tanto que don Quijote fue Alonso Quijano el Bueno a secas, y en tanto que fue don Quijote de la Mancha, fue siempre de apacible condición y de agradable trato, y por esto no solo era bien querido de los de su casa, sino de todos cuantos le conocían.

Entró el escribano con los demás. Y después de haber hecho la cabeza del testamento y ordenado su alma don Quijote, con todas aquellas circunstancias cristianas que se requieren, llegando a las mandas, dijo:

—Iten, es mi voluntad que de ciertos dineros que Sancho Panza, a quien en mi locura hice mi escudero, tiene, que porque ha habido entre él y mí ciertas cuentas, y dares y tomares, quiero que no se le haga cargo de ellos ni se le pida cuenta alguna, sino que si sobrare alguno después de haberse pagado de lo que le debo, el restante sea suyo, que será bien poco, y buen provecho le haga. Y si como estando yo loco fui parte para darle el gobierno de la ínsula, pudiera agora, estando cuerdo, darle el de un reino, se le diera, porque la sencillez de su condición y fidelidad de su trato lo merece.

Y volviéndose a Sancho, le dijo:

—Perdóname, amigo, de la ocasión que te he dado de parecer loco como yo, haciéndote caer en el error en que yo he caído de que hubo y hay caballeros andantes en el mundo.

—¡Ay! —respondió Sancho, llorando—. ¡No se muera vuestra merced, señor mío, sino tome mi consejo y viva muchos años, porque la mayor locura que puede hacer un hombre en esta vida es dejarse morir sin más ni más, sin que nadie le mate ni otras manos le acaben que las de la melancolía! Mire no sea perezoso, sino levántese de esa cama y vámonos al campo vestidos de pastores, como tenemos concertado; quizá tras de alguna mata hallaremos a la señora doña Dulcinea desencantada, que no haya más que ver. Si es que se muere de pesar de verse vencido, écheme a mí la culpa diciendo que por haber yo cinchado mal a Rocinante le derribaron; cuanto más que vuestra merced habrá visto en sus libros de caballerías ser cosa ordinaria derribarse unos caballeros a otros, y el que es vencido hoy ser vencedor mañana.

—Así es —dijo Sansón—, y el buen Sancho Panza está muy en la verdad de estos casos.

—Señores —dijo don Quijote—, vámonos poco a poco, pues ya en los nidos de antaño no hay pájaros hogaño. Yo fui loco y ya soy cuerdo; fui don Quijote de la Mancha y soy agora, como he dicho, Alonso Quijano el Bueno. Pueda con vuestras mercedes mi arrepentimiento y mi verdad volverme a la estimación que de mí se tenía, y prosiga adelante el señor escribano.

»Iten, mando toda mi hacienda, a puerta cerrada, a Antonia Quijana mi sobrina, que está presente, habiendo

LA LUCHA CONTINÚA

«Si Cervantes no hubiera sido manco, ni hubiera perdido tantas cosas, probablemente jamás se habría metido en la piel de don Quijote, ni habría arrastrado a Sancho al mal camino de la utopía. Solo a un derrotado se le ocurre convertir la derrota en victoria moral y traspasar esa voluntad de moralidad al ser más desvalidamente cínico de este mundo, el pobre Sancho, el hombre del pueblo que siempre escarmienta en cabeza propia. En esa inversión de papeles final, don Quijote pide tregua y árnica y en cambio Sancho pide guerra contra los molinos, curado de su escepticismo, no se sabe bien si por el entusiasmo moral o por la compasión que siente ante la bondad perdedora de don Quijote. Que esta fábula tuviera sentido en el siglo XVII y lo siga teniendo ahora induce a pensar que ha tenido sentido siempre. Cada época crea diferentes instrumentos para impedirlas y conseguirlas, por la aspiración humana de justicia y libertad nace con la existencia misma del despotismo del fuerte y la dependencia del débil».

MANUEL VÁZQUEZ MONTALBÁN

sacado primero de lo más bien parado de ella lo que fuere menester para cumplir las mandas que dejo hechas. Y la primera satisfación que se haga quiero que sea pagar el salario que debo del tiempo que mi ama me ha servido, y más veinte ducados para un vestido. Dejo por mis albaceas al señor cura y al señor bachiller Sansón Carrasco, que están presentes.

»Iten, es mi voluntad que si Antonia Quijana mi sobrina quisiere casarse, se case con hombre de quien primero se haya hecho información que no sabe qué cosas sean libros de caballerías. Y en caso que se averiguare que lo sabe, y, con todo eso, mi sobrina quisiere casarse con él y se casare, pierda todo lo que le he mandado, lo cual puedan mis albaceas distribuir en obras pías a su voluntad.

»Iten, suplico a los dichos señores mis albaceas que si la buena suerte les trujere a conocer al autor que dicen que compuso una historia que anda por ahí con el título de *Segunda parte de las hazañas de don Quijote de la Mancha*, de mi parte le pidan, cuan encarecidamente ser pueda, perdone la ocasión que, sin yo pensarlo, le di de haber escrito tantos y tan grandes disparates como en ella escribe, porque parto de esta vida con escrúpulo de haberle dado motivo para escribirlos.

Cerró con esto el testamento, y tomándole un desmayo, se tendió de largo a largo en la cama. Alborotáronse todos y acudieron a su remedio, y en tres días que vivió después de este donde hizo el testamento se desmayaba muy a menudo. Andaba la casa alborotada, pero, con todo, comía la sobrina, brindaba el ama y se regocijaba Sancho Panza, que esto del heredar algo borra o templa en el heredero la memoria de la pena que es razón que deje el muerto.

En fin, llegó el último de don Quijote, después de recebidos todos los sacramentos y después de haber abominado

QUIERO DECIR QUE SE MURIÓ

«Se ve que Cervantes está conmovido y no acierta con las palabras. Está muy conmovido de despedirse de su amigo Alonso Quijano. "Dio su espíritu, quiero decir que se murió". Pero yo creo que él no se dio cuenta de eso, no creo que fuera un recurso retórico voluntario de Cervantes: le salió bien porque estaba conmovido, precisamente».

JORGE LUIS BORGES

con muchas y eficaces razones de los libros de caballerías. Hallose el escribano presente, y dijo que nunca había leído en ningún libro de caballerías que algún caballero andante hubiese muerto en su lecho tan sosegadamente y tan cristiano como don Quijote, el cual, entre compasiones y lágrimas de los que allí se hallaron, dio su espíritu; quiero decir que se murió. Viendo lo cual el cura, pidió al escribano le diese por testimonio cómo Alonso Quijano el Bueno, llamado comúnmente don Quijote de la Mancha, había pasado de esta presente vida y muerto naturalmente; y que el tal testimonio pedía para quitar la ocasión de que algún otro autor que Cide Hamete Benengeli le resucitase falsamente y hiciese inacabables historias de sus hazañas.

Este fin tuvo el ingenioso hidalgo de la Mancha, cuyo lugar no quiso poner Cide Hamete puntualmente, por dejar que todas las villas y lugares de la Mancha contendiesen entre sí por ahijársele y tenérsele por suyo, como contendieron las siete ciudades de Grecia por Homero.

Déjanse de poner aquí los llantos de Sancho, sobrina y ama de don Quijote; los nuevos epitafios de su sepultura, aunque Sansón Carrasco le puso este:

> Yace aquí el hidalgo fuerte
> que a tanto estremo llegó
> de valiente, que se advierte
> que la muerte no triunfó
> de su vida con su muerte.
> Tuvo a todo el mundo en poco;
> fue el espantajo y el coco
> del mundo, en tal coyuntura,
> que acreditó su ventura
> morir cuerdo y vivir loco.

Y el prudentísimo Cide Hamete dijo a su pluma: «Aquí quedarás colgada de esta espetera y de este hilo de alambre, ni sé si bien cortada o mal tajada péñola mía, adonde vivirás luengos siglos, si presuntuosos y malandrines historiadores no te descuelgan para profanarte. Pero antes que a ti lleguen, les puedes advertir y decirles en el mejor modo que pudieres: "¡Tate, tate, folloncicos, de ninguno sea tocada, porque esta empresa, buen rey, para mí estaba guardada!" Para mí sola nació don Quijote, y yo para él: él supo obrar y yo escribir; solos los dos somos para en uno, a despecho y pesar del escritor fingido y tordesillesco que se atrevió o se ha de atrever a escribir con pluma de avestruz grosera y mal deliñada las hazañas de mi valeroso caballero, porque no es carga de sus hombros ni asunto de su resfriado ingenio»; a quien advertirás, si acaso llegas a conocerle, que deje reposar en la sepultura los cansados y ya podridos huesos de don Quijote, y no le quiera llevar, contra todos los fueros de la muerte, a Castilla la Vieja, haciéndole salir de la fuesa donde real y verdaderamente yace tendido de largo a largo, imposibilitado de hacer tercera jornada y salida nueva, que para hacer burla de tantas como hicieron tantos andantes caballeros bastan las dos que él hizo tan a gusto y beneplácito de las gentes a cuya noticia llegaron, así en estos como en los estraños reinos. Y con esto cumplirás con tu cristiana profesión, aconsejando bien a quien mal te quiere, y yo quedaré satisfecho y ufano de haber sido el primero que gozó el fruto de sus escritos enteramente, como deseaba, pues no ha sido otro mi deseo que poner en aborrecimiento de los hombres las fingidas y disparatadas historias de los libros de caballerías, que por las de mi verdadero don Quijote van ya tropezando y han de caer del todo sin duda alguna». *Vale.*

FINAL ALTERNATIVO

Orson Welles trabajó toda su vida en un proyecto de adaptación cinematográfica del *Quijote*, que no llegó a completar. Su historia tenía un final distinto: «Don Quijote se va a la Luna, la luna de Meliès. Sancho se queda en la Tierra y lo mira con un catalejo. ¿Y qué hace don Quijote en la Luna? Grita la frase más hermosa del mundo, la que se grita cuando naufraga un barco, cuando se quema una casa: "¡Las mujeres y los niños primero!».

ORSON WELLES

Declaraciones a Jean Cau, *L'Express*, 1960.

MUERTE DE DON QUIJOTE

El camino de regreso es largo, pero, al fin, el lugar asoma en el horizonte. Don Quijote vuelve abatido por la melancolía. Teme que Dulcinea siga encantada, y que quede encerrada para siempre en el cuerpo de una labradora fea y grosera.

Como es domingo, todo el mundo está en casa y presencia el regreso de don Quijote.

¡Venid, mochachos, y veréis el asno de Sancho Panza más galán que Mingo y la bestia de don Quijote más flaca que el primer día!

El cura y el barbero rezan por que don Quijote haya recobrado la luz de la razón.

Sancho llega hasta el portal de su casa.
¡Alégrate, Teresa, que traigo dineros, ganados por mi industria y sin daño de nadie!

Don Quijote se encamina hacia la suya.
Desde agora me he de llamar «el pastor Quijotiz», y el bachiller, «el pastor Carrascón», y el cura, «el pastor Curiambro», y Sancho Panza, «el pastor Pancino».

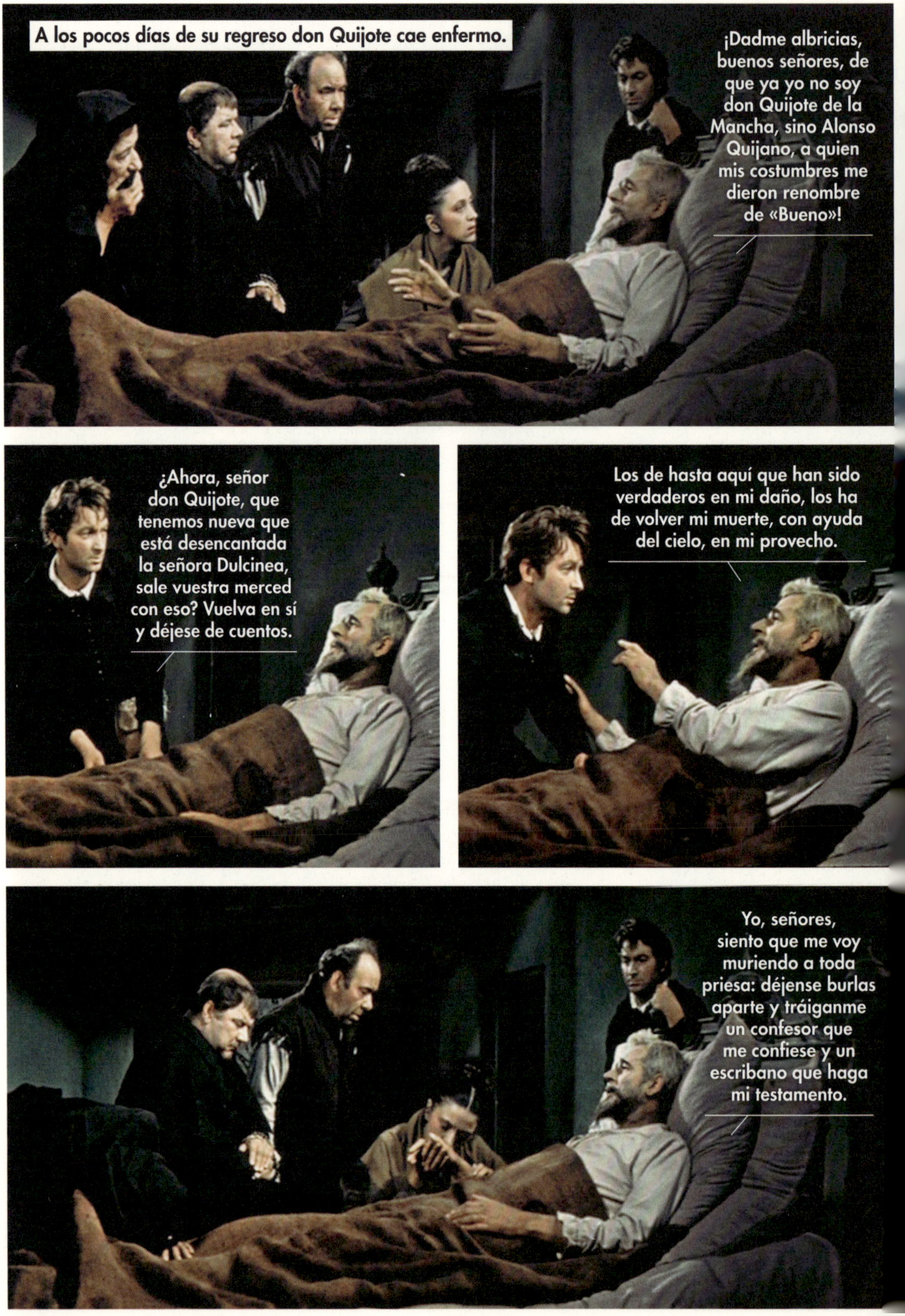
A los pocos días de su regreso don Quijote cae enfermo.
¡Dadme albricias, buenos señores, de que ya yo no soy don Quijote de la Mancha, sino Alonso Quijano, a quien mis costumbres me dieron renombre de «Bueno»!
¿Ahora, señor don Quijote, que tenemos nueva que está desencantada la señora Dulcinea, sale vuestra merced con eso? Vuelva en sí y déjese de cuentos.
Los de hasta aquí que han sido verdaderos en mi daño, los ha de volver mi muerte, con ayuda del cielo, en mi provecho.
Yo, señores, siento que me voy muriendo a toda priesa: déjense burlas aparte y tráiganme un confesor que me confiese y un escribano que haga mi testamento.

Es mi voluntad que de ciertos
dineros que Sancho Panza,
a quien en mi locura hice
mi escudero, tiene, quiero que
no se le pida cuenta alguna.

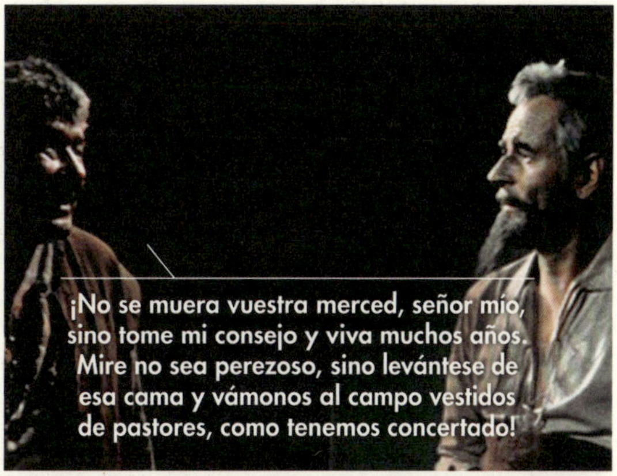
¡No se muera vuestra merced, señor mío,
sino tome mi consejo y viva muchos años.
Mire no sea perezoso, sino levántese de
esa cama y vámonos al campo vestidos
de pastores, como tenemos concertado!

Así es, y el buen Sancho
Panza está muy en la
verdad de estos casos.

Señores , vámonos
poco a poco, pues
ya en los nidos
de antaño no hay
pájaros hogaño.

Yo fui loco y ya soy cuerdo; fui don
Quijote de la Mancha y soy agora
Alonso Quijano. Pueda con vuestras
mercedes mi arrepentimiento volverme
a la estimación que de mí se tenía,
y prosiga adelante mi testamento.

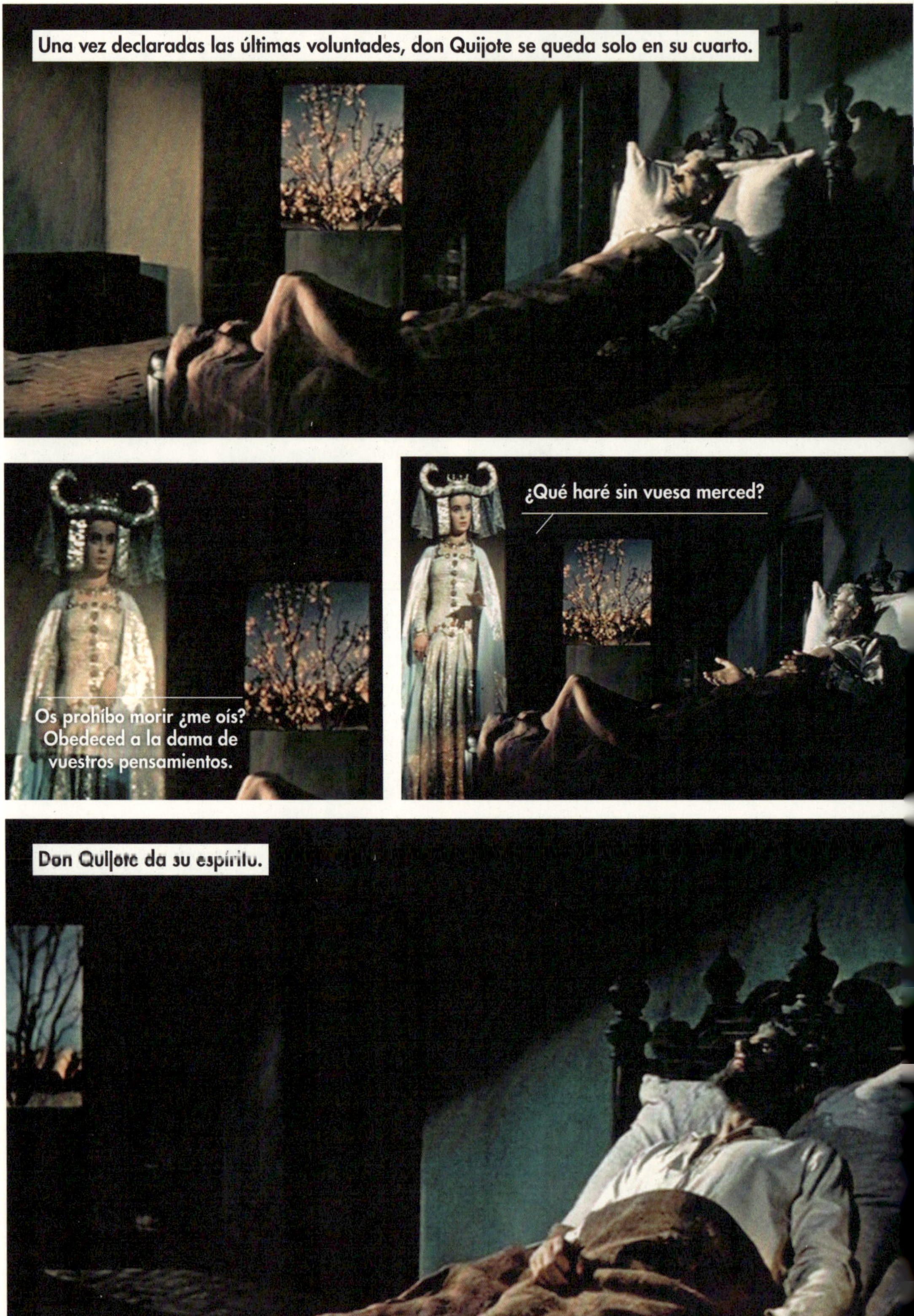
Una vez declaradas las últimas voluntades, don Quijote se queda solo en su cuarto.
Os prohíbo morir ¿me oís? Obedeced a la dama de vuestros pensamientos.
¿Qué haré sin vuesa merced?
Don Quijote da su espíritu.

Yace aquí el hidalgo fuerte
que a tanto estremo llegó
de valiente, que se advierte
que la muerte no triunfó
de su vida con su muerte.
Tuvo a todo el mundo en poco;
fue el espantajo y el coco
del mundo, en tal coyuntura,
que acreditó su ventura
morir cuerdo y vivir loco.

КОНЕЦ ФИЛЬМА

OTRAS VOCES

LAS CONFESIONES DE DON QUIJOTE

Casi nadie me llama por mi nombre,
vulgar y cotidiano como la rebeldía.

Prefieren otorgarme
la nobleza ridícula que yo mismo elegí,
el título de un pobre caballero,
de una triste ilusión,
y me recuerdan hoy
por el delirio de mis noches,
alunado, valiente
en la cabalgadura de los sueños
al confundir gigantes y molinos.

No les resulta fácil
convivir con el nombre de las cosas.
El dolor y el desvelo
convierten los rebaños en batallas,
las cuevas en enigmas
y la fealdad inhóspita en belleza.
Hermosa y respetable es la locura,
como la débil caridad del sueño,
hasta que descubrimos

las razones del Duque,
que invita al soñador y hace volar al loco
para fundar las normas de su corte,
las risas y los pleitos
que pudren corazones cortesanos.

Y ya no somos sombras,
sino cuerpos sin sombras,
ojos sin nadie
que viven en un reino de fantasmas
y han borrado las huellas de sus nombres
con un guante de plástico,
prendidos al vacío,
entre rosales pulcros y espinas bien cortadas,
como el jardín de un manicomio.
Madreselvas y lilas
alrededor de las preguntas
y de las soleadas canciones de los médicos.

Soy Alonso Quijano.
Yo recordé mi nombre en Barcelona,
después de ver el mar, de visitar la imprenta
y descubrir la farsa de mi vida
en la hospitalidad de los que hoy
repiten sin saberlo aquel destino
por el que me humillaban.

Fui derribado por mi propia burla,
cuando el azul del mundo,
en vez de gallardetes y clarines,
gastó la realidad de una palabra
para contar la arena

de los duelos perdidos
con los representantes de la luna.

Esta tarde de junio y de San Juan,
en esta solitaria habitación de hotel
que nos buscó el azar de la poesía,
regreso a Barcelona,
a importunarte con mis confesiones,
porque sigues ahí,
en lugar de la ficción,
suspenso una vez más,
delante del papel,
con el bolígrafo apuntando al cielo,
la mano en la mejilla
y el codo en el bufete.

Porque resulta hermosa y respetable
la caridad del sueño,
se han celebrado mucho mis hazañas.
Pero si quieres verme,
más allá de los himnos de mi triste figura,
y saber cómo fui
en el paisaje oscuro de mi tiempo,
o cómo soy ahora
entre las libertades de tu siglo,
abre el balcón y asómate a las Ramblas.

Pasa la multitud, cumple la historia
de sus mercados y sus oficinas.
Hay hombres y mujeres
que cambian de argumento al detener un taxi,
besos que sólo son una frontera

para volver a un domicilio,
colecciones de barcos que se olvidan
en una mesa de café
y gentes consagradas a fundirse
bajo la luz ambigua
en la llanura de sus movimientos.
No montan el caballo de los héroes,
pero están convencidos
de su programación,
de sus constituciones y sus leyes,
igual que yo creí
en mis novelas de caballería.

El retablo del mundo
sustituye las noches
por la historia medida de las noches,
y la luz de los ojos por la sed de las cámaras,
y la piel por un hueco
que las manos dibujan en el aire.

Exígele a la vida que te enseñe
a distinguir el mar del oleaje
que expulsa los desechos junto a las caracolas.

Al llegar a mi aldea
quise apretar el campo con los dedos
hasta sentir su araña
al lado de mi nombre,
la tarde que resiste en cada sílaba
dorada por la lluvia y el sol de la experiencia.

Volver será el oficio del amor,
incluso en un lugar impertinente.
Regresa tú también,
aprieta con tus manos el silencio
del último rencor
hasta sentir la caracola
que ha guardado la culpa y la inocencia
junto a la voz del mar,
esta canción añil
de los saludos y el adiós
que todavía compartimos.

Y que tu soledad camine por la casa,
vuelva de cuarto en cuarto
dejándose las luces encendidas,
por si alguien las ve,
y no quiere apagarlas,
y pregunta la historia que han escrito en su rostro,
las huellas de su nombre
vulgar y cotidiano como la rebeldía.

Como la rebeldía de la gente
que se atreve a vivir
fuera de las haciendas encantadas.

Luis García Montero

EL *QUIJOTE* DE KÓZINTSEV

EN UN LUGAR (LEJOS) DE LA MANCHA

Grigori Kózintsev se forjó en los extraordinarios movimientos de la vanguardia cinematográfica y teatral de San Petersburgo cuando la capital de los zares transitaba entre su viejo nombre, Petrogrado, y su futura nomenclatura en honor al líder bolchevique, Leningrado. La revolución que supuso el nuevo cine soviético —desde cuya cima Sergéi M. Einsentein, Vsévolod Pudovkin y Dziga Vértov abanderaron uno de los mayores hitos de la historia del arte del siglo xx—, aún no había sufrido la amputación de la censura estalinista y el joven Kózintsev se aventuraba a la acción a través de las proclamas del futurista Manifiesto del Excentricismo, que junto al Cine-Ojo o las teorías del montaje, renovaron el lenguaje de las imágenes.

Tres décadas después de aquel terremoto de ideas, cercenadas o domesticadas por el implacable aparato de la burocracia soviética y sus dictados del realismo socialista, Kózintsev, entonces asentado como uno de los miembros más relevantes de la industria cinematográfica de su país a través de las ambiciosas producciones de los estudios Lenfilm, recibía el encargo de adaptar *Don Quijote de la Mancha*. Stalin había muerto en 1954, la obra cervantina cumplía tres siglos y medio en 1955 y don Quijote era uno de los grandes arquetipos románticos de la cultura rusa. Kózintsev, que más tarde sería reconocido como uno de los mejores traductores a la pantalla de Shakespeare gracias a su *Hamlet* de 1964 y su *Rey Lear* de 1971, se encontró con un reto enormemente singular. Su primera película en color debía estar a la altura de un mito extranjero que cruzó como ningún otro la estepa rusa y cuya lúcida locura resultaba más elocuente que nunca en el proceso histórico en el que se adentraba la Unión Soviética.

Si la literatura rusa había encontrado en la prosa de Cervantes un paisaje poético común, el cine confirmaría el poder de ese idilio: la llanura castellano-rusa cruzada por la figura de un sabio loco, un idealista melancólico y trágico en busca de aventuras junto su pragmático escudero. Quijote y Sancho, las dos caras de un profeta lejos de su tierra.

Al país origen del mito, España, la película no llegó hasta casi diez años después de su estreno, cuando a finales de los años sesenta el régimen franquista también empezó a maquillar sus signos de decrepitud con un aperturismo que incluía estrenar cine del bloque comunista. *Don Quijote* (*Don Kijot*), a secas y sin «de la Mancha», se había estrenado en Moscú en 1957, cuatro años después de la muerte de Stalin, y en España lo hizo en junio de 1966, nueve años antes de la muerte de Franco. El cine Palafox de Madrid, con 1.250 butacas y una de las mayores pantallas panorámicas para cinemascope de Europa, proyectó en versión doblada una película que bajo su capa de fiel adaptación literaria introducía una serie de elementos apasionantes y subversivos en los que la cultura rusa y la española se encontraban cara a cara.

Kózintsev tenía claro que quería usar la grandeza de la pantalla panorámica para introducir la sensación de vacío del paisaje, pero fue al contemplar una naturaleza muerta del artista español Alberto Sánchez, exiliado en Rusia desde el fin de la guerra civil, cuando descubrió la austeridad espiritual que buscaba para su película. El director contrató a Sánchez para la escenografía de la película y el artista toledano, miembro junto a Benjamín Palencia de la Escuela de Vallecas, reinterpretó su tierra desde la memoria para un filme cuyo fondo de páramos y cerros despoblados reflejaba la soledad universal del hidalgo.

Nacido en Kiev en 1905, Kózintsev fue un cineasta que acabó afiliado al realismo que se imponía desde la burocracia estalinista, pero que antes tuvo un papel fundamental en el movimiento conocido como la Fábrica del Actor Excéntrico (FEKS son sus siglas en ruso), un colectivo que, pese a la influencia de Eisenstein o del director escénico Vsévolod Meyerhold, tuvo como faro al gran símbolo de la vanguardia revolucionaria: el poeta suicida Vladímir Maiakovski. En 1922, Kózintsev fundó en Petrogrado, junto a Serguéi Yutkévich, Leonid Trauberg y Gueorgui Kryjitsk, un colectivo de artistas dispuestos a defender una nueva forma de representación que rompía con las tradiciones. El circo, la pantomima, el cabaret o el carnaval formaron parte del Manifiesto del Excentricismo. En su arranque, proclamaba: «Lancemos cuatro silbidos. 1. Al actor: de la emoción a la máquina, del sufrimiento interior al truco. Técnica-circo. Psicología-patas arriba. 2. Al director: la máxima imaginación, el récord de inventiva, la turbina de los ritmos. 3. Al dramaturgo: cazador de trucos. 4. Al escenógrafo: escenografías corriendo y trincando. Al quinto silbido —del público— estemos preparados. Y no olvidéis que el norteamericano Mark Twain dijo: "Es mejor ser un perro joven que un ave del paraíso vieja"».

El manifiesto del FEKS se movía entre las proclamas de Filippo Tommaso Marinetti y las de Maiakovski. Entre los «pantalones del excéntrico» que anunciaba el italiano frente a la camisa «amarilla de dandy» del poeta ruso. El mismo año de la fundación del FEKS, Maiakovski había publicado en la revista *Kino-fot* un poema dedicado al cine: «Para vosotros, el cine es espectáculo. / Para mí es casi una concepción del mundo». Esa concepción del mundo, ese futurismo soviético, fue incomprendido y rechazado por la burocracia que siguió a la Revolución de Octubre y que rechazó con especial inquina todo lo que fuese intelectual y vanguardista. A partir de los años treinta, con la Gosudarstvennoe Upravlenie Kinematografii i Fotografii (Administración Estatal de Cinematografía y Fotografía) ya en manos de Boris Shumiatski, se empezaron a diluir el FEKS y su escuela. El punto de inflexión que supuso el remontaje de *Octubre* (1928), en la que Eisenstein fue obligado a borrar de la película cualquier huella de Trotsky, supuso el fin de las vanguardias experimentales.

Kózintsev, que en 1929 estrenaba *La nueva Babilonia* —dirigida junto a Leonid Trauberg y en la que se abordaba la guerra entre Francia y Prusia y la Comuna de París de 1871 a través del punto de vista de la dependienta de una tienda parisina—, encontró acomodo en la nueva realidad estalinista, pero su adaptación del *Quijote* hay que enmarcarla dentro del deshielo que siguió a la muerte de Stalin. Se trata de una versión fiel al texto en su sentido más profundo, pero con un matiz importante: don Quijote no es un loco, es un hombre bueno y sabio.

Filmada con un precioso color desgastado, Kózintsev y Alberto Sánchez lograron una ambientación llena de poesía. Como recuerda Antonio Martínez Illán en su ensayo académico «Don Quijote en el cine sovético: Kózintsev y Kurchevski», *El Quijote* de Kózintsev hay que enmarcarlo en el contexto de un país en el que «resulta un lugar común referirse al sentido de comunidad entre "el alma rusa" y "el alma española"». Martínez Illán considera que en este Quijote el fracaso final «no viene por la cordura —como en la novela cervantina—, sino al descubrir que no es posible la justicia para todos, que su lucha por la utopía fracasó». Las dos versiones que existen en el cine ruso del *Quijote*, la de Kózintsev, de 1957, y la película de animación *Osbozhdionniy Don Kijot*, de Vadim Kurchevski, de 1987, supusieron para el estudioso «una reflexión sobre lo que había sido la Revolución o sobre la identidad y el destino de la Unión Soviética en dos momentos claves de la historia de la URSS, tras la muerte de Stalin y en los años previos al desmoronamiento del sistema soviético».

El eminente cineasta y académico español José Luis Borau dijo del hidalgo retratado por Kózintsev: «No está loco. Es un hombre de extrema buena voluntad, un profeta que sale a los campos de Castilla a predicar su buena nueva y fracasa. Los libros de caballería no le secaron el cerebro, aunque el cura y el barbero los quemen en el patio. Solo sirvieron para darle una idea falsa de la sociedad y proporcionarle el molde —el caballero andante, desfacedor de entuertos— donde volcar sus ansias justicieras. Así, cuando don Quijote muere, no muere de vuelta de ninguna locura, sino agotado, aplastado por ese fracaso. Y si Sancho llora a su lado, él le consolará, apuntando la posibilidad de que el día de mañana otros hombres salgan a los campos del mundo a continuar la empresa con mejor fortuna que ellos».

Es en esta épica en la que hay que situar una película cuya mística popular le debe mucho al trabajo que hizo el escultor toledano Alberto Sánchez, exiliado desde 1938 en Rusia, donde falleció en 1962. De manera asombrosa, Sánchez reconstruyó el paisaje de su tierra desde la melancolía del exilio a través de una escenografía de estampas y bocetos en los que recuperó toda la belleza de un mundo rural en el que las casas de adobe, la paja y el barro, las tinajas y los cántaros, los carros y los corrales, representan una modernidad de carácter etnográfico, arraigada en la tradición y en la cultura popular que siempre estuvo ligada a la República y que el franquismo pisoteó con saña.

Sin el trauma del exilio no se entendería el misterio que transita por las imágenes del *Quijote* de Kózintsev y que no es otro que el propio misterio de la memoria. Un *Quijote* soñado desde muy lejos de su tierra. Arrebatado del paisaje de la infancia, Alberto Sánchez encontró en su nueva vida en la Unión Soviética un lugar para ganarse la vida evocando sus recuerdos. El escultor acabó siendo un escenógrafo reputado, especializado además en las adaptaciones de grandes clásicos teatrales españoles que sí agradaban a la burocracia estalinista.

El bodegón obra de Sánchez que llamó la atención de Kózintsev reproducía un plato de arenques y unas cabezas de ajos. El día que el cineasta se acercó a casa del artista se encontró con su propio Alonso Quijano: «Llamé y don Quijote me abrió la puerta. Era él, vivo y auténtico. Se adivinaba inmediatamente. Su sentido tan español de la propia dignidad, su porte noble, su exaltación soñadora». Según el cineasta, cuando Alberto Sánchez pintaba un paisaje de las cercanías de Moscú «aparecía Castilla». Kózintsev admiraba un realismo pasado por una imaginación «infantil y popular» que reflejaba «la paz interior» de un hombre para el que el verdadero arte estaba unido a la sabiduría de la vida. Igual de importantes que los dibujos y pinturas que Sánchez elaboró para *Don Quijote* fueron las canciones populares con las que el español ilustraba al equipo de la película para que comprendieran qué era eso de España. «Los bocetos eran muy instructivos, los consejos valiosos, las canciones bellas. Pero lo principal era otra cosa, él mismo, el propio Alberto. Tratándole pude conocer cosas sobre España que no están en los libros».

El hombre al que Rafael Alberti dedicó estos arrebatados versos:

> A ti, cal viva de Toledo, crudo
> montón de barro, arcangelón rugiente
> contra un violento, tórrido, inclemente
> Apocalipsis del horror, grecudo.
>
> A ti, al que el Tajo en su correr agudo
> le arrojó el mejor canto de su frente
> y un pájaro de piedra transparente
> centró en el hueso mondo de tu escudo.

A ti, aunque cerca, pero tan lejano
hoy de aquel frío infierno castellano,
de aquel en sombra sumergido ruedo,

vengo a decirte: A caminar, hermano.
Que muy pronto en la palma de tu mano
con nueva luz se amasará Toledo.

elaboró una serie de estampas asombrosas en su recreación poética del paisaje manchego. De todo aquel trabajo solo se conoce el paradero de tres: *Pueblo de la Mancha*, que en la actualidad pertenece a los fondos del Museo Nacional Centro de Arte Reina Sofía, *Don Quijote y Sancho entrando en un pueblo* y *Episodio de los molinos de viento*, ambas propiedad del museo Pushkin de Moscú, entidad que también alberga la obra que sirvió de fondo para los títulos de crédito de la película. Las demás estampas —*Episodio de los galeotes, Episodio de los rebaños, Don Quijote derrotado, Sancho, volviendo al pueblo, Pueblo de la Mancha, en el horizonte, al amanecer* y *Paisaje con piedras*— están todas en paradero desconocido. Como pormenorizaba la exposición «Memoria rusa de España. Alberto y El Quijote de Kózintsev» (2005), los bocetos representaban detalles de la escenografía pensados para potenciar la plasticidad de la película. Gracias a Sánchez y a la propia visión de Kózintsev, *Don Quijote* se alejaba de cualquier tentativa de exaltación turística española para mostrar un paisaje cuya belleza procede de su elegante pobreza y simplicidad.

Y si *Don Quijote* es una película emblemática dentro de la cinematografía rusa también lo es por su actor protagonista: el divo de la escena Nikolai Cherkasov, el Iván el Terrible de Eisenstein, quien conocía muy bien al Caballero de la

Triste Figura porque lo había interpretado varias veces en el teatro, la primera en sus inicios, y que chocó con un director que lo consideraba «bastante regordete y vacío». Cherkasov, un actor muy asentado en el poder soviético, tampoco era fácil, y Kózintsev tuvo que echar mano del mimo Vladimir Vasilyev para hacer de su doble, aunque la secuencia de «La batalla de los odres» está interpretada de principio a fin y en todos sus planos por Cherkasov. Por el contrario, la experiencia con Yuri Tolubeyev, el actor que da vida a Sancho Panza, fue la opuesta. El director confesó años después: «¿Ensayar con Sancho? Con él podría dirigir la película por teléfono».

Kózintsev fue un cineasta respetado por un mito del cine y del exilio ruso, Andréi Tarkovski, cuyo *Andréi Rubliov* no se hubiera estrenado sin el apoyo expreso de Kózintsev, quien se enfrentó de forma directa con el aparato del Partido por su defensa de una película que en 1966, después de interminables cortapisas, catapultó la fama internacional de un cineasta cada vez más acogotado por la censura. En 2018 se hizo público el hallazgo, dentro del archivo de la que durante años fue su asistente personal, Masha Chugunova, de noventa horas perdidas de lecciones de cine impartidas por Tarkovski entre 1975 y 1981. En aquellas largas charlas sobre cine, Tarkovski se detendría en «un cineasta que considero maravilloso, Grigori Mijáilovich Kózintsev», un director «famoso y venerable» al que el director de *Solaris* le dedica su atención junto a gigantes como Bergman, Bresson, Antonioni, Warhol o los hermanos Lumière. En una de sus clases de cine, Tarkovski se detiene en el análisis de la versión que Kózintsev hizo del *Rey Lear*. Tarkovski admite la dificultad de adaptar al cine a estos grandes personajes literarios cuyo planteamiento cinematográfico resulta «imposible y forzado» sin traicionar a sus autores, Shakespeare o, en nuestro caso, Cervantes. Tomando como base la secuencia de la tormenta de la versión de Kózintsev explica: «Se trataría de prestar atención a cualquier tormenta pues, por alguna razón, parece que la historia de esta tormenta y la historia de la película deben ser la misma. La trama, en términos cinematográficos». Este intento de ver a través de la tormenta y no a través de las convenciones «extraídas de lo teatral» funde en el mismo espacio tiempo y personajes.

Hay muchas maneras de acercarse a don Quijote, desde los tiempos muertos de *Honor de caballería*, de Albert Serra, a la miniserie dirigida por Manuel Gutiérrez Aragón para RTVE en 1992 con Fernando Rey y Alfredo Landa como hidalgo y escudero. Aunque quizá el más mítico, con permiso del interminable culebrón de la adaptación de Terry Gilliam, sigue siendo el inacabado *Don Quijote* de Orson Welles, ese hidalgo melancólico en el que tanto se miró el más errante y solitario de los maestros del cine, una aventura imposible que empezó a caminar en México para no terminar nunca su infinita ruta. Existe algo de maldición con la novela de Cervantes, un mal fario que parece ser común en todos los que acometen la empresa. La resaca de la durísima filmación del *Quijote* ruso fue tal que Kózintsev estuvo a punto de tirar la toalla ante un oficio que, como decía Kurosawa, requiere las dotes de un general del ejército. Cabría añadir: las de un general con la quebradiza alma de un poeta. Kózintsev sí acabó su película, que en su lugar de origen, la lengua castellana, logró adeptos como Borau, que habló de su «experta y grandiosa» dirección, pero también detractores como Guillermo Cabrera Infante, que la despachó tildándola de «lenta, pesada y aburrida». Pero su director ruso no se la quitó nunca de la cabeza porque quizá es imposible digerir del todo el sacrilegio que implica abordar a dos personajes que en medio de una simple llanura representan toda la grandeza del ser humano.

Elsa Fernández-Santos

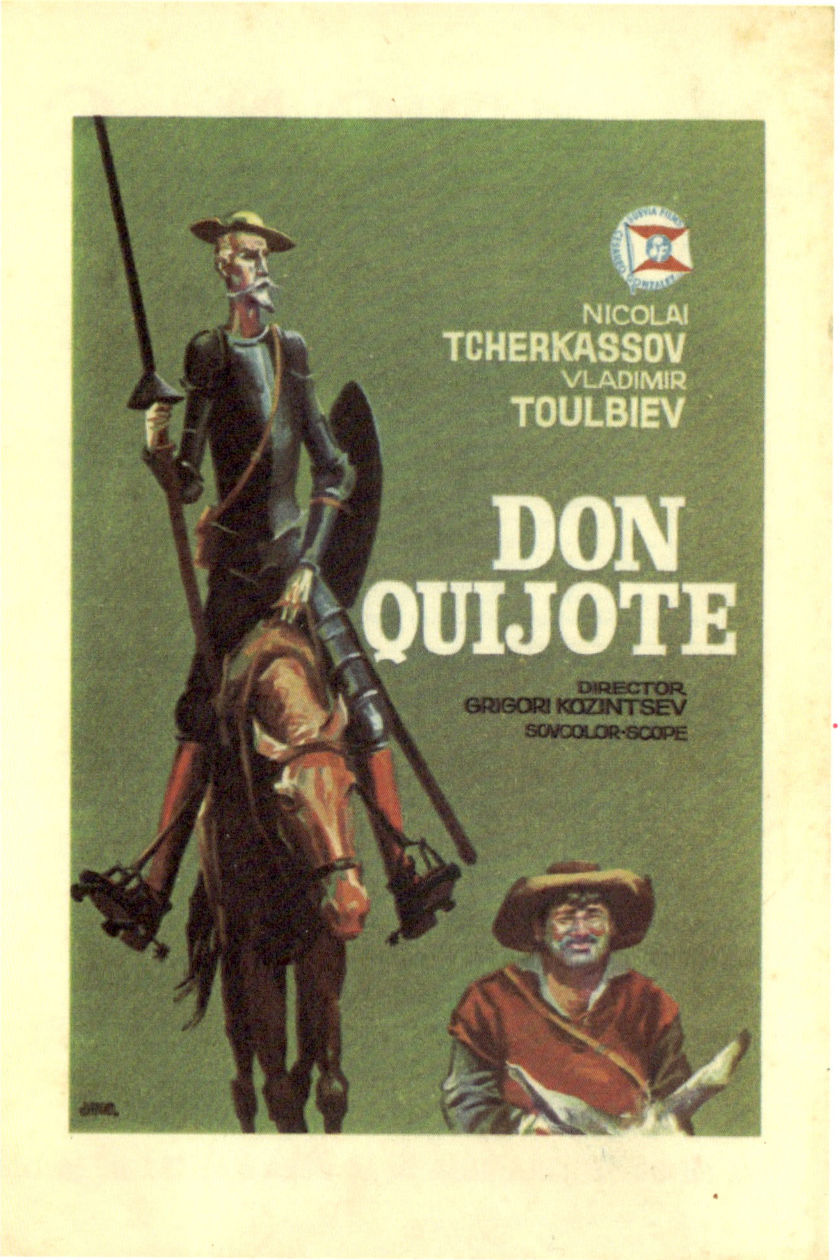

Abre el QR para ver la película de *Don Quijote* de Grigori Kózintsev.

EL INGENIOSO HIDALGO DON QVIXOTE DE LA MANCHA,

Compuesto por Miguel de Ceruantes Saauedra.

DIRIGIDO AL DVQVE DE BEIAR, Marques de Gibraleon, Conde de Benalcaçar, y Bañares, Vizconde de la Puebla de Alcozer, Señor de las villas de Capilla, Curiel, y Burguillos.

Año,

1605.

CON PRIVILEGIO,

EN MADRID Por Iuan de la Cuesta.

Vendese en casa de Francisco de Robles, librero del Rey nro señor.

Descarga el *e-book* para acceder al texto completo.

ÍNDICE

CLÁSICOS LIBERADOS

Títulos de la colección:

ODISEA, Homero

GÉNESIS

ILÍADA, Homero

QUIJOTE, Cervantes

Próximos títulos:

GARGANTÚA Y PANTAGRUEL, Rabelais

EL LIBRO DEL TAO, Lao Tse

DIVINA COMEDIA, Dante

HAMLET, Shakespeare

EVANGELIOS

ENSAYOS, Montaigne